博雅·高等学校通识教育丛书

"百部经典"名著导读

潘文年　郭剑敏等 编著

浙江工商大学出版社
ZHEJIANG GONGSHANG UNIVERSITY PRESS

图书在版编目(CIP)数据

"百部经典"名著导读 / 潘文年等编著. —杭州：
浙江工商大学出版社，2018.1
（博雅·高等学校通识教育丛书 / 陈寿灿主编）
ISBN 978-7-5178-2314-8

Ⅰ.①百… Ⅱ.①潘… Ⅲ.①世界文学－文学欣赏－
高等学校－教材 Ⅳ.①I106

中国版本图书馆 CIP 数据核字(2017)第 190937 号

"百部经典"名著导读
潘文年 郭剑敏等 编著

责任编辑	王 耀 白小平
封面设计	林朦朦
责任印制	包建辉
出版发行	浙江工商大学出版社
	（杭州市教工路 198 号 邮政编码 310012）
	（E-mail：zjgsupress@163.com）
	（网址：http://www.zjgsupress.com）
	电话：0571-88904980，88831806（传真）
排 版	杭州朝曦图文设计有限公司
印 刷	杭州五象印务有限公司
开 本	710mm×1000mm 1/16
印 张	27
字 数	544 千
版 印 次	2018 年 1 月第 1 版 2018 年 1 月第 1 次印刷
书 号	ISBN 978-7-5178-2314-8
定 价	49.80 元

博雅·高等学校通识教育丛书编委会

序 言

党的十八大以来,习近平总书记多次谈到接续中国传统文化与阅读人文经典的重要性。他说:"我很不赞成把古代经典诗词和散文从课本中去掉,'去中国化'是很悲哀的。应该把这些经典嵌在学生脑子里,成为中华民族文化的基因。""培育和弘扬社会主义核心价值观必须立足中华优秀传统文化。牢固的核心价值观,都有其固有的根本。抛弃传统、丢掉根本,就等于割断了自己的精神命脉。"《关于实施中华优秀传统文化传承发展工程的意见》指出:"坚持以社会主义核心价值观为引领,坚持创造性转化、创新性发展,坚守中华文化立场、传承中华文化基因,不忘本来、吸收外来、面向未来,汲取中国智慧、弘扬中国精神、传播中国价值,不断增强中华优秀传统文化的生命力和影响力,创造中华文化新辉煌。"

在现代西方,有着进步主义与改造主义、要素主义与永恒主义的教育哲学之争。但无论怎样,教育应该让学生通晓文学、哲学、历史和自然科学等方面的名著,引导学生关心人类普遍关心的问题,对世界的存在以及人性的善恶做出细致的洞察。由是,师生一道从对过去的经典文本阅读中,获得面向未来的启示、教训、预言与旨归。正如美国哲学家、教育家、著作家艾德勒(Mortimer Jerome Adler)所言:"如果文学的以及哲学的伟大著作论及人类永恒道德的问题并叙述关于道德的争论中所涉及的人们的普遍信念——如果这些确乎如此,那么,古代、中世纪以及现代各个时代的'杰作'就是知识和智慧的宝库,是开创每一个新时代的文化传统。阅读这些书的目的不是为了研究古书,兴趣不在考古学和哲学方面……阅读这些书是因为它们今天还是当代的,就像写它们的时候是当代的一样,而且因为它们所讨论的问题和所描述的思想,不受永无止境的不断进步规律的支配。"当然,对经典的强调也应跟得上时代的步伐。毋宁说,以未来为中心阅读经典,乃是为了铸造当代大学生的心灵与品性,不断建构出更加理想的社会。

阿尔温·托夫勒在《未来的震荡》中讲道:有时选择不但不能使人摆脱束缚,反而走向反面——成为无法选择的选择。日本学者中野收曾在《现代人的信息行为》中,提出了非常容易接受大众传播媒体的影响"容器人"的概念。而在如今的大学校园,"启蒙时代"的智慧与理性隐退,"读书时代"的温情与敬意渐失,一些学生在"浅阅读"中丧失着真正的"自由"。大学四年精彩而短促,时间与精力有限。在有限的时间内,读经典,能让自己的灵魂经历一次次拷问;读经典,是与先哲进行对话,主动接受他们的思想与智慧,其乐无穷;读经典,可以丰富想象力,有利于激发同学们的创新思维,构建新的思维方法,形成辩证的思考方式。我们阅读经典不仅仅是为了获取知识,也是为了一个悠久文化的传承与发展,寻求完善独立自我和品格的一个很好途径。著名学者钱伟长指出:"我们培养的学生首先应该是一个全面的人,是一个爱国者,一个有文化艺术修养、道德品质高深、心灵美好的人;其次才是拥有学科、专业知识的人,一个未来的工程师、专家。"

为了加强我校通识教育,弥补互联网、新媒体情境下"泛阅读""浅阅读""碎片化"阅读的不足,引导学生追求"真、善、美"的精神,提升学生人文素养、综合素质和独立思考的能力,学校推出"博雅经典阅读计划",组织专家精选了100部左右经典书目,由人文与传播学院九位教师共同撰写了阅读指导供学生参阅,以倡导阅读经典、思考经典。

经典阅读既是"我注六经",也是"六经注我"。是主体与客体的相互融通,是现实与文本之间、文本与文本之间的意义流动。在此意义上,经典需要我们不断重新"解释"。正如伽达默尔所言:"理解是将自己置于传统的一个过程中,在这过程中过去和现在不断融合。"进而言之,经典阅读是一个开始,开启出转识成智、转智成德、化德性为实践的过程。相信同学们一定能够在"理解"经典的过程中,在相互的智慧碰撞中,迸发出时代火光,创造出无愧于时代的"效果历史"!

希望"博雅经典阅读"书目的推出能给广大同学带来全新的感悟和思考,多方挖掘经典中的哲理与意蕴,在丰富多彩的校园文化活动中感悟传统文化的魅力,提高阅读品味,形成健康科学的阅读观,培养勤学、善思、懂理的性格,陶冶思想品质和道德情操,进而提升文化素质。

青春的底色永远是奋斗,广大青年在大学期间的奋斗最好的途径就是加强学习、读书修德,真正的成才一定是智德兼修,是专业知识与通识知识的相互支撑,是科学精神与人文精神的融会贯通。

与经典相伴,指向的是对世界本质的认知深度,是个体的德性与审美的感受高度,是对人生的意义与价值的理解程度。

愿青年学子把经典阅读作为一种精追求,一种生活态度。

陈寿灿

2017 年 9 月 10 日

目　录
CONTENT

经济学

管理学

文　学

史 学

传播学

社会学

艺术学

心理学

科　学

第一部分　　哲　学

马克思主义经典著作选读

卡尔·亨利希·马克思　弗里德里希·恩格斯

作者简介

　　卡尔·亨利希·马克思（Karl Heinrich Marx，1818—1883），德国著名政治哲学家、社会理论家，人类历史上伟大的革命家、马克思主义创始人之一、科学共产主义的奠基人。

　　弗里德里希·恩格斯（Friedrich Engels，1820—1895），德国著名政治学家、社会理论家、革命家、马克思主义创始人之一、马克思的挚友。

　　马克思1818年5月5日出生于德国莱茵省特里尔城一个犹太人律师家庭，中学时代就立志选择"最能为人类而工作的职业"。1835年10月考入波恩大学攻读法学，一年后转入柏林大学读法律和哲学。1841年，获博士学位。1842年，任《莱茵报》主编。发表一系列文章批判封建专制政府，为在政治上和社会上备受压迫的贫苦群众的利益进行辩护。1843年，来到巴黎。1844年8月，与恩格斯在巴黎会见，从此两位伟人开始了长达40年的合作。马克思一生著述颇丰，把自己的一切都献给了被压迫人民的解放事业，反动政府的迫害、贫困的物质生活、繁重的理论工作和紧张的战斗，严重损害了其健康。1883年3月14日，马克思在伦敦寓所与世长辞，安葬在海格特公墓，与夫人燕妮葬在一起。

　　恩格斯1820年11月28日出生于德国莱茵省巴门市一个工厂主家庭。17岁时，由于父亲的坚持而辍学经商，这使他有更多机会接触穷苦的工人群众。1841年，到柏林服兵役，并在柏林大学听课，研究黑格尔哲学。1844年在《德法年鉴》上发表《政治经济学批判大纲》，论述了资本主义私有制的弊端，指出社会主义革命和消灭私有制的不可避免性。1844年8月，与马克思在巴黎会见，决定为创立科学社会主义理论、制定无产阶级的科学世界观而努力。恩格斯与马克思合写的著作主要有:《共产党宣言》《神圣家族》《德意志意识形态》。自己独立完成的著作主要有:《美国工人阶级状况》《反杜林论》《自然辩证法》《路德维希·费尔巴哈和德国古典哲学的终结》《家庭、私有制和国家的起源》等。1883年马克思逝世后,恩格斯全力投入了马克思未完成的《资本论》第二卷和第三卷的整理出版工作,并对资本主义的最新发展趋势和无产阶级革命的策略进行了科学探讨,极大地丰富和发展了马克思主义。1895年8月5日,恩格斯于伦敦病逝。

名著背景

19世纪40—60年代,马克思、恩格斯创立了新的无产阶级世界观,即马克思主义。

马克思主义产生于资本主义发展的时代。继英国资产阶级革命之后,18世纪后半期,美国和法国也相继取得了资产阶级革命的胜利。19世纪中叶,德国、俄国和日本也经历了不同形式的资产阶级革命。这些国家在革命胜利后,相继完成了产业革命。产业革命使资本主义迅速发展的同时,加剧了生产力和生产关系的矛盾,引起了阶级关系的新变化。无产阶级队伍的不断壮大,资产阶级和无产阶级之间的矛盾上升为社会主要矛盾。19世纪30—40年代欧洲爆发了一系列工人运动,如法国里昂工人起义、英国宪章运动、德国西里西亚工人起义等,无产阶级作为独立的政治力量登上了历史舞台,揭开了无产阶级领导的社会革命的序幕。这些为马克思主义的创立提供了经济基础和阶级基础。

自然科学领域的重大突破,为马克思主义的创立提供了科学前提。尤其是细胞学说的创立、能量守恒和转化定律的发现及达尔文生物进化论的问世,具有划时代的意义,为辩证法中普遍联系和运动发展的观点提供了科学依据。

马克思主义的创立也是站在巨人的肩膀之上的,马克思和恩格斯批判地继承了德国古典哲学、英国古典政治经济学和英法空想社会主义的合理成分,在深刻分析资本主义社会的发展趋势和科学总结工人阶级斗争实践的基础上,创立和发展了马克思主义。

经典观点

哲学的基本问题是思维与存在的关系问题,社会历史观的基本问题是社会意识与社会存在的关系问题。

生产力和生产关系的矛盾、经济基础和上层建筑的矛盾,是人类社会的基本矛盾。正是这个基本矛盾的运动,推动着人类社会的发展。

对立统一规律、质量互变规律、否定之否定规律是唯物辩证法体系的三大规律,其中对立统一规律是其实质和核心。

剩余价值理论是以科学的劳动价值论为理论基础的。马克思对资本不同部分在价值增值过程中的不同作用进行分析,揭示了剩余价值的真正来源,即工人的剩余劳动。

阅读导引

《马克思主义经典著作选读》收录的是马克思、恩格斯的一些主要著作,在马克思主义经典篇目中,马克思写于1845年的《关于费尔巴哈的提纲》,被恩格斯称为"包含着新世界观的天才萌芽的第一个文件",是马克思从青年黑格尔学者转向辩证唯物主义者的重要标志。文中批判了费尔巴哈和一切旧唯物主义的直观性及不彻底性,确立了马克思主义的科学实践观,指出实践是检验真理的根本标准,揭示了人的本质是一切社会关系的总和。

《德意志意识形态》是马克思和恩格斯共同创作的重要哲学著作。马克思和恩格斯首先从科学的实践观点出发,阐述了社会历史观的基本问题,指出应该是社会存在决定社会意识,彻底划清了唯物史观与唯心史观的界限。其次,他们阐述了生产关系一定要适合生产力发展状况,这是人类社会发展遵循的最基本规律。无产阶级革命就是资本主义社会生产力与生产关系之间矛盾尖锐化的必然结果。马克思和恩格斯还深刻揭示了经济基础与上层建筑的辩证关系及其矛盾运动。经济基础与上层建筑是辩证统一的,经济基础决定上层建筑,上层建筑对经济基础具有反作用。上层建筑一定要适合经济基础状况,是人类社会发展遵循的另一基本规律。在《德意志意识形态》中,马克思和恩格斯运用他们刚刚创立的唯物史观,论证了共产主义的历史必然性,为无产阶级革命提供了思想理论武器,指明了发展方向。

《共产党宣言》是马克思和恩格斯合著而成的,出版于1848年,是第一个国际性无产阶级政党——共产主义者同盟的政治纲领,标志着科学社会主义的诞生。马克思和恩格斯从唯物史观出发,对资本主义社会进行了科学的研究,并总结了工人运动的新经验,全面阐述了科学社会主义的基本原理。《共产党宣言》论述了世界历史发展的必然规律,即资本主义必然灭亡和共产主义必然胜利;揭示了无产阶级的伟大历史使命,即埋葬资本主义和建设社会主义;考察了阶级斗争、无产阶级革命及无产阶级专政的重要作用;分析了共产党的性质和特点;论证了党的领导是无产阶级解放事业走向胜利的根本保证。

《〈政治经济学批判〉导言》是马克思政治经济学理论体系的总导言,是《资本论》的浓缩。该文科学地阐明了马克思主义政治经济学的研究对象和方法,分析了生产、分配、交换、消费之间的相互关系,批判了资产阶级政治经济学理论体系的根本错误,完成了政治经济学对象和方法的革命,标志着马克思主义政治经济学理论体系的问世。

《反杜林论》写于1876至1878年,是恩格斯为了批驳杜林的错误理论,捍卫马克思主义,维护党的统一与团结而作的一部论战性著作。全书分为三篇,分别从哲学、政治经济学和科学社会主义角度,对马克思主义的三个组成部分进行系统的阐述,揭示了三者之间的内在联系;阐明了辩证唯物主义和历史唯物主义是唯一科学的世界观和方法论,是马克思主义政治经济学和科学社会主义的理论基础;系统阐述了马克思主义的自然观、历史观、认识论和辩证法等基本原理。

经典评论

历史唯物主义是马克思的第一个伟大发现,它集中而鲜明地体现了马克思哲学的独创性和突出贡献。马克思犹如普罗米修斯,他用唯物主义之光照亮了长期在黑暗中摸索的社会历史理论。然而,马克思创立历史唯物主义又是一个艰难曲折的思想登山之路。这一过程既体现了科学研究的一般规律,又反映了马克思思想进程的独特性。

——杨耕

《手稿》不但包含马克思最初的经济学思想,而且包含了他第一次批判研究政治经济学史的重要成果。这样,它直接为后来马克思形成包括"基本理论"和"历史批判"两大部分的经济理论逻辑结构做了开拓性的工作。

——石向实、朱晓鹏

延伸阅读

1. 列宁:《列宁选集》,人民出版社2004年版。
2. 毛泽东:《毛泽东选集》,人民出版社1991年版。

推荐版本

1. 马克思、恩格斯:《马克思恩格斯选集》,人民出版社1972年版。
2. 马克思、恩格斯:《马克思恩格斯选集》,人民出版社2012年版。
3. 赵连文、程耀明:《马克思主义经典著作选读》,河南大学出版社2011年版。
4. 教育部社会科学研究与思想政治工作司编:《马克思主义经典著作选读》导读,人民出版社2008年版。

(卢盈华)

毛泽东选集

毛泽东

作者简介

毛泽东(1893—1976)，字润之，笔名子任。坚定的马克思主义者、无产阶级革命家、战略家、理论家，著名作家、诗人、书法家。中国共产党、中国人民解放军和中华人民共和国的主要缔造者和领导人。

1893年12月26日，毛泽东出生于湖南湘潭县韶山冲一个农民家庭。1914—1918年在湖南第一师范学校求学。五四运动时期接触了马克思主义，1920年在湖南创建了共产主义组织。1921年7月出席中国共产党第一次全国代表大会。1923年6月出席中共三大，被选为中央执行委员，参加中央领导工作。1927年，发动和领导秋收起义，创建工农革命军第一师，并建立了第一个农村革命根据地——井冈山革命根据地。1931年，中华苏维埃共和国临时中央政府在江西瑞金成立，被选为主席。1935年，长征途中召开的遵义会议确立了毛泽东的领导地位。1949年中华人民共和国成立后，任中华人民共和国中央人民政府主席，对马克思列宁主义的发展、军事理论及对中国共产党的理论发展做出了巨大的贡献。

1976年9月9日，于北京逝世。

名著背景

20世纪上半叶，帝国主义战争与无产阶级革命是时代主题。自1840年鸦片战争以来，中国人民进行了太平天国运动、洋务运动、戊戌变法、辛亥革命等一系列的抗争，在探索救国救民的道路上不断受挫，时代需要新的理论。1917年俄国十月革命一声炮响，为中国送来了马克思列宁主义，帮助中国的先进分子用无产阶级的世界观审视自己的问题，寻求救亡图存道路。毛泽东思想就是在这样的时代背景下形成并发展起来的。

由于西方资本主义的入侵，中国近代工业得以产生和发展。中国工人阶级的成长和壮大，为工人运动的发展提供了阶级基础。1919年的五四运动，又促进了马克思主义在中国的传播，使其与工人运动相结合。中国无产阶级开始作为独立的力量登上历史舞台，为中国共产党的成立做了思想上和干部上的准备。

中国共产党在新民主主义革命时期领导的革命和建设的实践，为《毛泽东选集》中文章的创作提供了实践基础。毛泽东对这些实践经验进行概括总结，系统阐述了新民主主义革命的基本理论、路线和纲领，论证了党在新民主主义革命时期的政策和策略。

经典观点

毛泽东思想的活的灵魂是贯穿于毛泽东思想整个体系的立场、观点和方法，有三个基本方面：实事求是、群众路线、独立自主。

新民主主义革命的总路线，即无产阶级领导的，人民大众的，反对帝国主义、封建主义和官僚资本主义的革命。

新民主主义革命的道路，即农村包围城市、武装夺取政权的革命道路。在中国共产党的领导下，以农村革命根据地为战略阵地，以土地革命为基本内容，以武装斗争为主要斗争形式，夺取全国胜利的道路。

新民主主义革命的三大法宝，即统一战线、武装斗争、党的建设。

阅读导引

《毛泽东选集》收集了毛泽东同志在中华人民共和国成立前新民主主义革命时期的重要著作，是20世纪对中国影响最大的书籍之一。在中国革命的过程中，毛泽东将马克思主义的普遍真理同中国革命的实际结合起来，形成毛泽东思想。该选集是毛泽东思想的集中展现。

《毛泽东选集》共四卷，第一卷包括第一次国内革命战争时期（1924到1927年）和第二次国内革命战争时期（1927到1937年）的著作；第二卷和第三卷包括抗日战争时期（1937到1945年）的著作；第四卷包括第三次国内革命战争时期到中华人民共和国成立前（1945到1949年）的著作。

关于新民主主义革命理论。这是毛泽东思想最主要的内容，毛泽东从中国的历史状况及社会状况出发，深刻研究中国革命的特点和规律，发展了马克思列宁主义关于无产阶级领导权的思想，创立了无产阶级领导的，以工农联盟为基础的，人民大众的，反对帝国主义、封建主义和官僚资本主义的新民主主义革命理论。主要著作有：《中国社会各阶级的分析》《〈共产党人〉发刊词》《新民主主义论》《目前形势和我们的任务》等。

关于社会主义革命和社会主义建设。毛泽东领导我们党采取社会主义工业化和社会主义改造并举的方针,实行逐步改造生产资料私有制的具体政策,从理论和实践上解决了在经济文化落后的大国建立社会主义制度的艰难任务,领导全党和全国人民积极探索建设社会主义的道路,提出了一系列具有战略意义的正确思想和方针。主要著作有:《论人民民主专政》《论十大关系》《关于正确处理人民内部矛盾的问题》等。

关于革命军队建设和军事战略。毛泽东系统解决了以农民为主要成分的革命军队如何建设成为一支无产阶级性质的、具有严格纪律的、和人民群众保持亲密联系的新型人民军队的问题,解决了在半殖民地半封建的中国如何开展人民革命战争、应当实行什么样的战略战术、如何巩固国防等一系列重大方针问题。主要著作有:《抗日游击战争的战略问题》《论持久战》《战争和战略问题》等。

关于政策和策略。毛泽东精辟论证了革命斗争中政策和策略问题的极端重要性,指出政策和策略是党的生命,必须根据政治形势、阶级关系和实际情况及其变化制定党的政策,把原则性和灵活性结合起来。主要著作有:《目前抗日统一战线中的策略问题》《论政策》《关于目前党的政策中的几个重要问题》等。

关于思想政治工作和文化工作。毛泽东高度重视意识形态领域的工作,提出了许多重要思想。比如关于思想政治工作是经济工作和其他一切工作的生命线,要实行政治和经济的统一、政治和技术的统一、又红又专的方针。主要著作有:《纪念白求恩》《为人民服务》《愚公移山》等。

关于党的建设。毛泽东成功地解决了在中国这样一个无产阶级人数很少而战斗力很强,农民和其他小资产阶级占人口大多数的国家,建设一个具有广泛群众性的马克思主义政党的难题。主要著作有:《反对自由主义》《改造我们的学习》《关于健全党委制》等。

毛泽东思想的活的灵魂是贯穿于上述各理论的观点、立场和方法,有三个基本方面:实事求是、群众路线、独立自主。实事求是就是一切从实际出发,理论联系实际,把马克思主义同中国的具体实践相结合。群众路线就是一切为了群众,一切依靠群众,从群众中来,到群众中去。独立自主,就是坚持独立思考,走自己的路,坚定不移地维护民族独立、捍卫国家主权,把立足点放在依靠自己力量的基础上,同时积极争取外援,开展国际经济文化交流,学习外国一切对我们有益的先进事物。

经典评论

毛泽东是探索中国自己的社会主义建设道路的开创者。他领导全党和全国人民顶住来自外部的各种压力,坚持不懈地进行这种探索。毛泽东等老一辈革命家作为探索中国社会主义建设道路开创者的历史功绩,将永远记载在党和国家的史册上。毛泽东思想,这是中国共产党和中国人民的宝贵的精神财富。

——沙健孙

延伸阅读

1. 毛泽东:《毛泽东著作选读》,人民出版社 1986 年版。
2. 中央编译局编:《马克思恩格斯全集》,人民出版社 1974 年版。
3. 邓小平:《邓小平文选》,人民出版社 1994 年版。

推荐版本

毛泽东:《毛泽东选集》,人民出版社 1991 年版。

（卢盈华）

中国哲学简史

冯友兰

作者简介

冯友兰(1895—1990),字芝生,河南唐河人。中国当代著名哲学家、哲学史家、教育家。现代新儒家的代表人物之一。

1895 年 12 月 4 日,冯友兰出生于河南省南阳市唐河县祁仪镇。1912 年,冯友兰以优异成绩考入上海中国公学大学预科班。1915 年 9 月,考入北京大学文科中国哲学系,开始接受较系统的哲学训练。1924 年,获哥伦比亚大学哲学博士学位。回国后历任广东大学、燕京大学教授,清华大学文学院院长兼哲学系主任。从1939 年到 1946 年,冯友兰连续出版了六本书,被称为"贞元之际所著书":《新理学》《新世训》《新事论》《新原人》《新原道》《新知言》。通过"贞元六书",冯友兰创立了新理学思想体系,使他成为中国当时影响最大的哲学家。1946 年冯友兰赴美任宾夕法尼亚大学客座教授。1947 年任清华大学校务会议主席。曾获得美国普林斯顿大学、印度德里大学、美国哥伦比亚大学名誉博士学位。1952 年后任北京大学哲学系教授、中科院哲学社会科学部委员。

20 世纪五六十年代是冯友兰学术思想的转型期。新中国成立后,冯友兰放弃其新理学体系,接受马克思主义,开始以马克思主义为指导研究中国哲学史。

1990 年 11 月 26 日 20 时 45 分,冯友兰病逝于北京友谊医院,享年 95 岁。

名著背景

《中国哲学简史》是冯友兰先生为西方读者而写的一本哲学史。

自鸦片战争至新中国成立前,中国一度处于落后、挨打局面,反映在文化领域则表现为思想文化的保守、落后。随着严复《天演论》的译出,"进化论"成为影响中国社会的主要思潮。国内的学术界,从一个极端走向另一个极端,无论是激进派,如陈独秀、鲁迅等,还是自由主义者,如孙东荪、胡适等,都接受了"进化论"的思想,甚至保守派,如梁漱溟等也不反对"进化论"。西学的传入一方面促进了中国哲学的更新,另一方面也冲击了中国人的文化自信,亟须有学术领袖促进中西方文化在互不贬斥、相互尊重的条件下沟通、融合。

此外,在《中国哲学简史》出版前,虽然西方关于中国哲学的各种著作为数不少,但通常不是太专业,就是太通俗,因而西方人对中国哲学的知识知之甚少。"即便是受过良好教育的美国人,如果请他们列举中国的主要哲学家,除非汉学专家,大概能列举出的中国哲学家只有孔子,或可能再加个老子。"

冯友兰先生有见于此,致力于重构国内对中国哲学的自信,以便更好地沟通中西方文化,以及向西方哲学界介绍、传播中国哲学知识,提高中国哲学地位。后冯友兰于 1946—1947 年在美国宾夕法尼亚大学任客座教授,讲授中国哲学史,将其英文讲稿整理写成《中国哲学简史》,即此书。

经典观点

中国哲学的精神。(1)中西哲学关切点的不同,冯友兰认为中国哲学由对人生的思考而导出对人生、世界的认识,是对人自身的生命存在的关切,而西方,哲学源于对"存在本身"的追问,核心是本体论。(2)中西哲学价值论的不同,中国哲人的最高目标是"天人合一",而西方哲学则更倾向于进取式的利用、征服自然。(3)中国哲学表达形态的不同,中国哲学更多地诉诸"意象",哲学内容是非体系的、片段式的。西方哲学则对概念、范畴有明确的定义以及严格的推理、论证。

中西哲学差异的成因。中国是陆地国家,农耕文明占主导,与大自然密切相关,因此,中国哲学十分关注自然,也因此产生了"道法自然"的思想。而古希腊则是海洋文明占主导,其经济依靠商业。数字是其生活中的重要内容,故而毕达哥拉斯学派以"数"作为万物的本原。相比之下,西方哲学较注重知识。

人生境界说。由低到高,存在四种人生境界:自然境界、功利境界、道德境界、天地境界。

阅读导引

《中国哲学简史》是由冯友兰先生于 1946—1947 年在美任客座教授时所讲授的中国哲学史的英文讲稿,经德克·布德教授整理写成。以往的中国哲学史多以历史年代为纲的方式来编写,因此难以呈现各思想流派的演变,不利于读者对各个流派的思想观点进行整体把握。而冯友兰的《中国哲学简史》则依据各主要流派的发展脉络来进行撰述,创新了原有的哲学史写作方式,有利于读者从整体上把握中国哲学。

在冯友兰的《中国哲学简史》一书中,冯先生首先介绍了中国哲学的精神与背景,这是基于中西方哲学的气质、传统的不同来展开。本书最开始是为西方读者而写,因而有必要介绍中国哲学的精神及其产生的地理、经济背景。可以说,第一章、第二章是对中国哲学是什么以及为何如此的高度概括与阐明。

第三章是冯先生正式撰述简史的开始,冯先生以时间为脉络,讲述了诸子百家的哲学思想的发展起源,为我们呈现了当时文化繁荣、百家争鸣的景象。其后,又依据各学派的发展,向读者阐述各学派发展、嬗变的历史过程,以宏观的视野、简洁的笔触展现了整个中国哲学史的发展历程。正如冯先生在作者自序中所说的那样:"小史者,非徒巨著之节略,姓名、学派之清单也。譬犹画图,小景之中,形神自足。非全史在胸,曷克臻此。唯其如是,读其书者,乃觉择焉虽精而语焉犹详也。"本书较之冯先生先前的著作《中国哲学史》虽有大量删减,篇幅明显缩短,但其完整性、精确性却不下于前者。相反,《中国哲学简史》虽然删除了一些次要的思想家,对主要思想家所用的篇幅也缩小了,但其学术色彩并未减弱,其资料及诠释非常准确,立论也平实全面。

冯友兰认为,在某种程度上,哲学家的思想是其政治理想的阐明、构建。因而,他在《中国哲学简史》一书中采用了史论结合的方式,在诠释各家哲学的同时,也将其与当时的社会历史条件以及哲学家所向往的理想的生活状态和国家制度相结合,使读者更易产生同情的理解。同时,冯先生认为,中国哲学的主要目的不是机械地增加知识、提高控制自然的能力,而是向往"天人合一",是人与自然相统一的过程。

除此之外,冯先生为读者澄清了许多常见的理解上的误区,并做了进一步的详细说明。比如对儒家提倡的中庸思想的阐明:"中"即"恰如其分""恰到好处",而"庸"就是"普通"和"寻常"。就情感说,中庸是指情感未发生时,心的活动恰到好处,情感发生后,无所乖戾,呈"和"的状态;在社会生活中,"中"的思想同样适用于人的感情和欲望,"当人的欲望和感情表达得合乎分寸,他的内心便达到一种平衡,而这种是精神健康所必需的"。这种中庸思想的核心也就是物极必反,要把握住一个度,当一个事物发展到极端的时候,就会使它朝着另一端发展,最终会使我们收到事与愿违的结果。冯先生在书中通过对常见误解的澄清,使读者对其有了更深层次的理解。

总体而言,《中国哲学简史》勾勒出了中国哲学的基本面貌,反映了冯友兰成熟的哲学史观,其准确的描述和得当的选材,不仅深化了人们对于中国哲学史的理解,也使中国哲学史的研究走向现代化。同时,作为一位根植于中国的文化土壤,并接受过西方学术训练的学者,冯友兰不仅对中国哲学进行了体系化的梳理,还把中国哲学推向了世界,一方面加深了西方对中国传统的研究与理解,另一方面也促进了中国哲学自身的现代化。

经典评论

有关中国哲学的英文书籍和文章为数并不少,但通常不是太专门,就是通俗到了乏味、没有价值的地步。读者现在手持的这卷书堪称是第一本对中国哲学,从古代的孔子直到今日,进行全面介绍的英文书籍。

——冯友兰

我素以为《简史》是一本出神入化的书。写这书时,父亲已有哲学史方面的研究成绩,又创造了自己的哲学体系,两卷本《中国哲学史》和"贞元六书"俱已流传。《简史》将两方面成就融会贯通,深入浅出,内行不觉无味,外行不觉难懂。

——宗璞

延伸阅读

1.冯友兰:《中国哲学史》,华东师范大学出版社2011年版。
2.冯友兰:《哲学的精神》,陕西师范大学出版社2010年版。
3.牟宗三:《中国哲学十九讲·牟宗三先生全集》(卷二十九),联经出版事业公司2003年版。

推荐版本

1.冯友兰:《中国哲学简史》,涂又光译,北京大学出版社2013年版。
2.冯友兰:《中国哲学简史》,赵复三译,新世界出版社2004年版。

(卢盈华)

西方哲学史

伯特兰·罗素

作者简介

伯特兰·罗素(Bertrand Russell,1872—1970),20 世纪英国著名的哲学家、数理逻辑学家、作家、社会评论家、政治活动家,分析哲学的创始人之一。

1872 年 5 月 18 日,罗素生于英国辉格党贵族世家。其祖父约翰·罗素勋爵在维多利亚时代两度出任首相,并获封伯爵爵位。其父安伯雷·罗素子爵是一位激进的自由主义者。罗素 2 岁失去母亲,4 岁失去父亲,由祖母抚养。他的祖母在道德方面要求极为严格。

罗素于 1890 年入读剑桥大学三一学院,广泛学习哲学、逻辑学和数学,并得到其师怀特海的赏识。罗素于 1903 年出版《数学的原理》(*The Principles of Mathematics*),这部著作至今依然是数学基础研究发展史上的一个里程碑。在这之后,罗素和怀特海合作撰写《数学原理》(*Principia Mathematica*),该书被誉为"人类心灵的最高成就之一",也为罗素赢得了学术上的崇高地位和荣誉。与此同时,罗素在哲学领域和反战运动中也做出了一些贡献。1950 年,罗素获得诺贝尔文学奖,以表彰他所写的捍卫人道主义理想和思想自由的多种多样意义重大的作品。

中年与晚年时期,罗素撰写了大量著作,还在世界各地进行演讲。除了数理逻辑、哲学等领域,他在伦理、政治、教育理论和宗教研究历史等学科中都有一定建树。他还致力于世界和平运动,积极投入反核抗议并反对西方介入越南战争,在全世界享有很高声誉。

1970 年 2 月 2 日,罗素逝世,享年 98 岁。

名著背景

二战爆发后,罗素留在了美国,但由于罗素对堕胎、婚姻和同性恋问题的看法与正统相违背,被认为在道德上无法胜任教授一职。因此罗素的讲学和旅行计划纷纷告吹,各家报纸也不敢向他约稿,这使罗素差不多完全失去维持生计的手段,处于孤立无援的境地。这时,费城的百万富翁巴恩斯博士将罗素从困境中解救出来,邀请罗素在费城的巴恩斯艺术基金会讲授西方哲学史(为期5年)。尽管巴恩斯于1942年解雇了罗素,但他永远解决了罗素的财务问题,因为罗素得到了一笔数目可观的违约金。而他的演讲则成为使他获得巨大成功的《西方哲学史》(1945)的基础。

经典观点

哲学不是卓越的个人所做出的独立思考,它是社会生活与政治生活的一个组成部分,是曾经有各种体系盛行过的各种社会性格的产物与成因。人们生活的环境在决定他们的哲学上起着很大作用,反过来,他们的哲学又在决定他们的环境上起着很大的作用。

哲学是某种介乎神学与科学之间的东西,它和神学一样,包含着人类对于那些迄今为止仍为确切的知识所不能肯定的事物的思考;但它又像科学一样是诉诸人类理性而非诉诸权威。一切确切的知识都属于科学,一切涉及知识之外的教条都属于神学。但是,介乎神学与科学之间的还有一片受到双方攻击的无人之域,即哲学。

采取历史性的维度考察哲学史,在时间的发展过程中对哲学、哲学家以及哲学家的观点进行解释。研究一个哲学家时,正确的态度既不是尊崇也不是蔑视,而是应该先要有一种假设的同情,直到可能知道在他的理论里有些什么东西大概是可以相信的为止,唯有到了这个时候才可以重新采取批判的态度。

阅读导引

罗素《西方哲学史》的全名是《西方哲学史及其与从古代到现代的政治、社会的联系》,全书以独到的历史视角论述了哲学以及哲学家的思想发展的历史过程。虽然《西方哲学史》一书为罗素赢得了声誉,但大众对该书的评价褒贬不一。然而不能否认的是,即便该书只能算作罗素广博研究著作中的冰山一角,但其中闪烁着罗素研究哲学史之方法的精妙,至今仍值得我们借鉴和深思。

该书分为三卷,第一卷为古代哲学,罗素用三个阶段划分了古代哲学家,即前苏格拉底时期的哲学家,苏格拉底、柏拉图、亚里士多德三位哲学家以及后亚里士多德的哲学家;第二卷为天主教哲学,罗素将哲学家们分为教父时期的哲学家和经院哲学家;第三卷就是近代哲学的部分,罗素将其分为两篇,第一篇为从文艺复兴到休谟,第二篇则是从卢梭到现代。

在《西方哲学史》中,罗素首先对哲学下了一个定义,认为哲学是介乎神学与科学之间的东西。在阐述各个哲学家思想的过程中,罗素也充分根据这一定义揭示了在哲学发展中,科学与宗教、社会与政治是如何与哲学相互作用的。罗素在绪论中就提到,哲学不是卓越的个人所做出的独立思考,它是社会生活与政治生活的一个组成部分,而且是曾经有各种体系盛行过的各种社会性格的产物与成因。人们生活的环境在决定他们的哲学上起着很大作用,反过来,他们的哲学又在决定他们生活的环境上起着很大的作用。罗素的这一思想在全书中体现得淋漓尽致,我们可以看到,罗素在评论任何一位哲学家时都使用了较大的篇幅对其所处的时代环境、政治制度、思想潮流等进行了较为全面的分析。这种论述使我们更能够站在哲学家的立场上理解其哲学思想及其发展,即罗素所说的对哲学家抱有同情的理解,直到可能知道在他的理论里有些什么东西大概是可以相信的为止,唯有到了这个时候才可以重新采取批判的态度。

与传统的哲学史相比,罗素的哲学史明显具有个人特色,罗素对于各个哲学家的诠释与阐述可以说体现了罗素个人的价值倾向。罗素并不拘泥于对某一哲学家的传统评价,他更注重自己对于该哲学家的理解与评判。不同于梯利对各哲学家详尽的诠释,罗素在处理各哲学家所占的篇幅和详略时更为自由;也不同于梯利尽量避免个人观点影响读者的做法,罗素对各哲学家的评价非常直接,让每个读者都能了解到罗素作为一个哲学家对于其他哲学家的看法。罗素对于各哲学家的评价虽然也考虑其影响意义,但主要是从哲学体系的内在无矛盾性和思想的客观可靠性来确定的。比如,他对阿奎那、洛克的论述虽然花了较大篇幅,但由于两人思想的缺陷,因此对二者的评价都不高。

罗素作为一个在哲学创作方面提供逻辑分析方法,在哲学史诠释方面提供新思路的哲学家,对哲学研究的贡献不言而喻。更为有意义的是,罗素以历史观切入哲学思想的流变,表达了"贯穿着多个世纪的人们的生活环境与他们的哲学互为因果的交互作用"的主题,这种倾向大大增加了该书的可读性,使更多人了解到哲学的魅力所在。

经典评论

伯特兰·罗素的《西方哲学史》是一本珍贵的书。我不知道人们究竟应该更多地钦佩这位伟大思想家令人愉悦的清新和独创性呢,还是应该更多地钦佩他善于同遥远的时代和古老的心智发生共鸣的敏感性。我认为,在我们如此枯燥乏味而又残酷的这一代，能出现这么一个聪明、正直、勇敢而同时又幽默的人，实乃幸运。这是一部超越派别和意见冲突的、最适宜于教学的书。

——［德］阿尔伯特·爱因斯坦

这本书写得优雅诙谐，但缺点在于集中在前笛卡尔哲学，缺少对伊曼纽尔·康德的理解，以及过度引申和省略。

——［英］罗杰·斯克拉顿

延伸阅读

1. 梯利：《西方哲学史》，葛力译，商务印书馆 2015 年版。

2. 文德尔班：《哲学史教程》，罗达仁译，商务印书馆 1987 年版。

3. 斯通普夫，菲泽：《西方哲学史》，丁三东等译，中华书局 2005 年版。

推荐版本

1. 罗素：《西方哲学史·上卷》，丁三东等译，商务印书馆 2015 年版。

2. 罗素：《西方哲学史·下卷》，马元德译，商务印书馆 2015 年版。

（卢盈华）

查拉图斯特拉如是说

弗里德里希·威廉·尼采

作者简介

弗里德里希·威廉·尼采（Friedrich Wilhelm Nietzsche，1844—1900），德国著名哲学家、文化评论家、诗人。他的著作探讨了多个领域的话题：宗教、道德、现代文化、哲学以及科学等。他的写作风格是擅长采用格言和悖论的技巧。尼采是唯意志论和生命哲学的主要代表之一，深刻地影响了后来的哲学发展，尤其是存在主义与后现代主义。

尼采出生于新教牧师世家，早年就读于波恩大学和莱比锡大学，先后学习神学与古典学。25岁时受聘为瑞士巴塞尔大学古典哲学教授。1879年因病辞职，在瑞士、意大利、法国等地漫游、写作。1889年1月在意大利都灵突患精神病，从此再也没有恢复。1900年8月逝世于魏玛。

尼采的著作可分为早中晚三个时期。早期包括：《悲剧的诞生》（1872）和《不合时宜的沉思》（1876）。中期包括：《人性的，太人性的》（1878）、《曙光》（1881）、《快乐的科学》（1882）、《查拉图斯特拉如是说》（1883）。晚期包括：《善恶的彼岸》（1886）、《论道德的谱系》（1887）、《瓦格纳事件》（1888）、《偶像的黄昏》（1888）、《敌基督者》（1888）、《尼采反对瓦格纳》（1888）、《瞧，这个人》（1888）等著作，以及以"权力意志"为题编辑出版的笔记。尼采著作和手稿编入30卷的《尼采全集考订版》（KGW）和研究版（KSA）。

名著背景

在 1883—1885 年间完成的《查拉图斯特拉如是说——一本为所有人而又不为任何人的书》代表了尼采中期作品的终结和晚期作品的开端,是他最知名也是最重要的著作之一。尼采在这本书中正式提出了永恒轮回的理论,且首次使用了"超人"这一词,并在其之后所有的作品里反复采用了超人学说。

《查拉图斯特拉如是说》一书的写作时间十分短,第一部仅用了十天时间,第二、三部也差不多如此,哪怕是费时较多的第四部,也不过断断续续进行三四个月就写成了。可以说这部作品是尼采凭着一种惊人的激情完成的。

尼采写作该书的风格相当独特,他使用了一种哲学小说风格的写作方式,类似于《新约圣经》以及《柏拉图对话录》的风格。同时也与前苏格拉底时期哲学作品里的语调相当类似,经常以自然现象作为修辞和讲述故事的手段。他也经常提及西方文学及哲学的各种传统,解释并讨论这些传统的问题。

经典观点

"上帝已死"。而当查拉图斯特拉独自一人时,他就对自己的心说道:"难道这是可能的吗?这位老圣徒待在森林里,居然还根本不曾听说,上帝死了!"

这里的"上帝已死"不能按照字面意思理解。尼采认为,奴隶道德形成了欧洲的病态,这种病态表现于民主主义与基督教之中,上帝的观念不过是人的不安的良心的表现,从而形成人的自我折磨的要求,主张以上帝之死代替上帝的观念,因为上帝已经无法成为人类社会的道德标准与终极目的。

"超人"。查拉图斯特拉就对民众说道:我来把超人教给你们。人类是某种应当被克服的东西。……而对于超人来说,人也恰恰应当是这个:一个笑柄或者一种痛苦的羞耻。……超人乃是大地的意义。

超人学说是尼采所提出的著名理论,超人是他主张的人的理想典范。

在《查拉图斯特拉如是说》一书中,尼采以查拉图斯特拉的身份展开剖析,认为人在经历道德、基督教信仰幻灭的虚无主义后,应该将心境转向一种"积极的(或正面的)虚无主义",使自己得以面对心中的价值意义,并且以此意义创建人生。尼采认为自己找到了一种彻底战胜虚无主义的方法,即"超人"。能达到此境界的人,就是伟大的"超人"。值得注意的是,"超人"作为一种理想型的人类,与现存的所有人都不同,是新的"人",是不同于人的"人"。

阅读导引

书中以查拉图斯特拉——琐罗亚斯德教(拜火教)的创教先知——这一角色为

媒介,描述了他四处进行哲学演讲的旅程以及各种听众对于其演讲的反应。这些听众的反应可以视为是对查拉图斯特拉(乃至于尼采本人)的哲学的评论。而且尼采写作该书的风格十分独特,其中充满了反讽、双关语、隐喻、暗示、象征、影射的文艺手法,也采用了戏剧叙事的艺术技巧,却偏偏缺乏在哲学传统中习用的"推论式辩护"。这些特点再加上书中本身论点存在的模糊性和矛盾本质,即使这本书获得了普通大众的青睐,也难以被学界分析(或许这就是尼采的意图)。这种没有"论证"即"推论式辩护"的思考和写作还能被称为"哲学"吗?《查拉图斯特拉如是说》也因此在哲学界一直不受学者的重视(尤其是具有分析哲学传统的英语国家),直到 20 世纪的后半期人们才对这本书以及尼采混合小说和哲学的独特写作风格产生广泛兴趣。

《查拉图斯特拉如是说》不同于一般的哲学类作品,它是以一个事件来开篇的而非常见的一个命题或论点。这个写作手法的目的也就是本书的目的,尼采不需要我们一开始就思考这个世界或者批判某些基本理论,他想让每个人都联系他们自己的经历,查拉图斯特拉这个形象包含有很多东西,但他要求我们把哲学个人化。尼采一开始就要将我们个人融入其中或者说要求我们在阅读中代入自己,将自己与书中的主角即查拉图斯特拉进行比较,开始一段反思的旅程。

查拉图斯特拉下山后碰到的第一个人是"圣徒","圣徒"告诉他自己在森林中用歌唱赞美上帝,打发时间。这种看起来十分奇怪的生活方式也象征着"圣徒"就是那被人们称为信仰的东西的代表,而他与查拉图斯特拉的相遇也代表着查拉图斯特拉与宗教冲突的开始。"圣徒"的生活是与"上帝"联系在一起的,这就是现代社会中典型的宗教人物的"他者中心论",上帝就是"他者"。生活在其中的"圣徒"没有自我,查拉图斯特拉也因此无法与他交流,转身离去的他宣告了"上帝已死"。

查拉图斯特拉继续前行,他在城市中向人们说道,要把"超人"教给他们。而人们起先是在看走绳演员的表演,在这样的境况下,去宣布教化民众似乎有些不合时宜也带着荒唐。人们对于"超人"毫不理解,他们需要的是娱乐和兴奋,因此这样突兀的宣言也对于人们毫无意义。教化失败了,这也似乎让我们看到,哲学家并不比一个表演的小丑更具有意义。但恰恰,这样的失败也印证了"超人"理论的意义所在,这是一个自省的时刻。"超人"作为一个理想概念,当然不是从字面意义上理解,它要求对现今人类的超越,超越现在生活的局限,也意味着要反抗现今的人性。理解超人理论,就会去质疑自己的行为,质疑自己正在建立的生活准则的意义。

在《查拉图斯特拉如是说》第一部序言的最后,在查拉图斯特拉向自己的心灵袒露之后,他看到了自己的同伴——太阳下最高傲的动物和太阳下最聪明的动物,尽管一开始教授人们"超人"哲学没有成功,但现在他拥有了同伴——于是他开始下山。

尼采在序言部分中宣告上帝死了,是他认为其身处的时代充斥着虚无主义,缺乏强有力的、积极的目标,而"超人",正是这虚无主义的解决方案,就宗教而言,超人并不需要一个"他者"来安放自我,他不依赖任何其他的东西。序言部分全文都在和本书各部分相互呼应。

经典评论

应该承认,德里达对尼采思想和表达风格的强调是大有道理的。尼采本人也强调自己风格的多样性,并认为这是基于他自身内心状态的"异常多样性"。特别是在《查拉图斯特拉如是说》一书中,诚如本书编者科利在"编后记"中指出的那样,尼采做了一种严肃的试验,试图把哲学"提升"——实为"降落"——到一个"非秘传的"层面上,以反对苍白无力的智慧木偶。从风格上讲,尼采是十分"非哲学的"——以科利的说法,尼采是要用此书来推动一种"对哲学解释的彻底变革"。虽然尼采在早期的《悲剧的诞生》中,进而在中期的几本著作中就已经开始了这种变革实验,但纵观他的全部著述,《查拉图斯特拉如是说》无疑是在非哲学的思想表达方面走得最远的。

——孙周兴

延伸阅读

1.迈克尔·坦纳:《尼采:牛津通识读本》,于洋译,译林出版社2011年版。

2.马丁·海德格尔:《尼采》,孙周兴译,商务印书馆2002年版。

推荐版本

1.尼采:《查拉图斯特拉如是说》,杨恒达译,译林出版社2012年版。

2.尼采:《查拉图斯特拉如是说》,钱春绮译,生活·读书·新知三联书店2014年版。

(卢盈华)

思想录

布莱兹·帕斯卡尔

作者简介

布莱兹·帕斯卡尔(Blaise Pascal,1623—1662),17 世纪法国伟大的数理学家、思想家、哲学家,近代概率论的奠基者。

帕斯卡尔幼年就表现出了数学天赋:从小精通欧几里得几何,12 岁时独自发现了"三角形内角和等于180°"的数学定理。他 16 岁时便写成论文《圆锥曲线论》,留下了被称为"神秘六边形"的帕斯卡尔定理。笛卡儿曾对此论文大加赞赏,不敢相信它出自一个孩子之手。19 岁时研制出世界上第一台能够进行百位加减法运算的计算器,至今仍被保留在法国博物馆。23 岁时制造出水银气压计,1648 年发表的《大气重力论》与《液体平衡论》,总结出帕斯卡尔定律——大气压力理论与流体力学的基本规律。随后著书《真空论》,被誉为科学史和思想史上的光辉典范。其名字被后人确定为国际单位制中的压强单位。

在他的一生中,宗教思想对他影响极大。偶然读到詹森派的基督教教派著作,让他为之折服。他为自己没能彻底建立与上帝的关系而绝望,也就在这个时期他放弃了自己的科学工作,立志献身上帝。在 1655—1659 年间,他曾写下了许多的宗教著作,甚至计划写一部为宗教辩护的书,但只留下了札记形式的断章残篇。后来这些笔记被整理成文,以《思想录》为名进行发表。这部作品奠定了帕斯卡尔在思想界和哲学史上的崇高地位。

名著背景

《思想录》整理编排的是帕斯卡尔一些未完成的手稿,此书集中反映了其哲学和神学研究。

帕斯卡尔一家都是虔诚的天主教徒,中年时期,帕斯卡尔偶然读到欧洲天主教的一个流派——詹森派(Jensenism,1585—1638)——的著作并为之折服,从此靠近波尔·罗亚尔修道院,转向对宗教的研究之中。

1654 年 11 月 23 日帕斯卡尔乘坐的马车失事,而他却得以幸免。在亲身经历过上帝的"神迹"之后,他成为詹森派、天主教的虔诚信奉者和卓越捍卫者。1656 年,巴黎索邦神学院揭发詹森派领袖阿尔诺,认为他们的思想学说是离经叛道,并对詹森派的学说发动猛烈攻击。帕斯卡尔也被卷入了这场大论战之中,作为詹森派的辩护人,此时他写下了大量经典的篇章。

1662 年,时年 39 岁的帕斯卡尔与世长辞。1760 年,波尔·罗亚尔修道院第一次发表了这些笔记,题名为《帕斯卡尔先生死后遗下的论宗教和其他主题的思想》,后来沿用《思想录》为书名。

经典观点

关于人性与思想的认识。精神可以是强劲而又狭隘的,也可以是广博而又脆弱的。

人比动物伟大,因为人有思想。虽然人只不过是大自然中的一个渺小类别,但他是唯一能思想的动物,即使被毁灭了,也仍然要比置他于死地的事物高贵得多。

我们追求真理,不仅仅是出于理智的需要,更是出于内心的需要。正是因为这样,我们才会有那么多的热情去探索世界的本质规律。

关于宗教思想的阐述。这个世界因为耶稣基督的存在而存在,他让人们看见了自己的腐化罪恶,然后教给人们救赎的方法让人们从善如流。

上帝让世界存在是为了兑现对善人的仁慈和对恶人的审判。

宗教有三个标志:奇迹、善良和永恒。

阅读导引

《思想录》是帕斯卡尔生前尚未完成的手稿整理编排而成,也是他在哲学史上留下的浓墨重彩的一笔。全书集中反映了帕斯卡尔在哲学和宗教方面的研究。《思想录》一书文笔优美,意蕴深刻,被视作欧洲近代哲理散文三大经典之一。

《思想录》一书中集中反映了帕斯卡尔在人性、社会、宗教和神学领域的探索和研究,主要包括了"科学精神与敏感思维""腐化心灵与永恒人性""人的伟大与可悲""证明上帝存在""无限大与无限小"和"宗教的意义"等内容。

全书共分为十四编,前七编集中论述了人性和心灵的研究,后七编阐述了上帝与宗教的神学问题。

帕斯卡尔身处的 17 世纪,常被认为"理性时代"。帕斯卡尔却在《思想录》一书中,反对笛卡儿主义,指出了理智的脆弱性。他认为人要用敏感的心灵而不是理性的逻辑去判断事物、感受世界。

他深刻地剖析了人性的弱点:"人的伪装就是谎言与虚假,无论对人对己。人们不愿意听别人说出真相,也避免向别人说出真相。而这些都远离正义与理智的德行,都源于他心底的天性。"他指出:想象是人性中最具有欺骗性部分,是谬误与虚妄的根源。人性的最大弱点是贪慕虚荣,这又正是人类优异性的最大标志。人是那么的不幸,即使没有任何让你感到无聊的原因,也会由于自己的品行而产生无聊。他怀着一颗细致悲悯的心,将这些弱点一一指出。

他不断论述无限大和无限小这一主题。人对于无穷来说是虚无,对于虚无而言就是整体。人类就是这样的一个矛盾体:既伟大又渺小,既崇高又可悲。他还谈到无限性的问题,并论述了认识无限对于了解人生和上帝的意义。

帕斯卡尔的《思想录》中宗教色彩十分浓厚。他在书中直言:"我不能原谅笛卡儿,他在其全部的哲学之中都想能撇开上帝。然而他又不能不要上帝来轻轻碰一下,以便使世界运动起来;除此之外,他就再也用不着上帝了。"他反对笛卡儿主义,他相信人类的原罪不可能使人类获得完全的救赎,人类也不可能通过理智寻找了解世界的属性和上帝的本质。

帕斯卡尔对宗教怀有近乎神圣的虔诚,他从哲学和科学的角度来论证上帝的存在。在著名的"帕斯卡尔赌注"中,他提出了一个人是否对上帝存在有信心的"押注逻辑",即以确定性追求不确定性的输赢来论证上帝的存在。

他指出上帝是隐蔽的存在,我们的首要要义就是向上帝阐明我们行动的基本准则。感受上帝靠的是人心而不是理智。没有信仰就没有幸福。宗教教义可以使人们认识到自己邪恶的一面,同时向往美好、向往上帝。书中帕斯卡尔同时阐述了圣书的本质、真假奇迹和教会的精神等方面的内容。

帕斯卡尔认定上帝的存在,认为预言和奇迹佐证了上帝的存在。正确了解亚当的堕落、原罪、上帝的救赎等便可以认识人性的善恶,从而获得内心的安宁和平和。

《思想录》一书集中反映了帕斯卡尔的思想理论,他将神学通过哲学和科学的论述之后,使得普通大众能够用世俗的标准和经验来解释认识宗教问题。尽管帕斯卡尔对上帝和宗教的热烈追求带有唯信仰论的成分,这也带给了我们理性思考的契机。《思想录》一书富于激情和理性,思想与文辞并重,被奉为"法兰西第一部散文杰作"。对于后世的哲学家如卢梭、伯格森等都产生了一定的影响。

📚 经典评论

帕斯卡尔的人类学思考针对经院观点只能忽视人类存在特征:强力,习惯,自动机,身体,想象,偶然,可能性,因为他还提供了人文科学为了实现其解放应该进行的一种象征革命的口号:"真正的哲学嘲弄哲学。"

——[法]皮埃尔·布尔迪厄

帕斯卡尔的《思想录》,这一超越时空的经典哲理散文,它不但属于历史,而且超越历史,仿佛有一颗不死的灵魂在其中永存。

——刘烨

📚 延伸阅读

1.马可·奥勒留:《沉思录》,何怀宏译,中央编译出版社 2014 年版。
2.大卫·休谟:《人性论》,关文运译,商务印书馆 1980 年版。

📚 推荐版本

1.帕斯卡尔:《思想录》,何兆武译,商务印书馆 1985 年版。
2.帕斯卡尔:《思想录》,李斯译,光明日报出版社 2006 年版。

(卢盈华)

中国文化要义

梁漱溟

作者简介

梁漱溟(1893—1988)，名焕鼎，字寿铭，曾用笔名寿民、瘦民，又以漱溟行世。著名的历史哲学家、教育家、社会活动家，现代新儒学的早期代表人物之一。

1893 年 10 月 18 日，出生于北京一个家道中落的传统官宦之家。6 岁起接受以新知识为主的新式启蒙教育，7 岁被送入兼习英文的中西小学堂，学习西方新知识。1906 年，考入顺天中学堂，这是北京最早的新式中学之一。他不注重国文，非常关心政治时局，受梁启超新民思想影响，向往建功立业，挽救民族于危亡。

1911 年，中学毕业后任《民国报》编辑及外勤记者。1916 年，在《东方杂志》发表《究元决疑论》，在学术界影响很大。受到时任北大校长蔡元培赏识，受邀到北大讲授印度哲学。1917 年，正式任教北大哲学系，至 1924 年止。

1924 年，辞去北大教职，投身农村，从事乡村建设运动。1937 年抗日战争的全面爆发中断了其乡村建设运动，开始为抗战奔走。1941 年，筹备成立了中国民主政团同盟，创办《光明报》。抗战胜利后，参与了国共和谈。中华人民共和国成立后，出任历届中国人民政治协商会议委员。1980 年后，历任宪法修改委员会委员、中国孔子研究会顾问、全国政协常委等职务。

1988 年 6 月 23 日，因病于北京逝世，享年 95 岁。

名著背景

《中国文化要义》是梁漱溟先生继《东西文化及其哲学》《中国民族自救运动之最后觉悟》《乡村建设理论》之后的第四本书。从 1941 年始至 1949 年止，计首尾历时九年完成，出版于新中国诞生前夜。这是梁漱溟的一部重要著作，从当时的时代背景出发，系统分析了中国的文化精神、社会现状及其产生原因和发展历程。

梁漱溟先生所处的中国正是封建社会没落,资产阶级和新民主主义革命兴起的时期。为了摆脱中国贫穷落后、人民受压迫的状态,他潜心研究中国社会存在的问题,探索改变中国命运的道路。

梁漱溟提出口号:"认识老中国,建设新中国。"他认为,只有对中国的社会和历史有深切的认识,才能找到建设新中国的道路。梁先生亲历辛亥革命、袁世凯"帝制"失败、五四运动、抗日战争、国共内战等一系列重大政治事件。他认为,要认识中国的问题,就必须先明白中国社会近百年所发生的变化和内外形势,以及变化发生的原因。

梁先生一生都在思考两个问题:一是人生问题,二是中国社会问题。《中国文化要义》是与他前三本书一脉相承的,是对前三本书所讲老中国社会特征的放大或详述,通过中西文化的比较研究,强调中国历史和文化的特殊性。

经典观点

以道德代宗教。西方的文化发展以宗教为中心,中国却以非宗教的周孔教化为中心,以道德代替宗教,维持人们的安宁与社会的和谐。

伦理本位。伦理本位是对西方的个人本位而言的,由于缺乏集体生活,中国文化以家庭为中心,用礼教以代法律,讲情谊而不争权利。

职业分途。梁漱溟认为,中国缺乏形成阶级社会的经济基础和政治条件,是职业分途的社会,而不同于西方的阶级对立。

理性早启。"理性"是梁漱溟文化心理学的核心概念,被认为是中国的民族精神。中国没有民主、人权和自由,主要就是因为在理智还未发达的时期,理性先得以发挥,使得中国文化成为人类文化的早熟品。

阅读导引

《中国文化要义》是梁漱溟先生的代表著作之一,被誉为"中国文化研究和中西方文化比较的经典作品"。梁先生通过中西文化的比较研究,阐述了自己对中国历史及文化的独到见解,强调了中国历史及文化的特殊性。

在书中,梁先生先解释了何谓中国文化:"文化,就是吾人生活所依靠之一切。"他概括了中国文化个性的七大特点:自主性、差异性、传承性、包容性、历史悠久性、文化成熟、影响深远。后又指出中国文化的十四大特征,这些特征突出表现了中国文化的要义所在。全书主要围绕着这些特征加以论证中国文化。

通过中国家庭与西方文化差异的对比,梁先生指出社会结构是造成不同文化的决定因素,不同的生活态度和文化也对社会结构产生影响。中西方社会结构的不同表现在:中国是以家庭为中心的文化,缺乏集体生活;而西方过的是集体化的生活。集体生活需要靠法律来维护,而家庭生活是靠伦理道德及血缘关系维系的。因此梁漱溟引出了西方的公共观念、纪律习惯、组织能力与法治精神,这正是中国所缺少的。

由于中国缺乏集体生活,以家庭为中心的关系为主导,因此是一个重情谊重伦理的人情社会,即伦理本位的社会,而西方则是个人本位的社会。所以,中国处处讲人情讲义务,西方处处讲权利讲民主。

中国伦理本位的社会结构,就是以家庭结构为模式来架构整个社会关系。它是以亲缘关系为纽带的,靠道德习俗约束,是中国社会不同于西方的主要特征。

梁漱溟指出,职业分途是与西方阶级对立的社会结构相区别的又一重要特征。他认为,中国在经济和政治上都没有形成阶级的基础和条件。中国存在士、农、工、商四个不同的阶层,不存在阶级对立,是一个职业分途的社会。而西方存在着严重的阶级对立。不过,中国是否存在阶级对立,梁先生前后观点有所变化。梁先生后来在《我的努力与反省》一文中承认,他错在过分强调了中国问题的特殊性,而忽略了人类历史发展的一般性。

梁漱溟指出宗教问题是中西文化的分水岭。在中国,家庭伦理代替了宗教,是以道德入手的,也就是以道德代宗教。家庭伦理的理论基础则是周孔教化,外来的宗教则被中国文化改造和同化,使之符合中国家庭伦理本位制度。

理性是《中国文化要义》提出的一个重要概念。梁漱溟认为"中国长于理性而短于理智,西洋则长于理智而短于理性"。他延续孔孟之道,将中国的民族精神概括为理性。如果说理智是征服自然、创造物质文明的工具或方法的话,那理性则是指导人类文化发展的方向。由于理性早启,中国社会稳定而持久,人们注重修身,向上之心强。对他人则不与之争,求相安无事,相与之情厚。此结果就形成了职业分途、伦理本位的社会。也正因为短于理智,中国的科学技术及法律制度方面不发达。所以,梁漱溟指出,我们要保留利用理性的优点,克服其缺点。另一方面,要积极探索,花心思于理智,发展我国的科技及法制。

中国人擅长讲伦理,而无民主,人权、自由更不可见。梁漱溟把无民主、无人权自由、无法治制度归结为人类文化之早熟。中国文化超越了文化发展必经的理智阶段,直接由理性开出,出现了早熟的跃进,形成了"五大病":幼稚、老衰、不落实、落于消极再没有前途、暧昧而不明爽。

《中国文化要义》是一部历史哲学著作,更是一部研究古今中国社会结构的专著。本书通过对比中西方的文化传统及生活方式,阐明了中国文化的主要特征,以及由此所注定的民族性格和民族精神,对我们今天在弘扬优秀传统文化基础上完成现代社会的转型具有重要意义。

经典评论

梁漱溟的百年人生,是一部不屈不挠、勇往直前、不断追求人生向上的波澜壮阔的惊世大戏,是不折不扣的伟大传奇。但这部传奇毫无怪力乱神莫可理喻之处,他那些惊世骇俗的言论,那些特立独行的实践,那些鹤立鸡群的风骨,无不其来有自,源远流长贯穿他浩荡绵久的人生。

——周有光

梁漱溟先生是 20 世纪中国新儒家的先驱,也是 20 世纪中国极具特色的思想家。

——梁培宽、王宗昱

在《中国文化要义》里面,梁漱溟主要是从社会结构入手,通过与西方的比较,来揭示中国文化的特点和价值。

——景海峰、黎业明

延伸阅读

1. 牟宗三:《中国哲学十九讲》,联经出版事业公司 2003 年版。
2. 梁漱溟:《人心与人生》,上海人民出版社 2011 年版。

推荐版本

梁漱溟:《中国文化要义》,上海人民出版社 2005 年版。

（卢盈华）

六大师

斯蒂芬·茨威格

作者简介

　　斯蒂芬·茨威格（Stefan Zweig,1881—1942），奥地利著名作家、小说家、传记作家。擅长写人物传记、小说,也著有诗歌戏剧、散文和翻译作品。

　　1881 年 12 月 28 日,出生于维也纳一个富裕的犹太工厂主家庭。自幼受到良好的教育和资产阶级上流社会的文化熏陶。16 岁便在维也纳《社会》杂志上发表诗作。1900 年进入维也纳大学攻读哲学,后转入柏林大学。1904 年获哲学博士学位,任《新自由报》编辑。后去欧洲、北非、印度、美洲等地游历,结识了罗曼·罗兰、罗丹等人,并结下了深厚友谊。

　　第一次世界大战后流亡瑞士,与罗曼·罗兰等人一起从事反战活动,成为著名的和平主义者。1919 年后长期隐居在萨尔茨堡,潜心著述。

　　1933 年希特勒上台后被列入黑名单,作品遭焚遭禁。1934 年流亡英国,1938 年入英国籍。1940 年,定居巴西。时值法西斯势力猖獗时期,茨威格目睹"精神故乡"沦陷而深感绝望,1942 年 2 月 23 日与夫人一起自杀于里约热内卢。

　　茨威格一生著述颇丰,其代表作有小说《马来狂人》《恐惧》《一个陌生女人的来信》《一个女人一生中的 24 小时》《滑铁卢之战》《象棋的故事》等;回忆录《昨日的世界》;传记《罗曼·罗兰》《三位大师》《同恶魔的搏斗》《三作家的生平》《麦哲伦》等。

名著背景

　　《六大师》是由黄明嘉翻译的,是茨威格的《三大师》及《同恶魔的搏斗》两部传记的合集。这两部传记是茨威格最具代表性的作品,他用综合概括式的叙述,高屋建瓴地对六位大师的文学创作进行提炼、浓缩和萃取,从总体上指明了他们创作的本质特点,深刻揭示了人类心灵的丰富性和复杂性。

第一次世界大战爆发之前,茨威格主要从事外国文化,尤其是诗歌的翻译工作,并创作了一些描写个人命运的小故事,兼有印象主义、象征主义和新浪漫主义的色彩。1914 年第一次世界大战爆发,他目睹了战争对人民生活的极大摧残。战争带来的贫困、饥饿和通货膨胀,破坏了人们的理想和对待生活的乐观态度。茨威格经受了一系列战争带来的灾难后,心灵受到震撼,思想和创作也发生了转变。作为和平主义者、人道主义者和世界主义者的茨威格,与罗曼·罗兰一起呼吁和平、反对战争,追求各民族之间的团结和友爱。

第一次世界大战爆发后的十年也是茨威格文学创作的高峰期,作品呈现爆发式态势,尤其是小说和传记作品的创作。《三大师》与《同恶魔的搏斗》就是创作于这一时期。

经典观点

真正的小说家是百科全书式的天才,学识渊博的艺术家。他在我们尘世旁边,用作品的广度和人物的丰富多彩构建一个整体宇宙。

恶魔是每个人本性中的那种骚动,这骚动把人从自我推向永远不可抑制的状态,它如同酵母,致使本来平静的生活出现危机、失常、极度兴奋、自我抛弃和自我毁灭。

阅读导引

译者黄明嘉将茨威格的《三大师》与《同恶魔的搏斗》合集为一书,定名为《六大师》。

茨威格深受弗洛伊德精神分析学说的影响,无论是小说还是传记,始终着力于从心理角度揭示人心灵的复杂与隐秘,使读者在感受人物心理变化的过程中获取文化价值。他的主要传记作品就是以这种方式对文坛大师及思想家们进行刻画的。

《三大师》讲述的是法国作家巴尔扎克、英国作家狄更斯和俄国作家陀思妥耶夫斯基的生平。《同恶魔的搏斗》记述的是荷尔德林、克莱斯特和尼采这三位患有精神病的德国作家的生平。本译本是两部传记的合集,对六位大师进行了深刻地分析。

茨威格在《三大师》中,将巴尔扎克、狄更斯和陀思妥耶夫斯基当作同一类型的作家加以论述。他们虽然写作领域不同,巴尔扎克写社交界,狄更斯写家庭,陀思妥耶夫斯基写个人及天地万物。但他们都是 19 世纪绝无仅有的伟大小说家,是百科全书式的作家,是叙事文学的天才。他们都以其作品的广度、深度及人物的丰富多彩构建了各自独特的人生形态,表达了各自的人生感受。

巴尔扎克是茨威格非常欣赏的一位作家。他出生于拿破仑时代晚期,受拿破仑叱咤风云、征服世界的野心激励。巴尔扎克立志要用笔来完成拿破仑未完成的事业。这种雄心壮志成了他创作的驱动力,他忘掉了现实沉迷于写作,成为茨威格所说的"写作机器"。巴尔扎克在其激情迸发的二十年里,用他的笔缔造了一个属于他的世界,为后人留下了宝贵的财富。

在《狄更斯》中,茨威格也紧紧把握了狄更斯生活的时代。他认为这个在英国历史上的"黄金时代"是一个没有气魄没有激情的时代。在这个更为奢靡的时代,人们不愿看到恐惧。狄更斯就是被这个时代需求所控制的伟大作家。他出身贫苦,憎恶上层社会,但又不想进行改革;他的作品中有民主思想,但又不激进。他创作的宗旨就是给社会中的弱小者带来欢乐。他用幽默使人愉悦,为世界增添快乐。这个维多利亚时代造就了狄更斯,同时也束缚了他的思想。

《三大师》中,《陀思妥耶夫斯基》篇幅最长,他的生平更具戏剧性,命运更悲惨,经历更坎坷。这位和命运抗争了 60 年的俄国伟大作家最终还是没能自己掌握操纵权。茨威格认为陀思妥耶夫斯基是一个性格分裂的人,是一个完善的矛盾产物。茨威格对其性格和命运进行了散文化的论述,从他的内心去解读他所创作的艺术人物及用笔构建的世界,并概括为一句话:"爱生活甚于爱生活的意义"。

《同恶魔的搏斗》中的三位德国作家荷尔德林、克莱斯特和尼采,他们的共同点在于都"对恶魔的力量着了魔"。他们都是非理性主义的,脱离了现实世界,充满了对理想社会的炙热渴求。恶魔主宰了他们,使他们从烈火般的激情中产生出伟大的作品,也最终导致了他们的毁灭。荷尔德林对神圣的不竭信仰、对自由的渴望及对理想的追求使他居住在诗和疯狂中。克莱斯特一生被激情驱赶,精神世界的"理欲之战"成就了他伟大的戏剧创作,也导致了其自杀。尼采一生孤独寂寞、病魔缠身,但权力意志的梦想使他超越自我,做"诚与真"的探索者和创造者。

茨威格还以歌德为镜来照亮这三个人。歌德是一个战胜了非理性而成为现实和精神世界中的双重伟人的典范。通过把歌德与这三位被恶魔主宰的作家对比,茨威格对这三个人进行了毫不吝惜地赞叹,寄予了最诚挚的同情。他们勇敢地剖析自己,深入剖析时代,在最极限的精神体验中触摸到世界的本质,这就是他们的魅力所在。

经典评论

茨威格名满天下。他同很少的人享有举世瞩目的声誉,我知道没有任何人,像他所获得广泛的和持久的成功那样尽人皆知。

——[法]高中甫

您(茨威格)从混乱的 20 世纪的高处回眸,您那罕有的渗透着欧洲人的典雅而尖锐的怀疑主义的才华,以及您特有的艺术家的洞察力,在这篇特写里极其辉煌地表现了出来。我想,您不仅成功地说出了关于卡扎诺瓦的"全部真理",而且总的来说,也成功地描绘出了 18 世纪天才人物的一般典型。在这篇文章里心理学家的不同凡响的天才和艺术家的本能以令人惊讶的耀眼光辉展现出来。

——臧平安

延伸阅读

1.茨威格:《昨日的世界》,舒昌善等译,生活·读书·新知三联书店 2010年版。

2.弗洛伊德:《精神分析引论》,高觉敷译,商务印书馆 1984 年版。

推荐版本

茨威格:《六大师》,黄明嘉译,漓江出版社 1998 年版。

(卢盈华)

第二部分　政治学

理想国

柏拉图

作者简介

　　柏拉图(Plato，约公元前 427—347 年)，古希腊著名哲学家，苏格拉底的学生，亚里士多德的老师，也是全部西方哲学乃至整个西方文化最伟大的哲学家和思想家之一。他一生大部分时间居住在雅典，他热爱哲学，并且努力地在政治上推行他的哲学思想。他推崇哲人王，认为最理想的执政者应该是哲学家。

　　柏拉图出身于贵族家庭，他从小接受的教育着重文字、音乐和体育三个方面。年轻时，他从事过绘画，写过诗，甚至创作过悲剧。他的儿童和青少年时代是在雅典和斯巴达之间展开的所谓"伯罗奔尼撒战争"中度过的，他在20 岁时认识苏格拉底，成为后者的学生。在目击老师以身殉道后，他决定以继承老师未竟事业为己任，以老师的名义写出多部著作，这些著作不论在当时还是现在都影响深远。

　　在苏格拉底去世之后，他离开雅典，周游地中海区域，并在西西里岛的叙拉古城遇见了对其产生重大影响的迪翁，在 40 岁返回雅典后，看到希腊世界已经日暮西山的他，决定创建学园，这时期他放弃政治与游历，在学园内孜孜不倦的讲学著书。此时的学园不仅成了雅典的最高学府，也蔚为全希腊的学术中心。

　　在经历了二十载的教学生涯后，柏拉图受迪翁邀请重游叙拉古城，希望在那里得以实现其哲人王的理想，但事与愿违，在第三次游叙拉古城时，他差点被扣留，从此他彻底放弃了政治活动，全力著书。

名著背景

《理想国》写于柏拉图第一次意大利之行后、第二次意大利之行前。作为他的代表作,《理想国》不仅是哲学家的宣言书,也是哲人政治家写的治国计划纲要。其中探讨了一系列有关教育、医学、道德、宗教、家庭等问题,可以说是一本综合性的书籍,其中的城邦理论对当时的希腊社会产生过重要的直接历史影响。

柏拉图生于雅典城邦衰落时期,当时疫病流行,政治家伯利克里去世后,群龙无首。"伯罗奔尼撒战争"爆发后,整个雅典社会危机四伏。在苏格拉底死后,雅典的政局更加混乱,让柏拉图痛心的是雅典贵族政治堕落为寡头政治。作为一个贵族出身的政治家,他敏锐地看到工人、商人、农民虽是财富创造者,但他们不可能也不必要去担任许多行政事务。政治活动是领导人的专职,他们受工农商的供养,并为他们提供国防、教育等服务,也就是说在看到雅典民主政治的混乱之后,柏拉图所希望建立的是贵族政治,而这个领导阶层乃是在哲人王的统领下,这样才能避免再次出现类似民主或寡头制下的灾祸。

此外,除了在雅典的经历引起了他的思考外,他的第一次意大利之行也给了他不少启示。意大利南部乃是毕达哥拉斯学派的发源地与活动中心,在这里流传着毕达哥拉斯的著作,并且其中的一些学生甚至是掌握城邦实权的哲人领袖。在与他们的交谈与切磋中,相信柏拉图确实得到了一系列在政治上的启示,另外这种哲人在政治上的实践也为其《理想国》中的哲人王思想找到了现实基础。

经典观点

正义理论。这包括国家正义、个人正义以及这两者之间的关系。国家正义所指的就是所依赖的三大阶级统治者、保卫者以及生产者,三者各司其职,互不干涉。个人正义主要是指人与灵魂之间和谐共处的原则,理性、激情和欲望共同组成了灵魂的主体。灵魂还具备了勇敢、正义、智慧和节制这四种美好品德。要想实现个人正义,就需要将灵魂放在主导位置,激情帮助理性去控制不当欲望。国家正义与个人正义相辅相成、相互制约、互为基础。

理念论包括日喻和线喻两部分。可知的理念世界由"善"理念所统治。万物之所以有可见性,是因为有太阳。理念之所以有可知性,是因为"善"理念的存在。"给认识的对象以真理,给认识者以知识能力的实在,即是善的理念",它是"知识和一切已知真理的原因",比其他理念具有更大的价值。

线喻将世界划分为可感世界和可知世界,把这个过程图示出来即画一条直线AB,按实在性和认识的程度,先分成两大段 AE 和 EB,AE 代表可见世界及其认识,EB 代表可知世界及其认识,由于后者无论在实在性和真理性的程度上都超过了前者，所以在划分线段时 EB＞AE；接着再根据清楚与不清楚的程度，按 AE 和 EB 的比例，再将 AE 线段分成 AD 和 DE，分别代表可见世界的影像及其认识和实物及其认识；将 EB 线段分成 EF 和 FB，分别代表可知世界的理智和理性的对象及其认识。

灵魂转向说。柏拉图通过"洞喻"描述了"灵魂转向学说"的具体内容，以及如何使灵魂转向的艺术。他把洞穴的内外比喻为可见世界与可知世界。灵魂的转向的过程即是一个人的灵魂如何从可见世界通往可知世界的过程，在此过程中，教育起到了帮助灵魂转向的作用。

阅读导引

《理想国》是古代希腊的一部正义论，是古希腊政治哲学的代表性著作之一，书中探讨了政治哲学的重要概念"正义"，全书共分十卷，从内容来看，前两卷主要探讨的是对正义概念的定义，第三至第五卷勾画出正义国家的框架，第六、第七卷探讨对哲人王的培养和教育问题，第八、第九卷则是将这种理想国家与现实社会进行比较，从而进行对现实政治的批判，第十卷则是为理想国增添神秘与宗教色彩。

在《理想国》中，正义的城邦是一个善的城邦，它具有智慧、勇敢、节制、正义四种品质，这种城邦即是柏拉图所设想的"理想国"。智慧体现于统治者的知识，这使他们为了城邦利益做出英明决策，智慧对应于灵魂的理性部分。保卫者体现勇敢，他们的训练使他们保卫城邦，无所畏惧。勇敢对应于灵魂的激情部分。广大的生产者体现节制，他们约束欲望，不让其失去控制，节制对应于灵魂的欲望部分。最后，正义就体现在城邦的成员各司其职，互不干扰插手其他阶层的事务。柏拉图主张，个人正义仅仅是国家正义的缩小。每个个体的正义由灵魂的三个部分和谐的平衡所构成，个人应当以激情协助理性来驾驭欲望。

具体而言，这种理想国的设计可以分为三个方面，一是男女平等，二是消灭家庭，三是哲人王，这三个方面除了第一个之外，在现在常被看作是一种乌托邦式的想法。另外，哲人王的思想是其政治哲学的核心，而这又是以他的理念论作为基础的。他在书中分别举日喻、线喻、洞喻来说明他的理念学说，他认为世界是由两个不同的世界构成的，分别为可知世界和可感世界。可知世界乃是具体事物之外的存在，它相较于可感世界更真实，这种真实只能用理性的抽象思维去把握。所以这种柏拉图所设想的理想国乃是其理念论中城邦国家的体现，而柏拉图自己也承认这种理想化的国家不一定能在现实中实现，在《理想国》中他讲："是为了我们可以有一个样板，是为了我们可以按照它们所体现的标准，判断我们的幸福或不幸，以及我们的幸福或不幸的程度。我们的目的并不是要表明这些样板能成为在现实上存在的东西。"这种以理念论为基础的哲人王思想是柏拉图最核心的政治思想，这也成了精英统治的最初设想。

　　虽然理想国这样的国家治理范式总体而言是一种乌托邦式的想法,但其中对于正义、国家治理的讨论仍然有许多可取之处。比如说在前面提到的男女平等,虽然只是一种统治阶级内部的平等,但已具有进步意义。同时,柏拉图认为应该给不同天性的人安排不同工作,以适应各自品质,譬如统治者、保卫者、生产者。这三者都应该由适应其天性的人担当,只有这样这三者才能各司其职。城邦正义和个人正义的实现,柏拉图认为需要教育的作用,柏拉图把教育分成两类,一种是普遍教育,另一种是高等教育。在教育这个问题上,柏拉图提出了许多有启示意义的理论,比方说根据不同年龄段的人进行不同的教育,另外注重实践和非智力因素在教育中作用,以及因材施教等。

经典评论

　　欧洲哲学传统最没有争议的普遍特征:它包括对柏拉图的一系列注脚。我不是指学者们将信将疑地从他的作品中抽引出来的那种系统的思想脉络。我是指那些丰富的、散见于他作品中的普通思想。

　　　　　　　　　　　　　　　　　　　　——[美]约翰·波德曼

　　哲学之作为科学是从柏拉图开始而由亚里士多德完成的。他们比起所有的哲学家来,应该可以叫作人类的导师。

　　　　　　　　　　　　　　　　　　　　　　　——[德]黑格尔

延伸阅读

　　1.柏拉图:《巴曼尼得斯篇》,陈康译,商务印书馆1982年版。
　　2.柏拉图:《柏拉图的〈会饮〉》,刘小枫等译,华夏出版社2003年版。

推荐版本

　　1.柏拉图:《理想国》,王扬译,华夏出版社2012年版。
　　2.柏拉图:《理想国》,顾寿观译,岳麓书社2010年版。

　　　　　　　　　　　　　　　　　　　　　　　　　(卢盈华)

论自由

约翰·斯图亚特·密尔

作者简介

约翰·斯图亚特·密尔(John Stuart Mill,1806—1873),英国著名哲学家、政治经济学家,并担任政府官员。

密尔是著名功利主义哲学家詹姆斯·密尔(James Mill, 1773—1836)的长子,并成为功利主义晚期的著名代表人物。少年时期,老密尔大力鼓励密尔自学。因此,少年阶段结束时,他已经具备了比大学毕业生还要广泛的知识,这也为他日后的发展做出铺垫。在其青年时期,密尔开始在报刊文献上发表文章,并组织学社,与比其年长不少的人进行学术讨论。此外,他以读书会的方式增加自己在政治经济学、逻辑学与心理学方面的知识。1823 年,密尔进入东印度公司任职,直至东印度公司在 1856 年解散为止。这样的公务生涯,使其在成年时期有充裕时间从事思想工作,总结他的学习生涯。1866 至 1868 年,他曾任英国国会议员。在任期间积极参与政治与社会改革工作,包括妇女参政和爱尔兰土地改革。

1873 年,密尔在法国阿维尼翁死于丹毒,死后与妻子合葬在那里。

名著背景

《论自由》一书写于 1859 年,对西方政治思想史和西方社会产生了深远影响。19 世纪是"日不落帝国"的时代,英国"工业革命"后积攒的实力与社会矛盾同样增多。当时由中产阶级和工人阶级联合发动了长达数十年之久的"宪章运动"。在哲学激进派思想的推波助澜下,成年男子的普选权、财产限制的门槛以及选区的重新划分都取得了重大进展。也正是由于这些作为联结政府与人民的最重要纽带的突破,中产阶级开始发挥自身的力量,改变当时的政治形式和结构,这直接导致了大众民主时代的到来。此时,密尔敏锐地观察到,英国社会对自由的最大威胁已不再是来自政治的专制,而是来自于社会的专制。于是他围绕公民自由以及社会权威可以对个人合法施用权力的性质和限度,进行了一系列广泛而深入的思考,写就了《论自由》。

📚 经典观点

全书要义可以概括为两条基本原则:一、个人行动只要不涉及他人利害,个人就拥有完全的行动自由,不必向社会负责。他人对于这个人的行为不得干涉,至多可以进行忠告,规劝或避而不理。二、只有当个人行为危害到他人利益,个人才应当接受社会或法律的惩罚。社会只有在这个时候,才有对个人的行为的裁判权,也才能对个人施加强制力量。

人类之所以有理有权可以个别地或者集体地对社会中任何分子的行动自由进行干涉,唯一的目的是出于自我防卫。

人类应当有自由去形成意见并且无保留地发表意见,否则在人的智性方面以及人的德行方面会产生毁灭性的后果。

只有培养个性并且反对习俗专制才能造就完善发展的人类。

对于个人的事情、只关己身的事情,公众无须干涉。但是,对于公众或个人构成确定损害或者有了确定损害之虞的事情,就需要被考虑在道德或法律之内。

📚 阅读导引

《论自由》最初出版于1859年,是密尔最具个人特色的作品,这也是他影响最大的一部著作。在一个半世纪以来,这本书对西方的思想界产生了持久而深远的影响。严复曾经翻译本书,书名为《群己权界论》,并借以宣传资产阶级自由主义思想。因此,它对东方的思想启蒙和社会变革也产生了无可替代的冲击作用,对向封建思想做斗争,推动旧时期的中国资产阶级民主革命起到促进作用。

全书总共有五章,最后一章对本书教义的应用是对全文的总结,并举了大量例子重申两条格言:一是个人行动只要不涉及他人利害,个人就拥有完全的行动自由,不必向社会负责。他人对这个人的行为不得干涉,至多可以进行忠告,规劝或避而不理。二是只有当个人行为危害到他人利益,个人才应当接受社会或法律的惩罚。社会只有在这个时候,才有对个人的行为有裁判权,也才能对个人施加强制力量。而二、三、四章便是分开讨论这两条格言,从思想言论、个性自由对人类发展,与对社会及其成员的利益影响来阐述。

密尔在第二章中,将思想自由与讨论自由对于人类精神福祉的必要性之原因归结为四点。一、如果这个意见是真确的,社会及其成员试图以权威对其加以压制甚至是迫害,那就错过了一次进步的机会。如此一来,无从期待任何新的起步,同时也使一大部分积极、追求真理的知识分子把自己所认为真确的原则以及信念保藏在心中,人云亦云。这会直接导致缺乏勇敢、生气以及独立思想的结果。二、如果意见是错误的,但是社会及其成员试图用权威加以压制甚至是迫害,那同样是一个罪恶,因为它即使是错误的,在密尔看来,它通常总是含有部分真理。并且人的错误可以改正,即使意见没有任何真理的部分,真理也可以借着敌对意见的冲突加以更新与补足。何况,一个意见表达出来,人类是无法对意见做出准确的判断的,同时意见也会随着时代发展进行错误与真确的互相转化。三、从反面来看,密尔认为一个公认的意见不仅是真理而且是全部真理,不容它遭受自由思想与言论的认真的争议,那么人们对它的理性方面的根据就只有很少的理解。四、教义的意义本身也有丧失或减弱的危险,并变成教条和形式,失去对品行行为的作用。因此要允许不完全同于教义的思想得到表达,这些思想从理性或者经验中发展出来。

约翰·密尔在第三章论述了个性对人类发展的影响,并充分讨论自由为何能增加人类福祉。在密尔看来,讨论自由的实现有利于实现个性自由,个性自由的实现可以增加社会的福祉,那么讨论自由对于增加社会福祉也起到了间接的作用。因为,行动若不遵从个性,那么会使得他的情感和性格趋于怠惰和迟钝,而不会使其变得活跃而富有。因此只有培养个性才会产生出完善发展的人类。但是密尔发现在当今社会,因为习俗的专制使得个性早已不复存在了,威胁着人的不是最开始的那个个性的冲动而是个性的不足。同时,每个人也不认为个性有多么的重要。故而,习俗的专制在任何地方对于人类福祉都是一个持久的障碍,并且与自由精神处于不断冲突之中。

密尔发现,在早先的社会中,未加束缚的个性曾远远超过当时社会所控制它们的力量,这显示强烈的个性也是具有危险性的,因此需要法律习俗的约束。但是人类如果要成为思考中高贵而美丽的对象,不能用法律习俗等把自身中一切人性的东西都塑造成无差别的统一,而要靠在他人权力和利益所许可的限度之内培养和发扬个性。这就引出了密尔在第四章所讨论的社会能对个人合法施用的权力的性质和限度问题。密尔总结出两条准绳:首先彼此互不损害利益,其次每个人要为保卫社会及其成员免于遭受损害和妨碍而付出自己的一份劳动。密尔举例来定义哪些行动会对社会及其成员造成负面影响:一个人做的事情若对社会及其成员构成伤害,社会应谴责或惩罚的是他对社会及其成员伤害的那一部分。比如,没有人应该为喝醉酒而受到惩罚,但是若一个警察在执行任务时喝醉酒,那么就应受到谴责或惩罚。

简言之,《论自由》充满理性的光辉,时时闪耀着思辨的色彩。在这本书里深刻分析的缺乏自由所带来的一系列问题,以及自由的价值,对于我们今天的社会仍然不乏警示作用。

经典评论

（密尔）保留着他认为真实或有价值的（功利主义）思想，但却不受此运动的规则和原则束缚，与其说他是一个原始功利主义运动的公开异端，不如说是一个默默离开阵营的门徒。他仍然宣称幸福是人类存在的唯一目的，但是关于什么构成幸福的概念，变得与其导师们有所不同，因为他最为重视的东西，既不是理性，也不是满足，而是生活的差异性、多样性和完整性——个人才能的无法解释的飞跃，人、群体和文明的自发性与独特……他[密尔]口头上忠诚于对幸福的绝对追求。他深深地相信公正，但是，在描述个人自由的荣耀时，抑或谴责试图削减或排除个人自由时，他的声音基本上才是他自己的。

——[英]John Gray and[英] G. W. Smith ed.

假如曾经有一个真正的自由人士，那就是密尔，但界定他的自由主义却并不容易。

——[英]John Gary

延伸阅读

1. 穆勒：《功利主义》，徐大建译，商务印书馆 2014 年版。
2. 伯克：《自由与传统》，蒋庆等译，译林出版社 2012 年版。

推荐版本

1. 密尔：《论自由》，许宝骙译，商务印书馆 1959 年版。
2. 密尔：《论自由》，孟凡礼译，广西师范大学出版社 2011 年版。

（卢盈华）

国富论

亚当·斯密

作者简介

亚当·斯密（Adam Smith，1723—1790），18 世纪英国著名哲学家和经济学家。其学说为现代自由贸易、资本主义和自由至上主义奠定了理论基础。

亚当·斯密 1723 年出生于苏格兰，他在格拉斯哥大学完成学业，研读了拉丁语、希腊语、数学和伦理学等课程。亚当·斯密于 1740 年赴牛津大学求学，于 1751 年回到格拉斯哥大学任教。他不仅担任逻辑学和道德哲学教授，还兼负责学校行政事务。

亚当·斯密于 1759 年出版《道德情操论》并获得学术界极高的评价，使斯密雄立当时英国公认的一流思想家之列。而后于 1768 年斯密开始着手著述《国家财富的性质和原因的研究》（以下简称《国富论》），1776 年 3 月《国富论》出版并引起大众广泛讨论。其影响所及不仅英国本地，还有欧洲大陆和美洲等地，这本书的发表更使斯密成为世界最伟大的政治经济学家之一。

1790 年 7 月 17 日，斯密去世于爱丁堡。

亚当·斯密被认为是古典经济学的奠基者和经济理论的系统化者。他在经济学的形成和发展过程中做出重要贡献，并引起了后世学者对其思想的深入和持续研究，因此被尊称为"现代经济学之父"和"自由企业的守护神"。

名著背景

1776 年，亚当·斯密所著之《国富论》的出版标志着经济学作为一门独立的学科诞生,被认为是政治经济学史上的一部划时代的伟大著作,并被誉为"现代经济学的开山之作""西方经济学的圣经""经济学百科全书""影响世界历史的十大著作之一"等。

《国富论》创作之时正值启蒙运动抬头,人们要求推翻封建专制,以理性主义进行反抗,一般平民也对中世纪的特权阶级、豪门贵族等进行批判和反抗。而在经济方面,当时正是工业革命的前夕,是"商业社会""金钱社会"或是"市民社会"兴起的时代。正是在这样的背景下,亚当·斯密所著述的《国富论》主要分析这个时代的新型人物,并探讨政治法律保障下的、个人基于谨慎这种美德之上的现实经济行为问题。在国家层面上,该书主张经济上自由放任、自由经营、自由贸易,充分利用完全竞争的市场机制。

经典观点

利己心。在《国富论》中,亚当·斯密以利己心为基本立足点,构建起自己的经济理论体系。他认为在经济生活中人们所追求的完全是个人利益,利己心是经济生活中自然和正当的原动力。因为人们进行生产的目的,绝不是出于对他人不幸的同情和怜悯或是对公众幸福的恩惠,而是私人利益。而一个人的私人利益仅仅受到别人的私人利益的限制,除此之外,没有任何东西能够或者有权限制私人利益。

看不见的手。亚当·斯密认为社会是由个人组成的,人不能离开社会而独立存在,所以人们都要依赖交换而生活。社会是由许多个人构成的,许多个人的利益构成社会利益。由于市场的调节作用,即"看不见的手",人们对自身利益的追求,必然会导致最有利于社会的结果,最终实现个人利益与社会利益、自我利益与他人利益的统一。

阅读导引

《国富论》一书共有五编三十一章,具体阐述了分工、资本、交换、货币、劳动价值论等学说,其中不仅包含着丰富的经济思想,还处处闪烁着经济伦理思想的光芒。亚当·斯密以自由主义纽带将经济学和伦理学二者贯穿起来,并对人的利己本性等做了经济关系上的论证。

第一编主要探讨了劳动生产力改进的原因,以及劳动产品在不同阶级的人民间自然分配的顺序。在第一编的开头处,亚当·斯密指出由于劳动分工,劳动生产力(率)得到了最大的改进。从劳动分工进到货币流通的过程中,必须有货币来促进劳动分工,因为劳动分工是依存于交换的,这就自然走向实行交换的条件——价值和价格。价格划分为工资、利润和地租,因此它依存于工资率、利润率和地租率,所以斯密用四章的篇幅来阐述这些比率的变化。

第二编主要阐释了资本的性质、划分、积累和使用。斯密首先探讨了资本的性质和划分，引入固定资本和流动资本的概念，并对两者进行更为细致的分类，将货币包括在流动资本之内。其次探讨了资本中一个特别重要的部分——货币，以及通过银行业务使这一部分得到节约的方法。斯密在第三章中讨论了资本的积累，认为这同生产性劳动的使用有关。在第四章中，斯密主要阐述的是利息问题。而第五章主要探讨资本的各种用途及其利弊得失。

第三编共分为四章，主要讨论财富增长的不同途径。第一章讨论财富的自然增长，认为事物的自然进程是先农业后制造业，最后才是对外贸易，但由于政治上的原因使得这个顺序完全颠倒了。第二章阐明罗马帝国衰落后欧洲农业受到了抑制，在此基础上论述了长子继承制和限定继承制的恶果，以及农奴、分益佃农和自耕农等对土地改良的态度。在第三章中，斯密讨论了罗马帝国衰落后城市的兴起和发展，城市在产业发展和资本积累方面处在十分优越的位置。最后一章主要讨论城市商业对乡村改良的贡献。

第四编主要探讨两种不同的政治经济学体系，即重商主义和重农主义。在第一章中，斯密指出了重商主义原理，即财富依存于贸易差额的荒谬。在此之后，斯密用五章的篇幅详细地论述重商主义者为达到其目标而使用的各种手段都是徒劳无益的。第七章以很长的篇幅阐明了建立新殖民地的动机、殖民地繁荣的原因等。斯密以第八章结束其重商主义的讨论，并在最后一章中讨论描述了重农主义。

第五编即最后一编主要探讨君主或国家的收入。首先阐述君主在履行其职能时所做的支出，以及为应付这些支出所必要的收入。其次，在对国防支出的讨论中，主要讨论了各种军事组织、法庭、维持公共工程的方法、教育和教会机构。

经典评论

从大约 1790 年起，斯密就成了导师，不是初学者或公众的导师，而是专业人员特别是教授们的导师。包括李嘉图在内，这些人中大部分人的思想，都源于斯密，而且他们大都也从未超过斯密。

——[美]约瑟夫·熊彼特

延伸阅读

1. 亚当·斯密：《道德情操论》，蒋自强等译，商务印书馆 2009 年版。

2. 约翰·穆勒：《政治经济学原理及其在社会哲学上的若干应用》（上下卷），赵荣潜等译，商务印书馆 2009 年版。

推荐版本

1. 亚当·斯密：《国富论》，杨敬年译，陕西人民出版社 1999 年版。
2. 亚当·斯密：《国富论》，谢祖钧译，中华书局 2012 年版。

（卢盈华）

权力的转移

阿尔文·托夫勒

作者简介

阿尔文·托夫勒(Alvin Toffler，1928—2016)被认为是当今世界最具影响力的社会思想家之一。作为著名的未来学大师，他同时担任康奈尔大学特聘教授、罗素·赛奇基金会特约研究员、洛克菲勒兄弟基金会研究员、IBM等跨国公司企业顾问。其研究主要针对未来价值体系及社会走向。

托夫勒1928年出生于纽约，于纽约大学毕业后他起初从事基层工作，在汽车厂的流水线上当了5年工人。朝鲜战争爆发后，他投身于军旅中。后来他成为记者，为许多家杂志撰稿，最后担任著名杂志《幸福》的副主编。由于记者生涯的磨砺，托夫勒对社会问题，特别是对人类向何处去的问题，产生了强烈的兴趣，并苦心钻研该问题及其相关领域，出版了未来三部曲，包括《未来的冲击》(1970年)、《第三次浪潮》(1980年)、《权力的转移》(1990年)。这三本书无一不引起强烈的反响。《未来的冲击》为英语世界创造了一个流行的新词"Future Shock"(未来的冲击)。同样地，未来三部曲中的《第三次浪潮》也创造了一个新的术语"The third wave"(第三次浪潮)。他将人类历史划分为第一次浪潮的"农业文明"、第二次浪潮的"工业文明"以及第三次浪潮的"信息社会"。而《权力的转移》一出版也引起了各个领域的广泛讨论，《世界箴言月刊》评论这本书是"托夫勒的又一次冲击"。

2016年6月27日，托夫勒逝世于洛杉矶家中。

名著背景

《权力的转移》是托夫勒未来三部曲的最后一本。与前两本相同，这本著作也是针对未来价值体系及社会走向的研究。而这本书特别针对近几十年兴起的新技术革命对社会的影响进行研究，为此托夫勒广泛地接触社会各个阶层，包括美国、法国、日本、俄罗斯等国的政府决策者,以及著名的银行家、工会领袖、商界巨擘、计算机专家、将军、诺贝尔奖获得者、石油大亨、新闻记者、贫民和囚犯。除此之外,他还阅读了大量不同国家和不同领域的文件以及研究成果,用将近十年的时间仔细地筛选和分析,写就这部著作。

经典观点

托夫勒认为权力是一种有目的性的支配他人的力量。就其本身并无好坏之分,因为它是我们社会系统和全部人类关系中的固有成分。托夫勒强调权力的三个基本来源:暴力、财富和知识。在他看来,这三种权力的来源具有品质上的高下之分。暴力具有最直接的效果,却缺乏弹性因而只能用来处罚,所以是一种低品质的权力;而财富略优于暴力,是中级品质的权力,因为它的用途亦正亦邪,且更有弹性;知识是最高品质的权力,可用于奖惩、说服和转化,只要掌握正确的信息就能够减少人力和财力等资源的浪费。随着文明的发展,知识的作用会越来越重要并占据主导地位。

阅读导引

《权力的转移》一书共有六部分33章,每一章下又包含少则两节,多则十一节。该书所涉及之内容包罗万象,媒体、宗教、政治、公司,甚至是间谍都在讨论之列。

在第一部分中,托夫勒开宗明义地阐述了权力有三个基本来源,即暴力、财富和知识。在这三者中,知识是最高品质的权力,未来的权力斗争会越来越集中在控制知识权力的获得与传播。因此托夫勒认为必须首先理解传播知识的主体及其方式,以免受欺压和努力追求未来的民主社会。

在之后几个部分中,托夫勒细致地探讨了权力本质的改变对企业中社会关系的改造,并在资本转换和全新组织形态的产生中理出权力的新结构。同时论述了产业经济的深层改变对政治、媒体和全球间谍战的影响。最后托夫勒探讨了权力斗争对贫穷国家、社会主义国家,美国、日本和欧洲分别有什么影响。

托夫勒首先指出"超象征型经济"(Super symbolic economy)的兴起,这套新的体系依靠数据、创意、符号和象征意义的快速交换与扩散进行财富的创造。在这套体系中,信息的地位将会越来越重要。但并不是所有人都赞同这套体系,因而赞同新财富创造体系的人与保护传统工业的人之间的斗争,在托夫勒看来,就构成了当今经济冲突的主要原因。

在论述这一经济冲突时,托夫勒以约翰·摩根和迈克尔·米尔肯为例,讨论二者如何以不同的方式向传统权力架构挑战。20世纪初摩根通过收购小公司建立了一个从上而下垂直整合的垄断性企业,他认为整体的力量必然胜过分散的力量。

而米尔肯则持完全相反的观点,他为较小的其他企业敞开资金的大门,用债券资助这些企业来打破僵化的组织、创造更有战略性眼光的企业。虽然二人的观点和做法不同,但都代表当时新的财富创造体系对传统权力架构形成挑战。

在权力争斗的背后隐藏着更大的变革,这在托夫勒看来,就是财富本质的改变。从前,财富是固定的,比如土地、生产设备等,财富产生权力的同时,权力也衍生财富。而今天,比起这些固定资本更能引起重视的是营销与业务能力、管理阶层的组织能力、员工们的创意等不可触的资本。此外,电子货币的产生逐渐动摇了原来以纸币为主的货币体系,也动摇了许多根深蒂固的权力关系。

而在这场权力斗争中心的则是科技中的知识。现如今原料、劳工、时间、空间和资本的需求都大大降低了,知识则成了经济进步最重要的资源,也就是说,知识的价值正逐渐上涨。为控制信息,一场不同以往的信息战正在全世界爆发。比如制造商、批发商和零售商三者谁能够控制信息,谁就有主控的权力,而失去对信息的控制甚至会导致整个行业岌岌可危。此外,网络也是信息战中不可忽视的一部分,网络的发展带来的是对知识和传播控制权的斗争,这也转换着人与人、公司与公司、产业与产业,甚至国家之间的权力关系。

面对逐渐扩大的信息战,层级森严的官僚式组织已经没办法应对不同以往的竞争,但是官僚体系又不太可能完全消失,因此托夫勒继而讨论了"弹性企业",他以"弹性企业"这个名称来命名不同于官僚式组织的未来企业组织形态,他们可以依据自身需求,从各个部门以及外部其他组织调用信息、人员、金钱。部门间的功能可能有些重叠,也可以根据逻辑、地理、财务等划分清楚,这些"弹性企业"通过这些方式大大提高了自身的效率。

随着"超象征型经济"的发展,全世界的政治权力也将发生根本性的转移,"信息权术"将在政治生活中具有更重要的意义。与此同时,民主的内容也将发生变化,在一些高科技国家中所谓的"群众"已经越来越零散,全民共识也越来越难达成。随着新财富创造体系带来的经济分众和更高层次的社会多样化,托夫勒认为未来将取代大众民主的将是"拼图式"民主。与大众民主不同的是,"拼图式"民主具有更高的社会多样性。

在最后一部分,托夫勒探讨了全球性的权力转移。由于知识产业的兴起,整个世界的权力结构发生了很大变化。苏联的解体、欠发达国家分化成需求和利益都不同的集团,以及日本和欧洲的崛起,这三种权力转移都与工业社会的衰落和知识产业的兴起密切相关。在新的经济体系中,交易速度、信息传递速度、资本流通速度等都明显加快,因而比起传统经济体系,新经济体系创造财富与权力要快得多,整个世界因"快速"与"慢速"一分为二。掌握财富与知识的国家依然占有优势,但这些国家之间的竞争从未间断。与此同时,宗教、跨国公司等(托夫勒称之为"全球斗士")成为挑战国家组织的新兴势力,一个崭新的、彻底不同的全球秩序将要建立起来。

经典评论

全盘式的颠覆——在恢宏的历史观下全景展现我们所处信息时代的加速变化,托夫勒先生让我们在面对未来时多了几分笃定,少了几分惶恐。

——《纽约时报》

一位具备诗意气质的知识分子,重塑了我们对这个时代的意识。

——《世界报》

延伸阅读

阿尔文·托夫勒:《第三次浪潮》,黄明坚译,中信出版社 2006 年版。

推荐版本

阿尔文·托夫勒:《权力的转移》,吴迎春、傅凌译,中信出版社 2006 年版。

(卢盈华)

文明的冲突与世界秩序的重建

塞缪尔·亨廷顿

作者简介

塞缪尔·亨廷顿(Samuel P. Huntington,1927—2008),美国当代著名的国际政治理论家。

1927 年 4 月 18 日,亨廷顿出生于纽约一个中产阶级家庭。父亲是一位旅馆业杂志的出版商,母亲是一位短篇小说作家。亨廷顿很早便显示其在学术方面的才华,他 16 岁进入耶鲁大学,两年半后就提前毕业。服完兵役后,他在芝加哥大学获得政治学硕士学位。1950 年,年仅 23 岁的亨廷顿获得哈佛大学博士学位,毕业之后留校任教,直到 2007 年退休。他先后在美国政府许多部门担任过公职或充当顾问。曾任哈佛大学阿尔伯特·魏斯赫德三世学院教授,哈佛国际和地区问题研究所所长,约翰·奥林战略研究所主任,卡特政府国家安全计划顾问,《外交政策》杂志发言人与主编等职。

1957 年,亨廷顿出版了第一部学术著作《士兵与国家》,代表了他从政治学角度研究军事问题的基本立场。1996 年,出版了《文明的冲突与世界秩序的重建》,被翻译成 39 种文字。主要阐述了在冷战后的世界,文化和宗教的差异而非意识形态的分歧将导致世界几大文明之间的竞争和冲突,即 21 世纪国际政治角力的核心单位不是国家,而是文明。此外,他还著有《难以抉择》《美国政治》《现代社会中的权威政治》《民主的危机》等作品。

2008 年 12 月 24 日亨廷顿逝世于麻州玛莎葡萄园岛。

名著背景

1993 年夏季,在哈佛任教的塞缪尔·亨廷顿在《外交政策》(Foreign Affair)季刊上发表了题为《文明的冲突?》的文章。1996 年,该文章被扩充为《文明的冲突与世界秩序的重建》(The Clash of Civilizations and the Remaking of World Order)出版,并被翻译为 39 种文字。在这本书中,他围绕 21 世纪国际政治竞争的核心——文明,展开自己的理论,在学术界引起了广泛的辩论。

亨廷顿出生于 20 世纪 20 年代末,在二战爆发时正处于青少年时期,这场极具规模、破坏力极大的世界性战争对这个敏感而又聪慧的少年产生了深远的影响。二战结束后的世界进入了美苏争霸的格局,世界向两极化发展。而 1991 年苏联解体、欧洲共同体的形成以及第三世界的崛起,国际力量的对比发生了明显的变化,又使得两极格局的解体而多极化趋势加强。

亨廷顿于 1967 年进入政界,多年的政界生涯为他的理论提供了切实的经验,更培养了他的政治敏锐性。在这样的国际政治背景下,作为一个现实主义政治理论家,亨廷顿敏锐地察觉到在冷战后的世界,各国的竞争和冲突主要是由于文化和宗教的差异而非意识形态的分歧。他关于文明冲突的这一理论为研究世界政治的走向提供了极具参考性的价值。

经典观点

文明冲突论。以"文明冲突论"为主要论点,认为在冷战后世界格局的决定因素表现为七大或八大文明,即中华文明、日本文明、印度文明、伊斯兰文明、西方文明、东正教文明、拉美文明,还有可能存在的非洲文明。他认为文明冲突将是未来冲突的主导模式。

世界秩序的重建。文明之间的冲突是对世界和平的最大的威胁,因此,以文明为基础重建国际政治秩序是防止战争的最佳安全保障。而防止战争就要求各国遵守三个规则。(1)避免原则,即核心国避免干涉其他文明的冲突;(2)共同调解原则,即核心国通过相互协商遏制文明间的断层线战争;(3)求同原则,即所有文明的人都应寻求其他文明与自己文明的共性,以期在复杂的多极化世界中和平共存。

阅读导引

《文明的冲突与世界秩序的重建》全书共分五个部分,第一部分阐述了冷战后世界格局趋向于多极化,世界由多种文明构成。第二部分关注世界各文明力量的变动,包括西方文明的衰弱和亚洲等第三世界力量的挑战。第三部分论述一种正在形成的文明秩序,以文明作为重构世界秩序的基石。第四部分探讨了不同文明间的冲突,主要以战争为文明之间冲突的直接表现。第五部分展望了文明的未来,试图为以文明为基础构建世界政治的新范式提供可能性。

亨廷顿将该书的主题定义为是文化和文化认同形成了冷战后世界上的结合、分裂和冲突模式。冷战结束后,出现了一系列的对于世界格局的范式的讨论:有一个世界的范式,有两个世界的范式,有国家主义的范式,也有混乱的范式。但是这四种范式都有其自身的局限性,相反,根据冷战后世界格局的走向,以七八种文明来看待世界这一模式相对来说就可以避免许多困难,这就是文明的范式。

根据亨廷顿的这一基本立场,他特别拔高文明的重要性,指出文明是一直伴随着人类的历史的,而今天世界的文明则更趋向于多文明的体系,彼此之间相互作用,不能用孤立的角度来看世界文明的交互。同时,他提出西方化和现代化是不同的,现代化无助于形成普遍文明,也不会促使非西方社会西方化。

亨廷顿看到冷战后的世界各文明的力量分配发生了显著的变动,西方文明正在衰弱,主要表现为其在世界政治、经济、军事力量中所占比重相对于其他文明的缩小。相反,非西方文明却在这样的国际背景下逐渐发展起自己的力量,如亚洲文明在经济、军事实力上的壮大,伊斯兰文明的人口激增导致与邻国的平衡关系破裂。而这些变动的力量将会对西方所支配的现存的国际秩序产生冲击,不久的未来可能就会发生非西方力量和文化的持续复兴,以及由此带来的他们相互之间的冲突。

职是之故,全球政治正在向文化重构的需求迈进。亨廷顿认为,现代化激励了全球政治沿着文化的界线重构。这一重构的基础就在于文化的相似性,文化相似更能促使一个国家或民族走向合作或结盟,尤其是在经济领域上的合作。在这个意义上,以文明为基石的新的世界秩序正在逐步构建。

但在这种构建的过程中,各个文明之间不仅仅有文化上的共性,更值得注意的是彼此之间的差异性。正是不同文明间的差异导致了文明的冲突渐趋强烈。亨廷顿指出,文明间的冲突包括两种形式:断层线冲突与核心国家的冲突。断层线战争的原因是多方面的,包括历史的复杂原因,人口比例的变化对原本平衡力量的打破,以及政治上对民主化的靠近等。要抑制这种断层性冲突,需要各参与者的积极努力,才能在其成为更大规模的战争前将其休止,而这就势必离不开各国在文明层面上对彼此的认同。

由此,亨廷顿站在美国的立场上提出了未来西方生存的关键就在于美国是否能够再次确认自己的西方认同。面对西方力量的相对衰弱,采取对应的措施保护西方文明对于美国和欧洲国家是有利的。而当我们着眼于全球战争的避免时,则要求不同文明的领袖维持全球政治的多元文明的性质。此外,在未来的时代各国需要严格遵守避免原则、共同调解原则、求同原则才能尽量防止世界性战争的爆发。

经典评论

在许多方面,亨廷顿极富争议的这本新著达到了他常有的高水准。亨廷顿为证明自己无与伦比的恢宏视野,他将政治、经济、历史和文化的分析结合为冷战后

全球政治的综合理论。不论人们是否同意他所说的一切,谁都不能不对他的智力
勇气和创造性留下深刻的印象。不仅如此,他的目的并不仅仅是理解世界,而是改
变世界,或者至少是影响政府的政策。全球决策层给予他的巨大尊敬正是他获得
成功的证明。

——[美]格什曼

即便已经认识到有必要深刻理解其他文明中的宗教与哲学的基础,但是如果
听凭亨廷顿的蜻蜓点水般的处方来医治这个世界的话,世界也许会由此而走向自
我毁灭的深渊。我们面临的不是"普遍的文明"是否会产生这样简单的课题,而是
被称为文明的那些普遍的文化要素能使什么变得更加明确,以及如何解析达到这
一目标所必须经历的"文化的摩擦"的问题。

——[日]平野健一郎

亨廷顿的新著《文明的冲突与世界秩序的重建》,雄心勃勃地试图为普通公民
和政策制定者认识冷战后世界制定一个理论框架。亨廷顿的范式并不像我们在冷
战期间所做的那样将权力和意识形态作为研究的重点,而是强调文化上的竞争。

——[美]沃尔特

延伸阅读

1.弗朗西斯·福山:《历史的终结及最后之人》,黄胜强,许铭原译,中国社会科
学出版社 2003 年版。

2.保罗·肯尼迪:《大国的兴衰》,中信出版社 2013 年版。

3.塞缪尔·亨廷顿:《变化社会中的政治秩序》,王冠华等译,上海人民出版社
2008 年版。

推荐版本

塞缪尔·亨廷顿:《文明的冲突与世界秩序的重建》(修订版),周琪等译,新华
出版社 2010 年版。

(卢盈华)

第三部分　　法　学

为权利而斗争

鲁道夫·冯·耶林

作者简介

鲁道夫·冯·耶林(Rudolf von Jhering，1818—1892)，19 世纪德国著名的法学家，缔约过失责任理论的创始人。

耶林于 1818 年 8 月 22 日生于德国北部奥利西的一个法律世家。他的父亲是一名执业律师。遵循家庭传统，1836 年耶林进入海德堡大学学习法律，随后又在柏林、哥廷根、慕尼黑等大学学习。这种游学的方式在当时的德国比较流行，因为既可以听风格各异的教授讲课，也可以结交形形色色的同窗好友，同时建立起有益于未来法律职业的人脉网络。

1840 年，耶林在柏林大学开始法学博士阶段的学习。他的导师霍迈尔是萨维尼的学生，因此后来有人戏称耶林为萨维尼的再传弟子。1842 年，耶林获得柏林大学的博士学位。次年，他获得柏林大学的教职。从 1844 年开始，耶林主要教授罗马法。他继续发扬年少时游学的习惯，不断地变换工作地点。1868 年到了维也纳大学。在维也纳的四年时间，他的讲课堂堂爆满。加之交游广泛，热爱艺术、音乐，耶林很快成为当地法律界、政界以及艺术、社交界极受欢迎的人士。由于对奥匈帝国法律、教育的贡献，奥匈帝国授予耶林一个世袭的贵族爵位。这是在德、奥极少数并非由于政治或军事贡献，而是因学术成就授予爵位的例子。

除《为权利而斗争》外，耶林的主要作品还有《罗马法的精神》(全四册，1852—1863)、《法的目的》(全两卷，1877—1884)。他的法哲学理论的内核，也集中在这三

本书中。

名著背景

《为权利而斗争》出版于 1872 年,旋即被译成匈牙利、希腊、荷兰、罗马尼亚、丹麦、捷克、波兰、西班牙、葡萄牙、瑞典,以及英、法、意、俄、日等国文字。本书最初是耶林晚期在维也纳三次发表演说中的第二次(另两次分别是 1868 年的《法学是一门科学吗?》和 1884 年的《论法感之产生》),这三次演说都贯穿着他在《法律中之目的》的要旨,反映了耶林思想转向之后的观念。在耶林所处的那个时代,一方面,普鲁士在俾斯麦"铁血政策"指导下统一了德意志,实施高度专制的统治,社会民众的政治权利自由遭到严格限制;另一方面,以萨维尼为首的历史法学派沉溺于抽象概念,而忽视了概念的具体适用条件。在耶林看来,当时罗马法研究是抽象的、脱离民众生活的、没有健全的是非感的法律。就是在这样的背景下,耶林喊出了"为权利而斗争"的口号。

经典观点

法权(Recht)的概念是一个实践的概念、一个目的概念。既是目的概念,因而包含着目的与手段,法权作为一个目的概念,是以和平为目标、斗争为手段。和平与斗争虽看似对立,但两者经由法权的概念和谐一致地得出并不可分割。

人有自我维护的本能,这不仅关系到自我的生命,而且关系到其道德存在。而人的道德存在的条件是权利,没有权利的人将沦落到动物的层面,因而为权利而斗争是道德自我的义务。

法的本质是实行,如果法没有权利作为前提,那么它就无法实行,也就失去了其生命和本质。所以为权利而斗争也就是为法的实行而斗争,因而是集体的义务。

一个民族的是非感与道德力量关系到一个国家的健康与威力,而这种是非感不仅需要个人为自身权利而斗争,还要求健全的法制来维护。

阅读导引

《为权利而斗争》原是耶林在德国的一个法律协会中所做的报告,后来他对报告内容进行了详细地修改和扩充,并付之刊印,而成为普及德国法律(权利)意识的一部通俗性著作。

全书篇幅较短,以指明斗争对法权的意义为演讲和写作的任务,主要阐述了为权利而斗争首先是权利人对自己的义务,亦是对集体的义务,同时也是对国家的义务。权利人应该为权利而斗争,但斗争并不只是斗争,而是通过斗争的手段最终实现和平的目的。

在该书中,他首先阐明了为权利而斗争的意义,即和平是法权的目标,斗争是实现和平的手段。这种斗争从权利被侵害、被剥夺时开始。他反对"权利人有选择权利的自由,也有放弃权利的自由"的这种观点,而认为权利人有保护自身权利不受侮辱、不受侵害的义务,面对这种行为,权利人有义务进行抵抗,也就是说,为权利而斗争首先是权利人对自己的义务。

再者,耶林分析了权利和法的关系。在德文中权利和法是用同一个词来表述的,而耶林认为两者还是有区别的,应该澄清两者的关系。一般而言,法是客观意义上的,而权利是主观意义上的。关于两者的关系,耶林并不认同当时普遍流行的"法是权利的前提"这样一种观点,他认为这种观点忽视了"法也是以权利为前提"这一关系。因为法的本质是实际的实行,如果抽象的法没有权利内涵,它就不能实行,因而就失去了法的生命和本质。所以耶林指出权利,一方面从法律内获得自己的声明;另一方面,也反过来给予法律以生命。客观的和抽象的法与主观的具体的权利之间的关系,可以比喻为从心脏流出来又流回到心脏的血液循环。所以为权利而斗争也是一种对集体的义务,是知道自己的权利而去捍卫法律。

在此基础上,耶林进一步指出为权利而斗争也是对国家的义务。他认为一个民族具有道德力量和是非感才可能构成抵御外敌的坚强堡垒,因此呵护民族的是非感和道德力量就是呵护国家的健康与威力。如果国家发布或维护不公正的规定,就会伤害到国民的是非感,因而就会伤及国力本身。所以,耶林在演讲的结束部分大声疾呼要呵护和促进国民的是非感。

经典评论

耶林有着巨大的影响。他可能是 19 世纪下半叶最具影响力的德国法学家。他的思想通过对他的著作的大量翻译和外国听众在自己家乡的传播作用,扩散到整个文化世界。他向社会学实证主义的转变调转了法学的精神发展方向,没有这一转变,1900 年以后的法律发展是不可想象的。

——[德]亚历山大·霍勒巴赫

对缺少权利意识、权利感觉的东方民族来说,《为权利而斗争》一书中包含的思想尤为珍贵。

——何勤华

延伸阅读

埃德加·博登海默:《法理学:法哲学及其方法》,中国政法大学出版社 1999 年版。

推荐版本

1. 耶林:《为权利而斗争》,郑永流译,商务印书馆 2016 年版。
2. 鲁道夫·冯·耶林:《为权利而斗争》,郑永流译,法律出版社 2007 年版。

(卢盈华)

社会契约论

让-雅克·卢梭

作者简介

让-雅克·卢梭(Jean Jacques Rousseau,1712—1778),法国18世纪著名的启蒙思想家、哲学家、文学家和教育家,是法国大革命的思想先驱,启蒙运动最卓越的代表人物之一。

1712年6月28日,卢梭出生于瑞士日内瓦的一个普通家庭。父亲是钟表匠,母亲在他出生10天后去世。童年时期受父亲影响阅读了大量书籍。1722年,被寄养在朗贝西埃牧师家学习拉丁文和教理。1725年,被送到日内瓦一位脾气暴虐的雕刻师家里做学徒,受了很多磨难。1728年,弃职离乡开始流浪。

1733年寄居在华伦夫人家后,卢梭获得了良好的自学条件。他广泛学习音乐、数学、历史、地理、天文等,系统钻研唯物主义哲学,并接受了伏尔泰的影响。他还发明了音乐简谱法,一直沿用至今。

1743年,担任法国驻威尼斯公使秘书,开始关心社会政治问题。1745年,结识了狄德罗。1749年,狄德罗因宣传无神论被捕入狱,卢梭前去探望途中发现了第戎学院的征文广告。于是他撰写了论文《论科学与艺术》去应征,最终以第一名中选,从此一举成名。

1755年,卢梭发表《论人类不平等的起源和基础》,其思想进入成熟期。1756年至1762年,隐居于巴黎近郊,其间出版了《新爱洛伊丝》《社会契约论》《爱弥儿》《论政治经济学》等作品。1762年,因《爱弥儿》激怒了法国政教当局,逃往瑞士、英

国等地。1770年他才重返巴黎。逃亡期间发表了《音乐词典》《山中书简》等。1770年,完成自传《忏悔录》。

1778年7月2日,卢梭逝世,葬于杨树岛。

1794年,法国大革命五年后,遗骸迁葬于巴黎先贤祠。

名著背景

《社会契约论》出版于1762年,是一部政治哲学著作,为18世纪末法国资产阶级民主革命和美国资产阶级民主革命提供了理论纲领。

18世纪的法国还是以农业为主的封建君主专制国家,封建等级森严,封建的生产关系占统治地位。按照法律,全国居民被分成三个等级:僧侣是第一等级,贵族是第二等级,资产阶级、小资产阶级、无产阶级前身及广大的农民均属于第三等级。第一、二等级是统治阶级,享有各种特权并占有全国绝大部分土地和财富。而占全国人口90%以上的第三阶级是被统治阶级,处于无权地位,还要承担繁重的赋税。

法国专制君主在政治上进行专制统治,在经济上残酷剥削劳动人民,在思想上利用天主教和僧侣阶级奴役人民,禁止进步思想传播。

在当时的社会历史背景下,封建的生产关系和政治制度越来越成为资本主义生产关系进一步发展的障碍。农民、新兴资产阶级与统治阶级之间的矛盾日益激化,阶级斗争日益升级。思想革命是政治革命的先导,法国资产阶级革命首先在意识形态领域进行,许多资产阶级的代表人物在思想文化领域对旧体制展开抨击,发起了著名的思想启蒙运动。卢梭的思想正是适合这一社会变革需要而产生的。

近代社会契约理论的代表人物格劳秀斯、霍布斯、洛克也对卢梭的社会契约论产生了重要影响。卢梭批判地吸收了他们的观点,更加民主和代表了下层人民的利益,追求建立一个自由平等的社会。

经典观点

人是生而自由的,但无所不在枷锁之中。卢梭以此为《社会契约论》开篇,认为人是天生自由而平等的,批判了当时的社会秩序,认为现存的社会秩序是对人类自由平等天性的束缚。

公意至上。公意就是参与订立契约的全体人民的共同意志。卢梭认为公意是指导国家各种力量和治理社会的最高原则。公意是至高无上的,而政府是第二位的,君主是派生的。

主权在民。卢梭明确指出国家主权应该而且只能属于人民,并论述了人民主权的基本原则。

法律思想。一切立法体系的最终目的是全体人民的自由和平等。立法权属于且只能属于人民,法律是公意的具体体现,服从法律就是服从主权者自己的意愿。

阅读导引

《社会契约论》又译作《民约论》或《政治权利的原理》,是卢梭最为深刻和成熟的政治理论著作,是世界政治学史上最著名的经典文献之一。

全书共分为四卷,第一卷主要阐述了人类由自然状态过渡到政治状态的过程,以及为什么需要订立社会契约;第二卷主要探讨了立法的问题,包括主权的特性、法律的性质、体系和分类等;第三卷主要论述了政府问题,包括政府的建制原则、政府的分类、政府的正常运转及如何维持主权权威;第四卷主要讨论了巩固国家体制的方法,包括投票、选举,以及古罗马的国家政治制度问题,另外卢梭还详细探讨了宗教问题。

在《社会契约论》中,卢梭主张在自然状态中,人们是自由平等的。但人类在不断地发展与自我完善中,导致了私有制的产生,这就引起了不平等。当社会发展为专制制度时,不平等达到顶峰。为了重新达到平等,人们需要寻找结合的形式及缔结社会契约,建立自由、平等、博爱的新社会。

卢梭指出,社会契约的根本任务和目的,就是人民以契约的形式组成政治共同体,保障每个结合者的权力和利益。社会契约的实质就是使每个人都处于公意的最高指导之下。公意是以公共利益为依托的,是永远公正的,同时又是稳固不变、不可摧毁的。

主权在民思想是卢梭社会理论中最具有价值的内容,是社会契约理论的核心。基于公意理论,卢梭提出了人民主权思想,指出国家主权应该而且只能属于人民,主权是不可转让的、不可分割的、不可代表的,是绝对的、至高无上的、神圣不可侵犯的。

《社会契约论》中还论述了一系列的法律思想。卢梭认为法律是政治体的唯一动力,法律体现的是公共意志,这就规定了法律是至高无上的。卢梭还阐述了法律与自由平等的关系,指出一切立法体系的最终目的是全体人民的自由平等。这里所主张的平等并不是绝对的、事实上的平等,而是尽可能缩小差别,是法律面前的平等。

结合主权在民思想,卢梭提出了系统的立法理论。他认为立法权属于且只能属于人民,立法权和行政权应该分开。人民永远拥有立法权,政府拥有行政权,立法权高于行政权,行政权服从于立法权。立法者应该由贤明者担当。立法必须以为人民谋取最大幸福为原则,还要注意各种自然和社会条件。卢梭特别强调,既然法律是人民意志的体现,在保持法律稳定性的同时,人民有权修改或废除不好的法律。

经典评论

让-雅克·卢梭不是现代意义上的哲学家,却对哲学产生了巨大影响。他是浪漫主义运动之父,是从人的情感来推断人类范围以外的事实这种思想体系的缔造者,是与传统君主专制相对的伪民主独裁政治哲学的始创者。

——[英]罗素

卢梭在十七八世纪哲学家为理性高唱赞歌时,崇尚友爱、善意和虔诚。他说明了这样一个道理:人的真正本性不在于少数有教养的人才具有的理性,而在于人所共有的情感。他用普通人的良心代替了少数知识精英的精神特权,发现了人的价值所在,这是他的思想所具有的人民性的突出表现。

——赵敦华

延伸阅读

1.卢梭:《论人与人之间不平等的起因和基础》,李平沤译,商务印书馆 2009 年版。

2.霍布斯:《利维坦》,黎思复等译,商务印书馆 1985 年版。

推荐版本

1.卢梭:《社会契约论》,何兆武译,商务印书馆 2011 年版。

2.卢梭:《社会契约论》,何兆武译,商务印书馆 2003 年版。

(卢盈华)

论法的精神

查理·路易·孟德斯鸠

作者简介

查理·路易·孟德斯鸠(C. L. Montesquieu, 1689—1755),18 世纪法国著名的启蒙思想家、社会学家,资产阶级国家法学理论奠基人。

1689 年 1 月 18 日,孟德斯鸠出生于法国波尔多附近拉柏烈德庄园的一个贵族世家。祖父是波尔多法院庭长——这是一个可以买卖的世袭职位,后由他伯父继承。父亲是在职的军人,母亲出身贵族。孟德斯鸠自幼受到良好的教育,19 岁获得法学学士学位,出任律师,25 岁开始担任波尔多法院顾问。1716 年,孟德斯鸠的伯父因病去世,他依遗嘱继承了伯父"孟德斯鸠男爵"封号,并继承了波尔多法院庭长职务。1721 年,他化名"波尔·马多"出版了《波斯人信札》。书中他假托两个周游欧洲的波斯人,以书信形式抨击了路易十四统治时期法国的专制制度及上流社会的恶习。这本书出版后极受欢迎,使孟德斯鸠一举成名。

1726 年,孟德斯鸠卖掉了庭长官职,迁居巴黎,进入了法兰西学士院这一最高学术殿堂。之后开始漫游欧洲很多国家,考察各国的经济政治制度、风土人情。特别是 1729—1731 年的英国之行,他认真学习早期启蒙思想家的著作,赞赏英国的政治自由,并当选为英国皇家学会会员。1731 年,孟德斯鸠回到法国,之后三年,他一直深居简出、闭门著书。1734 年,出版了《罗马盛衰原因论》,利用古罗马的历史资料阐述了自己的政治主张,认为法律制度、风俗习惯对社会发展非常重要。

孟德斯鸠博览群书、潜心著述,于 1748 年出版了《论法的精神》这一意义更重大、影响更深远的政治法律理论著作。

1755 年 2 月 10 日,孟德斯鸠在旅途中感染热病去世,终年 66 岁。

名著背景

《论法的精神》出版于 1748 年,是孟德斯鸠理论的总结。他全面、系统、明确地阐述了自己的政治、经济、法律及历史观点,为即将到来的法国资产阶级革命提供了理论根据。

孟德斯鸠生活在法国 17 世纪末和 18 世纪前半期,也就是法国资产阶级大革命前几十年,处在法国封建统治走向没落,资产阶级革命正在酝酿阶段。新兴的资产阶级在经济上受钳制,政治上受排挤,利益和要求得不到满足,甚至连基本的人身自由也难以保证,下层群众的处境则更加悲惨。长期的战乱、苛政使得农民起义此起彼伏,政治及经济危机愈演愈烈。作为一个敏锐的思想家,孟德斯鸠不得不去思考和探索时代向他提出的问题,寻找从政治和法律上保障公民的政治自由。

思想领域的革命也为孟德斯鸠的理论形成提供了重要的思想基础。英国培根的实验主义、法国笛卡尔的理性主义都对孟德斯鸠产生了深刻的影响。一大批进步的哲学家、史学家、科学家为新兴的资产阶级振臂高呼,激烈抨击封建主义下腐朽的社会秩序,提出了新的初期资产阶级思想。同时随着英国资产阶级革命思想的传播,使资产阶级思想被人们广泛接受。这些都为孟德斯鸠《论法的精神》的诞生打下了坚实的社会基础。

经典观点

法的概念及法的精神。法是由事物的性质产生出来的必然关系。法律则是基于人类对法的认识而制定的用以调整社会关系的规范。"法的精神"是指国家法律应该反映的各种必然关系的总和。

愈政治理论。孟德斯鸠认为,对法律影响最大的是政体,他将政体分为:共和政体、君主政体和专制政体。一定的政体决定着一个国家的相关法律。政治自由是孟德斯鸠所关注的社会政治目标。"自由就是做法律所许可的一切事情的权利",法律是自由的界限,一旦越过法律,自由便不复存在。孟德斯鸠认为,权力对自由构成了威胁,为了捍卫自由,必须限制权力。因此他提出了三权分立理论,把国家权力划分为立法权、行政权及司法权。三种权力交由不同的国家机关执掌,通过法律规定相互制衡。

地理环境说。孟德斯鸠认为地理环境,尤其是气候、土壤等,对一个国家的民族性格、经济活动、政治体制等方面具有重要的影响。

阅读导引

《论法的精神》是一部百科全书式的著作，以法制和政治为中心，遍涉经济、文化、宗教、历史、地理、伦理等各个领域，并阐述了宪法、刑法、民法、国际法等法学内容，是继亚里士多德后的第一本综合性政治学著作，也是当时最先进的政治理论著作。

全书共分六卷，第一卷论述了三种政体及其特征，第二卷阐述了三权分立理论，第三卷阐述了地理环境，第四卷探究了贸易制度，第五卷讨论了法律与宗教的关系，第六卷研究了欧洲法律史。

《论法的精神》中，孟德斯鸠以一种泛法律的观点看待事物，认为万物都有自己的法，即规律。法就是由事物的性质产生出来的必然关系，万物都受法的支配。而法的精神就是要揭示各种社会现象、自然现象自身的性质、状态及其对法律的影响作用。孟德斯鸠将法律分为自然法和人为法，自然法源于人的自然本性；人为法是在社会建立之后人们自己制定的法律，包括政治法、刑法、民法和国际法。孟德斯鸠关于法的概念和法的精神的观点，是其思想体系的出发点。

根据孟德斯鸠的理论，"法的精神"存在于法律和各种事物的关系之中，而在一个国家与法律相关的各种要素中，他认为最重要的是政体的性质和原则。他将政体分为共和政体、君主政体和专制政体，又提出了各种政体的原则。共和政体的原则是品德，君主政体的原则是荣誉，专制政体的原则是恐怖。每种政体内部的法律必须与这一政体的性质和原则相适应。

孟德斯鸠把政治自由作为社会政治制度的目的，他指出"一切有权力的人都容易滥用权力，这是一条万古不易的经验"，认为权力对自由构成了极大的威胁，为了保障公民的自由，防止权力滥用，他提出了著名的三权分立理论，将国家权力分为立法权、行政权和司法权。立法权负责宪法和法律的制定及修改，隶属于立法机关；行政权负责执行法律和按照法律管理国家，隶属于行政机关；司法权是根据法律进行审判，隶属于司法机关。三种权力必须分开行使，相互制衡，而不能把这三种权力集中于一个人或一个机关手中。

孟德斯鸠探讨了气候、土壤等地理环境对一个国家的民族性格和精神气质的影响，从而影响了政治法律制度。他还指出，不同气候类型还影响了一个国家或地区的宗教制度。这就突破了社会发展的上帝意志论，从自然界本身去寻找社会历史发展的根本原因。虽然在论述上该学说具有片面性及夸大之处，但其进步性是显而易见的。

孟德斯鸠还提出了一系列的经济理论，认为私有财产是人类的自然权利，公民的财产权利必须得到保障，指出劳动是财富的源泉，主张大力发展工商业，反对奴隶制，反对苛捐杂税和横征暴敛。

《论法的精神》在法学方法论上也做出了重要贡献,采用了历史的方法、比较的方法及全方位系统研究方法。书中,孟德斯鸠以丰富的历史事实为根据,纵向研究了政治法律制度变革的原因及规律。《论法的精神》更是第一部运用比较方法对法律进行系统研究的巨著,其中贯穿了多国别、大时间跨度的比较研究,并把法律放在社会整体中,广泛结合经济、文化、意识形态、自然环境等诸方面加以考察、分析,开了全方位的法律研究方法之河。

经典评论

孟德斯鸠是时代的产儿,也是时代的改造者。

他站在他的时代进步的前锋,用他的热情、智慧、渊博的知识和犀利的文笔,坚决地勇敢地攻击封建主义,为新兴的资产阶级提出进步的社会理论,对促使旧社会的死亡和新社会的产生,起了重要的作用。

——《论法的精神》序言

自由并不是任何气候之下的产物,所以也不是任何民族都力所能及的。我们越是思索孟德斯鸠所确立的这条原则,就越发感到其中的真理;人们越是反驳它,就越有机会得到新的证据来肯定它。

——[法]卢梭

延伸阅读

1. 卢梭:《社会契约论》,何兆武译,商务印书馆 2003 年版。
2. 洛克:《政府论》,瞿菊农、叶启芳译,商务印书馆 1982 年版。

推荐版本

1. 孟德斯鸠:《论法的精神》,张雁深译,商务印书馆 2005 年版。
2. 孟德斯鸠:《论法的精神》,许明龙译,商务印书馆 2009 年版。

(卢盈华)

第四部分　经济学

经济学原理

N.格里高利·曼昆

作者简介

N. 格里高利·曼昆（N. Gregory Mankiw）是哈佛大学经济学教授。在 2003—2005 年间，担任过总统经济顾问委员会的主席。

曼昆是一位高产的作者，横跨政学两界。在《美国经济评论》《政治经济学杂志》和《经济学季刊》等学术杂志上发表过论文。

名著背景

这本教材突出的是"学生导向"。是一本学生非常喜欢看的经济学教材。经济学原理的应用和政策分析，是这一教材侧重强调的。在许多章节都提供了大量的案例，有助于学习和掌握有关经济学原理在现实经济问题中的分析和应用。还有许多新闻摘录，有助于学习和理解生活中的经济学。

这本书还没有完稿，就被出版商以 140 万美元的高价买下其版权。出版后，仅仅 3 个月就被 300 多所大学用作教材。英文版的发行量在 1998 年首版时达到了 20 万册，成了首版最成功的经济学教材。这两项都是吉尼斯世界纪录。中译本也是选用最多、最受欢迎的经济学教材。

经典观点

当且仅当一种行为的边际收益大于边际成本时，一个理性决策者才会采取这种行为。

消费者在做出自己的消费选择时，把两种物品的相对价格作为既定的，然后选择使他的边际替代率等于这种相对价格的最优点。相对价格是市场愿意用一种物品交换另一种物品的比率,而边际替代率是消费者愿意用一种物品交换另一种物品的比例。在消费者最优点,消费者对两种物品的评价(用边际替代率表示)等于市场的评价(用相对价格表示)。所以,作为这种消费者最优选择的结果,不同物品的市场价格反映了消费者对这些物品的评价。

阅读导引

这一著作分为宏观经济学和微观经济学两部分。前7篇是微观经济学,后6篇是宏观经济学。

第一篇是导论。首先阐述了经济学十大原理,例如人们面临权衡取舍,某种东西的成本是为了得到它所放弃的东西,理性人考虑边际量等。作为一位经济学家,既有科学家的一面,强调科学方法的运用,也有作为政策顾问的一面,但并不是建议总能被采纳。经济学家由于科学判断的不同、价值观的不同等原因存在意见分歧现象。

第二篇是市场如何运行。市场由买卖双方构成。需求曲线反映的是价格与需求量之间的关系。需求曲线与供给曲线相交于一点,这一点是市场的均衡。市场价格高于均衡价格时,出现过剩。反之,则会出现短缺。买者和卖者对市场条件变化的反应程度,可以用弹性来衡量,例如需求价格弹性、需求收入弹性、供给价格弹性等。政府对竞争市场实施价格上限时,会出现短缺现象,加油站排长队是一种体现。而最低工资导致的是失业人员的增多。税收主要是由缺乏弹性的一方负担的。

第三篇是市场和福利。资源配置会影响经济福利。市场供求的均衡使买者和卖者得到的总利益最大化。价格下降增加了消费者剩余,相反则增加了生产者剩余。资源配置使总剩余最大化,则是有效率的。但市场失灵并不少见。税收可以造成无谓损失。拉弗曲线显示降低税率可以增加税收收入。国际贸易会影响经济福利,存在多种好处,限制贸易的观点有:工作岗位论、国家安全论、幼稚产业论、不公平竞争论和作为讨价还价筹码的保护论等。

第四篇是公共部门经济学。市场的无形之手不是万能的,存在影响旁观者福利的外部性问题。针对外部性的公共政策有管制、矫正税与补贴、可交易的污染许可证等。在一些情况下,人们可以自行解决外部性问题,科斯定理表明,大家充分协商,可以找到一个有效率的解决方法。国防、基础研究、反贫困等都是公共物品,存在正外部性。但是人们在使用公共资源时,有可能出现公地悲剧。由此,对某种物品和资源建立产权是重要的。如何设计一种合适的税制,需要在平等与效率两者进行权衡取舍。

第五篇是企业行为与产业组织。在这里主要讨论了生产成本,随着企业生产产量的变动,成本会发生变动。在不同的市场,企业生产和定价的决策会很不一样,在竞争、垄断或寡头市场中企业会有不同的经济行为。

第六篇是劳动市场经济学。劳动、土地和资本是最主要的生产要素,它们在生产中起了作用,而得到报酬。不同类型的劳动的供给与需求关系是不一样,收入会有高低,当然也存在歧视现象。收入不平等下的贫困问题需要做权衡取舍。

第七篇是深入研究的论题。消费者选择理论关注消费者在消费时的权衡取舍的决策问题。在这一部分还就不对称信息、政治经济学、行为经济学等微观经济学前沿的一些理论做了分析和讨论。

第八篇是关于宏观经济学的数据。在这部分主要讨论了真实 GDP 与名义GDP 等问题。GDP 由消费、投资、政府购买和净出口这四部分组成。那么,GDP是衡量经济福利的好指标吗?生活费用的衡量中,主要是消费物价指数,由于通货膨胀的存在,在讨论经济变量时需要进行校正,才能了解更真实的数据。

第九篇是长期中的真实经济。主要就生产与增长,储蓄、投资和金融体系,基本金融工具,失业等内容。在经济增长与公共政策中谈到,健康和财富之间有着双向的因果关系。人们不健康会导致贫穷,而贫穷则没法支付医疗和营养费用,导致不健康。因此,这是一个恶性循环。不过,另一方面,经济增长的政策会改善人们的健康,从而进一步促进经济增长。

第十篇是产期中的货币与物价。主要涉及货币制度、货币增长与通货膨胀等问题。货币量增加,会引发通货膨胀,为了稳定物价,中央银行需要控制货币供给。

第十一篇开放经济的宏观经济学。这一部分就一些基本概念和理论做了分析。例如:物品与资本的国际流动中的出口、进口以及净出口、资本净流出、真实汇率与名义汇率,购买力平价等概念。"巨无霸"汉堡包的价格,通常被用来计算不同国家的预期汇率。购买力平价理论认为,任何一个通货在每个国家都可以买到等量的物品。还讨论了可贷资金市场与外汇市场的供给与需求,开放经济中的均衡,政策和事件对开放经济的影响。

第十二篇短期经济波动。经济波动的三个关键事实:经济波动是无规律的且不可预测;大多数宏观经济变量同时波动;随着产量减少,失业增加,总需求曲线向右下方倾斜。长期中,总供给曲线是垂直的,而短期中,则是向右上方倾斜。影响经济波动的两个原因,一是总需求移动,二是总供给移动。货币政策和财政政策对总需求都会带来影响。因此政府可以运用政策来稳定。菲利普斯曲线描述了通货膨胀与失业之间负相关的关系。降低通货膨胀的代价取决于通货膨胀预期下降的速度。

最后一篇,对宏观经济政策的五个争论问题做了分析:意识货币政策和财政政策决策者应该试图稳定经济吗?货币政策应该按规则制定还是相机抉择?中央银行应该把零通货膨胀作为目标吗?政府应该平衡其预算吗?应该为了鼓励储蓄而修改税法吗?

经典评论

成功的入门经济学教科书应该让初学者愿意读、读得有趣、读了有收获,让专家读了也有启发。雅俗共赏、深入浅出,曼昆的《经济学原理》做到了这一点。西方经济学界把这本书称为"最令人鼓舞的经济学教科书",英国《经济学家》杂志预期它将超过萨缪尔森已有 50 年历史的《经济学》,成为天下第一。这些溢美之词也许过分些,但这是一本很好的经济学入门教科书和普及读物却是共识。

——梁小民

曼昆是在理性预期革命之后的新一代最杰出的新凯恩斯主义经济学家之一。20 世纪 80 年代中期,在揭示出凯恩斯经济学缺乏微观基础的缺欠之后,许多经济学家曾感到奇怪,为什么像曼昆这样的一些年轻经济学家仍在继续研究凯恩斯主义经济学。然而,现在人们可以清楚地看到曼昆和他的同事为发展凯恩斯主义的观点做出了有益的贡献,他们的探索方向是正确的。

——许成钢

延伸阅读

1. 保罗·萨缪尔森:《经济学》,萧琛译,商务印书馆 2013 年版。

2. 蒂莫西·泰勒:《斯坦福极简经济学:如何果断地权衡利益得失》,林隆全译,湖南人民出版社 2015 年版。

推荐版本

曼昆:《经济学原理》(第 7 版),梁小民、梁砾译,北京大学出版社 2015 年版。

(厉国刚)

博弈论与经济行为

约翰·冯·诺伊曼

作者简介

约翰·冯·诺伊曼(John von Neuman,1903—1957)出生于匈牙利布达佩斯的一个富有家庭。他在幼年就受到了良好的教育,天资过人,记忆力强。1926 年获得数学博士学位。1929 年受普林斯顿大学的邀请,前往美国。1933 年加入美国国籍。1940 年以后,参与多次军事领域的应用研究,1943 年参与曼哈顿计划。1946 年,在普林斯顿高等研究院进行"完全自动通用数字电子计算机"的研制,并于 1951 年制造成功,这是现代通用机的原型。他被称为"计算机之父",开创了人工智能研究的新领域。他是 20 世纪最伟大的数学家之一,在遍历理论、拓扑理论等多个方面有开创性的研究成果,算子代数被称为冯·诺伊曼代数。在物理学界,他的《量子力学的数学基础》,是原子物理学发展的里程碑。冯·诺伊曼是一个博学者,一个真正的天才。他发表的 150 篇论文中,有 60 多篇研究的是理论数学,20 多篇是物理学,还有 60 多篇是应用数学,其中包括统计学和博弈论。主要论著有《论博弈策略》《量子力学逻辑》《博弈论与经济行为》《函数算子》《计算机与人脑》等。

由于患了癌症,冯·诺伊曼于 1957 年在医院去世。

名著背景

经济学在 20 世纪经历两场革命:一场是"边际革命",一场是"博弈论革命"。

1944 年,冯·诺伊曼和奥斯卡·摩根斯顿合著的《博弈论与经济行为》一书的出版,标志着博弈论的真正形成。

1950 年和 1951 年,数学家纳什(John Nash)的两篇论文《N 人博弈的均衡点》和《非合作博弈》,证明了非合作型博弈以及均衡解的存在,也就是著名的"纳什均衡"。赛尔顿(Reinhard Selten)发展了完全信息动态博弈的"子博弈完备纳什均衡",以及不完全信息动态博弈的"完备贝叶斯——纳什均衡"。哈尔萨尼(John C. Harsanyi)发展了不完全信息静态博弈的"贝叶斯——纳什均衡"。这三人在 1994 年共同获得了诺贝尔经济学奖。

博弈论作为一种方法,在经济学、社会学、政治学、伦理学、生物学、军事学等多个领域被广泛运用。

经典观点

扑克的这一新的变形使我们区别了两种"诈叫":纯粹进攻性"诈叫",由占据开叫地位的玩家做出;防守性"诈叫",由最后叫牌的玩家做出。对于有"诈叫"嫌疑的对手,不规律地选择"跟了",甚至在有一手中等牌的情况下也会这么做。

这个博弈的一个自然推广是有 n＝k＋l 个参与者的博弈,它有如下性质:参与者落入分别有 k 个和 l 个元素的两个集合,这两个集合的元素相互之间没有联系。也就是说,每个集合中的玩家可以被视为分别玩一个独立的博弈,如△和 H,完全在他们自己中间玩,与另一个集合中的玩家完全没有关系。

阅读导引

想必大家都听说过"囚徒困境"。这是一个经典的非合作型博弈的案例。博弈不仅存在于"坦白"还是"抵赖"的策略选择上,在经济行为中,同样有着各种博弈。

这本书运用"策略博弈"(game of strategy)的数学理论研究经济行为问题。经济学家,需要建立一种符合精确科学标准的理论体系,来解释经济现象和问题,而这一数学方法的运用是一种探索和开创。研究经济理论,可以从考察个人行为入手,而经济社会中的个人动机主要是消费者追求最大效用,企业家追求最大利润。"策略博弈"是研究交换问题的一个全新视角。两人或多人交换商品,不仅仅取决于一个人的行为,还受到了其他人行为的影响。对于这样经济行为的研究,不是函数分析或微积分问题,而是"策略博弈"问题。博弈玩家个数的增加,就会发生本质上完全不同的事情。当参与者数量非常多的时候,呈现的是一种"自由竞争"格局,个体的影响几乎可以忽略不计。对于效用,一个假设是把效用当作是可度量的数量,为此,提出了数字效用的公理。对于社会交换经济参与者的"理性行为"的分析,在具体问题上,要找到的是分配集的一个集合,而不是一个解。需要放弃"行为标准"这一狭隘概念,而探求博弈的"策略",即规则的集合。这一理论是静态的均衡的,是对不确定性和模糊性的一个学科的探索。

如果全体玩家的总收益之和等于零,是一种零和博弈;如果不等于零,则是非零和博弈。作为一个抽象概念的博弈(game),与玩一局(一盘或一次)这种博弈(a play)不是一回事。博弈会有多个玩家参与,由一个动作序列组成。有些是个人自由决策的个人动作,有些则是取决于机械装置的机会动作。有一类博弈,预备性和先前性是一回事,还有就是预备性和先前性分离的情况,做出某个动作的玩家并不知道先前发生的所有事情。若对博弈进行集合论的描述,那么一个博弈是可以分拆的。

两人零和博弈,涉及函数、变量、最大值和最小值等概念。鞍点是把所有元素的矩阵想象成一张地形图,鞍点处的地貌像一个马鞍或山坳通道。在此着重讨论了严格决定的博弈、具有完美信息的博弈等理论。在第 4 章,是二人零和博弈的例子。三人零和博弈中,存在联盟现象,博弈的关系变得更为复杂。第 6 章是对 n 人零和博弈的一般理论描述。对策略等价性(非本质博弈和本质博弈)、群、对称性和公平等做了讨论。在博弈中,存在玩家之一受到另外两位玩家的歧视问题。当然,这种歧视并非完全不受约束,对这个玩家未必明显不利。接下来的章节,研究了四人零和博弈、对称五人博弈等问题。

由于参与者人数增加,复杂性就增大。要将决疑法运用于五位以上的参与者几乎是不可能的。因此,需要找到那些条件对于更多参与者的博弈也是成立的。通过某种技术来分析参与者较多的博弈是很有必要的。如果有一个参与者很多,但是又能够求解的特例,那么是一种很好的突破方法。其中的一个特例是四位参与者分为两个分离的集合。这个博弈的推断是存在一个有 $n=k+l$ 个参与者的博弈。参与者分属于有 k 个和 l 个元素构成的两个集合,这两个集合的元素相互之间没有联系。博弈的合成和分解是第 9 章的内容。

将视线转向角 I,可以发现,玩家的目的是建立一个关键联盟。这些联盟由玩家和一个盟友组成,或者由其他三位玩家组成,他们都属于胜利联盟。从这个特例中可以得到一类被称为简单博弈的博弈。可以把有 n 个玩家组成的集合 I 的所有子集分为 W 和 L 两类,W 的子集是胜利联盟,而 L 的子集则是失败联盟。

零和博弈对于分析经济中的博弈未必是妥当的。零和强调的是分配问题,但是在经济中往往是生产问题。因此,有必要从零和博弈分析转向非零和博弈的分析。在经济中的双边垄断、寡头垄断、市场等都是可以通过一般非零和博弈的分析,找到其中的对策。

在对 n 人博弈的数学分析中使用了占优与解的概念。但是在理论的随后发展中,这些概念被扩展和修改。第 12 章,讨论的是占优与解的概念扩展这一内容。

这本经典作品,提出了许多非常有意思的理论,如果具有一定的数学功底,那么是可以读懂的。而对于那些学习经济学、管理学等专业的学生而言,这是非常有必要阅读的一本著作。

经典评论

"现代计算机之父"冯·诺依曼与奥斯卡·摩根斯顿合著的巨作《博弈论与经济行为》出版,终于给予我们另一种思考的余地。作为现代系统博弈理论里程碑的作品,它启发了另一位数学天才约翰·纳什,随后,非合作博弈——"纳什均衡"应运而生,其中阐明了包含任意人数局中人和任意偏好的一种通用解概念,将博弈引申到非两人零和博弈的范畴。而此后博弈论也渐次完善成熟,成为宏观经济决策,甚至一些公司业务运作中最常用到的理论。

——李新江

延伸阅读

1. 威廉姆·庞德斯通:《囚徒的困境:冯·诺伊曼、博弈论和原子弹之谜》,吴鹤龄译,北京理工大学出版社 2005 年版。

2. 朱-弗登博格、让-梯诺尔:《博弈论》,姚洋校、黄涛等译,中国人民大学出版社 2010 年版。

3. 汤姆·齐格弗里德:《纳什均衡与博弈论》,洪雷等译,化学工业出版社 2011 年版。

推荐版本

冯·诺伊曼、奥斯卡·摩根斯顿著:《博弈论与经济行为》,王文玉、王宇译,生活·读书·新知三联书店 2004 年版。

(厉国刚)

新教伦理与资本主义精神

马克斯·韦伯

作者简介

马克斯·韦伯(1864—1920)出生于德国图林根的艾尔福特镇。不久全家移居柏林。父亲是一位法学家、当地知名的政治家。

1882年马克斯·韦伯进入海德堡大学学习法律。1889年完成了题为"中世纪商业组织的历史"的博士论文。两年后,成为正式的大学教授。结婚后,在1894年搬家到弗莱堡,获聘为弗莱堡大学经济学教授。1896年被聘为海德堡大学教授,一年后韦伯的父亲去世。此后几年,马克斯·韦伯的精神一度崩溃。1898年到1902年没有发表什么著作。1904年发表了一系列名为《新教伦理与资本主义精神》的论文,后得以著作形式出版,成为他的代表作。1919年到慕尼黑大学任教,讲授普通经济学史等课程。1920年6月14日在慕尼黑逝世。

马克斯·韦伯是现代西方学术史上最有影响和最重要的思想家之一,是现代社会科学的主要奠基者。

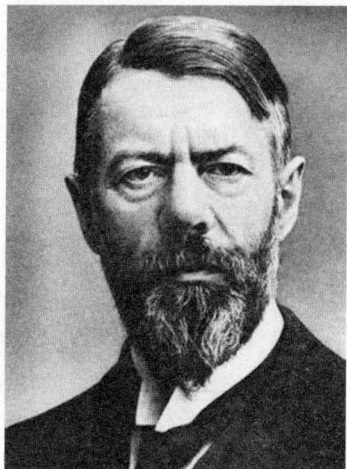

名著背景

近代资本主义出现在西方,而不是东方,东方呈现的是停滞之势头,原因何在?资本主义精神对资本主义的发展有巨大的推动作用,不过对于这一问题的考察,韦伯从宗教视角切入,有独特之处。在这本书中,对天主教与新教做了比较,并对新教伦理与资本主义精神的关系做了深入研究。作者认为,新教禁欲主义这一社会文化因素促进了资本主义精神的形成。"新教"即"清教",是 16 世纪在欧洲兴起的宗教改革运动出现的各个改革教派的统称。这次宗教改革运动是文艺复兴之后的又一重要思想运动。宗教改革使神圣的宗教变得世俗化。

这一著作在 1904 年和 1905 年分成两次发表,最初出现在《社会科学与社会政治文献》中。1920 年重新出版。

韦伯从社会历史角度,对整个社会发展产生重大影响的各个因素及其内在规律做了深入剖析。这本书是其宗教社会学理论研究的成果之一。

经典观点

为使向人类供应物质商品的组织合理化而进行的劳动,无疑一直是资本主义精神的代表,终身事业的一个最主要的目的。

（新教）宗教认为不停歇地、有条理地从事一项世俗职业是获得禁欲精神的最高手段,同时也是再生和信仰纯真的最可靠、最明确的证据。这种宗教思想,必定是推动我们称之为资本主义精神的生活态度普遍发展的、可以想象的、最有力的杠杆。

现代资本主义精神,以及全部现代文化的一个根本要素,即以天职思想为基础的合理行为,产生于基督教禁欲主义。

阅读导引

作者在导论中,首先抛出的问题是为什么只有在西方,才出现具有世界意义和价值的文化现象,是什么原因造成的? 科学在西方才真正得到了有效发展,而那种形式上自由劳动的合理的资本主义,也只在西方出现。这种形式独特的资本主义,除了技术、法律、行政管理结构等因素之外,宗教是重要的因素。从而想要探讨现代经济生活的精神与禁欲新教之间存在何种联系的问题。

这一著作分成两部分,第一部分是"问题",聚焦于宗教因素对经济、观念发展的影响问题,包括了前三章的内容。第二部分是"新教禁欲派别的实用伦理",是对世界宗教的经济伦理的研究,包括后两章的内容。

在第一章中,讨论的是宗教关系和社会分层问题。认为在现代企业中的经理、老板和高级技工、高级人才中,占绝对比例的是新教徒。不同宗教方式的人在商业思维、商业活动和资本主义经济发展中有着不同的表现。作者对于某些族群的商业优势,自由政治制度与虔诚的宗教信仰之间有什么联系这一问题很有兴趣。

在第二章中,使用了本杰明·富兰克林的一些话阐述了什么是资本主义精神。他认为职业责任是资本主义文化根基,是资本主义社会伦理的特征。传统主义则是资本主义精神的大敌。在传统主义下,不会热衷于赚取太多的金钱,只要能够过活就行。宗教有可能克服这种传统主义,使劳动本身成为其目的和天职。为了使提供各种物质商品的组织合理化而进行的劳动,是资本主义精神的体现。资本主义精神的发展促进了资本主义的扩张。作者在此追问:"那种孕育了天职观念和为职业劳动献身之精神的特殊具体的合理思想形式是谁的精神产物。"

在第三章中,作者认为,"天职"(calling)包含着上帝安排下来的任务这一观念,是一种终身的使命。这个词的含义,是宗教改革下的一个产物。天职,要求新教教派的教徒在日常的世俗行为中完成其地位所赋予的义务。世俗活动具有道德意义,职业劳动是天职。作者希望探究,宗教力量在资本主义精神形成和扩张中,是否起了作用,在哪些方面起了作用,起了多大的作用等问题。

第四章,就历史上的四种主要形式的禁欲主义新教做了分析,它们分别是加尔文教、虔信派、卫理公会和浸礼教派。加尔文教彻底否认通过教会或者圣事去获得拯救,而天主教并非如此,这是两者截然不同的关键所在。加尔文教用增加上帝荣耀的行为来确认信仰,并且是个形成系统的善行生活,而不是个别的善行。虔信派对情感侧面的强调是其重要特征。只要虔信派强调情感因素不出现极端影响,并在世俗生活中寻求获得拯救的确证,就可能对其职业行为进行禁欲控制。卫理公会取得获救的确证是通过有条理的系统化的行为。浸礼教派抛弃了命定说,而重视圣灵的力量,期待圣灵降临。通过从宗教基础考察禁欲主义新教天职思想,想要探讨的是其在商业领域的影响是怎样的。

第五章,就禁欲主义与资本主义精神的关系做了论述。作者认为,"清教的职业思想以及这种思想对禁欲主义行为的重视,势必直接影响资本主义生活方式的发展"。新教禁欲主义反对欺诈、占有欲、为财富而获取财富,不主张大肆消费,尤其是奢侈品的消费,但是如果获得财富是由于从事劳动所得,并不需要排斥。作为一种"天职"而积累的财富,被认为是上帝的赐福。最终,作者总结了他的研究,"现代资本主义精神,以及全部现代文化的一个根本要素,即以天职思想为基础的合理行为,产生于基督教禁欲主义"。禁欲主义试图重塑尘世,并在俗世追求它的理想,从而,物质财富获得了不可抗拒的统治人类生活的力量,在发展程度最高的美国,追求财富与纯粹世俗的情感密切结合,具有娱乐竞赛的特征。

马克斯·韦伯的《新教伦理与资本主义精神》是他所建构的宏伟大厦的一块基石,引发了许多后续研究。这本著作是非常值得认真阅读的,对于我们知识层面、方法层面都会有很大的启发。

经典评论

马克斯·韦伯在《新教伦理与资本主义精神》一书中给我们再现了他关于世界诸主要民族的精神文化气质与该民族的社会经济发展之间的内在联系研究中的一项重要成果:新教伦理与资本主义精神。韦伯在书中力求论证,西方民族在经过宗教改革以后所形成的新教,对于西方近代资本主义的发展起了重要的作用。韦伯的研究方法和叙述方法带有非常浓重的德国黑格尔哲学和马克思哲学的色彩。

——叶静怡

马克斯·韦伯是现代西方著述甚丰、研究领域极广、影响巨大的思想家,《新教伦理与资本主义精神》是韦伯最具代表性的著作。韦伯学术研究的主旨是从历史发展的角度,对整个人类社会的发展进行全面剖析,以期总结出社会历史发展的基本规律。而韦伯宗教社会学力图揭示和阐明的主题是宗教观念与资本主义精神的关系。《新教伦理与资本主义精神》着重论述了新教伦理与资本主义精神之间的生成关系,进而找寻资本主义发轫于西方的精神动力,而韦伯对东方宗教的研究则试图说明:迄今尚未经过宗教改革的古老民族的宗教伦理对于资本主义的发展起了严重的抑制作用。韦伯庞大宗教社会学体系蕴含了一个今天仍在困扰当代世界的主题,即宗教与现代化的关系问题。

——桑红

延伸阅读

1. 马克斯·韦伯:《儒教与道教》,洪天富译,江苏人民出版社 2010 年版。
2. 马克斯·韦伯:《经济与社会》,阎克文译,上海人民出版社 2010 年版。

推荐版本

马克斯·韦伯:《新教伦理与资本主义精神》,彭强、黄晓京译,陕西师范大学出版社 2002 年版。

(厉国刚)

第五部分　管理学

科学管理原理

弗雷德里克·泰勒

作者简介

弗雷德里克·泰勒(Frederick Taylor，1856—1915)，1856 年出生于美国费城的律师家庭，中学毕业后考上了哈佛大学法律系，但因病放弃。1878 年进入费城米德维尔钢铁厂当工人。由于工作努力，很快得到提拔，并逐步地成了车间管理员、小组长、工长、技师、制图主任，1884 年成为米德维尔钢铁厂总工程师。他在业余学习的基础上，获得了新泽西州斯蒂文理工学院机械工程学专业的学士学位。1906 年当选为美国机械工程学会(ASME)的会长。1906 年获美国宾夕法尼亚大学名誉科学博士学位。

弗雷德里克·泰勒卒于 1915 年。他一生大部分时间都在考虑如何提高生产效率。主要著作是《科学管理原理》(1911 年)，在书中提出了科学管理的理论，至今仍在发挥巨大的作用。他被公认为是"科学管理之父"。

名著背景

19 世纪末，美国的工业获得了前所未有的基本积累，工业技术得到了很大的进步。不过，发展、组织、控制和管理工业资源的低劣方式阻碍了生产率的提高。并且，劳资关系紧张，劳动力资源的价值没有能够被充分地挖掘，从而劳动生产率不能够得到很好的发挥。管理人员和工人对于"一天合理的工作量"和"一天合理的报酬"都缺乏正确的认识。

1911 年泰勒出版的这部书，倡导了科学管理的理论，具有重要的价值和意义，是管理思想发展史上一个重要的里程碑。从此,管理开始走向科学化,产生了质的飞跃。科学管理对于人类社会的发展做出了重要的贡献。

福特汽车、丰田汽车、麦当劳等许多大企业,运用了泰勒的科学管理理论,都取得了很大的成绩。泰勒科学管理中的竞争原则和以人为本原则等具有很强的实用性。

经典观点

科学管理不是由孤立的要素构成的,它是所有要素的结合,可概括如下:科学,而不是单凭经验;协调,而不是不和;合作,而不是个人主义。产出最大化,代替有限制的产出。每个人都能实现劳动效率最大化和财富最大化。

科学管理的实质是一场彻底的思想变革,是工人在对待自身工作、对待同事,以及对待雇主方面的思想革命;同时也是工长、厂长、董事等对待他们的同事、工人,以及他们在日常管理责任上的一次彻底的思想变革。

阅读导引

全书的章节并不是很多,主要分成四个部分。

第一部分是科学管理原理。分成两章,第一章是科学管理的基本原理。管理的两个首要目标是"雇主财富最大化"和"雇员财富最大化"。为了实现财富最大化,需要工人和机器充分发挥生产率。但是,在实际上,存在"磨洋工"的现象,主要原因是最快速度工作会导致工人大量失业的谬论、管理制度的缺陷、单凭经验行事的方法等。从现代科学或任务管理角度而言,管理者和工人之间紧密、亲密的关系和个人之间的协作是本质所在。因此,现代的科学管理制度是重要的方法,这在第二章中具体做了阐释。最佳管理模式是"积极性加激励"的模式,工人充分发挥其工作积极性,而雇主则给予某些特殊的激励。具体来说,是分成四个原则:一是科学的操作方法,二是科学地挑选工人,三是教育和培养工人,四是工人和雇主之间的紧密合作。

第二部分是计件工资制。主要是泰勒在米德维尔钢铁厂实行的一些管理制度的介绍。这一制度主要有三个组成部分,一是一个制定定额的部门;二是差别计件工资制;三是管理日工工人的最好方法。这一制度为钢铁厂带来了显著的变化,是一个解决劳工问题的好方法。

第三部分是工厂管理。首先提出了两个问题,一是管理部门各个组成部分之间存在的发展不平衡问题,二是工厂管理和红利分配之间的关联性问题。衡量管理好坏的标准与劳资关系很有关系。在工厂运作中,形成高工资和低成本是科学管理的基础。在同等工作条件下,一流工人相比于普通工人多干2到4倍的活,这是他的工作能力,但是就报酬而言,他们只要相比于普通工人多拿30%到50%的工资,就会感到很满意。包工制度的缺点是工具或机器设备容易毁坏,并且工人得不到公正的待遇。汤-哈尔西方案把一件工作的最快完成时间作为标准来执行,简单明了,但存在欺骗因素。计日制、纯计件制、任务带奖金制、差别待遇计件制等四种制度各有所长,需要灵活运用。于是,泰勒以米德维尔钢铁厂为例,来具体阐述科学管理的方法。

第四部分是在美国国会的证词。在这里泰勒回答了他是怎样把这些制度发展起来的,在什么时间和地点,以及这项制度有哪些主要特点等问题。泰勒认为科学管理,是一场彻底的思想变革。在劳资双方上的变革体现在,他们不是把精力聚焦于“分蛋糕”上,而是转向“做大蛋糕”。大家都在考虑怎样提升利润,从而减少或免除了盈余分配上的一些争论。实现“用和平代替争斗、用合作代替冲突、用同向行驶代替背道而驰,用彼此信任代替相互猜疑”,由此,两者是一种朋友关系,而非对立的敌人关系。

泰勒科学管理的思想精华,主要体现在以下几点。

一是提高生产率和科学管理原则。科学管理是为了提高生产率,由此才能实现雇主和雇员的利益最大化。科学化、标准化的管理模式是达成最高生产率的手段;二是作业管理。作业管理首先是制定高的作业定额和标准的作业条件,实现标准化管理,其次是采取激励性的计件工资制度。那些作业完成得好的工人,给予高工资率的报酬,那些没有完成作业的工人,则按低工资率给予报酬;三是职能化管理和例外原则。实行职能化管理,一方面是成立专门的计划部门,把计划和执行职能相分离,变经验工作模式为科学工作模式,另一方面是采取职能工长制。例外原则是指企业的高管,将一些日常事务性的工作职能下放,而自己只保留对外事项、重要事项的决策权和监督权,这样才能够放眼全局,谋划企业的重大战略决策。这一原则后来进一步演变成授权原则、分权原则、事业部制等管理体制;四是精神革命。科学管理需要倡导一种“精神革命”,劳资双方从对立、对抗、互不信任、互相猜疑转向相互合作、共同负责,为最高劳动生产率而努力,这样彼此都能获益。

泰勒的科学管理思想对于提高劳动生产率有非常重要的价值,他基于“经济人”的假设出发,认为企业家和工人都是为了获取最大限度的利润。当然,这样的假定难免有些偏颇,人们的动机复杂,人不是简单的机器,而是有社会性的一面,这同样是管理时需要考虑到的因素。

经典评论

这位学徒出身、进而做到总工程师的美国人,以他自己对于工厂工作和管理的切身体会与经验,于1911年出版了一本在管理学发展史上具有开创性意义的著作《科学管理原理》(The Principles of Scientific Management)。泰勒以这本书为核心,建构起了他的"科学管理理论"。这本书的出版和"科学管理理论"的创建,不仅标志着管理这样一种人类在工作中的互动行为,从此由感性的反应走向理性的思考与作为,同时也宣告了一门新的学科——管理学的诞生。泰勒也从此被人们尊称为"科学管理之父"。当代管理学大师彼得·德鲁克认为,泰勒的思想是"继联邦宪法之后,美国对西方思想所做出的最持久的一项贡献"。

——苏勇

延伸阅读

1.斯蒂芬·P.罗宾斯、玛丽·库尔特:《管理学》,李原等译,中国人民大学出版社 2012 年版。

2.彼得·德鲁克:《管理:使命、责任、实务》,王永贵译,机械工业出版社 2009 年版。

3.吉姆·柯林斯、杰里·波勒斯:《基业长青》,真如译,中信出版社 2009 年版。

推荐版本

弗雷德里克·泰勒:《科学管理原理》,赵涛等译,电子工业出版社 2013 年版。

(厉国刚)

管理的实践

彼得·德鲁克

作者简介

彼得·德鲁克(1909—2005),是管理科学的开创者,现代管理之父,自称是"社会生态学家",对社会学和经济学都有很大的影响。他是从工业时代进入知识时代的一个桥梁。

1909 年出生于维也纳,1931 年获得法兰克福大学国际法博士,1937 年结婚后移居美国,以教书、咨询、著书为生。

曾经担任美国通用汽车公司、克莱斯勒公司、IBM 公司等大企业的管理顾问。

克莱蒙特大学的管理研究生院以他的名字命名。被国际慈善机构"救世军"授予"伊万婕琳·布斯奖"。曾经 7 次获得"麦肯锡奖"。2002 年 6 月 20 日获得"总统自由勋章"。

著作有《管理的实践》《卓有成效的管理者》《管理:使命、责任、实务》《旁观者》等。在《哈佛商业评论》上发表过 38 篇文章。曾经连续 20 年每月为《华尔街日报》撰写专栏文章。

2005 年 11 月 11 日,与世长辞,享年 95 岁。

名著背景

二战期间,德鲁克花了 1 年半的时间研究通用汽车公司,撰写出版了《公司的概念》,首次提出了"组织"概念,这部著作分析了公司实际工作情况、挑战、问题和原则。并且,其中的"分权""事业部"依然是如今组织设计的原则。

《管理的实践》在 1954 年出版,这本书将管理视为一个整体,一个"有机体"。这部著作的出版标志着管理学学科的诞生。在德鲁克的管理思想发展中有承上启下的作用。

1964 年,《成果管理》出版。1973 年,出版了《管理:使命、责任、实务》。1980
年出版的是《动荡时代的管理》。

经典观点

企业需要的管理原则是:能让个人充分发挥特长,凝聚共同的愿景和一致的努
力方向,建立团队合作,调和个人目标和共同福祉的原则。

人力资源和其他资源不同之处在于,一个人的"发展"无法靠外力来完成,不是
找到更好的方法来运用既有特性这么简单。人力资源发展代表的是个人的成长,
而个人的成长往往必须从内在产生。因此,管理者的工作是鼓励并引导个人的成
长,否则就无法充分运用人力资源的特长。

阅读导引

概论是管理的本质。管理者的素质和绩效是一个企业能否成功和长存的关
键。管理层的能力、操守和绩效具有重要的意义。管理层的首要职能是经济绩效。
管理的 3 大职能是管理企业,管理管理者,管理员工与工作。"自动化"的变革,对
管理者提出了新的要求。

第一部分,管理企业。从西尔斯公司的故事入手。从中得出的结论是:企业是
由人创造和管理的,并且不能单单从利润的角度来定义和解释企业。那么企业是
什么? 企业的目的是创造顾客。主要有营销和创新两大基本功能。决定企业成败
的重要问题是"我们的事业是什么""我们的事业应该是什么",后者涉及市场潜力
和市场趋势等 4 个问题。一味追求利润率是很糟糕的,企业需要建立多重目标。
主要包括市场地位、创新、生产力、实物和财力资源等 8 个。企业制定目标,是为了
在未来获得成果。未来的管理者才是企业真正的保障。管理层需要了解企业需要
的是哪一种工业生产系统,基本的原则何在并如何贯彻。企业生产需要将逻辑应
用在工作上,而不是将工具应用在材料上,这样才能克服限制,赢得机会。

第二部分,管理管理者。福特公司一度衰败的主因是缺乏管理者,这是基于主
管是企业老板的私人代理观念的结果。管理者的权威应该建立在可观的工作职责
上,企业需要具备治理的机构。依靠"压力"和"危机"进行管理是会出问题的,每个
管理者都需要真正负起责任,自行发展和设定单位的目标,为一个共同的愿景而努
力。管理者不应该是由上司指导和控制,而是受绩效目标的指引和控制。天才总
是稀缺的,而让那些平凡的人做出不平凡的事,是组织的目的。需要有合理的薪资
制度和升迁制度。管理者需要在工作本身中获益,得到满足,过度强调升迁会有坏
处。一个企业一人当家会产生危机,企业的最高管理层应当是一个团队。培养管
理者,不是培养智慧做昨日工作的人,而是需要培养未来的管理者。培养未来管理

者有两个原则:一是培养所有的管理者,二是一个动态的活动。

第三部分,管理的结构。企业可以通过活动分析、决策分析和关系分析找到达到经营目标所需的结构。找到一种合适的结果,企业才能建立起高效的组织。企业建立管理结构,需要考虑 3 个要求:一是以绩效为目标,二是最少的管理层级和最便捷的指挥链,三是培育和检验未来的管理者。存在两条组织结构:一是联邦分权制,二是职能分权制。两者各有优劣,需要遵守具体的实施规则,建立健全的组织结构,才能取得良好的绩效。不过,对于大企业、小企业和成长中的企业而言,各自面临的问题是不同的,组织结构也有区别。企业规模的问题在于从一种规模到另一种规模的成长问题,管理层需要改变态度和行为,才有可能成长。

第四部分,管理员工和工作。提升员工的工作效能,企业绩效可以获得提升。IBM 通过“工作丰富化”,提高了员工对工作的自豪感和体验感,从而使人力资源的效率得以更好地发挥。企业雇佣的是员工整个人,员工作为人力资源,是非常有潜力可挖掘的资源。当然,个人的成长不是靠外力完成,而是需要从内在产生。管理者需要引导员工的成长,发挥其特长。人事管理之所以没什么建树,主要是存在 3 个基本的误解。为此,需要打破传统观念的束缚,采用新思维和新方式。企业在设计工作时,就需要以追求巅峰绩效为目标,才有可能达成这一目标。为了激励员工创造出最佳绩效,不是通过提高员工的满意度,而是加强员工的责任感。就经济层面而言,金钱报酬对于激励员工的意义并不大,当然如果员工对金钱回报不满,是会影响其绩效的。关键的还是在于构建起企业和员工互惠的关系,以及对充足利润的共同依赖。第一线主管并非“管理员工的管理者”,但应该使其帮助管理层了解员工的需求。“主管”需要好好安排工作进度,担负起管理的责任。专业人员不算管理人员,但也不是一般的劳动工人,有其特殊性,需要做差别性地对待和管理。

第五部分,当一名管理者意味着什么。作为一名管理者,需要使“1+1>2”,创造出真正整体,并协调长远的和眼前的需求。管理者的工作有 5 项基本活动:设定目标、组织、激励和沟通、绩效评估和培养人才。决策分为战术决策和战略决策。决策首要的是找出真正的问题,并界定问题。可以根据风险、经济效益、考虑时机、资源的限制等 4 个标准,选择最佳解决方案。新技术对创新和管理都提出了新的要求,未来的管理者需要达成目标管理、承担更多的风险、制定战略性决策、整合团队、沟通信息、融合进企业整体、找出关联性等 7 项新任务。

经典评论

《管理的实践》一书是德鲁克先生在 1954 年写成的一本具有经典意义的管理学著作。可以说,就是这本著作奠定了德鲁克先生在现代管理学学术史上的奠基人地位。在我指导的学生入学以后,我对他们提出的要求是,在学习《管理学原理》的同时一定要将这本书作为对照阅读材料。我常说:“如果你不看这本书,就不可能真正理解管理学。什么原因？很简单，现代管理学的大厦就是建立在这本书所提出的一系列思想的基础上的。"而且相对于教科书而言，该书具有思想一脉相承、高度洞察性、前瞻性和启发性的优点。

——赵曙明

1954年11月6日是管理学中一个划时代的日子，彼得·德鲁克在这一天出版了他的《管理的实践》一书。该书的出版标志着管理学作为一门学科的诞生。在此之前，没有一部著作向管理者解释管理，更没有一部著作向管理者传播管理。

——那国毅

延伸阅读

1. 彼得·德鲁克：《卓有成效的管理者》，许是祥译，机械工业出版社2009年版。

2. 彼得·德鲁克：《创新与企业家精神》，蔡文燕译，机械工业出版社2009年版。

3. 彼得·德鲁克：《21世纪的管理挑战》，朱雁斌译，机械工业出版社2009年版。

推荐版本

彼得·德鲁克：《管理的实践》，齐若兰译，机械工业出版社2009年版。

（厉国刚）

第六部分　文学

诗经

作者简介

　　《诗经》是一部集体创作的诗歌集,只有少数诗篇的作者可考,如《载驰》的作者许穆夫人,《大雅·崧高》的作者吉甫,《小雅·巷伯》的作者寺人孟子等,绝大部分诗歌已无从知晓作者。虽然《毛诗序》往往对具体篇章的作者有所指称,但后人多认为是附会之辞,不可采信。

　　一般认为《诗经》的作者包括了社会各个阶层,贵族、士大夫、平民都是其中的参与者。关于《诗经》的具体编集,先秦典籍缺乏明确的记载。目前可知的是历史上流传较广的有"献诗""采诗""删诗"三种说法。《国语·周语上》:"故天子听政,使公卿至于列士献诗。"《晋语》:"于是乎使工诵谏于朝,在列者献诗。"说明周代确有公卿列士献诗的传统。"采诗"说见于汉代。《汉书·艺文志》:"故古有采诗之官,王者所以观风俗,知得失,自考正也。"《汉书·食货志》则记载了孟春之月,在群居者将散之际,天子派人去大路上求诗的过程。"删诗"说最晚出,汉人认为《诗经》原有三千余篇,经孔子去重汰劣,精挑细选,才将代表时代特色的诗歌精选出来,并配上音乐,终成三百零五篇。

名著背景

　　《诗经》是我国第一部诗歌总集,共收入西周初年(公元前 11 世纪)至春秋中叶(公元前 6 世纪)五百多年间的诗歌三百零五篇。这个数字,不包括小雅中存的六篇有目无辞的笙诗。《诗经》原称"诗"或"诗三百"。到了战国时期,《庄子》这本书中首次把《诗》列为儒家"六经"之一。

秦代,始皇帝焚书坑儒,典籍普遍难逃此厄,《诗经》自然也不例外。然而由于其易于记诵,朗朗上口,虽遭火焚,学者通过口耳相传的方式,还是将《诗经》流传了下来。到了汉代,重新重视典籍,广征图书。尤其是汉武帝听从董仲舒"罢黜百家,独尊儒术"的建议后,《诗经》和其他儒家经典更被提到了前所未有的高度。

汉代传授《诗经》的主流有四家,分别是齐国辕固的齐诗、鲁国申培的鲁诗、燕国韩婴的韩诗和赵国毛苌的毛诗。前三家在汉代均被立于学官,成为读书人的必读经典,称为"今文"经。毛苌的"古文"毛诗较之"三家诗"晚出,虽未被立于学官,但在民间广泛流传,获得了比"三家诗"更大的影响力。后来"三家诗"先后亡佚,只有毛诗流传了下来。我们今天看到的《诗经》,就是"毛诗"。

经典观点

死生契阔,与子成说。执子之手,与子偕老。

有匪君子,如切如磋,如琢如磨。

窈窕淑女,君子好逑。

桃之夭夭,灼灼其华。之子于归,宜其室家。

昔我往矣,杨柳依依。今我来思,雨雪霏霏。

它山之石,可以攻玉。

知我者,谓我心忧,不知我者,谓我何求。

风雨如晦,鸡鸣不已。既见君子,云胡不喜!

高山仰止,景行行止。

蒹葭苍苍,白露为霜。所谓伊人,在水一方。

阅读导引

《诗经》按音乐风格的不同,分为风、雅、颂三个部分。

"风"指地方土乐。《诗经》含十五国风:周南、召南、邶风、鄘风、卫风、王风、郑风、齐风、魏风、唐风、秦风、陈风、桧风、曹风、豳风。其中除了"王风"指东周王畿洛阳,其他都是诸侯国,主要集中在黄河流域和江汉地区,即现在的陕西、山西、河北、河南、山东及湖北北部一代。十五国风绝大部分就是这些地区的民歌,少部分是士大夫的作品。"雅"指朝廷正乐,分为大雅和小雅。大雅主要是西周初年的作品,小雅主要是西周晚期的作品。"颂"则是宗庙祭祀之乐,篇幅较长,节奏舒缓。"颂"又分为周颂、鲁颂与商颂。"周颂"都是西周初年的作品,属周王朝祭祀的舞曲,风格典雅凝重;"鲁颂""商颂"则是春秋前期鲁国和宋国的宗庙的音乐,较之周颂,更具文采。

　　这些诗歌广泛反映了周代的爱情婚姻、劳动生产、羁旅行役、农事燕饮和祭祀颂祖等社会生活内容,被称为"周代社会的百科全书"。

　　《诗经》中的情诗比比皆是,首篇《关雎》,就是一首青年男子面对心仪女子,表达爱慕的情诗。诗歌写出了一个男子对窈窕淑女的追求和求之不得的痛苦辗转,最后想象与她在一起将"琴瑟友之"和"钟鼓乐之"。像这样表现男女爱慕的情诗,在《诗经》中为数不少,《汉广》《蒹葭》都是类似的诗歌。此外,也有从爱慕发展成两情相悦的篇章,如《邶风·静女》写出了一对情侣约会的甜蜜。反映婚姻生活的诗篇,同样数量众多,如《周南·桃夭》写出对婚姻的期盼,《郑风·女曰鸡鸣》写夫妻之间美好和乐。然而并不是所有的婚姻都值得歌颂,《诗经》中表现婚姻悲剧的哀歌,也不在少数。《邶风·绿衣》写出失宠的煎熬,《卫风·氓》和《邶风·谷风》,则充满了弃妇对负心人的控诉。

　　战争和劳役也是《诗经》的一个常见主题。既有正面描写天子、诸侯的武功,意气风发的诗歌,如大雅中的《江汉》《常武》,小雅中的《出车》《六月》都是这个类型。也有厌战思乡,痛恨徭役的反战诗歌。如《豳风·东山》写了出征三年后的士兵,在回乡的途中心潮涌动,想象回家的情形和家中房屋的凋敝以及妻子的情况,作者的心情仿佛过山车,忽高忽低,起伏不定。

　　《诗经》中还有君臣、朋友欢聚一堂,举宴纵乐的燕飨诗。如《小雅·鹿鸣》就是一首天子宴群臣嘉宾的诗歌:"呦呦鹿鸣,食野之苹。我有嘉宾,鼓瑟吹笙。吹笙鼓簧,承筐是将。人之好我,示我周行。"这些诗句的欢乐场面影响了后世很多文人,曹操在他的《短歌行》中还引用"呦呦鹿鸣,食野之苹。我有嘉宾,鼓瑟吹笙"这几句诗表明他招揽人才的心情。燕飨不是单纯的享乐,燕飨的背后也是亲亲之道和宗法之义。

　　除此之外,祖先的英雄史诗生活也能在《诗经》中找到相关篇章。《生民》《公刘》《绵》《皇矣》《大明》五篇作品,分别歌颂了后稷、公刘、太王、王季、文王、武王的业绩,交代了西周开国历史的神奇色彩,充满了对祖先的膜拜与景仰。

　　《诗经》中的作品,内容非常广泛,反映社会生活的方方面面,所以后世学者都非常重视对《诗经》这部书籍的学习。孔子有言:"《诗》,可以兴,可以观,可以群,可以怨。迩之事父,远之事君。多识于鸟兽草木之名。"所以当他的儿子孔鲤趋而过庭时,孔子问他"学诗乎?"孔鲤回答"未也"的时候,孔子就批评他:"不学诗,无以言。"于是孔鲤收起玩心,退而学诗。《诗经》在当时不仅是文化修养的一种体现,它的语言甚至被当作标准辞令用于正规的外交场合。《左传》就记载了不少这样的外交事件。这里限于篇幅,不再赘述。

经典评论

"诗三百,一言以蔽之,曰'思无邪'。"

——孔子

　　凡诗之所谓风者,多出于里巷歌谣之作。所谓男女相与咏歌,各言其情者也。惟《周南》《召南》,亲被文王之化以成德,而人皆有以得其性情之正,故其发于言者,乐而不过于淫,哀而不及于伤,是以二篇独为风诗之正经。自《邶》而下,则其国之治乱不同,人之贤否亦异,其所感而发者,有邪正是非之不齐,而所谓先王之风者,于此焉变矣。若夫雅、颂之篇,则皆成周之世,朝廷郊庙乐歌之辞,其语和而庄,其义宽而密,其作者往往圣人之徒,固所以为万世法程而不可易者也。至于雅之变者,亦皆一时贤人君子,闵时病俗之所为;而圣人取之。其忠厚恻怛之心,陈善闭邪之意,尤非后世能言之士所能及之。此《诗》之为经,所以人事浃于下,天道备于上,而无一理之不具也。

——朱熹

　　《诗经》的影响,在孔子、孟子的时代便已极大了,希腊诗人及哲学家,每称举荷马之诗,以作论证;基督教徒则举《旧约》《新约》二大圣经,以为一己立身行事的准则;我们古代的政治家及文人哲士,则其所引为辩论讽谏的根据,或宣传讨论的证助者,往往为《诗经》的片言只语。此可见当时的《诗经》已具有莫大的权威。

——郑振铎

延伸阅读

1. 洪湛侯:《诗经学史》,中华书局 2002 年版。
2. 扬之水:《诗经名物新证》,北京古籍出版社 2000 年版。

推荐版本

陈子展:《诗经直解》,复旦大学出版社 1983 年版。

(李玲玲)

唐宋词选讲

夏承焘 盛静霞

作者简介

夏承焘(1900—1986),字瞿禅,别号瞿髯、谢邻,浙江温州人。室名月轮楼、天风阁、玉邻堂等。毕生致力于词学教学和研究,著名词学家,现代词学的开拓者和奠基人。被胡乔木誉为"一代词宗""词学宗师"。

夏承焘1900年2月10日出生于浙江温州,1918年毕业于温州师范学校。20岁以后,北游冀晋,西到西安,在游历中增长见识,写下了不少面对时局的愤世之作。1930年,从浙江省立第九中学调到之江大学任教,后辗转至浙江师范学院、杭州大学、中国社会科学院。从大学任教开始致力于撰写《唐宋词人年谱》《唐宋词论丛》和《姜白石词编年笺校》等词学专著,并进行吟咏创作,对我国词学的发展起到了重大的推动作用。一方面他继承传统词学的素养和创作方法,发扬和扩大传统词学的影响力;另一方面他以求是考信的态度研究词体、词乐、词律和词史,大大拓展了词学研究的领域,此外他还积极进行创作,留下了不少壮丽飞扬的词作,为词学的推广和科学化、系统化与理论化的轨道做出了杰出贡献。

盛静霞(1917—2006),字弢青,江苏扬州人。著名的诗词学家,浙江大学中文系教授,师承唐圭璋、柳诒徵、钱子厚、汪辟疆、吴梅等名家学者,功力深厚,为原中央大学两大才女之一。著有《唐宋词选讲》《宋词精华》等。

名著背景

《唐宋词选讲》是一部唐宋词鉴赏的经典读本。全书精选唐宋词190首。所选作品从无名氏的《望江南(天上月)》到无名氏的《九张机(一张机)》,选录了敦煌曲子词、花间词、南唐词、豪放词、婉约词、民间词等多个流派的词作,而以苏、辛一派的豪放词为重点。所选之词以点带面地反映了唐宋词的整体面貌。每首词都配有作者生平简介和词作背景介绍，简约精当的赏析和恰到好处的注释。既能直达词旨，细致婉约，又能收放自如，宏通阔博。《唐宋词选讲》从 1959 年初版后，就深受广大读者的喜爱，不断重印、再版。

经典观点

梧桐树，三更雨，不道离情正苦。一叶叶，一声声，空阶滴到明。

人人尽说江南好，游人只合江南老。

坐看落花空叹息，罗袂湿斑红泪滴。千山万水不曾行，魂梦欲教何处觅？

问君能有几多愁？恰似一江春水向东流。

永丰柳，无人尽日花飞雪。

群芳过后西湖好：狼藉残红，飞絮濛濛，垂柳阑干尽日风。

此生飘荡何时歇？家在西南，常作东南别。

阅读导引

《唐宋词选讲》选录了唐宋以来六百余年间的 190 首著名词作，既有婉约派，也有豪放派。词作的内容涉及方方面面，比较典型的有以下几个方面：

有的描摹风景，浸入灵魂。如白居易的《忆江南》："江南好，风景旧曾谙。日出江花红胜火，春来江水绿如蓝。能不忆江南？"江南的春江水绿，红花胜火，红绿的热闹让人难忘。又云："江南忆，最忆是杭州。山寺月中寻桂子，郡亭枕上看潮头。何日更重游？"江南的小桥流水，杨柳依依，粉黛青瓦构成了作者心头难忘的回忆，杭州是江南所有城市中最让白居易难忘的，之所以流连不去，那是因为最不能忘天竺禅寺中秋观月的宁静和官署衙中枕上听潮的浩荡。皇甫松在他的《梦江南》中也对江南念念不忘："兰烬落，屏上暗红蕉。闲梦江南梅熟日，夜船吹笛雨萧萧。人语驿边桥。"灯暗夜深，屏风上的画都黯淡了，渐入梦境，梦到江南的景色，写江南景色有夜船、笛声，有驿桥、人语，好像一幅图画。连梦中的江南都只有雅致，难怪皇甫松念念不忘。而韦庄《菩萨蛮》："人人尽说江南好，游人只合江南老。春水碧于天，画船听雨眠。垆边人似月，皓腕凝霜雪。未老莫还乡，还乡须断肠。"描绘的则是江南的另一种难忘，美景、美人，游子为了这里的一切，甚至连对家乡的留恋都可以割舍而去。

有的诉说家国之痛，没齿难忘。如李煜的名作《虞美人》："春花秋月何时了，往事知多少！小楼昨夜又东风，故国不堪回首月明中。雕栏玉砌应犹在，只是朱颜改。问君能有几多愁？恰似一江春水向东流。"雕栏玉砌犹在，一如江山依旧，只是年岁已别，身居异地，愁绪似春江水绵绵不绝。类似的情怀在岳飞的词中则表现为一种壮烈，如《满江红》："靖康耻，犹未雪；臣子恨，何时灭？驾长车踏破贺兰山缺。

壮志饥餐胡虏肉,笑谈渴饮匈奴血。待从头,收拾旧山河,朝天阙。"把山河破碎的失落和忧愁转化为擒虏餐胡的热情,亡国之痛变成收复失地的决心。

有的倾诉爱情,浅斟低唱。如冯延巳《蝶恋花》:"几日行云何处去?忘却归来,不道春将暮。百草千花寒食路,香车系在谁家树?"这是一个动了情思的女子在埋怨心上人像浮云一样飘荡无踪,不知他的车子又停在了哪家青楼门前,幽怨思恋,不能自已。又如朱淑真《生查子》:"去年元夜时,花市灯如昼。月上柳梢头,人约黄昏后。今年元夜时,月与灯依旧。不见去年人,泪湿春衫袖。"今年与去年对比,一面是"人约黄昏后",一面是景色依旧,伊人不再。伤感零落,欲语还休。

有的表达人生失意,忍去浮名。如柳永《鹤冲天》:"黄金榜上,偶失龙头望……才子词人,自是白衣卿相……忍把浮名,换了浅斟低唱。"落第之后用白衣卿相和浅斟低唱换取些许的安慰,也许是当时不好读书人的做法。所以词成以后,很快便传遍大江南北。又如苏轼《定风波》:"莫听穿林打叶声,何妨吟啸且徐行。竹杖芒鞋轻胜马,谁怕?一蓑烟雨任平生。"虽在贬谪途中,但苏轼用一种潇洒的姿态来表达人生的失意,充满了乐观向上的力量。

总而言之,《唐宋词选讲》中入选的 190 首诗,可以说首首都代表了当时的特色和韵味,细细去读,便能邂逅一场与古典词作的恋爱之旅。

延伸阅读

1. 龙榆生:《唐宋词格律》,上海古籍出版社 2010 年版。
2. 唐圭璋等编著:《唐宋词鉴赏辞典》(新一版),上海辞书出版社 2016 年版。
3. 吴熊和:《唐宋词通论》,上海古籍出版社 2010 年版。

推荐版本

夏承焘、盛静霞:《唐宋词选讲》,中国青年出版社 2011 年版。

(李玲玲)

古文观止

吴乘权　吴调侯

作者简介

吴乘权（1655—?），字子舆，号楚材，山阴（今绍兴）人，清康熙文史学家。善于论议，经常口吐莲花，"谈锋所直，纵横莫能当"。16岁时，得了痿病，焉知祸福相依，他从此每天阅读古今图书，几年下来，竟奇迹般地治好了自己的痿病，而且学识大涨。除《古文观止》外，辑录有《纲目》九十二卷、《明史》十二卷、《小学初筮》二卷及周秦以来迄前明文十二卷。然而吴乘权闻名乡里，却并非因为他编辑的这些书籍。而是因为其"天性孝友"，为人仗义疏财，接济了许多乡人亲戚。

吴调侯，名大职，字调侯，籍贯山阴（今绍兴），吴乘权之侄，清康熙年间人。与其叔吴乘权均为饱读诗书的硕儒，皆因仕途不达而埋没民间。两人因合编《古文观止》而流芳后世。

名著背景

《古文观止》是历代中国散文选本总集。名曰"观止"，典起《左传·襄公二十九年》吴公子季札观看周乐事。季札在鲁国观赏乐舞《韶箾》，认为此舞炉火纯青，已至化境，遂赞叹曰："观止矣，若有他乐，吾不敢请已。"后世因以"观止"二字指称美到极致的事物。吴楚材、吴调侯给自己的选本用"观止"二字，亦是表示选择这部古文选本，二人已经倾尽其才，呈现出古代散文最美好的文本。

《古文观止》编成之后，由吴楚材的伯父吴兴祚审定并作序。序言有言"以此正蒙养而裨后学"，则这部书编书的目的主要是为了给当时的读书人当古代散文的启蒙读物。康熙三十四年（1695）该书正式刊刻印刷。该版的初刻本目前已佚。另有乾隆三十九年（1774）《鸿文堂增订古文观止》、乾隆五十四年（1789）映雪堂刊《古文观止》，这两种翻刻本为点校者个人收藏。该书流传至今，已逾三百年，版本众多，如康熙戊寅年（1698），吴楚材、吴调侯在家乡所刊之文富堂本，乾隆三十三年（1768）锡山怀泾堂刊本等。但《古文观止》在清代的命运与当时诸多时文选本一般，读者往往随用随弃，所以其他版本目前已难寻踪迹。

经典观点

古之立大事者，不惟有超世之才，亦必有坚忍不拔之志。

不鸣则已，一鸣惊人。

泰山崩于前而色不变，麋鹿兴于左而目不瞬。

举世混浊而我独清，众人皆醉而我独醒。

人固有一死，死或重于泰山，或轻于鸿毛。

君子见人之厄则矜之，小人见人之厄则幸之。

月晕而风，础润而雨。

祸常发于所忽之中，而乱常起于不足疑之事。

仓廪实而知礼节，衣食足而知荣辱。

不立异以为高，不逆情以干誉。

阅读导引

《古文观止》共十二卷，按时代顺序分为周文、战国文、汉文、六朝唐文、唐文、唐宋文、宋文、明文，依次选文 222 篇。脉络清晰，大体反映了古文发展的历程。其中，先秦两汉 102 篇，魏晋南朝 8 篇，唐宋 94 篇，明代 18 篇，这样的朝代数量组合，清楚地说明先秦两汉和唐宋是古文发展史上最繁荣的两个时期。另外，选文篇幅长短不一，细大不捐，长的如司马迁《报任安书》，短的如王安石《读孟尝君传》；情感或激昂或细腻，激昂者如《晁错论贵粟疏》，细腻者如韩愈《祭十二郎文》。

《古文观止》自印行以来，三百年间极受欢迎，超越了其他所有的古文选本。两个名不见经传的学者，为何能让他们的选本如此风靡大江南北？这种受欢迎程度，恐怕编者自己也始料未及。究其原因，当然与选文内容的好坏密不可分。那么《古文观止》是如何选文的呢？如其序所云："且余两人非敢言选也，集焉云耳。集之奈何？集古人之文，集古今人之选，而略者详之，繁者简之，舛错者厘定之，差讹者校正之云尔。"依其序言，则《古文观止》选文乃是在前人选文的基础上，去粗取精，厘定错讹而成。其《例言》亦云："古文选本如林，而所选之文若出一辙，盖较学相传即为轻车熟路，……故是编所登者，亦仍诸选之旧。"所言当为不虚，《古文观止》的选文就是站在前人选本基础上的精选本，既避免了前人选文的缺陷错讹，又保留了选文应有的精华文章。这大约就是《古文观止》在众多选文中脱颖而出的重要原因。

从康熙年间到清末，中国的私塾一般主要读四本书：《诗经》《四书》《古文观止》

和《唐诗三百首》。这四本书中，前两本是为科举服务的，代表了读书人的仕途敲门砖；后两本却是为了提升艺术水准而读的，代表了古人的欣赏能力。虽然《古文观止》被后人认为在选文倾向上有意向八股文靠拢，为时文服务。但事实上《古文观止》中大部分文章都和八股文无关。

"古文"二字，从字面理解，凡是古代的文章都可以叫作古文。但事实上，"古文"是一个专有名词，这事还得从韩愈的"古文运动"说起。六朝以来，享乐崇富之风渐盛，文风也渐趋华丽奢靡。骈文逐渐盛行，到了南朝，基本上朝廷的典章制度，发文制诰也基本使用骈文。但这种奢华的文风造成了叙事说理的极大不便，文本容易晦涩难懂。陈子昂在《修竹篇序》中曾说："文章道敝，五百年矣，汉魏风骨，晋宋莫传。"为了解决骈文引起的积弊，韩愈提出了文风改革，史称"古文运动"。他宣扬的古文，乃"岂独取其句读不类于今者邪，思古人不得见，学古道则欲兼通其辞者，本志乎古道者也。"因此他所说的"古文"就是革除六朝以来浮艳文辞，恢复先秦两汉质朴文风的散文。韩愈的理论和成功实践经验使他的古文运动获得了很多人的支持，他的好友柳宗元也成为一代古文大家。到了宋代，欧阳修、苏轼等人继续推崇"古文运动"，因此"古文"逐渐成为散文的一种特殊文体概念。这种"古文"就是单句散行，少用对偶与典故，语言明白畅晓。《古文观止》的选文基本就符合上述所说古文的要求。

整体而言，《古文观止》所选的文本，都是千百年历史长河中优选下来的佳作，这些作品或雄浑潇洒，或俊逸清新。入选作品的题材虽然广泛，但都内容充实，情真意切。当然其中也有少量入选作品与"古文"这个标题不符，其中包含了若干骈文与辞赋，如陶渊明《归去来辞》、王勃《滕王阁序》、骆宾王《讨武曌檄》、杜牧《阿房宫赋》等，但这些骈文都文辞流畅，风格优美。不过书中所选的李陵《李陵答苏武书》、诸葛亮《后出师表》、苏洵《辨奸论》等，因为文章正伪本身尚缺乏定论，所以一直受到学界的质疑与批评。

经典评论

一段落，一钩勒之不轨于法度勿敢袭也，一声音，一点画之不协于正韵勿敢书也。

——方孝孺

"选本所显示的，往往并非作者的特色，倒是选者的眼光。"

——鲁迅

《古文观止》选编的绝大部分文章与《才子古文》雷同不说，这个选本中的许多思想性较强，艺术分析较为细致精到的评语，往往也是从《才子古文》抄过来的。

——张国光

对于《古文观止》，人们一般认为，它只是一个私塾的启蒙教材，所选的文章主要以宣扬封建伦理道德为主,不注重艺术性。但经笔者初步统计发现,在其222篇古文的眉批、夹批中,涉及艺术形式的点评有139篇,占篇目总数的62.2%,在其总评中涉及艺术形式点评的有143篇,占到全书的64.6%。这更说明《古文观止》的编选者在点评过程中已经非常重视散文艺术形式的探讨。

——王兵

延伸阅读

1. 杨伯峻:《春秋左传注》,中华书局1990年版。
2. 司马迁:《史记》,中华书局2014年版。

推荐版本

吴乘权、吴调侯编:《古文观止》,中华书局2016年版。

（李玲玲）

红楼梦

曹雪芹

作者简介

　　曹雪芹（约1715—约1763），名霑，字梦阮，号雪芹，又号芹溪、芹圃。先祖本汉人，明末入满洲籍，成了正白旗内务府"包衣"。后其祖随清兵入关，成为世家。高祖曹振彦，官至浙江盐法道；曾祖曹玺，"随王师征山右有功"，成为顺治帝的亲信侍臣；祖父曹寅，当过康熙帝的"伴读"，曹氏家族官运亨通。从曹玺、曹寅到曹颙、曹頫祖孙三代世袭江宁织造长达58年。尤其是曹寅这一代，更是曹家的鼎盛时期，他的两个女儿都被选作王妃。康熙六次南巡，五次以曹家的江宁织造署为行宫，后四次都是在曹寅任内。曹家成为当时名副其实的南京第一豪门。然而到了雍正年间，曹家逐渐失势。雍正五年（1727）曹雪芹之父曹頫因"骚扰驿站"和"织造款项亏空"等罪落职，家产抄没。全家北迁，家道衰落。

　　曹雪芹生于南京，少年时代曾在那里度过了一段锦衣玉食的生活。13岁时随家北迁。起初在"右翼宗学"里工作过一段时间，生活潦倒。晚年移居北京西郊，生活更为困顿，甚至到了"举家食粥"的地步。乾隆二十七年（1762），幼子夭折，他也感伤成疾，不到50岁，就在贫病之中与世长辞了。死后，只留下一部尚未完成的《石头记》手稿和挂在墙上的琴剑了。

名著背景

　　曹雪芹在晚年创作《红楼梦》，写作过程十分辛苦。正如小说第一回所说"曹雪芹于悼红轩中,披阅十载,增删五次","字字看来皆是血,十年辛苦不寻常"。可惜未及完稿,就搁笔长逝了。

曹雪芹的一生,经历了"生于繁华,终于沦落"这样巨大的落差。从锦衣玉食的名门贵族子弟到后来的衣食维艰、挨饿受冻的底层百姓,让他意识到繁华如梦,人生幻灭。他原是一个能演、能唱、能吹、能拉、能画、能写、能舞剑的翩翩少年,可是随着政治风暴对家族生活的颠覆,他的才情完全无法在后来的现实生活中让他延续过去的繁华。颓败之余,他索性下定决心做个"天下无能第一,古今不肖无双"的人,将自己一生的人生经历和全部的热情全部融入了这部为大雅社会不齿的"小说稗史"中。十年之中手不辍笔,终于用全部心血写就了这部旷世奇书——《红楼梦》。

《红楼梦》最初以80回本的形式在社会上手抄流行,这些抄本大都附署名"脂砚斋""畸笏叟"等人的评语,所以称之为脂评本。现在常见的《红楼梦》全书120回,其实曹雪芹只留下前80回,后40回,目前学界主流观点认为是高鹗所补。乾隆五十六年(1791),高鹗和程伟元将120回本《红楼梦》排印出版,从而结束了《红楼梦》的手抄时代,使这部小说获得广泛传播。

经典观点

满纸荒唐言,一把辛酸泪!

女儿是水作的骨肉,男人是泥作的骨肉。我见了女儿,我便清爽,见了男子,便觉浊臭逼人。

人有聚就有散,聚时欢喜,到散时岂不清冷?既清冷则伤感,所以不如倒是不聚的好。比如那花开时令人爱慕,谢时则增惆怅,所以倒是不开的好。

纵然生得好皮囊,腹内原来草莽。

一龙生九种,种种各别。

闲静时如姣花照水,行动处似弱柳扶风。心较比干多一窍,病如西子胜三分。

阅读导引

《红楼梦》是一个伟大的爱情故事,但不是传统的花好月圆,有情人终成眷属的圆满爱情,而是贾宝玉、林黛玉、薛宝钗之间纠葛痛苦的婚恋悲剧。这部小说的伟大之处,便在于以这个婚恋悲剧为中心,写出了贾、王、史、薛四大家族的兴衰,以及这背后对人生与尘世的独特领悟。

贾宝玉,这部小说中的男主角,他身份高贵,英俊帅朗,是贾府当仁不让的继承人,也是贾家兴旺的希望所在。他本可以如一般的公子哥儿,参加科举考试,努力博取功名,再娶一个"德言工貌"样样具备的女子,开启一段让世人艳羡的富贵平安人生。可他偏偏放弃这所有看似最正确的选项,他无心功名,认为这只是沽名钓誉之徒的手段;他也不愿谈论经济治国之类的话语,觉得听着就是逆耳;他懒于和士大夫结交,甚而痛骂而后快,却常和出身卑微的寒门子弟结成莫逆之交。他也不相信什么"金玉良缘",天作之合。宝黛之间,他毫不犹豫地选择林黛玉。当他无视家族给他的地位、荣耀和利益时,家族便也无法给他永久的支撑。他选择爱情,却不能左右自己的婚姻,结果最后嫁给他的不是林黛玉而是薛宝钗,他只能面对咯血而亡的林黛玉心发狂癫。

林黛玉,这是一个异常聪慧灵动的女子。她长着"两弯似蹙非蹙冒烟眉,一双似喜非喜含情目",招人怜爱,又与贾宝玉有着"木石前盟",可是她父母双亡,家道中落,来到贾府,乃是无奈投靠,她缺乏可以与贾家联姻的社会实力。而寄人篱下的生活没有让她变得曲意逢迎、见风使舵,相反她依旧孤芳自赏,任性天真,用与生俱来的才华和病弱的身躯去抗击命运的不适,注定只能是一个悲剧。整个贾府只有宝玉成为她真正的知音,可是她和宝玉谁都无力选择自己的婚姻,他们只能任人摆布地如木偶般步步往前,丝线却提在别人手中。

薛宝钗之所以也是一个悲剧,她貌美温顺,城府极深,喜怒无形,既能对上逢迎,又会对下安抚,赢得上下老少的尊重。表面是"罕言寡语,安分随时",实际上有她的"青云"之志。面对复杂的人事关系、钩心斗角的角逐,她保持"不关己事不开口,一问摇头三不知"的态度,用对下层的冷漠和无视换取上层心目中的好媳妇形象。在那样的社会里,她嫁给谁,都是一个理想的妻子。可悲剧在于她的结婚对象是宝玉,那她就只能是不幸。和贾宝玉这样一个只求无拘无束,只求当个"富贵闲人"的上层叛逆者结下了姻缘的纽扣,那么爱情将是一种奢求。

围绕着"木石前盟"和"金玉良缘"的爱情悲剧,《红楼梦》还描绘了"千红一哭""万艳同悲"的整体"女儿国"悲剧。无论是被选入凤藻宫的元妃,被深宫大院锁住了青春,锁住了快乐;误嫁"中山狼"的迎春,被活活折磨至死;为人精明,才志高远的探春,生于末世远嫁他乡;看穿红尘的惜春,"可怜绣户侯门女,独卧青灯古佛旁"。贾府的四位千金,最终免不了命运的悲剧,其他如"英豪阔大"的史湘云、终身守寡的李纨到底也走不出命运坎坷。副册中的女子,就更是下场悲惨,但悲剧的来源不是突然状况,而是以"通常之道德、通常之人情、通常之境遇"来充当这些年轻女孩的刽子手。

更大而言之,《红楼梦》要描绘的不仅是一群青年男女的爱情悲剧,更是四大家族无可避免沉沦的社会悲剧。偌大的贾府,偌大的关系网,却网不住封建社会深刻的社会矛盾,网不住贵族之家的内部矛盾,网不住礼法等级生死轮回。

经典评论

尝思上古之书,有三坟、五典、八索、九邱,其次有《春秋》《尚书》志乘、梼杌,其事则圣贤齐治,世道兴衰,述者逼真直笔,读者有益身心。至于才子之书,释老之言,以及演义传奇,外篇野史,其事则窃古假名,人情好恶,编者讬词讥讽,观者徒娱耳目。今夫《红楼梦》之书,立意以贾氏为主,甄姓为宾,明矣真少而假多也。假多即幻,幻即是梦。书之奚究其真假,惟取乎事之近理,词无妄诞,说梦岂无荒诞,乃幻中有情,情中有幻是也。

——梦觉主人

自唐传奇始,"文备众体"虽已成为我国小说体裁的一个特点,但毕竟多数情况都是在故事情节需要渲染铺张,或表示感慨咏叹之处,加几首诗词或一段赞赋骈文以增效果。所谓"众体",实在也有限得很。《红楼梦》则不然。除小说的主体文字本身也兼收了"众体"之所长外,其他如诗、词、曲、歌、谣、谚、赞、诔、偈语、辞赋、联额、书启、灯谜、酒令、骈文、拟古文等等,应有尽有。以诗而论,有五绝、七绝、五律、七律、排律、歌行、骚体,有咏怀诗、咏物诗、怀古诗、即事诗、即景诗、谜语诗、打油诗,有限题的、限韵的、限诗体的、同题分咏的、分题合咏的,有应制体、联句体、拟古体,有拟初唐《春江花月夜》之格的,有仿中晚唐《长恨歌》《击瓯歌》之体的,有师楚人《离骚》《招魂》等作而大胆创新的……。五花八门,丰富多彩。这是真正的"文备众体",是其他小说中所未曾见的。

——蔡义江

其要点在敢于如实描写,并无讳饰,和以前的小说叙好人完全是好,坏人完全是坏的,大不相同,所以其中所叙的人物,都是真的人物。总之自《红楼梦》出来以后,传统的思想和写法都打破了。

——鲁迅

延伸阅读

1. 蔡义江:《蔡义江点评红楼梦》,团结出版社 2004 年版。
2. 周汝昌:《曹雪芹传》,东方出版社 2010 年版。
3. 张爱玲:《红楼梦魇》,上海古籍出版社 1995 年版。
4. 冯其庸:《曹雪芹家世新考》,上海古籍出版社 1980 年版。

推荐版本

曹雪芹、高鹗:《红楼梦》,中华书局 2001 年版。

(李玲玲)

三国演义

罗贯中

作者简介

　　罗贯中(约 1315—约 1385),名本,或云名贯,字贯中,号湖海散人,元末明初小说家。山东东原(今山东东平)人,或云太原、慈溪、钱唐、庐陵、越人,众说纷纭。所著小说甚多,明时称有数十种,目前传世的主要还有《隋唐两朝志传》《残唐五代史演义传》《三遂平妖传》等。除小说之外,《录鬼簿续编》还著录有三部杂剧,目前仅存一部《宋太祖龙虎风云会》。

名著背景

　　三国(220—280)是上承东汉下启西晋的中国历史上的一段特殊时期,短短的几十年间风起云涌,英雄辈起,豪杰并出,群雄逐鹿中原。关于这段历史的记载,正史主要有陈寿的《三国志》和裴松之的注,此外魏晋文人的著作撰述中也对这段历史进行了大量描述,比较典型的如葛洪的《抱朴子内篇》《神仙传》、干宝的《搜神记》、王嘉的《拾遗记》、裴启的《语林》、刘义庆的《世说新语》等。另外这段历史在民间也不断发酵演变,从隋代开始就以一定的艺术形式加以展现。唐宋以来,说话曲艺样式不断翻新,"三国"故事更是广泛传播,甚至出现了专门说唱"三国"故事的艺人。

　　元代至治年间,建安虞氏刊行了故事写本《全相三国志平话》,此书的许多情节虽与历史事实并不相符,却为《三国演义》架构了基本框架。拥刘反曹的倾向已经非常突出,关、张、刘三人的草莽气息也刻画得灵活生动,诸葛亮更是被写得神机妙算,胜似天人。宋元杂剧、戏曲中也出现了不少"三国"剧,光是元杂剧,以三国为题材的剧目就多达六十余种。这些曲艺形式都大大丰富了三国故事的表现形式,共同构成了罗贯中《三国演义》的创作基础。

经典观点

念刘备、关羽、张飞，虽然异姓，既结为兄弟，则同心协力，救困扶危；上报国家，下安黎庶。不求同年同月同日生，只愿同年同月同日死。皇天后土，实鉴此心，背义忘恩，天人共戮！

大丈夫生居天地间，岂能郁郁久居人下！

生死无二志，丈夫何壮哉！不从金石论，空负栋梁材。辅主真堪敬，辞亲实可哀。白门身死日，谁肯似公台！

备往常身不离鞍，髀肉皆散；今不复骑，髀里肉生。日月蹉跎，老之将至矣，而功业不建：是以悲耳！

阅读导引

《三国演义》依史演义，描写了从东汉灵帝中平元年（184）的黄巾起义到晋武帝太康元年（280）吴国灭亡，将近一百年时间里的历史故事。它描绘了黄巾起义开始到被镇压的过程，集中展现了魏、蜀、吴等封建统治集团之间军事、政治、外交的斗争，各个集团如何平衡与处理这些斗争的手段与矛盾心态，反映了当时的某些历史事实和人物心理。

每一次战争，必然带来鲜血和死亡，而三国争权的过程，就是这样的场面频频上演的过程。如第四回写董卓引军出城至阳城时："时当二月，村民社赛，男女皆集。卓命军士围住，尽皆杀之，掠妇女财物，装载车上，悬头千余颗于车下，连轸还都，扬言杀贼大胜而回。"如此的血腥，却被董卓处理得轻描淡写。但我们却从中读到了人民被肆意无故屠杀，生活水深火热的场景。后来十八路诸侯讨伐董卓，也是杀戮重生，民众苦难连绵。以至于连曹操这样嗜血的人物都在自己的诗歌《蒿里行》中感慨："白骨露于野，千里无鸡鸣。生民百遗一，念之断人肠。"然而类似的场景在后面的每一场战争中依旧不断重复。《三国演义》的好处在于，能将每一次血腥场面雷同的战争，写出与众不同的视角和观感来。

在这样的大背景下，《三国演义》也刻画了一批棱角分明，富有个性的人物形象。张飞、关羽、诸葛亮、周瑜、黄盖、司马懿、吕布等个个都风神俊逸，各具风骚。但其中也不乏因为作者的政治理想而被过度塑造的人物。如刘备被当作王道的实施者，一直被鼓吹、颂扬。《三国演义》把他美化成了一个"仁慈"而备受"爱戴"的统治者。当刘备从新野、樊城撤退的时候，他一切以百姓为重，为了百姓，甚至连个人性命都全然置之度外。而他所受的爱戴，更是数不胜数。不仅有桃园结义的两位忠肝义胆的兄弟奋不顾身成全他事业，又有诸葛亮这样计略过人的谋士心甘情愿为其所用,而且更有百姓不顾一切地"爱"。如当刘备不受陶谦让给他的徐州的时候,百姓拥挤府前哭拜云:"刘使君若不领此郡,我等皆不能安生矣!"又如当刘备兵败徐州时,百姓"皆争进饮食"。猎人刘安甚至因为一时寻不得野味,竟将其妻杀以食之。每阅至此,总会掩卷沉思,难以卒读。鲁迅在《中国小说史略》中批评"欲显刘备之长厚而似伪",这样的评论当属中肯之言。

而刘备的对立人物曹操,虽被打上了"奸雄""乱臣贼子"的标签,顶着"宁可我负天下人,休教天下人负我"的人生哲学,但是小说却没有一味浅显地表现他的狡诈和残忍。在他身上,狡诈和谋略并行,残忍与才干共存。他杀了吕伯奢全家,是出于恐惧和猜疑;他攻打徐州,四处杀戮,甚至挖人坟墓,是因为要替父报仇;他杀死近侍,是为了佯装自己具备超强第六感以防暗杀。当然这一切难掩小说欲强调的凶残本质,也未必完全符合历史上真实的曹操形象,但小说却在一系列的事件中把曹操塑造得有血有肉,光芒所到之处可圈可点。

《三国演义》在人格塑造上严守"忠义"为核心教条,善恶分明。全书所有人物不管分属哪个阵营,不论出身贵贱,均以这一条作为评价标准。同时在乱世之中,实力与谋略尤为重要。《三国演义》通过对三国时期各个统治集团之间内外矛盾的叙述,重点褒扬了奇谋策士的神机妙算和英雄豪杰的骁勇善战,典型的人物如诸葛亮,他是忠贞和智慧的化身。曹操、司马懿、周瑜、吕蒙、庞统、姜维个个都长于计谋,可是与诸葛亮一较量,便都相形见绌了。在战乱纷争中,作者始终以儒家道德观念作为立言、立身之本,表达了期盼明君贤臣,渴望以"仁政""王道"治理天下的政治理想。同时小说通过波澜壮阔的历史画卷式呈现,客观上也揭示了社会的黑暗,人民的痛苦和期待天下归一的愿望。

经典评论

世人鲜有读三国史者,惟于罗贯中演义得其梗概耳。

——〔清〕魏裔介

在中国的古典小说中,《三国演义》享有崇高之极的地位,没有任何一部小说比得上,近三百年来,向来称之为"第一才子书"或"第一奇书"。

——金庸

作为中国古代长篇小说中罕见的杰作,《三国演义》问世六百多年来,对中华民族的精神文化生活产生了深远的影响,已经成为公认的中国古典文学基本典籍之一,成为中国传统文化精华的重要组成部分。

——沈伯俊

延伸阅读

1. 陈寿:《三国志》,裴松之注,中华书局 1964 年版。

2.鲁迅:《中国小说史略》,商务印书馆 2011 年版。

推荐版本

罗贯中:《三国演义》,人民文学出版社 1953 年版。

（李玲玲）

水浒传

施耐庵

作者简介

关于《水浒传》的作者,历来众说纷纭。归纳而言,大约有五种说法:一是高儒在《百川书志》中所称的"钱塘施耐庵的本,罗贯中编次"。二是田汝成、王圻认为的罗贯中所作。三是胡应麟认为的施耐庵作。四是明末清初金圣叹认为的施耐庵作,罗贯中续说。五是胡适等人认为的施耐庵、罗贯中都是"乌有先生",乃假托之名。目前学界一般认为是施耐庵作,罗贯中在其基础上,进行了一定加工。

施耐庵,杭州人,或云兴化人。其一生相关事迹,由于史料缺乏,证据渺茫。相传爱结交朋友,每逢风晨雨夕,如若故人不来,则不欢愉。当其书写成之时,拍案大叫:"足以亡元矣!"对其心性品行,从中大约可以窥豹一斑。

名著背景

《水浒传》宋江起义的故事在中国历史上确有根源。《宋史·徽宗本纪》:"淮南盗宋江等犯淮阳军,遣将讨捕;又犯东京、江北,入楚海州界,命知州张叔夜招降之。"《张叔夜传》:"宋江起河朔,转略十郡,官兵莫敢撄其锋。"《东都事略·侯蒙传》:"江以三十六人横行河朔,官军数万无敢抗者,其才必过人。"上述记载显示了宋江领导的起义军气势非凡,锐不可当。起义的结局,最后宋江被张叔夜设计招降,另有史书记载说宋江被招降后又被派去征讨方腊。

宋江等人的起义故事,从南宋开始就在民间广泛流传。此时北方的女真、蒙古族先后南下掳掠,广大民众不堪民族与阶级的双重压迫,纷纷效仿宋江等人的起义,结营扎寨进行反抗。也就是这个时候,这个故事逐渐形成文本记载。宋末元初龚开作的《宋江三十六人赞》中已出现 36 人的姓名与绰号,罗烨的《醉翁谈录》中则出现了"花和尚""青面兽"等专门的说话条目,到了《大宋宣和遗事》,这个故事已粗具规模。今天所见的《水浒传》正是在这些文本的基础上,渲染演化而来。

经典观点

万卷经书曾读过,平生机巧心灵,六韬三略究来精。胸中藏战将,腹内隐雄兵。谋略敢欺诸葛亮,陈平岂敌才能,略施小计鬼神惊。

人无千日好,花无百日红。

失群的孤雁,趁月明独自贴天飞;漏网的活鱼,乘水势翻身冲浪跃。不分远近,岂顾高低。心忙撞倒路行人,脚快有如临阵马。

知恩不报,非为人也。

柔软是立身之本,刚强是惹祸之胎。

自古有几般:饥不择食,寒不择衣,惶不择路,贫不择妻。

风不来,树不动。船不摇,水不浑。

有泪有声谓之哭;有泪无声谓之泣;无泪有声谓之号。

阅读导引

《水浒传》描写了一批忠义贤良之人,被贪官污吏逼上梁山,沦为"盗寇"。然内心深处却始终不忘效忠朝廷,除暴安良,一系列的对抗、争斗之后,最后接受招安,替朝廷平定内乱,又出征方腊,建立卓越功勋后,却被昏君乱臣一个个逼上绝路的故事。正所谓"煞曜罡星今已矣,谗臣贼相尚依然!"小说充满了史诗式的荡气回肠,最后却以无可奈何的悲剧收场。通篇阅读下来,一种扼腕叹息的沉痛就会弥漫于眼前心间。

《水浒传》创作了许多个性鲜明的人物,架构了不少引人入胜的故事,表现出非凡的语言能力,在文学艺术领域达到了登峰造极的水准。

首先,塑造了一大批有血有肉,栩栩如生的人物形象。全书有名有姓的人物多达数百个,形象丰满的,也不下三四十个。其中有作者正面褒扬的英雄人物,也有行径恶劣的反派人物。如小说的第一主角宋江,他的性格是忠义的化身,但同时性格又不是一成不变的,而是在磨难中曲折演进。原本他虽有"仗义疏财"之举,可以不顾血海之危解救晁盖,却安心于当一个县衙小吏,认为投去梁山泊乃礼法不容之事。一怒之下杀了阎婆惜之后,宋江无路可走,却依然天真地不想去投靠梁山泊。直到由于内心的逆反情绪逐渐累积,终于在浔阳楼吟出反诗,被拉去江州法场。众弟兄劫法场,救了宋江,他才感觉不得不去投奔梁山泊了。但在到达梁山泊,做上第一把交椅后,他便马上把"聚义厅"改为"忠义堂",骨子里面的忠君报国思想袒露无遗。他又极富组织与管理才能,带领兄弟们把梁山事业做得风生水起。但始终在与官府的对立中,为日后的招安预留退路。这样梁山的事业,逐渐成了宋江接受招安的资本。招安以后,他带领众兄弟征伐辽国,平定方腊,立下赫赫功劳。最后却被赐喝下毒酒,命悬一线之时,仍然不忘信誓旦旦"宁可朝廷负我,我忠心不负朝廷"。整一个忠义节烈又顽固不化的形象就清晰可见了。

除了宋江之外,其他许多人物也是棱角分明,各有特色的。如武松的勇武威猛、粗中带细,燕青的聪明伶俐、随机应变,林冲的骁勇善战、优柔寡断,鲁智深的勇敢仗义、不乏精明,阎婆惜的淫荡无耻、得寸进尺,潘金莲的风情万种、堕落无节都让人印象深刻。

其次,整部小说结构上并非平铺直入,相反与传统古典小说一样,非常讲究故事性。但这些故事又不是单线的一个故事到底,而是一个故事套着另一个故事,连环扣似的彼此相连,却又各自具备完整的情节。如其中的智取生辰纲、三打祝家庄、武松打虎、药鸩武大郎等章节,共同构成《水浒传》的一部分,但同时提取出来,又每一章都是一则妙趣横生的故事。小说就是在梁山泊起义的总体构思之下,按照故事发展的需要,把一个个情节连缀起来。小故事构成大故事,单一情节围绕整体故事而展开。

另外,小说的语言通晓生动,是口语基础上提炼的文学语言。无论是写景状物还是描摹人物,总能寥寥几笔,就抓住事物的主要特征。如写李逵的粗鲁不懂礼节,我们从他第一次见宋江时所说的话语中便可判断一二。他见到宋江,就问戴宗:"哥哥,这黑汉子是谁?"等戴宗介绍完了,他还说:"莫不是山东及时雨黑宋江。"前面已经被戴宗批评不懂礼节,可是在听明白是谁之后,还是忍不住强调一下"黑宋江",其心直口快的形象通过这短短的几个对话便展露无遗。刚上梁山时,就口吐狂言:"便造反怕怎地,晁盖哥哥便作大宋皇帝,宋江哥哥便作小宋皇帝。"这样的话语若换作他人讲来,就觉得狂妄放肆,可是从李逵口中出来,却只剩妥帖无疑了。真正做到了闻其声如见其人的效果。同时,小说擅长用近乎白描的语言展现人物性格的差别。同样是骁勇善战,林冲的骁勇和武松的骁勇便是全然不同的两种勇敢;同样写打虎,李逵打虎和武松打虎,便又有不同的体味。

小说正是通过这样富有个性的语言,把一个个单一的情节连贯成一个富有生命的有机体,恰到好处地表现各个精彩的过程,同时又不忘美刺忠奸。金圣叹评《水浒传》曰:"无美不归绿林,不恶不归朝廷",大约是深得小说之宗旨者了。

经典评论

崔后渠、熊南沙、唐荆川、王遵岩、陈后冈谓《水浒传》委曲详尽,血脉贯通,《史记》而下，便是此书。

——李开先

　　论宋道，至徽宗，无足观矣。当时，南衙北司，非京即贯，非球即勔，盖无刃而戮，不火而焚，盗莫大于斯矣。宋江辈逋逃于城旦，渊薮于山泽，指而鸣之曰：是鼎食而当鼎烹者也。是丹毂而当赤其族者也！建旗鼓而攻之。即其事未必悉如传所言，而令读者快心，要非徒虞初悠谬之论矣。乃知庄生寓言于盗跖，李涉寄咏于被盗，非偶然也。兹传也，将谓诲盗耶，将谓弭盗耶？斯人也，果为寇者也，御寇者耶？彼名非盗而实盗者，独不当弭耶？传行而称雄稗家，宜矣。

——张凤翼

　　英人哈葛德所著小说，不外言情，其书之结构，非二女争一男，即两男争一女，千篇一例，不避雷同，然细省其书，各有特色，无一相袭者。吾国施耐庵所著《水浒》，相类处亦伙。即以武松论，性质似鲁智深，杀嫂似石秀，打虎似李逵，被诬似林冲，然诸人自诸人，武松自武松，未尝相犯。

——侗生

延伸阅读

1. 观看张绍林导演的电视剧《水浒传》。
2. 鲁民编：《水浒后传》，金像仿绘，辽宁美术出版社2001年版。
3. 俞万春：《荡寇志》，黑龙江美术出版社2013年版。

推荐版本

施耐庵：《水浒全传》，郑振铎等校，人民文学出版社1954年版。

（李玲玲）

西游记

吴承恩

作者简介

　　吴承恩(约 1500—1582),字汝忠,号射阳山人。先世涟水(今江苏淮安涟水县)人,后迁淮安山阳(今江苏淮安)。曾祖吴铭,祖父吴贞,两世均为学官,皆不显。父吴锐,因家贫而弃儒经商。入赘徐氏,继承其家业,遂以经营"采缕""文縠"为生。吴锐性格木讷,世人称之"痴",称吴承恩亦为"痴人家儿"。这对吴承恩的性格产生了很大的影响。吴承恩文采敏捷,幼年就"以文鸣于淮"。但在科举之途,却屡试不第。40 多岁时,才补了个贡生。因家境贫寒,曾出任长兴县丞,两年后如陶渊明一般"耻折腰","遂拂袖而归"。后又曾补为荆府纪善,但未曾赴任。晚年放浪诗酒之间。吴承恩的著作,除《西游记》之外,还有大量诗文,惜多散佚,现在仅存《射阳先生存稿》。所有作品中,当推《西游记》为首。《西游记》的具体创作时间难以确定,从作品蕴含的社会与人生深度来看,晚年所创作的可能性较大。目前能见的《西游记》最早刊本是万历二十年(1592)金陵世德堂的刊印之《新刻出像官板大字西游记》。此后出现了多种不同版本。

名著背景

　　《西游记》中记载的唐玄奘西天取经,是中国历史上的一个真实事件。唐太宗贞观三年(629),玄奘(602—664)为了解决经义内部的分歧与困惑,离开长安,穿过河西走廊,经过玉门关,出吐鲁番,千辛万苦,费时 17 年,途经百余国之后,到达天竺,通过游学辩论,赢得了天竺佛教界的普遍赞誉。贞观十九年(645)取回佛经657部。这成为当时轰动全国的一个大事件。唐太宗下诏让他口述这段经历,由其弟子辩机辑录成《大唐西域记》。此后他的门人慧立、彦琮又撰写了《大唐大慈恩寺三藏法师传》。两部书名为写实,但为神化玄奘,描绘他突破各种艰难险阻,在一意西行的过程中,还穿插了一些神异事件。如狮子王劫女产子,西女国生男不举,迦湿罗国"灭坏佛法"等。于是,取经的故事就变得充满神秘感。

　　玄奘西天取经的故事,引起了人们极大的兴趣。唐代末年的笔记小说如《独异志》《大唐新语》等,已开始记录这个故事,民间更是广泛传播。流传的过程中,神异的成分被不断夸大,史实也屡被渲染。南宋时已经出现"中瓦子张家"印的《大唐三藏法师取经诗话》,书中已出现神通广大的"猴行者",并且已取代唐僧,成为主要角色。这个故事在金元时期,又被搬上了戏曲舞台,在表演过程中不断增添更多戏剧与传奇色彩。到了元末明初杨景贤的杂剧《西游记》中,唐僧的三大徒弟就已经配齐。现在我们看到的《西游记》正是在这些小说和杂剧的基础上逐渐形成的。

经典观点

　　人而无信,不知其可。

　　千般巧计,不如本分为人;万种强徒,怎似随缘节俭。心行慈善,何须努力看经? 意欲损人,空读如来一藏!

　　人没伤虎心,虎没伤人意。他不弄火,我怎肯弄风?

　　清虚人事少,寂静道心生。

　　知恩不报非君子,万古千秋作骂名。

　　千日行善,善犹不足;一日行恶,恶自有余。

　　当家才知柴米价,养子方晓父娘恩。

　　龙游浅水遭虾戏,虎落平原被犬欺。

　　好人头上祥云照顶,恶人头上黑气冲天。

　　树大招风风撼树,人为名高名丧人!

阅读导引

　　《西游记》是一部神魔小说,它既不直接地抒写现实生活,又不同于史前神话完全虚幻。它通过奇幻的想象,诙谐幽默的笔触,蕴含某种寓意深远的主旨。历来评论家都对此颇感兴趣,清代以来就有劝学、讲禅、谈道诸说。小说通过唐僧、孙悟空、沙僧、猪八戒师徒四人西天取经的故事,到底传达什么? 在通篇阅读的过程中,我们觉得李卓吾先生所说的"游戏之中暗传密谛"的哲理说是比较符合小说的真实意旨的。

小说将"三教合一""明心见性"的心学隐含其中。所以早期的批评家都认同《西游记》隐喻着"魔以心生,亦以心摄"的主旨,认为小说的三大组成部分"大闹天宫""被压五行山下"和"西天取经"是孙悟空放心、定心乃至修心的过程,这实际上也是一般人的心性发展修炼过程。鲁迅虽然强调《西游记》的本质是"出于游戏",却也说过:"如果我们一定要问他的大旨,则我觉得明人谢肇淛说的'《西游记》……以猿为心之神,以猪为意之驰,其始之放纵,上天入地,莫能禁制,而归于紧箍一咒,能使心猿驯服,至死靡他,盖亦求放心之喻。'这几句话,已经很足以说尽了。"显然鲁迅在强调游戏说的本质下,也默认了小说"心学"的框架。小说花了大量篇幅来描述取经路上师徒四人经历的九九八十一难,而这些难关的模式有不少是非常相近的,经常是师徒四人又饿又冷之际,碰到了一个妖怪,唐僧(或唐僧、沙僧、八戒)被捉,孙悟空凭借自己的法术或请求菩萨、佛祖相助,最后降服妖怪,救出师父,继续前行。这种循环往复的遇妖、捉妖行为,实际上都用来象征克服心魔的过程。正如小说第十七回所说的"菩萨、妖精,总是一念"。然而在实际的描绘中,小说渐渐突破了这种预设的精神框架,"修心"之余,读者看到更多的是追求完美、战胜邪恶、实现人生理想的励志过程。

同时小说通过超越常规的想象,穿破时空的夸张,创造了一个突破人、神、鬼怪的境界。天上地下、仙山福地、龙宫地府,各个看似完全没有交集的场所都汇聚到了《西游记》之中。一路上遇到的人物,除了少有的几个正常人类,大部分都是神妖鬼怪、菩萨罗汉,唐僧师徒说是西行,却上天入地,走的并非寻常之路。降妖除魔的过程中,这些神奇古怪的人事被融为一体,形成了一个完整和谐的艺术整体。虽然情节变幻莫测,场景光怪陆离,但其实亦真亦幻,处处充满了现实世界的影子,诙谐搞怪中影射着当时的人类社会。富丽堂皇的天宫,就如人间的宫廷;法术道行不一的菩萨仙人,就似人间的朝廷百官;凶残吃人的妖魔,仿佛人间的暴徒恶棍。将现实与虚幻彼此对照,就会发现这部神魔小说充满了滑稽意味和游戏色彩。

《西游记》的主要线索是唐僧师徒四人去西天取经,追寻佛教真谛。可是小说在人物的塑造上没有刻意宣扬佛教,相反充满了戏谑色彩。唐僧在小说中一定程度上保留了历史人物玄奘虔诚苦行的一面,比如他为了辨析佛理,明知西去途中"吉凶难定",仍然不顾一切,束装前行。可同时也融合了迂腐儒生的无能和唠叨。他碰到妖魔鬼怪,就吓得瑟瑟发抖,手足失措,孙悟空打死妖怪,又怪他心狠手辣,没有慈悲心肠。一不如意,更启动紧箍咒收拾孙悟空,或者干脆勒令他离开自己。但若真的离了这个徒弟,他在荒山野岭连自保都非常困难,果腹更成了非分之想,一个不小心还会被妖怪抓走,之后就痛哭流涕,追悔莫及。

猪八戒则是另一形式的滑稽。他既粗鲁憨直,包揽取经途中的脏活、累活,又好吃懒做、贪财好色。让他巡山,他去偷偷睡大觉;让他找吃的,他先把自己喂饱。见到女性,不管女菩萨、女施主还是女妖怪,都流连忘返。有时也爱耍耍小聪明,但八戒式的聪明却往往弄巧成拙,一下就露相,在滑稽场面中让读者平添许多欢乐。

　　孙悟空则是全书的主角。他"大闹天宫"，崇尚自由；"西天取经"，除恶扬善。但孙悟空也不是一成不变的。他跳不出如来的手掌心，被压五行山下五百年后，自由叛逆的天性便少了许多。他头戴紧箍，专门帮助唐僧解决取经途中一切艰难困苦，成了一个伏魔降妖的英雄。途中他变作蟭蟟虫、小蝇子混入妖洞去探底，或者化身其他形象去欺骗它们，又钻入对方肚中拳打脚踢逼降。不拘一格，神通广大的孙悟空形象便跃入眼底。

　　当然《西游记》作为一部累积型的小说，既有寓意，也有象征，处处闪耀着迷人的光辉，其中的人物特色和主旨内涵无法在三言两语之间一一道尽。唯有真正捧起书本，深入阅读，才能读出自己心中的孙悟空、唐三藏、猪八戒、沙和尚和那一路的仙佛妖精鬼怪来。

经典评论

　　《西游》者，中国旧小说界中之哲理小说也。细观其自借炼石化身起点，以至远逝异国，学道而归，恢复昔时一切权利，吾人苟能利用其前半段之所为，即可得今日出洋求学之效果，以精器械，以致富强，保种在是，保教亦在是。古人谓妙诀即在书中，吾于《西游》亦云。

——阿阁老人

　　《西游记》及《封神演义》，神怪小说中之杰作也。其思想之宏阔齐伟，实令人惊服。作小说须独创一格，不落他人之窠臼，方为上乘。若《西游记》《封神演义》《金瓶梅》《儒林外史》《水浒传》，皆能独出机轴者。

——解弢

延伸阅读

1. 许仲琳：《封神演义》，上海古籍出版社 2011 年版。
2. 罗贯中编：《三遂平妖传》，王慎修校，上海古籍出版社 1990 年版。
3. 胡适：《胡适古典文学研究论集·西游记考证》，上海古籍出版社 1988 年版。

推荐版本

吴承恩：《西游记》，人民文学出版社 2009 年版。

（李玲玲）

儒林外史

吴敬梓

作者简介

吴敬梓（1701—1754），清代著名的小说家。字敏轩，号粒民，晚年自号"文木老人"，安徽全椒（今安徽省滁州市全椒县）人。

吴氏家族是全椒的望族，名公巨卿，人才辈出。曾祖吴国对是顺治十五年（1658）的探花，祖父吴旦以监生考授州同知，族祖父吴晟和吴昺皆进士及第，吴昺还是康熙三十年（1691）的榜眼。吴氏一门，可谓科甲鼎盛。但到了吴敬梓的父辈，渐趋衰落。其父吴霖起，为官清廉。吴敬梓从小受到家风熏陶，博览群书，才华出众，读书过目即能成诵，为文作赋，援笔立成，尤其喜欢《文选》《诗经》和《史记》。

13岁丧母后，随父至任上。其后十余年，虽见其父为官之清廉，为人之正直，却也目睹官场之黑暗，仕途之残酷。23岁丧父后，又遭族人亲戚侵夺祖产，抢占田屋，渐思道德之沦丧，亲情之缺失，遂萌叛逆之心。于是不营祖产，纵情享乐，恣意豪奢，挥金如土，数年之间，将父亲留给他的两万金挥霍殆尽。一时之间，成为族里人人引以为戒的败家子。

雍正十三年（1735），经巡抚赵国麟的推荐参加博学鸿词之试，但参加完预试后便托病辞辟。同年，举家移至南京秦淮河畔，虽已渐至清贫，仍不改往日豪气，照旧结交四方文士，醉心诗文唱和与友人约访。

晚年客居扬州，乾隆十九年（1754）农历十月二十八日卒于客中。

名著背景

《儒林外史》大约写于吴敬梓辞去征辟,举家迁居南京以后,但具体写作时间难以考定。可以肯定的是,吴敬梓一生经历了康熙、雍正、乾隆三代,目睹盛世风景下的社会繁华,同时也经历了资本主义的萌芽状态中人性对财富的赤裸追逐。

《儒林外史》中的人物,大都取材于现实世界。如其中的豪杰士人杜少卿就与吴敬梓本人的人生轨迹大致相当,性格处事方式也颇为相似,应该就是以自己为原型的适当虚构。小说中的其他人物,如杜慎卿、马纯上、迟衡山、虞育德、庄绍光等也是周围亲戚朋友的写照。作者在这些真人真事的基础上,加上自己的所见所闻和一定的文学虚构拟写而成。因此这是一部带有作家强烈的个性色彩,融汇作家个人经历的小说。

经典观点

须臾,浓云密布,一阵大雨过了。那黑云边上镶着白云,渐渐散去,透出一片日光来,照耀得满湖通红。湖里有十来枝荷花,苞子上清水滴滴,荷叶上水珠滚来滚去。湖边上山,青一块,紫一块,绿一块。树枝上都像水洗过一番的,尤其绿得可爱。

有人辞官归故里,有人漏夜赶科场。

见义不为,是为无勇。

与其出一个斫消元气的进士,不如出一个培养阴骘的通儒。

老不拘礼,病不拘礼。

文章是代圣人立言,有个一定规矩,比不得那些杂览,可以随手乱做。所以一篇文章,不但看出这个人的富贵福泽,并可以看出国运的盛衰。

一斗米养个恩人,十石米养个仇人。

阅读导引

《儒林外史》以元末明初王冕学画归隐的故事作为楔子,正文假托明代社会,以成化、弘治、正德、嘉靖、隆庆、万历一百多年的时间作为纵向线索进行展开,实际上却描绘了 18 世纪清代中叶,在自然经济向商品经济过渡过程中,广大知识分子无法适应时代变迁所表现出来的茫然失措感,在科举制度长期压抑下追逐荣华富贵引起的心灵扭曲反应,以及面对官场黑暗、人情冷暖的社会百态图。

这部小说不同于传统的才子佳人小说以爱情为主调,翻来覆去以男欢女爱为情节线索。《儒林外史》没有一则故事关乎爱情,通篇只以人物性格和社会生活作为题材线索,因而缺乏惊心动魄的传奇色彩,作家冷然地仿佛只是一个旁观者,波澜不惊地述说着士子名人、吏胥里役、高人隐士乃至娼妓狎客的人间百态,让读者自己在日用酬酢中体会袅袅烟火气。

小说在开端标举了王冕不为功名利禄所动,不受达官显贵胁迫,名声显于天下后,反遁迹山林,隐居山水的高举远蹈后,却没有再着力描写这样不受世事纷扰的通达士儒。相反小说浓墨重彩地描绘了一批饱受科举荼毒的可怜人物,典型的如周进和范进。周进屡考屡败,到了六十几岁,依旧还是个童生。迫于生计,受邀去薛家集开馆授徒,却在那里被刚进了学的梅玖百般嘲弄奚落。在和尚庙搭伙,每顿只一碟老菜叶,一壶热水。碰到偶然路过的王举人,让他作陪,对方只是一味地大吹大擂,自我标榜,自己吃得鸡鸭鱼肉堆满台,看周进吃着老菜叶也不相让。纵然这样隐忍度日,最后还是丢了馆。万般无奈之下,只好伙同商人去省城买货,当个记账员。到了省城,参观贡院,想想自己的心酸往事,"一头撞在号板上,直僵僵不省人事"。却没料,这一撞,却撞出一百八十度的人生大转折来,他被捐了个监,中了举人、进士,升了御史,当了学道。原来奚落他的梅玖冒称是学生,在薛家集的庙里供奉起他的长生牌位,更有许多认识不认识的人跑来套近乎。

范进则是另一个版本的悲剧人物。应考二十余次,到54岁时还是个童生,整个人面黄肌瘦,头发花白。周进因为怜他年老,起了同病相怜之心,将他的卷子仔细看了两遍,这才免去被黜落的危险,考取了举人。可他饱经失意的脆弱神经在这巨大的刺激下,竟然崩溃发了疯,最后因为丈人胡屠户的一巴掌才清醒过来。而在这个过程中,表现更具戏剧性的是他的丈人胡屠户和乡绅邻里,这些人从一开始的鄙薄、嘲讽变成了极尽巴结之能事。原来的"尖嘴猴腮",考上之后便成了"才学又高,品貌又好",甚至被认为是天上的星宿下凡。

小说除了竭力描绘饱受科举毒害的士子之外,还形象地展示了功名富贵对人性的改变。比较典型的如匡超人,原本是一个孝顺父母,尊敬兄嫂,和睦邻里的淳朴青年,在受到科举的诱惑,将之作为人生唯一出路之后,便渐渐变得追名逐利,甚至做起了流氓营生,渐渐变成一个忘恩负义,卖友求荣的卑鄙之人。此外,更不乏戴着功名的光环,无仁无德,见利忘义的小人。比如其中的严贡生就是借着自己贡生的头衔,欺罔乡里,勾结官府,强抢财货。

然而吴敬梓并非一味地尖刻讽刺,愤世嫉俗。事实上他在鞭挞社会精神面貌的同时,也对沉醉科举但本性不失温和善良的人们给予了温和的同情。如像马二先生这样被八股制度僵化的老学究,二十多年的科场失利依旧不能让他反省,反而屡屡为时文宣传奔走,甚至劝说年轻人科举是唯一出路。吴敬梓虽然觉其可笑,但在文字的处理上却仅仅是戏谑和幽默,而没有如同上文所说的嬉笑怒骂那么犀利敏锐。

而且在揭示科举八股取士带来人性异化的同时,作者始终清醒地坚持理想的"真儒"追求。如杜少卿豪爽乐施,扶危济贫,追求人性的天真与自我,却又尊重传统,拥护儒家,狂放不羁的外表下掩藏着一颗救济时事的心。又如庄绍光,才华横溢,人品出众,在深感朝廷腐败无望时,恳请还山,选择享受悠然自得的生活。达则兼济天下,穷则独善其身的儒家修为,在这些人身上体现得淋漓尽致。吴敬梓正是通过对这些与世俗格格不入的真儒明贤形象的塑造,展现自己的儒家追求的。

经典评论

迨吴敬梓《儒林外史》出,乃秉持公心,指摘时弊,机锋所向,尤在士林;其文又感而能谐,婉而多讽,于是说部中乃始有足称讽刺之书。

——鲁迅

外史纪儒林,刻画何工妍!吾为斯人悲,竟以稗说传。

——程晋芳

《儒林外史》具有和其他优秀小说共同的特点,即塑造了许多鲜明、生动的人物形象;同时,又有着它本身独具的特色,即讽刺。它的这种共性和个性,完美地结合在一起,构成了一幅光怪陆离的封建社会末期的生活的画卷。

——王俊年

延伸阅读

1. 陈美林:《吴敬梓评传》,南京大学出版社 2011 年版。
2. 何泽翰:《儒林外史人物本事考略》,上海古籍出版社 1985 年版。

推荐版本

吴敬梓:《儒林外史》,上海古籍出版社 1994 年版。

(李玲玲)

曾国藩家书

曾国藩

作者简介

　　曾国藩(1811—1872)，原名子城，字伯涵，号涤生。湖南湘乡人，祖籍衡阳，国初孟学公始迁至湘乡荷塘都之大界里。传到元吉公时，族人渐多，资产丰厚，遂为湘乡人。元吉公的二儿子辅臣公，就是曾国藩的高祖父。父麟书，字竹亭，诰封中宪大夫，累封光禄大夫。曾国藩是中国近代著名政治家、军事家、文学家，湘军的创立者，是中国历史上最有影响的人物之一。他的头上堆满了光环，他与李鸿章、左宗棠、张之洞并称"晚清四大名臣"，又与胡林翼并称曾胡，甚至被后人称为晚清"第一名臣""千古完人""官场楷模"。

　　曾国藩生于晚清一个地主家庭，6 岁入私塾，8岁读四书五经，14 岁读《周礼》《史记》。道光十八年(1838)，28 岁中进士。初授翰林院检讨，累迁内阁学士，礼部侍郎，署兵、工、刑、吏部侍郎。曾国藩在仕途上官运亨通，十年连升十级，并在京师赢得了较好的声望。一生奉行以"耐烦"为第一要义，他严于律己，以德求官，以礼待人，以忠谋政，在职场、朋友圈都获得了巨大的成功。他一生的治军、治家、修身、养性的方式，成了士大夫道德修养的楷模，被顶礼膜拜。

　　曾国藩有《曾文正公全集》传世，共 167 卷，包括奏搞、批牍、治兵语录、文集、诗集、杂著、日记、书札、家书、家训等，由李鸿章之兄、湖广总督李瀚章于 1876 年编辑刊行，此后几经刻印，版本不一。但真正对后世有影响力的只有家书。

名著背景

曾国藩早年曾经致力于学术,他努力研究古文、历史、书法、理学乃至各种典章制度。并以当时的名士梅曾亮、何绍基作为自己治学的楷模,但他最终并没有成为一位大学问家,留下来的著作也屈指可数。主要原因不是他不够坚持努力,而是他还没来得及著书立说,就官途顺遂,一路升至二品大员。因此忙于应付官场的明争暗斗,无力再来埋首治学。后来更是投身于戎马军伍之中,创立湘军,四处征战,更加不可能固守书苑,潜心学术了。

曾国藩在镇压太平天国的过程中,立下了赫赫功劳,权势熏天,功高震主,导致清王朝对其极为忌惮。咸丰帝甚至在湘军克复武汉时说:"去了半个洪秀全,来了一个曾国藩。"防范之心表露无遗。曾国藩常年的政治经验和治史所得告诉他这是一种危险的信号。因此他在击败太平天国后,一方面裁减湘军队伍,一方面把多年的家书刊行问世,借以表明自己忠心耿耿,以防奸佞之人众口铄金。曾国藩家书自刊行以来便风靡于世,经久不衰。

经典观点

积劳之人,非成名之人,成名之人,非享福之人

无故而怨天,则天必不许;无故而尤人,则人必不服。

做人之道,大抵不外敬恕二字。

人苟能自立志,则圣贤豪杰,何事不可为。

富贵功名,皆人世浮荣,唯胸次浩大,真正受用。

有气则有势,有识则有度,有情则有韵,有趣则有味。

男儿自立,必须有倔强之气。

在自修处求强则可,在胜人处求强则不可。

不轻进人,即异日不轻退人之本;不妄亲人,即异日不妄疏人之本。

凡一家之中,勤敬二字能守得几分,未有不兴。

阅读导引

《曾国藩家书》是清道光三十年(1850)到同治十年(1871)前后,二十余年间曾国藩与他的亲人之间的书信集,所涉及的范围极为广泛,既是曾国藩一生之中主要活动的记录,涵盖了他在翰林苑和带兵从武生涯的大部分时光,也是他修身、劝学、为政、交友、治家、用人、理财等人生之道的生动反映。

曾国藩的家书有写给祖父母、父辈的,也有写给兄弟及儿辈的。因所从对象都

是家人亲戚,因此行文从容淡定,自由率真,随意放松,运笔自如。在看似平常的家长里短中,蕴含着他的真知灼见和人生体会,字字真情,具有极强的说服力和感染力。因此尽管曾国藩留下来的作品并不多,但仅就这一部家书,也可以让我们窥豹一斑,从中看出他的学识造诣和道德修养。尽管他是一位极具争议的人物,同时顶着"中兴第一名臣"的美称和"卖国贼"的恶名。近百年来人们对他的评价毁誉参半、褒贬不一。但"道德文章冠冕一代"的称号并非过誉之辞。当赞赏他的和鄙薄他的人都对他所撰写的《曾国藩家书》推崇备至时,这便是对一个作家的最大赞誉。他的书信已经让他成为中国封建社会的最后一尊精神偶像。时至今日,还流传着"为官要学曾国藩,经商要学胡雪岩"的说法。

曾国藩在家书中书写生活的点点滴滴,又从中抒发真情实意,让我们看到一个有担当、重真情、蕴良知的典型儒者形象。如他在写信给祖父母、父母时,称"祖父大人万福金安""孙男国藩跪禀祖父母大人万福金安""男国藩跪禀父母大人万福金安""男国藩跪禀父母大人膝下",对长辈的毕恭毕敬跃然纸上。写给弟弟们,曾国藩就用词亲切随意,常称"四位老弟足下""四位老弟左右""诸位贤弟足下""澄、温、季三位侍右"等,但也不失尊重,对弟弟们也是称字不称名。对妻子,则称"欧阳夫人左右",相敬如宾的模范样子。对儿子则直接发布命令,称"字谕纪泽""字谕纪鸿儿"。对侄子则称"字寄纪瑞侄左右",明显口气比对待儿子尊重和客气。正文同样的因人而异,对祖父母,曾国藩往往是先报平安,然后再问家中事情,再次是汇报同乡好友事情,最后是汇报自己的事情。对父母,与祖父母相似,但是在具体家务事上汇报得更为琐细。对叔父,则平添几分客气。对弟弟,曾国藩则如切如磋,如琢如磨,主要交流为人处世方法,探讨读书学问之道,分享彼此心得体会,偶尔也会直指一些问题,提出尖锐的批评意见。对儿子,就完全不是探讨,而是说教,主要教导对方人生经验和治学方法。在结语、祝辞和署名上,曾国藩也根据亲戚长幼的不同,区别对待。对祖父母、父母,恭敬如初,规规矩矩。对兄弟就稍微自如一些,对妻儿就更是放松随意,亲疏远近,从这些细节中便可以看出不同。

书信的具体内容上,《曾国藩家书》涉及面虽广,却有几个明显的倾向性。首先爱谈论养生之道。他常常在信中提醒家人以保身为重,如劝诫弟弟"无论如何懊恼,如何穷窘,总以保养身体为第一着"。又说:"吾人只有进德、修业两事靠得住。进德,则孝弟仁义是也;修业,则诗文作字是也。"终其一生,始终把修身养生当作重要的工作来实践。其次强调为官清廉,如给弟弟们写信称:"不寄银回家,不多赠亲族,此廉字工夫也。"从金钱的欲望上控制自己,便是最大的廉洁。

正如古有"立功、立德、立言"三不朽之说,但真正能够付诸实践者却寥若晨星,从曾国藩的家书中,我们看到他就是那为数不多的实现者之一。他曾经功业无人可及,现在他的著作的思想魅力,同样影响深远、泽被后人。

经典评论

清代中兴名臣曾国藩有十三套学问,流传下来的有两套,其中之一就是《曾国藩家书》。

——南怀瑾

曾国藩一生都在演绎低调哲学,他之所以取得立德、立言、立功三不朽的成就,之所以能够成为人们的精神偶像甚至被推为圣人,都得益于这种哲学。曾国藩的低调哲学,主要体现在做人、做事、做官三个方面:做人,曾国藩一生力戒骄傲,虚心向学,每日三省,努力修身,去伪崇拙,谦恭礼让,待人以诚,容人以恕,不仅赢得了众人的由衷爱戴,应付了许多难堪的境遇,还带出了大批后学和良好风尚,泽及一代又一代后人。做事,曾国藩"以禹墨为体",铢积寸累,"打掉牙,和血吞",终于形成了强大的军事实力,剿灭了席卷数省的太平天国运动;首办洋务,富国强兵,成为洋务运动之父。同时"以老庄为用",盛时常作衰时想,功劳越大越谨慎,一旦大功告成,立即自削羽翼,激流勇退,以持盈保泰。做官,曾国藩有一套行之有效的低调进身术,既巧妙地借助于他人的力量,又不留下任何痕迹,以至十年七迁,官至极品。为官不自用而长于用人,善于网罗贤才,以补一己之短。放下身段,做部下的良师益友;不假辞色,使部下心悦诚服。廉洁自律,以勤补拙,内明外晦,谋深虑远,所以始终立于不败之地。

——金志文

曾国藩者,誉之则为圣贤、谳之则为元凶。

——章太炎

延伸阅读

1. 曾国藩:《冰鉴》,中国画报出版社 2011 年版。
2. 朱东安:《曾国藩传》,辽宁人民出版社 2014 年版。

推荐版本

曾国藩:《曾国藩家书》,岳麓书社 2015 年版。

（李玲玲）

世说新语

刘义庆

作者简介

刘义庆(403—444),字季伯,祖籍彭城(今江苏徐州),世居京口(今江苏镇江)。南朝宋著名文学家。宋武帝刘裕之侄,长沙景王刘道怜次子,因其叔临川王刘道规无子,遂过以为嗣,后袭封临川王。自幼就聪颖过人,深为刘裕所喜,赞曰"此吾家丰城也"。

刘义庆15岁起就平步青云,任职秘书监,掌管国家的图书,也借机饱览了大量皇家典籍,为后来《世说新语》的编撰奠定了良好的基础。17岁即任尚书左仆射,位极人臣,风光无限。然而刘裕此时杀气渐开,刘姓宗室成员互相残杀。刘义庆为避祸自保,29岁时乞求外调,解除左仆射一职。转而任荆州刺史,在荆州度过8年的安定生活。37岁时任江州刺史,38岁开始编撰《世说新语》。后因病回京,41岁病逝于建康(今南京)。刘义庆一生尊崇儒学,晚年好佛,《宋书·刘义庆传》:"为性简素,寡嗜欲,爱好文义。……招集文学之士,近远必至。"所以《世说新语》多半是刘义庆和他所招集的文学之士共同编撰所得。

刘峻(463—521),字孝标,原名法武,平原(今山东德州平原县)人,南朝梁学者兼文学家。因注释《世说新语》而闻名于世。他的注解引用古书400多种,增添了不少史料,保存了许多散失的古书佚文,颇为后人看重。

名著背景

刘义庆的《世说新语》是魏晋南北朝时期最著名的一部志人小说。主要掇拾汉末至东晋魏晋名士的逸闻轶事和玄虚清谈,汇为一编,对东晋名士的情况记载尤详。这部小说可以说是一部魏晋名士风流故事集的记录。

全书按内容分类,分成德行、言语、政事、文学、方正、雅量、识鉴、赏誉、品藻、规箴、捷悟、夙慧、豪爽,容止、自新、企羡、伤逝、栖逸、贤媛、术解、巧艺、崇礼、任诞、简傲、排调、轻诋、假谲、黜免、俭啬、汰侈、忿狷、谗险、尤悔、纰漏、溺惑、仇隙等36篇。书中涉及的重要人物不下五六百人,上至帝王将相,下至士庶僧侣,都有所记载。阅读此书,我们可以从中了解当时社会的人物风貌、思想习惯和社会风俗,这些不仅是文本来源,也是重要的历史资料。

整部小说总体文辞秀美,简朴隽永,深受后人称道。

经典观点

太上忘情,最下不及情,情之所钟,正在我辈。

夜光之珠,不必出于孟津之河;盈握之璧,不必采于昆仑之山。

以明防前,以智虑后。

人生贵得适意尔,何能羁宦数千里以要名爵?

大禹圣人,犹惜寸阴,至于凡俗,当惜分阴。

乘兴而行,兴尽而返。

亲卿爱卿,是以卿卿,我不卿卿,谁当卿卿。

盲人骑瞎马,夜半临深池。

飘如游云,矫若惊龙。

千岩竞秀,万壑争流。

阅读导引

《世说新语》这部小说中的大部分篇幅都是描写"魏晋风度"和"名士风流",我们通过阅读此书,可以借机一窥魏晋名士风范。

他们多数崇尚"自然",主张随心所欲,率意而行,行为上往往显得无拘无束,自我昂扬。如《任诞》篇记载了这么一条:"王子猷居山阴,夜大雪,眠觉,开室命酌酒,四望皎然。因起彷徨,咏左思《招隐诗》。忽忆戴安道。时戴在剡,即便夜乘小舟就之。经宿方至,造门不前而返。人问其故,王曰:'吾本乘兴而行,兴尽而返,何必见戴?'"这里讲了王子猷住在山阴(今绍兴),在一个下着大雪的晚上,忽然想起了远在剡县的好友戴安道，便不顾一切地连夜乘船前往。等第二天真到了戴家门口，他这时候忽然没有了见戴安道的心情，于是又让船夫将他划船折回，不再见戴。一个人可以因为思念朋友而连夜冒着大雪乘船去看他，可是到了对方家门口，却又折道返回。这样的举动，在今天看来是何等的任性！但在当时任性成这副模样，却只叫率性真性情。又如同篇记载了刘伶请求老婆上酒肉以对先祖进行祭拜从而戒酒，可一拿到酒就萎然醉了。还骂说："妇人之言，慎不可听。"醉酒还要耍酒疯，在自家屋内纵酒放达，甚至脱衣裸形在室中，有人看见讥笑他，他却大义凛然："我以天地为栋宇，屋室为裈衣，诸君何为入我裈中？"当然有一些放荡行为实际已流于纵欲享乐。如同篇记毕卓，他认为"一手持蟹螯，一手持酒杯，拍浮酒池中，便足了一生"。

与《任诞》篇构成对比的，许多名士为不失风度，喜怒忧惧不形于色。如《雅量》篇记载谢安与人下围棋时，听到谢玄报来淮上大捷消息。这等大喜之事，他竟若没事人一般，看完信，"默然无言"。直到有人问是何事，他才若无其事地答道："小儿辈大破贼"。而"意色举止，不异于常"。同篇还记载顾雍群集僚属下围棋，却在下棋过程中得到儿子死讯，一般人也许痛不欲生，他却"神气不变"，直至客散。最后发现"以爪掐掌，血流沾褥"，显然内心是极其痛苦的，但是却能为了名士的风范，而面不改色。那个年代，有欣赏山水的闲情逸致加上一个好身板，也被视为名士风雅。许询"好游山水"，又"体便登陟"，时人便称许他说："许非徒有胜情，实有济胜之具。"而卫永不了解山水，孙绰便讥讽他："此子神情都不关山水。"（《赏誉》篇）难道神情还能与山水相类？不知孙绰的这种论断从何推演而来。

当然整部小说最为特别的是记载了当时名士以阴柔为美的情形。如《容止》篇记载："何平叔美姿仪，面至白。魏明帝疑其傅粉，正夏月，与热汤饼。既啖，大汗出，以朱衣自拭，色转皎然。"何晏是魏晋时代有名的美男子，面至白，无须，成为很多男人的榜样。甚至连魏明帝都羡慕嫉妒他，甚至故意在大夏天赐给他热汤和饼，想看他当场出洋相。可是没想到他吃了这汤饼，居然色转皎然，天生丽质难自弃的形象呼之欲出。又如同篇记载了潘岳出游的故事："潘岳妙有姿容，好神情。少时挟弹出洛阳道，妇人遇者，莫不联手共萦之。左太冲绝丑，亦复效岳游遨，于是群妪齐共乱唾之，委顿而返。"魏晋的阴柔美看来已经深入人心，当时的女性已经开始自发追逐男星。而对于像左思这样对自己的容貌缺乏自知之明的男子，当时的女人们也绝不手下留情，一顿唾沫水之后，估计左思再不敢作效仿潘岳之想了。

《世说新语》的最大魅力，大约就是用简约含蓄、隽永传神的语言，寥寥数笔，就能表达出一个个或让人忍俊不禁，或让人屏息黯然的故事，字字句句背后，无不透出作者的机智和幽默。

经典评论

近者，宋临川王义庆著《世说新语》，上叙两汉、三国及晋中朝、江左事。刘峻注释,摘其瑕疵,伪迹昭然,理难文饰。而皇家撰《晋史》,多取此书。遂采康王之妄言,违孝标之正说。以此书事,奚其厚颜!……近者皇家撰《晋书》,著《刘伶》《毕卓传》。其述事也,直载其嗜酒沈湎,悖礼乱德,若斯而已,为传如此,复何所取者哉?

——刘知几

然《世说》文字,间或与裴郭二家书(裴启《语林》、郭澄之《郭子》)所记相同,殆亦犹《幽明录》《宣验记》然,乃纂辑旧文,非由自造。

——鲁迅

读其语言,晋人面目气韵,恍忽生动,而简约玄澹,真致不穷。

——胡应麟

延伸阅读

1. 房玄龄等:《晋书》,中华书局 1974 年版。
2. 刘肃:《大唐新语》,上海古籍出版社 2012 年版。

推荐版本

余嘉锡:《世说新语笺疏》,中华书局 1983 年版。

(李玲玲)

人间词话

王国维

作者简介

　　王国维(1877—1927)，原名国桢，字静安，又字伯隅，初号礼堂，晚号观堂，又号永观，谥忠悫。浙江省海宁人，汉族。其父王乃誉，宋安化郡王第三十二世裔孙。王国维是清末诗人、书画家、秀才，曾在溧阳县署当幕僚。后因父丧归家经商，但仍勤于治学。诗文、书画、篆刻俱有所长，尤其擅长山水。著有《游目录》十卷、《娱庐诗集》二卷、《古钱考》三册、《竹西卧游录》《画石》《题画诗》等。王氏家族因为抗金名将王禀和赐第盐官的王沆，在海宁当地长期受到人民尊重和景仰。

　　王国维从小生受到家学熏陶，聪颖好学。他7岁(1883)起，先后入邻塾潘紫贵与陈寿田先生处就读，接受启蒙教育，并在其父王乃誉的指导下博览群书，广泛涉猎传统文化的多个领域，1892年7月，参加海宁州岁试，以第二十一名考中秀才。与陈守谦、叶宜春、诸嘉猷被时人誉为"海宁四才子"。同年参加杭州府试，未取。1893年，又赴杭考试，不第，1894年赴杭州，考入崇文书院。此后他功名心渐淡，博览群书，对史学、校勘、考据之学及新学逐渐产生了浓厚的兴趣。1894年甲午战争后，随着大量的西方科学文化输入，王国维接触到新文化和新思想。因家贫，不能外出游学，就研读外洋政书和《盛世危言》《时务报》《格致汇编》等报纸。1897年，他在同邑陈枚肃家任塾师时，不甘心当一名家庭教师，由其父为之请人推荐留洋学堂，向往出国留学。他一生没有专业导师，经常自创门户，自辟方法，在教育、哲学、文学、戏曲、美学、史学、古文学都走出了别具一格的道路，为中华民族文化宝库留下了丰厚的学术遗产。

名著背景

1902 年,王国维因病从日本回国,当时他身体非常虚弱,心情也极其抑郁。而这时正值中国社会最黑暗的时候。列强入侵,清政府逐渐走向没落,整个社会缺乏精神支柱,价值体系紊乱,人们的思想观念在时局的动荡中也经历着剧烈的变化,有思想的个体在传统与新知之间彷徨迷茫。王国维也经历着同样痛苦的洗礼,现实的生活充满了精神的苦闷。王国维觉得"人生之问题,日往复于胸臆,自是始决计从事于哲学的研究"。这种人生的困扰促使他走向了哲学。在哲学作品中他接触到康德、叔本华,渴望通过阅读和理解他们的作品解决人生难题。但是这犹如镜中花、水中月。1907 年,王国维感叹道:"哲学上之说,大都可爱者不可信、可信者不可爱。"在王国维看来,"可信"的哲学是指可以得到确证的实证科学知识,这种知识可信,但缺乏人生追求,所以并不可爱。而"可爱"的文学、艺术等往往是形而上,无法确证的。这种追求让他陷入学术界自近代开始的形而上学与科学实证的矛盾之中,非理性主义的可爱与实证主义的可信是一对难以调和的矛盾。王国维原本以为研究哲学可以解决"人生之问题",可事与愿违,他不仅没找到解药,反而让自己陷入了"可爱"与"可信"两难的烦闷中去了。万般无奈之下,他放弃哲学研究,把注意力转向文学。文学的非功利性给他带来了审美的愉悦。《人间词话》就是在这样的情形中创作出来的,完成于 1908 年至 1909 年间,最初发表于《国粹学报》。

经典观点

词以境界为最上。有境界,则自成高格,自有名句。

无我之境,人惟于静中得之。有我之境,于由动之静时得之。故一优美,一宏壮也。

境非独谓景物也,喜怒哀乐亦人心中之一境界。故能写真景物真感情者,谓之有境界。否则谓之无境界。

南唐中主词"菡萏香销翠叶残,西风愁起绿波间",大有众芳芜秽,美人迟暮之感。

尼采谓一切文学余爱以血书者。后主之词,真所谓以血书者也。宋道君皇帝《燕山亭》词亦略似之。然道君不过自道身世之戚,后主则俨有释迦、基督担荷人类罪恶之意,其大小固不同矣。

阅读导引

《人间词话》是中国美学史上融贯中西的一部理论作品。其中的"境界说"尤其影响深远。王国维曰："古今之成大事业、大学问者,必经过三种之境界。"

第一种境界是"昨夜西风凋碧树。独上高楼,望尽天涯路"。这句引文出自晏殊的《蝶恋花》,原意是说,昨天秋风萧瑟,绿树凋零,"我"独上高楼,登高远眺。这登高不是为了观景,而是为了等待伊人。王国维把此句的意境做了扩大化处理,不仅深陷爱情的人会"望尽天涯路",做学问、做大事业者,都首先需要执着的追求。即使这理想遥远到望不到边,也要坚持下去,执着实施。

第二种境界是"衣带渐宽终不悔,为伊消得人憔悴"。这话引用的是北宋柳永《蝶恋花》:"伫倚危楼风细细,望极春愁,黯黯生天际。草色烟光残照里,无言谁会凭阑意。拟把疏狂图一醉,对酒当歌,强乐还无味。衣带渐宽终不悔,为伊消得人憔悴。"词的原意是表现男女的相思之苦。上阕望尽春愁,其实愁的不仅是"春",更是那个伊人。下阕似要疏狂豪放一把,拟用这酒来灌相思,但终究是"举杯浇愁愁更愁",落得个身轻如燕,憔悴不堪。可是作者依旧为爱而无怨无悔。王国维在这里把"伊"字从单纯的你侬我侬的情人理解成了毕生所追求的理想和事业。这样的比喻别有一番大气和新意。大事业、大学问都不是轻而易举可以达到的,要想达到那种状态,哪一个不是坚忍付出? 在通往理想与成就的路上,必有一段孜孜以求,直至为此消瘦也不后悔。

第三种境界是"众里寻他千百度,蓦然回首,那人却在,灯火阑珊处"。这句话引用的是南宋辛弃疾《青玉案》词中的最后四句。这首词的前半阕写元宵佳节的热闹繁华,下阕写"蛾儿雪柳黄金缕",满城的粉翠,却不是他的追求,唯一的追寻,却在百转千回之后,于不经意的回眸之后发现。有人说这是关于爱情的追逐,有人说这是关于自我的重新发现,梁启超说"自怜幽独,伤心人别有怀抱",觉得别有寄托。每种理解本都是读者心事,大可不必细究。可是借词喻事,与文学欣赏已无交涉。王国维自己也说"遽以此意解释诸词,恐为晏、欧诸公所不许也"。他以此词最后的四句为"境界"之第三,即终极境界。这虽多半不是辛弃疾的原意,但也悠悠颇和遐思。古往今来,凡是做大学问、成大事业者,要达到登峰造极的境界,必然有确切的目标,坚韧不拔的努力和锲而不舍的追求,至于最后的结局,有时候往往不是自己一开始设想的直线结局,只有自然融通之后,才会在不经意的转身遇见。

字面理解都是关于爱情的三首互不相干的词作中的三句话,用来解释王国维的大学问、大成就,豁然有一种柳暗花明的感觉。今天我们还爱用这"三重境界"的理论来解析爱情走向、仕途希望、财运得失等。爱情、事业、财运、人生,哪一种设定都可以在这个类似轮回的三重境界中找到自我。其实无论是哪一种成功,不都是目标、追求、挫折、锲而不舍、成功或放弃的结局。诗词当中亦见人生真性情。

《人间词话》不仅创造了三重境界,而且出现了许多文艺理论的话题,喜欢的人觉得很美,仿佛把一切朦朦胧胧无法言说的情感和话语都一一征服了。不喜欢的人觉得这部书满纸的荒唐言,这只不过是从德国贩卖来的美学理论装在一个中国诗歌的篮子里而已。或虔诚地敬服,或决绝地反对,无论哪种态度,其实都掌握在你手中。披荆斩棘之后,我们至少能发现真我。

经典评论

我个人认为中国有史以来,《人间词话》是最好的文学批评,但青年们读得懂得太少了,肚里要不是先有上百首诗,几十首词,读此书也就无用。

——傅雷

王氏既倡境界之说,而对于描写境物又有"隔"与"不隔"之说。推王氏之意,则专赏赋体,而以白描为主,故举"池塘生春草""采菊东篱下"为不隔之例。主赋体白描,固是一法,然不能谓除此一法外,即无他法也。比兴亦是一法,用来言近旨远,有含蓄,有寄托,香草美人,致慨遥深,固不能斥为隔也。东坡《卜算子·咏雁》、碧山之《齐天乐·咏蝉》说物即以说人,语语双关,何能以隔讥之,若尽以浅露直率为不隔,则亦何贵有此不隔。

——唐圭璋

其以境界论词,虽有得简易之趣,而不免伤于质直,与意内言外之旨,辄复相乖。

——饶宗颐

王先生好西人叔本华之哲学,于治宇宙论、人生论之暇,遂旁及美学及艺术论,故先生一生之文学批评,亦每以叔氏之说为出发(叔氏之美学发挥康德者,故先生亦间取康德者)。

——浦江清

延伸阅读

1. 王国维:《观堂集林》,中华书局 1959 年版。
2. 王国维:《宋元戏曲考》,商务印书馆 1915 年版。

推荐版本

王国维:《人间词话》,江苏文艺出版社 2007 年版。

(李玲玲)

平凡的世界

路遥

作者简介

　　路遥(1949—1992),原名王卫国,汉族,中国当代土生土长的农村作家。1949年12月3日生于陕西榆林市清涧县一个贫困农民家庭,7岁时因为家里困难被过继给延川县农村的伯父。曾在延川县立中学学习,1969年回乡务农。这段时间里他做过许多临时性的工作,并在农村一小学教过一年书。1973年进入延安大学中文系学习,其间开始文学创作。大学毕业后,任《陕西文艺》(今为《延河》)编辑。1980年发表《惊心动魄的一幕》,获得第一届全国优秀中篇小说奖。1982年发表中篇小说《人生》描写一个农村知识青年的人生追求和曲折经历,引起很大反响,获全国第二届优秀中篇小说奖,改编成同名电影后,获第八届大众电影百花奖最佳故事片奖,轰动全国。《在困难的日子里》获1982年《当代》文学中长篇小说奖,同年加入了中国作家协会。1988年完成百万字的长篇巨著《平凡的世界》,以恢宏的气势和史诗般的品格全景式地表现当代城乡社会生活的长篇小说。路遥因此荣获第三届茅盾文学奖,且该书未完成就在中央人民广播电台广播。1992年11月17日上午8时20分,路遥因肝硬化腹水医治无效在西安逝世,年仅42岁。2011年由陕西省清涧县委、县政府投资的路遥纪念馆建成,馆名由著名文学家冯骥才题写。布展的内容分为"困难的日子、山花时代、大学生活、辉煌人生、平凡的世界、永远的怀念"六部分,再现了路遥的一生。此外,大型人物纪录片《路遥》,分《惊蛰》《谷雨》《芒种》《夏至》《大暑》《霜降》《大寒》《立春》八集,讲述了路遥出身寒苦、命途多舛的一生。

名著背景

　　1982年中篇小说《人生》的发表,使路遥声名大噪,但路遥并不自满,决计要在自己 40 岁前写出一部真正的大部头的作品来。从 1982 年到 1983 年，路遥开始了《平凡的世界》的准备工作。为了清晰而准确地把握 1975 年至 1985 年十年间的时代背景，路遥找来了 1975 年至 1983 年的《人民日报》《光明日报》和《参考消息》等报纸的全部合订本进行阅读，同时在当地煤矿体验生活。1985 年秋，路遥在铜川一个偏僻的陈家山煤矿开始小说第一部初稿的写作，到 1986 年夏，第一部的书稿全部修改完成，并在 1986 年第 6 期的《花城》上发表了出来。1987 年路遥在有病在身的状态下又完成了小说第二部的写作。到 1988 年 5 月，小说的第三部完稿，全书总计百万字，前后历经六年，可谓真正的呕心沥血之作。路遥后来在《早晨从中午开始》一文中记述了为全书画上最后一个句号时自己的情景："几乎不是思想的支配，而是不知出于一种什么原因，我从桌前站起来所做的第一件事，就是把手中的那支圆珠笔从窗户里扔了出去。我来到卫生间用热水洗了洗脸。几年来，我第一次认真地在镜子里看了看自己。我看见一张陌生的脸。两鬓竟然有了那么多的白发，整个脸苍老得像个老人，皱纹横七竖八，而且憔悴不堪。我看见自己泪流满面。"1988 年 4 月，《平凡的世界》（第二部）由中国文联出版公司出版。1988 年 3 月 27 日起，中央人民广播电台长篇连播节目播出《平凡的世界》的广播剧，历时四个多月，于 1988 年 8 月 2 日播送完毕，在听众中引起了强烈的反响。1989 年 10 月，中国文联出版公司出版了《平凡的世界》（第三部）。同年，由中国电视剧制作中心拍摄 14 集电视剧《平凡的世界》，并于 1990 年初在中央电视台播出。1991 年 3 月《平凡的世界》获中国第三届茅盾文学奖。1999 年，《平凡的世界》被评为"百年百种优秀中国文学图书（1900—1999）"之一。

经典观点

《平凡的世界》是一部全景式地表现中国当代城乡社会生活的长篇小说，全书共三部。该书以中国 70 年代中期到 80 年代中期的十年为背景，通过复杂的矛盾纠葛，以孙少安和孙少平两兄弟为中心，刻画了当时社会各阶层众多普通人的形象；劳动与爱情、挫折与追求、痛苦与欢乐、日常生活与巨大社会冲突纷繁地交织在一起，深刻地展示了普通人在大时代历史进程中所走过的艰难曲折的道路。

阅读导引

《平凡的世界》共分三部：

第一部重点写 1975 年初农民子弟孙少平到原西县高中读书的经历。写了他与同学郝红梅之间的情愫，但贫穷和自卑只能让他在这份感情面前止步。高中毕业后孙少平回家乡做了一名教师，但他并没有消沉，并得到了省委书记女儿田晓霞的鼓励。与此同时，小说写了孙少平的哥哥与村支书田福堂的女儿田润叶的感情纠葛,因田福堂的反对,两个相爱的人终没有走到一起,孙少安与勤劳善良的秀莲结了婚,而田润叶则与父亲介绍的李向前结婚。

第二部重点写十一届三中全会后孙少安带头在全村推广责任制,自己建窑烧砖,成了公社的冒尖户。孙少平带着青春的梦想走出乡村,成了一名建筑工人,后又得到当煤矿工人的机会。而这时女友晓霞从师专毕业后到省报当了记者。田润叶离开了她不爱的丈夫,却引发丈夫酒后开车受伤,田润叶内疚地回到丈夫身边,开始感知丈夫对自己的真情。

第三部分重点写孙少平在煤矿凭着个人的努力成了一名优秀工人,但好友田晓霞却在抗洪采访中牺牲了。孙少安的砖窑几经起伏终于站稳了脚跟,而妻子秀莲却累垮了身体。小说的最后写孙少平在一次煤矿事故中受了重伤,但他并没有被压垮,从医院出来后,他又满怀信心地回到了矿山,迎接他新的生活与挑战。

路遥出生于西北山区一个贫困的农民家庭,是从农村走出的作家,他幼年因为家贫被过继给伯父抚养,使得其幼小的心灵过早地学会了坚强。艰难的求学经历,繁重的务农生涯,还有不断辗转在城乡之间的求学生活经历,使得他忍受了太多的苦难。他一生钟情于陕西的黄土地,对于那片养育他多年的故土充满了情感,对路遥来说,那是现实的栖居地,土地是其精神资源的源泉。

路遥在《平凡的世界》里真实记录了70年代中期至80年代中期这十年间中国乡村社会发生的重大转型及其生活面貌,他对这一转型时期,乡村社会中的青年农民的成长和奋斗进行了动情的叙述。作为80年代新一代的农村青年最先感受到了这种变动和冲击的力量,他们开始对自己生活的乡村世界产生不满与怀疑,而对具有现代文明诱惑的都市产生强烈的向往。孙少平是作家所塑造的一位具有某种理想主义色彩的奋斗着的乡村青年形象。孙少平在从揽工汉到煤矿工人的身份流动中彰显了实现进城理想的种种努力与尝试。在孙少平的身上,寄托着路遥的理想和梦想,也正是这一形象的存在,使得全书具有了一种催人向上的奋进的力量,也正因此,小说《平凡的世界》具有了一种难能可贵、不可多得的精神力量和精神价值。

经典评论

路遥获得了这个世界里数以亿计的普通人的尊敬和崇拜,他沟通了这个世界的人们和地球人类的情感。

——陈忠实

他是一个优秀的作家,他是一个出色的政治家,他是一个气势磅礴的人。但他是夸父,倒在干渴的路上。他的文学就像火一样燃出炙人的灿烂的光焰。

——贾平凹

延伸阅读

1. 路遥:《人生》,北京十月文艺出版社 2012 年版。

2. 路遥:《早晨从中午开始》,北京十月文艺出版社 2010 年版。

推荐版本

1. 路遥:《平凡的世界》,人民文学出版社 2005 年版。

2. 路遥:《平凡的世界》,北京十月文艺出版社 2012 年版。

（郭剑敏）

红岩

罗广斌　杨益言

作者简介

　　罗广斌(1924—1967)，四川成都人。1948 年加入中国共产党。从事学运工作，并利用其家庭关系进行统战和策反工作。1948 年 9 月因叛徒出卖在成都被捕，先后囚于渣滓洞、白公馆监狱。狱中坚持斗争，拒绝其兄罗广文(国民党第 15 兵团司令)的保释，宁愿坐牢，也不写悔过书。1949 年 11 月 27 日大屠杀之夜，策反看守杨钦典，带领难友集体越狱成功。曾任共青团重庆市委常委、市统战部长、市文联作协会员等职，积极从事宣传烈士革命事迹的工作，是《红岩》小说主创人之一。1967 年被诬为叛徒，迫害致死。

　　杨益言(1925—2017)，四川武胜县人。1940 年在同济大学读书，后因在上海参加学生运动被学校开除。1948 年 8 月被捕，囚禁于重庆"中美合作所"渣滓洞，重庆解放前夕被营救出狱。曾在重庆市委工作，先后任科长、办公室主任、常委等职。1963 年加入中国作家协会，为四川省重庆文联专业作家。1979 年出席中国文学艺术工作者第四次代表大会，当选为中国文学艺术界联合会委员。1980 年曾当选为中国作家协会四川分会副主席。2017 年 5 月，杨益言逝世，享年 92 岁。

名著背景

　　《红岩》是新中国成立后革命历史小说中的一部经典文本，小说中所塑造的江姐、许云峰等共产党员英雄群像，给几代读者留下了难以磨灭的印象，激发了无数人对革命烈士的崇敬与缅怀之情。小说《红岩》是在真人、真事的基础上加工、创作而成，小说中所描写的"中美合作所"集中营白公馆和渣滓洞在今天已是全国爱国主义教育基地：重庆歌乐山革命烈士陵园的主要组成部分。这些空间的实体、图文并载的史料与小说《红岩》交相呼应，共同沉淀为一种生动而厚实的历史记录，承载着人们有关那段历史的记忆。

罗广斌是小说《红岩》的作者之一,20世纪40年代在云南、四川一带从事革命工作。1948年经江竹筠(即小说中江姐的原型)介绍加入中国共产党,同年因叛徒出卖而被捕,先后关押在重庆"中美合作所"渣滓洞和白公馆集中营,在1949年11月27日国民党对这两处集中营中囚禁的人员进行大屠杀时,罗广斌策反看守杨钦典成功,带领白公馆的十几个人越狱脱险。罗广斌在出狱后不久就向上级党组织递交了一份报告:《关于重庆组织破坏经过和狱中情形的报告》。这份报告共2万余字,分为《挺进报》的被破坏、个别地下党领导的叛变和造成的损失、叛徒的破坏、狱中斗争、脱险经过、狱中意见等几个部分。值得注意的是,在这份报告中,叛徒问题是涉及最多的一个方面。从史料记载来看,1948年中共重庆地下党组织遭受大破坏的主要原因就是叛徒出卖,所以罗广斌在这份报告中重点对叛徒这一问题进行了反思,并进而代表狱中死去的难友向党组织提出了具体的建议和意见。

1949年11月底,重庆解放后,由重庆市委组织成立了"重庆市各界追悼杨虎城将军暨被难烈士筹备委员会"。这个委员会大量收集牺牲在"中美合作所"的烈士材料,出版《如此中美特种技术合作所——美蒋特务重庆大屠杀之血录》一书。罗广斌、杨益言、刘德彬三人在重庆市委的指派下参加了这项工作。1950年,三人合著完成了一个万余字的报告文学,题目为《圣洁的血花》,最早刊登于《大众文艺》的第1卷第3期,同年11月,由新华书店华南分店出版了单行本。1957年应中国青年出版社文学编辑室之约,三人将在各地巡回报告的内容整理为1万多字的革命回忆录《在烈火中永生》发表于《红旗飘飘》,1959年2月由中国青年出版社出版了经过补充增订的近10万字单行本,作品问世后,在全国引起了较大的反响。

1958年罗广斌、杨益言、刘德彬三人合作开始写长篇小说《红岩》,1959年6月小说的初稿写成,在征求重庆市委宣传部、组织部的有关人员的意见后,对部分内容进行了重写,又完成了第二稿。这一稿在征求意见时受到了严厉的指责。为了给小说的"精神面貌翻身",在作家沙汀的建议下,在重庆市委的安排下,罗广斌、杨益言于1960年6月来到北京(刘德彬于1959年退出了小说的创作),一面修改作品,一面学习、参观、访问,于1961年12月最后定稿。在《红岩》的创作过程中,为了进行小说的修改,中国青年出版社的编辑曾三次去重庆,作者也三次赴京。出版社先后有七位编辑参加过审稿工作,不论是作者还是有关的编辑可谓是呕心沥血。

经典观点

小说《红岩》可称得上是新中国成立后的20世纪50至70年代所诞生的众多红色经典作品中影响最大的一部,小说从发表初就被看作是一部"生动的共产主义教科书"、一曲"共产党人的正气歌""黎明时刻的一首悲壮史诗",被中宣部、文化部、团中央选入"百种爱国主义教育图书"。《红岩》被看作是对中国共产党人精神品质最生动、最高度的概括。红岩精神也成为革命先辈为国家、为人民无私奉献的真实写照。

阅读导引

　　《红岩》是以描写重庆解放前夕严酷的地下斗争,特别是狱中斗争为主要内容的长篇小说。它的历史背景是 1948 年至 1949 年重庆解放。它的基本情节以"中美合作所"集中营(包括渣滓洞和白公馆)内的敌我斗争为中心,交错地展开了城市的地下斗争、学生运动、工人运动、狱中斗争以及华蓥山区的武装斗争,集中描写了革命者为迎接解放、挫败敌人的垂死挣扎而进行的最后决战,歌颂了革命者在酷刑考验下的坚贞节操,塑造了许云峰、江姐、成岗、刘思扬、余新江等众多可歌可泣,令人难忘的革命英雄形象,深刻展示了革命者的崇高精神境界和思想光辉,小说以大量的篇幅描写了革命者的狱中斗争。

　　从情节内容来看,小说《红岩》是围绕三条线索展开叙述的:一是被捕的共产党人和进步人士在白公馆、渣滓洞集中营内与敌人展开的斗争;二是重庆城内在中共地下党组织下的学生运动以及地下党的工作开展;三是华蓥山游击队的武装斗争。这样的叙述视野,便使得狱内与狱外的党领导下的革命斗争连为了一个整体,把"中美合作所"集中营里的具体斗争,放在中国共产党领导的解放战争对敌人已形成摧枯拉朽之势的背景下去表现,从而将这一特殊时刻、特殊环境里的斗争展现为一场"黎明前的最后一场光明与黑暗的大搏斗"。也正是带着这样的豪情壮志,《红岩》为我们精心刻画出了一批共产党员的英雄群像,其中最为著名的英雄形象便是女共产党员江姐。后来有大量的以"江姐"命名的歌剧、评剧、越剧以及电视连续剧等作品问世。《红岩》自 1961 年 12 月出版以来,发行数已超过了一千万册,这在当代长篇小说中是绝无仅有的。

经典评论

　　《红岩》是一本用生命写下来的书,是一本杰出的共产党员的最生动的教科书。
　　　　　　　　　　　　　　　　　　　　　　　　　　——罗荪
　　读者把《红岩》当作了一部生动的革命教材。如果说"文学作品是生活的教科书"的话,那么《红岩》是一部革命的生活教科书。
　　　　　　　　　　　　　　　　　　　　　　　　　　——朱寨
　　通过《红岩》的诞生和罗、杨的成名,我悟出了这样一个道理,在我们这样的国家,任何优秀作家、优秀作品的诞生都不完全是个人奋斗的结果,而是我们的时代,我们的人民,我们的社会制度本身造就出来的。

——王维玲

延伸阅读

1. 杨沫:《青春之歌》,人民文学出版社 1979 年版。
2. 曲波:《林海雪原》,人民文学出版社 2005 年版。

推荐版本

1. 罗广斌、杨益言:《红岩》,中国青年出版社 1961 年版。
2. 罗广斌、杨益言:《红岩》,中国青年出版社 2015 年版。

(郭剑敏)

倾城之恋

张爱玲

作者简介

张爱玲（1920—1972），生于上海，原名张煐。祖父张佩纶是清末名臣，祖母李菊耦是朝廷重臣李鸿章的长女。父亲张廷重与母亲黄逸梵在张爱玲年少时离婚，姑姑张茂渊对张爱玲的成长影响较大。1931年，张爱玲入读上海圣玛利亚女校，曾在校刊上发表小说《牛》《霸王别姬》等。1939年，入读香港大学文科，1941年底，珍珠港事件爆发，香港沦陷，1942年夏，张爱玲返回上海。1943年，张爱玲在《紫罗兰》上相继发表小说《沉香屑·第一炉香》《沉香屑·第二炉香》，一举成名。此后《茉莉香片》《心经》《倾城之恋》等小说和散文陆续发表。并于1944年出版小说集《传奇》，同年与胡兰成成婚。1952年，张爱玲赴香港大学续读当年中断的学业。其间创作了长篇小说：《秧歌》《赤地之恋》。1955年张爱玲赴美。1956年张爱玲与美国剧作家赖雅相识结婚。1972年，张爱玲移居洛杉矶，开始了幽居生活。1995年9月8日张爱玲在洛杉矶的公寓内去世，享年74岁。2010年，一部名为《张爱玲》的音乐舞台剧在北京上演，这是中国第一部人物传记音乐剧，也是第一部以张爱玲为主角的相关题材的作品。

名著背景

太平洋战争爆发后，香港沦陷，在香港大学读书的张爱玲被迫中断学业。1942年夏，张爱玲与好友炎樱返回上海，与姑姑居住在爱丁顿公寓，开始了写作生涯。最初张爱玲主要是给《泰晤士报》写影评和剧评，同时用英文在《二十世纪》月刊上发表《中国人的生活与服装》《中国人的宗教》《洋人看戏及其他》等作品。1943年，张爱玲认识了《紫罗兰》的主编周瘦鹃。随后，张爱玲在该刊物上相继发表小说《沉香屑·第一炉香》和《沉香屑·第二炉香》，这两篇小说的发表使张爱玲在上海文坛一举成名。是年 7 月,张爱玲认识了评论家柯灵。此后张爱玲在《杂志》《万象》《古今》等刊物发表《茉莉香片》《到底是上海人》《心经》《倾城之恋》等一系列散文和小说。1944 年张爱玲的小说集《传奇》由《杂志》出版,风靡一时,张爱玲也因此在上海文坛大放异彩,是年 12 月,大中剧团在卡尔登戏院(今长江戏院)上演舞台剧《倾城之恋》,1945 年 1 月,由张爱玲亲自改编的话剧《倾城之恋》在新光大戏院上演。

经典观点

《倾城之恋》是张爱玲脍炙人口的短篇小说之一。是一篇探讨爱情、婚姻和人性在战乱及其前后,怎样生存和挣扎的作品。小说中的白流苏出生于旧式大户人家,离婚后回到娘家,因失去了经济的保障,在家中受尽兄嫂的冷眼。花花公子范柳原的出现,让白流苏得到了一丝摆脱家中尴尬处境的机会,也让她给自己下了一次人生的赌注。范柳原与白流苏就是在这样一种似乎互相利用,又似乎互不信任,但又不断地试探对方的过程中开始了他们的“恋爱”,从上海到香港,在不甘心又互相戒备的状态中进行着无声的较量。但最终,在香港沦陷的战火中,在生死一瞬的感悟中,两个人终于敞开心扉,道出了真情,而这也便是作者从中所呈现和解读的爱情的意味。

阅读导引

张爱玲在小说中对爱情的叙述另有一番滋味,在爱情、婚姻中,家庭出身、社会地位、经济基础总是不可或缺的存在。小说《倾城之恋》中的范柳原和白流苏的爱情故事,虽无大的波澜,却也九曲回肠、引人入胜。张爱玲曾说:“我以为这样写是更真实的。我知道我的作品里缺少力,但既然是个写小说的,就只能尽量表现小说里人物的力,不能替他们创造出力来。而且我相信,他们虽然不过是软弱的凡人,不及英雄的有力,但正是这些凡人比英雄更能代表这时代的总量。”流苏是一个聪明的女人,她知道千百回爱情的体验,不及一份婚姻来得更真实可靠,而范柳原却对那份真情以及婚姻的“围城”充满着深深的怀疑和警惕。于是,这场爱情便从始至终贯穿着两个人之间无声的较量。白流苏以这种温柔、妩媚、优雅、风情万种的姿态捕获了范柳原的心,但她自己最初也不相信范柳原的感情;“范柳原真心喜欢她吗?那倒也不见得。他对她说的那些话,她一句也不相信。她看得出他是对女人说惯了谎的。她不能不当心……她是个六亲无靠的人。她只有她自己了”,无所依傍使她变得防范,防范使她变得自私,自私使她头脑清楚,即一开始,她对柳原就抱着战争似的戒备状态。实质上,流苏又未尝不想从对方身上获得爱情的战果呢,只不过她采取的是以守为攻的方法。当柳原把“战场”从上海移到香港向流苏发出挑战时,流苏明白他的意思,"她决定用她的前途来下注",而说到那战争的目的,无非是柳原想征服流苏又不愿意和她结婚,不愿自缚一个包袱。流苏却一心想和范柳原结婚,当然结婚又有爱是最好不过的,但那是其次的事,或者说是妄想,正如文中所说的:"没有婚姻的保障而要长期抓住一个男人,是一件艰难,痛苦的事,几乎是不可能的。"

张爱玲的小说总是有着一种悲凉的气息,从中表达着某种刻骨的人生体悟。《倾城之恋》中同样倾诉着这种悲凉,在小说的开篇处作者写道:"胡琴咿咿呀呀拉着,在万盏灯的夜晚,拉过来又拉过去,说不尽的苍凉故事——不问也罢!"序幕拉开处,已是浓浓的凉意。结尾收笔时,虽然白流苏最终如愿嫁给了范柳原,但是作者却这样写道:"柳原现在从来不跟她闹着玩了。他把他的俏皮话省下来说给旁的女人听了。""香港的陷落成全了她。但是在这个不可理喻的世界里,谁知道什么是因什么是果?"同时,呼应开头的胡琴声又一次响起。真爱似乎到来,但却是在战争的大动荡的背景下,一切都变得脆弱而易逝,同时又是那么的微不足道,也正是在这样的处境下,盘算计较的婚姻才变得无足轻重,而这样的真爱的体验与获得难免又有着一种无助的个体末世悲凉的意味。

《倾城之恋》是张爱玲最为倾心的作品之一,早在1944年12月张爱玲便亲自将这部作品改编成舞台剧于上海新光大戏院公演。1983年时,导演许鞍华曾首度把《倾城之恋》搬上荧屏,该片获"第四届香港电影金像奖最佳电影配乐""第二十五届台湾电影金马奖最佳服装设计"两大奖项。2006年,《倾城之恋》的新派话剧版本登上舞台,主演梁家辉凭此剧获得上海戏剧界最高奖"白玉兰"奖。2009年由《倾城之恋》改编的电视剧在央视播出。又一次掀起了收视的热潮,事关张爱玲,总是能掀起一股波澜。

经典评论

任凭张爱玲灵敏的头脑和对于感觉、快感的爱好,她小说里意象的丰富,在中国现代小说家中可以说是首屈一指。小说的悲凉气氛正是源于胡琴、月、蚊香、镜、空房等这些颇具悲剧意蕴的意象。

——夏志清

张爱玲当然是不世出的天才,她的文字风格很有趣,像是绕过了五四时期的文学,直接从《红楼梦》《金瓶梅》那一脉下来的,张爱玲的小说语言更纯粹,是正宗的中文,她的中国传统文化造诣其实很深。

——白先勇

在这里,张爱玲是与她的人物走得最近的一次,这故事不定期是包含她人生观最全部的一个,含着对虚无的人生略做妥协的姿态,是贴合张爱玲的思想的。

——王安忆

张爱玲的一生，就是一个苍凉的手势，一声重重的叹息。

——叶兆言

时代可以像"影子似的沉没下去"，但张爱玲的小说艺术，却像神话一般，经过一代代的海峡两岸作者和读者的爱戴、诠释、模仿、批评和再发现而永垂不朽。

——李欧梵

延伸阅读

1. 张爱玲：《张爱玲小说全集》，北京十月文艺出版社 2009 年版。
2. 张爱玲：《张爱玲文集》，北京十月文艺出版社 2008 年版。
3. 张爱玲：《张爱玲散文》，浙江文艺出版社 2000 年版。
4. 张爱玲：《张爱玲典藏全集》，哈尔滨出版社 2003 年版。
5. 陈子善：《说不尽的张爱玲》，上海三联书店 2004 年版。

推荐版本

张爱玲：《倾城之恋》，北京十月文艺出版社 2009 年版。

（郭剑敏）

围城

钱锺书

作者简介

钱锺书(1910—1998),江苏无锡人,字默存,号槐聚,中国现代著名的学者、作家。1910 年 11 月 21 日生于江苏无锡一个读书世家。父亲钱基博是近现代著名的国学家。钱锺书自小便聪明过人,博闻强识。1929 年考入北京清华大学外国语文系,1933 年从清华大学外文系毕业后到上海光华大学外文系任教。1935 年考取英国庚子赔款公费留学生,赴英国牛津大学艾克赛特学院英文系留学。1937 年,获牛津大学艾克赛特学院学士学位。之后随妻子杨绛赴法国巴黎大学从事研究。1938 年秋回国,被清华大学破例聘为教授,次年转赴国立蓝田师范学院任英文系主任。1941 年,太平洋战争爆发后,困居上海,任教于震旦女子文理学校,其间完成了《谈艺录》《写在人生边上》的写作,并写作小说《围城》。1947 年,长篇小说《围城》由上海晨光出版公司出版。1949—1953 年任清华大学外文系教授。1953 年因院系调整,钱锺书开始在文学研究所工作。1958 年,《宋诗选注》由人民文学出版社出版。"文革"期间,钱锺书、杨绛先后下放到河南省罗山县的"五七干校"。1972 年钱锺书返京,开始写作《管锥编》。1979 年《管锥编》1—4 册由中华书局相继出版。1985 年,《七缀集》由上海古籍出版社出版。1998 年 12 月 19 日,钱锺书因病在北京逝世,享年 88 岁。

名著背景

《围城》的写作,承载着钱锺书有关"五四"以来的中西文化碰撞下中国现代文化处境与格局的思考,沉淀着钱锺书对中国现代知识分子群体某种精神弱点的审视。钱锺书赴英国、法国留学的经历,以及自己身处 20 世纪三四十年代中国大学执教的经历、见闻和感受,都是钱锺书最终写出《围城》的重要的人生体验。1938

年秋季钱锺书从欧洲回国时,战争硝烟四起。钱锺书一段时间在西南联合大学的外语系任教,后在湖南宝庆蓝田的国立师范学院执教。1941 年钱锺书返回上海照顾病重的父亲,太平洋战争爆发后,日本占领租界区,钱锺书被困上海。1944 年初,在看过夫人杨绛创作的戏剧后,有了创作长篇小说的念头,由此开始闭门写作。杨绛后来在《记钱锺书与〈围城〉》一文中谈及了钱锺书写《围城》的起因:"有一次,我们同看我编写的话剧上演,回家后他说,'我想写一部长篇小说!'我大高兴,催他快写。""这本书是他'锱铢积累'写成的。我是'锱铢积累'读完的。每天晚上,他把写成的稿子给我看,急切地瞧我怎么反应。我笑,他也笑;我大笑,他也大笑。有时我放下稿子,和他相对大笑,因为笑的不仅是书上的事,还有书外的事。我不用说明笑什么,反正彼此心照不宣。"1944 年到 1946 年,钱锺书用两年时间完成了长篇小说《围城》,1946 年 2 月至 12 月,小说在《文艺复兴》上连载,1947 年 5 月,上海晨光出版公司将小说列入"晨光文学丛书"出版,一时间成为畅销书。新中国成立后,小说一度受到冷落。直到 1980 年,人民文学出版社重印了小说,此后不断印刷,在读者中引起了强烈的反响。1990 年 12 月黄蜀芹执导的电视剧《围城》在中央电视台播出,在国内形成了一股"《围城》热"。《围城》是钱锺书唯一写完的长篇小说。后在 1948 年写过另一部长篇小说《百合心》,写了 3 万多字,但书稿在钱锺书由上海迁居北京的途中丢失,从此中止了文学创作。

经典观点

《围城》是中国现代文学史上一部风格独特的讽刺小说。被誉为"新儒林外史"。作者在小说中刻画了一大批三四十年代的知识分子形象。作者以机智的幽默和温情的讽刺,剖析了这群人的个性与道德上的弱点,揭示了他们的精神困境。《围城》从"围城"这个比喻开始,淋漓尽致地表现了人类的"围城"困境:不断的追求和对所追求到的成功的随之而来的不满足和厌烦,两者之间的矛盾和转换,其间交织着的希望与失望,欢乐与痛苦,执着与动摇——这一切构成的人生万物。小说包含着一种对现代中国文化建设状况某种负面现象的批判,也是对近代以来西学东渐结果的反思,同时也有着对现代中国知识分子精神弱点及文化品格缺失扭曲的批判。

阅读导引

小说的主线是围绕着方鸿渐的求学、求职,以及恋爱、婚姻的经历和遭遇而展开的,从国内到国外,从北京到巴黎,从上海到三闾大学,在这一人生之旅中,牵连出形形色色的知识分子。小说从方鸿渐 1937 年从欧洲留学回国讲起,先讲了在家乡无锡的探家情形,以及在上海自己的准岳父那里工作的经历,其中着重讲述的是方鸿渐与苏文纨及赵辛楣三人之间的感情纠葛,以及方鸿渐对苏文纨的表妹唐晓芙的爱恋及无疾而终。在四者的人物关系中,赵辛楣在无望地追求苏文纨,而苏文纨在追求着方鸿渐,方鸿渐的眼里却只有唐晓芙。这一关系也构也了小说的主题之一:人总是追求自己追求不到的事物,对容易得到的东西常毫不珍惜。接下来讲述的是方鸿渐与赵辛楣、孙柔嘉、李梅亭、顾尔谦等人结伴去三闾大学任职旅途上的遭遇和见闻,尤其是对李梅亭、顾尔谦的塑造,刻画出了知识分子丑陋的一面;第三部分是写方鸿渐等人在三闾大学一起工作、生活时的纠葛与算计,三闾大学成为承载钱锺书最深刻而尖锐的文化批判与精神批判的空间所在,一个糟糕透顶的人事环境中,暴露的是形形色色的以知识分子自居的人们最阴暗、龌龊的一面,置身其中,反倒是无用而不乏善良心地的方鸿渐显出了几分质朴可爱的气息,而这也正是最大的讽刺所在。小说的最后写的是走入婚姻围城的方鸿渐与妻子孙柔嘉返沪后的充满争吵的生活情景及婚姻最终走到尽头的结局。"围城"取自书中苏文纨的一句话,"城中的人想出去,城外的人想冲进来"。人生在世,爱情、婚姻、事业、家庭,都仿佛是一座座被围困的城堡,而人置身于其中,于这城堡的困境中挣扎着生存。正如小说中所述,方鸿渐与苏文纨、唐晓芙、孙柔嘉的感情纠葛,让方鸿渐心乱如麻,想表达的没有说出,说出的又每每不是自己想要表达的,最终与真爱唐晓芙无缘,擦肩而过。工于心计的孙柔嘉与方鸿渐结了婚,而这却成了方鸿渐疲于奔命的又一座围城,婚姻曾被方鸿渐所向往,但真正步入其中,却全无趣味可言。在方鸿渐的人生道路上,三闾大学是另一座围城,其中的人事纠葛,人与人之间的明争暗斗、尔虞我诈、算计诬陷,道貌岸然背后的卑鄙龌龊,更让方鸿渐无法忍受,留也不是,去也无奈,无所适从,又无处藏身,方鸿渐的人生困境在这里具有了一种形而上的意味。

《围城》堪称中国现代文学史上讽刺小说的典范,于讽刺艺术在中国现代小说中可称得上首屈一指。作者渊博的知识,开阔的视野,学贯中西的文化底蕴,对人生世事洞若观火的睿智,成就了小说的讽刺艺术。在小说中,这种讽刺一面指向文化,一面指向人性,妙语连珠中传递着尖锐而深刻的文化批判与人性批判。《围城》刻画人物心理入木三分,议论精警,发人深思。小说中多用比喻,妙语连珠,据统计,全书中的比喻达七百余条,于幽默风趣中闪现着智者的光芒。

经典评论

《围城》是中国近代文学中最有趣和最用心经营的小说,可能是最伟大的一部。

——夏志清

《围城》也是一部学者小说。全书,特别是第一部分涉及了中国文学、西方文学、哲学、逻辑学、风俗、法律、教育体制和外语、女权运动等领域。作者知识极为广泛,堪称当代中国首屈一指的"学者小说家"。

——茅国权

尽管方鸿渐有着传统浪荡汉的运气,一而再、再而三地恢复了希望,但他却孤立无援,备受折磨,是个不能进入上流社会的局外人,是个 20 世纪的产物。

——耿德华

《围城》是这样一部著作,通过它,可以最透辟地捕获到钱锺书的许多方面。小说似乎立即对当时的社会作了疏远而尖刻的概论,对永远迟到的难以致用的知识怀有几乎是悲剧性的意识。这种悲剧性的意识当然是人类的一种普遍状态。

——胡志德

延伸阅读

1. 钱锺书:《写在人生边上》,福建人民出版社 1983 年版。
2. 钱锺书:《人·兽·鬼》,生活·读书·新知三联书店 2002 年版。
3. 钱锺书:《谈艺录》,中华书局 1998 年版。
4. 钱锺书:《管锥编》,生活·读书·新知三联书店 2007 年版。
5. 杨绛:《我们仨》,生活·读书·新知三联书店 2003 年版。

推荐版本

1. 钱锺书:《围城》,生活·读书·新知三联书店 1987 年版。
2. 钱锺书:《围城》,人民文学出版社 1991 年版。

(郭剑敏)

呐喊 彷徨

鲁迅

作者简介

　　鲁迅(1881—1936),原名周树人,中国现代文学家、思想家、革命家和教育家。浙江省绍兴人。1902年去日本留学,原在仙台医学院学医,但是因为一部影片,深知仅仅医生是不能拯救人类,从此后从事文艺工作,希望用以改变国民精神。1909年回国,先后在杭州、绍兴任教。1918年以"鲁迅"为笔名,发表白话小说《狂人日记》,从此成为中国新文化运动最为坚定的引路人。代表作有:小说集《呐喊》《彷徨》《故事新编》等,散文集《朝花夕拾》,散文诗集《野草》,杂文集《坟》《热风》《华盖集》《华盖集续编》《南腔北调集》《三闲集》《二心集》《而已集》《且介亭杂文》等。鲁迅以笔为武器,战斗一生,被誉为"民族魂",是中国现代知识分子的精神高标。鲁迅是20世纪的文化巨人,他在小说、散文、杂文、木刻、现代诗、旧体诗、名著翻译、古籍校勘和现代学术等多个领域都有巨大贡献。鲁迅确立了现代知识分子的人格及精神高标,他的文化立场、批判态度、抗争精神都成为一种典范,他是一位对中国传统文化负面因子不遗余力的批判者,也是一位最为清醒的审视者。鲁迅是中国新文化运动最为坚定的开拓者与引领者,一大批现代作家在鲁迅的培养与影响下加入新文学的行列,成为中国现代文学的中坚力量。比如萧红、萧军、胡风、聂绀弩等。鲁迅是中国现代乡土文学的奠基人,开了乡村文化批判的先河,是反抗文学(抗争文学)的代表作家。鲁迅是国民劣根性最有力的揭示者与批判者,是中国现代文化史上最有影响力的思想启蒙者。

名著背景

《呐喊》收录作者1918年至1922年所作小说十四篇。1923年8月由北京新潮社出版,原收十五篇,列为该社《文艺丛书》之一。1924年5月第三次印刷时起,改由北京北新书局出版,列为作者所编的《乌合丛书》之一。1930年1月第十三次印刷时,由作者抽去其中的《不周山》(后改名为《补天》,收入《故事新编》)一篇。关于《呐喊》写作的由来,这与鲁迅的启蒙思想理念是紧密联系在一起的。1902年鲁迅在江南陆师学堂附设的矿务铁路学堂毕业后到日本留学,后到仙台的医学专门学校学习,1906年鲁迅弃医从文,由此开始了鲁迅的文学人生。《呐喊》是鲁迅的第一部小说集,也是中国现代小说重要的奠基之作。《呐喊》中收录的作品有:《狂人日记》《孔乙己》《药》《明天》《一件小事》《头发的故事》《风波》《故乡》《阿Q正传》《端午节》《白光》《兔和猫》《鸭的喜剧》《社戏》等。

《彷徨》是1926年北新书局出版的图书,列为作者所编的《乌合丛书》之一,是鲁迅的第二部小说集,共收入其1924年至1925年所作小说十一篇,包括的作品有:《祝福》《在酒楼上》《幸福的家庭》《肥皂》《长明灯》《示众》《高老夫子》《孤独者》《伤逝》《弟兄》《离婚》。

经典观点

小说集《呐喊》《彷徨》为中国现代小说的发展奠定了坚实的基础,为现代小说创作提供了样本,是中国现代小说的成熟之作。同时,《呐喊》《彷徨》的思想指向成为新文学重要的价值坐标,其艺术风格成为新文学重要的审美范式。这些小说承载着鲁迅对传统中国社会病态的一面不遗余力的批判,对国民性改造的沉痛的焦虑,对社会现状深邃的凝视,对民族命运深沉的忧患。《呐喊》与《彷徨》是中国现代文学的奠基之作。

阅读导引

《呐喊》中的作品主要以辛亥革命到五四时期的社会生活为背景,对中国旧有制度及陈腐的传统观念进行了深刻的剖析,表现出对民族生存浓重的忧患意识和对社会变革的强烈愿望。《狂人日记》发表于1918年5月号的《新青年》,这是鲁迅所创作的第一篇白话小说,也是中国现代文学史上发表的第一篇白话小说,笔名"鲁迅"正是在发表这篇小说时第一次使用。小说通过对一个反封建思想斗士——"狂人"形象的塑造,控诉了中国社会几千年的所谓的"文明史"其"吃人"的本质。

　　《孔乙己》则通过对一个封建社会中潦倒旧式读书人孔乙己的刻画,书写出了封建科举制度对人的毒害和摧残。而在小说《药》中,鲁迅借一个人血馒头的故事,对旧民主主义革命的悲剧性进行了沉思。

　　《呐喊》在思想表达上的另一个重要的层面便是对国民劣根性的深刻剖析和反思,而最能代表这一方面的便是小说《阿Q正传》。小说《阿Q正传》最初于1921年在《晨报》副刊上连载,是鲁迅创作的唯一一部中篇小说。在这部作品中,鲁迅创作出了中国现代文学史上经典的文学形象——阿Q。在阿Q这一形象的身上,承载了鲁迅对中国人的国民劣根性的深刻而冷峻的思考。阿Q的那种表现为麻木健忘、自欺欺人、盲目自大、自轻自贱的"精神胜利法",正是体现鲁迅的国民性批判的焦点所在。

　　与《呐喊》相比,小说集《彷徨》中的作品在思想上和艺术上都更为成熟,整部小说集贯穿着对生活在封建势力重压下的农民及知识分子"哀其不幸,怒其不争"的关怀。

　　小说《伤逝》以涓生手记的形式,通过对涓生和子君这对受新思想洗礼的知识青年的婚恋悲剧的叙述,表达了鲁迅对五四时期在青年中颇为盛行的婚姻自主这一社会性主题的独到思考。而在小说《在酒楼上》中则着重讲述了激进的青年吕纬甫,最终回到自己颇为憎恶的旧式生活轨道的故事。《孤独者》中的魏连殳有过抗争,却也最终只能在孤愤与悲凉中死去。连续的几部作品,鲁迅都在写处于五四这个新旧交替时期的那种梦醒了却无路可走的悲凉。在小说《示众》中,鲁迅对国人的那种看客的心理进行了冷静而刺骨的批判。中国人永远只是看客,只会当看客。看了,就散了。不问被看者为什么示众,也不问自己为什么要看。只是那样旁观而麻木去看下去。

　　小说集《彷徨》的底色是孤独而悲凉的,其中最为悲凉之作非《祝福》莫属。通常人们对小说《祝福》的解读将视线聚焦于女主人公祥林嫂的不幸,有关这篇小说的主题内涵,一直以来被认为是一篇描写旧中国农村妇女苦难命运的作品,通常对其主旨内涵的解读不外乎如下:小说真实地描绘了劳动妇女祥林嫂在旧社会的悲惨遭遇。作品通过封建礼教吃人的血淋淋的事实,谴责了以鲁四老爷为代表的这个制度和社会,也批判了周围群众所施于祥林嫂的冷漠、歧视和嘲弄。实质上,《祝福》在主旨上最为深刻之处在于鲁迅借作品中"我"这位启蒙者面对祥林嫂不幸的无言以对、无所作为,只能袖手旁观的尴尬处境,从而传递出作者内心深处深刻的绝望、虚无与悲凉。在《祝福》中鲁迅以讲述祥林嫂的不幸进而审视作为启蒙者的自己的社会价值与人生价值,这可以说是小说《祝福》的独到之处,也可以说是鲁迅思想意识的深刻所在。五四时期不乏揭示底层者不幸人生境况的作品,但就主旨而言,大多指向的是对黑暗、不公的社会现实的批判。而鲁迅却能从体察底层不幸者的同时,来反省自身的社会存在意义,这是鲁迅思想认识的可贵之处,也是小说《祝福》思想内涵的独到之处。

经典评论

在鲁迅面前,你必须思考,而且是独立地思考。正是鲁迅,能够促使我们独立思考,激发我们的想象力和创造力;他不接受任何收编,他也从不试图收编我们;相反,他期待,并帮助我们成长为一个有自由思想的,独立创造的人——这就是鲁迅对我们的主要意义。

——钱理群

鲁迅是现代中国文坛一个最重要的人物,他是可以比拟于:苏联的高尔基、法国革命时的伏尔泰、罗曼·罗兰、巴比塞、今日的 A.纪德等几个仅有的,在民族史上占有光荣的一页的伟大作家。

——[美]埃德加·斯诺

如问中国自有新文学运动以来,谁最伟大？谁最能代表这个时代？我将毫不踌躇地回答:是鲁迅。……要了解中国全面的民族精神,除了读《鲁迅全集》以外,别无捷径。

——郁达夫

延伸阅读

1. 王富仁:《中国反封建思想革命的一面镜子:〈呐喊〉〈彷徨〉综论》,中国人民大学出版社 2010 年版。
2. 林贤治:《人间鲁迅》,人民文学出版社 2010 年版。
3. 鲁迅:《鲁迅全集》,人民文学出版社 2005 年版。
4. 周海婴:《鲁迅与我七十年》,南海出版公司 2001 年版。

推荐版本

1. 鲁迅:《呐喊》,人民文学出版社 1973 年版。
2. 鲁迅:《呐喊》,人民文学出版社 2003 年版。
3. 鲁迅:《彷徨》,人民文学出版社 1973 年版。
4. 鲁迅:《彷徨》,中国华侨出版社 2011 年版。

（郭剑敏）

四世同堂

老舍

作者简介

　　老舍(1899—1966),原名舒庆春,字舍予。生于北京,父亲是一名满族的护军,阵亡在八国联军攻打北京城的战争中。全家靠母亲替人洗衣裳做活计维持生活。1913年,考入北京师范学校。1918年毕业,被派任到方家胡同小学当校长。1921年,在《海外新声》上发表《她的失败》的白话文小说,署名舍予,这是迄今为止发现的老舍的最早的一篇作品。1923年,在《南开季刊》发表第一篇短篇小说《小铃儿》。1924年,赴英国,任伦敦大学亚非学院讲师。其间创作发表了长篇小说《老张的哲学》《赵子曰》《二马》。1930年回国,先后任教于齐鲁大学、山东大学,创作完成了作品有:长篇小说《小坡的生日》《猫城记》《离婚》等。1936年9月,《骆驼祥子》在《宇宙风》连载,1939年该书由人间书屋出版。1938年,老舍被选为中华全国文艺界抗敌协会常务理事兼总务部主任,1938年7月,老舍随文协西迁重庆。1944年,创作并由良友复兴印刷公司出版《四世同堂》第一卷《惶惑》。1946年,受美国国务院邀请赴美讲学一年,同年出版《四世同堂》第二卷《偷生》。1949年,接文艺界三十余位友人信后决定回国,10月离美,12月抵达天津。1950年,中国民间文学研究会成立,任副理事长。1951年,被北京市人民政府授予"人民艺术家"的称号。1953年,当选为全国文联主席,作协副主席。1957年,《茶馆》发表于《收获》第一期。1966年自沉于北京太平湖。

名著背景

　　《四世同堂》的创作开始于 1944 年。老舍对于小说的创作准备则开始于 1941 年,此时正是北平沦陷的第五个年头,抗日战争进入了战略相持阶段,文学在全民抗敌、同仇敌忾的情势下,表现出统一的步调和普遍高昂的爱国情绪,老舍在这样的环境下萌发了创作一篇关于抗战题材的小说的想法,但是苦于缺乏合适的题材故而一度搁置。1943 年 9 月,老舍的夫人胡洁青带着儿女从被日军占领了六年的北平逃了出来,到重庆北碚与老舍相聚。这之后,胡洁青给老舍及来访的客人一遍遍地讲述北平沦陷后的种种情形,每当此时,老舍就在一旁默默地听着,日本侵略者所施于北平沦陷区人民的种种暴行深深地触动了老舍,1944 年 2 月,老舍抱病开始写作长篇小说《四世同堂》。小说第一部《惶惑》从 1944 年 11 月 10 日起就在《扫荡报》(抗战胜利后改为《和平日报》)上连载,1945 年 9 月 2 日载毕。《惶惑》成书于重庆,后交于良友公司发行,但该公司以种种关系到胜利后半年才在上海印成出书,而出版售罄后,也未再版。第二部《偷生》从 1945 年 5 月 1 日起在重庆《世界日报》上连载,同年 12 月 5 日载毕。后良友公司因营业问题尚未恢复,老舍将书稿高价赎回,将第一部《惶惑》与刚完成的第二部《偷生》一起于 1946 年 11 月改交晨光出版公司出版。

　　1946 年,老舍和曹禺应美国国务院的邀请一同赴美讲学一年。期满后,老舍租住在纽约的一所寓所里,于 1948 年创作完成了《四世同堂》的第三部《饥荒》。全书共一百章,计一百万字,记录的是北平八年抗战时期的沦陷史,也是北平人民在抗战岁月的苦难史、抗争史。1949 年曾在美国出版节译本,书名为《黄色风暴》,被誉为"好评最多的小说之一",也是美国同一时期出版的最优秀的小说之一。直到 1982 年《四世同堂》未删节版本出版,才得以以全貌为中国读者所知。1986 年,《四世同堂》由百花文艺出版社再版,在以前版本的基础上增添了翻译过来的最后十三章,是国内最早的完整版。2010 年 11 月 24 日,在重庆北碚老舍旧居,正式挂牌"四世同堂纪念馆"。

经典观点

　　三卷本长篇小说《四世同堂》是老舍规模最大、写作时间最长的作品,是老舍生前最满意的一部作品,也是抗战文学乃至中国现代文学的丰碑,是中国现代文学史上唯一正面描写抗战时期普通民众生活的长篇抗战小说。全书分《惶惑》《偷生》《饥荒》三部,共百万言,小说以北平"小羊圈"胡同祁家祖孙四代的活动为主线,辅以小羊圈胡同各色人等的荣辱浮沉与生死存亡,真实地记述了北平沦陷后的畸形世态,形象地描摹了日寇铁蹄下广大平民的悲惨遭遇、心灵震撼和反抗斗争,刻画出一系列栩栩如生的艺术形象,全书如一幅巨大生活画卷,是一部感人的现实主义杰作。

阅读导引

　　《四世同堂》是中国作家老舍创作的一部百万字的小说,是一部表现抗战北平沦陷区普通民众生活与抗战的长篇小说。小说从"卢沟桥事变"写起,到1945年"八一五"抗战胜利后的大团聚为止,贯穿了整个抗日战争的全过程。作家聚焦于北平城里的一条叫作"小羊圈"的胡同,以四代同堂的祁老爷子一家为中心,将北平被日本人占领的八年沦陷史十分具体而真切地呈现了出来。在小说中,老舍一方面写出了战争给人民带来的灾难与痛苦,另一方面也表现了民族觉醒、国家自立的强烈渴盼之情。小说从居住在"小羊圈"胡同的几户人家的日常生活写起,写出了形形色色的北平市民在沦陷时期不同的表现。全书共三部,写出了北平沦陷后北平人民艰难而屈辱的生存状态,写出了他们或偷生、或抗争的不同遭遇、经历和选择。小说以北平"小羊圈"胡同为背景,通过复杂的矛盾纠葛,以胡同内的祁家为主,钱家、冠家以及其他居民为辅,刻画了当时社会各阶层众多普通人的形象。反抗与顺从的选择,国家与个人种种艰难的选择纷繁地交织在一起,深刻地展示了普通人在大时代历史进程中走过的艰难曲折的道路。小说中的祁家、钱家、冠家在战争面前的遭遇、在沦陷区北平的经历,各自有其代表性,老舍以此来完成对整个抗战时期形形色色的北平市民人生遭际的记录。小说从北平市民的日常生活入手,点点滴滴,形成了有关抗战时期的中国及中国人最为生动、细致的书写。

　　小说以抗战时期北平一个普通的"小羊圈"胡同作为故事展开的具体环境,以几个家庭众多小人物屈辱、悲惨的经历来反映北平市民在八年全面抗战中惶惑、偷生、苟安的社会心态,再现他们在国破家亡之际缓慢、痛苦而又艰难的觉醒历程。这部作品中集中地审视了中国的家族文化,对其消极性因素进行了理性的审视与批判。这部作品深刻的思想意蕴表明,一个民族的兴衰存亡,不仅在于其经济的发达、武器的先进,而且还取决于该民族普遍的社会心态。拥有几千年灿烂文明的大国为什么会遭受日本人的侵略,这不能不引起包括作者在内的知识分子的深刻反省。作品告诉我们,如果不改变中国人这种多子多福的文化心态,打破四世同堂式的家庭理想,中国人不论怎样人口众多,也不管体格如何健壮,最终也只能做毫无意义的示众的材料与看客。

经典评论

　　舍予是经过了生活的甜酸苦辣的,深通人情世故的人,但他的真不但没有被这些所湮没,反而显得更凸出,更难能而且可爱。所以他的真不是憨直,不是忘形,而是被复杂的枝叶所衬托着的果子。

——胡风

生活中的父亲完全是矛盾的。他一天到晚大部分时间不说话,在闷着头构思写作。很严肃、很封闭。但是只要有人来,一听见朋友的声音。他马上很活跃了,平易近人,热情周到,很谈得来。仔细想来,父亲也矛盾。因为他对生活、对写作极认真勤奋;另一方面,他又特别有情趣,爱生活。

——舒乙

我自己非常喜欢这部小说,因为它是我从事写作以来最长的,可能也是最好的一本书。

——老舍

延伸阅读

1. 老舍:《赵子曰·离婚》,人民文学出版社 2012 年版。
2. 老舍:《骆驼祥子》,人民文学出版社 2012 年版。

推荐版本

1. 老舍:《四世同堂》,北京十月文艺出版社 1993 年版。
2. 老舍:《四世同堂》,人民文学出版社 1998 年版。

(郭剑敏)

京华烟云

林语堂

作者简介

　　林语堂(1895—1976),福建龙溪人,中国现代著名作家、学者、翻译家。1895年出生于福建龙溪一个基督教家庭,父亲为教会牧师。1912年考入上海圣约翰大学,毕业后任教于清华大学。1919年秋赴美哈佛大学文学系,后到法国、德国等地。1922年获得了哈佛大学硕士学位,后又到莱比锡大学攻读比较语言学,1923年获得博士学位。1923年回国后先后在北京大学、北京女子师范大学任教。1924年后,与鲁迅、周作人等一起创办《语丝》周刊,推动了杂文和小品文的兴起。1926年,到厦门大学任文学院院长。1928年任中央研究院英文总编辑。1929年任中研院史学特约研究员以及上海东吴大学法律学院英文教授。1932年创办《论语》半月刊,提倡幽默文学。1934年创办《人间世》,1935年创办《宇宙风》,提倡"以自我为中心,以闲适为格调"的小品文,成为论语派主要人物。1935年后,在美国用英文写《吾国与吾民》《风声鹤唳》《孔子的智慧》《生活的艺术》,在法国写《京华烟云》等文化著作和长篇小说。1944年,曾一度回国到重庆讲学。1947年,《苏东坡传》费时三年完成,这是林语堂最偏爱的作品。1948年,赴巴黎出任联合国教科文组织艺文组主任。1954年,赴新加坡筹建南洋大学,任校长。1966年定居中国台湾。1967年受聘为香港中文大学研究教授,1972年《林语堂当代汉英词典》编缀出版。1975年,被推举为国际笔会副会长。1976年3月26日在香港去世,享年80岁。

名著背景

　　林语堂写《京华烟云》时,正值二战爆发,日本发动全面侵华战争。林语堂深爱祖国,他认为作为一个中国的知识分子,在国家形势危急的情况下,就应该义不容辞地将自己的安危和国家的安危紧紧地捆绑在一块,就应该责无旁贷地把自己投入挽救国家的阵营中去。他认为"作为一个作家,最有效的武器是作品",他认为"要使读者如历其境,如见其人,必须借助小说这种手段来表达",这也是林语堂为什么要写这本书的原因。

《京华烟云》写于法国,动笔于1938年3月底,完成于1939年8月,历时一年多。关于这部作品创作的缘起林语堂的女儿林如斯曾谈到,当年父亲在法国时本想翻译《红楼梦》,但思虑再三觉得时机还不成熟,再者《红楼梦》与现代中国相离太远,便决定写一部小说。小说是用英文写作完成,题目为"Moment in Peking",最初由法国的约翰·黛公司出版,林语堂自译小说书名为《瞬息京华》。1941年郑陀、应元杰合译了这部作品,书名为《京华烟云》,分上、中、下三册,由上海春秋社出版,这是国内的第一个全译本。1977年德华出版社出版的张振玉所译的《京华烟云》是第二个中译本,1987年时代文艺出版社根据张振玉译本所出版的《京华烟云》是新中国成立后大陆对该小说的首次重印。1991年湖南文艺出版社又出版了郁达夫之子郁飞的译本,小说的名称遵从林语堂译名《瞬息京华》。

《京华烟云》的续篇是《风声鹤唳》,《纽约时报》誉之为"中国的《飘》"。《京华烟云》与《风声鹤唳》《朱门》合称为"林语堂三部曲"。

经典观点

《京华烟云》是林语堂用英语写作的一部长篇小说,被视为阐述东方文化的权威著述。《京华烟云》小说内容博大精深,感情真切自然,风格优雅含蓄。在哲学精神方面,《京华烟云》以庄周哲学统领全书,其中也穿插着中庸之道的儒学与万物平等的佛学,主要表达的是"一切人生浮华皆如烟云"的道学思想,强调了人的永生是种族的延绵,新陈代谢是世间万物永恒的真谛。同时,《京华烟云》也是一幅漫长的历史画卷,从1901年的义和团运动,到抗日战争爆发之时,围绕姚家和曾家两大家族的命运沉浮,书写出了中国社会长达四十年的兴衰荣辱。同时,小说通过对书中人物的描绘,向人们阐释了道家思想、儒家思想以及佛家思想等中国哲学思想,也向世界展示了博大精深的中华文化。

阅读导引

小说分为三部分:第一部分"道家的女儿"的时间背景是1900年至1909年,正是从八国联军入侵至辛亥革命前。在这一部分重点写姚、曾两家的结识,以及姚木兰终嫁入曾家。故事从居京的富商姚思安为避八国联军入侵所带来的战乱举家南迁,经山东德州时不慎将年仅10岁的女儿姚木兰丢失。后姚木兰被回乡避风的京官曾文伯一家所收留,并与曾家的三儿子曾孙亚结下了真挚的情谊,虽然好学上进的青年孔立夫也曾在姚木兰的内心激起波澜,但姚木兰在年满19岁时,听从父母的安排,嫁进了曾家,成为曾孙亚的妻子。

第二部分"庭园的悲剧",时间背景是 1909 年到 1918 年,正是辛亥革命前夕至五四运动前。在这一部分着重写姚家所发生的一系列的变故,也以姚木兰为线索,写了曾家、牛家、孔家在时代的风云变幻中不同家庭的不同处世态度、政治立场及人生形式。木兰嫁入曾家后,待人处事得体大方又精明干练,深受曾家人的喜爱和敬重,而她的性情性格与曾家的二媳妇牛素云形成了鲜明的对比,也成了姚木兰身处曾家所面对的最重要的日常冲突和纠葛所在,而牛素云及其家兄牛怀玉的恶行又与善良、正直、忠厚的孔立夫及家人形成另一种比照的关系。

第三部分是"秋之歌",时间背景从五四前夕到日本侵占华北、华东之时。在家国动荡、风雨飘摇的岁月里,姚思安、曾文伯渐渐年迈,姚木兰主持家政,细心经营。姚、曾、孔家的第三代人长大成人,投身社会,各自有了不同的人生轨迹。抗战的烽火中,上海沦陷后,生活在杭州的姚木兰与曾孙亚举家西撤。

林语堂在《我怎样写瞬息京华》一文中说:"写此书时,书局老板劝我,必以纯中国小说艺术为目标,以'非中国小说不阅'为戒,所以这部是有意的仿效中国最佳小说体裁而写成的。"在《京华烟云》中,林语堂以姚木兰为中心,以姚木兰的婚姻为纽带,以姚家、曾家、牛家、孔家等家庭的日常生活为主体,展现了不同的人生形式,而其中,姚思安的道家思想及曾文伯的儒家理念又是其中被作者着重展现的所在。

《京华烟云》对《红楼梦》借鉴良多,人物众多,纷而不乱,整饬有序。林语堂在写作的过程与郁达夫的通信中曾言及小说中人物的设置,其中的表达有助于我们对作品中人物的解读:"至故事自身以姚木兰、姚莫愁二姊妹为主人翁。木兰嫁入曾家,曾家三媳妇,曼娘古,木兰新,素云迷醉租界繁华,适成今日中国社会之断片。重要人物约八九十,丫头亦十来个。大约以红楼人物拟之,木兰似湘云(而加入陈芸之雅素),莫愁似宝钗,红玉似黛玉,桂姐似凤姐而无凤姐之贪辣,迪人似薛蟠,珊瑚似李纨,……。至曾文伯(儒),姚思安(道),钱太太(耶),及新派人物孔立夫(科学家),陈三(革命),黛云(女革命),素云('白面女王')……。以全书结构而言,木兰、莫愁、立夫、姚思安,为主中之主。孙亚、襟亚、曼娘、暗香、红玉、迪人、银屏为主中之宾。牛黛云、牛素云、曾夫人、钱桂姐、童宝芬,为宾中之主。"

姚木兰是小说中心人物,也是作家所精心刻画的一位完美而理想的中国女性,她晶莹善良、温婉大方,在她身上传统与现代的理想人格因子有着完美的契合与承载。作为"道家的女儿",她一方面有着父亲身上的那种豁达、豪放的继承,另一方面又接受新思潮的洗礼,闪现着新人新质;她身处富贵之家,却又对财富淡然处之,渴望平民的生活;她有着女性的柔情,又有着果断坚强的一面;她是贤妻良母,又是孝顺女儿;她既不逆来顺受,又敢于担当,在她的身上,承载着作者的人生理想。

经典评论

它实事求是,不为真实而羞愧。它写得美妙,既严肃又欢快,对古今中国都能给予正确的理解和评价。我认为这是迄今为止最真实、最深刻、最完备、最重要的一部关于中国的著作。

——[美]赛珍珠

林语堂的长篇代表作《京华烟云》不仅是以大时代为背景框架描写大家庭命运变幻的史诗性作品,还是一部蕴含丰厚文化的小说。它的文化意蕴表现在人类从对命运的神秘不测到超然彻悟,再到宽怀、同情、献身的境地这样一个不断渐进的精神升华的历程。在探寻人类精神本质方面,最终都归于一种超然现实的理想化境地,这既是林语堂及其主要代表作的思想文化价值所在,同时也正是其局限性所在。

——刘勇

林语堂的《京华烟云》凝聚了他的哲学和他的灵魂,在小说中他褒扬了一种儒道掺和,更确切地说是内道外儒的人生哲学,通过作品主人公姚木兰等人物得到了形象的表现。这种儒道交融、寓道于儒的人生哲学,是和他的人性主义哲学观相一致的,这也是他在中西文化价值冲突中,从中西文化互融的角度来思考人类文化命运的结果。

——张西山

延伸阅读

1. 林语堂:《林语堂全集》,群言出版社 2010 年版。
2. 林语堂:《生活的艺术》,陕西师范大学出版社 2006 年版。
3. 林语堂:《林语堂散文》,北京出版社 2008 年版。

推荐版本

1. 林语堂:《京华烟云》,张振玉译,陕西师范大学出版社 2005 年版。
2. 林语堂:《京华烟云》,现代教育出版社 2005 年版。

(郭剑敏)

白鹿原

陈忠实

作者简介

　　陈忠实(1942—2016),当代著名作家。出生于西安灞桥西蒋村一个普通的农民家庭。1953年至1955年,在陕西蓝田华胥镇高级小学读小学,1956年至1962年在西安读中学,中学毕业后以返乡知青的身份回到乡村,先后在陕西省西安市灞桥区灞陵乡蒋村小学、西安市郊区毛西农业中学、西安市郊区东李学校任教。1978年任西安郊区文化馆副馆长,后任西安市灞桥区文化局副局长、文化馆副馆长,1982年调入陕西省作协成为驻会专业作家,1985年任陕西省作家协会副主席,1993年任陕西省作家协会主席,2001年任中国作家协会副主席。2016年4月29日因病去世。1965年开始发表作品,除《白鹿原》外,较有影响的有中篇小说《初夏》《四妹子》《十八岁的哥哥》《蓝袍先生》等,此外还创作有大量的散文作品。出版有《陈忠实小说自选集》(华夏出版社)、《陈忠实小说精选》(太白文艺出版社)、《陈忠实自选集》(长江文艺出版社)、《陈忠实精选集》(北京燕山出版社)、《陈忠实文集》(广州出版社)等作品集。

名著背景

　　《白鹿原》是作家陈忠实的代表作,这部长篇小说共50余万字,由陈忠实历时六年创作完成。早在1985年完成小说《蓝袍先生》时,陈忠实就萌发了创作一部长篇小说的念头。他曾对别人说,自己爱了一辈子的文学,死了还没有一块可以垫头的东西呢,"但愿哇但愿,但愿我能给自己弄成个垫得住头的砖头或枕头哟!"1987年,陈忠实去蓝田、长安等地考察,查阅县志和党史,开始了写作《白鹿原》的准备工作。陈忠实出生在西安东郊白鹿原下的蒋村,在这里度过了自己的年少时光,对这里的一草一木都非常熟悉。为写《白鹿原》陈忠实走访当地那些上了年纪的老人,从他们的记忆中去寻找遥远的家族历史记忆。另一方面,他仔细查阅有关白鹿原的县志。尤其是当他看到二十多卷的县志,竟然有四五个卷本是有关"贞妇烈女",这些贞节女人用她们鲜活的生命,坚守着道德规章的条律,经历过漫长残酷的煎熬,才换取了在县志上的位置,这让陈忠实产生了逆反式的怨念。田小娥的形象就是在这种情况下,在陈忠实脑海中浮现出来的。从 1988 年开始,陈忠实把妻子和长辈安置在城里,只身来到乡下的祖屋,潜心写作。1992 年 3 月 25 日,50 余万字的《白鹿原》终于正式定稿。小说完成后最初在《当代》1992 年的第 6 期和 1993 年的第 1 期分两期全文发表,1993 年 6 月人民文学出版社出版发行,一经出版,风靡全国。1997 年获第四届茅盾文学奖。《白鹿原》被教育部全国高等学校中文学科教学指导委员会列入大学生必读书目,被评为"百年百种优秀中国文学图书",2008 年入选深圳读书月组委会、深圳商报联合组织的"改革开放 30 年影响中国人的 30 本书",2009 年全文收入《中国新文学大系》出版。《白鹿原》已被改编成秦腔、话剧、舞剧、连环画、雕塑等多种艺术形式,以小说改编的同名电影《白鹿原》于 2012 年上映。

经典观点

陈忠实的《白鹿原》是 20 世纪 90 年代中国长篇小说创作的重要收获。《陈忠实的文学人生》一书的作者王仲生、王向力评价道:"《白鹿原》为'中国记忆'在 20 世纪末收获了它的'世纪性'文学'总结。'"的确,1993 年由人民文学出版社出版的《白鹿原》可称得上是中国当代最为厚重也最有影响力的一部长篇小说。这部作品以陕西关中地区的白鹿村为缩影,通过讲述村中白、鹿两大家族祖孙三代的恩怨纷争,展现了从清末到 20 世纪七八十年代长达半个多世纪的波澜壮阔的历史画面。总之,《白鹿原》不愧是一部讲述和呈现民族秘史的鸿篇巨制,它以宏大的历史叙事构架,深厚的乡土文化底蕴,极具洞见的人性审视,回归理性的历史观照而成就了自己的丰富与博大,不愧是 20 世纪中国文学中最为杰出的长篇小说。

阅读导引

小说成功地塑造了白嘉轩、鹿子霖、鹿三、朱先生这些具有深刻历史文化内涵的文学形象,同时也塑造出了黑娃、白孝文、鹿兆鹏、鹿兆海、田小娥、白灵等年轻一代性格各异、极具时代代表性的人物形象。小说通过对白鹿村历史生活画卷的书写,对中国传统的宗法制社会结构形态及家庭文化传统进行了深入的展示。有论者指出:《白鹿原》是一部渭河平原五十年变迁的雄奇史诗,一轴中国农村斑斓多彩、触目惊心的长幅画卷。主人公六娶六丧,神秘的序曲预示着不祥。一个家族两代子孙,为争夺白鹿原的统治,代代争斗不已,上演了一幕幕惊心动魄的活剧:巧取风水地、恶施美人计、孝子为匪、亲翁杀媳、兄弟相煎、情人反目……大革命、日寇入侵、三年内战,白鹿原翻云覆雨,王旗变幻,家仇国恨交错缠结,冤冤相报代代不已……古老的土地在新生的阵痛中战栗。厚重深邃的思想内容,复杂多变的人物性格,跌宕曲折的故事情节,绚丽多姿的风土人情,形成作品鲜明的艺术特色和令人震撼的真实感。

白嘉轩是小说的主人公,是作品中白鹿村的族长,是白鹿村礼法秩序的维护者,同时也是这种宗法制家族文化在白鹿村中最重要的传承者。小说中白、鹿两个家族的存在与纠葛,以及在白嘉轩、鹿子霖、朱先生、鹿三等人物身上,浓缩着传统中国乡村社会最本质的历史生活内容。白嘉轩是白鹿原上最仁义的地主,他以自己人格魅力和不懈的努力建立了仁义的白鹿村,他修建祠堂、兴办学堂、订立乡规,以一种身体力行的方式确立和守护着乡村社会的宗法制度。朱先生在小说中则是关中大儒,他是中国儒家文化中圣者与智者的化身,他20多岁开始著书立说,晚年编纂县志。他身处乱世,世事洞明;淡泊名利,关注民生;不以物喜,不以己悲。作者通过朱先生这一形象的塑造,展现了儒家文化中理想的人格形态、人生形式和处事方式。

此外,小说在对人性及伦理道德的拷问与审视上进行了大胆的揭示与深度的追问。小说中对田小娥、白孝文、鹿子霖等的人性欲望的书写,不仅使得人物具有了鲜活的生命力,同时也使作品具有了一种难得的人性深度。这其中,田小娥这一女性是最有争议,最有个性,也最有深度的一个文学形象。她是男权社会中的一个挣扎者和抗争者,她的存在恰恰照见了男权社会中道德文化的虚伪和做作。她是情欲的化身,而正是这不加掩饰的情欲的表达,展现了她不甘屈从的率真与坦诚;她同时也是一个悲剧的化身,她的处境与结局,呈现了在宗法制下一个受侮辱与受损害的女性的命运的不幸。

小说另一个重要的书写层面便是关于近现代中国革命的历史进程及其复杂性,这一方面的历史生活内容主要通过对白鹿村的年轻一代黑娃、白灵、鹿兆鹏、鹿兆海、白孝文等形象的塑造和刻画而得到呈现。作家对近现代中国革命历史的叙述,摆脱了当代以来所形成的红色革命历史叙事的传统,而是在乡土中国历史本身的文化语境及演进惯性中来呈现和还原这种历史斗争生活的复杂性,也正是在这一点上,使得小说具有一种新历史主义小说的韵味。黑娃的由反叛到皈依,白灵的由追求革命到被怀疑杀害,白孝文由族长传人到革命投机者,这些都使得纷繁芜杂的历史变得别有深意。

经典评论

《白鹿原》本身就是几乎总括了新时期中国文学全部思考、全部收获的史诗性作品。

——白烨

读完这部"雄奇史诗"之后,获得的第一印象就是做了一次伪"历史之旅",左边的"正剧"随处都在演戏,右边的"秘史"布满了消费性的奇观,这些戏剧与奇观你可看可不看,随心所欲,在久远的"隐秘岁月"里你意外地获得了消闲之感,早有戒备的庄重与沉重可以得到消除,因为你完全可以不必认真对待这一切。

——孟繁华

我从未像读《白鹿原》这样强烈地体验到,静与动、稳与乱、空间与时间这些截然对立的因素被浑然地扭结在一起所形成的巨大而奇异的魅力。

——雷达

《白鹿原》在深层意义上重构了民族精神。它继《四世同堂》之后给民族主义以最高褒扬。《白鹿原》问世使民族文学在更高意义上崛起。

——郑万鹏

延伸阅读

1.陈忠实:《寻找属于自己的句子——〈白鹿原〉创作手记》,上海文艺出版社2009年版。

2.陈忠实:《我的行走笔记》,时代文艺出版社2007年版。

3.陈忠实:《陈忠实文集》,广州出版社2004年版。

推荐版本

1.陈忠实:《白鹿原》(初版本),人民文学出版社1993年版。

2.陈忠实:《白鹿原》(修订本),人民文学出版社1997年版。

3.陈忠实:《白鹿原》(20周年纪念版),人民文学出版社2012年版。

(郭剑敏)

红高粱

莫言

作者简介

莫言(1955—　)，原名管谟业，祖籍山东高密。小学五年级时辍学，在农村劳动长达 10 年。1976 年加入中国人民解放军，历任班长、保密员、图书管理员、教员、干事等职。在部队担任图书管理员期间，莫言阅读了大量的文学书籍。1984 年考入解放军艺术学院文学系。1985 年初，在《中国作家》杂志发表小说《透明的红萝卜》而一举成名。1986 年，莫言在解放军艺术学院文学系毕业。同年在《人民文学》杂志发表中篇小说《红高粱》引起文坛极大轰动。2000 年《红高粱家族》获亚洲周刊选为 20 世纪中文小说一百强。2011 年长篇小说《蛙》获第八届茅盾文学奖。2011 年当选中国作家协会副主席。2012 年 10 月 11 日，获得 2012 年度诺贝尔文学奖。主要作品有：《红高粱家族》《檀香刑》《生死疲劳》《丰乳肥臀》《蛙》《藏宝图》《四十一炮》《天堂蒜薹之歌》《拇指铐》《白狗秋千架》《酒国》《白棉花》《红树林》《透明的红萝卜》《师傅越来越幽默》等。

名著背景

莫言写《红高粱》时正在解放军艺术学院学习，他曾说："我在写《红高粱》这一类关于抗日战争的小说时，起初只有一个模模糊糊的想法。"从文学环境上来看，20 世纪 80 年代中期，正是中国文学发生重大转型时期，现代主义文学思潮、寻根文学思潮在当时热闹非凡，这些为莫言创作出风格独特的《红高粱》营造了特有的文学氛围。《红高粱》所讲述的故事来源于莫言家乡山东高密曾经发生过的"孙家口伏击战"。这个历史事件是莫言 1983 年回家过春节时听好友讲述的。1938 年 3 月中旬，曹克明部率领 400 人伏击日本巡逻队，击毙日本板垣师团中岗弥高中将等 30 多名日兵，受到当时国民政府的通令嘉奖。后来日本驻胶县部队报复，但被指错了方向，没包围孙家口,却包围了公婆庙,制造了"公婆庙惨案",杀害 136 名村民。这则民间抗日故事,一直被排斥在官方正统叙事的历史教科书之外。同样被遮蔽的历史事实,在当时思想解放的背景下,越来越多地被发掘出来,并以文学作品的形式表达出来,对文化反思、历史思考,都产生着巨大的推进作用。这个故事激活了莫言内心深处被正统叙事格式所压抑的灵感,语言和故事酣畅淋漓地喷涌而出,从而彻底颠覆了此前"官述历史"的记忆,形成了一种平民立场的历史书写与历史记忆。中篇小说《红高粱》最初发表于 1986 年的《人民文学》。随后,他又写了与《红高粱》在故事背景、人物等有连续关系的几个中篇,它们后来结集为《红高粱家族》,分为《红高粱》《高粱酒》《高粱殡》《狗道》《奇死》等五篇。1987 年《红高粱》获第四届全国中篇小说奖,根据此小说改编的电影《红高粱》获第 38 届柏林电影节金熊奖。

经典观点

《红高粱》是中国当代小说中一部有着独特的叙事风格的作品,是一部表现高密人民在抗日战争中的顽强生命力和充满血性与民族精神的经典之作。小说从民间的角度给读者再现了抗日战争的年代,展现的是一种为生存而奋起反抗的暴力欲,给人耳目一新的感觉。以往抗战题材的小说给人的感觉都是正义与邪恶的强烈对比,塑造的是几乎完美的正义的爱国英雄。而《红高粱》中塑造的一系列抗日的英雄却是正义与邪恶的化身,他们是一群独特的,特属于红高粱的英雄,有着鲜活的生命与闪光的人性。

阅读导引

小说通过"我"的叙述,描写了抗日战争期间,"我"的祖先在高密东北乡上演的一幕幕轰轰烈烈、英勇悲壮的舞剧。"我"的家族里的先辈们,爷爷、奶奶、父亲、姑姑等,一方面奋起抗击残暴的日本侵略者,一方面发生着让子孙后代相形见绌的传奇般的爱情故事。书中洋溢着莫言独有的丰富饱满的想象力、令人叹服的感觉描写,并以汪洋恣肆之笔全力张扬中华民族的旺盛生命力,堪称当代文学中划时代的史诗精品。余占鳌、戴凤莲是《红高粱》中高粱英雄的两个典型。他们不十分明白抗日的实质,但在那样一个动荡的年代,他们以自己的方式表达了对苦难的反抗与不满。他们坚强地守护自己的自由,傲然地活出生命的强度。他们是一群流着高粱血统、浑身散发着鲜活人性的红高粱地英雄。红高粱是小说中具有丰富的象征性意蕴的意象,它代表着洋溢着生命力度的充满狂欢色彩的酒神精神,是生命强力的象征。作品以红高粱命名,象征了高密东北乡人的生命强力。同时也书写出生存在这片土地上的乡民们所具有的红高粱般的性格:坚韧、挺拔、伟岸、生气蓬勃、英勇无畏、狂放不羁。

　　小说《红高粱》对抗日战争的叙述,不同于当代以来业已形成一种传统的"革命历史小说",他完全地将写作立场置于民间这一场域,凸现的是乡村社会自身的历史意义与精神价值。从中开掘去探寻的乡村社会中原始的野性、生命的强力、狂野的激情、不屈的意志。《红高粱》以民间的角度,审视抗日战争。在小说中,重点描写的不是带有革命理想的英雄人物,而是生活在民间的普通民众,他们生活在自己的土地上,痛快淋漓、快意恩仇,当家园被毁、亲人惨遭杀害时,他们以血肉之躯奋起抗争,呈现出一种原生态的悲壮和豪迈。莫言的叙述既消解了传统革命历史小说的政治意识形态话语模式,同时也摆脱了五四以来新文学有关乡村叙事的启蒙视角,而是原生态般地激活了乡村原始生命力,使其自身成为言说历史的主体,自身在书写、定义着历史。同时,莫言的乡村叙事,也是对传统儒家文化伦理及信念的舍弃,是对宗法制下乡村社会的背离。

　　莫言的小说重感觉世界的营造,他以色彩斑斓的词汇,构筑起一个充满主观色彩和强烈的感觉冲击力的艺术世界。他作品中所讲述和呈现的乡土中国社会的历史,充满了生命的张力、原始、野性,生机勃发。

经典评论

　　中国作家终于走进了诺贝尔文学奖行列,我觉得这不仅是莫言的荣耀,更是整个中国文学的荣耀,必将对中国文坛产生持久而广泛的影响。莫言是位非常优秀的作家,他的独特思维、艺术个性,都已在中国文坛乃至世界文学产生了广泛的影响,他摘取诺贝尔文学奖可谓实至名归。

——陈忠实

　　莫言是一个诗人,他撕破了程式化的宣传海报,让个人从无名的大众群体中凸现出来。莫言以嘲讽的手法冲击历史和假象。他以戏谑和毫无掩饰的快乐手法揭示人类生存现状中黑暗丑陋的部分,并且几乎是在无意中找到了沉重而有力的象征性的画面。

——诺贝尔文学奖2012年颁奖典礼授奖词

　　莫言没有匠气,甚至没有文人气(更没有学者气)。他是生命,他是搏动在中国大地上赤裸裸的生命,他的作品全是生命的血气与蒸气。八十年代中期,莫言和他的《红高粱》的出现,乃是一次生命的爆炸。本世纪下半叶的中国作家,没有一个像莫言这样强烈地意识到:中国,这人类的一"种",种性退化了,生命委顿了,血液凝滞了。这一古老的种族是被层层叠叠、积重难返的教条所窒息,正在丧失最后的勇敢与生机,因此,只有性的觉醒,只有生命原始欲望的爆炸,只有充满自然力的东方酒神精神的重新燃烧,中国才能从垂死中恢复它的生命。

——刘再复

延伸阅读

1. 莫言:《生死疲劳》,上海文艺出版社 2005 年版。
2. 莫言:《檀香刑》,作家出版社 2001 年版。
3. 莫言:《蛙》,上海文艺出版社 2009 年版。

推荐版本

1. 莫言:《红高粱家族》,人民文学出版社 2007 年版。
2. 莫言:《红高粱家族》,上海文艺出版社 2008 年版。

（郭剑敏）

百年孤独

加夫列尔·加西亚·马尔克斯

作者简介

　　加夫列尔·加西亚·马尔克斯(1927—2014),哥伦比亚作家、记者和社会活动家,拉丁美洲魔幻现实主义文学的代表人物,20世纪最有影响力的作家之一,被誉为"二十世纪文学标杆"。马尔克斯1927年出生于哥伦比亚马格达莱纳海滨小镇阿拉卡塔卡。他的童年时代在外祖父家度过。外祖父是个受人尊敬的退役军官,曾当过上校,性格倔强,为人善良,思想激进。外祖母博古通今,会讲很多的神话传说和鬼怪故事。马尔克斯7岁开始读《一千零一夜》,又从外祖母那里接受了民间文学和文化的熏陶,这些都成为后来他文学创作的重要源泉。

　　1940年,马尔克斯迁居首都波哥大,1947年入波哥大大学攻读法律,并开始文学创作,在大学期间,马尔克斯如饥似渴地阅读西班牙黄金时代的诗歌,这为他以后的文学创作打下了坚实的基础。1948年因哥伦比亚内战中途辍学。1955年,他因连载文章揭露被政府美化了的海难而被迫离开哥伦比亚,任《观察家报》驻欧洲记者,同年发表了第一部长篇小说《枯枝败叶》。20世纪60年代初移居墨西哥。1967年出版《百年孤独》,被评论家誉为"一部伟大的作品",为马尔克斯赢得了广泛的赞誉。1982年获诺贝尔文学奖。1985年发表另一部重要的长篇小说《霍乱时期的爱情》。加西亚·马尔克斯作品的主要特色是幻想与现实的巧妙融合,以此来审视人生和世界,从而形成了一种魔幻现实主义的文学风格。2014年4月17日,加西亚·马尔克斯在墨西哥首都墨西哥城因病去世,享年87岁

名著背景

　　1982年马尔克斯与另一位哥伦比亚作家兼记者普利尼奥·阿普莱约·门多萨谈及自己写作《百年孤独》的意图时说:"我要为我童年时代所经受的全部体验寻

找一个完美无缺的文学归宿。"这其中可以让我们感知到《百年孤独》的写作与作者自己的童年成长体验有着怎样深刻的联系。同时,《百年孤独》更包含着马尔克斯对拉美国家、民族历史命运的思考。可以说,《百年孤独》的写作,缘于马尔克斯对数百年来拉美命运的关注与沉思。从1830年至19世纪末的70年间,哥伦比亚爆发过几十次内战,使数十万人丧生。其中,政客们的虚伪,统治者们的残忍,民众的盲从和愚昧等等都是拉美历史存在的一部分。所以,《百年孤独》中布恩地亚家族七代人的命运处境,承载着拉美百年沧桑的历史。作品中所呈现的布恩地亚家族成员间,不论是夫妻之间、父子之间、母女之间、兄弟姐妹之间的那种缺乏沟通、缺乏信任的孤独的状态,正是马尔克斯对拉美民族精神状态的一种思考,同时,这种孤独的状态也包含了对整个苦难的拉丁美洲被排斥在世界现代文明进程之外的愤懑和抗议。所以,小说中布恩地亚家族的百年历史浓缩着拉美的沧桑历史。正如马尔克斯在书的最后所写:"命中注定要一百年处于孤独的世家绝不会有出现在世上的第二次机会。"也预示了只有这样的历史背景才可以成就这样的人的命运,唯有这样的命运,最能反映这样的历史进程。在整部作品中,作者融合了那样孤独、苦难的童年经历。童年的故事是作者自己的,其中也有许多个"我"的生活影子。这些影子的集合就是这个民族的历史了。

经典观点

《百年孤独》被公认为魔幻现实主义最具代表性的作品。被称为"20世纪用西班牙文写作的最杰出的长篇小说之一",同时也被誉为"再现拉丁美洲历史社会图景的鸿篇巨制"。作品描写了布恩地亚家族七代人的传奇故事,以及加勒比海沿岸小镇马贡多的百年兴衰,反映了拉丁美洲一个世纪以来风云变幻的历史。作品融入神话传说、民间故事、宗教典故等神秘因素,巧妙地糅合了现实与虚幻,展现出一个瑰丽的想象世界,成为20世纪最重要的经典文学巨著之一。

阅读导引

马贡多百年的变迁和布恩地亚家族的兴衰荣辱,是整个拉美社会变迁的一面镜子。小说讲述了小镇马贡多从荒无人烟的史前状态到进入现代社会的发展过程。从霍塞·阿卡迪奥·布恩地亚与乌苏拉的结合及逃离家乡来到马贡多写起。随着时间的推移,布恩地亚的后代一代代地出生成长,马贡多也一点点地发生着变化,从荒无人烟,到一个小镇的形成,从农业开垦到商品经济的发展,从平静祥和到党派之争,资本主义的生产、生活方式全面地组织着马贡多的生活和历史。而以此为缩影,又是整个拉美各民族百年沧桑历史的书写。魔幻与现实的结合,是马尔克斯赋予小说的底色,也是赋予拉美百年沧桑历史的底色。在写实与写意结合的基础上,小说于历史叙述及人生解读上形成了自身的特色。马尔克斯在叙述中将一种非现实的、非理性的、神秘的叙事因子融入其中,从而营造出一种魔幻现实主义的叙述风格和情境,在这中间,古老与现代、荒蛮与文明、迷信与科学、亲情与政治、种族与战争等交织在一起,呈现着布恩地亚家族的历史,也是马贡多镇以至拉美的历史沧桑。小说以孤独命名,这其中包含着马尔克斯对20世纪上半叶哥伦比亚乃至整个拉丁美洲所处的封闭、落后、腐败和独裁的状况的概况。1982年,加西亚·马尔克斯以《百年孤独》获得了诺贝尔文学奖。他在颁奖典礼上,以"拉丁美洲的孤独"为题,做了长篇演讲。在演讲中马尔克斯讲到,拉丁美洲就是"孤独"的代名词。拉丁美洲之所以孤独,是因为它封闭、落后、愚昧和僵化,这也许能让我们理解马尔克斯小说中"孤独"的含义。

魔幻现实主义是马尔克斯小说创作的一大特色。瑞典学院在授予马尔克斯诺贝尔文学奖的授奖词中说:"他的小说以丰富的想象编织了一个现实与幻想交相辉映的世界,反映了一个大陆的生命与矛盾。"马尔克斯的小说遵循"变现实为幻想而又不失其真"的魔幻现实主义创作原则,经过巧妙的构思和想象,把触目惊心的现实和源于神话、传说的幻想结合起来,形成色彩斑斓、风格独特的图画,使读者在"似是而非,似非而是"的形象中,获得一种似曾相识又觉陌生的感受,从而激起寻根溯源去追索作家创作真谛的愿望。用魔幻的、离奇的、现实生活中不存在的事物和现象反映、体现、暗示现实生活。这样一种表现手法,一来可以为在小说创作中继承本民族文化遗产(传统意识、神话传说、民间故事、宗教信仰)创造条件,二来为题材的开拓、人物性格的刻画和创作艺术的发挥提供极广阔的天地。小说中的马贡多本身就是一个神奇的魔幻的世界,所以它的历史、人物怎样的离奇、怎样的古怪可笑都是自然的、可以理解的。这样一来便为作者更深刻地开拓主题思想提供了广阔的天地。

经典评论

是继塞万提斯的《堂吉诃德》之后,最伟大的西班牙语作品。

——[智利]巴勃罗·聂鲁达

《百年孤独》在拉丁美洲引起了一场文学地震。评论界及读者一致公认它是一部经典著作。

——[秘鲁]马里奥·巴尔加斯·略萨

他创造了一个独特的天地,即围绕着马贡多的世界,那个由他虚构出来的小镇,自20世纪50年代末,他的小说就把我们领进了这个奇特的地方。那里汇聚了不可思议的奇迹和最纯粹的现实生活。作者的想象力在驰骋翱翔:荒诞不经的传说、具体的村镇生活、比拟与影射、细腻的景物描写,都以新闻报道般的准确性再现出来。

——瑞典文学院

延伸阅读

1.加西亚·马尔克斯:《霍乱时期的爱情》,杨玲译,南海出版公司 2015 年版。
2.加西亚·马尔克斯:《一件事先张扬的凶杀案》,李德明、蒋宗曹等译,中央编译出版社 2004 年版。

推荐版本

1.加西亚·马尔克斯:《百年孤独》,范晔译,南海出版公司 2011 年版。
2.加西亚·马尔克斯:《百年孤独》,黄锦炎等译,上海译文出版社 1989 年版。

（郭剑敏）

安娜·卡列尼娜

列夫·尼古拉耶维奇·托尔斯泰

作者简介

　　列夫·尼古拉耶维奇·托尔斯泰(1828—1910)是 19 世纪俄国批判现实主义文学的最杰出的代表,俄国最伟大的作家,他以自己有力的笔触和卓越的艺术技巧辛勤创作了"世界文学中第一流的作品"。他出生于俄国图拉省一个古老的贵族家庭。他的作品是俄国革命的一面镜子。1856 年,托尔斯泰发表的《一个地主的早晨》,表达了他对地主与农民关系问题的思考。1862 年托尔斯泰与 17 岁的索菲亚·安德列耶芙娜·托尔斯塔娅结婚,索菲亚是沙皇御医的女儿,他们前后育有 13 个孩子。他妻子帮助他管理庄园,这使得托尔斯泰可以全身心地投入文学创作,托尔斯泰创作的每一部作品都要修改很多次,他妻子协助他进行誊清和保存文稿的工作。1869 年,托尔斯泰完成了他的史诗性的作品《战争与和平》。19 世纪 70 年代初,是他开始新的探索时期。他研读各种哲学和宗教书籍,不能找到答案。这些思想情绪在当时创作的《安娜·卡列尼娜》中得到鲜明的反映。经过苦苦的思索和探寻,托尔斯泰的思想立场由贵族地主阶级立场转移到宗法制农民的立场上来,他开始厌弃自己及周围的贵族生活,不时从事体力劳动,自己耕地、缝鞋,为农民盖房子,摒绝奢侈,持斋吃素。1889 年完成的《复活》可以说是托尔斯泰晚年最重要的作品。从 19 世纪 90 年代中期开始,托尔斯泰增强了对社会现实的批判态度,对自己宣传的博爱和不抗恶思想也常常感到怀疑。1910 年 11 月 7 日,离家出走的托尔斯泰在阿斯塔波瓦车站因病去世。

名著背景

19世纪后半期的俄国,正处于由守旧的封建社会向新兴的资本主义社会急剧转变的时期。在西欧资本主义的强力冲击下,俄国的封建农奴制度开始土崩瓦解,在这一过程中,走向堕落的贵族地主与新兴资产阶级在思想观念上发生激烈的冲突。资产阶级启蒙思想的传播使得人性解放的呼声越来越高。正是在这一背景下,托尔斯泰也积极地关注着社会的变化,对封建贵族的寄生生活进行了深刻的反思,同时对生存的目的及意义也进行着痛苦的思索,他访问神父、主教、修道士和隐修士,并结识了农民,接受了宗法制农民的信仰,最后在19世纪70至80年代之交,新的革命形势和全国性大饥荒的强烈影响下,托尔斯泰弃绝本阶级,完成了19世纪60年代开始酝酿的世界观的转变,转到宗法制农民的立场上。这是托尔斯泰复杂的探索时期,也正是在这个时期产生了《安娜·卡列尼娜》。从具体的创作过程来看,小说创作的引发缘起一个刑事案件。1872年某天图拉省公报上发表了一则有关一名年轻的女子在火车站卧轨自杀的消息,而这起自杀事件的背后,牵连着一个多角恋爱的故事。托尔斯泰受这个故事的触动,把自己多年来有关爱情、婚姻、家庭的思考融入其中,把自己有着俄国贵族阶层及以其为主体的上流社会的关注的思考融入其中,把自己有着俄国社会的变革及地主与农民的命运和出路的思考融入其中。从1870年开始构思,到1873年动笔。随着写作的深入,原来的构思不断被修改。小说的初步创作仅用了短短的50天时间便得以完成,然而托尔斯泰很不满意,他又花费了数十倍的时间来不断修正,前后经过12次大的改动,迟至4年之后才正式出版。这时,小说废弃的手稿高达1米多! 正是在作者近乎苛刻的追求中,小说的重心有了巨大的转移,安娜由最初构思中的"失了足的女人",变成了一个品格高雅、敢于追求真正的爱情与幸福的"叛女"形象,从而成为世界文学中最具反抗精神的女性之一。

经典观点

《安娜·卡列尼娜》是俄国文学史上最优秀的长篇小说之一,是19世纪70年代俄国社会生活的生动画卷。小说中的女主人公安娜是一个具有资产阶级个性解放思想的贵族妇女。她敢于追求自己的爱情,敢于因此而与整个上流社会的虚伪进行抗争。当然安娜的抗争最终失败,反映了近代妇女争取独立与自由的艰难处境。托尔斯泰通过安娜的爱情、家庭悲剧寄托了他对当时动荡的俄国社会中人的命运和伦理道德准则的思考。总的来说,《安娜·卡列尼娜》不仅是俄国文学中的稀世瑰宝,也是世界艺术宝库中璀璨夺目的明珠。

阅读导引

　　小说开篇的"幸福的家庭总是相似的,不幸的家庭各有各的不幸"已广为人知。小说也的确是沿着三个家庭而展开的,其一是安娜与卡列宁一家,其间渥伦斯基的出现,以及安娜与渥伦斯基的恋情成为最为重要的一条叙事线索,在这条线索上重点展示了封建贵族家庭关系的瓦解和道德的沦丧。小说中安娜与渥伦斯基的恋情中,包含着对上流贵族社会虚伪做作的婚姻形式的厌倦、蔑视与反抗。卡列宁作为彼得堡的一个地位显赫的高官,他把自己生活中的一切都纳入官僚机器中,包括跟安娜的爱情与婚姻。刻板、功利、自私、虚伪的上层官僚制度及其生活模式造就了卡列宁,同时也压抑了安娜的精神生活。其二是列文与吉堤一家,在这条线索上重点描绘了资本主义势力入侵农村后,地主经济面临危机的情形,传递出作者执着探求出路的痛苦心情。同时在他们的身上,托尔斯泰寄托了许多有着家庭婚姻生活及社会变革的期待与理想。其三是安娜的哥哥奥布朗斯基与陶丽一家,着重表现上层贵族的虚伪、做作与自私、投机。从情节布局上来看,作品通过安娜追求爱情而失败的悲剧,和列文在农村面临危机而进行的改革与探索这两条线索,描绘了俄国从莫斯科到外省乡村广阔而丰富多彩的图景,先后描写了 150 多个人物,是一部社会百科全书式的作品。小说艺术上最突出的特点是首次成功地采用了两条平行线索互相对照、相辅相成的结构,并在心理描写上细致入微、精妙绝伦。小说运用"心灵辩证法",描写了人物的外部特征和内心话语,揭示其内心世界。小说中那大段的人物内心独白,无疑都是现实主义描写的典范。

　　女主人公安娜·卡列尼娜堪称世界文学史上最优美丰满的女性形象之一。这个资产阶级妇女解放的先锋,以自己的方式追求个性的解放和真诚的爱情,虽然由于制度的桎梏,她只能以失败而告终。但她以内心体验的深刻与感情的强烈真挚,以蓬勃的生命力和悲剧性命运而扣人心弦,最吸引人的是她大胆的作风以及华丽的文字和恰到好处的张力给这本旷世之作赋予了生命。小说中的安娜是作者塑造的一个生活于 19 世纪 70 年代俄国上流社会中的一位勇于追求真爱、勇于追求个性解放的贵妇人。安娜美丽迷人,感情真挚,有生活的热情和高尚的道德情怀,她与渥伦斯基的爱情,正是对那种死气沉沉、做作虚伪的上层官僚贵族人生的反抗。安娜是一个热爱生活的人,所以她才不会一味地屈从;安娜是一个珍惜生命的人,所以她才不愿让自己的生命状态干枯失色;安娜是一个敢于反抗的女性,她敢于直面自己的内心,敢于直面因袭的制度及观念的压力,去追求自己的真爱。当然,安娜又是悲剧的,决然地背负着整个社会的冷漠与讥讽而追求自己的真爱时,那个被安娜爱着的渥伦斯基却退缩了,他抛弃了安娜,而安娜最终的抉择,既有着失落与绝望,也有着不向自己所憎恶的人生屈从的决绝。安娜有不同于他人的自我意识的觉醒,对个性解放、生命意义、爱情自由有着强烈的渴求,从这一层面上可以说,安娜是一个具有资产阶级个性解放思想的贵族妇女。总的来说,《安娜·卡列尼娜》可谓是俄国文学中的瑰宝。

经典评论

托尔斯泰是"俄国革命的镜子";是具有"最清醒的现实主义"的"天才艺术家"。

——[苏联]列宁

不认识托尔斯泰者,不可能认识俄罗斯。

——[苏联]高尔基

这是一部尽善尽美的艺术杰作,现代欧洲文学中没有一部同类的东西可以和它相比!

——[俄]陀思妥耶夫斯基

延伸阅读

1. 列夫·托尔斯泰:《复活》,草婴译,上海译文出版社 1983 年版。
2. 列夫·托尔斯泰:《战争与和平》,刘辽逸译,人民文学出版社 2015 年版。

推荐版本

1. 列夫·托尔斯泰:《安娜·卡列尼娜》,草婴译,上海译文出版社 1981 年版。
2. 列夫·托尔斯泰:《安娜·卡列尼娜》,周扬、谢素台译,人民文学出版社 1989 年版。
3. 列夫·托尔斯泰:《安娜·卡列尼娜》,克冰译,文化艺术出版社 2002 年版。
4. 列夫·托尔斯泰:《安娜·卡列尼娜》,高惠群、石国生译,上海译文出版社 2006 年版。

（郭剑敏）

飘

玛格丽特·米切尔

作者简介

玛格丽特·米切尔（Margaret Mitchell，1900—1949），美国现代著名女作家。1900年11月8日出生于美国佐治亚州亚特兰大市的一个律师家庭。曾就读于华盛顿神学院、马萨诸塞州的史密斯学院。1922—1926年任地方报纸《亚特兰大日报》的记者。1925年与佐治亚热力公司的广告部主任约翰·马施结婚。她于1926年开始创作《飘》，10年之后，作品才问世。随后，小说获得了1937年普利策奖和美国出版商协会奖。她一生中只发表了《飘》这部长篇巨著。1949年，她在车祸中罹难，死后葬于亚特兰大市的奥克兰公墓，享年49岁。她短暂的一生并未留下太多的作品，但只一部《飘》足以奠定她在世界文学史中不可动摇的地位。

名著背景

玛格丽特·米切尔生于佐治亚州的亚特兰大市，父亲是律师，曾担任亚特兰大市历史学会的主席。三四岁时，她就喜欢听关于亚特兰大历史的故事。她的外祖母时常坐在房前的门廊上，给小玛格丽特讲述南北战争的故事，特别是1864年11月15日燃烧在亚特兰大的那场大火，"大片大片的火焰吞没了整个城市，你无论朝哪儿看，都有一片奇怪而难以形容的亮光映彻天际"。亚特兰大的战争让小玛格丽特神往。菲茨塔拉德庄园是玛格丽特童年的乐园。她在那里听到的家庭的历史、战争的故事和母亲的童年,都让玛格丽特神往。她想象着过去这里的豪华舞会和烤肉野餐,这让她感到从未有过的满足。事实上,母亲态度的强硬,让她怀疑自己,她乐于幻想生活在过去,编写一些小故事,讲述她作为主人翁在战争中的经历。这些都为她创作《飘》带来了素材和灵感。

第一次世界大战的风波第一次让玛格丽特体验到了战争的真实与残酷。1918年玛格丽特18岁时结识了一名青年军官——克利福特·亨利少尉,并很快陷入了情网。但战争夺去了这个年轻人的生命,也给玛格丽特带来了毕生的痛苦。母亲梅贝莉的去世,让玛格丽特成为她父亲和长兄生命中唯一的女人。玛格丽特后来与狂放不羁的厄普肖结婚,但这段婚姻不久便以失败告终。1924年,玛格丽特成为一名知名记者,她与亚特兰大热力公司广告部的经理约翰·马什结合,在马什的支持下,玛格丽特创作出了不朽的著作《飘》。1936年2月,《飘》正式出版。1939年由《飘》改编的电影《乱世佳人》问世。该篇由维克多·弗莱明导演,主演是克拉克·盖博和费雯·丽。该片获得第十二届奥斯卡金像奖最佳影片、最佳导演、最佳女主角等八项大奖。1977年该片被美国电影学会评选为"美国十大佳片"之一。

经典观点

小说《飘》堪称美国文学的畅销神话,更因改编为电影《乱世佳人》而风靡全球。其凄婉动人的爱情传奇,被誉为"人类爱情的绝唱"。小说以美国南北战争为背景,通过一幕幕气势恢宏的战争场面以及细腻逼真的人物形象,演绎了一个感人至深的爱情故事。小说凄婉动人,荡气回肠,玛格丽特·米切尔用诗一般的语言将气势磅礴的南北战争和一段凄婉动人的情感展现在读者的眼前。波澜起伏的情节、栩栩如生的人物、单纯而又复杂的内心描写,让《飘》成为20世纪文坛上一颗璀璨夺目的明珠。

阅读导引

《飘》是一部以美国南北战争为历史背景,以南方的社会生活为生活环境的全景社会小说。小说全面展现美国南方社会风貌以及各色人物在巨大的社会变革中的命运变迁,通过展现不同人物在混乱复杂的社会环境中的命运变化,揭示了不同的性格所必然走向的不同的命运。作者运用女性特有的观察视角,细致而又深刻地描写了以思嘉为中心人物,以瑞德、媚兰和卫希礼为主要性格人物的社会活动,展现了纷繁复杂的社会画面,以及他们各自不同的命运走向。

《飘》全文的线索是围绕女主角思嘉的一生展开的。从她的少女时代—初为人妇—丧夫—再婚,原本天真幼稚的女主角思嘉在不断地成长、成熟。因此,在作者笔下的众多人物里,女主角思嘉的艺术形象无疑是塑造得最圆满、最真实、最成功的。主人公思嘉是一个十分复杂的南方女性形象,也是性格组合的最具代表性的人物。她是一个南方庄园主的女儿,美丽活泼、天真烂漫且无忧无虑,由于父亲的溺爱,在众多的姐妹之中,思嘉养成了高傲、叛逆、倔强和贪图虚荣的性格。她爱上了卫希礼,却遭到拒绝。战争来临,面对着卫希礼和媚兰的婚姻,她赌气嫁给了她并不爱的男人。丈夫在战争中不幸死去,但她没有丝毫的伤心,反之认为丧服根本不是她应该穿的。战火烧遍了亚特兰大时,媚兰却面临分娩。思嘉勇敢地接受任务,在瑞德的帮助下,她勇敢、果断地帮媚兰接生,虽然从未做过,但临危时的沉着冷静,充分体现了这个女人果敢的一面。

经历了战争,经历了自主创业与奋斗,思嘉已经成长为一个性格多面且成熟的女人。她嫁给了瑞德,虽然心里还是想着卫希礼,但是没有意识到,她已经爱上了瑞德。直到媚兰死去之时,她才深刻感受到瑞德对于她生命的重要,而此时,瑞德已经不再爱她了。主人公思嘉身上表现出来的叛逆性和艰苦创业、自强不息的精神,显示了女主人公自我意识的觉醒、增强和对自主权的追求。在战前、战时和战后,思嘉女性意识的体现都充分揭示了其不屈不挠、勇敢坚强、不轻易认输的性格。思嘉的多种性格组合注定了她最后的悲剧结局。对于爱情的浪漫追求,对于生活的利己、享乐追求,导致了她对爱情和物质财富追求的双重失败。思嘉先后嫁过三个丈夫,生过三个孩子,为了自己的爱情,为了生存,她可以用尽一切可能的手段。在生活中,思嘉总是带着饱满的精神、不认输的毅力去奋斗,去争取,最终成长为一位既能吃苦又懂享受、既现实又浪漫、既纯真又精明的"乱世佳人"。思嘉的身上有一种不认输的韧性,有一种特立独行的个性。在她的人生道路上,面对困难和挫折时,她敢于直面迎接;当她面对责任时,她选择主动担当;即使在身陷无助的绝望的时刻,她也会告诉自己:明天是新的一天(Tomorrow is another day)。思嘉身上那种永远充满希望,充满斗志,永远不会放弃,永远不会绝望的性格,也是这一形象尤为动人的所在。

经典评论

在美国小说家的第一本小说中,本书无疑是相当出色的一本,也是最好的小说之一。《飘》绝对不是伟大的小说,不过,美国读者已经好久没有尝到叙事精彩的丰盛飨宴了。

——《纽约时报》

横看全书,是一部老南方种植园文明的没落史,一代人的成长史和奋斗史;而综观全书,则似一部令人悲怆的心理剧,以戏剧的力量揭示出女主人公在与内心的冲突中走向成熟的过程。所以看《飘》,就犹如走进原始森林,越深越美。

——杨绛

延伸阅读

1. 海明威:《老人与海》,李育超译,人民文学出版社 2012 年版。
2. J. D. 塞林格:《麦田里的守望者》,施咸荣译,译林出版社 2010 年版。
3. 菲兹杰拉德:《了不起的盖茨比》,李继宏译,天津人民出版社 2013 年版。
4. 德莱塞:《美国的悲剧》,黄禄善译,北京燕山出版社 2010 年版。
5. 约瑟夫·海勒:《第二十二条军规》,扬恝等译,译林出版社 2006 年版。

推荐版本

1. 玛格丽特·米切尔:《飘》,傅东华译,浙江人民出版社 1979 年版。
2. 玛格丽特·米切尔:《飘》,戴侃等译,外国文学出版社 1990 年版。
3. 玛格丽特·米切尔:《飘》,李美华译,译林出版社 2000 年版。

（郭剑敏）

悲惨世界

维克多·雨果

作者简介

维克多·雨果(Victor Hugo,1802—1885),法国杰出的文学家,19世纪浪漫主义文学的重要代表,有"法兰西的莎士比亚"之称。

1802年2月26日,维克多·雨果出生于法国贝桑松(Besançon),他的父亲是拿破仑军队的一个军官,母亲是一个保王党。雨果12岁开始诗歌写作,15岁时在法兰西学士院举办的诗歌比赛中获一等奖。1822年他发表第一本诗集《颂歌集》,获得路易十八的年金赏赐。1827年,雨果的剧本《克伦威尔》上演,虽然演出时反响平平,但是他为此剧写了长篇序言。在序言中雨果鲜明表达了反对古典主义的艺术观点,提出了浪漫主义的文学主张。他坚决反对戏剧公式化的创作方法,提出了美丑对照原则:"丑就在美的旁边,畸形靠近着优美,丑怪藏在崇高的背后,恶与善并存,黑暗与光明相共。"这篇序言成为19世纪浪漫主义运动的重要宣言,在世界文学批评史上占有重要地位。

1831年,雨果发表了长篇小说《巴黎圣母院》。这部作品情节曲折离奇,人物性格独特、夸张,美丑对比强烈鲜明,富有戏剧性和传奇色彩,充分体现了浪漫主义小说的特色。

在政治上,雨果少年时受母亲影响,具有保王党的倾向。但是到了青年时代,他思想日渐成熟,逐步转向共和主义。1830年法国七月革命爆发,推翻了封建贵族的统治,雨果热情赞扬这场革命。1851年路易·波拿巴发动政变,恢复了帝制,雨果被迫流亡英国。

　　此后,在长达 19 年的流亡生活中,雨果更加清醒地面对现实,坚定信念。他从未停止过文学创作,《悲惨世界》(1862)、《海上劳工》(1866)、《笑面人》(1869)都是在他流亡期间完成的。这些作品真实再现了下层劳动人民的苦难生活,揭露贵族和教会的黑暗统治,赞扬人民群众的反抗精神,充满爱国主义的激情。小说一经问世,就引起人们的关注。

　　1870 年 3 月拿破仑三世垮台,雨果终于重回故里,受到巴黎人民的热烈欢迎。1873 年,雨果发表《九三年》,这是他最后一部小说作品。1885 年 5 月 22 日,雨果在巴黎去世,法国人民为他举行了国葬,遗体葬入法国的先贤祠。

名著背景

　　雨果一生笔耕不辍,在 60 多年的写作生涯中,留下诗歌、小说、戏剧、理论著作合计 79 卷。《巴黎圣母院》和《悲剧世界》是他最为知名的作品。

　　《悲惨世界》从酝酿到成书,长达三十余年。小说取材源于真实报道:一个名叫彼埃尔·莫的穷苦农民,因饥饿偷了一块面包而判五年苦役,刑满释放后,持黄色身份证讨生活又处处碰壁。雨果看到这则报道后,内心颇有感触。1828 年,雨果收集了一些关于米奥利斯主教的情况和资料,打算写一个被释放了的苦役犯人因受到主教感化,最终弃恶从善的故事。在 1829 年到 1830 年间,他还对玻璃制造业有所了解,所以《悲惨世界》中有冉·阿让到海滨城市蒙特伊,化名马德兰,开办工厂并发迹的情节。此外,他还参观了布雷斯特和土伦的苦役犯监狱,在街头目睹了下层女性受辱的场面。

　　1845 年 11 月,雨果一面继续增加材料,丰富内容,一面开始写作名为《苦难》的小说。他很快完成了第一部,但是由于政治原因,在 1848 年 2 月 21 日之后他停止了创作,这一搁置又是 12 年。1860 年雨果流亡在英国盖纳西岛,他重新审视《苦难》手稿,又做了重大修改和调整,增添了许多新内容,最终完成此书,出版时定名为《悲惨世界》(1862)。

经典观点

　　只要因法律和习俗所造成的社会压迫还存在一天,在文明鼎盛时期人为地把人间变成地狱并使人类与生俱来的幸运遭受不可避免的灾祸;只要本世纪的三个问题——贫穷使男子潦倒,饥饿使妇女堕落,黑暗使儿童羸弱——还得不到解决;只要在某些地区还可能发生社会的毒害,换句话说,同时也是从更广的意义来说,只要这世界上还有愚昧和困苦,那么,和本书同一性质的作品都不会是无益的。

　　释放无限光明的是人心,制造无边黑暗的也是人心,光明和黑暗交织着,厮杀着,这就是我们为之眷恋而又万般无奈的人世间。

不犯错误,那是天使的梦想。尽量少犯错误,这是人的准则。错误就像地心具有吸引力,尘世的一切都免不了犯错误。

做一个圣人,那是特殊情形;做一个正直的人,那却是为人的正轨。你们尽管在歧路徘徊,失足,犯错误,但总应当做个正直的人。

世界上最宽阔的东西是海洋,比海洋更宽阔的是天空,比天空更宽阔的是人的胸怀。

王权是一种伪造的权力,只有知识才是真正的权力。人类只应受知识的统治。

爱情的本质就是乱撞。爱神不需要像一个膝盖上擦起疙瘩的英国女仆那样死死蹲在一个地方。那位温柔的爱神生来并不是这样的,它嘻嘻哈哈四处乱撞,别人说过,撞错总也还是人情;我说,撞错总也还是爱情。

世界上没有坏草,也没有坏人,只有坏的庄稼人。

阅读导引

《悲惨世界》是一部现实主义的作品,整篇小说围绕着贫穷使男子潦倒、饥饿使妇女堕落以及黑暗使儿童羸弱这三个问题展开。

因为实在找不到工作,姐姐以及几个外甥都在等着冉·阿让养活,于是他在街角偷了一块面包,最终付出 19 年的自由。冉·阿让就是"贫困使男子潦倒"的典型。出狱后因为带着黄色的身份证,所以他终身被认定是危险的坏人。后来他改姓更名,成为一个企业家和市长,但仍然摆脱不了沙威这样的警察的追查,多次置身于危险境地。尽管他力大无比,意志坚强,却一生沉浮挣扎,直到死前才获得安宁。

芳汀的遭遇再现了"饥饿使妇女堕落"的现实。芳汀本是一个单纯善良的女孩,因为受到男人的诱骗,未婚而生下女儿。她将女儿寄养在别人家,自己到工厂做工,所有的收入抵不过寄养家庭的索取。而当她被人发现有一个私生女时,更是遭人唾弃,失去了工作,最后只好卖了头发、牙齿、身体,被榨干一切后死去。芳汀是腐朽的制度和社会偏见的受害者,她的境遇是那个时代千万下层贫苦女性的缩影。

珂赛特的童年体现了"黑暗使儿童羸弱"。没有法律与制度的保障,仁慈之于道德如同空中楼阁。失去父母的庇护,在金钱主宰的世道中,像小珂赛特这样的幼童,成了良心丧尽的人手中敲诈她妈妈的人质,她过着奴隶一样的生活,自身也是被榨取的对象。如果不是冉·阿让出手搭救,小珂赛特的命运结局不知会怎样悲惨。小珂赛特和安徒生的"卖火柴的小女孩"、契诃夫笔下的凡卡一样,他们都是被社会的黑暗所吞噬的弱小者。

《悲惨世界》真实再现了城市街道上流离失所的劳动人民,监狱暗无天日的生活场景和人民愤而起义的街战场面,表达了对下层人民的深切同情,对黑暗制度和残暴统治的斥责。雨果在作品中探讨造成剥削与压迫根源,寻找消除贫困与不公的方法,大力宣扬博爱、仁慈与宽恕的资产阶级人道主义。冉·阿让本身是那个制度下被损害与被侮辱的对象,但是他在主教大人的感化下,洗心革面,以最大的利他主义精神,去做一个全新的人。他开办工厂,帮助穷人解决温饱;他不忍别人受冤枉替自己受刑而去自首;他逃出监狱,花费重金赎出了小珂赛特,并照顾她长大成人。更难得的是他在紧要关头,救了对他一直穷究不放的警察沙威一命。冉·阿让的形象使得资产阶级的人道主义精神得到了升华。

经典评论

《悲惨世界》的卷首上印着一句话:"只要这土地上有着无知和悲惨,像本书一样性质的书就不无裨益。"雨果的文学热情,与那些隐匿于自己个人的生活世界中,玩弄着近乎独语的、令人费解的语言文字的所谓现代作家的"高雅矜贵"的气派决然无缘。20世纪被唤作"战争的世纪",持续不断的悲惨与杀戮,不正是因为失去了照亮全人类的"人性之光"吗?在这个意义上,我相信雨果是值得一读再读、长读不衰的作家。

——[日]池田

我当时所读到的《悲惨世界》虽只是片段,但震撼力强劲无比,以文学价值而言,远远在大仲马、梅里美等人之上。文学风格与价值的高下,即使对于当时我这个没有多大见识的少年人,其间的对比也是十分明显的。

——金庸

延伸阅读

1.观看由名著《悲惨世界》改编而成的电影:

(1)1958年,让-保罗·李塞诺执导的电影《悲惨世界》。

(2)2012年由汤姆·霍伯执导的歌剧电影《悲惨世界》,休·杰克曼、安妮·海瑟薇、罗素·克劳参演。

2.关注雨果的作品《巴黎圣母院》。

推荐版本

1.维克多·雨果:《悲惨世界》,李丹、方于译,人民文学出版社1958、1959、1980、1984年版。

2.维克多·雨果:《悲惨世界》,郑克鲁译,上海译文出版社2010年版。

(李艳梅)

永别了,武器

欧内斯特·米勒尔·海明威

作者简介

欧内斯特·米勒尔·海明威(Ernest Miller Hemingway,1899—1961)20世纪最著名的小说家之一。

1899年7月21日海明威出生于美国伊利诺伊州芝加哥市郊区的橡胶园镇,父亲是个医生,酷爱打猎、钓鱼、拳击、踢球,经常带着海明威一同外出行医和游玩,海明威成年后也保留了这些爱好。母亲喜爱艺术,经常带孩子去看画展,这对海明威日后的创作产生很大影响。

在海明威的一生中,战争对他产生了巨大影响。1917年海明威高中毕业前夕,第一次世界大战爆发了。他报名参军,但是因为眼疾没有如愿。高中一毕业他就去工作,成了《堪那斯城市星报》的一名记者,接受了半年的严格的职业训练,为他一生简洁、洗练的写作风格打下基础。1918年他作为一名红十字会救伤队担任救护车的司机到意大利参战,受了重伤,也因此获得了许多奖章。1919年他迁居多伦多,后来在《多伦多明星报》担任记者,并被派驻巴黎。在巴黎海明威结识了斯泰恩、庞德、乔伊斯等作家,在他们的鼓励下开始走上文学创作之路。从1923年开始,海明威作为记者、战士、作家的生活状态交织在一起,记者是他的职业,有时作为战地记者参与战争,而战争的经历又为他的写作积累很多素材。

1937年,西班牙内战爆发,海明威作为战场记者参与了这场战争。二战爆发后,海明威又积极投入到反法西斯的斗争中。

海明威一生充满传奇色彩,除了多次参战,婚姻经历也很丰富。1954年他获得了诺贝尔文学奖。晚年的海明威病魔缠身,精神抑郁。1961年7月2日海明威用猎枪结束了自己的生命。

名著背景

海明威的文学成就主要分两类,一类是战争题材的作品,一类是塑造硬汉形象的小说。

1926年海明威发表第一部重要小说《太阳照样升起》,以第一次世界大战为背景,反思了战争对人类精神的摧残,被称为"迷惘的一代"的代表作品。后来发表的小说《永别了,武器》(1929)、《丧钟为谁而鸣》(1939),产生了很大的社会影响,也是以战争为题材,揭示战争夺走人的健康、生命、爱情、幸福,表达了厌战、失望的情绪。

海明威另一类有影响力的小说是硬汉形象的小说。1927年,他发表了短篇小说集《没有女人的男人》,塑造了一系列的"硬汉性格"。在他之后的文学作品中,有着惊人的毅力和旺盛的精力,永不言败的"硬汉",出现在他不同的作品中,特别是1952年发表的《老人与海》,震惊文坛,两年后他获得了诺贝尔文学奖。

《永别了,武器》初稿写于1922年,据说手稿在巴黎不幸被小偷扒走,海明威只好重新写,最后于1929年出版。小说中,战争的场面是他亲身经历过的;在瑞士乡居世外桃源般美好的生活场面,是他第一次婚后的生活体会;而女主角凯瑟琳的难产,这是他第二个妻子难产的切身经历。对战争的厌恶、反感、困惑、怀疑,这一切都是海明威反思后的表达。

经典观点

相爱的人不该争吵,因为他们只有两个,与他们作对的是整个世界。他们一发生隔膜,世界就会将其征服。

在战争中我观察了好久,并没有看到所谓神圣,光荣的事物。所谓牺牲,那就像芝加哥的屠宰场。只不过这里屠宰好的肉不是装进罐头,而是就地掩埋。

世界杀害最善良的人,最温和的人,最勇敢的人,不偏不倚,一律看待。

爱情是一场游戏,就像打桥牌一样。不过这不是玩牌,而是叫牌。就像桥牌一样,你得假装你是在赌钱,或是为了什么别的东西而打赌。没有人提起下的赌注是什么。

夜间醉倒在床上,体会到人生不过一醉,醒来时有一种奇异的兴奋,不晓得究竟是跟谁在睡觉。在黑暗中,世界显得那么不实在,而且那么令人兴奋,所以你不得不又装得假痴假呆,认为这就是一切。

阅读导引

自古希腊起,欧洲文明延绵不断。从原始蒙昧到高扬理性,从等级划分到天赋人权、人人平等,几千年来变革更新,追寻制度的完善与人性的升华。但是经过长期努力构建的文明大厦,到了 20 世纪初被两次世界大战所摧毁。人们亲历了战争的残酷,战前的种种宣扬包括崇高的爱国主义、伟大的国际主义等,都随战事消散,人类的正义、尊严无处安放,怀疑、不安、绝望、恐惧,对未来失去信心,"迷惘的一代"是战后很多年轻人精神状态的准确总结。

《永别了,武器》是一部带有自传色彩的长篇小说。故事发生在第一次世界大战爆发期间。青年战士弗雷德里克·亨利志愿来到意大利北部地区,担任这里的救护车驾驶员,把伤病员送往战地医院。在意大利因为工作的关系他结识凯瑟琳·巴克莱。后来亨利在前线执行任务时被炮弹炸伤,被送往后方的医院,恰好凯瑟琳在医院中,亨利得到凯瑟琳无微不至的关心和救治。在亨利养伤期间二人坠入爱河,度过了难得的安宁与美好的时光。

亨利身体康复后又返回了战场,离开了已经怀孕的凯瑟琳。此时意大利已经无法抵挡德国进攻,气势大跌,人心思退。意大利宪兵对擅自离岗的军人以逃兵对待,逮捕枪毙,亨利也被抓了起来。

亨利找到机会跳水逃跑。他不顾一切去寻找凯瑟琳。历经一番磨难,二人终于再次相聚。亨利与凯瑟琳无心再参与战争,他们一同逃往中立国瑞士,度过一段平安的时光。但是凯瑟琳在生产时出现意外,因难产而死。留下亨利一个人茫然游荡。

在小说中,战争夺走了人们的性命和信仰,把鲜活的生命变成腐尸或行尸走肉。作品深刻表达了作者反对战争的观点。

经典评论

1929 年 9 月 27 日,《永别了,武器》出版,标志着海明威作为 20 世纪少有的伟大悲剧小说作家开始了更为漫长的创作生涯。

——[美]卡洛斯·贝克

几乎没有哪个美国人比欧内斯特·海明威对美国人民的感情和态度产生过更大的影响。

——[美]约翰·肯尼迪

他坚韧,不吝惜人生,他坚韧,不吝惜自己。……值得我们庆幸的是,他给了自己足够的时间显示了他的伟大。他的风格主宰了我们讲述长长短短的故事的方法。海明威本人及其笔下的人物影响了整整一代甚至几代美国人,人们争相仿效他和他作品中的人物,他就是美国精神的化身。

——《纽约时报》

　　海明威有着一种强烈的愿望,他试图把自己对事物的看法强加于我们,以便塑造出一种硬汉的形象……当他在梦幻中向往胜利时,那就必定会出现完全的胜利、伟大的战斗和圆满的结局。

——[美]索尔·贝娄

延伸阅读

1. 海明威:《老人与海》,李育超译,人民文学出版社 2013 年版。
2. 观看电影《老人与海》,由约翰·休斯顿执导,1957 年上映。

推荐版本

1. 海明威:《永别了,武器》,永宽译,浙江文艺出版社 1991 年版。
2. 海明威:《永别了,武器》,林疑今译,上海译文出版社 1995 年版。
3. 海明威:《永别了,武器》,陈燕敏译,黄山书社 2012 年版。
4. 海明威:《永别了,武器》,于晓红译,人民文学出版社 2013 年版。

(李艳梅)

雪国

川端康成

作者简介

川端康成(1899—1972),生于大阪市三岛郡丰川村,他是个早产儿,一直体弱多病。父亲是个开业医生,家中还有一个姐姐。川端康成两三岁时,父母先后去世,川端康成只好跟着祖父祖母生活。到了他 7 岁时,祖母病故;10 岁时姐姐死了;刚满 14 周岁,祖父也去世了。川端康成失去了所有的骨肉至亲,成了一个孤儿。从此他到学校住宿,学校放假时他就在亲戚家寄居。亲人的逝去之痛和孤独伴随川端康成一生,为他后来的文学创作定下了悲凉的基调。

川端康成自幼酷爱读书,尤其喜爱文学作品。在他上初中时就已经开始尝试写作。1917 年他考入东京第一高中英文科。在高中生活中,他阅读了大量的俄罗斯文学作品,特别喜欢作家陀思妥耶夫斯基的小说。1920 年川端康成进入东京大学文学院,先是学习英文,后又转入国文科。他痴迷文学,与校友编辑出版《新思潮》杂志,并在这个杂志上发表自己的一些短篇作品和文学批评的文章,渐渐引起了文坛的关注。1923 年《文章俱乐部》把他列为"新晋作家"的第一名。1924 年他的名字出现在《文艺年鉴》上,这标志着他正式登上了日本文坛。

1924 年川端康成大学毕业后,与当时日本一批思想激进的文艺青年发起了一场名为"新感觉派"的文学运动,宣扬学习西方的文学创作方法,改造日本的旧文学。1926 年川端康成发表小说《伊豆的舞女》,获得巨大成功。

20 世纪 20—30 年代日本军国主义在亚洲发起战争,川端康成的创作进入沉寂期。战后他对这场战争进行反思,并重新审视日本的民族历史与文化。他把西方文学的精神、技巧与日本传统结合在一起,创作了《千只鹤》(1945—1951)、《名人》(1951—1954)、《睡美人》(1960—1961)、《古都》(1961—9162)等重要作品,形成了特有的川端康成文学之美。

1968 年川端康成获得了诺贝尔文学奖。但是获奖 3 年后,即 1972 年的 4 月

16 日川端康成自杀身亡。

名著背景

　　《雪国》是川端康成的代表作品,充分体现了其独特的艺术风格。这部作品前后创作了 14 年。在 1935 年 1 月至 1937 年 5 月,川端康成陆续发表了《暮景的镜》《白昼的镜》《故事》《徒劳》《芭茅草》《火枕》《拍球歌》等短篇小说。本来这些小说是独立成篇的,但是在发表到第四篇时,川端康成有了一个整体构思。他把各个小说有机地组合在一起,于 1937 年汇集成单本出版,题名《雪国》,这些短篇的名字,变成了每个章节的名称。后来他又补写了《雪中火场》和《银河》两章并单独发表。经过川端康成的多次修改,1948 年创元社把所有篇章汇集在一起,出版了一个完整的版本,并取消了各章的名字。就是我们现在看到的《雪国》。

经典观点

　　黄昏的景物在镜后移动着。也就是说,镜面映现出的虚像与镜后的实物在晃动,好像电影里的叠影一样。出场人物和背景没有任何联系。而且人物是一种透明的幻象,景物则是在夜霭中的朦胧暗流,两者消融在一起,描绘出一个超脱人世的象征世界。特别是当山野里的灯火映照在姑娘的脸上时,那种无法形容的美,使岛村的心都几乎为之颤动。

　　这是一幅严寒的夜景,仿佛可以听到整个冰封雪冻的地壳深处响起冰裂声。没有月亮。抬头仰望,满天星斗,多得令人难以置信。星辰闪闪竞耀,好像以虚幻的速度慢慢坠落下来似的。繁星移近眼前,把夜空越推越远,夜色也越来越深沉了。县界的山峦已经层次不清,显得更加黑苍苍的,沉重地垂在星空的边际。这是一片清寒、静谧的和谐气氛。

　　生存本身就是一种徒劳。

　　在遥远的山巅上空,还淡淡地残留着晚霞的余晖。透过车窗玻璃看见的景物轮廓,退到远方,却没有消逝,但已经黯然失色了。尽管火车继续往前奔驰,在他看来,山野那平凡的姿态越是显得更加平凡了。由于什么东西都不十分惹他注目,他内心反而好像隐隐地存在着一股巨大的感情激流。这自然是由于镜中浮现出姑娘的脸的缘故。

　　贫寒之中自有一种强劲的生命力。

　　月儿皎洁得如同一把放在晶莹冰块上的刀。

　　但是,看上去她那种对城市事物的憧憬,现在已隐藏在淳朴的绝望之中,变成一种天真的梦想。他强烈地感到:她这种情感与其说带有城市败北者的那种傲慢的不满,不如说是一种单纯的徒劳。她自己没有显露出寂寞的样子,然而在岛村的眼里,却成了难以想象的哀愁。如果一味沉溺在这种思绪里,连岛村自己恐怕也要陷入缥缈的感伤之中,以为生存本身就是一种徒劳。但是,山中的冷空气,把眼前这个女子脸上的红晕浸染得更加艳丽了。

茫茫的银河悬在眼前,仿佛要以它那赤裸裸的身体拥抱夜色苍茫的大地,真是美得令人惊叹不已。

阅读导引

《雪国》中男主人公岛村表面是个研究舞蹈的艺术评论家,实际上是吃祖产、无所事事的家伙。他从东京到雪国的温泉旅游,与当地舞蹈师傅的女弟子驹子相识,并与之发生了关系。但是他并不接受驹子的真情,认为那是"一种徒劳"。第二年岛村又去雪国,火车上结识一位叶子姑娘,她正在照顾一个有病的男人,岛村发现这个病人是驹子的未婚夫,而驹子为了给他治病,已经做了艺伎。当岛村第三次来到雪国时,他一面与驹子保持着关系,一面对叶子暗生情愫。当驹子与岛村二人准备正式分手时,叶子却意外身亡,岛村只好怅然离开。

小说中的驹子是生活在社会底层的一名女性,她与未婚夫并没有什么感情,但是却为给他治病而坠入风尘,做了艺伎。为生活所迫她在纸醉金迷的污浊环境中挣扎,时而妩媚粗俗,时而纯真倔强。她渴望真挚的情感和正常人的生活。虽然岛村也是她的顾客,但是她感到岛村没有像其他客人那样轻视她,她对岛村付出了真情,向往能过上一种正经而朴素的生活。岛村虽然同情驹子,也对她有过迷恋,付出过情感,但是他追求的是抽象的虚无的美好,在现实中他除了钱什么也给不了驹子。

叶子在小说中笔墨不多,但是她是一个理想化的人物,是作家幻想在世俗的污浊中保持一尘不染的纯洁、善良的女性。她与驹子一样处于社会底层,但能够坚守底线,从不赴宴陪客。她真心地同情和帮助驹子。这样的女子在现实生活如何生存下去?或者说为了生存她早晚会变成另一个驹子,所以作家给叶子安排了突然意外死亡的结局,她的纯洁在死亡中永远不变了。

爱情与死亡,是文学常表达的主题,也是川端康成作品中的主要内容。在《雪国》中爱情、死亡与美是一体的。川端康成把外部环境与作品主题统一在一起,雪国一望无垠、晶莹剔透,同时这美景也是转瞬消融逝去,如同人生的无常与美的幻灭。驹子与叶子两位女性形象代表了世俗与理想、肉欲与灵魂的爱情。世俗的、欲望的爱情给人带来快感,却填补不了灵魂的空虚;理想的、灵魂的爱情美好但无法把握,且转瞬即逝。小说表达了作家的悲观和虚无主义精神,在洗练的笔调中传达出淡淡的哀愁,体现了作家"余情美"和"物哀"的美学思想。

经典评论

　　川端可以称得上是日本文坛的"沉默大王"，如果日本文坛也设立一个类似直木、芥川文学奖之类的奖项，选拔最沉默的人，据说冠军非川端莫属。也许是早年生活遭逢不幸的投影，川端个性极端、内向寡言，全副身心和寄托只在文学上。

——杨朔

　　当然川端小说不是唯一，他代表了一种氛围，这种氛围就是一种新感觉，他捕捉人特别奇特的一瞬间，因为在日本的小说里瞬间是大于时间的，你看他描写的时候很多的铺垫是为了某一句话的描写，这个对中国的作家来说起很大的借鉴作用。

——毛丹青

延伸阅读

　　1.观看电影《雪国》：
　　(1)1957年由丰田四郎导演的，川端康成与八住利雄共同担任编剧，池部良、岸惠子、八千草薰等人参演。
　　(2)1965年由大庭秀雄执导，岩下志麻、木村功出演。
　　2.阅读《伊豆的舞女》或者观看电影《伊豆的舞女》，1974年由西河克己执导，山口百惠、三浦友和等参演。

推荐版本

　　1.川端康成：《雪国》，叶渭渠译，山东人民出版社1981年版。
　　2.川端康成：《雪国》，高慧勤译，人民文学出版社2008年版。
　　3.川端康成：《雪国》，林少华译，青岛出版社2011年版。

（李艳梅）

罪与罚

陀思妥耶夫斯基

📚 作者简介

19 世纪是俄罗斯文学的黄金时代,文坛上普希金、果戈理、列夫·托尔斯泰、屠格涅夫等群星璀璨。陀思妥耶夫斯基也是其中一颗明星,正如有人所说"托尔斯泰代表了俄罗斯文学的广度,陀思妥耶夫斯基则代表了俄罗斯文学的深度"。

费奥多尔·米哈伊洛维奇·陀思妥耶夫斯基(1821—1881)1821 年 11 月 11 日生于圣彼得堡一个医生家庭中。他自幼患有癫痫病,9 岁首次发病,之后间或发作伴其一生。青年陀思妥耶夫斯基考取了彼得堡军事工程学校,他不仅完成了数学等学业内容,还同时涉猎了莎士比亚、帕斯卡尔、雨果等人的文学作品,并对文学创作十分感兴趣。他早期创作了两部诗剧,但是都未获成功。1843 年从军事工程学校毕业,虽然此时他已受命成为一名中尉,但是他更愿意成为一名作家。于是,他于 1844 年退伍,正式开始了自己的写作生涯。

1845 年,陀思妥耶夫斯基写出他的处女作——书信体短篇小说《穷人》。1846 年 1 月《穷人》连载于期刊《彼得堡文集》上,广获好评。

1849 年至 1858 年这十年中,陀思妥耶夫斯基的境遇与思想都发生了巨大的变化。先是因牵涉反对沙皇的革命活动而被捕,并宣布于 1849 年 11 月 16 日执行死刑。但是在行刑之前的一刻被改判成了流放西伯利亚。在西伯利亚,他的身体每况愈下,癫痫症时常发作。1854 年他终于得到释放,但是要求必须在西伯利亚服役,直到 1858 年升为少尉后他才有自己的时间来思考与写作。这十年的经历让他开始反省自己,笃信宗教。

1860 年,陀思妥耶夫斯基返回圣彼得堡,次年发表了长篇《被侮辱与被损害的》。1864 年他的第一任妻子和兄长相继逝世,他濒临破产,整个人陷入消沉之中。

1866 年他的代表作《罪与罚》出版,为作者赢得了世界性的声誉。两年后,他完成了小说《白痴》。1872 年完成了《群魔》,1880 年他发表了《卡拉马佐夫兄弟》这部他后期最重要的作品。

1881 年陀思妥耶夫斯基准备写作《卡拉马佐夫兄弟》第二部。2 月 9 日这天,他在写作时笔筒掉到地上,滚到柜子底下,他在搬柜子过程中用力过大,结果导致血管破裂,当天去世,葬于圣彼得堡。

名著背景

《罪与罚》是陀思妥耶夫斯基多年酝酿的艺术结晶。1849 年被判处死刑以及被赦免后改判流放,作为一名罪犯在西伯利亚度过了四年,这段经历对陀思妥耶夫斯基产生了深远的影响。早在 1859 年,他在给兄长米哈伊的信中说到要写"一部关于一个罪犯的忏悔录"。1866 年他在一封信中再次提到要写这样一部小说,并向当时的《俄罗斯导报》出版者卡特科夫述说了这部小说的纲要。同年 8 月他回国开始了写作,三易其稿,到 1866 年底《罪与罚》终于完成了。《罪与罚》中的人生的痛苦历程、灵魂深处的挣扎与拷问以及最终皈依宗教的忏悔,都艺术地再现了陀思妥耶夫斯基本人的现实境遇与内心世界。

经典观点

世界上最难的是开诚相见,最容易的是阿谀奉承。开诚相见,只要有百分之一的虚假,那么马上就会出现不和谐,麻烦就会随之而来;阿谀奉承,哪怕从头至尾都是虚假,但令人感到高兴,听起来很舒服,哪怕觉得肉麻。

人穷,您还能保持与生俱来的高尚的情操,可是穷到一无所有,那就任何人在任何时候都办不到了。对于一个一贫如洗的人,甚至不是用棍子把他从人类社会中赶出去,而是应该用扫帚把他扫出去,从而使他斯文扫地,无地自容。

猎珍贵的野兽、开采金矿这都是冒险。但是他们倒有办法,找到了一个丰富的矿井!他们可以取之不尽!他们已经得到了好处!他们都习惯了。他们开头哭泣,后来就习惯了。人是卑鄙的东西,什么都会习惯的!

他们硬要一个人完全没有个性,认为这才够味!仿佛一个人越不是他自己,越不像他自己就越好!他们认为这才是最大的进步。

一切事情都有一个界限,越过了这个界限是危险的。因为,一旦越过了,那就休想退回。

阅读导引

穷困潦倒的法科大学生拉斯柯尔尼科夫住在彼得堡贫民区一家公寓的五层楼斗室里。实际上,他因为没交学费已经辍学,也没有钱交房租,刻薄的房东太太不仅停止供给他伙食,而且每日催租。拉斯柯尔尼科夫一气之下,杀死了房东太太。而这一幕恰好被房东太太的妹妹威里目睹,为了掩盖罪行,拉斯柯尔尼科夫把威里也一同杀死了,并拿走了房东太太的珠宝与钱财。

邻居马尔美拉陀夫是个小公务员,他因失业家中陷入困境,长女索尼娅无奈当了街头妓女。拉斯柯尔尼科夫一方面觉得自己要反抗不公的现实,不愿像马尔美拉陀夫那样任人宰割,另一方面因杀死无辜受牵连的人而深感内疚,面对警察的追查,他疲于应付,结果拉斯柯尔尼科夫的生活陷入恐惧、罪恶、纠结、煎熬之中。拉斯柯尔尼科夫在极其痛苦中找到索尼娅,向她诉说了一切。索尼娅虽然自己身心受损,但仍然劝拉斯柯尔尼科夫归案自首,以获得心灵的解脱。

后来拉斯柯尔尼科夫被判处 8 年苦役,流放西伯利亚。索尼娅也追随他来到了西伯利亚。在艰苦的环境中,在繁重的劳动中,他们虔诚地面向上帝,诚意忏悔,终于在精神上获得了新生。

乘人之危,克扣、剥削别人的财物,让人走投无路,逼良为娼,以暴治恶,违法杀死刻薄作恶的人,到底哪一种是罪过呢,抑或哪种罪过更大?想尽办法应付司法人员的调查,整日陷入自身罪恶感的折磨中;到警察局自首,被流放西伯利亚做苦役,到底哪个是惩罚,哪个是解脱呢?《罪与罚》对此进行了探讨。作品揭示了社会种种不公现象,但是又找不到解决的出路,只能在宗教忏悔中得到安慰。小说中对人物非正常状态下的内心世界的深入挖掘,有大段的心理描写与内心独白,体现出作品内倾性的特点,对 20 世纪的现代派小说产生了很大的影响。

经典评论

到后来,他(陀思妥耶夫斯基)竟作为罪孽深重的罪人,同时也是残酷的拷问官而出现了。他把小说中的男男女女,放在万难忍受的境遇里,来试炼它们,不但剥去了表面的洁白,拷问出藏在底下的罪恶,而且还要拷问出藏在那罪恶之下的真正的洁白来。

——鲁迅

关于陀思妥耶夫斯基,我随便翻开哪本传记或者回忆录,我很庆幸,至少从表面看,找不出半点很近切的与我自己的生活雷同的东西:这是一个怎样悲惨而又乏味的人生啊!但是精神、内心,陀思妥耶夫斯基是无人能替的内心生活,内在宇宙之王。

——[法]纪德

俄国小说里的真正主人公就是"灵魂"……。陀思妥耶夫斯基小说中的灵魂，却要宏大得多，深邃得多……。那里的灵魂是陌生的，甚至是有点可怕的。它既没有什么幽默感，更谈不上喜剧性了。

这里只有灵魂——受折磨的，不幸的灵魂。它们唯一愿意做的事就是自我表白和自我忏悔，就是从肉体和精神的溃烂处拈出灵魂中的罪恶之虫，并一条条地展示给我们看。

——[英]弗吉尼亚·伍尔芙

我们必须阅读陀思妥耶夫斯基，只是在我们遭受痛苦不幸，而我们承受痛苦的能力又趋于极限之时，只是在我们感到整个生活有如一个火烧火燎、疼痛难忍的伤口之时，只是在我们充满绝望、经历无可慰藉的死亡之时。当我们孤独苦闷，麻木不仁地面对生活时，当我们不再能理解生活那疯狂而美丽的残酷，并对生活一无所求时，我们就会敞开心扉去聆听这位惊世骇俗、才华横溢的诗人的音乐。这样，我们就不再是旁观者，不再是欣赏者和评判者，而是与陀思妥耶夫斯基作品中所有受苦受难者共命运的兄弟，我们承受他们的苦难，并与他们一道着魔般地、骎骎乎投身于生活的旋涡，投身于死亡的永恒碾盘。只有当我们体验到陀思妥耶夫斯基那令人恐惧的常常像地狱般的世界的奇妙意义，我们才能听到他的音乐和飘荡在音乐中的安慰和爱。

——[德]黑塞

延伸阅读

观看由朱利安·杰拉德执导的英国影片《罪与罚》，凯特·阿什菲尔德、Lara Belmont 参加演出。

推荐版本

1. 陀思妥耶夫斯基：《罪与罚》，朱海观、王汶译，人民文学出版社1982年版。
2. 陀思妥耶夫斯基：《罪与罚》，非琴译，译林出版社1993年版。
3. 陀思妥耶夫斯基：《罪与罚》，汝龙译，安徽文艺出版社1999年版。

（李艳梅）

哈姆雷特

威廉·莎士比亚

作者简介

每年的 4 月 23 日是联合国教科文组织确定的"世界读书日",这也是英国戏剧家莎士比亚去世的日子。另外,因为没有他出生日的准确记载,人们通过他的受洗日 4 月 25 日推断,莎士比亚的出生日也是 4 月 23 日。这也许仅仅是巧合,但是莎士比亚能够成为世界文豪并不是偶然。本·琼生说,"他不属于一个时代,而属于所有世纪",事实证明此言不虚。

莎士比亚一生创作了 37 部戏剧(另外还有两部戏剧据说也是莎士比亚所作),154 首商籁体诗(十四行诗),还有 2 首长诗。他的创作代表了欧洲文艺复兴时期的最高成就。仅从戏剧创作来看,莎剧无论是数量之多还是质量之高,至今无人可比。更为重要的是,尽管莎剧已成为世界文学的重要文化遗产,但它并没有被束之高阁,仅仅供文艺批评家来研究,相反,莎士比亚的各个剧本在不同时期的世界各地上演着。进入 20 世纪后,莎剧还通过电影、电视、网络等多种媒介广泛传播。

莎士比亚出生在英格兰南部艾汶河畔的斯特拉斯福特小镇。关于他的生平,人们知之甚少,除了出生和去世的年份,还有几个为数不多的记载是确凿可信的。一是在 1582 年,小镇的"三一教堂"的档案记录了 18 岁的莎士比亚结婚的事件。此后,直到 1592 年,莎士比亚的《亨利六世》(中部)在伦敦受到欢迎,这十年中,关于莎士比亚生活状况的记录几乎是一片空白。成名后的莎士比亚成为剧团的股东之一,在戏剧演出和剧本创作方面成绩卓然。他的创作持续到1613年,莎士比亚写了最后一部戏剧《亨利八世》上演,结果引发了大火,之后他就退休返乡,直至1616年去世。

名著背景

《哈姆雷特》是莎士比亚创作于1599年至1602年间的一部悲剧作品,取材于《丹麦史》,又名《王子复仇记》。《哈姆雷特》是莎士比亚所有戏剧中篇幅最长的一部,它与《麦克白》《李尔王》和《奥赛罗》一起并称为莎士比亚"四大悲剧"。这部作品是莎士比亚最负盛名的一部作品,也是英国皇家莎士比亚剧团(其前身是"莎士比亚纪念剧院")演出频度最高的剧目。它以深刻的悲剧意义、复杂矛盾的人物性格以及丰富完美的悲剧艺术手法,代表了欧洲文艺复兴时期文学的最高成就。

经典观点

人是一件多么了不起的杰作!多么高贵的理性!多么伟大的力量!多么优美的仪表!多么优雅的举动!在行为上多么像一个天使!在智慧上多么像一个天神!宇宙的精华!万物的灵长!

生存还是毁灭,这是一个值得考虑的问题;默然忍受命运暴虐的毒箭,或是挺身反抗人世的无涯的苦难,通过斗争把它们扫清,这两种行为,哪一种更高贵?死了;睡着了;什么都完了;要是在这一种睡眠之中,我们心头的创痛,以及其他无数血肉之躯所不能避免的打击,都可以从此消失,那正是我们求之不得的结局。死了;睡着了;睡着了也许还会做梦;嗯,阻碍就在这儿:因为当我们摆脱了这一具腐朽的皮囊以后,在那死的睡眠里,究竟将要做些什么梦,那不能不使我们踌躇顾虑。

这是一个颠倒混乱的时代,唉……倒霉的我却要负起重整乾坤的责任!

不要想到什么就说什么,凡事必须三思而行。对人要和气,可是不要过分狎昵。相知有素的朋友,应该用钢圈箍在你的灵魂上,可是不要对每一个泛泛的新知滥施你的交情。留心避免和人家吵;可是万一争端已起,就应该让对方知道你不是可以轻侮的。倾听每一个人的意见,可是只对极少数人发表你的意见;接受每一个人的批评,可是保留你自己的判断。尽你的财力购置贵重的衣服,可是不要标新立异,必须富丽而不浮艳,因为服装往往可以表现人格;法国的名流要人,就是在这点上显得最高尚,与众不同。不要向人告贷,也不要借钱给人;因为债款放了出去,往往不但丢了本钱,而且还失去了朋友;向人告贷的结果,容易养成因循懒惰的习惯。尤其要紧的,你必须对你自己忠实;正像有了白昼才有黑夜一样,对自己忠实,才不会对别人欺诈。(波洛涅斯语)

阅读导引

　　哈姆雷特在德国的威登堡大学留学,突然接到父亲暴病身亡的消息,忙赶回国内处理丧事。没想到王位已被他的叔叔克劳狄斯篡夺,而在父亲死后不到两个月,母亲又匆匆改嫁于他的叔叔,重新成为王后。这一连串的变故让本来一帆风顺、无忧无虑的王子一下子变得抑郁、无奈。一日,朋友霍拉旭来报,夜晚的天空出现了老王的鬼魂,哈姆雷特不顾一切去见了鬼魂,得知父亲被叔叔谋杀的真相,他发誓要为父报仇。后来,哈姆雷特利用"戏中戏"证实了父亲死亡的真相,但是也暴露了自己。由于一念之差他没有刺杀正在忏悔的克劳狄斯,反而在之后误杀了大臣波罗涅斯。经历了一番周折,波罗涅斯之子雷欧提斯从法国赶回为父报仇。他与哈姆雷特决斗,克劳狄斯趁机借刀杀人,在雷欧提斯的剑上抹了毒药,为确保万无一失,克劳狄斯还为哈姆雷特准备了毒酒。决斗中哈姆雷特与雷欧提斯先后中了毒剑,而王后喝了毒酒先发病身亡了。满腔激愤的哈姆雷特终于举剑刺向克劳狄斯,与之同归于尽。

　　《哈姆雷特》的主题是复仇,剧中有三位复仇者形象:哈姆雷特、雷欧提斯和福丁布拉斯,哈姆雷特与其他二人明显不同的是:在整个戏剧发展中,他并非像另外两位复仇者那样想方设法地去杀死仇人,而是一再思考,延误复仇的时机,最终搭上更多人的性命,自己也做了陪葬。哈姆雷特复仇的延宕是本剧最耐人寻味之处。

　　哈姆雷特在戏剧第一幕就得知了父亲死亡的真相,而他直到剧终才杀死克劳狄斯。在整部戏剧的五幕二十场中,哈姆雷特并非没有报仇的机会,例如他通过"戏中戏"验证了父亲的亡灵所言为实,而克劳狄斯也在惊恐后陷入深深的忏悔中。此时,恰好哈姆雷特从他身后经过,只要手起剑落,复仇便大功告成。但是哈姆雷特犹豫了,放弃了。此后克劳狄斯的步步紧逼,而哈姆雷特除了招架,没有什么明显的主动反击。这些该如何解释呢?

　　在剧中,莎士比亚为我们提供了一种说法,即宗教的原因。哈姆雷特放弃杀死克劳狄斯的绝好机会,是因为当一个人正在忏悔时杀了他,就直接把这个人送上了天堂,这不是报仇,简直是在报恩。所以哈姆雷特收起了剑,他要等克劳狄斯寻欢作乐肆意妄为时再杀了他。在16、17世纪的欧洲,这种解释观众是可以接受的。

　　另一种解释是将哈姆雷特置于广阔的社会背景中分析。哈姆雷特虽然身为封建王子,但他是在德国的人文主义思想集中的威登堡大学留学,是进步思想的新一代的代表。在剧中他对人性大力歌颂,猛烈地抨击黑暗腐朽的封建制度。当他得知父亲死亡的真相时,他一方面发誓要为父报仇,另一方面又清醒地意识到他要重整乾坤,以新的理念来治理国家。可见,他自觉地把二者融为一体。但是封建旧势力十分强大,而哈姆雷特又没有广泛地去争取群众的支持,孤军奋战令他深感力不从心,这也阻碍了他复仇的步伐。

在文艺复兴时期,人文主义主张以人性反对神性,以理性反对蒙昧。哈姆雷特并不是依据鬼魂的话和自己内心的猜测而采取复仇的行为,他利用"戏中戏"试探、证实,这些正是理性的表现。面对父亲横死,身为人子为父亲报仇是哈姆雷特分内的职责,克劳狄斯杀害血亲,无疑应当受到惩罚。但是问题是:哈姆雷特是否可以以杀死血亲的方式来惩罚一个杀害血亲的罪人? 正是对复仇正当性的理性思考,使得哈姆雷特犹豫不前。

对哈姆雷特复仇延宕的解释还有很多种,如性格说、疯癫说,还有用弗洛伊德的心理分析解释的等等。总之,《哈姆雷特》不是一部单纯的复仇剧,它对人性、理性、制度、社会变革、文明进步等方面加以思考,为后人提供讨论的范本。

经典评论

1. 我们认识这个哈姆雷特,好像我们认识我们自己的面孔,我们经常在镜子里看到他,并说看到的"正是我们自己的相貌"。

——[德]海涅

2. 几乎每一个人都能在哈姆雷特身上找到他自己的缺点。

——[俄]屠格涅夫

3. (哈姆雷特)是伟大的,深刻的,……他就是你,就是我,就是我们每一个人。

——[俄]别林斯基

4. 哈姆雷特像我们每一个人一样真实,但又要比我们伟大。他是一个巨人,却又是一个真实的人。因为哈姆雷特不是你,也不是我,而是我们大家。哈姆雷特不是某一个人,而是人。

——[法]雨果

延伸阅读

1. 关注莎士比亚的其他戏剧作品。

2. 观看改编成的电影《哈姆雷特》,建议看 1948 年由劳伦斯·奥利弗导演、主演的版本。

推荐版本

中国翻译莎士比亚作品的主要译者是朱生豪、梁实秋、方平,请阅读他们翻译的《莎士比亚全集》中的《哈姆雷特》。

(李艳梅)

简·爱

夏洛蒂·勃朗特

作者简介

夏洛蒂·勃朗特(1816—1855),1816年4月21日生于英国北部约克郡的豪渥斯村,父亲是一个穷苦的乡村牧师,在六个孩子中,夏洛蒂排行第三。夏洛蒂的童年很不幸,在她5岁时母亲就去世了,8岁时父亲将她与姐妹四人一同送柯文桥女子寄宿学校。这是一所专收神职人员孤女的慈善性机构,住宿条件极差,校规严厉苛刻,孩子们挨饿受冻,还时常受到老师的体罚。在这样恶劣的环境下生活了不到两年,夏洛蒂的两个姐姐就染病死了。父亲赶紧把其他孩子接回了家。寄宿学校的可怕经历在夏洛蒂幼小的心灵中留下了无法磨灭的印记,她在小说《简·爱》中真实再现了这段生活。

夏洛蒂的父亲是剑桥圣约翰学院的毕业生,学识渊博,十分注重子女的教育。听父亲读书、讲故事,一同看报纸是勃朗特姐妹童年最快乐的事情,也对她们后来走上写作道路产生了深刻的影响。夏洛蒂在14时就开始写作,15岁时她进了伍勒小姐办的学校读书,几年后毕业,又在这个学校当教师。1838年,夏洛蒂离开伍勒小姐的学校。为了生存和帮助弟妹读书,她到有钱人家里当家庭教师。家庭教师在当时地位低下,相当于仆人,夏洛蒂亲身体验了这份工作的辛苦与屈辱。她给妹妹艾米莉的信中写道:"私人教师……是没有存在意义的,根本不被当作活的、有理性的人看待。"读者会在她的小说中看到这些经历和感触。

1847年的英国文坛是属于勃朗特姐妹三人的,但是1848年到1849年夏洛蒂的弟弟和两个妹妹相继去世,给夏洛蒂造成很大打击。在死亡的阴影下,她坚持完成了《谢利》(1849)(也译为《雪莉》),并获得成功。

1854年,夏洛蒂迎来了迟来的爱情,与牧师阿贝尼科尔斯牧师结了婚。可是婚后六个月,她遇雨病倒,于1855年3月31日去世。

名著背景

19世纪中期,勃朗特三姐妹横空出世,在文学史上留下惊人的一笔。这三姐妹分别是夏洛蒂·勃朗特、艾米莉·勃朗特和安妮·勃朗特,1847年,她们各自发表了小说《简·爱》《呼啸山庄》和《艾格尼斯·格雷》,轰动英国文坛。其中夏洛蒂的《简·爱》备受关注。实际上,夏洛蒂最初是写了《教师》一书,与两个妹妹的作品一同寄给出版商,结果出版商的答复是《教师》被退稿,另外两部作品可以印刷出版。这对夏洛蒂是个打击,但是她并没有气馁,她迅速投入新的写作,很快写出《简·爱》再次寄出,这一次得到肯定,并且很快投入印刷,成为三部作品中最先问世的。

《简·爱》发表时是19世纪的中叶,当时的英国已经通过工业革命取得了经济上的优势,成为世界瞩目的大国。工厂生产的扩张需要大量工人,女性也走出家庭,成为女工,参与到社会工作中。但英国妇女的地位并没有改变,女性依然处于从属、依附的地位,嫁入豪门,通过婚姻获得财富和地位依然是大多数女性最佳或者唯一的选择。夏洛蒂姐妹三人在发表作品时都是以男性笔名投稿的,因为女作家被认为是违背了正当女性气质而受到男性的激烈攻击,由此可见当时的女性作家面临着怎样的困境。《简·爱》就是在这一背景下写成的,作家在小说中塑造的独立自强,不依附男人而生存的新女性,是对当时英国的男权社会的有力反击,为众多欲求改变命运的女性提供了典范。

经典观点

(简)难道我要无足轻重地留下来?难道我是没有感情的机器吗?就因为我一贫如洗、默默无闻、长相平庸、个子瘦小,我就没有灵魂,没有心肠了吗?——你不是想错了吗?——我的心灵跟你一样丰富,我的心胸跟你一样充实!要是上帝赐予我一点美貌和充足的财富,我也会使你同我现在爱上你一样爱上我。我不是根据习俗、常规跟你说话,甚至也不是以血肉之躯同你说话,而是我的灵魂同你的灵魂在对话,就仿佛我们两个人穿过坟墓,站在上帝脚下,彼此平等——本来就如此!

假如你避免不了,就得去忍受。不能忍受生命中注定要忍受的事情,就是软弱和愚蠢的表现。

没有判断力的感情的确淡而无味,但未经感情处理的判断力又太苦涩、太粗糙,让人无法下咽。

我越是孤独,越是没有朋友,越是没有支持,我就得越尊重我自己。

要自爱,不要把你全身心的爱、灵魂和力量,作为礼物慷慨给予,浪费在不需要和受轻视的地方。

阅读导引

《简·爱》是一部具有自传色彩的小说,书中的人物和情节都与作家本人息息相关,被称作是夏洛蒂·勃朗特"诗意的生平写照"。小说的女主人公简是一个孤儿,被舅舅收养,但不幸的是舅舅没两年也去世了。舅妈把她看作是个累赘,将年幼的简送到一所寄宿学校一推了之。在洛伍德女子寄宿学校,简受到严苛的教育,精神和肉体都遭受摧残,好朋友海伦也被病魔夺走了生命。学生生涯结束后,她又留校工作了两年。后来她通过在报纸上登启事的方式,找到了一份家庭教师的工作,于是她毅然离开了洛伍德,奔向地处偏远的桑菲尔德庄园。在庄园里简给一个来自法国的小女孩当家庭老师,结识并爱上了庄园主人罗切斯特先生。幸福似乎眷顾了简,但是当他们到教堂举行婚礼时,一个人突然闯入并宣布罗切斯特早已结婚。简看到了被关在阁楼上的疯女人——罗切斯特太太,她不顾罗切斯特的哀求,毅然逃离。她四处流浪,贫病交加昏倒在路旁。传教士圣约翰搭救了她。后来她意外得知和圣约翰是亲戚,并在圣约翰的帮助下获得了一笔遗产。圣约翰希望简嫁与他并随他一同去印度传教。但是在简的心中一直没有忘记罗切斯特。她重返庄园,却发现一片破败。原来疯女人放火烧毁了庄园,罗切斯特也受了伤。面对此情此景,简决定留下来与罗切斯特共度余生。

《简·爱》中塑造了一个倔强坚强、独立自主、自尊自爱、追求平等的新女性形象,引发了读者的强烈共鸣。简从小就不愿屈从命运的安排,作为一个无助的孤女,她无力改变现实,成人后她的两次出走,充分体现了作为一个独立意志的人的理性和勇敢。第一次出走是离开洛伍德学校,这时她已经安顿下来,有了生存的依靠,但是由于洛伍德生活给她留下了许多不愉快的记忆,加上她喜爱的老师的离开,促使她毅然辞职。对于一个长期生活在闭塞环境中,几乎没有涉足社会而且十分年轻的女性来说,这种决断需要多么大的勇气啊!逃离桑菲尔德是简的第二次出走,这一次更加的惨烈。一面是留下来成为罗切斯特的情妇,虽没有名分但却有足够的物质保障。另一面是离开庄园,无家可归,无处可去,后果也无法预料。简选择了后者,因为她追求平等与尊严——合法的婚姻和身份是平等的前提,没有平等又何来尊严?

小说的结局虽然有点落入"有情人终成眷属"的俗套,但这是简自主选择的结果。她拒绝嫁给圣约翰是因为二人没有爱情,她认为婚姻应该建立在爱情的基础上,她重返庄园表现出她遵从内心的真实情感,所以小说的结局实现了理性与情感的和谐统一。

简的独立与自尊使她成为熠熠生辉的文学形象。她在精神上坚强勇敢,不依赖他人,自己独立思考,决断果敢;在经济上虽收入微薄,但是自食其力,不愿为了物质放弃尊严,坚信自己首先要尊重自己,才能赢得他人的尊重。纵览西方的文学史,简·爱是出现在19世纪50年代的一个特立独行、惊世骇俗的女性形象。即使到了21世纪的今天,她的独立、自尊、坚守原则、追求以爱情为基础的婚姻,这些仍然没有过时。

经典评论

《简·爱》一经发表就受到好评,当时英国文坛的著名作家萨克雷称赞它是"一位伟大天才的杰作"。次年印行第三版时,《评论季刊》上提到"《简·爱》与《名利场》(作者萨克雷)受到同样广泛的欢迎。乔治·艾略特则深深地被《简·爱》陶醉了"。欧仁·福萨德评价《简·爱》"充满生气勃勃的个性"。

延伸阅读

《简·爱》被多次改编成电影、电视剧。主要有:

1.1934年,由克里斯蒂·卡本纳导演,弗吉尼亚·布鲁斯和科林·克利夫主演。

2.1944年,由罗伯特·斯蒂文森执导,奥逊·威尔斯、琼·芳登主演。

3.1996年,由佛朗哥·泽菲雷里执导,威廉·赫特、夏洛蒂·甘斯布主演,英法意联合出品。

4.2006年,由苏珊娜·怀特导演,露丝·威尔森、托比·斯蒂芬斯等参与了演出。

5.2011年,由凯瑞·福永执导,由迈克尔·法斯宾德、米娅·华希科沃斯卡、杰米·贝尔等联袂主演。

推荐版本

1.夏洛蒂·勃朗特:《简·爱》,黄源深译,译林出版社1994年版。

2.夏洛蒂·勃朗特:《简·爱》,郭深译,安徽文艺出版社2003年版。

3.夏洛蒂·勃朗特:《简·爱》,宋兆霖译,中国书籍出版社2005年版。

(李艳梅)

母亲

玛克西姆·高尔基

作者简介

　　玛克西姆·高尔基(1868—1936)，原名阿列克塞·马克西莫维奇·彼什科夫，苏联著名作家、诗人、评论家、政论家。他是社会主义现实主义文学奠基人，无产阶级艺术伟大的代表者、无产阶级革命文学导师、苏联文学的创始人之一。

　　1868年3月16日，高尔基出生于俄罗斯帝国下诺夫哥罗德市(曾名高尔基城)的一个木工家庭。他家境贫寒，3岁丧父，后来跟随母亲在外祖父家寄居。11岁时高尔基开始独自谋生，做过许多工作，也曾有着四处流浪的生活经历。

　　1892年，高尔基用笔名"玛克西姆·高尔基"发表处女作短篇小说《马卡尔·楚德拉》，从此走上职业作家之路。1884年流落到喀山，他参加持有民粹派观点的知识分子秘密学习小组，从此走上革命道路，后来曾两次被捕，还遭受流放。

　　1895年，高尔基发表了《伊则吉尔老婆子》和《鹰之歌》，表达了热爱自由、向往光明、渴望战斗的激情，作品具有鲜明的浪漫主义特色。1898年，高尔基的第一个作品集两卷集《随笔与短篇小说集》问世，受到欧洲文坛的关注。此外，他还写了《小市民》(1901)、《在底层》(1902)等剧本。

　　1905年，高尔基参加了革命运动，并与列宁结识，加入了布尔什维克党。随着他对现实的认识加深，他的文学创作风格也发生着变化。1906年，高尔基创作长篇小说《母亲》和剧本《敌人》，这两部作品是其文学创作的高峰。列宁肯定了作品的现实意义，称高尔基为"无产阶级艺术最杰出的代表"。

此后 10 年中,他的文学创作成果颇丰,《奥古洛夫镇》(1909)、《夏天》(1909)、《马特维·柯热米亚金的一生》(1910—1911)、《意大利童话》(1911—1913)、《俄罗斯童话》(1912—1917),以及自传三部曲的前两部《童年》和《在人间》(1913—1916)。

1921 年夏天,高尔基因病复发出国就医,直到 1928 年基本上住在意大利索伦托。在意大利生活期间,他发表回忆录《列夫·托尔斯泰》和特写《列宁》,完成自传三部曲的第三部《我的大学》以及长篇小说《阿尔达莫诺夫家的事业》(1925)。

1928 年,高尔基回国,1931 年定居莫斯科。除了参与政治生活,他晚年的创作主要有剧本《耶戈尔·布雷乔夫等人》和《陀斯契加耶夫等人》,长篇小说《克里姆·萨姆金的一生》,还发表了《论社会主义现实主义》等一系列论文,倡导社会主义现实主义。

1936 年 6 月 18 日在莫斯科逝世。

名著背景

1905 年俄国大革命爆发,高尔基目睹沙皇政府枪击请愿群众事件,义愤填膺,写了揭露和讨伐沙皇政府罪行的传单,号召人民奋起斗争。他的住宅成为 1905 年莫斯科武装起义的据点之一,同时他积极参加社会民主工党的《新生活报》和《战斗报》的出版,为起义者筹划经费和武器。因参加革命,高尔基与列宁结识并加入布尔什维克党,他的思想发生了质的变化。同时,在文学创作上,他也自觉地关注无产阶级革命,力求创造新的英雄人物。1906 年 2 月,高尔基按照党的决定,到国外为党筹划经费。他来到美国,在美国期间发表了小说《母亲》。小说取材于 1902 年高尔基的家乡诺夫戈罗德附近的索尔莫夫镇的"五一"游行。游行的领导人扎洛莫夫等被捕并被流放。高尔基与扎洛莫夫的母亲安娜有交往,《母亲》就是以扎洛莫夫及其母亲的事迹为原型的。

经典观点

每天,在郊外工人区的上空,在充满煤烟和油臭的空气里,当工厂的汽笛震颤着吼叫起来的时候,那些在睡梦中还没有得以使疲劳的筋骨完全恢复的人,满脸阴郁的,就好像受惊的蟑螂似的,从那些简陋矮小的灰色房子里走到街上。在寒冷的微光里,他们沿着没有铺砌的道路,朝着工厂中那一座座高大的鸟笼般的石头房子走去。在那儿,工厂正睁开几十只油腻的四方眼睛,照亮泥泞的道路,摆出一副冷漠自信的样子等着他们。泥泞的路在脚下扑哧扑哧地响着,时不时发出嘶哑的说梦话似的喊叫声,粗野的叫骂恶狠狠地撕碎了凌晨的天空,然而,对于他们,扑面而来的却是另一种声响——机器笨重的轰隆声和蒸气的怒吼。高高的黑色烟囱,就像一根很粗大的手杖耸立在城郊的上空,那颤动的样子,阴沉而肃然。

她长得很高,稍微有点驼背,被长期劳作和丈夫殴打所折磨坏了的身体,行动起来毫无声响,总是稍稍侧着身子走路,仿若总是担心会撞着什么似的。宽宽的、椭圆形的,刻满了皱纹而且有点浮肿的脸上,有一双工人区大部分女人所共有的不安而哀愁的暗淡无光的眼睛。右眉上面有一块很深的伤痕,所以眉毛略微有点往上吊,看过去好像右耳比左耳略高一点,这给她的面孔添上了一种小心谛听动静的神态。在又黑又浓的头发里面,已经闪耀出一绺绺的白发了。她整个人都显露着悲哀与柔顺。

这样一天天地过去了,她觉得儿子的话越来越少了,同时,她又感到他的话里,添上了许多她听不懂的新字眼,而那些她所听惯了的粗暴和凶狠的话,却从他嘴里找不到了。在他的行为举止方面,也增加了许多让她注意的小细节:他戒除了喜爱漂亮的习惯,对身体和衣着的干净却更加注重了,他的一举一动,变得更加洒脱,更加矫健,他的外表也更加朴实、柔和了——这一切都惹起他母亲焦虑不安的关心。对待母亲的态度,也有新的变化:他有空就扫房间地板,每逢假日亲手整顿自己的床铺,总之,他是在努力地减轻母亲的负担。在工人区谁也不会这样做……

在她眼前,出现了一片平坦的白雪旷野。混着雪粉的白风,发出刺骨而尖厉的嚎叫,狂奔着,来回窜腾着。在雪野之中,只有一个青年姑娘的黑小的身影,拽曳般地在那移动。冷风绊缠她的脚,鼓起了她的裙子,冷得刺人的雪片,纷纷掷在她的脸上。行进非常困难,她的小脚陷进雪里,又寒冷又可怖。她的身体微微向前——恰如昏暗的原野上面的一棵被秋风猛烈地吹打着的小草。她的右边,沼泽之上,森林如黑墙一样站在那里,光秃细长的白桦和白杨凄凉地摆动着。在遥远的前方,茫然地闪跳着城里的灯火。

阅读导引

《母亲》塑造了世界文学史上第一批自觉为社会主义而斗争的无产阶级革命者的英雄形象,是社会主义现实主义文学的奠基之作。

工人巴威尔与母亲相依为命,他本来也会像他死去的父亲那样过完一生:繁重的工作,微薄的收入,无聊的生活——上班、下班、喝酒、打老婆,浑浑噩噩直至死去。但是由于接触到革命思想,燃起他追求真理的热情,渐渐明白了穷人受到剥削和压迫的根源。他由自发地革命走向自觉地反抗,成为革命队伍中的一名意志坚强、头脑清醒的战士。他散发传单,宣传革命思想,组织人民群众,反抗沙皇政府的统治。"沼地戈比"事件是他领导的第一次群众起义,由于缺乏经验,当时人民群众还不觉悟,革命的时机还不成熟,所以这次起义以失败告终,巴威尔也被捕入狱。但是巴威尔并未放弃革命理想,出狱后,他继续号召群众革命,又组织了"五一"游行示威活动。巴威尔高举红旗开路,群众聚集在他的周围,"像铁屑被磁石吸住了一样"。面对反动政府出动的大批警察前来镇压,巴威尔毫不动摇,勇敢地走在队伍的最前列,表现了大无畏的英雄气概和对革命事业的无限忠诚。当巴威尔再次被捕时,他又将法庭作为战场,同敌人展开激烈的辩论,驳斥敌人的反动观点,揭露统治阶级的剥削本质。在战斗的洗礼中,巴威尔成长为成熟的革命者。

小说题名为《母亲》,这里的母亲指的就是巴威尔的妈妈尼洛夫娜。她本来是个老实巴交、逆来顺受的普通妇女。同千千万万的劳动妇女一样,她整日辛劳地操持家务,照顾丈夫和孩子,还经常受到丈夫的打骂。她爱自己的儿子,不愿儿子走父亲的老路,但是开始她并不了解儿子内心的苦闷,也不知道该如何帮助儿子改变现实命运。当巴威尔走上革命道路之后,母亲开始感到儿子的变化,对此又高兴又害怕,特别是儿子告诉他所看的书会让自己进监狱。她对此十分担忧,不希望儿子再去冒险,但是又意识到儿子所说的真理是她也想追求的,儿子的做法是对的。在矛盾与纠结中,尼洛夫娜渐渐明白了儿子的革命行为,从害怕、恐惧走向理解和支持。在小说的结尾,尼洛夫娜冒着生命危险,走上街头,散发儿子宣扬革命的传单。这表明,她也由一个落后愚昧的家庭妇女,变成觉醒的反抗者。尼洛夫娜的性格发展是真实可信的,高尔基以质朴的笔调塑造了一位变化成长的伟大母亲,在无产阶级文学中留下光辉的一笔。

经典评论

很多工人会不自觉地、自发地参加革命运动,现在他们读一读《母亲》,对自己会有很大益处。

——[苏联]列宁

中国进步的作家不但从高尔基的作品里接受了战斗的精神,也学习了如何爱与憎,爱什么,憎恨什么;更从高尔基的一生事业中知道了一个作家如果希望不脱离群众便应当怎样生活。

——茅盾

延伸阅读

请阅读高尔基自传三部曲《童年》《在人间》《我的大学》。

推荐版本

1.玛克西姆·高尔基:《母亲》,汝龙译,人民文学出版社1975年版。
2.玛克西姆·高尔基:《母亲》,吴兴勇、刘心语译,中国书籍出版社2005年版。

(李艳梅)

红与黑

司汤达

作者简介

司汤达（又译为斯丹达尔 1783—1842），19 世纪法国批判现实主义作家，1783年 1 月 23 日生于法国格勒诺布尔市，1842 年 3 月 23 日逝世于巴黎，他的小说《红与黑》是批判现实主义文学的奠基之作。

司汤达生于一个资产阶级家庭，早年丧母，父亲是一名律师，思想比较保守，笃信宗教。司汤达从小兴趣广泛，与父亲关系很差，在家中时常感到束缚和压抑，与外祖父的关系更亲密些，基本是在外祖父的教养下长大的。中学时期，司汤达成绩优异，特别是在写作与数学方面展露天赋。1799 年他中学毕业，打算去巴黎继续求学。当他到了巴黎之后，被拿破仑革命所鼓舞，于是放弃学业，参加了军队。从军期间，他参加过几次比较重要的战役，职位提升到上尉。1800 年，他随军入驻米兰，因为母亲是米兰人，他对这个城市情有独钟，于是辞去军职，定居于此。6 年后，司汤达又重返军队，转战欧洲大陆，直至 1814 年拿破仑兵败下台，他再次回到米兰居住。

1821 年司汤达回到巴黎，对于当时执政的封建波旁政府，他是坚定的反对者。1830 年七月革命推翻了波旁王朝，但是司汤达并没有得到新政府的重用，只是在教皇管辖下的一个意大利的海滨小城当领事。1842 年 3 月 23 日，司汤达在巴黎突发中风而逝。司汤达终身未娶，在他的墓志铭简短地写着：活过、爱过、写过。

名著背景

司汤达原名马里-亨利·贝尔（Marie-Henri Beyle），在 1817 年他发表游记《罗马、那不勒斯和佛罗伦萨》时，使用了"司汤达"这一笔名，后来在他发表的传记、小说、评论等作品时沿用下来。

《红与黑》写于 1829—1830 年，小说取材于真实的事件。司汤达曾在《司法公报》上看到一则新闻：一个家庭教师杀害女主人的刑事案件。司汤达根据这条社会新闻创作了这部小说，最初题名为《于连》，在发表时被改为具有象征性的名字《红与黑》。通常人们理解为"红"是象征法国大革命时期的热血和革命，而"黑"则意指僧袍，象征教会势力猖獗的封建复辟王朝。直到今天，《红与黑》仍被公认为是文学史上描写政治黑暗最经典的著作之一，100 多年来它被译成多种文字广为流传，并被多次改编成电影，以飨观众。

经典观点

维立叶尔的背面有高山作为屏障，这是汝拉山脉的一条支脉。维拉山的那些锯齿状的山顶从十月出现初寒的日子就盖上皑皑白雪。一条湍急的流水从山上冲下来，在投入杜河前流过维立叶，向许多木锯提供了动力。这是一种非常简陋的工业，给大部分更像农民而不像城里人的居民带来了一定程度的舒适。

这就是世俗的浮华生活造成的结果，您显然是看惯了笑脸，谎言的真正舞台。真理是严峻的，先生。但是我们在人世间的任务，它不也是严峻的吗？以后务必使您的良心防止这个弱点：对外表的虚幻的美的过分敏感。

这个残酷的怀疑完全改变了于连的心理状态。他的这个想法在他心里遇到了一个刚萌生的爱情，毫不困难就把它摧毁了。他的这种爱情仅仅是建筑在玛蒂尔德的罕见的美丽上，或者不如说是建筑在她那王后般的风度和美妙的打扮上。在这方面，于连是一个暴发户。

阅读导引

小说的男主人公于连是法国北部维立叶尔市的一个木工厂主的儿子。他年轻英俊、聪明能干，一直想通过个人的努力飞黄腾达。但是他生不逢时，在波旁王朝统治之下，他想通过参加拿破仑革命军以达到出人头地的道路被阻断了，只好决定穿上黑色教服，去神学院学习，以后谋个宗教职务，改变下层平民的社会地位。西郎神父先是为他找到一个工作机会：去市长家当家庭教师，教市长家的两个孩子拉丁文。在做家庭教师期间，女主人德·瑞纳夫人非常同情和关爱这个年轻人，而市长对于连十分轻蔑。出于对市长的报复以及对德·瑞纳夫人的好感,于连和市长夫人之间产生了暧昧关系。不久情事败露,于连不得不离开维立叶尔市,去贝尚松神学院当修道士。神学院表面神圣,实则教派林立,教士们尔虞我诈,钩心斗角。于连投靠了神父彼拉院长,可是彼拉院长在宗教斗争中败下阵来,孤身出走巴黎。临行前于连孤注一掷,再次向彼拉神甫表达了忠心,使得比拉大为感动,于是他把于连推荐给巴黎的大贵族德· 拉·木尔侯爵做秘书。于连来到法国的政治中心巴黎,凭借他的聪明和忠诚,不仅受到了木尔侯爵的赏识,还施展手段,赢得了侯爵女儿玛蒂尔德的芳心。后来玛蒂尔德怀孕,木尔侯爵无奈同意二人的婚事。为了家庭的"荣耀",木尔侯爵帮助于连获得了骑士称号、中尉军衔和一片庄园。于连的黄粱美梦似乎实现了。可木尔侯爵突然收到一封来自德·瑞纳夫人的信,揭露于连品质败坏,勾引有夫之妇。暴怒的木尔侯爵取消了婚礼及其他一切。于连气愤之极,立刻赶往维立叶尔市,在市长夫人正在教堂做礼拜时,开枪射伤了德·瑞纳夫人。于连因此入狱,最终被送上了断头台。

《红与黑》以政治为经,以爱情为纬,在不同的社会环境中,展现于连短暂的一生,其中穿插了于连与两位女性的感情纠葛。这部小说充分体现了典型环境中的典型性格的特征。年轻的于连试图通过自身的努力,与封建等级制度斗争,突破因出身造成的社会地位低下的局限,崭露头角,出人头地。到维立叶尔市长家做家庭教师是于连踏入社会的第一步,每当感受到来自市长及其他贵族官僚的蔑视和轻贱时,他强烈的反抗意识便会被激起——虽然他自身力量微弱,也不知该用什么方法去反抗;在贝尚松神学院,充斥着虚伪、告密、相互攻讦,于连学会了用虚伪对抗;在木尔侯爵府,封建贵族权力的中心,于连投身权贵,得到主子的赏识,他由反抗退化为妥协;当黄粱美梦一朝破灭后,监狱中的于连深刻地反省,认清了现实:他一直想通过自己的才华和努力跻身上流社会,但是封建等级制度决定一个木工厂主的儿子是绝不会被贵族阶层所接纳的,于是于连拒绝向封建势力投降,不忏悔也不企求恩赦,以死表达一个底层平民阶级的抗争。在市长家、贝尚松神学院、木尔侯爵府、监狱四个环境中,作者塑造了一个有着强烈的平民自尊心的小资产阶级个人奋斗者的典型形象,展示了于连抗争—妥协—再抗争的性格变化。

《红与黑》的另一特色是高超的心理描写。无论是于连与女性的情感纠葛,还是在政治上与各色人等的较量,于连冷静的外表下,掩藏着丰富的心理变化,厌恶、反感、甜蜜、冲动、愤怒、怨恨、猜忌、揣摩……这些复杂的心理描写为于连的外在行动提供了支撑点。梅里美盛赞司汤达为"人类心灵的观察者"。

经典评论

司汤达的《红与黑》已显示了 20 世纪小说的方向,进入这本书中,我们就会感受到只有第一流的心理小说家才能给予的震撼,因为它带给我们的是更富真实感的精神内涵。

——[美]费迪曼

司汤达的《红与黑》中的于连是 19 世纪欧洲文学中一系列反叛资本主义社会的英雄人物的"始祖"。

——[苏]高尔基

他(司汤达)是 1815 年至 1830 年的复辟时代的杰出的描写者,他在《红与黑》中,通过一个即使跻身于世界文学最著名的典型人物之列也特别突出的艺术形象——于连·索黑尔,极为深刻地反映了那个时代,他以对现实政治关系透彻的理解,对阶级斗争规律明智的洞察,对小资产阶级的青年悲剧命运典型化的描写取胜,从而使他在表现复辟时期的政治阶级关系这个领域,处于可以与巴尔扎克相匹敌的地位。

——柳鸣九

延伸阅读

观看 1954 年由克法国劳特·乌当-拉哈执导拍摄的电影《红与黑》。

推荐版本

1. 司汤达:《红与黑一八三零年纪事》,罗玉君译,平明出版社 1954 年版。
2. 司汤达:《红与黑》,郝运译,译文出版社 1986 年版。
3. 司汤达:《红与黑一八三零年纪事》,闻家驷译,人民文学出版社 1988 年版。
4. 司汤达:《红与黑》,郭宏安译,译林出版社 1993 年版。

(李艳梅)

高老头

奥诺雷·德·巴尔扎克

作者简介

　　奥诺雷·德·巴尔扎克(1799—1850),19 世纪伟大的批判现实主义作家,有"现代法国小说之父"之称。

　　巴尔扎克 1799 年 5 月 20 日出生于法国中部图尔城。他的父亲在法国大革命期间发了财,娶了比自己年轻很多的银行家的女儿。但是婚后二人并不幸福,巴尔扎克出生后就被送到乡下寄养,童年时光里并没有享受到多少父母的关爱。

　　15 岁时,巴尔扎克随父母搬到了巴黎。1816年,巴尔扎克进入一所法科学校学习,其间他曾到律师事务所和公证人事务所实习,这段生活让他有机会了解巴黎社会的各个阶层的生活,看到了繁荣景象下的罪恶,为他将来从事写作积累了大量的素材。

　　1819 年巴尔扎克从法科学校毕业,但他拒绝了家人为他安排的公证人事务所的职位,坚定地走上了毫无生活保障的文学道路。

　　巴尔扎克的文学之路并不平坦,他的第一部作品五幕诗体悲剧《克伦威尔》完全失败。为了生存,他与人合作以各种笔名从事滑稽和神怪等流行小说的创作,也曾一度弃文从商,经营企业,出版名著丛书等,但是这些均以失败告终,并使他债台高筑,后来的生活一直处于还债的境遇中。

　　现实的残酷并没有阻止他写作,社会的炎凉也为他的创作奠定了基调。1829年巴尔扎克发表长篇小说《朱安党人》(也译为《舒昂党人》),迈出了现实主义创作的第一步。1831 年他出版了小说《驴皮记》,一时声名鹊起,奠定了他在法国文坛的地位。之后他笔耕不辍,日夜书写,在 19 世纪 30 至 40 年代以惊人的毅力创作了大量作品。

1847 年,巴尔扎克身体健康出了问题,感到心力交瘁,他最后的愿望是同结识多年的乌克兰的德·韩斯迦夫人结婚。1848 年 9 月,巴尔扎克前往乌克兰。在 1848 年这个漫长的冬季,他患了脑炎、慢性心脏病和支气管炎,他的生命已经步入最后的衰竭期。1850 年 3 月 14 日,德·韩斯迦夫人以怜悯之心答应了婚事,二人举行了婚礼。返回巴黎后,巴尔扎克身体恶化,于同年 8 月 19 日辞世。

名著背景

巴尔扎克的文学创作统称为《人间喜剧》。这个总标题是他在 1839 年给出版商埃泽尔的信中首次提出的。巴尔扎克受到但丁的《神曲》的启发(《神曲》本名《喜剧》,后人尊称之为《神圣的喜剧》,中译为《神曲》),决心要用一生心血,创作人间的喜剧。

直到巴尔扎克去世,《人间喜剧》一共写完了 90 多部长、短篇作品,艺术地再现了法国社会,特别是巴黎上流社会的包罗万象的社会史。巴尔扎克把《人间喜剧》中的作品以两种方式有机地结合在一起,构建起一座艺术大厦。一种方式是分类整理法。巴尔扎克把《人间喜剧》分成三部分:风俗研究、哲理研究和分析研究。"风俗研究"是反映社会现象,"哲理研究"是分析现象的成因,"分析研究"是探讨原则。其中"风俗研究"的作品最多,又分为六个场景:巴黎生活场景、外省生活场景、私人生活场景、政治生活场景、军队生活场景、乡村生活场景。巴尔扎克的每一部作品都可以纳入相应的类别中。另外一种方法是人物再现法,即巴尔扎克笔下的同一个人物形象会在不同的作品中反复出现,他们出现时,时代变化了,发生了不同事件,这个人物形象的年龄、性格特征也发生变化,相同的人物形象使得不同的文学作品相互之间产生了关联。巴尔扎克笔下这样的人物有 400 多个,分散在 75 部作品中,如《高老头》中的人物拉斯蒂涅、鲍赛昂夫人、皮安训医生、钮沁根夫妇等,都是人物再现法的体现。

阅读导引

《高老头》(1834—1835)是巴尔扎克的一部重要作品,它的主题与《人间喜剧》所要表达的主题完全一致,即揭示资产阶级的兴起、封建贵族的没落以及人与人之间的金钱关系。

拉斯蒂涅是外省的一个小贵族子弟,来到巴黎求学,住在根据房租多少而决定吃住条件好坏的伏盖公寓,结识了形形色色的邻居。其中一个是退休的面条商人高里昂先生,大家称他为高老头。这个人是大革命时期发的家,但是妻子早逝,只有两个女儿。他对女儿无比溺爱,从小让她们享受最好的待遇。当她们长大后,高老头把家产一分为二,给女儿做嫁妆,自己则留下一点退休金,住到管吃管住的伏盖公寓。因为嫁妆丰厚,两个女儿都得到了如愿的婚姻。女儿家的马车会不定期地来接高老头去吃饭,女儿们有时也到伏盖公寓看望父亲,当然每次都有需要父亲帮助解决的问题。高老头卖掉养老的商铺,甚至卖掉吃饭的精致餐具,不惜一切给女儿钱、为女儿还债。但是当他最后什么也没有时,两个女儿便不再光顾。他最终孤苦一人,病死在伏盖公寓,只有拉斯蒂涅这样的邻居埋葬了他,女儿们只派出了戴着家族徽章的空马车。

高老头的悲剧有个人的原因,但是究其根本是时代造成的悲剧。当资本主义制度渐渐兴起,资产阶级唯利是图的本性暴露无遗,金钱就是一切的社会风气蔓延。是那个时代教会高老头以金钱作为表达父爱的唯一方式,同样是那个时代加上父亲的教化,让女儿对父亲的爱的回报也只以金钱作为唯一的纽带,当钱不存在了,纽带就断开了。

小说中拉斯蒂涅和不同行业、各种阶层的人打交道,通过他的视角,以金钱为切入点,真实展现了金钱的统治作用,批判了拜金主义盛行所导致的种种罪恶。小说发生的时代是法国贵族复辟时期,虽然贵族重新执掌了统治权力,但是高贵的头衔抵挡不住金钱的侵袭。原来得到鲍赛昂夫人的邀请,去参加她的家庭舞会,如同拿到了通往上流社会的门票,而现在舞会上最耀眼的不是什么贵族,而是像钮沁根夫人这样的新兴资产阶级。一个闪亮登场,一个黯然退去,一部小说形象地表现了资产阶级与封建贵族在统治地位上的交替。

金钱不仅决定了人的社会地位,还腐蚀了人类神圣的情感,把亲情、友情、爱情都踩在脚下。当穷学生拉斯蒂涅埋葬了高老头,也埋葬了年轻人最后一滴有良知的眼泪,他站在公墓的高处,向着远处的巴黎喊道:让我们来拼一拼吧!这宣告了又一个资产阶级的野心家的诞生。

经典观点

既然一个人真的妄自菲薄,懦弱忍让,一切都逆来顺受,别人也就什么气都让他受,这也许是人的天性吧。我们所有人不都喜欢牺牲别人或乘人之危来证明自己的力量吗?

小人不论情绪好坏,要宣泄总会不断采取卑鄙的手段。

一旦要骗人,谎话必然会越编越多。

社会既卑鄙又险恶。只要我们灾难临头,马上便会有朋友告诉我们,拿刀子在我们心窝里剜来剜去,还露出刀柄让我们看,又是讽刺又是嘲弄。

有的人性格柔和,思想忍而不发,宁愿自己受到摧残;有些人性格坚强,脑壳如铜墙铁壁,别人的意欲攻之不破,像子弹碰到城墙,只好陡然坠落;还有一些人性格软如棉花,别人的思想碰上去,如炮弹撞进堡垒软绵绵的泥墙。

爱情是一种宗教,信奉它比信奉其他任何宗教代价更高。它转瞬即逝,经过时和淘气的小孩一样,总得打碎点东西。爱情这种奢侈品,住阁楼的穷小子只能在诗里才能见到。

经典评论

1. 巴尔扎克是比过去、现在和未来的一切左拉都要伟大得多的现实主义大师。

——[德]恩格斯

2. 巴尔扎克由于他自由的天赋和强壮的本性,由于他具有我们时代的聪明才智,身经革命,更看出了什么是人类的末日,也更了解什么是天意,于是面带微笑,泰然自若,进行了令人生畏的研究,但仍然游刃有余。他的这种研究不像莫里哀那样陷入忧郁,也不像卢梭那样愤世嫉俗。

——[法]雨果

延伸阅读

阅读巴尔扎克的其他作品,如《欧也妮·葛朗台》。

推荐版本

1. 巴尔扎克:《高老头》,傅雷译,人民文学出版社 1963 年版。
2. 巴尔扎克:《高老头》,韩沪麟译,上海译文出版社 1989 年版。
3. 巴尔扎克:《高老头》,郑克鲁译,中央编译出版社 2010 年版。

(李艳梅)

追风筝的人

卡勒德·胡赛尼

作者简介

　　卡勒德·胡赛尼(Khaled Hosseini, 1965——)是美国加利福尼亚州的一名医生。1965 年胡赛尼生于阿富汗喀布尔市,他的父亲是外交官,母亲是喀布尔女子学校的教师。1970 年,全家随父亲外派到伊朗的德黑兰,三年后全家又回到了喀布尔。就在这一年 7 月,阿富汗发生政权交替事件,阿明政府上台,国内的稳定局面被打破,胡赛尼的美好童年也由此结束了。

　　1976 年,胡赛尼的父亲在法国巴黎找到了工作,全家离开故土迁居巴黎。由于阿富汗政权极不稳定,一家人就再也没有返国。1979 年由于苏联入侵了阿富汗,胡赛尼的父亲在 1980 年向美国申请了政治庇护,一家又移民到美国加利福尼亚州的圣荷西。1984 年胡赛尼高中毕业后,在不同的大学学习生物学和医学,并于 1993 年取得了医生的行医执照。如同中国的鲁迅,胡赛尼想通过学习医术,治病救人,但是他的文学作品却比千万个手术刀发挥的作用更大。透过他的小说,人们了解阿富汗的历史变迁和复杂的民族关系,更深层地关注这一民族内心深处的丰富情感世界。

名著背景

　　阿富汗是个内陆国家,它西邻伊朗,北与苏联接壤,东、南紧贴巴基斯坦,领土面积有 65 万平方千米。20 世纪 70 年代全国人口 1600 余万,人们信奉伊斯兰教,90％是农、牧民,国民收入的 80％靠农业。阿富汗有 30 多个民族,人口最多的是普什图族,也是阿富汗传统的统治者,占阿富汗总人口的一半以上,其他少数民族有塔吉克族、哈扎拉族和乌兹别克族等。自 1973 年起,阿富汗内忧外患,战火连年,目前阿富汗是世界上最贫穷、最动荡的国家之一。种族歧视、外族入侵以及内战是压在阿富汗人民头上的三座大山,胡赛尼的作品就是以此为背景,捕捉极端环境中人性的光辉。

"立志拂去蒙在阿富汗普通民众面孔的尘灰,将背后灵魂的悸动展示给世人。"这是胡赛尼放下手术刀拿起笔写作的原动力。2003 年,小说《追风筝的人》出版发行,全球热销 600 万册,成为当年国际文坛的一个奇迹。到目前为止胡赛尼已经出版了三部小说:《追风筝的人》(*The Kite Runner*)、《灿烂千阳》(*A Thousand Splendid Suns*)和《群山回唱》(*And the Mountains Echoed*),每部作品都受到了追捧和好评。2006 年,胡赛尼获得联合国人道主义奖,并受邀担任联合国难民署亲善大使。《追风筝的人》于 2007 年被改编成电影上映。

经典观点

1. 时间很贪婪——有时候,它会独自吞噬所有的细节。

2. 许多年过去了,人们说陈年旧事可以被埋葬,然而我终于明白这是错的,因为往事会自行爬上来。

3. 我很高兴终于有人识破我的真面目,我装得太累了。

4. 我们总喜欢给自己找很多理由去解释自己的懦弱,总是自欺欺人地去相信那些美丽的谎言,总是去掩饰自己内心的恐惧,总是去逃避自己犯下的罪行。但事实总是,有一天,我们不得不坦然面对那些罪恶,给自己心灵予救赎。

5. 可是人就是这样,总会活在某个时限内,那里的世界也许是几年之后连自己都无法理解的,但这又是我们无法突破的。为你,千千万万遍,遍体鳞伤还是会义无反顾,也许这就是人生,人生不是只做值得的事情!

6. 儿时的美好和友情,因为一个懦弱的疏忽而毁于一旦,如果再给你一次机会,你愿意不顾一切地去重新找回那个曾经的自己吗?

7. 世间只有一种罪行,那就是盗窃,当你说谎,你剥夺了某人得知真相的权利。

8. 我回到了故国,却发现自己就像旅客。

阅读导引

《追风筝的人》通篇不采用任何现代主义的写作技法,只是以主人公第一人称的视角娓娓道来,讲述了一个阿富汗青年阿米尔成长的故事。

小说中的阿米尔生于喀布尔的一个富裕的普什图家庭中,其父亲是成功的地毯商人,母亲在生阿米尔时难产而死,阿米尔总觉得父亲因此疏远他。阿里是家里一个哈扎拉族的仆人,阿里的儿子哈桑是阿米尔的仆人和玩伴。哈桑正直、忠实,处处为阿米尔着想,阿米尔对哈桑也很好,但是父亲对哈桑的友善令阿米尔心中有些妒忌。在一次"斗风筝"比赛中,阿米尔出色地用自己的风筝切断别人的风筝,而哈桑喊出"为你，千千万万遍"，去追逐战利品。哈桑拿到风筝，回家途中，被坏孩子挡住索要风筝，遭到拒绝后这些人强暴了哈桑，而这一切被前去找哈桑的阿米尔看到，他由于怯懦不敢上前阻止，一个人偷偷地回了家。

之后的日子里每当面对哈桑，阿米尔就感到耻辱和内疚。他让爸爸把阿里和哈桑解雇，但被严词拒绝，于是阿米尔在 13 岁生日的晚上诬陷哈桑偷了自己的生日礼物。哈桑没有揭穿真相，阿里带着哈桑离开了阿米尔家，搬到了哈扎拉族聚居区生活。

1979 年苏联入侵阿富汗，战争打乱了阿富汗人的生活，爸爸带着一家人开始了逃亡，最终辗转来到美国定居下来。经过一段贫苦生活，阿米尔一家的生活逐渐好转，他上了大学，毕业后成了作家，也结了婚，而父亲因病去世。一天阿米尔突然接到他父亲的好友从祖国打来的电话，希望他回国，拯救幸存的哈桑的儿子索拉博，因为哈桑与阿米尔是亲兄弟。阿米尔历尽艰辛，终于找到孩子，并冒着生命危险带走了他。但是因为一时不能提供孤儿证明，阿米尔无法带孩子进入美国国境。索拉博感到再次被抛弃，绝望地割腕，幸好被及时发现救治，但他再也不愿与人交谈。

历经波折，阿米尔终于收养了索拉博。一个周末，阿米尔带着默默无语的索拉博到一个公园与阿富汗的朋友相聚。阿米尔买了一个风筝，将它放到高空。童年时与哈桑一起放风筝的情景在脑海中出现，当阿米尔将风筝交到索拉博手中时，终于看到孩子露出一丝微笑。阿米尔奔跑着去追掉落的风筝，听见自己喊出"为你，千千万万遍！"

《追风筝的人》写得真实感人。作家本人是来自阿富汗的移民，自己的经历和所见所闻交织在小说中。小说真实再现了从内战之前到塔利班统治时期阿富汗人民的生活变迁。作家虽然对内忧外患的祖国深深眷恋，但是他并不刻意去美化什么。在他笔下，贫富分化、等级观念、种族歧视、宗派斗争，阿富汗政府自身的腐败及引狼入室，塔利班的倒行逆施，这些致使近半个世纪以来阿富汗人民生活在动荡不安之中，许多家庭流离失所，家破人亡。但是，政治斗争并不是本小说的主题。胡赛尼在广阔的时代和社会背景下，探讨人性的坚强与懦弱、贫贱与高贵。小说中的阿米尔一直崇拜坚毅果敢的父亲，在高大强势的父亲面前，更显得自己软弱无用。加上哈桑的事情，他一直生活在自责与愧疚中。直到父亲死后，拉辛汗揭露了哈桑的身世真相，他才发现每个人都有弱点，都不是完美的，父亲也有谎言，也有对忠诚的背叛。但是他明白了"当恶行导致善行，那就是真正的救赎"的含义，决心像父亲那样用实际行动去赎罪。当他冒着枪林弹雨寻找索拉博，为救出他被打得遍体鳞伤时，阿米尔浴火重生，坚强、勇敢战胜了自私、软弱，内心克服了对父亲的依赖，成长为一个独立、高大的人。

经典评论

极为动人的作品……没有虚矫赘文，没有无病呻吟，只有精练的篇章……细腻勾勒家庭与友谊、背叛与救赎，无须图表与诠释就能打动并启发吾人。作者对祖国的爱显然与对造成它今日沧桑的恨一样深……故事娓娓道来，轻笔淡描，近似川端康成的《千只鹤》，而非马哈福兹的《开罗三部曲》。作者描写缓慢沉静的痛苦尤其出色。

——《华盛顿邮报》

《追风筝的人》最伟大的力量之一是对阿富汗人与阿富汗文化的悲悯描绘。作者以温暖、令人欣羡的亲密笔触描写阿富汗和人民，一部生动且易读的作品。

——《芝加哥论坛报》

巧妙、惊人的情节交错，让这部小说值得瞩目，这不仅是一部政治史诗，也是一个关于童年选择如何影响成年生活的极度贴近人性的故事。单就书中的角色刻画来看，这部初试啼声之作就已值得一读。从敏感、缺乏安全感的阿米尔到他具有多层次性格的父亲，直到阿米尔回到阿富汗之后才逐步揭露父亲的牺牲与丑闻，也才了解历史在美国和伊斯兰世界的分岔……这些内容缔造了一部完整的文学作品，将这个过去不引人注意、在新千年却成为全球政治焦点的国家的文化呈现世人面前。同时兼具时代感与高度文学质感，极为难能可贵。

——《出版商周刊》

延伸阅读

1. 由马克·福斯特执导的同名电影《追风筝的人》，2007 年上映。
2. 卡勒德·胡赛尼：《灿烂千阳》，李继宏译，上海人民出版社 2007 年版。
3. 卡勒德·胡赛尼：《群山回唱》，康慨译，上海人民出版社 2013 年版。

推荐版本

卡勒德·胡赛尼：《追风筝的人》，李继宏译，上海人民出版社 2006 年版。

（李艳梅）

傲慢与偏见

简·奥斯汀

作者简介

简·奥斯汀(Jane Austen,1775—1817),1775 年 12 月 16 日简·奥斯汀降生于英国汉普郡的史蒂文顿小镇,家中有兄弟姐妹八人。简终身未嫁,一生经历乏善可陈。搬过几次家,写了 6 部小说,有一次恋爱的经历,拒绝过一位富家子弟的求婚,这些几乎可以概括她 42 年的人生历程。

简·奥斯汀的家境比较富足,父亲是个学问渊博的牧师,在史蒂文顿地区担任了 40 年的教区长;母亲出身于比较富有的家庭,也具有一定的文化修养。奥斯汀没有进过正规学校学习,但是良好的家庭条件,使得她从小读书、自学,并培养了她写作的兴趣,十三四岁就开始写作,展示了她的文学才能。

1800 年简的父亲退休,全家在这一年迁居到英国埃文郡的巴斯。在这里一家住了 4 年左右,其间简·奥斯汀拒绝了一位将要继承大笔财产的青年的求婚,理由是她不爱他。后来父亲在巴斯去世,于是简和母亲、姐姐又搬到南安普敦,1809 年再搬到乔登。1816 年年初她得了重病,身体日益衰弱,1817 年 5 月被送到温彻斯特接受治疗,可是医治无效,同年 7 月 18 日去世。简·奥斯汀终身未婚,死后安葬在英国温彻斯特大教堂。

名著背景

简·奥斯汀一共写了 6 部小说,这些作品写作的时间顺序与出版的前后并不一致。1796 年,奥斯汀 21 岁,她开始尝试写第一部小说,题名为《最初的印象》。完成后她与出版商联系出版,结果遭到拒绝。她并没有就此停笔,又开始写《埃莉诺与玛丽安》,接着她又写《诺桑觉寺》,两部作品于 1799 年写完。

10 多年后,简·奥斯汀将《埃莉诺与玛丽安》加以修改,重新命名为《理智与情感》,于 1811 年出版。2 年后,她将手稿《最初的印象》修改并命名为《傲慢与偏见》(1813),也被出版了。

1809 年简·奥斯汀迁居乔登后又写了 3 部小说,分别是《曼斯菲尔德庄园》《爱玛》和《劝导》。前两部先后于 1814 年和 1815 年出版,而对 1816 年写成的《劝导》一书,简·奥斯汀对结局一直不太满意,想要重写,结果直到病逝也没有出版。

简生前一直用哥哥的名字——亨利·奥斯汀发表作品。在她去世后,哥哥亨利·奥斯汀将她的两部遗著《诺桑觉寺》和《劝导》整理后于 1818 年出版,并且第一次用了作者的真名——简·奥斯汀。

经典观点

大凡家境不好而又受过相当教育的青年女子,总是把结婚当作仅有的一条体面的退路. 尽管结婚并不一定会叫人幸福,但总算给她自己安排了一个最可靠的储藏室,日后可以不致挨冻受饿。

根据我的书本知识,我坚信傲慢是一种流弊,人性在这一方面极为脆弱,因为我们很少有人不因为自己的某种品质或者其他什么而沾沾自喜、扬扬自得,不管这种品质是存在于真实中,还是仅仅存在于想象中。虚荣和傲慢尽管常被用作同义词,实际上却是两回事。一个人可能傲慢但不虚荣,傲慢是我们对自己的评价,虚荣则是我们希望别人如何评价我们自己。

我也说不清究竟是在什么时间,什么地点,看见你怎样的风姿,听到你怎样的谈吐,便使我爱上你。那是好久之前的事。等我发觉我自己开始爱上你的时候,我已经走过一半路程。

乞丐没有权利挑三拣四。

女人必须找一个自己尊敬的人做丈夫,这样她才能获得幸福。

阅读导引

简·奥斯汀的作品数量不多,作品初出版时销量也不算很大。但是随着时光的流逝,奥斯汀渐负盛名,成为当代最受读者喜爱的女作家之一。她一生经历并不复杂,作品所关注的也是她自己熟悉的乡村生活,主要以乡绅家庭中女性的情感和婚姻为主。但是她的小说结构严谨精致,描写细致入微,语调诙谐幽默,情感细腻真挚,有"两寸象牙雕"之誉。奥斯汀擅长在家长里短的日常社交中,展现美丽而闭塞的乡村,纯朴但落后的习俗,揭露人们的浅薄势利,讽刺人性的愚蠢、自私,犀利但不刻薄,读起来趣味盎然,绝无枯燥晦涩之感。更为重要的是,她在平实简单的生活事件中,表达了对爱情与婚姻独特而深刻的见解,为现实中女性寻找出路提供参考。

《傲慢与偏见》是简·奥斯汀最引人入胜的一部小说。乡绅班纳特先生有五个女儿,尽管他每年依靠地产有 2000 英镑的稳定收入,但是因为没有儿子,死后财产要由远亲柯林斯牧师继承,而自己的女儿只有 5000 英镑的嫁妆。所以为了女儿今后的着落,班纳特太太十分操心女儿们的婚事。富有的邻居宾利先生与大女儿珍一见钟情。宾利的好朋友达西更加富有,是许多人眼中理想的结婚对象。但是他比较傲慢,尤其看不起乡下人的孤陋寡闻、庸俗粗鄙。美丽聪慧的二女儿伊丽莎白对达西的傲慢十分反感,加上听到有关达西的一些不好的传闻,对达西产生了偏见,拒绝了达西的求婚。达西无法忘记伊丽莎白,对自己傲慢无理进行了反思。第二年夏天,伊丽莎白有机会到达西的庄园,全面了解了达西,改变了之前的偏见。加上达西出手解决了班纳特家小女儿莉迪亚私奔的丑闻,达西终于赢得了伊丽莎白的心。

《傲慢与偏见》以辛辣诙谐的笔触,描写了四段姻缘故事,展示了四种婚姻模式:珍与宾利的郎才女貌,伊丽莎白与达西的欢喜冤家,莉迪亚年少冲动的婚姻,以及伊丽莎白的好朋友夏洛蒂的实用主义婚姻。珍的婚姻令人羡慕,但是很大程度上依靠运气,莉迪亚会为她的冲动无知、率性而付出巨大的代价,没有爱情的婚姻也不会给夏洛蒂带来幸福,而伊丽莎白既追求有爱情基础的婚姻,又不一味坚持自己的自尊与清高,她能够理性地面对情感问题和现实境遇之间的差距,克服现实障碍又追随了内心情感所属,终于到达幸福的彼岸。

经典评论

简·奥斯汀是最伟大的小说家,是英国文学最伟大的技巧巨匠之一,她在文学方面炉火纯青就像莫扎特在音乐方面完美无缺一样。她是最杰出的道德家,她总是通过小说来教育读者,而且她教导的方式是谨慎而周到的。

——[爱尔兰]弗兰克·奥康瑙尔

最成功的作家是最严格地遵循支配他所挑选的艺术的规律的人。在所有挑选小说这种艺术的人中,没有谁比简·奥斯汀更细心地遵守着小说艺术的规律,正是这一点使她胜过其他英国小说家。

——[英]戴维·塞西尔

她向小说家们表明并且开发了无处不在的日常生活表面现象下的取之不尽,用之不竭的宝藏。小说笔调轻松诙谐,反话正说,幽默嘲讽,喜剧色彩浓重,语言清丽优美,格调清新高雅,开一代文学新风。

——[英]W.F.波洛克

延伸阅读

1. 2005 年由乔·怀特执导的电影《傲慢与偏见》,凯拉·奈特莉和马修·麦克费登参演。

2. 2008 年,以乔恩·思朋斯的奥斯汀传记为蓝本拍摄的电影《成为简·奥斯汀》(*Becoming Jane Austen*)上映,导演朱利安·杰拉德,主演安妮·海瑟薇、詹姆斯·麦卡沃伊。

推荐版本

1. 简·奥斯汀:《傲慢与偏见》,张玲、张扬译,人民文学出版社 1993 年版。
2. 简·奥斯汀:《傲慢与偏见》,张隆胜译,北京燕山出版社 1995 年版。
3. 简·奥斯汀:《傲慢与偏见》,王科一译,上海译文出版社 1996 年版。
4. 简·奥斯汀:《傲慢与偏见》,孙致礼译,译林出版社 2000 年版。

(李艳梅)

宠儿

托尼·莫里森

作者简介

　　托尼·莫里森(Toni Morrison,1931—　　),美国黑人女作家。1931 年生于美国俄亥俄州洛里恩市,父亲是一名工人,母亲在白人家帮佣。1949 年她以优异成绩考入当时专为黑人开设的霍华德大学,攻读英语和古典文学。大学毕业后,她又考入康奈尔大学读研究生,专攻福克纳和沃尔夫的小说,完成学业后获硕士学位。然后她在德克萨斯南方大学和霍华德大学任教。20 世纪 70 年代起,她先后在纽约州立大学、耶鲁大学和巴尔德学院讲授美国黑人文学,并为《纽约时报书评周报》撰写过 30 篇高质量的书评文章,1987 年起出任普林斯顿大学教授,讲授文学创作。

　　莫里森的主要成就在于她的长篇小说。1970 年她发表了小说《最蓝的眼睛》(*The Bluest Eye*,1970),开启了文学创作之路,后来陆续又发表了《所罗门之歌》(*Song of Solomon*,1977)、《秀拉》(*Sula*,1973)、《柏油娃娃》(*Tar Baby*,1981)、《宠儿》(*Beloved*,1987)、《爵士乐》(*Jazz*,1992)等小说,反响很大,在世界文坛上获得极高的声誉。1993 年她获得了诺贝尔文学奖,她是迄今为止诺贝尔文学奖获得者中唯一的黑人女性。

　　莫里森一直笔耕不辍,《爱》(*Love*,2003)、《恩惠》(*A Mercy*,2008)、《家园》(*Home*,2012)是她贡献给 21 世纪文坛的重要作品,发表《家园》时莫里森已经 81 岁高龄。

　　莫里森是一位典型的学者型小说家。不仅熟悉流传已久的希腊神话、基督教《圣经》和黑人民间传说,而且也熟稔当代西方文学的思潮与变革。在创作手法上,她的简洁明快的文风具有海明威式神韵,情节的神秘隐暗又近似福克纳,作品中人、鬼世界交互的情节描述,又体现了魔幻现实主义色彩。莫里森摒弃以往白人惯用的文字与语调,直接运用黑人的语言,体现她的探索与创新,形成自己鲜明的风格。

名著背景

1966年,莫里森受纽约兰登书屋之邀担任高级编辑,主编了《黑人之书》。这套丛书记叙了美国黑人300年历史,被称为美国黑人史的百科全书。在编辑《黑人之书》时,一张刊登了一个女奴杀婴的剪报吸引了莫里森。报纸报道了一个叫马格丽特·加纳的黑人女奴带着几个孩子,从肯塔基州逃到俄亥俄州的辛辛那提。当奴隶主带人追到她的住处时,她抓起斧子,砍断了小女儿的喉管,接着她企图杀死其余几个孩子,然后自杀。后来马格丽特被逮捕,以"偷窃财产罪"接受审讯,法庭宣判将她押送回原种植园。马格丽特·加纳案成为反抗《逃亡奴隶法》斗争中一个著名讼案。

女奴马格丽特在受到审判时,她十分平静,神志清醒,并不后悔所做的一切,她的"反常"言行吸引了废奴主义者和报纸的注意。马格丽特的婆婆是个牧师,在马格丽特做出过激行为时,她就在一旁观望,既没有鼓励,也没有阻止。在深入了解了马格丽特一生的经历后,莫里森对马格丽特的行为表示理解,她觉得马格丽特是在以足够的智力、残忍以及甘冒任何危险的勇气来争取她所渴望的自由,"这是很崇高的"。因为被这个故事深深吸引,莫里森写下了《宠儿》一书。

经典观点

要么是爱,要么不是。不浓烈的爱根本就不是爱。

有一种孤独可以被摇晃。手臂交叉,双膝蜷起,抱住。别动,这动作并不像轮船的颠簸,它使人平静,而且不需要摇晃者。它是一种内心的孤独——好像有皮肤将它紧紧裹严。还有一种孤独四处流浪。任你摇晃,绝不就范。它活着,一意孤行。它是一种干燥的、蔓延着的东西,哪怕是你的脚步声,听起来也仿佛来自一个遥不可及的地方。

是棵树。一棵苦樱桃树。看哪,这是树干——通红通红的,朝外翻开,尽是汁儿。从这儿分杈。你有好多好多的树枝。好像还有树叶,还有这些,要不是花才怪呢。小小的樱桃花,真白。你背上有一整棵树。正开花呢。我纳闷上帝是怎么想的。我也挨过鞭子,可从来没有过这种样子。巴迪先生的手也特别黑。你瞪他一眼就会挨鞭子。肯定会。我有一回瞪了他,他就大叫大嚷,还朝我扔火钳子。我猜大概他知道我在想什么。

其实也无所谓,因为悲哀就在她的中心,那丧失自我的自我栖居的荒凉的中心。那悲哀,就好比她不知道自己的孩子们埋在哪里,或者即便活着也不知是什么模样。事实上,她比了解自己更了解他们,因为从来没有过一丝线索,帮助她发现自己是个什么样子。

他准确地理解了她的意思:到一个你想爱什么就爱什么的地方去——欲望无须得到批准——总而言之,那就是自由。

阅读导引

自 1661 年美国的弗吉尼亚州法律认定黑人是奴隶,直到历经南北战争,再到 1865 年 12 月 18 日美国的《宪法第 13 条修正案》正式生效,美国蓄奴制度存在了 200 多年,6000 万黑人奴隶死于这种制度的压迫和剥削中。

在美国南方种植园主的眼里和法律制度下,黑人奴隶根本不被当作人看,他们只是会说话的牛马,是种植园主的私有财产,主人可以任意处置,随意买卖。在这种情况下,黑奴无论男女,都过着极为凄惨的生活。在《汤姆叔叔的小屋》《为奴十二年》这些作品中,真实再现了这一段历史。

而女性黑奴,则是奴隶中的奴隶,她们受到种族和性别双重压榨。塞丝是小说《宠儿》中的一个黑人女奴,是一个因为深爱自己的女儿而杀了孩子的母亲。

身为一个女奴,塞丝从小被剥夺了母爱(因为她的妈妈也是奴隶,根本没有能力保护她,也不知道她的母亲后来去了哪,还是死了),长大后被卖到"甜蜜之家",主人给她最大的恩赐是可以让她在四位男性奴隶中自己挑选个丈夫。主人病死后,来了女主人外号叫"校长"的哥带着自己的两个儿子掌管庄园,塞丝和其他奴隶的生活陷入地狱之中。"校长"的两个儿子玷污塞丝的身体,而"校长"在一旁做记录,因为这是科学实验。他们鞭打塞丝(塞丝后背的伤疤如同一棵苦樱桃树,终身伴随着她),还吸走塞丝养育女儿的母乳……当塞丝的肉体和灵魂都几乎被摧毁时,凭着对自由的无限渴望,塞丝托着身怀六甲、遍体鳞伤的身体,冒着极大的危险逃跑。在度过一段自由地与亲人孩子团聚的幸福生活后,奴隶主追赶而来,难道她还要回到以往地狱般的生活中去吗?她无力决定自己的命运,也无力保护自己的孩子,为了能让自己最爱的女儿不去经历自己的非人生活,她选择杀死女儿,以阻止奴隶主对女儿的奴役。

杀婴,是塞丝作为母亲最无奈的选择,最悲壮最决绝的反抗。9 年之后,美国废除了蓄奴制。这当然是无数黑奴的福音,但是对于塞丝,女儿的死变得枉然,这成为她永远无法解开的心结。于是,我们在小说中看到了相信命运的母女,与一个充满怨气的鬼魂封闭地生活在一个房子里,几乎是与世隔绝。直到一个旧友保罗的到来,打破了这种格局,唤起了痛苦的回忆,再次经历生死的选择,终于迎来重新开始的一线希望。

小说中,莫里森以意识流的手法,拼接出塞丝的经历,以魔幻现实主义的风格,表达了塞丝内心深处对女儿的愧疚与深爱。她宁愿相信鬼魂的存在,相信女儿借尸还魂,和她重新生活在一起。她愿意为女儿付出一切,哪怕是自己的生命,都给她,以偿还她的愧疚,以找回本应属于她们共同相处的时光。

在《宠儿》这部小说中,莫里森几乎运用了现代派文学所有的创作技巧,但是她并不是为了炫技,而是因为一个民族遭受如此深重的苦难,是无法以平常的言语来表述到位。千千万万个塞丝的苦痛,不是一纸废奴宣言就可以取代的。莫里森用特有的方式,通过语言表达出这一民族内心深处的苦难。

经典评论

以其富有洞察力和诗情画意的小说把美国现实中的一个重要方面写活了。

——瑞典文学院

一部惊世之作,很难想象没有它的美国文学会是什么样子。

——《洛杉矶时报》

《宠儿》的伟大之处在于它对人物话语的把握。时而有意识地高扬,时而倔强地隐忍,却始终保持真实,直击人心。

——《纽约客》

残酷而有力,令人如痴如醉的故事,读之使人战栗。

——《人物》

延伸阅读

阅读莫里森《最蓝的眼睛》《所罗门之歌》等作品。

推荐版本

托妮·莫里森:《宠儿》,潘岳、雷格译,南海出版公司 2013 年版。

(李艳梅)

第七部分　史　学

史记

司马迁

作者简介

　　司马迁（约前145或前135—?），西汉历史学家、文学家和思想家。字子长，左冯翊夏阳（今陕西韩城南）人。太史令司马谈之子。少年时随父读书，并从董仲舒学《公羊春秋》，从孔安国学《古文尚书》。20岁后漫游长江、湘江、沅江、黄河流域，考察遗闻轶事，搜集史料。约在元狩、元鼎间入仕任郎中，多次随汉武帝出巡，元鼎六年（前111）奉命出使巴蜀以南，视察和安抚西南少数民族地区。后又扈从封禅。元封三年（前108）继父职，官太史令，在金匮石室（宫中藏书处）阅读、整理史料。太初元年（前104）倡议并主持改革历法工作，与太中大夫公孙卿、典星射姓、治历邓平、方士唐都等共同制订太初历（即夏历，又称三统历），同时着手撰写《史记》。天汉二年（前99）因替投降匈奴的李陵辩解，得罪下狱，被处腐刑。太始元年（前96）出狱，任中书令，发愤继续撰写《史记》，至征和二年（前91）基本完成。他以"考信"和"实录"的精神从事著述，不虚美，不隐恶，"不与圣人同是非"（《汉书·扬雄传》），"论大道则先黄老而后六经"（《汉书·司马迁传》）。书中肯定农民起义的历史作用，对于统治者的残暴、奢侈与社会矛盾也有所揭露。叙事简明生动，系统清楚，语言优美，文笔绚烂，在文学史上也有崇高地位。实为"史家之绝唱，无韵之《离骚》"（鲁迅《汉文学史纲要》），对后代的史学和文学都有深远影响。除《史记》外，其著作尚存者有《报任安书》《素王妙论》《悲士不遇赋》。

名著背景

司马迁之所以能写成这样一部伟大的史学著作，是有深刻的主客观原因的。

客观方面来看，他所生活的时代，正是西汉最兴盛繁荣的时候。从汉高祖立国开始，经过惠帝、吕后、文帝、景帝，到汉武帝时，已有七八十年，当时政治稳定，经济繁荣，文化发达，为司马迁著述提供了便利的客观条件。

主观方面来说，又可以分为五点。第一，继父志。司马氏自古以来，世为史官，家学源远。司马迁的父亲司马谈学问渊博，曾任太史令，生前志愿修一部通史，但愿望还没实现就病逝了。临终前，嘱托司马迁一定要完成他未竟之业。第二，为史官。司马谈病故后，司马迁承袭父职为汉太史令，太史令有修史的责任，掌管国家图籍和各种档案材料，更为司马迁编史提供了良好的条件。第三，继《春秋》之志。司马迁认为孔子死后五百年，应该有人继承孔子的事业，著史以明道义，显扬志业人物。第四，世界观。司马迁年轻时遍游海内，交游豪杰，耳闻目睹遗事遗迹，对先贤无限仰慕，对古人的历史命运寄予极大的关心同情。司马迁选择了"人"作为世界的中心点，开创我国前所未见的伟大著作。第五，受腐刑。司马迁因保李陵而受腐刑，此实为奇耻大辱。自太史令降到宦官，政治地位一落千丈，司马迁在精神上非常痛苦，唯有著书事业能支持他"忍辱苟活"，终于写成了《史记》。

经典观点

司马迁自称写《史记》的目的之一是"通古今之变"，他认为历史的变化不是偶然的，"变所从来亦多故矣"。变化也不是突然的，"非一旦一夕之故也，其渐久矣"。所以研究历史要"原始察终"。司马迁还认为历史发展的趋势不是一个人所能阻挡的。司马迁认为经济在社会发展中有非常重要的作用。

物质条件决定社会秩序，"仓廪实而知礼节，衣食足而知荣辱"。他说国富民强有三种途径，一为本富（农业）；二为末富（工商业）；三为奸富（靠欺诈掠夺所得）。他说政府不能与民争利，汉武帝盐铁官营，司马迁认为乃与民争利，是奸富，不是好办法，他形容盐铁官营的后果为"苦恶价贵"。

阅读导引

《史记》初名《太史公》或《太史公书》《太史公记》，东汉桓帝时开始称《史记》，为中国第一部"通古今之变"的纪传体通史，也是中国古代第一部传记文学总集。全书计有十二"本纪"、十"表"、八"书"、三十"世家"、七十"列传"，共一百三十篇。以本纪和列传为主，故称为纪传体。除了每篇正文外，在篇末都有"太史公曰"。

"本纪"是以朝代或帝王为主,按年月记其大事,为全书的总纲,是用编年体的方法记事的。"表"是把重要的历史大事或历史人物,按年代或时期用表格的方式表示出来,以简驭繁,一目了然,便于查检。"书"是专记典章制度方面的兴废沿革,《汉书》改称"志",以后的史书多用"志"这个名称。"世家"是专记诸侯世系活动的。"列传"是记载帝王以外的各种历史人物的,有单传,有合传,有类传。单传是一人一传,合传是记二人以上,类传是记同一类人物。

《史记》的史学成就:

《史记》是第一部中国通史。通史有三个方面:(1)时间通(从黄帝到汉武帝)。(2)地域通(记载了中国各个地域)。(3)内容通(《史记》记了政治、经济、军事、文化等各方面)。

创立了纪传体。纪传体的五部分,可容纳各方面资料。"本纪"可使年代顺序清晰;"表"可使人物一目了然;"书"专记典章制度;"世家"记诸侯,在历史上有特殊地位的人也列入世家;"列传"包括了广泛内容。司马迁创立的纪传体,后来成为正史的典范文体。

广泛记载历史人物。《史记》以前史书记人物多局限于政治经济方面,司马迁除了记录政治、经济人物,还记载了哲学家、文学家、医学家、大商人、大手工业者、游侠刺客、优伶、术士、农民起义领袖等等。他不分社会地位、政治地位,而是看重在当时的影响和成就。《史记》所记的人物比以前的史书要广泛,也比以后的史书广泛。

记载了边疆少数民族和外国历史。南方、西南、西北的少数民族都有记载。对外国如朝鲜、越南等也有记载。《史记》是最早记亚洲史的,比一些亚洲国家本国的记载还早。

在文学上有重要价值。文章生动,引人入胜。

适合当时历史发展的需要。汉武帝时期汉朝是空前强盛的统一大帝国,政治、经济、文化都空前发展。秦始皇奠定了中国的制度,汉武帝奠定了中国的疆域。当时东方为汉朝、西方为罗马,世界上两大帝国。这样的帝国需要一部通史,《史记》完全适应需要。

《史记》的缺点:

对上古时代的传说资料记载太少。黄帝以前记录太少,有巢氏、神农氏、燧人氏都是代表时代的理想人物,对他们的资料应予以记载,传说不完全可信,但有可信的方面。现在已经证明很多传说是适合历史发展规律的。司马迁不记载黄帝以前的历史,自称是因为"文不雅驯",即不真实。可以说司马迁不记是出于他记述原则,即不记不可信的事,因而这不能说是司马迁的过失,只是我们今天看《史记》感到这是一个缺憾。

对战国史的记载,在年代、史实上有矛盾,有错误。这也不能完全责怪司马迁。因为战国史料许多已佚失,另外,他受刑以后看资料也不如过去方便,只能根据手头资料撰写历史。

司马迁不仅是中国古代首屈一指的史学家,在世界上亦是第一流的史学家。司马迁的《史记》在中国史学史上的地位与影响,南宋郑樵在《通志·总序》中概括:"使百代而下,史官不能易其法,学者不能舍其书。"在世界范围内,《史记》的部分内容被译成五种文字,流传出版,成为研究中国史和亚洲史的不朽名著。

经典评论

自刘向、扬雄博极群书,皆称迁有良史之材,服其状况序事理,辩而不华,质而不俚,其文直、其事核,不虚美、不隐恶,故谓之实录。

——班固

朴素凝炼、简洁利落,无枝蔓之疾;浑然天成、滴水不漏,增一字不容;遣词造句,煞费苦心,减一字不能。

——柳宗元

汉朝人莫不能文,独司马相如、太史公、刘向、扬雄之为最。

——韩愈

史家之绝唱,无韵之《离骚》。

——鲁迅

在我喜欢读的书中,司马迁的《史记》算一本。它是中国第一部通史,但这部书的真正意义不在史而在文。时至今日,不可一世的汉武帝,只留得"西风残照汉家陵阙",而《史记》则"光芒万丈长"。历史是最无情的。

——季羡林

延伸阅读

1. 杨伯峻:《春秋左传注》,中华书局 2009 年版。
2. 班固:《汉书》,中华书局 1962 年版。

推荐版本

1. 司马迁:《史记》,中华书局 2013 年版。
2. 泷川资言:《史记会注考证》,上海古籍出版社 2015 年版。
3. 司马迁:《史记注译》,王利器注译,三秦出版社 1988 年版。

(马金霞)

国史大纲

钱穆

作者简介

钱穆（1895—1990），字宾四，笔名公沙、梁隐、与忘、孤云，晚号素书老人、七房桥人，斋号素书堂、素书楼。江苏无锡人，历史学家、国学大师。钱穆 7 岁入私塾，12 岁入常州府中学堂，1912 年辍学，自学文史，后任教于无锡、苏州等地的中小学。1922 年起，钱穆任教于厦门集美师范学校、江苏省立第三师范学校、苏州中学。1930 年因发表《刘向歆父子年谱》成名，经顾颉刚推荐，被聘为燕京大学国文讲师，后历任北京大学、北平师范大学、西南联合大学、齐鲁大学、华西大学、四川大学、云南大学、江南大学等大学教授，主持齐鲁大学国学研究所、昆明五华学院文史研究所。1949 年钱穆迁居香港，出任香港亚洲文商学院（夜校）院长。1950 年秋，在香港创办新亚书院。1960 年应邀赴美国耶鲁大学讲学，学期结束，耶鲁大学特颁赠人文学名誉博士学位。1965 年卸任新亚书院校长，应马来西亚大学之聘，前往讲学。1967 年，钱穆应蒋介石之邀，以归国学人身份赴台。次年，迁居台北市士林区外双溪的素书楼，同年膺选"中央研究院"院士。1990 年 8 月，病逝于台北。

钱穆治学兼通经、史、子、集四部。在经学研究上主张打破门户，考据、义理各不偏废。所著《刘向歆父子年谱》解决了清以来经学今古文中一大疑案，并开辟了以史治经的方法。在中西文化问题上主张在中西文化比较中探讨中国文化的特质，坚持以历史方法考究中国文化的多种源流，强调儒学之精神价值，提出所谓"文化自救"的思想。一生致力于中国学术思想史的独特性研究，认为中国思想的精神是求人生真理与宇宙真理的合一。他是在史学领域创建"现代新儒学"的代表人物。主要论著有《国史大纲》《中国历史精神》《中国近三百年学术史》《中国思想史》《宋明理学概述》《朱子新学案》《先秦诸子系年》《中国文化史导注》《文化学大义》等。

名著背景

　　《国史大纲》一书著于抗日战争时期,原是一部抗日救亡宣传爱国的中国通史教科书。九一八事变以后,民国政府指定中国通史为大学必修课。钱穆提出,通史课如由多人讲授,彼此不相连贯,即失去通史意义。1933 年秋,北京大学决定由钱穆独自担当中国通史课程。钱穆认为,通史必须一年内自古至今一气讲授完毕,因此他准备讲义极为精心,务求简明扼要,上下贯通。1937 年,日本发动全面侵华战争,钱穆跟随西南联大师生一路辗转至云南。离开北平前,钱穆将在北大讲授通史4 年来积累的笔记底稿藏于衣箱底层夹缝中,挟以俱行,这些底稿成为后来撰写《国史大纲》的珍贵资料。

　　彼时国难当头,山河沦陷,中华民族处于前所未有的危机中,民族自信心极为低落。西南联大同事陈梦家力促钱穆"为全国大学青年计""为时代急迫需要计",写一本中国通史教科书。钱穆自身也深知唤起民族自信心、凝聚民族向心力、振奋民族精神的重要性,他要以国史作为凝聚民族精神,抵抗日本侵略者的有力武器。于是,钱穆隐居在僻静的宜良县岩泉下寺,在中国通史讲义的基础上,开始撰写《国史大纲》。1939 年 6 月,《国史大纲》成书。

经典观点

　　当信任何一国之国民,尤其是自称知识在水平线以上之国民,对其本国以往历史,应该略有所知。否则最多只算一有知识的人,不能算一有知识的国民。

　　所谓对其本国以往历史略有所知者,尤必附随一种对其本国以往历史之温情与敬意。否则只算知道了一些外国史,不得云对本国史有知识。

　　所谓对其本国以往历史有一种温情与敬意者,至少不会对其本国历史抱一种偏激的虚无主义,即视本国以往历史为无一点有价值,亦无一处足以使彼满意。亦至少不会感到现在我们是站在以往历史最高之顶点,此乃一种浅薄狂妄的进化观。而将我们当身种种罪恶与弱点,一切诿卸于古人。此乃一种似是而非之文化自谴。

　　当信每一国家必待其国民具备上列诸条件者比较渐多,其国家乃再有向前发展之希望。否则其所改进,等于一个被征服国或次殖民地之改进,对其自身国家不发生关系。换言之,此种改进,无异是一种变相的文化征服,乃其文化自身之萎缩与消灭,并非其文化自身之转变与发皇。

阅读导引

　　《国史大纲》在体例上独创了一种章节体兼纲目体的著史方法。全书的整体结构采用近代新史体——章节体，将中国历史分为上古三代、春秋战国、秦汉、魏晋南北朝、隋唐五代、两宋、元明、清八个部分，各为一编，共 8 编 46 章，每章之下又分为若干节。正文则采用传统的纲目体行文，每节立一标题，先为其提纲，然后再列材料说明。大字著要点，小字做说明；大字内容顶格排印，小字内容低格排印；大字内容和小字内容中有需再说明的，则以双行夹注显示，故而层次十分清楚。纲为论断，提示大要；目为材料，提供证据，章节分明，纲举目张，让读者一目了然。因为《国史大纲》层次分明，故而该书可以采取三种读法。如果想快速了解书籍梗概，可以先通读大字要点部分，集中精力，两三天即可通读；如果要比较细致地了解中国历史内容，可以将大字要点和小字内容一起阅读；如若打算进一步研读考究，可将双行夹注内容一并阅读。

《国史大纲》全书在内容取材上详述汉、唐，而略写辽、金、元、清；详写中原地区而略写周边少数民族；详于阐述经济、政治、社会、文化、制度，而略于人、事。力求简要，仅举大纲，删其细琐。

在政治制度方面，《国史大纲》将我国古代的政治演进划分为三个阶段，一是到秦汉时期完成的封建集权大一统；二是从西汉中期到东汉完成的政府构成演变；三是到隋唐时期完成的科举制度，至此，科举取代世族门第成为中国延续千年的首要政治制度。

在经济方面，《国史大纲》强调经济建设与文化、政治建设的相互谋和。三者的发展在整个中国历史中虽然并非每时每刻都相互适应，但其总体趋势是在相互调和中向前发展。

在文化学术方面，《国史大纲》认为先秦之后，我国的文化学术逐渐开始摆脱宗教与政治势力，以一种平民化的气象氛围一脉相承，历久弥新，在北宋时期达到极盛。

钱穆强烈地反对"全盘西化"，主张保持中华民族的个性，不必亦步亦趋地学习欧美。他对数十年来革新人士大力讴歌欧美，却视祖国一无是处的现象痛心疾首，认为"治国史之第一任务，在能于国家民族之内部自身，求得其独特精神之所在"。他指出，中西社会历史演化路径和民族文化精神都有很大差异，因此中国不能简单照搬西方的制度和文化，也不能强用来自西方社会历史的概念硬套中国社会历史。钱穆承认中国历史也有"病态"，近世尤其"百病缠缚"。拥有如此悠久灿烂文化的民族，却为何又面临空前的生存危机？他认为，这恰恰因为"今日国人之不肖，文化之堕落"。他强调人类历史的演进是波浪式前进的，只要民族尚有"生力"，病态终能祛除。他所谓"生力"，就是"民族与国家历史所推进之根本动力"，具体说就是以儒家为主的优秀传统文化。中国历史上曾经历了数百年长期纷乱，但背后的这个"精神力量"，依然使中国史能再度走上光明之路。因此钱穆高呼："我民族国家之前途，仍将于我先民文化所赋自身内部获得其生机。"

由于时代局限，《国史大纲》难免存在偏见和错误，论述和引用史料也未必精当,但瑕不掩瑜,该书仍不愧为一部杰出的通史著作。其所倡导的对国史"温情和敬意",时至今日仍有很强的现实意义。

经典评论

本书最有意义的,是开端的引论!这代表了钱先生对于整个中国史的见解。他把中国近世史学分为(一)传统派,(二)革新派,(三)科学派三派。传统派主于记诵,革新派主于革命宣传,科学派主于以科学方法考订旧史。他主张"以记诵、考订派之工夫,而达宣传革新派之目的"。他对于中国史和西洋史的分别,认识得很清楚,其议论常有独到的地方。惜其史观常为观念论所支配,如云"政制后面别自有一种理性精神为之指导"等等,未免有"唯心"的色彩。

——童书业

钱先生是开放型的现代学人,承认史学的多元性;但同时又择善固执,坚持自己的路向。他毕生以抉发中国历史和文化的主要精神及其现代意义为治学的宗主,生平著述之富及所涉方面之广,近世罕见其匹。

——余英时

钱穆可以说是在史学领域高举现代新儒学旗帜,反对尽废故常的历史虚无主义,维护中国历史文化精神的第一人。

——方克立

延伸阅读

1. 钱穆:《中国历代政治得失》,生活·读书·新知三联书店 2012 年版。
2. 宫崎市定:《宫崎市定中国史》,焦堃、瞿柘如译,浙江人民出版社 2015 年版。

推荐版本

钱穆:《国史大纲》,商务印书馆 1996 年版。

(马金霞)

资治通鉴

司马光

作者简介

司马光（1019—1086），字君实，号迂叟，世称涑水先生，北宋政治家和历史学家。陕州夏县（今属山西）涑水乡人。少聪颖好学，20岁时考中进士，以奉礼郎为华州判官。历任大理评事等职，后通判并州，嘉祐间（1056—1063）任天章阁待制兼侍讲、知谏院。英宗时官龙图阁直学士。神宗即位，擢翰林学士、御史中丞。熙宁时（1068—1077），王安石变法，他竭力反对，强调祖宗之法不可变，为旧党首领。后坚辞枢密副使的任命，于熙宁三年（1070）以端明殿学士出知永兴军（今陕西西安），又徙知许州（今河南许昌）。次年自请判西京御史台，居洛阳15年。哲宗即位后，入京主持国政，任尚书左仆射兼门下侍郎，尽罢新法。为相8个月病死，追封太师、温国公，谥文正。他因历代史繁，皇帝不能遍览，曾仿《左传》体裁，以年为纲，将战国至秦二世的历史，编成8卷，定名《通志》，于治平三年（1066）进呈英宗。后奉命自选官属，置局编纂。神宗以该书"鉴于往事，有资于治道"，赐名为《资治通鉴》。至元丰七年（1084）完成全书，共历时19年。他对编纂工作极为严谨负责，从发凡起例，至拟订提纲，都亲自动手，长编撰成后，又校订史实、删削定稿。全书294卷，上起战国，下迄五代，贯串1362年史事，网罗宏富，取材精审，结构完整，考证详密，是一部优秀的通史巨著。司马光学识渊博，著述颇多，音乐、律历、天文、书数皆通。除了《资治通鉴》，还有《通鉴举要历》《稽古录》《本朝百官公卿表》《翰林诗草》《注古文学经》《易说》《注太玄经》《注扬子》《书仪》《游山行记》《续诗治》《医问》《涑水纪闻》《类篇》《司马文正公

集》等。

名著背景

《资治通鉴》共 294 卷，是一部我国古代杰出的编年史，是宋代史学的伟大成果。北宋统治者为了吸取历史经验教训，巩固王朝统治，非常重视史学的编写工作。当时没有一部贯通古今，合乎要求的通史著作。《史记》至《五代史》读完一遍，很费时间和精力，而且不容易掌握线索要领。司马光有鉴于此，立志要编写一部简明的通史，把有关国家兴衰、民生休戚的大事编写进来，对于"善可为法，恶可为戒"的历史事实，更特别注意网罗。1066 年，司马光将自己编写的从战国到秦二世的《通志》8 卷进呈宋英宗，得到赞誉和鼓励，并诏令设置书局把这个工作继续下去。司马光在皇帝支持下，秉承皇帝旨意，经过 19 年苦心孤诣，编年史完成。宋神宗看过后极为赞赏，以其书"鉴于往事，有资于治道"，特命名为《资治通鉴》。说该书对政治有帮助，可资以治国。

经典观点

司马光主张立国当重礼治，礼是统治者用以限制人们欲望，约束人们行为的社会准则。要想维护封建统治，就必须实行一套严格区分君臣上下，尊卑贵贱等级制度的礼治。司马光认为人君之道在于用人，用人之道在于信赏必罚。人才选用应辨别德与才，二者铨选时，德重于才。因刘备称帝一事，他著论以明修史不别正闰，打破了正统论的思想束缚。司马光不喜佛、老，不信符瑞，尊崇儒学，提倡尊君，拥护大一统政府。

阅读导引

司马光编集《资治通鉴》，朝廷许他"自辟官属"，又许他借用政府馆阁藏书，最后又许他"以书局自随"。司马光脱离了中央政府，去了别处，这个书局也可以跟着他跑。所以此书虽不是一部官修书，但是由政府诏修，并大力资助。司马光编修《资治通鉴》，特别重要的助手有三人：一是刘攽，一是刘恕，一是范祖禹。这三人都是当时有名的学者。按照传统说法，两汉是刘攽负责的，三国到隋是刘恕的工作，唐五代是范祖禹执笔的。他们在《资治通鉴》编写过程中，分工合作，配合默契。先由司马光写出提纲，不仅有总提纲，还有每年的提纲，尤其对重要年代的提纲抓得很紧。他的助手根据提纲排编材料，以年月日为"丛目"，再将编入的材料逐条进行修订整理而写成"长编"，原则是"宁失于繁，无失于略"。最后由司马光修订润色定稿。待全书编完，原稿保留在那里，共有两屋子。黄山谷说他曾去看过在洛阳的两屋子草稿,查阅其中数百卷,没有一个字是草写的,可见当时所花工夫之审慎而认真。司马光把自己宝贵的精力都投入这部书的编写工作,他在进书表中说:"臣之精力,尽于此书。"担任这部书文字检阅的,是司马光的儿子司马康。

《资治通鉴》记载了从公元前403年至公元960年间1362年的史事,从战国到五代的兴盛衰落,按年编次,根据史事的发生、发展、的过程,分先后层次叙述,时间概念非常清晰。特别是汉以后的三国两晋南北朝的史事,纷繁复杂,以时间先后为序,年经国纬,就显得井井有条。《资治通鉴》取材范围极为广泛,凡正史、杂史、笔记、小说,无不"左右采获,错综铨次",采用杂史三百余家。由于参考资料极其丰富,往往一件事用三四处材料综合写成,内容充实,天文地理、礼乐历数无不详备。司马光在编写《资治通鉴》过程中,对原来各种记载中分歧较大的史事,只选择证据分明、情理近实者修入正文。

司马光对问题处理非常审慎,他完成《资治通鉴》的编写工作后,剩下的一些材料,另行编录,辨其谬误,说明其舍此取彼的理由,写成《通鉴考异》30卷,说明编修《资治通鉴》的史料来源,以解读者之疑,并为后人进一步研究提供线索。为了便于读者检阅《资治通鉴》,还编了《通鉴目录》30卷,仿年表体例,从目录中可知某年发生了哪些重大事件,又可从目录中检阅原书。后因《通鉴目录》太简,为了弥补缺陷,他又编写《通鉴举要历》,比《通鉴目录》稍详的《资治通鉴》节本,惜已失传。

《资治通鉴》问世后,长期为人们所重视,对它的研究逐渐成为一项专门学问,称为"通鉴学"。宋代王应麟《通鉴地理通释》,将《资治通鉴》所载地名,一一考出异同沿革,叙述历代军事据点,要言不烦。朱熹根据《资治通鉴》,提纲挈领,写成《资治通鉴纲目》,新创了"纲目体"史书。宋末元初,胡三省花了30年,为《资治通鉴》进行注释校雠,为读者提供了极大方便。

《资治通鉴》作为中国第一部编年体通史,是我国古代历史编纂学发展史上一个光辉标志,它保存了丰富的史料,特别是隋唐五代部分,保留了许多有价值的史料,所征引的史书,现在大半已经亡佚。当然,《资治通鉴》也有它的缺点和不足,比如全书贯穿封建正统思想和封建道德观念,宣扬英雄史观。内容编排上,详于政治,略于经济、文化,这都是该书的弱点和局限性的表现。

经典评论

尝命龙图阁直学士司马光论次历代君臣事迹,俾就祕阁翻阅,给吏史笔札,起周威烈王,讫于五代。光之志以为周积衰,王室微,礼乐征伐自诸侯出,平王东迁,齐、楚、秦、晋始大,桓、文更霸,犹讬尊王为辞以服天下;威烈王自陪臣命韩、赵、魏为诸侯,周虽未灭,王制尽矣!此亦古人述作造端立意之所繇也。其所载明君、良臣,切摩(切磋)治道,议论之精语,德刑之善制,天人相与之际,休咎庶证(吉凶、善恶各种现象)之原,威福盛衰之本,规模利害之效,良将之方略,循吏之条教,断之以邪正,要之於治忽,辞令渊厚之体,箴谏深切之义,良谓备焉。凡十六代,勒成二百九十六卷,列于户牖之间而尽古今之统,博而得其要,简而周于事,是亦典刑之总会,策牍之渊林矣。

——宋神宗

自有书契以来,未有如《通鉴》者。

——王应麟

此天地间必不可无之书,亦学者必不可不读之书也。

——王鸣盛

编年之史,备于司马氏。司马氏出,而宋以前之为编年者废矣。

——胡应麟

《通鉴》能于十七史之外,旁搜纤悉,以序治忽,以别贤奸,以参离合,以通原委,盖得之百家之支说者为多。

——王夫之

上起三国,下终五季,弃编年而行纪传,史体偏缺者五百余年,至宋司马氏光始有《通鉴》之作,而后史家二体,到今两行,坠绪复续,厥功伟哉!

——浦起龙

延伸阅读

1. 王夫之:《读通鉴论》,中华书局 2013 年版。
2. 袁枢:《鉴纪事本末》,中华书局 2015 年版。

推荐版本

司马光:《资治通鉴》,中华书局 2013 年版。

(马金霞)

中国近三百年学术史

梁启超

作者简介

梁启超(1873—1929),近代资产阶级改良主义者、学者。字卓如,号任公,别署饮冰室主人。广东新会人。

自幼在家接受传统教育,"八岁学为文,九岁能缀千言"。1889年中举。1890年,拜康有为为师,后与其一起参加百日维新,人称"康梁"。1895年,发起强学会,主办《中外纪闻》。1896年,和黄遵宪、汪康年创办了《时务报》。1898年,戊戌变法失败,逃亡日本。先后创办《清议报》《新民丛报》《新小说》等报刊。1912年秋回国。1915年,与蔡锷等反对袁世凯称帝。1925年,正式就聘清华国学研究院导师,其间撰写不少学术著作。1929年病逝。其主要著作有《少年中国说》《敬业与乐业》《中国历史研究法》《中国近三百年学术史》《新民说》《中国文化史》等。合集为《饮冰室合集》《梁启超全集》等。

梁启超于学术研究涉猎广泛,在哲学、文学、史学、经学、法学、伦理学、宗教学等领域,均有建树,其中史学研究成绩最显著。他还倡导"文界革命",创造了介于古文和白话文之间的"新文体",被公认为是中国历史上一位百科全书式的人物。

名著背景

《中国近三百年学术史》原为梁启超任教于清华大学、南开大学等校时编的讲义。1922年7月,梁启超在南开暑期学校讲学,编有一部《清初五大师》讲义,是

《中国近三百年学术史》最早成稿的部分。1923年9月开始,梁启超任清华大学特别讲师,讲授"中国近三百年学术史"课程,授课时间为每周三晚7点半至9点半,讲义即《中国近三百年学术史》一书。清华讲义有存本,藏于国家图书馆古籍馆。故严格来说,《中国近三百年学术史》成书于1923年秋。1927年7月,《中国近三百年学术史》全书由上海民志书局出版。

在光绪二十八年(1902)所作的《论中国学术思想变迁之大势》中,他就立有"近世之学术"一章,分明末清初、乾嘉、晚清三个时期考察了清代学术的演变过程。此后,又陆续进行了一些有关清代学术的专题研究。1920年,他应蒋方震之邀,为其《欧洲文艺复兴史》作序,遂借此时机,写成《清代学术概论》,扼要论述了清代学术发展大势。《中国近三百年学术史》便是在此文的基础上,进一步充实完成的。

经典观点

梁启超将清代300年学术思潮划分为四个时期,即启蒙期、全盛期、蜕分期、衰落期。他阐明清代学术的主潮是"厌倦主观的冥想而倾向于客观的考察",支流是"排斥理论,提倡实践"。对于清代300年学术的历史地位,梁启超也给予了客观评价:"这三百年学术界所指向的路,我认为是不错的——是对于从前很有特色而且有进步的,只可惜全部精神未能贯彻。"书中还探讨了政治现象与学术变迁的关系,揭示清代学术曲折发展的原因。梁启超指出,政治现象与学术变迁"关系最大"。

阅读导引

《中国近三百年学术史》始于明朝最后20年,迄于1920年,主要讲述清代300年的学术发展史。书名之所以没有用"清代学术史",原因有两个:第一,"晚明的二十多年,已经开清学的先河,民国的十来年,也可以算清学的结束和蜕化。把最近三百年认作学术史上一个时代的单位,似还适当,所以定名为《近三百年学术史》";第二,"今年是公历1923年。上溯三百年前至1623年,为明天启三年,这部讲义就从那时候讲起。若稍为概况一点,也可以说是17、18、19三个世纪的中国学术史"。

梁启超在《中国近三百年学术史》中详尽评述了明末至民国初中国学术的内容,比较深入全面地考量了清代有一定影响的学术流派和学术人物,客观真实地评价了清代学术发展的突出贡献。全书共分十六讲。其中第一讲至第四讲为引论或总论部分,主要阐释清代学术变迁与政治的影响。第五讲到第十一讲,分别从心学余波及清代经学、清初哲学、清初史学、程朱学派、实践实用主义、自然科学等方面,对清初学界形势进行条分缕析。第十二讲到第十六讲则主要以"清代学者整理旧学之总成绩"为题,集中评介了以乾嘉学派为中坚的清代学者在整理旧学方面的诸多学术成就,同时也从中国学术变迁的角度,分析了其贡献与不足。

《中国近三百年学术史》的编写,在体例上受到《明儒学案》《宋元学案》的影响,有关各学派或学科的各讲,侧重论述各学派人物生平行谊、学术要旨、时代特征和影响,以及师友渊源、学派递衍等。对于学术思想自成一家的"瑰奇之士",仿照《明儒学案》中"诸儒学案"之例,另立《清初学海波澜余录》一讲,分别加以评介。但是,作为一个提倡新史学的学者,梁启超并未局限于学案体的旧框架内,而是依据清代学术发展的自身特点,在材料组织和体例结构上对旧体学术史撰写做了改造和发展。首先,在分述各学派或学科之前,特立《反动与先驱》《清代学术变迁与政治的影响》等概论性篇章,以加强对一代学术的贯通认识。其次,突破旧体学术史的狭隘格局,扩大了对学术的考察面。

梁启超的新史学思想在《中国近三百年学术史》中得以贯彻和体现,比如他在论及各家各派学术时,尤其注意将其放到一定的社会政治文化和学术思潮背景中去考察。各学派的活动,固然给学术思潮的形成以相当影响,但也往往受到时代思潮的制约。由于学术思潮比较集中地反映了一定时期的学术风气、发达程度和变化趋势,所以只有把握住其起伏变动的脉搏,才能更好地认识各派学术的历史地位和作用。《中国近三百年学术史》另一显著特点是,力戒门户之见,持论平实。梁启超认为,旧学术史往往因为一些作者限于学派之争,而将门户之见掺杂其中,失去公正之心。梁启超主张,评论各家学术,应"力求忠实"。正是实事求是的治学态度,使得他对清代各派学术的功过、特点与风貌,往往能给予比较中肯的评介。

作为一部学术专著,《中国近三百年学术史》也有缺点和不尽如人意的地方。比如从结构上来看,全书前十一讲主要介绍清初学术发展,第十二讲到第十六讲介绍清代学者整理旧学成绩,两部分在体例上不够统一,对于鸦片战争以后的学术发展介绍很少。在对影响清代学术变迁的原因讨论上,作者虽然对政治与学术的关系进行了深刻阐释,但是由于所处时代的局限,还未看到社会经济对学术的深刻影响。总体来看,作为民国时期学术史研究的代表著作,《中国近三百年学术史》因其叙事可信、史料翔实、寓论于史等特点,问世以来即风行不衰,成为研究清代学术史入门的必读书。

经典评论

这种将学术从政治文化中独立分离出来的思考方式,是古代的学术思想研究所没有的。书中间出现了对当权者干涉人民思想的讨论,将个人的学术思考独立于政治之外,将学术看作独立的一项思想活动,是一种全新的思考点,即便在今天的现代社会中,学术与政治更是学术研究者不得不面对和思索的基本问题之一。

——罗文娟

梁启超写作此书,既不是闭门造车,又不是蹈袭他人,而是较好地处理了继承与创新的关系。首先,关于学术史的内容和体制,他总结、吸收前人的经验,而又做了别开生面的创新……在此书具体内容的各个方面，梁启超也总是注意在借鉴前人的成果的基础上加以开创。

——孙钦善

梁启超虽早于 1902 年便开始发表《论中国学术思想变迁之大势》，对古代学术史做了全景式鸟瞰，但过于粗疏笼统。他最有代表性的学术史著作当为进入民国后所撰的《清代学术概论》和《中国近三百年学术史》，前者撰于 1920 年，后者在 1923 年冬至 1925 年春之际完成。这两部著作承清末学术史研究之遗绪而来，同样为此一时期学术史勃兴潮流下之巨制。

——李帆

梁启超的《中国近三百年学术史》为 20 世纪的学术史确立了典范。在《中国近三百年学术史》的最后四章中，梁启超论述了清代学者在经学、小学、音韵学、校勘学、辨伪学、辑佚学、史学、方志学、地理学、历算学、谱牒学、乐曲学、物理学及工艺学等方面的成就，他对清代学术史的论述具有广泛性与完整性。

——袁咏红

延伸阅读

1. 梁启超：《清代学术概论》，中华书局 2010 年版。
2. 钱穆：《中国近三百年学术史》，中华书局 1986 年版。

推荐版本

梁启超：《中国近三百年学术史》，中国社会科学出版社 2008 年版。

（马金霞）

历史

希罗多德

作者简介

希罗多德（Herodotos，约前484—前425），在西方被称为"史学之父"。是他首先创立了西方历史编纂学上的一种正宗体裁，开始运用历史批判的方法撰述历史，其传世之作《历史》是西方史学上第一部名副其实的历史著作。

虽然写了这样一部大作品，但对于他本人的生平，并无详细文献记载，我们只能根据有限的资料，结合他本人的作品做一个十分粗略的叙述。约公元前484年希罗多德生于小亚细亚的海滨城市哈利卡纳苏斯，他出身贵族之家，自幼受过良好教育，并受爱奥尼亚文化熏陶，才智过人。大概在他青年时代，他的家族因反对本城邦僭主吕格达米斯的暴政而受到迫害，他本人也受株连被迫移居到萨摩斯岛。后来他的故乡政局发生变化，本城僭主被推翻，他一度重返故乡。不久，或许基于同样的政治原因，再次被迫出走，从此再没回去过。

公元前455年到公元前445年，希罗多德在西亚、北非、希腊半岛、地中海沿岸等古代世界进行了长时间的游历探访。所到之处，注意了解各地的风土人情和名胜古迹，多方收集各种历史故事和民间传说，这为他日后的历史著述带来很大益处。公元前447年，希罗多德来到雅典，在这里他决心撰写一部完整叙述希波战争的历史著作。为此，他在希腊本土再次进行探访活动。但是，不知为何，他的写作计划未能在雅典完成。公元前443年，希罗多德随同一些雅典人前往意大利南部殖民，在塔林敦海湾附近建立了一座新城——图里奥伊。他很快成了这个城邦的公民。他的晚年大体是在该地度过的。在那里，他潜心著述《历史》，但全书可能尚未最后完稿，作者便于公元前425年左右去世了。

名著背景

《历史》，因以希波战争为中心，故亦称《希腊波斯战争史》，其原本使用希腊爱奥尼亚方言写成。以战争为主题的《历史》，被公认为受到《荷马史诗》的启发，史学史家莫米格里阿诺说，要是没有荷马，希罗多德不可能想到撰写他的《历史》。但是，希罗多德并不是简单地模仿荷马。和特洛伊战争不同，希波战争是最近发生的历史事件，关于它的传说和记载很少，因此希罗多德必须像现代历史学家一样，进行研究调查，收集资料，然后进行著述。而后来表示"历史"的希腊单词"historia"，在古希腊语中即意为"探究"或"研究"。因而，希罗多德奠定了西方史学一个传统，就是力求探索未知，努力发现新的史实。

此外，希罗多德还奠定了另一个主要的史学传统，即政治军事史与文化史并重的传统。希罗多德说他写作《历史》的目的是"使人类过去的事迹不致因时间而流逝，使希腊人和蛮族人伟大而令人惊叹的成就不致变得湮没无闻。"希罗多德在其历史书写中体现出了世界性眼光和少有的开明思想，他对希腊人和外族人的历史文化一视同仁。《历史》记载的内容十分丰富，从地中海周围各民族的历史、文化、风土人情到各地地理风貌、动植物生长生活习性，可以说它既是政治军事史，又是文化史、民族史，还是人类学著作。

经典观点

推崇希腊，颂扬希腊城邦，向往奴隶主民主政治，这是贯穿希罗多德思想中的主要内容。希罗多德在《历史》中竭力歌颂的对象是雅典城邦，在他看来，雅典人作战勇敢，在战斗中屡屡打败敌国，是因为雅典公民享有广泛的民主自由，每个人"尽心竭力"为自由而战的缘故。

尽管强调人本观念，但在希罗多德的历史观中尚保留有浓厚的天命论思想。他声称："当城邦或是民族将要遭到巨大灾祸的时候，上天总是会垂示某种征兆的。"这就明白地向人们昭示，在天象与世事之间，有着某种神秘的联系。书中涉及征兆应验之类有35次之多。

阅读导引

希罗多德的《历史》是以波斯的历史为中心，以波斯对外战争为主线，以波斯和希腊的战争为重点，记述了亚细亚、欧罗巴、利比亚三大洲（即希罗多德所知道的陆地世界）各地区、各民族的历史、地理、种族以及风俗习惯等内容，是一部高度统一的百科全书式的"世界史"巨著。从内容上看,《历史》一书大体可分成两大部分。从开篇至第 5 卷第 27 节为第一部分,主要描写波斯帝国兴起和扩张经过。详细介绍了吕底亚、米底、巴比伦、埃及、波斯、斯基泰亚等地的社会生活和风土人情,并对希波战争爆发的原因进行了追溯和探讨。第二部分从第 5 卷第 28 节一直到全书结束,集中叙述希波战争的经过。从小亚细亚伊奥尼亚城邦暴动开始,按时间顺序记述了大流士镇压暴动并出兵希腊在马拉松战役遭到挫败;随后薛西斯倾帝国之力对希腊发动空前规模的进攻,斯巴达国王列奥尼达率军在温泉关英勇战死,希腊联军取得萨拉米斯海战的胜利;公元前 479 年,希腊人同时赢得普拉提亚和米卡列战役的胜利,波斯势力退出爱琴海地区。关于此书是否写完,史学家观点不一。一种意见认为,希罗多德写至菩提拉亚戛然而止,一场伟大的民族自卫战争已经结束,文章已完美无缺;另一种意见认为,《历史》实在没一个像样的结尾,可能是因为作者骤然离世,故未能完成全书。

《历史》原著本不分卷,后来被亚历山大里亚的校注学者分为 9 卷,每卷卷首分别冠以一位缪斯女神,故而《历史》又名"缪斯书"。第 1 卷描写居鲁士统一波斯、征服小亚细亚的经过。第 2 卷主要介绍古埃及的情况。第 3 卷记述冈比西斯和大流士统治时期的史事。第 4 卷介绍了大流士攻打斯奇提亚和利比亚的情况。第 5 卷记述爱奥尼亚人起义。第 6 卷描绘大流士入侵希腊和马拉松战役。第 7 卷叙述波斯王薛西斯侵入希腊和温泉关之役。第 8 卷描述雅典海军在萨拉米斯海战中的胜利。第 9 卷记述普拉提亚和米卡列战役,以雅典军队攻陷塞斯托斯为尾声。

《历史》这部传世之作具有以下特点:首先,它视野开阔,内容宏富。希罗多德不仅对政治、军事、外交事件记载详细,同时对于经济生活、山川地理、社会生活、宗教信仰、风土人情、奇闻趣事无不涉及。除希腊以外,埃及、巴比伦、叙利亚、波斯等国的历史在书中都占有相当大的篇幅,体现了作者的世界眼光。

其次,《历史》并不满足于对史事和环境的叙述,而是努力寻找史实背后的原因。希腊各个弱小的城邦为何最终能战胜实力强大的波斯帝国?希罗多德强调胜利的根本原因是雅典的公民享有自由民主。希波战争的结果是雅典的民主制度战胜了波斯的专制制度。通过叙事来表达和揭示历史事件的原因,使得《历史》具有前所未有的深度。

然后,希罗多德主张对史料进行考证,辨别真伪,体现了历史研究和写作中求真精神和批判精神。他是西方史学史上最早开始运用历史批判方法的人。

最后,希罗多德作史重视道德训诲作用,创立了"借鉴史学"的原则,如他对雅典民主制度的推崇,对专制制度的厌恶,对波斯帝国侵略行径的谴责,都有进行道德教育的作用。

因为时代的局限性,《历史》也有其缺点和不足。如书中的天命论思想,又如作者亲雅典的立场,使他难以公允。对奇闻逸事过度喜爱,又造成书的内容庞杂,不够精练。由于史料考证工作刚刚肇始,书中难免有失实之处。然而所有这些都无法抹杀《历史》的伟大历史功绩,它是人类宝贵的文化遗产。

经典评论

带领读者一路走来,把耳听的虚言变成眼见的事实。

——[希腊]朗吉努斯

对于历史来说,判断一切的标准就是真实……然而,人们在历史之父希罗多德的著作和太庞浦斯的著作中发现了难以数计的编造。

——[古罗马]西塞罗

在任何的时代里,很少有历史学家,或者说是作家能像哈利卡纳苏斯的希罗多德那样,受到如此广泛而多样化的评价。

——《剑桥希罗多德指南·序言》

尽管这部历史有记叙文和佚事集的性质,但它还是具有无可争辩的统一性。使希罗多德的著作高出其他的是它表现了协调和综合的能力,这是他的前辈见所未见的,而且它还标志着批判性著述的开端,尽管它实际上还很朴素。

——[美]J. W. 汤普森

延伸阅读

1. 荷马:《伊利亚特》,罗念生、王焕生译,上海人民出版社 2012 年版。
2. 荷马:《奥德赛》,王焕生译,上海人民出版社 2014 年版。
3. 修昔底德:《伯罗奔尼撒战争史》,谢德风译,商务印书馆 1960 年版。

推荐版本

希罗多德:《历史》,王以铸译,商务印书馆 1959 年版。

(马金霞)

胡适口述自传

胡适　唐德刚

作者简介

胡适(1891—1962),安徽绩溪人,1891 年 12 月 11 日出生于上海,乳名嗣穈,学名洪骍,字适之,笔名天风、希疆、笑、骍、铁、冬心、期自胜生、藏晖、胡天、蝶儿、适广、铁儿、HSC、QV。清光绪三十二年考取上海中国公学。宣统二年考取清华官费第二批留美学生,正式用"胡适"名字,先入康奈尔大学学农科,后转哥伦比亚大学学哲学,师从美国实用主义哲学家杜威,1914 年在美国发起成立中国科学社。1917 年年初在《新青年》上发表了《文学改良刍议》,同年通过哲学博士学位的最后考试,回国后任北京大学教授。曾参加编辑《新青年》,五四运动中提倡白话文,主张文学改革,随陈独秀办《每周评论》,成为当时新文化运动的代表人物之一。曾发表《多研究些问题,少谈些主义》一文,反对马克思主义的传播。提出"大胆假设、小心求证"的实用主义研究方法。1926 年任上海光华大学教授。1928 任中国公学校长兼文理学院院长。1930 年任北京大学文学院院长。1935 年当选为中央研究院第一届评议员。1938 年出任中国驻美大使 4 年。1945 年出任北京大学校长。1946 年当选国民大会代表。1949 年赴美讲学,至 1958 年由美国返回台湾地区,出任"中央研究院"院长。1962 年 2 月 24 日在台北病逝。胡适著作甚为丰富,其中以《中国哲学史大纲》《胡适文存》《白话文学史》等最为著名。

唐德刚(1920—2009),1920 年生于安徽省合肥县西乡山南馆唐老圩。在老家读了私塾和小学,到合肥上了中学,1939 年秋,唐德刚考入国立中央大学历史系。4 年后毕业,到大别山区的岳西,当了两个学期中学历史教员。1944 年,应安徽学院史地系系主任李泽刚之聘到该校做讲师,教授西洋通史。1948 年赴美留学,负笈哥伦比亚大学历史系,追随唐纳德教授研究西方史。1959 年获得哥伦比亚大学哲学博士学位并取得美国国籍,留校任教。唐德刚在哥伦比亚大学执教前后 15 年,1972 年,又被纽约市立大学聘为该校亚洲系教授,后又出任该系系主任。1972

年 2 月,尼克松总统访华后,中美关系趋于缓和,唐德刚首次返回阔别 25 年的安徽探亲;此后,长期为中美交流出力,先后多次访华、讲学。2009 年 10 月 26 日晚,唐德刚先生因肾功能衰竭在美国旧金山逝世,享年 89 岁;逝世前,他将全部藏书共计 124 箱悉数捐给安徽大学。唐德刚主要著作有:《胡适口述自传》《胡适杂忆》《中美外交史百年史 1784—1911》《美国民权运动》《顾维钧回忆录》《梅兰芳传稿》《第三种美国人》《美国民权运动》《中美百年史》《中美外交史》《第一次国共合作期间的中苏关系》。

名著背景

唐德刚何以要为胡适做口述自传呢? 这件事要追溯到 20 世纪 50 年代初胡适在美国做寓公时的一段往事。当时,胡适应母校哥伦比亚大学中国口述历史学部的邀请,对自己的人生行事进行口述回忆,以便为历史研究留下一些宝贵的资料。而在哥伦比亚大学读书的唐德刚,就担任了整理胡适口述史的工作。在此之前,唐德刚就与胡适相识了,因为胡适和唐德刚都是安徽人,又都是哥伦比亚大学校友。所以,常去哥伦比亚大学图书馆借书的胡适,与在图书馆勤工俭学的唐德刚见面后,一见如故。因为与胡适有这样的缘分,当哥伦比亚大学中国口述历史学部在福特基金会赞助下形成后,唐德刚就被指派为胡适的助手,正式开始了胡适的"口述历史"。胡适受唐德刚采访,以英文口述生平,于 1958 年完成 16 次正式录音,并于 1959 年经胡适手订而成。本书是由唐德刚根据哥伦比亚大学"中国口述历史学部"所公布的胡适口述回忆 16 次正式录音的英文稿,和唐先生保存,并经过胡适手订的残稿,对照参考,综合译出。

经典观点

唐德刚说胡适的"一生,简直就是玻璃缸里的一条金鱼;它摇头摆尾,浮沉上下,一言一笑……都被千万只眼睛注视着"。

唐德刚把胡适的一生分为"适之先生"和"胡适先生"两个阶段。前者是开 500 年文化新运的一位大师、老祖;后者则只是一个政治上和文化上的偶像。

"胡氏治学对我国传统治学精神的承继,可说深入骨髓;西学对他的影响,有时反而是很表面的。"

胡适"一生在学术上的成就,是与他有生之年的这个时代密切配合的。我们也可以说胡适之是'胡适的时代'里的第一位大师"。

阅读导引

所谓"口述自传",即由传主自述其生平思想,与传统的历史训练不同,它须借助于现代技术手段。1948 年,哥伦比亚大学著名历史学家艾伦·芮文斯(Allen Nevins)设立口述历史研究室,1957 年,哥伦比亚大学东亚研究所中国口述历史学部成立,开始对流亡美国的国民党政要进行口述访问。作为中国口述历史学部的研究员,唐德刚负责了对胡适的访问和后续的文字整理工作。《胡适口述自传》最初以英文版出版于 1972 年,1979 年时唐德刚又把它翻译成了中文,在国内出版发行。

唐德刚做的口述历史不是随意为之,事先做过充分的准备工作。唐德刚在《历史是怎样口述的》一文中说,在正式采访工作进行之前,要先拟一个"访问计划"。"计划的第一步是把胡氏有关他自传的著作如《四十自述》《藏晖室札记》、历年日记以及其他零星散文排个队,并择要整理一番;第二步再以'访问'方式来填补这些著作的'空白',做出个详细的'胡适年(日)谱';第三步再根据这个系统中的高潮,择要而做其文章——一方面我可以帮助'胡适''口述'其'自传';另一方面我自己也可以根据这个系统和数据,从旁补充而评论之。"访问计划拟好后,口述历史工作正式开始。工作分四步进行:第一步录音;第二步整理;第三步定稿;第四步英文版修订出版。后来唐德刚在将《胡适口述自传》翻译成中文的时候,常常根据他与胡适的谈话经过,访谈中的问难与感想等材料做眉批,中文版成书时,这些眉批就被整理成"注释"的一部分。

《胡适口述自传》中文版全书约 23 万字,分为 12 章,共有唐注 165 个,9 万多字,占总字数 38% 左右。这些注释大部分是唐德刚自己的发挥,起到画龙点睛的作用。唐的"注"与其说是"注",不如说是"批"。唐德刚批胡适,以"注释"的形式放在正文后,给读者阅读造成了一定的不便。如果读一段胡适自述,再读一段唐注,往往会被唐注吸引,进入唐德刚语境,转回头再读正文,很难接续。所以,一开始读《胡适口述自传》的时候可以采取简易读法,即略去注释,只看胡适口述部分。由于胡适有多年公开演讲经验、良好的学术训练及较强的传记意识,因而口述部分思路清晰,表达简洁生动,能够从总体上梳理自己实验主义思维术和注重考据的研究方法的形成,对中国文学史和思想史的关注与贡献,对政治、宗教信仰等问题的态度,等等。这一点是其他政坛及军界政要的口述自传无法企及的。

然而,如果我们读书仅限于此,那么它只是一个"一边倒"的入门小册子,无法解答读者在阅读过程中可能出现的疑惑,也不能更好地提供展开进一步研究的线索与思路。这就要求我们,看过胡适口述部分之后,配上唐德刚的注释,二次精读《胡适口述自传》。唐德刚的注释,既有印证、说明、补充、核实,也有肯定与评论,拓展和深化了胡适口述的内容与观点,提升了口述自传的文本价值。这是一般口述自传无法达到的境界与水准。

《胡适口述自传》向人们清晰展示了胡适一生的思想变化的脉络,是一本认识胡适的"入门"书,其价值就在于口述者与记录者的高度合作。既反映了胡适本人对自己一生的总结,也反映了唐德刚对胡适的见解和评价。

经典评论

胡适之先生是现代中国最了不起的大学者和思想家。他对我们这一代,乃至今后若干代的影响,是无法估计的。正因为如此,我们这些和他同时代的后学,耳濡目染之间,对他的观察和认识也最为真切——比后世学人或外国专家,要真切得多。值此"胡适"大名一天天地向历史的海洋下沉之时,我们和他老人家原先很熟识的人,趁大家记忆犹新之时,写一点对他的观察和感想,实在是义不容辞的。这也是笔者近两年来,信手涂鸦,写了几十万字的主要动机。

——唐德刚

大概在大学时代,我已闻唐先生的大名,并拜读了他的《李宗仁回忆录》等著作。攻读硕士学位期间,因研究胡适早期政治思想,唐先生的《胡适口述自传》《胡适杂忆》,自然成了我案头的常备著作。

——欧阳哲生

作为胡老夫子的关门弟子,唐德刚所有关于胡适的著作中没有粉饰老师为"圣人",反而客观中肯,毫无隐晦之意,在今天漫天飞的传记里,怕是少有的了。

——熊培云

延伸阅读

1. 胡适:《胡适自述》,北京大学出版社 2013 年版。
2. 唐德刚:《胡适杂忆》,广西师范大学出版社 2015 年版。

推荐版本

胡适:《胡适口述自传》,唐德刚译注,广西师范大学出版社 2015 年版。

(马金霞)

近代中国社会的新陈代谢

陈旭麓

作者简介

　　陈旭麓(1918—1988)，湖南省湘乡县(今双峰县)人。著名历史学家、华东师范大学创始人之一。

　　幼年在家乡小学、蒙馆、私塾习旧学。1934年秋赴长沙入孔道国学专科学校。1938年入战时内迁途经长沙至贵阳的大夏大学历史社会系。曾历任大夏大学讲师、副教授兼圣约翰大学教授。中华人民共和国成立后，历任华东师大教授、历史系副主任、研究生处处长、中西文化研究中心主任、副教务长等职，是华东师大创始人之一。陈先生一面为本科生、研究生开设中国通史、中国近代史、社会发展史等课程，悉心培育学术后进；一面从事研究著述。

　　其主要著作有《初中本国史》《司马迁的历史观》《近代中国社会的新陈代谢》《浮想录》《辛亥革命》《宋教仁》(合著)、《邹容与陈天华》(合著)、《近代史思辨录》《论历史人物评价问题》等多种。

　　陈旭麓先生主要从事中国近代史的研究与教学，其中关于辛亥革命及中华民国史的研究，以及近代精英思想与思潮演进的剖析，多属拓荒之作。1978年后，以"新陈代谢"为旨趣，致力于中国近代社会变迁和文化史的研究，所涉领域极广，论著大多融义理、考据等于一体，以思辨和文笔见称。

名著背景

　　这是一部精心构思、反复推敲、凝结着陈旭麓先生大量心血的学术著作。陈旭麓先生很早便着手构建本书体系。自1978年开始，他以"近代中国社会的新陈代谢"为题，为研究生和青年教师授课。在整整十年的时间里不断打磨，根据授课记录，曾整理过一个20余万字的讲稿，之后确定为《近代中国社会的新陈代谢》写作大纲。

在授课同时,陈先生陆续将思虑所得,形成论文发表,既是为了捕捉思想的火花,也是为了投石问路,让社会检验自己的成果。主要论文有《中国近代史上的革命与改良》《中国近代史上的爱国与卖国》《论革命派与立宪派的同一性》等,这些论文阐发了许多深邃的思考,体现了独特的思辨风格。

自20世纪50年代来,从事近代史研究的学者形成以阶级斗争为轴心,以太平天国、义和团、辛亥革命三次革命高潮的递进为主线的构架。在研究中注重政治斗争,认为"通史就是政治史"。在十一届三中全会上开创了思想解放的潮流下,开始史学改革,讨论中国近代史线索的问题。《近代中国社会的新陈代谢》就是当时史学改革潮流下的产物,强调"通史总是社会史"是以社会史会通近代史的代表作,也是史学改革潮流中出现的第一个近代通史的新体系。

最终先生未能完成著作,于1988年谢世,该书经由其弟子杨国强、周武整理,于1992年正式出版。

经典观点

近代中国社会新陈代谢在很大程度上由于接踵而来的外力冲突,又通过独特的社会机制由外来变为内在,推动民族冲突和阶级对抗,表现为一个又一个的变革的浪头,迂回曲折地推陈出新。

在本书中,作者考察了近代中国社会经济结构和政治结构的变革,城乡基层组织的演变,以及不平等条约激起的社会变化。研究中国近代社会变化的内部因素,寻找出外部冲击引起的社会风尚的改变。论述政治思想、哲学、文学等方面的变革,分析欧风美雨影响下的社会心态的变化。同时作者"借助辩证思维"来治史,贯穿中国近代社会历史。

阅读导引

关于近代中国始于何时,主要有两派,一种是把1839年至1842年的鸦片战争看成近代中国的起点,此后的中国历史便是一部帝国主义侵华史。还有一派主要由较为传统的中国史学家组成,以明清两代交替时期欧洲探险家和传教士来华那段时期作为近代中国的起点。陈旭麓的"近代中国"一词,是指1840年鸦片战争起,是和前一派的观点类似。以1919年为界,前八十年详细写,后三十年只是在最后一章附带勾画了几笔,只因生命突然终止,未能向世人展现所有的内容。

作者以近代中国社会的新陈代谢为主旨,对近代中国社会结构、社会生活和社会意识变迁做了具体深入的考察分析,还原出近代社会巨变的图景。全书共20章,按照时间顺序,从漫长的封建社会开始,勾画近代社会新陈代谢的脉络。剖析了封建社会得以延续的原因。个体的自给自足小农经济、科举制下的官僚政治在社会中对流、宗族和行会的存在与出现以及儒学定于一尊的社会意识形态，使得中国的封建社会可以绵延几千年。其中最博大之处在于综合考察，以整体来看中国的封建社会，"真理不是片面的"。

最终西方资本主义的枪炮打破了中国传统社会的宁静，在枪炮的逼迫下，中国社会蹒跚地走入了近代，影响了近代百年社会的新陈代谢。从第四章到第二十章便依次从 1840 年鸦片战争炮口下的新陈代谢，写到马克思主义扎根中国社会，掀开了新陈代谢的新篇章。书中处处点出新陈代谢，每部分章节都是近代中国社会新陈代谢的一方面。

作者在书写近代中国历史中，无不包含他自己所坚持的历史观。从整体上看，他的指导思想和理论基础是马克思主义的历史唯物主义。在研究社会结构、社会生活、社会意识的变迁时，仍然是认为生产力的发展是社会变迁的根本动力。在论述中国封建社会漫长过程时，把小农经济放在首位，以及认为西方殖民主义的原始资本积累虽是罪恶滔滔，然而如果没有罪恶的原始资本积累，历史的停滞就不会被打破，人类社会就不会进步。同时在生产力与生产关系的矛盾统一中，克服了片面强调旧生产关系对生产力的阻碍作用，揭示它会有自我调节机制、有限度地容纳甚至促进新的生产力产生这一原理。中国最开始的买办阶级以及慢慢发展形成的民族资产阶级，这些在新的生产力方式下孕育的生产关系，作者没有将其定性为反动阶级，采取否定一切的简单化态度，肯定其在兴办民族企业的功绩，对中国近代的民族资本主义做出重大贡献。其次经济基础和上层建筑的关系被用来分析欧美风雨影响下的中国社会思潮、社会文化心态怎样走出传统又反映传统的特点和表现。本书的历史体系是对马克思主义史学传统的继承和发扬。

其次在方法论上坚持了辩证法的原则，他在书中多次提到要"借助辩证思维""离开辩证思维和历史主义是难以解释其本来意义的"等等。例如书中关于"中体西用"的分析，关于中国近代史中的革命与改良、爱国与卖国、侵略与进步等关系的研究，以及关于会党在中国近代史上的两重作用的考察等，都充满着辩证法的光辉。站在历史哲学的高度，揭示了社会转型过程中两个范畴、矛盾、交融和转化，从而真正看出近代中国社会形态的特殊性和过渡性。

在体系的架构上，作者没有忽略政治史和重大历史事件在历史进程中的阶段性标志意义。进而把这些阶段性事件和由此引起的社会结构、社会生活、社会意识、社会生活的变化整合而成为一个反映社会全貌的整体。本书避免了过于关注精英人物、历史事件的传统方法，而将社会视角下移到普通民众，用社会史的方法，写出了一部社会近代史。作为历史新时期史学改革下的第一部代表作，反映出了当代中国史学发展的路向。

经典评论

刘知几谓史家须具"才、学、识"三长,而世罕兼之。旭麓却是当之无愧的"三长"兼具的史家,《新陈代谢》一书足以证明这一点。此书把史与论有机结合,通过对精练的史实的分析,阐明近代社会新陈代谢的规律,并用生动的文笔表达出来,引人入胜,处处显示出作者的"才、学、识"融为一体的风格。

——冯契

有了如陈旭麓先生的《近代中国社会的新陈代谢》这样阐释中国近代历史的历史哲学著作,它告诉我们,中国学者是完全有能力进行历史哲学的总结和创造的。

——刘修明

明达而深刻,有一种老吏断狱般的入骨。中国近代史能得国人如此谈论,也算是二百年来中国人所受苦难的一种补偿与救赎,有了这样的书我们可以说我们的苦没有白受,也不能说我们没有希望摆脱命运的轮回了。

——李书磊

延伸阅读

1. 蒋廷黻:《近代中国史》(插图本),上海古籍出版社 2014 年版。

2. 徐中约:《中国近代史:1600—2000 中国的奋斗》,计秋枫、朱庆葆译,世界图书出版公司 2008 年版。

推荐版本

陈旭麓:《近代中国社会的新陈代谢》(插图本),中国人民大学出版社 2012 年版。

(马金霞)

现代化新论

罗荣渠

作者简介

　　罗荣渠(1927—1996)，原籍四川荣县，著名历史学家。北京大学历史学系教授、博士生导师，北京大学校务委员会及学术委员会委员、北京大学世界现代化进程研究中心主任、中国史学会理事、北京市历史学会副会长、中国拉丁美洲史研究会会长、全国政协委员。他是当代中国现代化理论与比较系现代化进程研究的主要开创者。

　　1927年8月29日，罗荣渠生于四川成都一个书香世家，父亲罗文谟毕业于上海美专，乃刘海粟弟子，与徐悲鸿、张大千等交友，在诗、书、画、金石篆刻等方面都有很高造诣，母亲许子睿也出身新津书香门第。罗荣渠初中就读于成都县中，高中就读于成都树德中学，都是当地第一流中学，在文史方面打下了良好的基础。1945年，他以同等学力资格考入西南联大，一年后学校复员，转入北京大学史学系。1949年大学毕业，罗荣渠进入中苏友好协会总会工作，曾任《中苏友好报》编辑组长。1956年秋天，调回北京大学历史系任教，历任讲师、副教授、教授、博士生导师。1996年4月4日，罗荣渠病逝于北京，终年69岁。

　　罗荣渠治学领域广泛，融汇中西，著述宏富，治学领域涉及世界近现代史、美国史、拉美史、中美关系史和史学理论等。晚年时，以率先在国内从事现代化理论和历史进程的开拓性研究而闻名海内外。他著有《现代化新论》《现代化新论续编》《美洲史论》《伟大的反法西斯战争》等著作，主编《世界现代化进程研究丛书》。

名著背景

　　罗荣渠青年时代就有志于中国文化出路的探索。在北大从教期间，讲授世界现代史、世界近代史、拉丁美洲史、美国史、殖民主义史、二次世界大战史、中共党史等通史或专题课,打下了宽广的学术基础,也使得他最后走上了开拓宏观历史研究的道路。

20世纪80年代,在改革开放的新形势下,罗荣渠两次走出国门,分别赴美国密歇根大学和英国萨塞克斯大学从事访学研究工作。通过对当代西方社会和学术思潮的研究和实地考察,大大开阔了视野。尤其是在美期间,他读到布莱克教授的《现代化的动力》一书,后来又在普林斯顿大学与布莱克教授和研究中国现代化的课题组成员见了面,这给他以新的启示。罗荣渠有感于中国搞了100多年现代化运动却没有自己的现代化理论,备尝"摸着石头过河"的艰辛。他认为从世界各国现代化进程的比较研究着手去探索中国的现代化进程,是中国史学界面临的一个具有重大现实意义的研究课题。历史学必须与时代同呼吸共命运。于是他毅然中断了美国史的写作,开始踏入现代化研究的新园地。《现代化新论》正是他对世界和中国现代化大潮进行探索性研究的成果。

《现代化新论》出版于1994年,罗荣渠病逝后,他的学生整理了他未完成的著作,编成《现代化新论续编》出版。2004年,商务印书馆在这两部书的基础上,编成《现代化新论》(增订本)出版,融汇了罗荣渠研究现代化理论的全部精华。

经典观点

用历史唯物主义阐释现代化概念,从传统农业社会向现代工业社会的全球性大转变的角度进行整体考察,首次提出了以生产力作为社会发展中轴的一元多线历史发展观。

用新的历史发展观,对近两个世纪以来现代化的全球进程进行了重新考察,提出了三大发展浪潮的总框架。

把近代以来中国的巨变放到世界大变革的总进程中加以考察,突破革命史的框架,提出以三大矛盾交织、四大趋势互动和三大阶段,作为近代中国变革基本线索的新观点,揭示了中国现代化面临的异乎常态的内外环境及其通过革命化走向现代化的独特道路。

清理出"现代化"概念在中国形成和发展的线索,提出早在西方现代化理论诞生的前20年,在中国已经初步形成了自己的现代化概念与观点,与三次大的模式转化相对应,中国人的现代化意识也经历了从朦胧的"富强"价值观到"西化"价值观再到苏式社会主义价值观,最后达到现代发展价值观这样四个阶段的发展演变。

提出要以批判眼光看待现代化,认为现代化是人类通向更高社会所必经的一个大过渡阶段,但不能将它理想化,而应充分估计到为自由派理论所忽视或掩饰的现代化的负面效应,整个现代化进程是一个充满矛盾的不平衡的发展过程。

阅读导引

《现代化新论》(增订本),是首部从历史学角度探讨世界与中国的现代化整体进程的专著。全书分上下两篇,共五编。

第一编下分四章,主要是从历史学角度探讨现代化进程的内涵,建构了一个以生产力作为社会发展中轴的新发展观的理论架构。作者提出了一元多线历史发展观,突出以生产力标准代替生产关系标准作为衡量社会发展的客观主导标志,并按照大生产力形态演进的主线,着重阐述了现代工业生产力引发的第三次社会大变革的伟大历史意义。本书从历史进程立论,对现代化进程提出了广义和狭义两种解释。广义的现代化主要是指工业革命以来现代生产力导致社会生产方式的大变革,引起世界经济加速发展和社会适应性变化的大趋势,具体说,就是以现代工业、科学和技术革命为推动力,实现传统的农业社会向现代工业社会的大转变,使工业主义渗透到经济、政治、文化、思想各个领域并引起社会组织与社会行为深刻变革的过程。

第二编下分三章,主要是运用新的发展观,对近两个世纪以来现代化的全球发展趋势勾画一个总轮廓和总线索。首先,运用社会学的方法,把人类社会变迁归纳为四种基本形式:渐进性微变、突发性微变、创新性巨变、传导性巨变。现代化是突破原有农业大生产力形态转向工业大生产力形态引起的社会巨变。由内在因素导致的突破,称为内源性现代化,这是一种创新性巨变,是一个自下而上的自发过程,最早进入现代化进程的西欧各国属于这种类型。由外在因素导致的突破,称为外源性现代化,这是一种传导性巨变,是自上而下或上下结合的急剧变革过程,后进国家属于这种类型。在具体阐述现代化进程时,作者提出了这一世界规模的大变革经历三次大推进即三次发展浪潮。此外,作者还从东西方社会经济结构和历史传统不同入手,着重分析了历史特点与文化传统对第三世界国际现代化的模式、战略选择的制约性影响。

第三编下分两章,是对近百年来中国现代化历史趋势和特点的总体考察。在把握了现代化世界进程的总趋势之后,再把近代中国的社会巨变放在世界大变革的总进程中加以考察,这是从世界看中国。作者突破了认识近代中国以反帝反封建作为基本线索和理论分析框架,从众多的内外因素的互动作用,提出了以衰败化、半边缘化、革命化、现代化四大趋势作为近代中国变革的基本线索的新观点。

第四编下分三章,主要是对世界现代化进程总趋势的论述、对东亚现代化经验的探讨。现代化运动在东亚各国大体上可区分为三种不同的基本演进类型:日本型、韩国型、中国型。三大类型中只有第一种是比较平稳的阶梯式推进,第二、三种都是极不平稳的断裂式推进。

第五编下分三章,作者主要对中国 1949 年到 1989 年经济增长的方式进行了阐释,以中国现代化过程中的三次模式大转换为脉络对中国现代化的百年历程做了较为系统的论述,用较大篇幅分析了中国传统文化与中国现代化的关系。

经典评论

《现代化新论》一书正是罗荣渠先生对世界和中国现代化大潮进行探索性研究的成果。本书的主要特点是从宏观史学视角,把现代化作为全球性大转变过程,进行整体研究;运用跨学科的社会科学研究方法,融理论与历史研究为一体,突破传统和西方窠臼,创立了现代化研究的新范式。作者作为这一研究方向的开拓者和有重大建树的创始人,使他登上了一生学术事业的高峰。

——林被甸

在这部积十数载之功而成就的呕心沥血之作中,罗氏以深厚的理论素养和历史学功力为根基,并广泛吸纳海内外有关跨学科研究的学术成果,对现代化理论、世界和中国的现代化进程进行了深入的卓有成效的探索性研究。全书洋溢着作者的创新意识,不落传统和西方的窠臼,力图融理论、历史和现实研究于一体,为中国的现代化研究实实在在地打开了广阔的新天地……为中国的现代化研究奠定了一块里程碑式的基石,也为世界的现代化理论界贡献了中国人的新发展观……我们呼唤像《现代化新论》这样的真正的好书。这才是跨世纪的中国学术希望之所在。

——杨玉圣

延伸阅读

1. 吉尔伯特·罗兹曼:《中国的现代化》,江苏人民出版社 2010 年版。
2. 戴维·哈维:《后现代的状况》,商务印书馆 2013 年版。

推荐版本

罗荣渠:《现代化新论》(增订本),商务印书馆 2004 年版。

(马金霞)

万历十五年

黄仁宇

作者简介

黄仁宇(1918—2000),以历史学家、中国明史专家和大历史观的倡导者而为世人所知,美籍华人。1918 年生于湖南长沙,早年在家乡生活,在长沙市第一中学毕业后,1936 年入读天津南开大学电机工程系。由于抗战爆发,黄仁宇决定辍学,加入国军。抗战结束后获保送入美国陆军参谋大学,后又于密歇根大学攻读历史,先后获学士、硕士和博士学位。曾在南伊利诺伊大学任教,1968—1980 年任纽约州立大学 New Paltz 分校教授,又曾任哥伦比亚大学访问副教授及哈佛大学东亚研究所研究员。1979 年他离开教学岗位,专心写作,先后出版了《万历十五年》《中国大历史》,以"大历史观"享誉华人学界。2000 年 1 月 8 日病逝于纽约上州的医院中,享年 82 岁。

其主要著作有《缅北之战》《明代的漕运》《十六世纪明代中国之财政与税收》《万历十五年》《放宽历史的视界》《资本主义与廿一世纪》《中国大历史》《近代中国的出路》《新时代的历史观:西学为体,中学为用》《大历史不会萎缩》《长沙白茉莉》等多种。

黄仁宇主要致学于哈佛学派和剑桥学派之间,他的"将宏观及放宽视野这一观念导引到中国历史研究里去"从而高瞻远瞩地考察中国历史的"大历史观",在史学界影响深远。他的"大历史观"强调背景和事件发生的众多原因的联系和因果关系,一个历史事件的出现,是经历无数先决条件从量变到质变的变化过程。这一方法尤其在他的《万历十五年》中发挥得淋漓尽致,但也有许多学者质疑与批判其观点。

名著背景

黄仁宇先生在 1959 年完成其博士论文《明代的漕运》后,感到自己对明代的财政制度只有一知半解,为了解决自己的疑惑,于是开始广泛搜集明史资料,另参考奏疏笔记、各地方志,搜寻国内外有关的新旧著作,耗时 7 年写成《万历十五年》,于 1974 年由英国剑桥大学出版。1982 年,中文版在大陆发行。

作者在书中的观点与当时的学者们的观点有很多不同的地方,在大量阅读材料的前提下,作者逐渐形成了自己的看法,摆脱了人云亦云的束缚。他认为,中国两千年来,以道德代替法制,至明代而极,这就是一切问题的症结。写这本书,是力图使历史专题的研究大众化,采取了传记体的铺叙方式。这些对当时学术界之间的讨论有着十分积极的意义。比如,当时关于明史的叙述,几乎无不有"税重民穷"的说法。但作者却认为"民穷"的根本原因是法律的腐败和政府的低能,并且将中国与明朝时的日本和英国做了比较等。《万历十五年》意在说明 16 世纪中国社会的传统的历史背景,也就是尚未与世界潮流冲突时的侧面形态。

经典观点

中国两千年来,以道德代替法制,至明代而极,这就是一切问题的症结。道德泛化已经渗透到明朝的政治、经济、军事、文化、思想等各个方面,所以,即使万历十五年表面上平淡无事、无关紧要,但道德泛化却为大明帝国的衰落埋下了隐患,甚至近现代中国的积贫停滞、与西方现代化国家拉开的巨大差距等都在这个微小的历史横切面中尽显端倪。

中国传统政治最大弊端在于"不能在数目字上进行管理",明朝更甚,"不是以法律治理天下臣民,而是以'四书'中的伦理作为主宰"。大明帝国在体制上实施中央集权,道德是其精神上的重要支柱,管理方法则依靠文牍,这使得一个人只要熟读经史,文笔华美,就具备了做皇帝顾问的资格,学术上造诣深厚,就能成为大政治家。这种强调"极善至恶"的"道德治国",最终使得道德上的"善"与"恶"掩饰了实际利害的"是"与"非",伦理的判决代替了技术化的、制度化的行政管理。

阅读导引

公元 1587 年,按中国传统纪年,是明神宗万历十五年。元辅张居正已去世五年,海瑞在这一年也故去了,一代名将戚继光在年底殁了,时年 29 岁的努尔哈赤在东北崛起:始建皇宫,布教令于部中,禁暴乱,戢盗窃,立法制等,然而朝廷并没有注意。在国外,西班牙的无敌舰队即将出征英吉利,翻开世界历史新的一页……

黄仁宇一开始就将历史的基点向后挪移了三五百年,从这里来寻求中国社会发展的秘密。《万历十五年》是为了了解"中国大历史",是进一步谈论"资本主义与二十一世纪"的一个断代的切入点,可以说他的一系列著作构成了一个思考的整体。

黄仁宇精选了一些人物来做解剖。万历皇帝、张居正、申时行、海瑞、戚继光、李贽等人物构成了这本书的基本框架,也构成了这本书的章节。

他考察的第一个人物就是万历皇帝朱翊钧。这一年他虽然还是一个 24 岁的青年,但已经做了 15 年皇帝了。万历少年登基,和母亲慈孝皇太后感情很深。除了太后,他需要尊敬的还有首辅张居正和"大伴"冯保。张、冯的结合对今后的政治形势产生了相当深远的影响。张居正还兼管着万历的教育。

张居正是首辅或称元辅。他是古代杰出的政治家,在他的治理下,万历朝的第一个十年,百事转苏、欣欣向荣。北方的"虏患"和南边的"倭患"都已被平定。国家府库大为充实。张居正新政十年,其重点在于改变文官机构的作风,加强行政效率。但他的维新不过是局部的整顿,而非体制的变革。

万历和郑贵妃由于共同的读书兴趣而真心相爱。万历想废长立幼,立郑妃的儿子。但为文官集团所不允许。于是他消极怠工,20 年不理朝政。高级职位空缺,他也不递补。在他统治的晚期,一个文官的离职就意味着一个名位的废革,因为不再有人补缺。但制度还是在起作用,皇帝放弃职责并没有使政府瘫痪。文官集团有它多年形成的自动控制程序。派遣和升迁用抽签的方式进行。延搁立嗣责任之争也使朝臣们分裂成几派,舌战笔战不断。万历四十八年的统治造成了文官集团中不可收拾的局面。

由于成宪不可更改,一个年轻皇帝没有能把自己的创造能力在政治生活中充分使用,他的个性也无从发挥。成了一个"活着的老祖宗"。

万历十五年的首辅是申时行,申接受张居正的教训,下定决心当和事佬,除非把全部文官罢免,而代之以不同的组织和不同的原则,身为首辅只能与文官合作。他的一生体现了一个有教养的读书人服务于公众而牺牲自我的精神,但这种精神的实际作用却甚为微薄。海瑞和张居正都是希望寻找出一种适当的方式,使帝国能纳入他们所设计的政治规范之内。张居正的措施带有变法的意味,海瑞则力图恢复洪武旧制,并一心重农,力追往古。

一代名将戚继光,试图改革武备的努力遇到了文官集团的阻碍。由于和张居正的密切关系,被免职。万历十五年的年底,他在贫病交加中死去。军备的张弛影响一国的盛衰。将星西陨之际,我们一个古老帝国也已失去了重振军备的最好时机。

作者以该年前后的历史事件以及生活在那个时代的人物为中心,抽丝剥茧,梳理了中国传统社会管理层面存在的种种问题,并在此基础上探索现代中国应当摄取的经验和教训。虽然书名为"万历十五年",但是全书内容却俯瞰了整个明朝的兴衰。

经典评论

我说《万历十五年》是本好书,但又这样鸡蛋里挑骨头似的找它的毛病。这是因为此书不会因我的歪批而贬值,它的好处是显而易见的。它是一面镜子,照见了我们的前辈——古时候的读书人,或者叫作儒生们——是怎样做人做事的。古往今来的读书人,从经典里学到了一些粗浅的原则,觉得自己懂了春秋大义,站出来管理国家,妄断天下的是非曲直,结果把一切都管得一团糟。大明帝国是他们交的学费,大清帝国同样是他们交的学费。老百姓说:罐子里养王八,养也养不大。儒学的罐子里长不出现代国家来。万历十五年是今日之鉴,尤其是人文知识分子之鉴,我希望他们读过此书之后,收拾起胸中的狂妄之气,在书斋里发现粗浅原则的热情会有所降低,把这些原则套在国家头上的热情也会降低。少一些造罐子的人,大家的日子就会好过了。

——王小波

本书相当于一纸诉状。简而言之,帝国的官僚们一意保持传统与稳定,从而丧失了主动性,甚至不惜行事不公。黄先生告诉我们,明朝的特征在于"依靠意识形态作为统治手段,意识形态充斥在帝国的各个方面,无论从强度还是广度来说,都是空前未有"。

——[美]厄普代克

延伸阅读

1.黄仁宇:《十六世纪明代中国之财政与税收》,生活·读书·新知三联书店2001年版。

2.黄仁宇:《中国大历史》,生活·读书·新知三联书店2007年版。

3.黄仁宇:《放宽历史的视界》,生活·读书·新知三联书店2001年版。

推荐版本

黄仁宇:《万历十五年》,中华书局2007年版。

(马金霞)

历史研究

阿诺德·约瑟夫·汤因比

作者简介

　　阿诺德·约瑟夫·汤因比（Arnold Joseph Toynbee，1889—1975），英国历史学家和社会活动家，"文化形态史观"的倡导者之一。1889 年 4 月 14 日汤因比出生在伦敦。早年曾在牛津大学的巴里奥学院学习古代史。1911 年，到雅典的不列颠学院进修。在第一次世界大战期间，汤因比在英国外交部政治情报司任职。1919 年，作为英国政府代表团中的近东问题顾问，出席巴黎和会。同年，汤因比受聘为伦敦大学教授，主讲东罗马帝国史和近代希腊史。1920 年左右，他着手撰写一部多卷本的《历史研究》。在希土战争中，以《曼彻斯特导报》记者的身份进行采访。

　　1925 年，汤因比受聘为伦敦大学国际关系史研究教授，同时兼任英国皇家国际事务学会研究部主任。他担任这两个职务达 30 年之久。这期间，汤因比还负责主编英国皇家国际事务学会的年刊《国际事务概览》（1920—1946）。1943—1946 年，汤因比任英国外交部研究司司长。被英国政府倚为"智囊"，曾以顾问身份参加过许多重要的国际会议。第二次世界大战结束后，他又作为英国代表团成员，参加了 1946 年的巴黎和会。1947 年赴美第 5 次讲学。1955 年退休。1975 年 10 月 22 日在英格兰约克郡逝世。

　　汤因比生平最重要的著作，是 12 卷的《历史研究》。此书分批出版，历时二十七载（1934—1961）。此外，还有《在考验中的文明》（1948）、《一个历史学家的宗教观》（1954）、《我的经历》（1969），以及《人类与大地母亲》（1976 年作为遗著出版）。

名著背景

　　1914 年第一次世界大战爆发，汤因比因健康问题未能应征入伍，战争期间在英国外交部政治情报司任职。1919 年他作为英国政府代表团中近东问题顾问出席了巴黎和会。1919 年他被任命为伦敦大学教授,主讲拜占庭史和希腊近东史,年仅 30 岁的汤因比已经是知名学者。1920 年,汤因比担任英国皇家国际事务学会年刊《国际事务概览》的主编。当时西方世界正处于战争的反省和笼罩在斯宾格勒"西方没落"的悲观情绪之中,汤因比因此产生了写一部宏观历史著作以探讨文明衰亡的冲动。1921 年,他前往希腊、巴尔干和土耳其等地采访,在伊斯坦布尔到卡莱斯的火车上,随着飞驰的列车,他神思泉涌,拟订了《历史研究》各部分的题目。1925 年,汤因比受聘为伦敦大学国际关系史教授,同时担任英国皇家国家事务学会研究部主任,继续负责《国际事务概览》的主编工作。因工作繁忙,《历史研究》于1927 年开始写作,1934 年第一卷至第三卷问世。1939 年第二次世界大战爆发前41 天,《历史研究》第四卷至第六卷出版。"二战"期间,汤因比成为英政府"智囊",出任英国外交部研究司司长,1946 年作为英国政府代表团成员出席巴黎和会。战后汤因比曾前往美国讲学。1954 年《历史研究》第七卷至第十卷出版发行。1955年 66 岁的汤因比以功勋教授名衔退休,牛津大学和伯明翰大学授予他荣誉文学博士学位。汤因比晚年仍笔耕不辍,1959 年《历史研究》第十一卷出版,1961 年第十二卷出版。为了方便读者阅读,1972 年汤因比又将其中的 12 卷节录成一卷修订插图本。

经典观点

在《历史研究》一书的开头,汤因比就尖锐指出,以往历史研究的一大缺陷,就是把民族国家作为历史研究的一般范围,这大大限制了历史学家的眼界。事实上,欧洲没有一个民族国家能够独立地说明自身的历史问题。因此,应该把历史现象放到更大的范围内加以比较和考察,这种更大的范围就是文明。文明是具有一定时间和空间联系的某一群人,可以同时包括几个同样类型的国家。文明自身又包含政治、经济、文化三个方面,其中文化构成一个文明社会的精髓。汤因比把 6000年的人类历史划分为 21 个成熟的文明:埃及、苏美尔、米诺斯、古代中国、安第斯、玛雅、赫梯、巴比伦、古代印度、希腊、伊朗、叙利亚、阿拉伯、中国、印度、朝鲜、西方、拜占庭、俄罗斯、墨西哥、育加丹。其中前 6 个是直接从原始社会产生的第一代文明,后 15 个是从第一代文明派生出来的亲属文明。另外还有 5 个中途夭折停滞的文明:波利尼西亚、爱斯基摩、游牧、斯巴达和奥斯曼。

阅读导引

《历史研究》是一部历史哲学名著,全书共 12 卷,从 1921 年构思到 1961 年最后一卷出版历时 40 年,是作者毕生心血的结晶。按照结构和思想内容,《历史研究》可分成三个部分。第一卷至第十卷为第一部分,是作者对文明社会诸问题的探讨;第十一卷为第二部分,是地图和地名汇编;第十二卷是第三部分,系作者对他以前观点的重新考虑和修正。其中第一部分是论著的主体,共分十三章,主要讨论了以下一些问题。

(一)历史研究的"单位"

第一章"绪论"中,汤因比首先提出了文明社会是历史研究的对象的范围理论。这个范围他称之为"历史研究的'单位'"。汤因比否认国别史和断代史的研究价值,他认为历史研究单位是人类历史整体。历史学者必须处理的"社会原子",不是国家而是社会。所谓社会,就是能自成一体的文明。以此为依据,汤因比把人类经历过的社会归类为 26 种:西方基督教文明、东正教文明、伊朗文明、阿拉伯文明、印度文明、远东文明、希腊文明、叙利亚文明、古代印度文明、古代中国文明、米诺斯文明、苏末文明、赫梯文明、巴比伦文明、埃及文明、安第斯文明、墨西哥文明、于加丹文明和玛雅文明。其中东正教文明又可分为拜占庭东正教文明和俄罗斯东正教文明,远东文明又可分为中国文明和朝鲜文明。另外还有 5 个停滞的文明社会,它们分别是波利尼西亚文明、爱斯基摩文明、游牧文明、斯巴达文明、奥斯曼文明。后来在第十二卷中他又把文明增加到 37 种。汤因比对文明的分类,虽然带有一定的主观随意性,但他突破了一元文化的历史观念,提出了多元文化学说。

(二)文明的起源、生长、衰落和解体

在第二章到第八章,汤因比用"四阶段论"(文明的起源、生长、衰落、解体)来概述人类历史演变过程。

汤因比在第二章讨论了文明的起源问题。他认为文明起源的本质是从静止状态的原始社会向活动状态的文明社会的过渡。这种过渡是通过内部无产者脱离现存文明社会的、丧失了创造力的少数统治者的行为而实现的。文明起源于"挑战与应战",是二者相互作用的产物。

在第三章,汤因比研究了文明的生长问题。文明的生长有三种类型,即发展的文明、流产的文明和停滞的文明。自幼夭折的文明就是流产文明,停滞的文明是虽然存在但没有生长的文明。

第四章是对文明衰落的探讨。衰落是指文明不能应付兴起的挑战,"这个悲剧就意味生长的停止,即我们所谓的衰落"。

汤因比在第五、六、七、八章,对文明解体进行了研究。所谓文明的解体,就是这个社会挑战和应战循环往复的停止。文明解体的过程并非线形,而是曲折的。统一国家、统一教会和蛮族军事集团是遏止和排斥文明解体的主要因素。

在第九章至第十一章,汤因比将研究的范围扩大到文明解体阶段的文明之间的各种关系上,试图揭示文明的发展规律。汤因比通过同代的不同区域文明之间的联系,从横向上揭示文明发展的规律;也从不同时代文明之间的纵向联系上探讨文明的发展规律。汤因比认为文明的生长和解体是有规律的,"文明的生长,像它解体一样,呈现出一种周期性的节奏运动。每逢挑战引起卓有成效的应战,而应战接着又引起别的不同性质的挑战时,文明就生长起来了"。但是,在这个问题上,汤因比陷入了"二元论"。最终,他将历史的发展归结为"神的法则"的作用,陷入了唯心论。

汤因比宏观研究了文明发展史后,在正文最后部分转向了对西方文明的微观考察,"将西方文明的前景"单列为第十二章。汤因比认为,预言西方文明的前景,维多利亚式的乐观主义和斯宾格勒式的悲观主义都是不合理的。尽管还不能确定西方文明以后的发展究竟如何,但西方文明仍有一线希望,只要处理得当,西方文明可以避免解体的命运,而且可以保持活力,继续发展。

第十三章是《历史研究》正文最后的结论部分,作者交代了写作本书的原因、思想和主要内容。汤因比及其《历史研究》影响极大,该书一问世,即在西方学术界引起巨大反响,也招来无数批评。同时由于《历史研究》从 1921 年构思到 1954 年第十卷出齐,时间跨度大,随着时代发展和科学进步,思想文化领域出现了许多新变化,以前提出的理论有必要进行反思。所以,汤因比经过认真思考,写出了第十三卷,取名《重新考虑》,于 1961 年出版。

经典评论

他的主要功绩或许就正在于对于历史本身,正在于他的工作可望突破专业历史学家的狭隘性而把注意力引向通常为人所忽视的整体研究的题材上面去。

——[美]沃尔什

汤因比对于中国文化有相当的认识与欣赏。中国文化是一个庞大的整合体制,有韧性,有吸收能力。所以他说:"只要这一体制能够承续不绝,则即使中国文明中,其他要素的连续性,遇到最强烈的破坏,而呈碎裂状态,中国文明仍然可以赓续下去。"

——梁实秋

汤先生名著《历史研究》共十二册,是专门研究古代文化兴亡的迹象及条理。……所以内容包涵至广,包罗万象,不愧称为体大思精之作。加以他学问之渊博、文字之优美,念起来给人家一种稀有的精神上愉快。

——林语堂

汤氏的理论可医治人类心灵上的危机。

——林福泽

汤因比史学的一大特色就是摆脱"西方中心史观"。毋庸置疑,西方中心史观就是一种将现代西方文明定位于人类进步顶点的历史观。……对此,汤因比博士认为西方文明绝不是处于睥睨其他文明的绝对地位上,而不过是人类孕育的诸文明之一,从而公平地将西方文明相对化了。

——[日]池田大作

延伸阅读

1.奥斯瓦尔德·斯宾格勒：《西方的没落》，齐世荣等译，群言出版社 2016年版。

2.阿诺德·汤因比：《人类与大地母亲》，徐波等译，上海人民出版社 2012年版。

推荐版本

阿诺德·汤因比：《历史研究》，刘北成译，上海人民出版社 2013 年版。

（马金霞）

旧制度与大革命

阿历克西·德·托克维尔

作者简介

　　阿历克西·德·托克维尔（Alexis-Charles-Henri Clérel de Tocqueville, 1805—1859），法国历史学家、思想家、社会学家。他出身贵族，却没有贵族式的傲慢与偏见，内心想着人民的平等，坚信民主是"天意所向"；在欢迎民主到来的同时，他又比任何人都冷静地看到民主可能带来"多数人的暴政"，思考如何在民主时代确保自由的体制和实现每一个人的自由。

　　1805 年 7 月 29 日，托克维尔生于诺曼底贵族世家，1823 年由默兹的高级中学毕业后去巴黎学习法律，1827 年出任凡尔赛初审法院法官。1830 年七月革命后，因在效忠奥尔良王朝的问题上与拥护已被推翻的波旁复辟王朝的家庭有意见分歧，以及为了避免七月革命余波的冲击，而与好友古斯达·德·博蒙赴美国考察新监狱制度。实际上，他们的真正目的是到美国考察民主制度的实际运用。1831 年 4 月 2 日，他们乘船离开法国，5 月 9 日到达美国，在美国考察了 9 个多月，于 1832 年 2 月 22 日启程回国。回国不久，博蒙因拒绝为一件政治丑闻辩护而被撤职，托克维尔气愤之余，也辞去了公职。1833 年，他与博蒙写出《关于美国的监狱制度及其在法国的运用》的报告，后被译成多种文字。1835 年，托克维尔成名作《论美国的民主》上卷问世。1839 年，他被选为人文和政治科学院院士，并当选众议院议员。1840 年，《论美国的民主》下卷出版。1841 年，他被选为法兰西学院院士，1848 年二月革命后参与制定第二共和国宪法，1849 年一度出任外交部部长。1851 年路易·波拿巴成立第二帝国，托克维尔因反对波拿巴称

帝而被捕,但因其知名度高,次日即被释放。此后,他对政治心灰意冷,开始专门从事著作工作。1851 年,写出《托克维尔回忆录》,详述二月革命的内情。1856 年出版了他的另一部名著《旧制度与大革命》。1859 年 4 月 16 日,托克维尔病逝于戛纳。

名著背景

　　1851 年,路易·波拿巴发动武装政变,1852 年正式建立帝国,史称"第二帝国"。第二帝国建立后,拿破仑三世大权独揽,集政府、军队、司法等大权于一身,并声称其目的是"为社会福利、国家安宁与繁荣服务"。在第二帝国的专制统治下,没有了新闻出版自由,凡是一切报刊必须经政府预先批准,政府有权查禁一切出版物,公众集会和结社也被取缔,实施《治安法》,对持不同政见的党派和团体进行严厉打击,或判刑、软禁,或驱逐、流放,人民没有自由可言。

　　作为一个生活在第二帝国时代的自由主义者,第二帝国的专制体制促使托克维尔进行理论上的思考。在他看来,如果要在理论上找寻其原因,必须从历史中获取。因此,托克维尔将视线转向了旧制度和法国大革命,希望从中寻找到法国专制集权不断重复的原因,找到贯穿法国大革命到第二帝国这一历史进程的内在逻辑。

经典观点

　　1789 年法国革命是迄今为止最伟大、最激烈的革命,这是一场社会政治革命,其效果是废除了若干世纪以来统治欧洲和法国的封建制度。它不仅要改变旧政府,而且要废除旧的社会形式,因此就需要同时进攻所有现存的权力机构,毁灭所有公认的影响。

　　法国革命是一件长期工作的最后完成,即使它没有发生,古老的社会建筑同样也会倒塌,法国革命的业绩是以突然方式完成了需要长时期才能一点一滴完成的事情。在革命来临之前,政府已开始进行改革,而"对一个坏政府来说,最危险的时刻通常便是开始实行改革的时刻"。当封建制度的某些部分在法国已经废除时,人们对剩下的部分常常抱有百倍的仇恨,更加不能忍受,农民和领主、第三等级和特权阶级的矛盾越加尖锐。这就是革命在法国比在欧洲其他国家更早爆发的主要原因。

　　法国革命既呈现出决裂性,又呈现出连续性和反复性。托克维尔不同意中央集权制的确立和加强是法国革命和帝国的创造这个观点。相反,他认为这是旧制度下王权和中央政府权力集中趋势的继续。同时,他注意到法国革命初期废除的一些法律和习惯,包括旧制度下的思想感情,会在若干年后重新出现。

　　这里涉及对于专制、自由、平等三者关系的理解问题。在托克维尔看来,旧制度后期王权和中央政权的加强侵犯了"公民社会",剥夺了贵族的自由。大革命建立了人人平等的新社会,也建立了自由的政治制度,恢复了地方自治,但是,不久人们就忘记了自由,甘当"世界霸主"拿破仑的"平等的奴隶"。这对托克维尔来说是一个痛苦的经验。

托克维尔的著作自 1870 年起被冷落了七八十年,随着保守的自由主义思想抬头,托克维尔的政治观点重新受到了重视。越深入探索法国革命的根源,人们越觉得有进一步研究旧制度的必要,特别是从政治文化角度进行探索。而托克维尔的《旧制度与大革命》已在这方面开辟了道路。

阅读导引

1789 年的法国大革命并没有实现革命者的心愿,他们要摧毁的旧制度没有消失,反而再度重建。对此,托克维尔指出:"我深信,他们在不知不觉中从旧制度中继承了大部分感情、习惯、思想,他们甚至是依靠这一切领导了这场摧毁旧制度的大革命,他们利用旧制度的瓦砾建造了新社会的大厦。"在法国,"专制集权的重建不是通过观念,而是通过民风民情"。法国人抛弃了他们的最初目的,忘却了自由,建立起一个比大革命所推翻政府更加强大、更加专制的政府。

《旧制度与大革命》是一部关于法国大革命的经典著作,这不是一部法国大革命史,而是一部研究法国大革命背后政治制度的变化与影响的书。托克维尔试图深入旧制度的心脏,揭示大革命爆发的深层原因,探讨专制体制何以在法国不断重建,努力寻求重建自由之路。全书共分三编:第一编共五章,阐述法国大革命的伟大意义;第二编共十二章,探究大革命的历史原因;第三编共八章,分析大革命爆发的近因。

在托克维尔之前,已有梯也尔、米涅、米什勒、路易·勃朗、拉马丁等人撰写的法国革命史和帝国史,这些著作基本上是多卷本叙述史。托克维尔不仅在历史写作方法上与他们不同,而且视野也比他们更开阔、深邃。作者在前言中就开宗明义:"目前出版的这本书,并非一部法国大革命史。那段历史,早已有人写得很精彩,我根本不会考虑重写。本书仅研究那场大革命。"我们应注意,异于主流史学的阶段划分,托克维尔把 1789 年起至 1849 年路易·拿破仑·波拿巴政变为止的 60年视为一个整体,统称为法国大革命历史时期。

作者运用史学的档案资料研究分析方法、社会学的阶级分析方法、哲学的矛盾普遍性与特殊性、必然性与偶然性相结合的辩证方法等等,主要讨论了几个问题。一、貌似繁荣昌盛的法国封建王朝,如何堕落衰败,如何不得人心;二、追求自由、民主、平等的法国大革命,何以背离革命初衷,何以造成社会动荡;三、旨在摧毁一切旧制度的新政权,为何不久又重现旧政权的不少法律制度、治国精神、习惯做法、思维模式。通过对这些问题的深入探讨,托克维尔在普遍意义上,厘清了民主、专制、自由、平等这四个重要政治概念之间的关系。

经典评论

他第一个证实法国革命不仅仅是决裂、颠覆、突如其来,而且部分上是折磨旧君主制的各种倾向的发展。

——[英]阿克顿勋爵

《旧制度与大革命》提出了革命原因的最深刻的分析。

——[美]罗伯特·厄尔甘

这部仅 200 页左右的小书几经检验,自成一家,已成为研究法国 18 世纪,特别是大革命历史的必读著作,称之为一颗"史学珍珠"亦不为过。

——张芝联

我们可以赞美改良,支持改革,但绝对不能非议革命,更不能告别革命。革命是变革的动力,没有革命,无论怎样开明的统治者都不会自动变革。在通往宪政的路上,革命与改良一直会处在竞赛状态。

——马勇

延伸阅读

1. 托克维尔:《论美国的民主》,董果良译,商务印书馆 1989 年版。
2. 米涅:《法国革命史》,北京编译社译,商务印书馆 1997 年版。

推荐版本

1. 托克维尔:《旧制度与大革命》,冯棠译,商务印书馆 1992 年版。
2. 托克维尔:《旧制度与大革命》,钟书峰译,中国长安出版社 2013 年版。

(马金霞)

全球通史——从史前史到 21 世纪

L. S. 斯塔夫里阿诺斯

作者简介

L. S. 斯塔夫里阿诺斯(Leften Stavros Stavrianos，1913—2004)，是享誉世界的美国当代最优秀的历史学家之一，曾任美国加州大学、西北大学等高校的教授和行为科学高级研究中心研究员。荣获古根海姆奖、福特天赋奖和洛克菲勒基金奖。

1913 年，斯塔夫里阿诺斯出生于加拿大温哥华，是希腊人的后裔，大学就读于不列颠哥伦比亚大学。上大学期间他曾在贫民区一家餐馆打工，这一经历使他有机会深入接触社会实际，从而学到了许多课堂和教科书中学不到的知识。正是从这段生活中，他认识到严峻的社会现实与虚假的社会现象之间的深刻矛盾以及所产生的灾难性后果。他开始从历史中去寻找造成这种情况的原因，并且树立了从历史研究角度来思考和改变社会现实的信念。此后，斯塔夫里阿诺斯在美国克拉克大学专攻巴尔干史，获得文科硕士学位和哲学博士学位。1937 年，完成学业以后，斯塔夫里阿诺斯开始了他半个世纪的教学生涯，先后执教于加拿大和美国几所大学。教学的同时他笔耕不辍，出版有《1815—1914 年的巴尔干各国》《巴尔干联盟：现代巴尔干统一运动史》《1453 年以来的巴尔干各国》《现代人的史诗》《人类的全球史》《希腊：美国的困境和机会》《奥斯曼帝国：它是欧洲的病人吗?》《即将来到的黑暗时代的前途》《全球分裂：第三世界充分发展》《全球通史》等著作。2004 年 3 月 23 日，斯塔夫里阿诺斯在美国加州去世，享年 91 岁。

名著背景

第二次世界大战后，殖民地革命的浪潮倾覆了欧洲殖民帝国，世界历史的深刻变化促使斯塔夫里阿诺斯离开巴尔干史领域转向世界史研究。他不满当时学术界盛行的西方中心论，认为以这种观念为指导的世界史研究取向不但已经适应不了二战后发生了根本变化的世界形势,更为严重的是,这种做法还会对学生产生不良后果。为了改变这种状况,斯塔夫里阿诺斯勇敢地做出了自己的探索。他率先在大学里开设了一门采用全球观点、包含全球内容的新的世界史基础课程。斯塔夫里阿诺斯和麦克尼尔一起被誉为"开创美国世界史教学的两个加拿大人"。在其他学者的共同努力和推动下,采用新的全球历史观和研究方法撰写的世界史逐渐得到人们的接受和认可。而斯塔夫里阿诺斯的贡献尤其突出,他的《全球通史》正是这方面最成功的尝试,也是最有影响力的著作,具有奠基性的意义。

经典观点

作者认为,把地球划分为若干大陆这种传统的方法对地理学也许有用,但对世界史却没有多大意义。正如世界史的结构要求我们着重研究发生那些历史活动的区域。世界史不仅仅是地区史的总和,若将其分割、再分割,就会改变其性质。正如水一旦分解它的化学成分,便不再称其为水,而成了氢和氧,世界史不是地区史和国别史的简单拼凑。世界在结构上需要以对人类进展造成重大影响之历史活动的地区为中心,要把握世界史必须打破条条块块。

阅读导引

《全球通史》是斯塔夫里阿诺斯最重要的一部著作,分为《全球通史:1500 年以前的世界》和《全球通史:1500 年以后的世界》两册,共有 8 个部分。主要讲述了世界历史的演化,世界文明的发展及其对现代社会的影响。该书涉猎领域十分广泛,除政治、经济外,还涉及军事、文化、教育、宗教、科学技术、人口、移民、种族关系、道德风尚、思想意识等各个方面。

在《全球通史》中,他以文明模式论建构全球史体系,并提出"全球史观"的研究理论和方法。首先,他吸收并发展了汤因比的"文明模式论",认为历史研究中不可再小的、可理解的基本单位是文明,并赋予文明一些基本标志。其次,他认为文化的融合导致了各种文化的共同发展和繁荣。因此,全球史"研究的是全球而不是某一国家或地区的历史;关注的是整个人类而不是局限于西方人或非西方人"。总体来看,斯塔夫里阿诺斯继承和发扬了启蒙时代世界主义者优秀的世界史编纂传统,又糅合了当代学术思想,尤其是法国年鉴学派的史学思想,使他的《全球通史》成为当代世界史编纂学的新起点。

第一册《全球通史:1500 年以前的世界》,分为四编。第一编论述了人类文明之前 200 万年的历史,分为二章,介绍了人类由食物采集者向食物生产者发展的过程。

第二编论述了公元前 3500 年至公元 500 年欧亚大陆的古典文明,包括第三章至第八章。作者认为,文明首先出现于美索不达米亚,后又出现于欧亚大陆和美洲的几个地区，其后向四面八方传播，这样形成了具有共同的一般格局的且有不同特征的各大文明。公元前 1000 年以后，随着技术发展，欧亚古代文明稳步向外扩张，互相联结，形成一个所谓最初的欧亚文化高度发展的核心区。这一时期，诸文明在范围和内容上各具特色，各文明处于均衡状态。

第三编介绍了公元 500 年至 1500 年间的欧亚大陆中世纪文明，包括第九章至第十四章。这一时期，成熟的欧亚大陆核心区形成，历史上首次出现庞大的大帝国，即伊斯兰教帝国和蒙古帝国。这使欧亚大陆各地区间的直接联系和相互影响成为可能，从而促进了双方海陆贸易，以及双方技术、宗教信仰的传播，对欧亚双方产生了深远影响。

第四编介绍了 1500 年以前的非欧亚大陆世界，包括第十五章至第十七章。与世隔绝状态阻碍了这些地区的发展。15 世纪欧洲的对外扩张使各个地区民族相互交往，从此，世界历史的地区性阶段结束了。

第二册《全球通史：1500 年以后的世界》，也分为四编。第五编介绍了 1500 年以前孤立地区的世界，包括第十八章至第二十一章。阐述了 1500 年以前的西欧、穆斯林世界、儒家世界和非欧亚大陆世界的状况。

第六编介绍了 1500 年至 1763 年新兴西方的世界，包括第二十二章至第二十五章。这一时段，哥伦布发现新大陆，此后，西方相继建立起殖民帝国。同时，俄国在亚洲大肆扩张。

第七编介绍了 1796 年至 1914 年西方据有优势地位时的世界，包括第二十六章至第三十五章。论述了给予欧洲巨大力量并导致其对外扩张的三大革命（科学革命、工业革命、政治革命）的性质和发展过程。讨论了西方优势对俄国、中东、印度、中国、日本及美洲等地的影响。

第八编介绍了 1914 年以来西方衰落与成功的世界，包括第三十六章至第四十四章。叙述了两次世界大战及其影响。大战导致帝国主义时代的终结，世界出现两极分化。20 世纪 80 年代世界又出现了一系列新变化，两极分化消失，世界呈现多元化。西方一方面在衰落，一方面在成功，它的成功是衰落的潜在原因。在最后，作者对全球的未来进行了展望，提出全球面临的问题和人类应做的事情。

斯塔夫里阿诺斯生活在西方社会现实中，他带着反对西方中心论、追求文化多元与价值平等的理想来进行世界历史的撰写。然而，当他阐述他的全球史观时，仍然表现出种种局限性，在意识深处依然在不同程度维系着西方中心论。但是瑕不掩瑜，运用全球史观来编纂世界历史，从文化交往角度注重世界历史的全球性和整体性，斯塔夫里阿诺斯的《全球通史》为我们做了很好的尝试。

经典评论

《全球通史》给了我强烈的现实感：它是救治我们现在所面临的由于陶醉于技

术进步而产生的深重的精神危机的一种思想武器；它有助于人们理解未来——包括各种可能性和选择的未来。

——［英］阿诺德·汤因比

近年来在用全球观点或包括全球内容重新进行世界史写作的尝试中，最有推动作用的那些著作恰恰是由历史学家个人单独完成的，其中恐怕要以 L. S. 斯塔夫里阿诺斯和 W. H. 麦克尼尔的著作最为著名。

——［英］杰弗里·巴勒克拉夫

《全球通史》打破地区和民族的界限，按照历史运动本身的空间来阐释历史，不仅让读者从地区史和国别史的框架的束缚中解放出来，真正进入"整体世界史"的思考境界，而且可以从中悟出许多对现实具有启发意义的思考，尤其对我们深入考察 20 世纪以来"民族国家"形式遮盖之下的真实世界，具有重要的启发意义。

——刘德斌

美国著名历史学家斯塔夫里阿诺斯的这部《全球通史》，是全球史潮流的一部奠基性的杰作。自上个世纪 90 年代初起，它就一直是北京大学历史系本科教学的首要参考材料之一，对我国高校世界史教材编写工作产生了革命性影响。

——高毅

延伸阅读

1. 塞缪尔·亨廷顿：《文明的冲突与世界秩序的重建》，周琪等译，新华出版社1998 年版。

2. 威廉·麦克尼尔：《世界史：从史前到 21 世纪全球文明的互动》，施诚、赵婧译，中信出版社 2013 年版。

推荐版本

L. S. 斯塔夫里阿诺斯：《全球通史：从史前史到 21 世纪》（第 7 版修订版），吴象婴等译，北京大学出版社 2006 年版。

（马金霞）

罗马帝国衰亡史

爱德华·吉本

作者简介

　　爱德华·吉本（Edward Gibbon，1737—1794），近代英国杰出的历史学家。其鸿篇巨制《罗马帝国衰亡史》（*The Decline and Fall of the Roman Empire*）影响深远，代表了启蒙时代史学的最高成就。

　　1737年4月27日，吉本生于英国伦敦附近普特奈镇的一个门第荣耀、家资富有的绅士家庭。幼年吉本羸弱多病，但天资聪颖，勤奋好学，靠个人奋斗，学业不断取得进步。青少年时代，他博览群书，尤其酷爱古典史学名著，16岁之前，吉本已遍读所有关于阿拉伯、波斯、塔塔尔人和土耳其人的英文历史书籍，萌发了成为历史学家的愿望。

　　1752年4月，吉本身体康复，被父亲送至牛津大学马格达林学院读书。吉本对牛津的学习生活非常失望，更为严重的是，他秘密皈依了天主教，此举受到当时英国上层社会的责难。为了改变吉本的宗教信仰，1753年6月，父亲送他到瑞士洛桑，就学于一位名叫巴维利奥的加尔文牧师。一年以后，他改信新教。洛桑学习期间，吉本熟练掌握了法文，阅读了法国启蒙思想家孟德斯鸠等人的作品，并进一步研究了希腊和拉丁文许多古典名著。此外，他还拜访过法国启蒙运动大师伏尔泰。

　　1758年，吉本返回英国，次年，投笔从戎，在军界供职约有4年。1761年，他发表了第一部作品《论文学研究》，对后来写作《罗马帝国衰亡史》产生了直接影响。1763年，吉本离开英国，前往欧洲大陆漫游，在意大利凭吊古罗马遗迹的过程中，决心写出一部罗马衰亡史。1770年，吉本的父亲去世，料理好父亲的丧事，他在伦敦定居下来,正式开始撰写《罗马帝国衰亡史》。该书第一卷于1776年出版,轰动了英国文坛。1781年,《罗马帝国衰亡史》第二、三卷出版。在此期间,吉本曾被选为国会议员(1774年),之后虽再度被选为议员,但他对政治活动已经厌倦,1783年吉本辞去议员职务,移居洛桑,专心写作。1787年6月27日深夜,吉本写完了《罗马帝国衰亡史》的最后一章。次年5月8日,《罗马帝国衰亡史》第四、五、六卷同时出版。《罗马帝国衰亡史》的全部问世,博得了欧洲学术界一片赞誉。

此后几年,吉本开始写自传体作品《回忆录》。1793年,他因友人病故,回英国奔丧。过度悲伤和积劳成疾击垮了吉本的身体,1794年1月16日,他在伦敦逝世,终年57岁。

名著背景

爱德华·吉本,从小就对历史非常热爱,立志要当一位历史学家。但他最初考虑的选题是"法王查理八世远征意大利""美第奇家族统治下的佛罗伦萨共和国史"等,唯独没有罗马史。吉本决心要写罗马史,缘于他一次欧洲大陆之行,尤其是他在意大利的漫游。

1763年1月,爱德华·吉本离开英国,前往欧洲大陆游历。先是在法国巴黎停留,与狄德罗、霍尔巴赫等"百科全书派"学者过从甚密。1764年,吉本动身前往意大利,10月15日,他来到罗马古城卡皮托尔废墟。"当我置身在卡皮托尔的废墟之中,独自冥想,听到赤脚托钵僧在朱庇特神庙中唱着晚祷词,编写罗马城衰亡史的想法,首次涌上我的心头。"(《回忆录》)罗马之旅,激发了天才历史学家的灵感,使他产生了写作罗马衰亡史的想法,并为此付出了毕生精力。

1765年6月,吉本回到英国,从1768年开始准备写作。1770年,吉本的父亲去世,他处理好家庭经济事务后,定居伦敦,正式着手撰写《罗马帝国衰亡史》。最初,他把主题设定在罗马城的兴衰上,后来他把研究视野扩大到整个罗马帝国的衰亡史上。《罗马帝国衰亡史》第一卷于1776年出版。书出版后被抢购一空,短期内印行了三次,风靡一时。1781年,第二、三卷出版。1788年5月8日,《罗马帝国衰亡史》最后三卷同时出版,很快便销售一空。该书全部问世,赢得了欧洲学术界一片赞誉。亚当·斯密特地写信祝贺:"这件事使你夺得当前全欧学术魁首的地位。"

经典观点

吉本以政治体制变化来解释罗马的兴衰。盛赞罗马共和国时期的政治和法律秩序,推之为文明社会的典范。他认为皇帝们对共和国时期政治自由的镇压,破坏了社会繁荣发展的条件,开始了罗马帝国衰亡的历程。而在罗马共和国末期,皇帝与元老院的权力之争愈演愈烈,削弱了帝国的统治力量。

在探讨罗马帝国衰亡原因上,吉本还接受了孟德斯鸠的观点,认为罗马帝国之所以衰亡,在于它过于庞大。另外,作者认为罗马人自身的种种变化也是导致帝国衰落的内因之一。吉本还强调罗马帝国的灭亡实际上是蛮族和基督教的胜利,《福音书》的传播和教会的胜利与罗马帝国衰落密切相连。

阅读导引

《罗马帝国衰亡史》是一部卷帙浩繁的历史巨著。该书时间跨度大、涉及地域广、内容繁杂,贯穿自公元 2 世纪至公元 16 世纪末约 1500 年的历史,详细叙述了西罗马帝国的历史,对波斯、匈奴、日耳曼、阿拉伯和土耳其也有所涉及。全书六卷,共七十一章,约一百二十万字。它大体可以分为两部分:一至四卷为第一部分(第 1—47 章),作者在简要回顾公元 98 年至公元 180 年间罗马帝国的历史以后,主要记述从公元 180 年至公元 641 年近 500 年间的史事。五、六两卷为第二部分(第 48—71 章),记述公元 641 年至公元 1453 年土耳其人攻占君士坦丁堡、拜占庭帝国灭亡为止 800 年间的史事。在该书中,千余年错综复杂的史事被安排得井然有序,首尾一致,这使得读者对作者广阔的历史视野和驾驭史料的高超本领赞叹不已,该书也因此成为欧洲史学史上空前绝后的通史性巨著。

在吉本看来,历史无非是对事实的正确记述和对历史事件因果关系的恰当处理,因此他对原始资料的收集和研究十分重视。为了把书写好,吉本查阅了罗马帝国时期一切留存的著作。此外,他还研究古代文物、铭刻和货币,参阅 17 世纪欧洲考古学家的作品,同时对史料进行了细致的鉴别。严谨扎实的史学工作,使得《罗马帝国衰亡史》一问世,便以丰富的史实、准确的叙事,成为有关这一时期历史的权威著作,直到今天,仍有很多后世史学家引用该书的资料。

吉本对历史著述应从属于某种哲学和政治理论的观点十分反感,拒绝接受当时流行的"历史是以事实为训的哲学"的格言,这使得该书超越了一般启蒙史学作品的局限。鉴于这一原则,吉本对历史事件和人物一般不做价值判断,也不发表空泛的议论,而把精力投入到对历史过程的叙述本身,寓论于史,让读者从中水到渠成地得出结论,该书也因其很少的哲理训世气味而受到读者的青睐。

吉本十分欣赏古罗马史学家李维的语言风格,他自己的文学造诣也很深厚,再加上他模仿李维,字字锤炼,句句推敲,所以该书文句含蓄,寓意深刻,其文学价值远远超过了其他历史启蒙著作,受到各国文史界的推崇。亚当·斯密认为,《罗马帝国衰亡史》足以使吉本当之无愧地居于欧洲文史界之首席。

当然《罗马帝国衰亡史》也不可避免地存在许多缺陷。比如吉本在运用史料方面,并非无懈可击;全书的主要题材是战争和政治,忽略了社会经济、文学艺术以及其他内容在历史上的重要性,甚至对政治革命和宫廷阴谋的深刻原因也不加探究,只揭示到社会思想或政治层面为止,不及伏尔泰等理性主义史学家;吉本继承文艺复兴时期人文主义,对欧洲中世纪史持完全否定的态度;另外,他忽略人民在历史进程中的重要作用,将历史发展归于帝王将相、教皇主教的活动。

📚 经典评论

您已经为英国典籍增添了一笔巨大的财富,如同修昔底德对他的同胞所说的那样,您已经为我们留下了一部不朽的宝籍。

——[苏格兰]亚当·弗格森

看哪,一部经典刚刚出版了:是一部史书,既不像李维的著作那么冠冕堂皇,也不像塔西佗的书那么拘谨,也不像克拉林敦的著作打着那么鲜明的个性的烙印,也许不如罗伯孙的《苏格兰史》那么深刻,但却高于他的《查理五世本纪》一千倍;尽管不像伏尔泰那样尖锐,但其准确程度却和伏尔泰的粗枝大叶马马虎虎相仿。他谦逊而不像伏尔泰那样武断,他的机敏有如孟德斯鸠,但没他那种矫揉造作。他的文笔流畅,有如一幅佛兰德图画,但肌肉隐而不露,……不像米开朗基罗那样夸张以显示画家的解剖学技巧;也不像约翰逊博士笔下的怪物那样由各民族那些村夫的肢体拼凑而成。我说的这部书就是吉本先生的《罗马帝国衰亡史》。

——[英]霍勒斯·沃波尔

这件事使你夺得当前全欧学术魁首。

——[苏格兰]亚当·斯密

📚 延伸阅读

1. 塔西佗:《编年史》,王以铸、崔妙因译,商务印书馆1981年版。
2. 阿庇安:《罗马史》,谢德风译,商务印书馆1978年版。

📚 推荐版本

1. 爱德华·吉本:《罗马帝国衰亡史》,黄宜思、黄雨石译,商务印书馆1997年版。
2. 爱德华·吉本:《罗马帝国衰亡史》(修订版),席代岳译,吉林出版集团有限责任公司2014年版。

(马金霞)

第八部分　传播学

公众舆论

沃尔特·李普曼

作者简介

沃尔特·李普曼（Walter Lippmann, 1889—1974）。1889 年 9 月生于纽约，是德国犹太人第二代移民后裔。

沃尔特·李普曼在大学毕业后，继续留在哈佛大学攻读研究生。1910 年夏末，著名"揭丑记者"林肯·史蒂芬斯来哈佛招助手，选择了李普曼。从此，他开始涉足新闻工作，供职于多家媒体。1912 年他辞去一切职务，前往缅因州，撰写了《政治序论》。1914 年《趋势与主宰》问世，引起人们广泛注意。同年与人合办《新共和》杂志，担任副主编。1921 年至 1931 年，任纽约《世界报》编辑、主编。1931 年，在《纽约先驱论坛报》上开设"今日与明日"专栏。1961 年 1 月，"今日与明日"转到《新闻周刊》刊载。

1964 年 9 月，林登·约翰逊总统在李普曼 75 岁生日前授予其总统自由勋章。授勋书上写道："他以精辟的见解和独特的洞察力，对这个国家和世界的事务进行了深刻的分析，从而开阔了人们的思想境界。"1974 年 85 岁生日时，纽约市授予他最高荣誉青铜奖。

他一生写了总数达 1000 万字的上万篇时政文章，出版了 30 多本著作。涉及哲学、政治学、伦理学、新闻学及外交等多个领域。他是美国著名政论家、专栏作家、传播学者、报界精英。他曾经两次获得普利策奖。他与政治走得很近，是总统们敬畏的智者，总统会请他去白宫面谈，并且欧洲各国首脑政要都追看他的专栏；他与权势人物、名流大腕关系密切；他对政治、社会与人性有着准确的洞察。

名著背景

作为时代造就的大师级人物，李普曼的传播学思想，对传播学的创立和发展都产生了不可替代的作用,影响深远。

李普曼的传播思想主要来自两个源头。

一个源头是他在哈佛大学的导师詹姆斯。詹姆斯继 C. 皮尔士之后,开创了美国实用主义的哲学传统,詹姆斯信奉怀疑主义,他提出了"社会虽不完美,但可以改得更好"的向善论,以及"要勇于决断"的实践论,这些都对李普曼产生了影响。

另一个源头来自自由思想家、美学家桑塔雅那。桑塔雅那严谨缜密的行事方式、敏锐练达的批判态度、卓尔不群的见解和特立独行的做人方式,都是李普曼非常欣赏的。

经典观点

如果没有某种形式的审查制度,这个世界就不可能存在严格意义上的宣传。为了进行某种宣传,就必须在公众与事件之间设置某些屏障。在一个人创造出他认为明智而可取的虚拟环境之前,必须限制他接近真实环境。

任何一个共同体在看待外部世界时形成的公众舆论,主要是由若干固定的想象组成的,人们按照从共同体的法律和道德中准确演绎出来的模式对这些想象进行整理,而赋予它们生命则是由地方经验唤起的情感。

对错误的研究不仅是最高程度的预防措施,同时也会激发对真相的探索。随着我们的头脑越来越深刻地意识到自身的主观性,我们便对客观方法产生了前所未有的热情。

阅读导引

这一著作共有 8 个部分,分别是导论、对外部世界的研究、成见、兴趣、公意的形成、民主的形象、报纸、有机化情报。主要有以下一些观点。

(一)拟态环境(pseudo-environment)

在柏拉图的《理想国》(*The Republic*)中,有一个著名的洞穴比喻。柏拉图从认识论角度,揭示出洞壁上的影子这一现实的反映,是构成"囚犯"大脑中关于真正现实图像的基础。

李普曼将上述思想引申后,认为我们就像这些囚犯一样,也只能看见媒介所反映的现实,而这些反映便是构成我们头脑中现实图像的基础,而且他还认为,由报界提供的现实的图像常常是不完整的和扭曲的。李普曼开创性地提出了"外在世界与我们头脑中关于世界的图像"的著名论断。

几乎每个人都会遇到那些看不到而又难于掌握的事情。我们对自己生活环境的认识是间接的。报道现实环境的新闻传递给我们各种信息,这些我们认为是真实的东西,被当作现实环境本身来对待。在特定的时候,我们对虚构事件的反应就像我们对真实事件的反应那么强烈，我们还常常自己制造一些虚构的景象。在人们和环境之间有一个"拟态环境"。我们从一开始就将媒介的存在当作空气一样自然的东西接受了，把大众传播媒介当成一种由人们控制的纯粹的信息通道对待，犹如煤气管道只运送煤气一样。

（二）刻板成见

"刻板成见"指的是人们对特定的事物所持有的固定化、简单化的观念和印象，它通常伴随着对该事物的价值评价和好恶的感情。刻板成见可以为人们认识事物提供简便的参考标准，但也阻碍着对新事物的接受。

每个人被注入的刻板成见是不同的，因而导致人们生活在不同的世界里。或者说，虽然他们生活在同一个世界里，但是，他们思考和感觉的却是不同的世界。

这些成见在人们的身上构成了一个个成见系统，"成见系统一旦完全固定下来，我们的注意力就会受到支持这一系统的事实的吸引，对于和它相抵触的事实则会视而不见。大概是因为那些事实跟它一拍即合，所以，善良的人们总能为善良找出无数理由，邪恶的人们也总能为邪恶找出无数理由"。

（三）议程设置

媒体创造了我们头脑中的象征性的想象，这些想象有可能与我们经历的"外在"世界完全不同。大众媒体是现实世界的某个事件和我们头脑中对这个事件的想象之间的主要连接物。媒介通过组织化手段控制新闻的制作过程，灌输某些价值观念和意识形态。

（四）新闻思想

报纸的运营模式。报纸依靠广告收入维持生计抑或盈利，而不是发行。报纸需要有相当数量的读者，将其销售给广告商。读者花钱购买了报纸，但更重要的是付出了时间和注意力。李普曼认为读者和报纸的这种关系是一种文化异常现象。

报纸的目标读者。报纸需要找到愿意投放广告的企业和商人，而广告主看重的是具有购买能力的人。这些人对于报纸而言才是具有利用价值的，也是报纸的目标读者。报纸这样的读者定位意味着新闻报道需要为广告主服务，才能够生存。

新闻的性质。报纸对于各种信息是有选择的，并不会报道所有的事情。新闻不是一面单纯的反映社会的镜子，而是对各种较为突出的事实的报道。发生的事实只要具有新闻价值，就有可能被选择报道。

编辑选择的依据——固定成见。编辑要吸引读者的注意力，引导他们在阅读时产生共鸣，但是在新闻报道中，他需要找到一个熟悉的立足点才有可能达到这一目的。而这个立足点是由固定成见构成的。编辑选择新闻，不可能脱离他的各种成见。

新闻和真实是两回事。新闻能够突出、强调一件事情，但并不意味着可以把隐藏的事实都揭露出来。李普曼认为新闻之所以达不到真实的程度在于记者缺乏专业的训练，如果对于应用心理学有很深的理解，就能够了解自身的弱点，明白自己的意见受成见和兴趣等影响,是在借助主观透镜观察世界。

经典评论

就传播研究变化的具体线路而论,李普曼是不能缺席的。之所以如此,还在于《公众舆论》中的观点与后来大众传播研究的联系,更在于李普曼是芝加哥学派到大众传播建立之间的一个中间环节,缺少了这一环节,整个变化,尤其是其中的偏移,就难以具体展示。

——黄旦

20世纪初,美国著名的新闻记者、专栏作家沃尔特·李普曼所研究的《公众舆论》问世以后,得到了美国乃至资本主义世界的新闻学界和政治学界的极大推崇。……美国著名的哲学家约翰·杜威把《公众舆论》称为"可能是目前用文字表达的对民主制度最有力的起诉"。笔者认为拟态环境和刻板成见的理论是这本书的很重要的一部分,可以说它对于后来的舆论研究也起了很大的作用,也是解释很多现象的一个法宝。

——李艳

延伸阅读

1. 沃尔特·李普曼:《幻影公众》,林牧茵译,复旦大学出版社2013年版。

2. 伊丽莎白·诺尔-诺依曼:《沉默的螺旋:舆论——我们的社会皮肤》,北京大学出版社2013年版。

3. 哈贝马斯:《公共领域的结构转型》,曹卫东等译,学林出版社1999年版。

推荐版本

沃尔特·李普曼:《公众舆论》,阎克文、江红译,上海人民出版社2002年版。

(厉国刚)

人民的选择

保罗·F.拉扎斯菲尔德

作者简介

保罗·F.拉扎斯菲尔德(1901—1976),生于维也纳。年轻时,拉扎斯菲尔德积极投身政治活动。1925年,在维也纳大学获得应用数学博士学位。同年,创建了"经济心理学研究中心"。移居美国后,1936年创办了"纽瓦克大学研究中心"。1937年,广播研究所在普林斯顿大学建立,由洛克菲勒基金会资助,拉扎斯菲尔德是领导之一。拉扎斯菲尔德由此进入了大众传播研究领域。他也是美国哥伦比亚大学应用社会研究所创办人。他在大众传播、民意测验、政治竞选等多个领域做出了贡献,被誉为"现代经验社会学创始人"。拉扎斯菲尔德的代表作品有《人民的选择》《人际影响》等,提出了"两级传播""意见领袖"等理论。拉扎斯菲尔德在晚年回顾自己的一生,认为主要有三大贡献:开创大学研究机构、强调研究方法论和开创媒体效果研究。他于1969年从哥伦比亚大学退休,1976年死于癌症。

名著背景

拉扎斯菲尔德的广播研究项目开创了大众传播研究的领域,他以一种比较偶然的方式介入到大众传播研究中来。

1940年对于美国人而言是重要的,发生在20世纪30年代的大萧条结束了,一个新的时代开始了。1940年总统选举的重要性由此凸显。这本书是作者针对美国选民选举行为的研究。这个研究最初被设计成这样一个调查:研究美国农业部关于宣传联邦农场政策的广播节目的影响。拉扎斯菲尔德想要做一次专题研究,结果有了这次在俄亥俄州伊利县花了7个月所做的研究。但数据很多,整理很费时间,这一成果在4年后才出版。之后在1944年回访了部分选民,并对著作做了进一步的修改,出版了第2版,1968年,第3版问世。

这本书由于在研究方法和理论上的突破,被列为传播的经典之作。这一研究开创了有限效果的范式,有限效果不同于魔弹论的强效果,但也不是说就没有什么效果,而是传播效果的出现,受到了多种条件的限制。

经典观点

这些直到正式选战中某时才做出决定的人在形成最后投票决定的方式上是不同的。根据这种情况,可以把转变者分为三类(数据是以全体选民为整体得出的百分比):28%的逐渐明朗者,15%的摇摆者,8%的政党转向者。

从整体上来说,总统选战宣传——演说、事件、政论、研讨等所有的宣传造势——对选民产生了三种效果:选战激活了漠不关心者,强化了党徒的信念,使游移不定者改变立场。

投票在本质上是一个群体行为。在一起工作、生活或娱乐的人们很有可能投票给同一个候选人。

阅读导引

在导论中,首先说明了这是一项对于美国人在总统竞选中的投票行为所做的研究。运用了固定样本调查这一新的研究方法。通过重复访问相同的人,获得对比数据,来加以分析。固定样本方法对于个体受媒体影响下选举态度变化的研究很有帮助。

在第二章,介绍了这项研究的调查地点:1940年的俄亥俄州伊利县。总的来说,伊利县的人们没有强烈的"阶层意识",经济是工业、农业混合型,选民受到政治团体的影响不大,媒体的作用可以较好地体现出来,是一个很不错的研究对象。

在第三章到第五章,对不同党派在社会背景和意识形态上的差别以及选民参与投票的程度,并且就受访者的一些特性做了分析。SES(社会经济地位)等级和宗教关联都会影响投票,而年龄对政治的影响就不同宗教信仰的选民而言是不同的。通过政治既有倾向指数(IPP)可以了解一个人的投票倾向。人们的社会属性决定了政治偏好。在共和党和民主党候选人的拥护者中,无论何时涉及经济和社会问题,他们给出的理由都有清晰的阶级结构。两党在意识形态上存在差异。根据人们卷入大选的程度,可以分成三组:高度、中度(一般和较低)以及无兴趣。对大选最感兴趣的是那些生活在城市,有较高受教育程度和社会经济地位的男性,以及老年人。对选战最低程度参与的是那些不投票者,最高的是意见领袖。

在第六章和第七章,对那些在选举中转变投票意图的人进行了分析。选民在最后阶段做决定主要有两大因素:一是这些选民的兴趣更低,二是他们面临着更多的多重压力。多种相互冲突和不和谐的因素会影响投票决定。最先做出决定的人遇到的困难最少,并且很有动力去投票。人们延迟做出投票决定,一是由于缺乏投票兴趣难以做明确选择,二是对双方候选人都看好,难以抉择。延迟做出最后投票决定的人形成最后决策的方式是不同的,转变者的类型被分为三类:逐渐明朗者、摇摆者和政党转向者。一个人如果是由于犹豫不决而偏离了初衷,一般会选择回归,但是由于支持了对手而偏离,则不太可能回头。

在第八章到第十一章,讨论的是选战对于不同群体的人造成的不同影响,分别是激活效果、强化效果、倒戈效果。通过正式的媒介和人际影响都可以显现或激活选民的潜在倾向。正常的激活过程是:宣传引起注意,兴趣增大从而接触增多,加以选择性注意,最终确定自己的投票选项。政党宣传需要保护、稳定和巩固选民的投票意图,起到强化作用。因为选战宣传而出现倒戈的人是非常少的,但的确存在这样的一些人。第十一章就选战整体效果进行了比较和评估。选战中使用演说、事件、政论、研讨等各种宣传攻势,产生了三种效果:对于那些漠不关心者起到了激活效果,对于党徒的信念起了强化效果,对于游移不定者起了倒戈效果。当然,强化效果的出现是最多的,倒戈效果是最少的。

最后五章,对几个具体影响因素的作用做了分析。第十二章是赢家预测。在政治讨论中,大家谈论最大的是预测谁能获胜。人们影响彼此预期的途径:一是人际渠道,二是个人观察。"从众效应"是存在的,公众舆论测验之类的可以改变人们的预期。第十三章,就党派性、主体、选战的中心、选战的目标、手段、情感性术语等方面讨论"选民被告知什么"这一问题。伊利县的选民与全国相比,接触到的关于选战情况的报道,在内容上并没有太大的差别。第十四章,广播和印刷媒体。在当时,广播是一种新媒体。在人们获取竞选信息中,报纸和广播作为一般的影响来源,具有同等的地位。而从更具体的,例如"最重要的"的信息来源考察中发现,广播的重要性要超过报纸。第十五章,社会群体的政治同质性。投票是一项群体行为,受到了社会阶层、家庭、社会团体等因素的影响。各方面相同的人倾向于投票给同一个候选人。第十六章,个人影响的性质。人们不是全部从正式媒介宣传中接触竞选信息,而是存在两级传播流,其中"意见领袖"扮演了重要的角色。作者认为,人际交往对一个意见的影响是无目的性的,但可以制衡或者削弱抵触情绪。人们受个人影响做出的决定,具有即时性和个人性。人际交往帮助人们参与政治事件。一个人相信另一个人的观点,威信在其中起到了巨大的作用。任何媒介都不如人更能打动其他人,热情的支持者会鼓动更多的人加入其行列,从而更有获胜的可能。

经典评论

总体来讲,《人民的选择》仍然是社会科学史上最成熟的调查研究之一。在大众传播理论的发展中,它的地位无可争议。它迫使传播理论学家们重新思考大众社会的概念、媒体影响无所不能的观念、社会属性的作用以及人际联系的重要性。在大众传播研究的历史中,没有哪个研究能有如此大的影响。

——[美]希伦·A.洛厄里、[美]梅尔文·L.德弗勒

《人民的选择》研究"标志着选举研究的新学科的开始"(蔡塞尔,1976—1977)。不久,拉扎斯菲尔德的政治调查研究的方法被密歇根大学的"社会研究所"的学者们所采纳,从此以后,这些学者在每次美国总统大选时都进行全国性的学术调查,并在每次调查中提出某些同样的问题。

——[美]E.M.罗杰斯

延伸阅读

1.哈罗德·D.拉斯韦尔:《世界大战中的宣传技巧》,张洁、田青译,中国人民大学出版社2003年版。

2.希伦·A.洛厄里、梅尔文·L.德弗勒:《大众传播效果研究的里程碑》,刘海龙等译,中国人民大学出版社2004年版。

3.伊莱休·卡茨、保罗·F.拉扎斯菲尔德:《人际影响:个人在大众传播中的作用》,张宁译,中国人民大学出版社2016年版。

推荐版本

保罗·F.拉扎斯菲尔德等:《人民的选择》,展江、彭桂兵译,中国人民大学出版社2012年版。

（厉国刚）

理解媒介——论人的延伸

马歇尔·麦克卢汉

作者简介

马歇尔·麦克卢汉（Marshall Mcluhan,1911—1980),是 20 世纪著名的原创媒介理论家、思想家。1911 年出生于加拿大艾伯塔省埃德蒙顿市,1933 年在加拿大曼尼托巴(Manitoba)大学获得文学学士学位;1934 年在同一所大学获得硕士学位;此后,到剑桥大学留学,继续文学方面的研究,并在 1942 年获得剑桥大学博士学位。毕业后,在美国多所大学执教。麦克卢汉于 1980 年 12 月 31 日去世。

麦克卢汉的学术背景多元,一生完成了几次重大的学术转向:工科、文学、哲学、文学批评、社会批评、大众文化研究、媒介研究。麦克卢汉出版过许多巨著,他的著作犹如天书,在社会上有非常大的影响。主要著作有《机器新娘》和《理解媒介——论人的延伸》等。

名著背景

《理解媒介——论人的延伸》是麦克卢汉的成名作和代表作,也是传播学的经典著作。在这一颇受争议的作品中,他提出了媒介的冷热性、媒介即讯息、媒介是人体的延伸等多个重要观点。虽然,许多人对于他的媒介技术决定论的观念不是很认同,多位学者做出过批评。但他引发的思考远远大于其可能存在的缺憾。

这一作品,发表于 1964 年,那时候,美国处于电视时代,但他预见到了网络时代的许多传播现象,不得不佩服他的远见。不过网络媒体毕竟具有许多不同于传统媒体的特性,麦克卢汉的观念和理论还有某些值得进一步拓展的可能性。

经典观点

所谓媒介即是讯息只不过是说:任何媒介(即人的任何延伸)对个人和社会的任何影响,都是由于新的尺度产生的;我们的任何一种延伸(或曰任何一种新的技术),都要在我们的事务中引进一种新的尺度。

媒介的"内容"好比是一片滋味鲜美的肉,破门而入的窃贼用它来涣散和转移看门狗的注意力。媒介的影响之所以非常强烈,恰恰是另一种媒介变成了它的"内容"。

媒介作为我们感知的延伸,必然要形成新的比率。不但各种感知会形成新的比率,而且它们之间在相互作用时也要形成新的比率。

阅读导引

马歇尔·麦克卢汉的《理解媒介——论人的延伸》分成两部。第一部主要是理论阐述,第二部则是个案解析。主要对口语词、书面词、道路与纸路、数字、服装、住宅、货币、时钟、印刷品、滑稽漫画、印刷词、轮子、自行车和飞机、照片、报纸、汽车、广告、游戏、电报、打字机、电话、唱机、电影、广播电台、电视、武器、自动化等数十种"媒介"做了分析。

在麦克卢汉的作品中,他认为"媒介是人体的延伸"。麦克卢汉是媒介环境学派的重要学者,他所说的媒介技术与海德格尔的"技术"有共通之处,"均强调其不再只是赤裸裸的工具,而是生活方式,是世界构成的主要环节;因此它也不再和人性截然对立,它其中就交织着人性"。麦克卢汉认为电子媒介是人类中枢神经系统的延伸。如今,是一个电子媒介的时代,网络等数字媒介技术发展态势非常迅猛。特别是手机作为移动互联网的终端,彻底改变了人们的上网体验。过去,上网需要你坐在电脑前,是相对固定的位置,很不方便。移动互联网则大大提升了人们上网的可能性,手机小巧便捷,可以随时随地拿出来上网。而许多城市进一步在发展数字城市,可以让大家在城市的各个角落都能借助 WiFi 或其他手段上网,了解这个城市的信息和动态,与这个城市的融合是前所未有的。在中国,这几年高铁的大量出现,进一步缩短了空间上的距离,居住在不同城市的人们,从来没有像现在这样联系紧密,来往密切。不断发展的快速交通和移动网络技术,显然是人体的延伸。

媒介技术带来的意义,远远超越了传播的内容,即便没有网络,没有手机,没有电话,人们可能聊的都是同样的一些话题,但有了电话,有了手机,有了网络,人们聊天的方式则有了天壤之别。传统时代,我们要么需要面对面,要么需要通过书信来聊天,往往具有延时性,而现在则是可以同步的。因而,从这些技术给我们带来的影响,也不难理解他那句著名的论断"媒介即讯息"。麦克卢汉觉得"对人的组合和行动的尺度和形态,媒介正是发挥着塑造和控制的作用"。媒介技术的力量不容小觑。

每个民族都有自己的历史,典籍古书、口头传说、民间文艺在传承我们的传统文化,新闻媒体当然也是重要的工具。有人说,今日的新闻是明天的历史。传统媒体的专业记者、编辑等媒体工作者,通过电视直播节目、口述历史、新闻报道等方式,在传播新闻和资讯的同时,也在记录这个时代的前进脚步。在如今时代,网络改变了人类的知识生产和传播。所有网民参与的对社会的报道和记录,则是未来了解这个世界的一种途径。媒体很大的一块资产是我们的共同记忆和历史。而网络是大家都可以参与的。随着技术的不断发展,这种貌似无序的网络生产,可以变得更加有序。例如,按照日期和内容属性快速地检索所有的新闻和相关内容,可以使得我们更容易梳理事件发展和社会前进的步伐。而微博、博客这一类平台上,上面的所有信息都是按照时间先后来排列的,查找起来相对简单。有序的网络生产,将会产生更大的价值。

麦克卢汉认为,媒体具有冷热性。而从整体而言,如今的数字媒体,对我们参与和互动的要求远远超越传统媒体。数字媒体不仅仅在技术上对我们提出了要求,也在表达上推动着我们的参与分享。在某种意义上,整体出现了一种媒体的冷趋势。不知这样的一种现象,是否意味着冷热性的消失,还是随着数字媒体的进一步演变总会出现分化,还有待于进一步地思考。

不过,就个体而言,过度依赖电脑和网络的危险是显而易见的。如果把文件、照片、日记、账本等全部都以数字化形式储存在电脑中,一旦电脑受到病毒攻击等软件问题,或发生硬盘烧坏等硬件问题,那么这些东西就可能不复存在,即使有文件恢复软件和措施,也由于操作不便或不当、价格昂贵、恢复不全、系统重装等原因,而最终不能够恢复。照片不见了,美好的记忆难以被回想,甚至会让自己怀疑是否有过这么一些照片,以及亲历过那些场景。就人类群体来说,如果我们过度依靠电脑和网络,如果网络中出现了一个超级病毒,或者出现了其他影响网络运行的因素,则人类的文明可能会毁于一旦,至少是损失大部分,那是多么大的一场灾难。这在许多科幻小说和电影中都有涉及,如《终结者》系列。为此,有学者觉得"恰恰是高科技电子数字媒介其材质和播放技术高速革新换代,存在巨大的文明断代危险"。媒介技术的过快、过度发展,可能会使得文化和文明被技术所宰制和阻断。选择性遗忘,是一种心理现象,而技术性遗忘,则是一种物理现象。两者同样具有对历史的破坏性。但技术性的毁坏显得更加彻底和强烈。

麦克卢汉的《理解媒介——论人的延伸》不是严格意义上的学术论著,但是他提出的大量观念,以及他思考问题的方式,则是非常有独创性和启发意义的。即便过去了几十年,这些理论还在放出耀眼的光芒。

经典评论

马歇尔·麦克卢汉以媒介教师爷、预言家、先师、先知等身份而闻名,然而实际情况刚好相反。他这个媒介环境学家深深地扎根于此时此刻,他的主要目的是唤醒人们的意识,使人理解媒介对我们集体意识的沉降效应(media fallout)。他的诋毁者和一些支持者都存在同样的误解,原因有三个:(1)他用可获得的最先进的技术即电视来唤醒人们对电视影响的意识;(2)他以充满格言警句的文风作为探查的手段;(3)他摆脱逻辑实证主义的限制来进行研究。

——[美]林文刚

对麦克卢汉的漠视十分可悲,远胜于对他的过分吹捧。在传播研究的发展史上,他起过重要的作用。即使从肤浅的层次看,"媒介"一词的走红,麦克卢汉也功莫大焉。须知,它过去主要是艺术家、细菌学家和大众传播专家的行话。

——[美]威尔伯·施拉姆、[美]威廉·波特

延伸阅读

1.马歇尔·麦克卢汉:《机器新娘》,何道宽译,中国人民大学出版社 2004 年版。

2.保罗·莱文森:《数字麦克卢汉:信息化新纪元指南》,何道宽译,社会科学文献出版社 2001 年版。

3.罗伯特·洛根:《理解新媒介——延伸麦克卢汉》,何道宽译,复旦大学出版社 2012 年版。

推荐版本

马歇尔·麦克卢汉:《理解媒介——论人的延伸》,何道宽译,商务印书馆 2001 年版。

(厉国刚)

娱乐至死

尼尔·波兹曼

作者简介

　　尼尔·波兹曼(Neil Postman,1931—2003),是世界著名的媒体文化研究者和批评家。尼尔·波兹曼1931年出生于纽约,1953年毕业于纽约州立大学弗雷德尼亚分校,1955年在哥伦比亚大学教育学院取得硕士学位,1958年在该校获得教育博士学位。自1959年开始,在纽约大学任教。1971年在纽约大学首创了媒体生态学专业。1993年成为教授。他长期担任该校文化传播系系主任。尼尔·波兹曼是传播学研究中的媒介环境学派的重要人物。

　　尼尔·波兹曼在教育学、语言学、传播学等都有很深的研究,存世的著作共有20多种。主要有《娱乐至死》《童年的消逝》《技术垄断:文化向技术投降》《教学:一种保存性的活动》《诚心诚意的反对》《疯狂的谈话,愚蠢的谈话》《如何看电视》《建造通向18世纪的桥梁:过去怎样改变未来》等。《娱乐至死》《童年的消逝》和《技术垄断:文化向技术投降》是他的"媒介批评三部曲",均已在国内有翻译本,产生了很大的影响。

　　2003年10月5日,尼尔·波兹曼因肺癌在纽约皇后区法拉盛辞世,美国各大媒体发表多篇评论文章,高度评价他对后现代工业社会的深刻预见和尖锐批评,以及他对媒介文化的深刻洞察。

名著背景

　　1985年出版的这本著作,与时代有着密切的关联。当时,美国电视文化对社会产生了重大的影响。西欧国家正处于阵痛期,电视体制正转向美式的商业模式,许多文化、政治的领袖以及知识分子担心这种转轨对社会文化传承、个人文化、政治生活等带来不良影响。因此,这本书在西欧国家受到了极大的欢迎,成为畅销作品。

平克·弗洛伊德摇滚乐队（Pink Floyd）的领唱罗杰·沃尔特斯（Roger Waters）受到了该书很大的影响，在1992年面世的新唱片，取的名称也是《娱乐至死》。

在此之前，英尼斯和麦克卢汉等传播学者都提出了媒介技术论的重要观点，对学界造成了很大的影响。尼尔·波兹曼很大程度上是在延续这一思想，并将其发扬光大。从而使媒介环境学派得以进一步发展。

经典观点

我们的政治、宗教、新闻、体育、教育和商业都心甘情愿地成为娱乐的附庸，毫无怨言，甚至无声无息，其结果是我们成了一个娱乐至死的物种。

所有这些电子技术的合力迎来了一个崭新的世界——躲猫猫的世界，在这个世界里，一会儿这个、一会儿那个突然进入你的视线，然后又很快消失。这是一个没有连续性、没有意义的世界，一个不要求我们、也不允许我们做任何事的世界，一个像孩子们玩的躲猫猫游戏那样完全独立闭塞的世界。但和躲猫猫一样，也是其乐无穷的。

阅读导引

《娱乐至死》一书的封面具有很深的寓意。画面是一家四口正坐在电视机前看电视，不过这四个人只有身躯，并没有头部。寓示电视机带给人们的只是思想的空洞，而不是深刻的思考。全书分成两篇，第一篇主要是整体理论的阐述，第二篇则是针对几个不同领域的具体分析。

尼尔·波兹曼在第一章与第二章中，从不同历史时期美国几个重要城市的作用和地位出发，谈到了当时的娱乐之城——拉斯维加斯。他认为，娱乐话语日渐占据主导地位，社会各个领域，诸如政治、宗教、新闻、教育和商业等都成了娱乐的附庸。他认为话语的方式对话语内容起到决定作用。并基于麦克卢汉的"媒介即讯息"，阐发了"媒介即隐喻"的观点："我们的语言即媒介，我们的媒介即隐喻，我们的隐喻创造了我们的文化的内容。"在媒介即认识论中，尼尔·波兹曼进一步分析了媒介变化对认识论的影响。他认为媒介变化会改变话语的结构，但并不是对任何人和任何事都是如此，电视时代的认识论不是污染了一切，污染的主要是大众交流及其相关活动。

在第三章和第四章，尼尔·波兹曼主要论述的是传统的印刷机时代下的认识论。18世纪和19世纪，美国印刷术从引入发展到占据主导地位，对美国思想和文化带来了很大的影响。印刷机造就的认识论，使得公众话语具有理性和秩序，但是电视则改变了这一面貌。电视技术，使得娱乐业时代出现。从而"阐释时代"转向了"娱乐业时代"。

在第五章，尼尔·波兹曼就电报和摄影术对印刷术的冲击做了分析。尼尔·波兹曼表达了他的担忧：印刷术被边缘化，电视占据主导文化，公众话语受到了很大影响，原来的严肃性、明确性和价值将会找不到。电视只有一个娱乐的声音。

在第六章和第七章，他总体上对于电视主导的娱乐话语做了探讨，认为电视时代，只剩下了娱乐业。对于电视时代新闻的娱乐化问题，提出了"新闻的形式和内容都成了娱乐"的观点。

第八章侧重于宗教的娱乐问题。在电视上，宗教成了一种娱乐形式，这是由电视的特性所决定的。"真正的危险不在于宗教已经成为电视节目的内容，而在于电视节目可能会成为宗教的内容。"

第九章侧重于政治领域的娱乐问题。电视广告对政治竞选造成了极大的影响，人们不再注重竞选者提出的各种"内容"，而是进入了一个"看脸"的时代。政治成了一场场的"秀"，人们看政治人物在电视上表演，竞选要获胜不仅仅需要有高"颜值"，而且还需要具备演员的才能，要能够给选民带来娱乐。

第十章侧重于教育领域的娱乐问题。在电视上，正如标题所称"教学是一种娱乐活动"。教学和娱乐密切结合在了一起，一方面，电视上的教学节目以轻松、娱乐的方式出现，另一方面，学校里的教学方式也需要娱乐化。如今，教师们通过在课堂上运用各种多媒体技术，借助图片和视频，使教学活动变得充满趣味。

在最后一章，尼尔·波兹曼回应了前言中的文字，通过比较奥威尔式的"文化监狱"和赫胥黎式的"文化滑稽戏"，表明了自己的态度。认为，在电视时代，赫胥黎的预言已经成了现实。人们心甘情愿地成了娱乐的俘虏，从而人类成了一个娱乐至死的物种。人们不再能够理性地思考，而是有可能完全地沉浸在娱乐文化中。

尼尔·波兹曼在《娱乐至死》中的思想与麦克卢汉的思想有很大的关联，都是媒介环境学派下的重要理论，强调媒介技术的重要性。不过又有一定的区别，尼尔·波兹曼重在强调媒介技术和形式对于人类认识论的重要影响。

经典评论

波兹曼的思想还是在媒介技术论的范畴中，缺陷也是显而易见的。但媒介技术论终究提出了传媒研究中能与传播政治经济学、批判学派、文化研究、实证学派形成平衡的、别具一格的思想路径，波兹曼在其中也算得独树一帜。这对于打破技术的盲目乐观论调具有振聋发聩的作用，技术不是中立的，人类不可轻信自己驾驭技术的能力和意识。

——孙玮

《娱乐至死》是尼尔·波兹曼最为著名的一部作品，曾经被翻译成数种文字在许多国家出版。在书中,波兹曼分析了电视媒体强大的娱乐功能,尤其是对于政治的影响,并提出了"媒介即隐喻"的著名论断。所谓"媒介即隐喻",是指媒介"用一种隐蔽但有利的暗示来定义现实世界",其中媒介的形式极为重要,因为特定的形式会偏好某种特殊的内容,最终会塑造整个文化的特征。继而,在此基础上,他分析了媒介形式的变化所带来的更深层次的思想结构的变化。

——李晓云

延伸阅读

1.乔治·奥威尔:《一九八四》,董乐山译,上海译文出版社 2006 年版。

2.阿道斯·伦纳德·赫胥黎:《美妙的新世界》,孙法理译,译林出版社 2010 年版。

3.尼尔·波兹曼:《童年的消逝》,吴燕莛译,广西师范大学出版社 2004 年版。

4.尼尔·波兹曼:《技术垄断:文化向技术投降》,何道宽译,北京大学出版社 2007 年版。

推荐版本

尼尔·波兹曼:《娱乐至死》,章艳译,广西师范大学出版社 2004 年版。

(厉国刚)

第九部分　社会学

乡土中国

费孝通

作者简介

费孝通(1910—2005),字彝江,著名社会学家、人类学家、民族学家、社会活动家,中国社会学和人类学的奠基人。

1910 年 11 月 2 日,生于江苏省吴江县县城一个开明的士绅家庭。自幼接受良好教育,成年后就读于东吴大学,后转入燕京大学社会学系。毕业后考入清华大学社会学及人类学系读研,1935 年 7 月毕业,获硕士学位。

1936 年,赴英留学,1938 年获伦敦政治经济学院博士学位。毕业论文《江村经济》于 1939 年出版,流传颇广,现已成为国际上通用的人类社会学参考书之一。

1938 年,回国后担任云南大学副教授,继续在内地农村开展社会调查,出版了《禄村农田》,这是我国第一部关注少数民族地区的社区调查报告。

从 1938 年到 1949 年中华人民共和国成立前,是其学术生命的高峰,其间相继完成了《生育制度》《乡土重建》《乡土中国》《皇权与绅权》等作品。

1949 年后,历任清华大学副教务长、中央民族学院副院长、国务院专家局副局长、中央人民政府民族事务委员会副主任、中国社会科学院民族研究所副所长、中国社会科学院社会学研究所所长、全国政协副主席、北京大学社会学研究所所长、全国人大常委会副委员长、民盟中央主席等职,并获美国马林诺斯基奖、英国赫胥黎奖等。

2005 年 4 月 25 日,因病于北京逝世。

名著背景

《乡土中国》是费孝通先生在 20 世纪 40 年代后期,在大量的社会调查基础上,根据他在云南大学和西南联大讲授的乡村社会学写成的。于 1947 年 6 月至 1948

年 3 月在上海的《世纪评论》上连载,后又出版成书。

1930 年费孝通进入燕京大学社会学系就开启了他的社会学人生,后又进入清华大学研究院师从俄国人类学家史国禄,留学英国在伦敦政治经济学院师从人类学大师马林诺斯基,这一系列的教育经历都为他的社会学人类学研究打下了坚实的学术基础。

1938 年秋,费孝通学成归国,执教云南大学,主持了社会学实地调查工作站,后因日军轰炸昆明将工作站迁至呈贡魁阁。在魁阁,费孝通沿袭了伦敦政治经济学院人类学系的学风,采取理论与实践密切结合的原则,组织实地调查、学术讨论及再调查、再讨论的一系列调查研究方法。在当时时局紧张、经费短缺、物质生活条件非常艰苦的条件下,魁阁成员做出了大量的研究成果。

1945 年抗战胜利,但紧接着内战爆发,费孝通先生加入了中国民主同盟,写了大量政论文及时评,反对内战。同时,他也一直继续着魁阁时期对中国社会结构的探索,《乡土中国》就是在这一时期写成的。

📚 经典观点

熟人社会。乡土社会中,人们靠种地谋生。由于土地的不能移动性,就使得乡土社会保持一种较稳定的状态,人们长期居住在一起,形成了熟人社会。

差序格局。差序格局是费孝通对整个中国传统社会基本结构的概括,是他提出的一个非常重要的社会学人类学观点。在差序格局中,个人与他人的交往以"人伦"为基础。

礼治秩序。差序格局与礼治秩序是紧密联系在一起的。乡土社会是一个礼治社会,"礼"是指社会公认的合理的行为规范,靠伦理道德和风俗习惯来维持,从而导致法律在乡土社会中难以生存,"无讼"成为一大特点。

📚 阅读导引

《乡土中国》是学术界公认的"人类学的一个里程碑",是著名社会学家费孝通先生最具有代表性的理论著作,具有很大影响力,是很多学者研究中国问题的必读书。

全书包括《乡土本色》《文字下乡》《再论文字下乡》《差序格局》《维系着私人的道德》《家族》《男女有别》《礼治秩序》《无讼》《无为政治》《长老统治》《血缘和地缘》《名实的分离》《从欲望到需要》共 14 篇论文,以费孝通十数年深入农村实地调查研究、探索中国基层社会样貌为基础,试图回答"作为中国基层社会的乡土社会究竟是个什么样的社会"这一问题。通过研究,得出了对中国乡土社会的家庭关系、传统文化、社会结构和民俗风情等方面的规律性认识。

《乡土中国》中所谓的"乡土"指的是进行小农业生产的广大农村,居住着中国社会最基层的广大乡下人,他们依附于土地,按照自发形成的生活习惯和生产方式聚居在一起,费孝通称农村这种关系为"熟人社会"。在"熟人社会"中,乡民们生活范围稳定且比较封闭,生活模式相同且一成不变,所以不但文字是多余的,连语言也不是传情达意的唯一象征体系,表情、动作有时表达得更确切。

在乡土社会中,不同地域的人是不怎么交流的,这就构成了中国独特的人际关系——"差序格局"。熟人社会主要讲人情、看关系,社会关系是由"私"出发的。因此,费孝通认为中国的社会关系是以"己"为中心,由亲属关系的亲疏而不断推衍出去的同心圆。在这种差序格局中,道德体系也自有其特点,私人道德具有至高无上的地位。家庭是核心,以家族为基本社群。费孝通对男女关系和感情进行了论述,认为乡土社会是个男女有别的社会,也是个稳定的社会。

基于"差序格局"的社会关系结构,乡土社会的治理方式是"礼治"而非"法治"。这里的"礼"指的是社会公认合适的行为规范,靠传统的力量和人们的自觉遵守来维持。乡土社会自有一套"礼治"秩序,长期的教化把这些规则转化为人们的内在习惯,当人们遇到问题时也是从传统道德寻求解决途径,而非法律途径。所以,费孝通还阐述了"无讼"在乡土社会的合理性。

费孝通在《无为政治》一文中提出了两种权力类型:从社会冲突中发生的横暴权力和从社会合作中发生的同意权力。他指出这两种权力在乡土社会中都不是主要的,因此引出了一种新的权力形式——教化权力,它发生于社会继替的过程,是父亲式的,也就是长老统治。长老统治是乡土社会的主要统治类型,长老一方面教化人们遵守传统、服从规范、传授经验、维持秩序,另一方面解决纠纷、化解矛盾。

费孝通指出,在乡土社会中,血缘大于地缘。血缘是身份社会的象征,地缘是契约社会的基础,从血缘到地缘的发展是社会性质的转变。

费孝通认为,在乡土社会中,个人只需要依着欲望活动,然而在现代社会却是不行的。因为现代社会变迁过快,人们不得不寻求行为和目的之间的联系,按照需要去行动。这时,人们的行动从盲目的被动变为理性的自觉,从没有选择的被教化变成了有选择的探索。人类行为从欲望到需要是社会变迁的一个里程碑。

《乡土中国》全书只有几万字,却蕴含了丰富的研究成果,其学术地位是不容小觑的。书中提出了许多开创性的概念,是中国社会学关于农村早期研究的典范,为我们打开了认识中国农村的大门。书中论述的"熟人社会""差序格局"等依然是中国农村的现状,《乡土中国》的研究对于快速转型的中国具有重要意义。

📚 经典评论

虽然他(费孝通)还很年轻,但已是国际上知名的学者,在中国学术界则是一颗正在上升的星。他自称是中国年轻一代知识分子,这一代正在向那些把持着权力和地位、但不思进取的老一代知识分子挑战。

——[美]大卫·阿古什

像费孝通这样一个在社会学、人类学等学科领域做出过重大贡献,曾经见证并在晚年实际推动 20 世纪中国社会变迁进程的人物,理应有多角度多层次的梳理和解析,才能充分地将其思想遗产和人格魅力清晰地呈现出来。

——吕文浩

费孝通先生享寿九五,本愿一心从事学术,因国危民艰介入政治,一生随着家国命运起伏跌宕。一世沧桑中,他尽可能坚持田野调查,著书立说,追求民主,奔走国是……做了很多事情,却始终未改学者本色。综观其所思所行所写所梦,主脉清晰,即认识中国和人类社会,为其改善提供思想。

——张冠生

延伸阅读

1. 贺雪峰:《新乡土中国》,北京大学出版社 2013 年版。
2. 费孝通:《生育制度》,生活·读书·新知三联书店 2014 年版。
3. 大卫·阿古什:《费孝通传》,董天民译,时事出版社 1985 年版。

推荐版本

1. 费孝通:《乡土中国》,生活·读书·新知三联书店 2013 年版。
2. 费孝通:《乡土中国》,上海人民出版社 2013 年版。

(卢盈华)

后工业社会的来临

丹尼尔·贝尔

作者简介

丹尼尔·贝尔（Daniel Bell, 1919—2011），美国著名的社会学家、作家。他由后工业社会理论而闻名，被誉为"战后最有影响力的美国知识分子之一"。

贝尔 1919 年 5 月 10 日出生于纽约市曼哈顿区的下东城。他的父母是来自于东欧的犹太移民。刚出生 8 个月的时候，父亲便去世。贝尔早年家境贫寒。13 岁时，他的姓由博洛茨基（Bolotsky）改为贝尔（Bell）。同年开始积极参加社会主义运动。1938 年毕业于纽约城市学院，获得科学与社会科学学士学位，随后在哥伦比亚大学学习了一年。贝尔在毕业后的 20 年里主要从事新闻工作，担任《新领袖》（*The New Leader*）杂志的主编（1941—1945）、财富（*Fortune*）杂志的劳工事务编辑（1948—1958）以及《公共利益》（*The Public Interest*）杂志的合编者（1965—1973）。

1960 年，贝尔凭借其《意识形态的终结》（*The End of Ideology*）获得哥伦比亚大学社会学博士学位。随后，他主要从事教学活动，先后任教于哥伦比亚大学和哈佛大学，直至 1990 年退休。在此期间，贝尔写作了《后工业社会的来临》（*The Coming of Post-Industrial Society*，1973）、《资本主义文化矛盾》（*The Cultural Contradictions of Capitalism*，1976）等重要著作。以上三书被称为"后工业社会三部曲"。1964 年，贝尔当选为美国文理科学院院士。除了著书立说、发表时事评论，贝尔还积极参与公共活动，并先后在多个全国性和国际性的重要机构任职。

2011 年 1 月 25 日,贝尔在家中去世。

贝尔曾称自己为:"经济上的社会主义者,政治上的自由主义者,文化上的保守主义者。"

📚 名著背景

1959 年夏,贝尔在一个奥地利的学术讨论会上首先使用"后现代社会"这一名称。随后,他于 1962 年和 1967 年写作了《后工业社会:推测 1985 年及以后的美国》和《关于后工业社会的札记》等。在这些著作中,他较为系统地发展了其后工业社会思想。在批判性地吸收其他学者关于社会发展理论的基础上,并联系发达资本主义的社会和经济结构之变化,贝尔于 1973 年出版了《后工业社会的来临》这本富有影响力的巨著。

在此书中,贝尔认为后工业主义可以被看作以信息和科技领航,以服务为导向。他主张后工业社会将作为主导性的社会体系,取代工业社会。

📚 经典观点

经济经历从生产商品到提供服务的转变。

知识成为资本的重要形式。

观念生产成为经济增长的主要方式。

通过全球化和自动化,基于体力劳动之经济的重要性下降,基于专业技术工作者(如科学家、创意产业专家、信息技术专家)之经济的价值上升。

行为和信息科技取得发展,并得到应用。

📚 阅读导引

《后工业社会的来临》全书分为 6 章,系统地阐述了人类社会的三个阶段,以及后工业社会的若干特征。

该书的方法论特点在于提出了中轴原理,在某一历史时期,特定的中轴原理成为社会的决定性因素。贝尔将社会分为社会结构、政体和文化三个部分。社会结构包含经济、技术以及职业制度。政体调整权力的分配,并判定个人之间和集团之间发生矛盾的权力和要求。文化则指表达象征和含意的领域。此书主要聚焦于社会结构的作用和变化。

贝尔的"后工业社会"概念是相较于"前工业社会"和"工业社会"而言的。前工业社会以天然生产业为主,包括农业、矿业、渔业、林业以及对煤气石油等其他自然资源的开采。它们属于第一产业。此种社会的成员主要是农民、矿工、渔民、简单劳动工人。虽然服务行业比重也不小,但只限于家庭服务。亚洲、非洲和拉丁美洲的多数国家仍处于此阶段,社会中的时间观念是朝向过去。

"工业社会"是以加工业为主,这是一种商品生产的社会。其中,能源替代了体力,生产活动主要是利用能源和机械技术制造商品,属于第二产业。此种社会中的成员为工程师和半熟练工人。西欧、北欧以及苏联、日本等国处于此阶段,社会中的时间观念是朝向现在。

相较而言,"后工业社会"是以程序处理为主,以信息和知识的生产和交换为主导。故而,电信和电脑起着战略性的作用。服务行业在此社会中居于主流地位,属于第三(交通运输、公共事业)、第四(商业、金融业、保险业)、第五产业(卫生保健、教育、科学研究、政府、娱乐等)。后工业化社会的成员以专业性和技术性人员以及科学家为主。美国处于此阶段,社会中的时间观念是朝向未来。

贝尔在书中拒绝给"后工业社会"贴上某一个标签,比如"服务社会""信息社会"或"知识社会",虽然他常常遭到误解,被认为主张后工业社会等同于服务社会。尽管所有这些因素都较重要,但由于各自只代表了后工业社会的部分特征,因而并不能用来代表后工业社会的全部。

"后工业化社会"与"资本主义社会"这两种概念的侧重点不同,并不是依照同一个指标进行衡量从而被看作相互对立的两个社会。"后工业"依据的是社会的技术侧面,而"资本主义"依据的是社会的经济侧面。根据技术分类,美国、苏联是工业化社会,而印尼和中国则不是。如果根据财产关系分类,则美国、印尼是资本主义社会,而苏联、中国是社会主义社会。

贝尔反对以单一的概念去理解社会的特征以及总结出社会发展演变的规律。对他来说,这是社会学最严重的错误。这种思路没有正视现代社会的复杂特性,引导人们相信社会发展存在铁一样的必然规律。任何社会都是诸因素混合作用形成的:经济、技术、政治、文化系统。这要求人们从不同的视角来分析,而贝尔所采取的视角,便是技术的视角。他要考察的是,社会上的哪些变化随着新技术而来,此社会必须去解决何种问题。

相比于工业社会建基于机械技术,后工业社会则是发展自智能技术。工业社会的主要结构特征是资本和劳动,而后工业社会的主要结构特征则是信息和知识。后工业社会体现知识价值论,而不是劳动价值论。在其中,新的信息网络产生新的社会关系,从而为新型的社会结构做出奠基。

贝尔澄清了后工业社会具有的一些特征。(1)理论知识取得中心地位。(2)新的智能技术产生。(3)知识阶层扩展。技术专业阶层成为增长最快的群体。(4)从物品到服务。社会中的大多数人从事服务业,从前工业社会的家庭服务,工业社会的交通设施、财政和个人服务,到后工业社会的人道服务和专业技术服务。(5)劳动性质改变。前工业社会的劳动从属于大自然的节奏,工业社会的劳动是自然竞赛;在后工业社会中,劳动主要是"人际竞赛"。(6)妇女作用提升。(7)科学与军事和社会技术、社会需要结合在一起。(8)场所将逐渐取代阶级,成为重要的政治单位。(9)教育与技能的重要性超过世袭和财产,造就"公正的精英统治"。(10)匮乏仍旧存在,主要表现为信息和时间的匮乏。(11)信息经济学得到发展。经济学家和决策者需要在促成知识的开放共享、非垄断性与保护知识产权的两难中寻找出路。

经典评论

他(贝尔)强调职业分布的不断变化的性质:日益重要的将不仅仅是人们工作的位置,而且还有他们所做工作的类型。他认为,后工业时代占优势的阶级的情况将尤其如此,这些阶级是:专业雇员和技术雇员,以及更重要的科学家和工程师阶级。他们的地位将随着理论知识重要性的不断增强而提高,而这将使大学和研究机构的作用变得前所未有的重要。

——《经济学家》

一方面,在美国社会学日趋走向空洞抽象和琐碎实证这两个极端的情况下,贝尔的学术关切始终聚焦在一些与历史的发展、文化的命运与人类的未来紧密相连的现实问题上,透过这些问题,贝尔力图把握的是那种超越专业知识的"道",即当代美国资本主义的本质及其前途与命运;另一方面,当贝尔具有了影响社会的公共话语权之后,即开始自觉参与社会事务,积极用自己的思想来推动"我们的国家""我们的文化"向着更加良善的方向发展。

——张亮

延伸阅读

1.丹尼尔·贝尔:《资本主义文化矛盾》,严蓓雯译,人民出版社 2010 年版。
2.阿尔文·托夫勒:《第三次浪潮》,黄明坚译,中信出版社 2006 年版。

推荐版本

丹尼尔·贝尔:《后工业社会的来临》,高铦等译,新华出版社 1997 年版。

(卢盈华)

第十部分　艺术学

美学散步

宗白华

作者简介

宗白华(1897—1986),原名宗之櫆,字伯华。中国现当代著名美学家、哲学家和诗人,被誉为融贯中西艺术理论的一代美学大师。

1897年12月15日,出生于安徽省安庆市一个知识分子家庭,祖籍江苏省常熟县。父亲宗嘉禄是当时有名的教育家,母亲方淑兰也出自书香门第。幼年接受新式教育,就读于父亲创办的新式学校南京思益小学。1909年进入南京第一模范高等小学读书。1912年在南京金陵中学学习英文。1913年进入德国人创办的青岛大学中学部学习德文,后转入上海同济医工学堂中学部。1916年,升入同济大学医学预科。

1919年五四运动时期,参加了"少年中国学会",任《少年中国》月刊编辑,并在上海主编《时事新报》的副刊《学灯》。1920—1925年,留学德国,在法兰克福大学、柏林大学系统地学习了哲学和美学课程。1925年留学回国后,先后任东南大学、北京大学哲学系教授,其间曾任中国美学学会顾问和中国哲学学会理事。

1986年12月20日,于北京逝世,享年90岁。

名著背景

宗白华属于受"五四"影响的一代人。自"五四"新文化运动以来,中国古典文化经历了一场变革,受政治运动的影响,被外来西方文化猛烈冲击。宗白华的美学思想就是在这一文化波动的混乱时期形成并发展起来的。

宗白华先生深受中国古典文化影响,又吸收了西方文化的积极成分,从他的时代现实出发,展示了自己独特的美学思考。他置身于中西文化会通的语境中,对中华美学进行整理、阐释和演绎,努力解决时代特有的文化难题。

宗白华的座右铭为"拿叔本华的眼睛看世界,拿歌德的精神做人",由此可见叔本华、歌德对其影响深远。在留德期间,宗白华接触了德国古典哲学、近代文学和美学,对康德、叔本华、尼采、歌德等人的思想非常推崇,尤其是叔本华的"生命意志论"和歌德的"人生启示"。

宗白华在吸收西方生命哲学的同时,深刻挖掘了中国古典文化的精华。他推崇老庄哲学及《易经》,认识到了"道"的重要性,将"道"与艺术相结合。他从中国古典哲学中找到与西方生命哲学的相通之处,发展并完善了其美学思想。

经典观点

美的本质。宗白华认为,美是客体存在的特征和主体心灵体验的统一。一切美都离不开心灵的感悟与创造,又都是与客观相融合的,是主客观两方面的有机统一,两者缺一不可。

意境论。意境是造化和心源的合一,情景交融、虚实相生是中国意境的内涵要求。宗白华把意境分为三个层次,即写实、传神、妙悟。

生命观。宗白华认为美在生命,生命在其美学思想中占据重要地位。自然之美在于生命创造,艺术之美在于意境生成,人生之美在于艺术人生。

阅读导引

《美学散步》一书收录了宗白华先生写于 1949 年前后的一些重要美学论作。在这些论作中,宗白华以散步的方式涉及了多个领域,不仅对绘画、雕刻、诗歌、书法有精辟见解,而且对音乐、戏剧、建筑、壁画也颇有研究,可谓学贯中西、立论高远。

《美学散步》开篇写道:"散步是自由自在、无拘无束的行为,它的弱点是没有计划,没有系统。……散步和逻辑并不是绝对不相容的。"这段话是宗白华给自己的美学研究设定的理想境界,即将直接领悟与逻辑分析很好地结合起来。他主张以散步的方式,在自然和社会中用心求得事物真谛,体悟美学思想,而不过分讲求系统性和逻辑性。这就是宗白华美学的特点。

美的本体论研究是宗白华美学思想的一部分。他在王国维、蔡元培等先辈们初创学科的基础上,对美的本质有着自明的认识。他从具体的审美和艺术实践出发,提出了自己独到的见解,即美是客体存在的特征和主体心灵体验的统一。首先,美是客观的对象和存在,不以人的意志为转移。美的存在离不开事物的具体形象。其次,美又必须是主观参与下的、人的心灵创造的结果,美的存在离不开人的心境与感悟。美是主客观两方面的有机结合,缺一不可。

宗白华在批判地借鉴西方美学的基础上,提出了关于美感发生的"移情"说。

他认为美感的产生既需要主观方面的情感及心理等因素,又离不开客体的物质条件,即"移我情"与"移世界"的统一。"移我情"就是我们的情感经过一番洗涤,克服小己的私欲和利害比较,对审美对象的生命关怀与认同。"移世界"就是对客观世界的现象进行改造和提炼,使之更易于激起我们主观的情感体验。

意境论是宗白华美学思想的核心内容。意境就是艺术境界,又称"艺境",是用唯美的形式反映世界,以美为最高追求。宗白华从中国传统天人合一的哲学思想出发,指出意境是"情"与"景"的结合。他借用唐代画家张璪的"外师造化,中得心源",来形容这种客观景象与主观生命情调交融互渗而产生的审美境界。宗白华的意境论还要求虚实相生、有无统一。

宗白华认为,意境不是单层的平面再现,而是包含三度层次的。他把这三种境界称为"写实""传神""妙悟"。"写实"是直观感相的摹写,即对客观对象的直接反映;"传神"是活跃生命的传达,即艺术家求返于内心,融入自己的生命体验,进而传达生命;"妙悟"的境界又称为"玄境",是一种物我同一的禅境。

宗白华的散步美学是一种切入生命精神的动感美学,渗透着他对宇宙生命的体验、关怀与沉思。不管是诗书、音乐,还是雕刻、建筑,他都以是否表现了生命和精神作为评判的尺度。他的美学就是一种生命美学。他关注现代人生、现代人格,努力于现代人格建构。自由是他现代人格建构的核心,拥有自由而独立的人格,是宗白华的人生理想,也是他现代人格建构的首要目标。宗白华树立的自由人格典范是晋人。《论〈世说新语〉和晋人的美》一文中,他通过对晋人之美的解读,论述了自由人格的内涵。

宗白华认为贯穿中国美学史的有两种美感,即"错彩镂金"和"芙蓉出水"。这是他美学思想的民族特色、民族精神、民族风格。这两种美感表现在诗歌、绘画、雕刻等中国古代艺术的各个方面。由此他谈到艺术中美和真、善的关系问题,把真和善看作是一种内在的、更高的美。这就揭示了中国艺术的一种内在精神和理念,为我们把握中国艺术的内在本质提供了更直观的路径。

《美学散步》自出版以来就被当作比较文学的研究范本。宗白华在研究中西方各种艺术门类的基础上,深刻地论证了东西方哲学和文化的内核,堪称现代中西方比较美学、比较艺术研究的开创者。

经典评论

中国的美学家宗白华,毕其一生,悠悠然,散步于美学和艺术的林间花径。

——王德胜

(宗白华)通过对古代诗文、音乐、绘画以至个体人格风范的诠释,提供一种审美化个体自由人生的范本。

——刘小枫

　　他(宗白华)在中西哲学、艺术、文化的大背景下,重新发现了中国传统艺术中的时空意识,由此对中国艺术意境做了精湛绝伦的阐发,揭示了中国艺术不同于西方的、独特的意蕴、内涵和精神,把中西艺术的方法论的差别,上升到哲学和宇宙观的高度。

——叶朗

延伸阅读

1. 朱光潜:《谈美书简·美学拾穗集》,中华书局 2013 年版。
2. 李泽厚:《华夏美学·美学四讲》,生活·读书·新知三联书店 2009 年版。
3. 方东美:《生生之美》,北京大学出版社 2009 年版。

推荐版本

1. 宗白华:《美学散步》,上海人民出版社 1981 年版。
2. 宗白华:《美学的散步》,安徽教育出版社 2006 年版。

(卢盈华)

罗丹艺术论

奥古斯特·罗丹　葛赛尔

作者简介

　　奥古斯特·罗丹（Auguste Rodin，1840—1917），法国著名雕塑家，19世纪和20世纪初最伟大的现实主义雕塑艺术家。与他的两个学生马约尔和布德尔，被誉为欧洲雕刻的"三大支柱"。

　　1840年11月12日，出生于巴黎一个贫穷的基督教家庭。从小喜爱美术，14岁进入巴黎美术工艺学校，跟随贺拉斯·勒考克学画，后又跟动物雕塑家巴耶学雕塑，受到良好的基础训练。罗丹报考美术学院三次落榜，加上姐姐去世，受到很大打击而当了一名修道士。修道院院长埃玛尔创造条件让他画画和雕刻。后重新回到世俗生活，全身心投入艺术创作。

　　1864年，罗丹有了第一个工作室。1875年，游意大利时深受文艺复兴时期雕塑家米开朗基罗等大师的启发，从而确立了现实主义的创作手法。1877年，依据真实人物雕刻的名为《青铜时代》的男子裸体雕塑获得赞赏。

　　1916年法国政府建立罗丹博物馆。

　　1917年11月17日，雕塑艺术的集大成者罗丹逝世。

　　罗丹一生作品丰富，主要有：《青铜时代》《施洗者约翰》《行走的人》《伤鼻的男人》《地狱之门》《加莱义民》《吻》《巴尔扎克》《雨果》等，并口述《罗丹艺术论》一书传世。

名著背景

《罗丹艺术论》是由罗丹口述,葛赛尔记录,经过整理、修改,最终由罗丹审定成型的,成书于罗丹的晚年。

据彼埃尔·戴的《罗丹传》记载,罗丹与葛赛尔的交谈是在 1911 年。当时罗丹已 71 岁,距离逝世仅有 6 年时间。此时罗丹的艺术思想已经成熟,在造型艺术的创作论上也已具备了独特的见解。

罗丹的艺术人生是与法国贵族学院派斗争的一生。学院派鼓吹古人注重理想探索,而蔑视肉体,认为肉体是粗鄙的、卑下的。故而艺术作品重类型轻个性,重形式轻感情,掩盖了艺术真实的一面。而罗丹打破了这一切,他讲求自然、真实。他的创作极具个性,采用全新观念的雕塑手法,用自己的作品表示对肉体的崇拜,表达人类丰富的情感。所以,罗丹早年屡次遭巴黎美术学院拒绝录取,作品一再受到沙龙拒绝。即使成名后,每一件作品的问世,几乎都会引起各种争议。但罗丹始终走自己的路,坚守着自己的艺术风格。

罗丹感叹:"我们的时代是工程师、实业家的时代,绝非艺术家的了。"在 20 世纪初,信奉实用主义的人们追求物质生活、经济利益及肉体满足,艺术不再被需要。《罗丹艺术论》就是写于这个"艺术死亡时代",旨在唤醒同时代的人,挖掘人心中的真善美,为人的心灵指引方向,使人的心灵在艺术中得以陶冶、教化和升华。

经典观点

奉自然为你唯一的女神。罗丹认为自然即是美,自然是艺术的标准,艺术的目的就是表现真实的自然。

艺术之源在于内在的真。艺术的真是从自然中来的,是对自然内在规律及精华的提炼。艺术家掌握了自然内在的真,并将自己的内心情感融入自然,才能创造出真正的艺术。

艺术对动作的表现。动作是这一个姿态到另一个姿态的过渡。动作使艺术充满了生命力。雕塑和绘画展示动作的具体方法是描写这一姿势到另一姿势的变化过程,使人们在作品中可以看到一部分已经过去的动作,同时又可以认出一部分将要实现的动作。

阅读导引

《罗丹艺术论》是罗丹现实主义雕塑创作精神的集中概括。罗丹从艺术理想、艺术规则、艺术功能等各方面建构了一个艺术理论体系,强调艺术的真实性、艺术家的情感融入及艺术作品对生命活力的传达等,堪称是一本雕塑大师的艺术概论。

《罗丹艺术论》中充满了罗丹对前人的敬重,以及自己在创作过程中的反思和见解,是罗丹雕塑创作的精神总结,也是欧洲雕塑史上的经典理论著作。

全书以《嘱词》开篇,是罗丹艺术理想和人生信条的概括。罗丹指导青年人要爱我们的前辈大师,可又要留神不要去模仿前人,尊重传统,而要会辨别其永垂不朽的宝藏,即对于自然的挚爱与人格的忠诚。这就要求我们在尊重传统的基础上发展艺术创新。

罗丹提出"奉自然为你唯一的女神"。在艺术家的眼里,自然中的一切都是美的,艺术创作的主要源泉就是自然生活。艺术就是要表现自然,用艺术家的眼睛发现在外形下透露出的内在的美与真。这里的自然不仅指自然界,也指人类生存的现状和环境。罗丹认为,人应该无条件地、充分地信仰自然,奉自然为创作的第一准则。

罗丹指出,"自然中公认为丑的事物,在艺术中可以成为至美"。《罗丹艺术论》中,他用很多篇幅探讨了"丑"在雕塑和绘画中的表现。在作品《欧米哀尔》(又名《老娼妇》)中,展现了一个可怜的老妇,我们透过她枯萎、衰败不堪的肉体可以感受到她的苦痛、寂寞和悲伤。罗丹借此丑陋的典型,表现出了艺术的至美,化丑为美是一个真正伟大艺术家的伟大之处。

罗丹认为艺术必须是来源于自然而高于自然的,不是对自然的照搬,而是通过对自然的观察寻找其内在的真和美,再融入艺术家的感情,用艺术作品加以展现。因此,罗丹认为雕塑比塑铸更真实。塑铸只能再现外表,无法保持生动的表情,是低级平板的精确。而雕塑却在外表之外兼表内心,是雕塑家投入自己的感情,逐渐符合记忆中姿态的艺术塑造过程。

罗丹在雕塑中非常重视动作的显明。在《艺术之动作》一章中,他强调"没有生命,即没有艺术",并指出动作是作品的血与气,使作品充满了生命力。他通过对众多作品的分析研究,展示了雕塑和绘画对运动的表现力。他指出艺术表现动作的秘密在于艺术家令作品跟随动作的发展,即描写的是这一个姿势到另一个姿势的变化过程。在他的作品中,人们可以看出一部分已经过去的动作,同时又可以认出一部分将要实现的动作。照相只能抓取人物在某个时间点的状态,雕塑和绘画是对人物在一个时间段中状态和动作的表达。而实际上时间是不会停止的,所以罗丹认为艺术家是说真话的,照相是说谎话的。

辩证地看待内容与形式、情感与技巧等问题,也是《罗丹艺术论》的重要内容。罗丹认为,内容是作品的根本,内容决定形式。真正的艺术不为形式所束缚、拘禁,不会仅重视线条、色彩这些外在的形式语言,而更重视作品的内容。内容才是艺术作品的灵魂所在,只有内容才能表现艺术家的内心世界,使观众动容。当然,这也不是说形式就无关紧要。完美的艺术品在有内容的同时,也离不开精湛的技巧,忽略了技巧就传达不出作品的情感。罗丹认为,技巧的获得来源于刻苦的练习。熟练的技巧和内容是共生的关系,只有二者相互结合,才能创作出完美的杰作。

罗丹在世界雕塑史上的影响是深远的、地位是不可磨灭的。《罗丹艺术论》记录了罗丹对于艺术问题的许多真知灼见,虽篇幅简短却极其精彩,让人受益匪浅。他主张用艺术陶冶情操,使人的心灵得以净化和升华,这对于当今社会中艺术应当发挥的作用也具有重要的启示作用。

经典评论

罗丹创造的形象常常往来在我的心中,帮助我理解艺术。

——宗白华

从中国文人对罗丹的冷的反应里,发现一种高强度的艺术家在东方的境遇。因为无论从文艺还是思想上讲,中国美术家那时对文学史与欧洲史的理解,还停留在浅层次上。鲁迅其实已经感受到,没强力意志的生命感,是不会有罗丹式的气象的。

——孙郁

延伸阅读

1. 丹纳:《艺术哲学》,傅雷译,天津社会科学院出版社2007年版。
2. 赫伯·里德:《通过艺术的教育》,吕廷和译,湖南美术出版社1993年版。

推荐版本

罗丹口述,葛赛尔记录:《罗丹艺术论》,傅雷译,中国社会科学出版社1999年版。

(卢盈华)

第十一部分　心理学

梦的解析

西格蒙德·弗洛伊德

作者简介

　　西格蒙德·弗洛伊德（Sigmund Freud,1856—1939），原名西格斯蒙德·弗洛伊德（Sigismund Freud），1856 年 5 月 6 日出生于奥匈帝国的摩拉维亚省弗赖堡镇（Freiberg，现 Příbor，即捷克共和国的普日博尔市）的一个犹太家庭。他是奥地利精神病医师、心理学家、精神分析学派创始人。

　　1865 年，9 岁的弗洛伊德进入著名的利奥波德地区实科中学读书。1873 年秋，弗洛伊德进入维也纳大学学医学专业。在这里，他把名字从西格斯蒙德改为西格蒙德。1881 年他获得该校医学博士学位。

　　1882 年 7 月进入维也纳综合医院工作，先任外科医生，后任内科实习医生。1883 年 5 月转至精神病治疗所任副医师。1885 年春，弗洛伊德被任命为维也纳大学医学院神经病理学讲师。1885 年 8 月，前往巴黎萨彼里埃医院（Salpêtrière）跟随沙可学习。在此期间，弗洛伊德被沙可的思想所鼓舞，他从一个神经学家转变为一名精神病理学家，从对躯体的研究转向对心理的研究。

　　1895 年，弗洛伊德与布洛伊尔将共同研究歇斯底里病症的成果写成《歇斯底里症研究》一书。这本书的出版为弗洛伊德精神分析学的创立奠定了理论基础。1897 年，在父亲去世后的一年，弗洛伊德开始了他的自我分析。进行自我分析的主要方法是分析自己的梦。他把分析的结论写成了《梦的解析》一书并于 1899 年出版。

1902 年发展成立心理分析协会。先后出版了《日常生活中的心理病理学》《多拉的分析》《玩笑及其与无意识的关系》《性学三论》。1913 年弗洛伊德的《图腾与禁忌》出版发行,这本书的重要性仅次于《梦的解析》。弗洛伊德在 1920 年建立了死本能理论,即死的愿望,是生本能或存活本能的对立面。

1923 年春,弗洛伊德被诊断患了下颚癌,1939 年 9 月 23 日,在伦敦去世。

名著背景

在弗洛伊德之前,精神病学领域相对来说还是片处女地。法国科学家让·夏尔科和他的学生皮埃尔·雅内通过他们对催眠状态和歇斯底里的研究而在这个领域建立起了一块独立的阵地。弗洛伊德 1885 年至 1886 年曾跟随雅内学习——他与雅内的关系类似于圣西门与孔德的关系。雅内深入研究了歇斯底里的精神过程,根据 19 世纪末盛行于法国心理学界的遗传理论,认为这一病症是神经系统退化的一种形式,它表现为一种天生的"虚弱"。

弗洛伊德在写此书以前不仅有了充分的思想准备,而且已收集了大量资料。1896 年和 1897 年,他已经在维也纳犹太学术厅做了有关梦的演讲。1896 年 10 月,其父亲去世,促使他在先前的理论研究和医疗实践的基础上,开始进行自我分析。换个角度看,他父亲的去世是促使他进行自我分析的主要原因。

经典观点

梦的本质。弗洛伊德认为梦是一种精神活动,梦的动机"常常是一个寻求满足的愿望"。也就是说,梦的本质是"愿望的实现"。梦不仅表现某种思想,而且借用幻觉经验的方式,表示愿望的满足,即一个人在清醒状态下无法实现自己的某个愿望,他会在梦中得到满足。

梦是潜意识的自我表现。弗洛伊德认为梦根源于潜意识的冲动。人的潜意识形成于儿童时期,被压抑在人的心灵最深处,但始终呈现迸发趋势。当人处于睡眠阶段,前意识的审查机制减弱,潜意识便通过最近的经历伪装形成影像,从而产生了梦。但梦中依然存在审查机制,所以潜意识需要通过多次伪装形成合机制的显意,故梦的奇幻及不可思议是其改造的结果,需要通过精神分析法才能做出解释,挖掘出梦的隐意。

梦与神经病有相似之处。他认为"梦包含着简要的神经质的心理学"。他对于神经病和梦的解释都是以潜意识的理论为基础的。他总结梦和神经病都符合潜意识的活动规律,即都是潜意识对前意识的突破,但神经病的突破程度超越了前意识的抑制能力从而控制了意识,在现实中产生幻觉。

阅读导引

《梦的解析》被誉为"改变人类历史的书""划时代的不朽巨著"之一,同时也是他的精神分析理论形成的一个重要标志。全书分为七章,第一章是对此之前的梦学的综述,第二章举例说明了解梦的方法,第三章阐述了梦的本质,第四章说明了梦最重要的特征——梦的改装,第五章说明了造梦素材及其来源,第六章阐述了造梦机制,第七章论及梦的细节步骤。

弗洛伊德认为梦是做梦的人在不清醒状态时的精神活动的延续,并且提出其独有的精神分析法。弗洛伊德提出了与民间解梦方式象征法和密码法相异的逐步分析法。他认为,梦分为两个部分:显意与隐意。显意即为梦的表象,记忆所回忆出的影像。隐意即为影像背后的深层含义,需要通过意象联想从而与梦者经历相结合,觉察出真正的含义,即潜意识愿望。

他认为梦是欲望的满足,是一种清醒状态的精神活动的延续,是由高度错综复杂的智慧活动产生的。梦的材料来源于我们的记忆。梦中的场景来源于真实却不同于真实,它是多个真实场景拼凑的结果。梦的材料来源于最近发生的事、幼时的记忆以及肉体的刺激(包括外在感觉和内脏感觉)。

梦境分为显梦和隐梦两个层次。显梦是梦的表面情节,其内容可以回忆起来;隐梦则是要通过显梦表现的本能欲望。隐梦转换成显梦有赖于梦的运作机制,通过运作机制隐意才能躲过审查到达意识。

梦的表现方式大致分为六点:将思想变为现象(幻觉);否认矛盾,仅存相似逻辑;主次颠倒;时间倒置;同化人、物;象征。其中象征是一种间接的表现方式,用来表现伪装的隐意。大部分象征具有共通性,部分象征因人而异。遇到梦内容中的象征性时,一方面依赖梦中的联想,另一方面靠释梦者对象征的认识。

梦的运作把感情成分降低到淡漠的程度,造成感情的压抑;但有些看起来是淡漠的梦,在追究梦思时却具有深厚的感情。睡眠中运动神经冲动传导受到限制,潜意识唤起的离心的感情发泄在睡梦中变得困难。感情的压抑是睡眠时各种相反力量相互牵制以及审查制度压抑的结果。

他认为梦具有遗忘、退化现象,梦的遗忘是由记忆的截割与人的遗忘过程所造成的,主要原因是精神的阻抗。退化现象指梦的过程与正常感知过程相反,即由意识还原为影像与知觉。梦中惊醒即为梦的两种功能——维持睡眠与保持一定意识——的失衡。作者认为意识分为三层:潜意识、前意识、意识。现实中前意识与意识之间也具有类似的审查机制。

最后作者举出了一些典型的梦及其典型象征意义,有一点必须强调,弗洛伊德把性放在梦的产生的重要地位,特别是幼时的性心理对潜意识的巨大塑造作用。

经典评论

"弗洛伊德是一位思想领域的开拓者,思考着用一种新的方法了解人性。即使他的概念是从文化的长河汲取来的,他也不失为一位首创者。他忠实地坚持他的基本信念并辛勤工作了 50 年,同时他对自己的理论不惮修改,使之趋于成熟,为人类的知识做出了贡献……几百年后,人们在写心理学史时,如果不提到弗洛伊德的名字,就不能写出一部堪称心理学史的书。到那时,你就会有关于伟人的最好标准:名垂千古。"

——[美]E. G. 波林

"如果一个人的伟大程度可以用他对后世的影响来衡量,那么弗洛伊德无疑是最伟大的心理学家。几乎没有一项探讨人性的问题没有被他触及过。他的学说影响了文学、哲学、神学、伦理学、美学、政治学、社会学和流行心理学……弗洛伊德、达尔文和马克思可算是 20 世纪西方思潮的三位先知……他公开宣称和哥白尼、达尔文站在同一线上,向人们幼稚的自我中心挑战,希望唤醒人类,使之迈向成熟的自知之明。他对人类的本性和必然的灾难充满了悲观的结论,但在这种悲观的宿命论中却存在着一丝的希望,希望人们能以理智面对自己的潜意识和黑暗的本性,唯有如此才能扭转人类的命运。"

——[美]黎黑

延伸阅读

1. 西格蒙德·弗洛伊德:《性学三论》,徐胤译,浙江文艺出版社 2015 年版。
2. 荣格:《心理类型》,吴康译,上海三联书店 2009 年版。

推荐版本

1. 弗洛伊德:《释梦》,孙名之译,商务印书馆 1996 年版。
2. 弗洛伊德:《梦的解析》,周艳红译,上海三联书店 2008 年版。

(卢盈华)

科学与人类行为

斯金纳

作者简介

斯金纳（B.F. Skinner，1904—1990），美国心理学家，新行为主义心理学的主要创始人之一，操作条件反射的创始人。

1904 年 3 月 20 日，出生于美国宾夕法尼亚州斯奎汉纳的一个中产阶级家庭。从小喜爱发明创造，富有冒险精神。1922 年进入汉密尔顿学院主修文学，立志当一名作家，并开始从事写作，对艺术方面也有所涉猎，还曾获得希腊文特别奖。

因对动物和人类行为感兴趣，1928 年，斯金纳进入哈佛大学心理系读研究生。1930 年，获哈佛大学心理学硕士学位。1931 年，获心理学博士学位，并一直留校从事研究至 1936 年。1936 年至 1944 年，在明尼苏达大学任讲师和副教授。其间出版了《有机体的行为》一书，确立了其在行为科学领域的重要地位，使他成为国内著名的实验心理学家。1945 年，任印第安纳大学心理学系教授、系主任，并完成了《沃尔登第二》这部最广为人知的著作。1948 年重返哈佛大学任心理学系任终身教授，建立了研究操作行为的实验室，从事行为及其控制的实验研究。

1958 年，美国心理学会授予其杰出科学贡献奖。1990 年，美国心理学会将首次颁发的心理学杰出终身贡献奖授予斯金纳。

1990 年 8 月 10 日，斯金纳因病逝世。

名著背景

斯金纳是一位多产的心理学家，《科学与人类行为》是他最重要的著作之一。该书 1953 年由美国麦克米兰公司出版后，成为最畅销的著作之一。

斯金纳对动物和人的行为很感兴趣，他曾选修过生物学、胚胎学和猫体解剖等学科，并阅读了洛布的《脑生理学和比较心理学》、巴甫洛夫的《条件反射》等科学著作,还阅读了罗素的《哲学原理》、华生的《行为主义》,这些著作对他的新行为主义理论形成具有重大影响。

斯金纳指出,华生的行为主义致力于研究肌肉收缩和腺体分泌,实际是把心理学变成了生理学。在此基础上,斯金纳提出了自己关于行为的观点。他沿用传统心理学中的刺激、反应等术语,将两者间的关系称为反射。斯金纳通过对操作性条件反射行为的研究,建立了自己的理论学说。因此,斯金纳的理论也被称为操作行为主义理论。

斯金纳将其理论应用于人类生活的各方面,包括政治、经济、法律、教育、宗教、文化及精神治疗等。他是当代"行为科学"的积极宣传者,对当今行为矫正及行为治疗领域做出的贡献是不容忽视的。

经典观点

操作性条件反射。这是斯金纳新行为主义理论的核心。斯金纳认为,人类行为主要是由操作性反射构成的操作性行为,这种反射可以塑造新行为。

强化理论。强化就是通过强化物增强某种行为的过程,强化物就是增加反应可能性的任何刺激。斯金纳把强化分为积极强化和消极强化两种,都增加了反应再发生的可能性。

心理治疗观。在问题行为的成因上,斯金纳持的是外因论,即认为异常行为主要是由控制不当、强化不当,尤其是惩罚过度造成的。斯金纳指出,心理治疗的主要技术旨在翻转行为惩罚的结果而产生的行为的变化。

阅读导引

《科学与人类行为》是斯金纳论述人的行为科学的一种新行为主义理论专著,是"作为他的行为主义心理学教材来写的"。全书共分为六部分,第一部分用自然科学方法研究人类行为科学的可能性;第二部分应用操作性条件作用技术对人的行为进行实验分析;第三部分作为整体的个人和第四部分群体中个人的行为,阐明了人的行为的原因;第五部分为控制机构;第六部分是人类行为的控制。斯金纳用将近全书一半的篇幅论述了行为的控制问题,包括个人的控制及各种政治、法律、宗教、经济、教育、文化、精神治疗等组织的社会的控制。

斯金纳认为行为科学研究必须在自然科学的范围内进行,研究方法就是自然科学的方法,即函数分析。在进行函数分析时,个体的行为是变数,产生行为的"因"是自变数。这些自变数都属于外部的,而非机体内部,行为是外部自变数的函数。两者之间的"因果关系"构成了科学的规律。将这些规律综合起来用数量表达,便得出了关于机体行为系统的全部图画。

斯金纳提出了一个新的概念代表行为的单位,即"操作性行为"。与操作性行为相对应的是操作性反射。斯金纳认为,人类行为主要是由操作性反射构成的操作性行为。他很重视操作性反射,因为这种反射可以塑造新行为,在学习过程中非常重要。

斯金纳关于操作性条件反射作用的实验,是在斯金纳箱中进行的。箱中放一只鸽子或白鼠,并设一键或杠杆,箱子的构造尽可能排除一切外部刺激,动物在箱内自由活动。当它啄键或者压杠杆时,就会有一团食物掉进食盆里,动物就能吃到食物。实验发现,动物的学习行为是随着一个起强化作用的刺激而发生的。斯金纳把动物的学习行为推而广之到人类学习行为上,他认为,人的一切行为几乎都是操作性强化的结果。

斯金纳在对学习问题进行了大量研究的基础上提出了强化理论,指出强化在学习过程中的重要性。强化就是通过强化物增强某种行为的过程,强化物是增加反应可能性的任何刺激。强化分为积极强化和消极强化两种。积极强化是获得强化物以加强某种反应,消极强化是去掉可厌的刺激物,由于刺激的退出而加强了某种行为。这两种强化都增加了反应再发生的可能性。斯金纳指出,不能把消极强化与惩罚混为一谈。

斯金纳是个极端的环境论者,他否定了内因的重要性,认为行为决定于外因,否定人是自己命运的主人。环境决定个人的一切——这是斯金纳行为科学的一个基本论点。

《科学与人类行为》中将近一半谈的是行为的控制问题。斯金纳从两方面讨论了控制行为问题,一是个人,一是社会,其中作者更为注重社会的控制。斯金纳分别讨论了各种社会控制机构,如政府、法律、宗教、经济、精神治疗、文化、教育等组织。这些组织都有权操纵影响行为的变数。斯金纳指出,西方哲学向来偏重个人,他预料以后会更加重视文化或社会组织。

《科学与人类行为》中,斯金纳在精心控制的条件下,从对个别有机体行为的实验研究中取得资料,具有较高的客观性。这些客观描述有助于提高人们预测和控制有机体行为的能力。但是斯金纳的行为科学具有局限性。他片面地将行为的原因归结为外部条件,忽视了事物的内部矛盾性。他只看到了人类行为和物理现象的共同性,即都是物质运动。却不知道人类行为还有其特殊性,否定了精神作用,不承认内在的心理作用,把人的行为简单化了,把人和动物等同起来。书中关于行为的社会控制的论述,与其说是属于心理学问题,还不如说属于社会学问题。

经典评论

在当前的教育潮流中,行为主义方法基本上已经被认知法和交际法取代。有一种倾向,即认为行为主义观念倘若不能解释语言学习的所有方面,它就不能解释任何方面。对于斯金纳的有关学习问题与解决的观念，无论是全盘接受还是为了便于接受另一种观念而一概排斥，都只会将教学引入混乱。

——Widdowson H.G

由于乔姆斯基对斯金纳的猛力抨击，斯金纳著作中的一些有价值的东西可能没有得到充分认识，今天需要对该书进行彻底的重新评价。

——Stern H.H

延伸阅读

1. 纳:《三种心理学:弗洛伊德、斯金纳和罗杰斯的心理学理论》,石林、袁坤译,中国轻工业出版社 2010 年版。

2. 华生:《行为主义》,李维译,北京大学出版社 2012 年版。

推荐版本

B.F.斯金纳:《科学与人类行为》,谭力海等译,华夏出版社 1989 年版。

（卢盈华）

第十二部分　科　学

激情澎湃——科学家的内心世界

刘易斯·沃尔珀特 艾莉森·理查兹

作者简介

刘易斯·沃尔珀特(Lewis Wolpert,1929—),伦敦大学学院解剖学和发育生物学系应用生物医学荣誉教授,主要研究胚胎发育机制,1980年当选英国皇家学会会员,1999年当选英国皇家文学会会员。8年来致力于通过广播和电视推介科学,曾任公众认识科学委员会主席,2000年被皇家科学研究所授予法拉第公众认识科学奖章,著有《发育原理》《科学的非自然本质》《胚胎的胜利》等书。

刘易斯生于南非的一个犹太人家庭,在南非的金山大学(University of Witwatersrand)获得理学学士学位,后进入伦敦帝国学院(Imperial College London)和伦敦国王学院学习,并在伦敦国王学院获得博士学位。截至2010年,沃尔珀特一直任伦敦大学学院解剖学和发育生物学系应用生物医学荣誉教授。在生物学界,沃尔珀特因其对于细胞位置信息与位置值领域的开创性贡献而受到尊重,这种理论认为,分子信息及对它们的生物内部细胞响应是促使细胞在其胚胎发育过程中能够在正确的地点做正确的事的根本原因。该理论的根本在于,生物体内存在着一组专门用于细胞空间协调工作的分子集合,且这种分子集合对于许多物种以及在细胞组织的不同发展阶段都是一样的。后来,在苍蝇与蔬菜中发现的Hox基因代码验证了沃尔珀特的"位置值"理论,同时,许多物种内部的生长因子的发现也支持了沃尔珀特的位置信息概念。

艾莉森·理查兹(Alison Richards),英国广播公司(BBC)科学节目监制人,曾与刘易斯·沃尔珀特合著本书的姊妹篇《对科学的激情》(A Passion for Science)。

名著背景

本书为英国广播公司(BBC)第3套广播节目对23位世界著名科学家的访谈

集，其中包括 7 位诺贝尔奖得主霍夫曼、米切尔、布莱克、埃德尔曼、盖尔曼、格拉肖和鲁比亚。制作者通过对话探究了这些科学家的背景如何塑造了其科学职业和杰出发现——作为一个门外汉或一个"新手"如何能在克服传统障碍、获得新鲜认识的过程中担当重任，希望借此浮光掠影式地瞥见科学生活中的人性实在，展示科学家激情澎湃的内心世界，令公众走进科学家的生活和时代，探寻和品味这一色彩纷呈、性格各异的独特族群。

经典观点

作为一个族群，科学家们一旦离开他们自己的领地，便几乎不为人所理解。如果在公众的意识中，对他们的特征有丝毫概念的话，那也是通过媒体中一系列狭隘的刻板形象而获得的。

科学像我们刚刚指出的那样，异彩纷呈，充满多言行。部分乐趣是探寻、品味每个天才科学家的独到之处。寻找某些模式和潜在的一致性同样可以启迪心智。我们绝不相信存在什么科学发现的完美理论，就像我们绝不相信存在什么绘画艺术的完美理论一样。

阅读导引

科学家们的日常生活是什么样的？他们是如何发现许多重大发现的？科学研究的本质是什么？相信这些问题都是同学们十分感兴趣的。而这些问题，在沃尔珀特和艾莉森合编的这本《激情澎湃——科学家的内心世界》（*Passionate Minds：The Inner World of Scientists*）中都得到了很好的回应。

在该书中，许多著名科学家如霍夫曼、米切尔、布莱克、埃德尔曼、盖尔曼、格拉肖和鲁比亚等纷纷出场，接受记者的采访，纵论他们的学术背景、职业生涯、那些影响或启发过他们的人，以及他们各自最重要的发明或发现。

该书分为 4 篇展开，分别是"两种心灵"（Two Minds）、"格格不入"（Against the Grain）、"尤里卡"（Eureka）和"反思"（Reflections）。全书共计 23 章，通过访谈的形式先后介绍了化学家卡尔·杰拉西、理论化学家罗阿尔·霍夫曼、生理学家和进化生物学家贾里德·戴蒙德、生物技术学家勒鲁瓦·胡德、临床医生及分子生物学家戴维·韦瑟罗尔、应用数学家詹姆斯·莱特希尔、化学家詹姆斯·洛夫洛克、生物化学家彼得·米切尔、分子生物学家约翰·凯恩斯、进化生物学家理查德·莱万廷、发育生物学家安东尼奥·加西亚·贝利多、药理学家詹姆斯·布莱克爵士、免疫学家和神经生物学家杰拉尔德·埃德尔曼、细胞生物学家迈克尔·贝里奇、古生物学家埃尔温·西蒙斯、理论物理学家默里·盖尔曼、理论物理学家谢尔登·格拉肖、发育生物学家妮科尔·勒·杜阿兰、物理学家和历史学家杰拉尔德·霍尔

顿、粒子物理学家卡罗·鲁比亚、体质人类学家戴维·皮尔比姆、哺乳动物发育生
物学家安妮·麦克拉伦以及免疫学家阿夫兰·米奇森。

经典评论

原作者面对的读者是我们大众，或者立志从事科学研究的青年人，所以语言还
是做到了平易近人！这里没有引用复杂的理论概念，但是科学家本身的成功之路
都是对后者最好的借鉴。

——亚马逊书评

延伸阅读

1.波伏瓦：《第二性》，郑克鲁译，上海译文出版社 2011 年版。
2.林德宏：《科学家的内心世界》，《南京大学学报》（哲学·人文科学）1980 年
第 3 期。

推荐版本

L.沃尔珀特、A.理查兹：《激情澎湃——科学家的内心世界》，柯欣瑞译，上海
科技教育出版社 2007 年版。

（葛在波）

科学史及其与哲学和宗教的关系

威廉·塞西耳·丹皮尔

作者简介

威廉·塞西耳·丹皮尔（William Cecil Dampier,1867—1952），原姓惠商（Whetham），英国科学家、农学家、科学史学家。1867 年 12 月 27 日，生于伦敦，查尔斯·兰利·惠商（Charles Langley Whetham）与玛丽·惠商［Mary（née Dampier）Whetham]之子，伦敦前市长查尔斯·惠商之孙。1886 年，丹皮尔进入剑桥大学三一学院学习物理，1889 年在卡文迪什实验室从事研究工作。1891 年起，在剑桥大学三一学院执教。他于 1895—1905 年间发表过关于溶液和电解质方面的专著，还写过一些关于优生学的论著。1901 年，丹皮尔被选为英国皇家学会会员。1904 年，他出版了第一本科学史方面的书——《物理科学的发展近况》。1929 年，剑桥大学出版社出版了他的代表作《科学史及其与哲学和宗教的关系》。1931 年至 1935 年，丹皮尔进入农业研究委员会担任研究会干事，并因为农业方面的贡献，晚年获得爵士封号。1952 年 12 月 11 日，丹皮尔病逝。丹皮尔的研究领域涉及自然科学、农学、经学和社会学等，主要著作有：《物理科学的发展近况》（1904）、《科学时代》（1910）、《科学史及其与哲学和宗教的关系》（1929）等。

名著背景

作者在序言说，他写这本书，是为了要继承休厄尔的科学史的著作事业。休厄尔《归纳科学史》出版一百年后，科学知识有了极大的进步，过去的历史因为有许多专门的研究弄得更清楚了。丹皮尔认为效法休厄尔重新写作一部普通科学史的时候已经到来了。它需要的不是关于某一时期或某一问题的详细研究，而是科学思想发展的完备轮廓。丹皮尔相信，这样一部科学史在科学本身的内在意义和科学与哲学及宗教的关系问题上，都可以给人很多教益。

《科学史及其与哲学和宗教的关系》总的纲目是以丹皮尔及其妻子写的一份纲要即《科学与人的心灵》(1912 年由郎曼斯公司出版)为基础。同时,作者还利用和发挥了他在其他几部著作中提出的见解,如:《物理科学的发展近况》,《剑桥现代史》第十二卷论述《科学时代》的一章,《大英百科全书》第十一版中的《科学》条目,《剑桥科学文献选》1924 年至 1929 年第一卷中收集的科学经典文章,1927 年德文郡学会会长关于牛顿时代的演说,以及哈姆斯华斯公司出版的《世界史》论述《现代科学的诞生》的一章。

《科学史及其与哲学和宗教的关系》内容反映了休厄尔著作出版后这一百年的科学发展,反映了 20 世纪初各国在科学史研究方面,特别是关于古代和中世纪西方科学思想史研究的成果。由于吸取了前人大量的研究成果,本书在论述文艺复兴以前部分是比较可取的。

经典观点

丹皮尔认为科学是人们对自然现象的理性研究。他说:“在我们看来,科学可以说是关于自然现象的有条理的知识,可以说是对于表达自然现象各种观念之间的关系的理性研究。”

丹皮尔虽然承认科学在人类认识世界和宇宙中的重大作用,但他认为科学是有缺陷的,科学只是对理性经验的研究,这种研究对其他经验领域是无能为力的。“要想关照生命,看到生命的整体,我们不但需要科学,而且需要伦理学、艺术和哲学;我们需要领悟一个神圣的奥秘,我们需要有同神灵一脉相通的感觉,而这就构成宗教的根本基础”。

阅读导引

《科学史及其与哲学和宗教的关系》是 W. C. 丹皮尔的代表作,出版于 1929 年。全书共 12 章:(1)古代世界的科学。(2)中世纪。(3)文艺复兴。(4)牛顿时代。(5)十八世纪。(6)十九世纪的物理学。(7)十九世纪的生物学。(8)十九世纪的科学与哲学思想。(9)生物学与人类学的进一步发展。(10)物理学的新时代。(11)恒星宇宙。(12)科学的哲学及其展望。全书以科学史上几个历史时代为纲,按数学、力学、物理、化学、生物和医学等学科横向展开,把科学与其他的文化及社会因素联系起来进行研究考察,对古代人类走出蒙昧时代到 20 世纪 40 年代科学发展的历史做了脉络清晰的追溯和展示。在分析科学与宗教的关系时,丹皮尔既反对把两者混杂起来,从而用宗教教义来限制科学探索;又认为真正的宗教是一种建立在直接经验之上的极其深奥的东西,科学必须承认宗教经验在心理方面的有效性。宣称在人们觉得自然的方式下,可同时承认科学和宗教两者的根本要义,在对科学与宗教的关系上,采取了折中、调和的态度。丹皮尔是一个西欧中心论者,全书对西欧以外的世界各国,如中国和东方各国在科学史上的贡献,没有予以充分的反映和评价。

在体例结构上,本书按纵横两条线双向展开,不像一般科学史,按编年史顺序单向递进。此书的纵线,以科学史上几个大历史时代为纲:古代世界、中世纪、文艺复兴、牛顿时代、十八世纪、十九世纪、当代、展望。在每一个大历史时代中,又按横向展开:数学、力学、物理、化学、生物、医学等等,各个学科条理清楚,每一时代章节末尾则综述科学与哲学和宗教的关系。这样,有主有从,有详有略,横纵交错,为读者勾勒出一幅人类精神向自然探险的立体图景。

丹皮尔在写作《科学史及其与哲学和宗教的关系》的过程中用了科学内史和科学外史相结合的写作方法。他使用科学内史的方法,是因为他把科学看成一门与其他学科不同,使用客观经验方法进行研究的理性学科,这种经验方法不受社会中其他因素的影响,科学是在这种客观、理性的基础上成长发展起来的。他采用科学外史的写作方法,是因为在人们认识世界的过程中,哲学、宗教、伦理学、美学等非理性学科都在发挥作用,而科学理性只是人们众多认识中的一种,因此,其他非理性因素必然对科学家的科学理性因素产生影响。

丹皮尔认为,科学是关于自然现象的有条理的认识,是表达自然现象的各种概念之间关系的理性研究。就研究对象而言,科学研究的是自然现象,非自然现象、超自然现象不是科学研究的范围。就研究方法而言,科学史是对自然现象的理性研究,非理性主义的方法在科学研究的门径之外。丹皮尔用"怎么样"和"为什么"区分科学和哲学。他认为,科学研究的目的是了解事物的"怎么样",它限于对经验中的事物和事件进行描述,并对这些事物和事件做出解释和说明,以期形成具有普遍形式的规律。而哲学是对事物穷根究底的研究,它力图揭示事物和现象的本质与基础,以期求得形而上学的满足。实际上,科学的发展史就是一部和哲学的分家史。丹皮尔具有明显的反本质主义倾向,他回避世界的本质"是什么"的问题,也没有研究世界的存在问题,他把它留给了哲学家。

丹皮尔认为科学是有局限性的。(1)科学所描绘的只是实在世界经验的一面。科学概念只不过是所见世界的图画或模型,即使我们对自然界所构拟的模型非常成功,也不能使我们相信模型与实在是同一个东西,模型毕竟只是模型。(2)世界有无限可能,但是就科学而言,它可能永远只是决定论的。因为,科学是研究规律的,只在能找到规律的地方发挥作用。科学的决定论使它永远无法揭示世界存在的所有秘密。(3)科学只是对世界的理性研究,这种研究对于其他领域是无能为力的。丹皮尔认为科学作为实在的理性图画,不足以领会生命的整体,对整体的观看,还需宗教的帮助。

限于作者的写作年代,关于第二次世界大战后的科学进展,本书基本上未能涉及。此外,因作者的科学观和眼界关系,该书也没有更多地涉及东方科技成就。

经典评论

W. C. 丹皮尔(W. C. Dampier),20 世纪英国著名科学史家。以批判、实证精神对科学思想发展史进行了深入研究,成就斐然,有《物理科学的发展近况》《剑桥现代史》中的"科学时代"部分、《大英百科全书》第十一版中的《科学》一文、《现代科学的诞生》等著文,为现当代科学史研究体系的确立和发展做出了卓越贡献。《科学史及其与哲学和宗教的关系》一书已成为当代学术研究绕不过去的科学史经典名著。

——广西师范大学出版社

作为科学史资料,本书是有参考价值的,特别是章节分明,印证文献一一注明出处,便于科学史初学者的阅读和参考。

——许良英

像丹皮尔《科学史》这样一部"古老"的科学史著作,通常至多只是在一种要了解几十年前有代表性的科学史作品这样一种对科学史的历史有兴趣的前提下,才会成为一种史料意义上的经典。

——刘兵

延伸阅读

1. 约翰·A. 舒斯特:《科学史与科学哲学导论》,安维复译,上海科技教育出版社 2013 年版。

2. 理查德·德威特:《世界观:科学史与科学哲学导论》(第 2 版),李跃乾、张新译,电子工业出版社 2014 年版。

3. 托马斯·库恩、伊安·哈金:《科学革命的结构》(第 4 版),金吾伦、胡新和译,北京大学出版社 2016 年版。

推荐版本

1. W. C. 丹皮尔:《科学史及其与哲学和宗教的关系》,李珩译,广西师范大学出版社 2009 年版。

2. W. C. 丹皮尔:《科学史》,李珩译,中国人民大学出版社 2010 年版。

（马金霞）

世界史上的科学技术

詹姆斯·E.麦克莱伦第三   哈罗德·多恩

作者简介

詹姆斯·E.麦克莱伦第三(James E. McClellan III,1946—   ),1975 年获普林斯顿大学博士学位,现为美国史蒂文斯理工学院科学与艺术学院副院长、科学史教授。著有《科学重组:18 世纪的科学学会》《殖民主义与科学:旧王朝时代的圣多曼格》等。论著《专家控制:巴黎皇家科学院的出版委员会(1700—1793)》获美国哲学学会颁发的 2003 年度刘易斯奖。

哈罗德·多恩(Harold Dorn,1928—   ),1970 年获普林斯顿大学博士学位,现为美国史蒂文斯理工学院人文与社会科学系科学技术史名誉教授,著有《科学地理学》。

名著背景

《世界史上的科学技术》(*Science and Technology in World History：An Introduction*)是为非专业的读者和大学生们编写的一部世界科学技术史导论,旨在提供一幅"全景图",以满足那些受过良好教育的人士的需要。它不是为专家学者写的,而是一本可以自学的教材。书中的内容是作者在大学从事有关教学时积累的广泛经验的总结。课堂上面的交流使作者知道这门课程的重要性,而且明白哪些材料和举哪些例子才会取得预期效果。

现代科学与技术以不可阻挡之势塑造了今天的世界。作为人类智力和实践的创造物,这两者都代表着人类集体成就的最高峰。当今世界现代科学与技术不再为欧洲所垄断,它已经成为世界文化的有机组成部分。20 世纪,随着非殖民化运动的兴起,一些非西方强国逐步崛起,它们也有能力在研究与开发的前沿进行科学与技术的创造,这时,科学与技术变成一种世界性活动。然而,关于现代科学与技术在 20 世纪是怎样获得这种更为突出的世界主义特征的解释，目前仍缺乏充分的论证。本书即作者针对这个问题而做的努力和尝试。

目前，该书在国内有两个中文版译本，都是王鸣阳根据约翰·霍普金斯大学 1999 年出版的 *Science and Technology in World History：An Introduction* 译出，并由上海科技教育出版社出版。2007 年版较 2003 年的初版，做了若干修订，更名为《世界科学技术通史》。

经典观点

作者在全书中贯穿了他们的一个观点，就是那种流行的普遍看法，即"技术依赖科学乃是一种亘古通今的关系"是"没有历史事实根据的"。虽然科学和技术在 20 世纪的确结合得非常好，但是，"在 20 世纪以前的大多数历史条件下，科学和技术一直是处在彼此要么部分分离要么完全分离的状况向前发展，而且在智识上和社会学上都是如此。""在人类历史中，技术起到了基本推动力的作用。"作者还认为，在古代相当长的时期，科学与神秘学问不可区分，甚至宗教情结也曾经驱使过一些人去探索自然。

阅读导引

本书是美国当代职业科学史家为非专业的读者和大学生们编写的一本世界科学技术通史教材。本书阐明：科学和技术的关系是一个历史过程，而非总是一成不变地结合在一起的，作者循着科学和技术的沿革，从史前到当前，查找出两者有时结合，有时分离的史实，检讨那种技术即应用科学的流行观点。证明在 20 世纪以前的大多数历史条件下，科学和技术一直是处在彼此要么部分分离要么完全分离的状况下向前发展，而且在智识上和社会学上都是如此。本书一大特色是：摒弃了"欧洲中心论"的史学观点，以全球视角描述了中国、印度、中南美洲和近东帝国等文明的科学研究和技术发明传统。

《世界史上的科学技术》一书的作者为美国大学中的科学史教授，属标准的职业科学史家，以这种身份来写作面向非专业人士的带有普及性的科学史作品，其著作的学术性有所保证。在书中，我们可以看到作者不是要将科学史写得更加"科学化"，而是要赋予科学史以更强的历史感，对于科学和技术的外部史，或者说社会史侧面作者非常注重，强调科学和技术在其发展中所处的环境以及这些环境对科学和技术本身所带来的重要影响。因此，本书的人文立场是非常明显的。

在结构上，本书具有与常见科学通史不同的创新之处。全书共分四编：第一编（第 1—4 章）"从猿到亚历山大"，从人类起源讲到古希腊；第二编（第 5—8 章）"世界人民的思与行"，主要讲述传统科学史中常被忽视的中国、印度和美洲，鲜明地表现出与传统西方中心式的科学史的不同;第三编(第9—12章)"欧洲",从中世纪到第一次科学革命;第四编(第13—18章)"美妙的新世界",从工业革命直到20世纪。

从内容上讲,此书叙述的范围从人类的起源一直到20世纪,这也正好是符合科学通史教育要求的。只不过从国内习惯的需求来看,对于近代科学革命之后到20世纪部分的叙述过于简单了些,而在这一阶段,科学和技术的许多进展恰恰对我们今天的生活方式和社会环境产生了最重要的影响。一方面,对于作为科学通史的教材来说,这似乎是一个不足之处;但另一方面,在有限的篇幅内,作者对叙述内容的详略做出了这样的取舍,也反映出历史学家的谨慎。毕竟,在历史中,更有历史意味的还是那些相对久远而且与我们保持了相当时间间隔的事件。与"欧洲中心"和"言必称中国"的两种科技史的偏激相比,本书在编史上公允很多。作者将科学技术史置于世界历史的大背景中讨论,给了欧洲以外的文明中的科学技术足够的关注,几乎照顾到了世界历史上所有重要文明。这样大家都有贡献,大家都能占有一席之地,似乎皆大欢喜。

本书作者持多元科学观,认为"就在不久以前,人类知识和技术的这些不同传统还一直是沿着各自的轨道独立发展的,无论在时间上还是空间上都是如此",这样调和的观点,比"欧洲中心"或"言必称中国"之类的偏激立场更容易被接受。作者不认为只有西方的现代科学才算科学,而是承认其他文明中的有关知识也可以算。说到科学和技术的历史,"既不会仅仅是今天才被称为科学的那个单一的对象,也不会只局限于今天才被叫作技术的那种完全独自进行的活动"。最后在展望未来时候,作者认为按照今天的批判眼光,通过研究科学史和技术史得到的长期观察,似乎更加清楚的是,进步既不是必然现象,也未必能够坚持下去。在过去两个世纪发生的工业革命及其后果把历史环境改变得如此迅速又如此深刻,当前这种高度工业化的生存方式就不一定能够继续维持下去。

《世界史上的科学技术》作为一部通史性质的科学技术史著作,有两方面价值:一是提供科学技术史的一般知识;二是给出某种看待科学技术史的独特眼光,启发读者思考某些有关科学技术史的基本问题。

经典评论

This historical account achieves its basic aim of demonstrating that, with the exception of quite recent history, technology has always influenced science, not the other way round.

——Nature

If I could attach bells and whistles and flashing lights to this review, I would do so, because McClellan and Dorn's book deserves to be brought to the attention of all professional historians—and indeed the general reading public—by any means necessary.

——Canadian Journal of History/Annales canadiennes d'histoire

This is one of few books that tackle both the history of science and the history of technology, and most notably presents them in a global context.

——Suzanne Moon, Colorado School of Mines

This unusual work enables students to understand some large-scale patterns in history and the ways in which investigations into nature fit into those patterns.

——Barbara J. Reeves, Virginia Tech

就这类著作的价值而言,至少有两个方面:一是提供科学技术史的一般知识,这只要结构合理,论述准备,通常不难做到。二是给出某种看待科学技术史的独特眼光,或启发读者思考某些有关科学技术史的基本问题,这就不是很容易做到的了。这部《世界史上的科学技术》(新版译《世界科学技术通史》)似乎在相当程度上做到了第二点。

——江晓原

新近由上海科技教育出版社推出的《世界史上的科学技术》一书,……大致满足了我们在前面开列的那些要求,因此可以说是在某种程度上填补了我们在科学史教材出版方面的空缺。

——刘兵

延伸阅读

1. 帕特丽西雅·法拉(Patricia Fara):《四千年科学史》,黄欣荣译,中央编译出版社 2011 年版。

2. 安东尼·M.阿里奥托:《西方科学史》(第 2 版),鲁旭东等译,商务印书馆 2011 年版。

推荐版本

1. 詹姆斯·E.麦克莱伦第三、哈罗德·多恩:《世界史上的科学技术》,王鸣阳译,上海科技教育出版社 2003 年版。

2. 詹姆斯·E.麦克莱伦第三、哈罗德·多恩:《世界科学技术通史》,王鸣阳译,上海科技教育出版社 2007 年版。

(马金霞)

科学研究的艺术

W. B. I. 贝弗里奇

作者简介

W. B. I. 贝弗里奇(William Beardmore Ian Beveridge,1908—2006),澳大利亚微生物学家和动物病理学家,曾任英国剑桥大学动物病理学教授以及世界卫生组织的顾问。他最早发现了猪流感和 20 世纪初西班牙大流感二者之间的联系。2006 年,其著作《科学研究的艺术》《发现的种子:〈科学研究的艺术〉续篇》荣登"20年来对中国影响最大的 100 本书"之列。

1937 年,贝弗里奇获得英联邦奖学金,同年偕其首任妻子帕特丽夏以及他们年幼的儿子约翰前往美国。贝弗里奇在美国普林斯顿大学的洛克菲勒研究所(Rockefeller Institute)从事研究工作,在这里他与理查德·肖普(Richard Shope)博士合作,共同开展猪流行性感冒病毒的研究,二人的研究成果证实猪流感病毒是造成 1918—1919 年流感大流行的元凶。

贝弗里奇在英国剑桥大学工作期间专注于对猪急性肺炎以及马群流感的研究。贝弗里奇对国际流行病学的贡献得益于其与马丁·卡普兰(Martin Kaplan)的合作,后者时任世界卫生组织兽医公共卫生部主任。贝弗里奇与卡普兰合作编写了《家畜癌症系统命名法则与分类规则》,该项成果发表在 1974 年和 1976 年的世界卫生组织公告中。贝弗里奇任世界兽医协会主席达 18 年之久(1957—1975)。

名著背景

《科学研究的艺术》的作者是英国贝弗里奇。他于 1947 年起任英国剑桥大学动物病理学教授,同时也是一位著名的科学家。其著作《科学研究艺术》,是一本论科研实践与科学技巧的书,不仅理论鲜明,充满了严谨的学术研究态度,而且语言幽默风趣,非常具有可读性。该书于 1984 年传入了中国,由科学出版社出版。出版之后,该书在国内产生了广泛的影响。甚至在 2006 年,它被三联书店列为"20年来对中国影响最大的 100 本书"之一。

经典观点

如果研究工作者能自己选定题目,则成功的希望很大,因为那题目一定是他最感兴趣和平常想得最多的。所选的题目最好是在高级研究员的研究范围以内的,那么他们将得到指导和关心。但是,如果题目是指定的,那么专心研究也会培养出兴趣来。

研究工作者应该了解机会在发现上的重要性,随时留心,抓住每一个机会。我们应该训练我们的观察力,培养注意每一个偶然遇到的线索的习惯。不要太拘束于假说,而忽略了和假说没有直接关系的现象。

我们不能故意地创造新的观念或主意。当遇到困难时,困难会刺激我们想办法。我们想得到的办法的种类和质量都决定于我们过去对有关问题所得到的经验和教育。

我们都有对抗新事物的心理,就好像我们反对奇装异服一样。这种心理使人服从传统的习惯,对普遍相信的假真理深信无疑。人对新事物往往采取攻击或逃避的态度。这叫作"攻击逃避"反应。

阅读导引

《科学研究的艺术》从科学研究的实践与思维技巧方面综合了一些著名科学家具有普遍意义的观点,分析了在科学上做出新发现的方法,总结了科学研究中有益而又有趣的经验教训,提出了可供各种学科参考的指导原则与思维技巧。

《科学研究的艺术》是一本关于方法论的书。因作者所研究领域的关系,本书首先是为即将从事科学研究工作的学生、业已从事科研工作的人员,乃至有经验的科学家所写,但其中所涉内容适合任何专业的青年读者,尤其是即将开始专业学习、研究,甚至初入职的青年人阅读。因为,作者所分享的是其在研究工作中最为宝贵的思维、学习等方面的经验总结。细细体味,定然受益良多,加之作者严谨的治学,该书绝对值得一读再读。

第一章写准备工作。由于必须跟上知识的发展,研究人员的准备工作是永无止境的。所谓的准备工作就是阅读,要批判地阅读,力求保持独立思考能力,避免因循守旧。阅读著名科学家的传记,也可丰富自己的思想境界,加深对科学的理解。当然,把知识仅仅当作资本投资来积累也是不够的。在决定研究的课题时,有必要向有经验的前辈请教,但若由研究人员自己担负选题的主要责任,既有兴趣,又是他能力所及,就比较容易出成果。作者还总结了研究医学和生物学的一般程序：1.批判地审阅有关文献。2.详尽收集现场资料,或进行同等的观察调查,必要时辅之以实验室标本检验。3.整理并相互联系所得资料,规定课题,并将课题分成若干具体问题。4.对各问题的答案做出猜测,并提出尽可能多的假说。5.设计实验时,应首先检验最关键问题上可能性最大的假说。

第二章写实验。实验方法是从欧洲文艺复兴时期就开始用来进行科学研究的。本章开头引用雷内·杜博斯的名言："实验有两个目的,彼此往往互不相干:观察迄今未知或未加释明的新事实,以及判断为某一理论提出的假说是否符合大量可观察到的事实。"在谈到生物实验时,作者指出其基础是"对照实验"。"对照实验"是生物学实验中最重要的概念之一。在"对照实验"中有两个以上的相似组群(除了一切生物体所固有的变异性外,相似组完全相同):一个是"对照"组,作为比较的标准;另一个是"试验"组。要通过某种实验步骤,以便人们确定它对试验组的影响。人们通常使用"随意抽取样品"的方法来编组,即用抽签或其他排除人为挑选的方法,把样品个体编入甲组或乙组。按照传统的实验方法,除要研究的那一个变数外,各组其他一切方面都应尽量相似,而且实验应该很简单。"一次变化一个因素,并把全部情况进行记录。"这一原则现仍被广泛采用,特别是在动物实验方面。但是,有了现代统计方法的帮助,现在已有可能设计同时试验几个变数的实验了。

在生物学上,开始时进行一种小规模的初步实验,如"试点"实验,"观测"实验,"筛选"试验等,往往是一种好方法。在实验的部署与估价方面,首先要考虑统计学;在选择对照组和试验组时还要顾及逻辑和常识,以节省时间和实验量,这在生物学上意义更大。另外,在已知因素未变的情况下,如果实验的结果不同,往往说明是由于某个或某些未被认识的因素影响实验的结果。这可能导致有趣的发现,然而,首先应弄清楚是不是出了错误,因为最常犯的是技术上的错误。所以,在进行实验时,密切注视细节,做出详细的笔记,以及客观解释实验结果,都是很重要的。

第三章是关于科研中的机遇。首先作者用了大量的例子来说明机遇在科学研究中的作用。然后说明当机遇出现时认出它,解释清楚,以从中受益。当然机遇只给那些有准备的头脑。

第五章讲了想象力与好奇心。科学家通常有一种强烈的愿望,要去寻求其间并无明显联系的大量资料背后的那些原理。这种强烈的愿望可被视为成人型的或升华了的好奇心,而好奇心激发思考。研究人员要对自己的课题有好奇心,来用于寻求对那些尚未理解现象的解释。另外,常常进行讨论有助于激发创造性思维,每天进行非正式的讨论,很有好处。

第七章关于推理。作者在阐述推理在科学研究中的作用之前,首先十分精辟地讨论了推理的局限性和危险性。这说明科学具有严密的逻辑和规律,但科学绝不仅仅是推理的结果。

　　作者还区别了归纳推理(即从个别事例到一般原则,从事实到理论)和演绎推理(即从一般到个别,将理论运用于具体事例),二者各有短长。演绎推理得出的结论是受原始前提制约的,原始前提如正确,结论也就正确。另一方面,归纳过程虽然可靠程度不够,却较富于创造性。

　　第八章论观察。作者用实例来说明观察在科学研究中的作用。例如,巴斯德很想知道有的地方为什么不断发生炭疽病,而且总是发生在同样的田野里,有时相隔数年之久。一天巴斯德在地里散步时,发现有一块土壤与周围颜色不同,遂请教农民,才知一年前这里埋了几只死于炭疽病的羊。巴斯德从不止步于设想,他立刻进行了实验,从土壤中分离出这种炭疽病的病菌。这个例子很好地表明了直接亲身观察的价值。如果巴斯德坐在安乐椅中思索,那就不可能弄清流行病学中这个有趣的问题。

经典评论

　　作者具有将多数实验者朦胧意识到的东西付诸文字的天赋……不同造诣的研究人员都可从阅读本书得到最大的益处,而且值得一读再读。

——A. S. 帕克斯爵士

　　这本精彩的书值得各个领域的读者阅读,作者的许多观点可为每一篇涉及科研心理和实践的论文引述而当之无愧。

——《纽约时报》

延伸阅读

　　1.张掌然:《科学方法论研究的新成果》,《武汉大学学报》(社会科学版),1990年第2期,第125—126页。

　　2.《科学研究的艺术——剑桥教授贝弗里奇经典大作》2010年4月32日,http://bbs. sciencenet. cn/thread-87512-1-1. html,2016年6月3日。

推荐版本

贝弗里奇:《科学研究的艺术》,陈捷译,北岳文艺出版社2015年版。

(葛在波)

科学革命的结构

托马斯·库恩

作者简介

托马斯·库恩(Thomas Samual Kuhn,1922—1996),20 世纪著名的科学哲学家、科学史家,求学于哈佛大学,先后获得物理学学士、文学硕士、哲学博士和法学博士的学位,曾任美国科学史学会主席,麻省理工学院科学、技术与社会项目教授以及美国科学院院士。

纵观库恩不平凡的一生,有一件事是非常值得关注的,这件事影响了库恩一生,也是其学术生涯的转折点。1947 年,年轻的库恩被邀参加一期为社会科学家举办的讲述物理学发展的讲座,受讲座启发,他决定暂时中断正在进行的博士论文的准备工作,转而仔细地研究伽利略、牛顿,乃至亚里士多德等人的力学理论。

第一次对科学史有所了解,彻底推翻了他以前对科学的本质的思考。通过对科学史的深入研究,库恩发现,不管是哪个时期的科学理论,比如说力学理论体系,不管是现今的还是过去的,都能够对实际问题提出行之有效的方法。但是有一点却引人深思,即力学理论的构建各不相同,但是他们是基于同样的观察事实,不论是亚里士多德、牛顿还是爱因斯坦,他们所构建的思想体系的关系都是如此。

基于对科学史的深入考察与思考,库恩认为,过去对于科学的理解是有问题的,即认为科学的本质就是进步,以及科学的发展就是知识的不断累积等观念,不管这种理论如何深入人心,都不足以说明科学发展历史过程中的实际情况。基于这种认识,库恩有一种强烈的对于科学真实进行探求的欲望,并希望借此驱散笼罩在科学本身上的迷雾,让真实的科学从众人假想的科学观念中走出来。故而,库恩改变了自己的专业计划,从理论物理学转入了科学史的研究,并借此成就了他在哲学史上的历史地位。

人的一生往往在寻找一个适合自己的专业,将这个专业实现为自己的事业,提升为自己的志业,而不仅仅是作为自己的职业。每个大学生都应当有这样的志向,而不是在茫茫的专业中迷茫地寻找一个就业的职业,唯有"垂天之翼",才能"扶摇而上者九万里"(语出《庄子·逍遥游》),成就一番事业,实现自我价值。

名著背景

《科学革命的结构》是库恩最重要的著作,它发表于1962年,全书只有180页,译成中文也只有12.7万字。尽管篇幅短小,却丝毫不影响它在科技哲学中的地位,在西方不少人把它称为一部"极其严谨的箴言录"。可以说,这部书的出版影响了整个科学哲学界,并对自然科学界与社会科学界产生了深远的影响,一时成为热潮,为库恩赢得了巨大的声誉。

《科学革命的结构》是科学史与科学哲学研究的基本经典文本,是20世纪思想史上最有影响的著作之一,是研究这方面学者必读的经典。这本书是科学哲学史上一道重要的分水岭,引导了科学哲学界的一场认识论的大变革,不仅是科学史、科学哲学、科学社会学等相关领域,而且对宗教史、社会学等领域都产生了不可估量的影响。

在这本书中,库恩根据自己对科学史的研究,否定了那种对于科学的一般看法,即认为科学理论的发展就是科学知识直线型的积累,库恩反对把科学与科学思想的历史发展看作逻辑的过程,他根据科学史发展的事实,提出了自己最为著名的观点,即"范式"理论。在这本书中,他第一次明确地使用了这个理论的核心概念"范式",提出了科学和科学思想发展的动态结构理论。

经典观点

在《科学革命的结构》一书中,库恩描绘了一种与传统科学观点不同的科学观,他最核心的观点是:科学的发展并非是杂乱无章的,而是有结构、有规律的发展。他总结了科学发展的规律是:前范式科学—常规科学—反常与危机—科学革命—新的常规科学,而在这个科学发展模式当中,最为核心的概念就是"范式"。

范式(paradigm)指常规科学所赖以运作的理论基础和实践规范,是从事某一科学的研究者群体所共同遵从的世界观和行为方式。所以在这个定义当中有一个值得注意的地方,即科学共同体的世界观,所以范式的定义又可以是指一个共同体成员所共享的信仰、价值、技术等的集合。虽然表述不同,但意思是一致的,库恩指出:"按既定的用法,范式就是一种公认的模型或模式。""我采用这个术语是想说明,在科学实际活动中某些被公认的范例——包括定律、理论、应用以及仪器设备统统在内的范例——为某种科学研究传统的出现提供了模型。"

范式概念是库恩范式理论的核心,从本质上说,范式其实是一种理论体系。在库恩看来,范式是一种对本体论、认识论和方法论的基本观点,是科学家共同体所普遍接受的一组假说、理论、准则和方法的总和,在心理上形成了科学家的共同信念。

阅读导引

哲学是探讨问题的学问,直面问题的思想家就是哲学家,那么,在阅读哲学经典的过程中,首先需要思考的就是哲学家在面对什么问题。库恩《科学革命的结构》一书所要直面的问题是什么是科学,由其引申出来的问题是如何正确看待科学,以及什么是正确的科学观。

如果简单地看,库恩之所以面对这一问题,是因为一般的流行观点认为科学知识是直线型的不断积累增进的过程。但是库恩通过研究发现,科学发展的历史并非如大多数人的看法,所以库恩就对这一议题进行了研究并提出了自己相关的观点。

引入了"范式"这个概念,把它作为科学共同体进行科学活动的基础,作为科学研究的思想工具,这是创造性的。从本质上来说,"范式"就是世界观,通过"范式"这个新概念,人们就能比较恰当地描绘科学发展的动态图景。

范式的主体是科学共同体,即在专业方面看法易于趋向一致的某一研究领域科学工作者组成的有形或无形的学派。换言之,科学共同体就是科学家集团。范式大体来说就是一个科学家集团所普遍接受的共同信念,一种得到普遍承认的科学成就,它包括科学概念、规律、形而上学理论、解题模型、范例、应用及工具等等。

在这里,有必要对科学的世界观做一解释,科学是近现代开始形成的一种世界观,与科学之前的世界观比如哲学、宗教的世界观形成鲜明对比。科学更加注重经验事实,所以一方面可以通过经验事实来证明自己的正确性,证伪宗教的虚幻,另一方面也可以通过经验事实来证伪科学理论本身,使得科学理论得到发展与前进,库恩的《科学革命的结构》正是基于这样的思路。科学哲学家波普尔认为科学是可错的,可错的才是科学,那些不可验证的命题都不是科学,波普尔这个观点立足于科学是建立在经验层面的理论总结,既然是理论总结,必然有可能被经验证伪,比如他用了个例子,就是当以天鹅是白色的这个命题来表达的时候,如果出现黑天鹅则即刻证伪了这个命题。

库恩所提出的"范式",其实与波普尔提出证伪理论的意图和趋向是一致的,即探讨现在对于科学的世界观的误解以及寻找正确的科学的世界观。库恩认为,科学家通过自己的研究与发现促进科学的发展,科学史上很多科学发现的事实都并非是偶然的,比如牛顿苹果的故事后面的牛顿力学体系,这些科学史发展的事实本身就体现出了科学发展是有一定模式的,前范式科学—常规科学—反常与危机—科学革命—新常规科学,而表征每一阶段的核心是"范式"。

"范式"具体阐明了科学革命的结构形式,库恩认为,科学诞生的标志就是"范式","范式"的转换与"科学革命"是同时实现的,二者具有内在的同一性。就最根本的意义而言,"范式"的转换就是"科学革命"。库恩认为,科学革命不仅确实存在,而且还具备某种结构。这种结构在书中被库恩小心翼翼地展开,结构中的每一个节点都被库恩赋予了一个有用的名字。科学发展的本质就是"科学革命"的过程,就是"科学范式"的形成、确定、危机、变革和更新的过程。

库恩对科学的态度是工具主义的,与本质主义的科学态度不同,他从科学史的研究中质疑科学的前进就是向真理迈进的传统信念。他的范式理论意味着,科学家从一种范式到另一范式的转变,只不过是所信仰的科学观的转变,他的这一激进观点,也从一个侧面反映了科学发展过程中关于科学自身本质的思考。

经典评论

此书如世间一切伟大的著作一样,充溢着作者的激情,充溢着作者探求真理的炙热欲望。这一点甚至在《科学革命的结构》首页的第一句话中就显露无遗:"历史如果不是被我们看成是轶事或年表的堆栈的话,那么,它就能对我们现在所深信不疑的科学形象产生一个决定性的转变。"库恩由此着手去改变我们对于科学的理解,而正是科学这种活动使人类得以支配这一星球(这种支配是好是坏,这里暂且不论)。他的确做到了。

——[美]伊安·哈金

延伸阅读

1.卡尔·波普尔:《猜想与反驳:科学知识的增长》,上海译文出版社 2005 年版。

2.卡尔·波普尔:《科学发现的逻辑》,中国美术学院出版社 2008 年版。

推荐版本

托马斯·库恩:《科学革命的结构》(第四版),北京大学出版社 2016 年版。

(丁建华)

科学的社会功能

J. D. 贝尔纳

作者简介

J. D. 贝尔纳(1901—1971),著名物理学家,英国皇家学会会员。生于 1901 年,1922 年在剑桥大学毕业。贝尔纳在 1922 年完成他的第一篇论文《230 种空间群的解析理论》,用严格的解析方法处理了晶体对称问题,通过这项研究工作,他为自己以后进一步研究 X 射线结构分析打下了稳固的基础。

1927 年,贝尔纳在剑桥大学任晶体结构学讲师,经过不懈努力,在 1927 年到 1937 年的十年里,他发表了很多非常重要的科学著作。

二三十年代是贝尔纳迅速成长为物理学家的年代,但是他也看到了科学的负面效应,以及由此引起的浪费,造成的工人运动,等等。这些问题得到了贝尔纳的关注,并让他开始考虑科学与社会生活之间的关系,1939 年,他出版了在这方面的研究成果《科学的社会功能》一书。

名著背景

过去,人们总是这样看待科学,科学研究的成果会不断改善生活,但是,随着时间的流逝,两次世界大战、接连不断发生的经济危机等等,都说明了科学并不仅仅是改善生活,科学也能很容易破坏生活和浪费生活,并给人类带来灾难。所以,有人极端地提出要停止一切科学研究,认为这是保全人类文明的唯一手段,虽然这种提法有些因噎废食,但确实指出了当下人类社会所面临的一些问题。

面对种种对科学的批评与指责,科学家们自己也不得不开始对一个问题进行考察,这个问题就是科学与社会、经济等到底是处于什么样的关系,并进一步探求什么样的关系才是真正以科学谋求人的幸福。

本书是对这一问题探究的一种尝试,探讨作为个人的科学家,或者作为科学家集体的共同体,应该负有怎样的责任,更进一步则探讨,究竟有没有可行的方法将科学运用于对人类幸福有益的方面,而不是将科学摆在人类的对立面,实现一些破坏性的目的。

经典观点

作者通过追溯科学的历史概况以阐明科学研究中理论和实践的关系。通过文献追溯,作者认为现代科学具有双重起源,既起源于巫师、僧侣或者哲学家的有条理的思辨,也起源于工匠的实际操作和传统知识。原本巫师和工匠兼于一人,而随着历史发展,这两种身份逐渐分道扬镳,即理论和实践的差距不断拉大,形成了当下科学与实践分野的现实。

科学要通过教育渗透到人们的整个人生观上来,人们拥有求知欲,同时也能认识到通过科学工作可以对社会做出重要而无私的贡献。

阅读导引

本书从社会学角度对一门以科学本身为研究对象的新科学(科学学)进行了较为全面的研究。全书共分为科学在社会中所起的作用及所能起的作用两个部分。作者从科学发展的历史状况、科学教育以及科学研究所开展的各种各样的社会外部条件、科学内部和发展规律等方面,对科学的体系、结构、规划、管理和政策等问题进行了深入具体的论述。

科学面临着巨大的挑战,这些挑战在作者当时所处的时代背景中显得尤为突出,包括:世界大战、经济危机、法西斯主义的兴起等等。科学在社会中所起的作用越来越大,人们对科学能为社会带来的积极作用也持有很大的期望。但是科学毕竟是把双刃剑,科学的负面效应也容易使人们反应过度,于是有人提出要限制科学研究,或对于把科学应用于现实生活持谨慎态度,更有甚者要求禁止科学研究活动。对此,作者的态度是期望人们能进一步研究科学与社会之间的交互作用,然后再做结论。

作者认为现代科学具有双重起源,既起源于巫师、僧侣或者哲学家的有条理的思辨,也起源于工匠的实际操作和传统知识。原本巫师和工匠兼于一人,而随着历史发展,这两种身份逐渐分道扬镳,即理论和实践的差距不断拉大。例如,在13世纪就发明了同哈格里夫斯式纺纱机基本上相似的纺织机,并且投入了使用,但是不久,行会就因其危及手工业者生计而予以禁止。此时人们因社会稳定的需要而对科学技术研究与应用持消极态度,科学技术的创新和社会的需求之间、理论和实践之间并不容易达到平衡状态。但是在文艺复兴时期,一批拥有学者、艺术家身份的人同时也担任了王公贵族的技术顾问(达·芬奇就是一个很好的例子),使得理论和实践的差距缩小了,科学也因此得到了较快发展。由于科学技术的力量逐渐显露,荷兰、英国的皇家学会也建立起来,而依靠科学工作为生的专业科学家也出现了。牛顿的物理学在天文学和力学上的成功使得一些人认为,人类单凭理性和计算就可以解决世间一切问题。这一观点对科学来说是个灾难。到了第一次世界大战时,科学家的协作达到了前所未有的程度,而且科学和工业的联系也更加密切了,但也因此给人类带来了前所未有的灾难。

从科学教育的角度,人们也可以比较直观地看出社会对科学所持有的态度和科学对社会的影响。科学教育在中世纪并没有地位,这是因为当时科学并不具备独立的地位。在文艺复兴时期,科学获得了一定的发展,可是科学教育的比重也不大。这是因为在 19 世纪中叶之前,所有伟大的科学家就其所掌握的科学知识而言都是自学出来的,而非通过专业教育获得。直到工业革命使科学的重要性提高了,科学教育才逐渐进入大学,后来又进入了中学。但是一方面,由于为了教师的方便和适应考试制度的要求,学生没有学到必要的学习方法,反而要全盘接受教师和教科书所教的东西并且把它复述出来。这是作者对当时科学教育的批评,至今对科学教育而言这一批评仍然适用。另一方面,大众对于科学的理解、兴趣和批评也不够广泛和活跃,科学和大众的关联并不十分密切。科学脱离群众对于二者来说都是非常不利的。对于普罗大众来说,他们生活在一个日益人为化的世界中,却越来越不认识制约自己生活的机制,这是充满风险的;对于科学来说,如果不被普通大众所理解,就不可能期望他们提供科学工作所需的支援。

科学如果要对未来社会起到更为积极的作用,就必须采取一定的积极的措施来进行改革,而这些措施是依据科学目前的缺点来制定的。首先是科学需要扩展规模。作者认为其身处的时代用于科学研究的预算在国民收入中的比重过低,需要进一步扩展规模,但是在扩展规模的同时也必须保持科研工作的标准、自由和独创性。要发展科学,就要尽量利用现有人力资源,这也涉及整个教育体系的改革。科学要通过教育渗透到人们的整个人生观上来。人们拥有求知欲,同时也能认识到通过科学工作可以对社会做出重要而无私的贡献。针对科学教育的整体情况来说,科学教学既提供给人们从自然界获取的系统知识基础,又有效地传授过去和将来用来探索和检验这种知识的方法。在中学阶段,教师不仅要把科学当作一门学科来教,而且要使它渗透到一切学科的内容中。若要指出科学在历史上和当代社会中的重要性,就需要打破把科学和人文学科截然区别开来的观点,甚至相互对立的传统,并代之以科学的人文主义。除此以外,对于科学工作的改革可以大到对于科研组织的改革,小到对于科研论文与科普读物的书写和出版。还有一个重要的方面——科研经费的筹措,不仅关乎科学本身,而且更多地取决于科学事业所在的社会的经济结构。

人的需要和愿望不断地为人的探索和行动提供动力,因此,可以把科学看作是我们取得必需的知识以满足某一特定需要的方法之一。如今科学越来越被当作一种满足欲望的手段加以利用,这在资本主义社会中是显而易见的。但是,我们应当看到科学也是社会变革的主要力量,它起初是技术变革,不自觉地为经济和社会变革开路,后来它就成为社会变革本身的更加自觉的和直接的动力。科学能够向前看并同时理解一个问题的许多方面,因此科学能够清楚地判断什么是个人和社会的现实成分,什么是幻想的成分。科学既可以说明人类某些目的的虚假和不可能,又通过满足人类的其他目的而带来人类的解放。

经典评论

1939 年,他(J. D. 贝尔纳)的一本重要著作《科学的社会功能》出版了。在这本书里,他申述了自己对这些问题的看法,并且提出了值得重视的结论。

——陆学善

延伸阅读

1.约翰·德斯蒙德·贝尔纳:《历史上的科学 4:社会科学:结论》,科学出版社2015 年版。

2.李醒民:《科学的社会功能与价值》,商务印书馆 2014 年版。

3.理查德.德威特:《世界观:科学史与科学哲学导论》(第 2 版),电子工业出版社 2014 年版。

推荐版本

J.D 贝尔纳:《科学的社会功能》,广西师范大学出版社 2003 年版。

(丁建华)

高科技·高思维:科技与人性意义的追寻

约翰·奈斯比特等

作者简介

约翰·奈斯比特(John Naisbitt,1929——   ),美国作家和演说家,著名的未来学家。约翰·奈斯比特的首部著作《大趋势》(*Megatrends*)于1982年出版,该著作凝结着作者近10年的心血,面世后连续两年荣登《纽约时报》畅销书排行榜,且大部分时间占据榜首位置。《大趋势》在57个国家出版,总计售出逾1400万册。

约翰·奈斯比特出生于美国犹他州盐湖城,先后就读于哈佛大学、康奈尔大学和犹他州立大学。约翰·奈斯比特在商政学三界都具有出色的经历。在商界,他曾是IBM和柯达公司的高管,具有逾30年的企业管理工作经验。在政界,约翰·奈斯比特曾在约翰·肯尼迪总统任内任联邦教育委员会主任助理,并在林登·约翰逊总统任内任健康、教育及社会福利部部长约翰·加德纳(John W. Gardner)的特别助理。约翰·奈斯比特1966年离开华盛顿后加入科学研究协会,两年后创办自己的"城市研究公司"(Urban Research Corporation)。在学界,约翰·奈斯比特同样蜚声海内外,他曾是泰国政府农业发展问题顾问,哈佛大学访问学者,莫斯科大学访问教授,南京大学客座教授,南开大学教授,天津财经大学教授,天津亚洲商学院顾问委员会委员。约翰·奈斯比特曾获得15个人文与科技学科荣誉博士学位。

约翰·奈斯比特与中国有着很深的渊源,他曾在天津创办非营利性的奈斯比特中国研究院,致力于研究中国的社会、文化和经济转型问题。2009年,约翰·奈斯比特出版《中国大趋势》,书中深入分析了中国的崛起问题。除了《大趋势》(1982)及《中国大趋势》(2009)之外,约翰·奈斯比特的其他重要著作还包括:《改造企业》(1985)、《2000年大趋势》(1990)、《全球吊诡》(1994)、《亚洲大趋势》(1996)、《高科技·高思维》(2001)等。

娜娜·奈斯比特与道格拉斯·菲利普斯都是作家、艺术家及企业家,曾共同为家乐氏、摩托罗拉、李奥贝纳、壳牌石油以及都柏林集团等企业做项目设计,专长以视觉影像传播公司信息,并以艺术及故事方式表达企业理论。娜娜与她的三个孩子住在伊利诺伊州芝加哥市及科罗拉多州特路莱德镇。道格拉斯一方面写短篇小说,一方面从事表演艺术及装置艺术,他也住在芝加哥与特路莱德。

名著背景

　　科技发展只是社会进步的一环,高科技并不等同于高成长,除非人——也就是我们自己——尊重与关怀的心,与科技一起成长。

　　科技不仅能让我们可以更方便、更有效率地工作和生活,科技还可以让我们更具体地去关怀、帮助别人。使用电子邮件,亲友间的联系完全不受时间、空间的限制;拥有移动电话,你也可以加入定时关怀独居老人的行列;透过卫星电视,全世界对于地震灾区民众的痛苦完全感同身受,所以倾力相助。

　　当代首要社会预测家、《纽约时报》畅销书第一名《大趋势》作者,约翰·奈斯比特,精彩检视了我们为何愈来愈热心追求生命的意义,科技又在其中扮演了什么角色。美国的文化,现在都借着科技,例如电视、电影、音乐、网络以及电子游戏来传播。正如约翰·奈斯比特所说,我们是生活在"科技上瘾区"内。此区是迷惘与疏离的地界,在这里,我们一方面恐惧科技,一方面崇拜科技;既视科技为玩具与快速解决之道,又夹缠在何者为"真",何者为"假"中,不能自拔。孩子们玩的暴力电子游戏,基因改造过的动物,以至如何使用氧气筒等辅助装备登上埃佛勒斯。

　　美国社会中,科技无所不在,其创新固然可喜,其后果却也堪忧。约翰·奈斯比特及合著者娜娜·奈斯比特和道格拉斯·菲利普斯在这本重要而适时的书里,就探讨这个问题。我们身为产品与媒体的消费者,又是萌芽中的基因科技未来的消费者,如果能不断检验自己如何看待和使用科技,就会看出科技对我们的日常生活、儿女、宗教信仰、艺术,以及人性、人情造成的影响。

经典观点

　　消费科技正在改变我们理解时间的方式——折叠、碾碎、压缩之。今天的科技是自我更新的不朽引擎,可以升级、附加、重装。它加速我们的生活,加强我们的依赖,结果是我们需要解脱,但为求解脱,我们又求助于科技,要它提供最方便的速成方案。

　　基因科技对传统宗教信仰形成的挑战恐怕是史无前例的。人类不仅试图解开其基因密码,而且积极做这方面的哲学思辨,生而为人的意义因此需要重新深刻检验。

阅读导引

《高科技·高思维:科技与人性意义的追寻》是由三个人——约翰·奈斯比特、他的女儿娜娜·奈斯比特,以及艺术家道格拉斯·菲利普斯——倾力合作的结果,与约翰·奈斯比特以前所写的书都不同。

《高科技·高思维:科技与人性意义的追寻》是一本预警的书,告诉我们如何善用科技的好处,而减少它对文化的副作用。奈斯比特带领我们周游我们习焉而不察的科技世界,看我们如何工作与游戏其间,并寻找理性的道路。他讨论了复杂的问题,如:科技是让我们不受实体世界的系绊,还是把我们捆绑在机器上不得脱身。它让我们在日常生活中节省时间,或只是制造了空虚,令我们非得用更多工作与责任来填满不可。在生物科技的进展上,有了新的遗传工程,人类有一天可以保证不会生下有残缺或疾病的孩子。但是在此情形下,什么是合乎自然的,什么是人工制造的呢? 婴儿可以从计算机、网络与电讯等信息科技中产生,一路谈到基因科技与其对艺术的影响,《高科技·高思维》归结到我们对自己命运逐渐萌生的主控意识,并指出我们需要道德上的指引。

经典评论

该书聚焦于科技对社会的影响,书中列举大量的材料证明科技正在不断地、全方位地加快我们的生活节奏,从而引发人们对一种更加满意的生存环境的渴望。在一个人们渴望确定性的时代,奈斯比特为我们找出了这个狂乱时代中的巨大挑战。

——*Booklist*

好书! 可读性非常强……相较于众多平常的商务书籍,该书更具可读性! 该书涉及文化、宗教、时间、娱乐以及艺术等众多领域,对这些生活中的力量进行了重新审视与评估,所得出的结论并非世界末日般的景象且读起来生动有趣。

——Tony Guida

奈斯比的目的不是要鞭挞科技而是想提高人们对它的认识,使人类与科技之间的关系回归理性……书中对各种遗传技术都进行了精彩的讨论。

——*Fast Company*

延伸阅读

1.佚名:《高科技、高思维另解》,《国际商报》2000 年 11 月,第 5 期。

2.《奈斯比特中国研究院院长与中国青少年娓娓谈心》,2015 年 11 月 23 日,

http://www.goldenfinance.com.cn/66538.html,2016 年 6 月 4 日。

推荐版本

约翰·奈斯比特、娜娜·奈斯比特、道格拉斯·菲利普斯:《高科技·高思维:科技与人性意义的追寻》,尹萍译,新华出版社 2000 年版。

（葛在波）

卡文迪什实验室——现代科学革命的圣地

阎康年

作者简介

　　阎康年(1933—2011),中国著名科技史专家,中国科学院自然科学史研究所研究员。

　　1933年,阎康年出生于山东省蓬莱市。1956年在北京航空学院毕业后任教于北京航空学院,并担任北京工程机械研究所工程师。1961年进入北京起重机器厂设计科从事起重机设计。1980年6月,凭借其西方近现代科学技术史的研究功底,阎康年进入中国科学院自然科学史研究所近现代科学史研究室(1978年成立)任助理研究员。1988—1989年担任英国科学院王宽城奖学金剑桥大学研究员,1992年成为中国科学院自然科学史研究所研究员。1993年退休后,继续担任中科院研究生院教授。1994年先后在美国史密森研究院和美国物理研究所做访问研究员。1994年和1998年两次到美国的贝尔实验室访问和调研。

　　阎康年主要著作有《卢瑟福与现代科学发展》《原子论与近现代科学》《科学革命与卡文迪什实验室》《牛顿的科学发现与科学思想》《热力学史》《万物之理》《卡文迪什实验室——现代科学革命的圣地》等。

　　阎康年致力于近现代物理史、科技史和科技革命的研究,获得过中国科学院的自然科学二、三等奖,中国科协科技史图书一等奖,中国图书奖等重大科技成就奖,还获得2000年首届牛顿世界《中华读书报》十本最佳图书奖,部分学术论文和专著在国内学界以及社会上都产生了广泛的影响。

名著背景

　　21世纪即将到来之际,世界各国之间的竞争日趋激烈。国与国之间的竞争归根到底就是科技与人才的竞争。中华民族能否在 21 世纪迎头赶上，实现科技与经济的全面振兴成为当时人们关注的焦点问题，历史则又一次将目光聚焦在科技工作者身上。中华民族的复兴需要一大批具有世界领先水平的科技成就，这既要靠广大科技工作者的艰苦奋斗，也需要学习发达国家发展科技的先进管理模式和相关经验。在这种背景下，《卡文迪什实验室——现代科学革命的圣地》应时而生。

《卡文迪什实验室——现代科学革命的圣地》是阎康年先生的重要作品，是新世纪引进先进科学的要求，也是广大科技工作者学习的迫切需要，同时也是科普工作的要求。

📚 经典观点

卡文迪什实验室是以博大精深的大千世界为研究对象，并鼓励对其中感兴趣的人在这里进行探索，在高标准、严要求和下一步主要研究方向上卡文迪什教授和负责人以及在流动中筛选科教人员的条件下，逐步形成一套稳定的优秀传统和学风，修改其暂时性的传统和学风，形成严谨、准确、宽松、自由的治学学风与气氛，倡导和支持新思路、开拓新领域，培植各方向的思想萌芽，以人才播种成果，按成果论人才，进行有效的科学管理和组织，一代代地用成功播种成功，办成平凡的人能够成就伟大事业的科学组织。

📚 阅读导引

《卡文迪什实验室——现代科学革命的圣地》是阎康年先生通过对英国剑桥大学卡文迪什实验室的长期考察，克服众多困难，在对该实验室有了充分的了解后写成的一部对中国科学界具有重要影响和意义的著作，也是国内第一部系统介绍卡文迪什实验室的专著。本书涉及的内容多为物理学科，其研究人员很多是国际权威和诺贝尔奖获得者级别的。阎康年先生为了搜索系统的资料和增加切身的感受，他走访了在该实验室工作过的众多科学家，亲自访问了剑桥大学，受到了卡文迪什实验室科学家的热情接待并提供了大量的资料，这使得这本书的内容得到了极大的充实。

《卡文迪什实验室——现代科学革命的圣地》一书共计二十章内容，外加《关于卡文迪什实验室的若干说明》《编辑说明》和《前言》以及三个附录，从背景、创建、奠基人、各个发展阶段的主要任务、成功原因探讨等各方面对卡文迪什实验室这一现代科学的圣地做了详细的研究，既写出了卡文迪什实验室一路发展的进化历程，又展现了卡文迪什实验室成功的光辉形象。

本书经过大量的考证，阐述了卡文迪什实验室创立之前英国的社会背景以及英国物理学发展的状况。还详细地阐述了卡文迪什实验室的创建经过、建室地址、宗旨和性质、方针和政策。此外,本书还记述了卡文迪什实验室在成立一百年的各个阶段的不同的发展方向以及负责人的情况,向读者清晰地展现了实验室长久发展过程中的历史变迁。从奠基人 J. C. 麦克斯韦,到体制建立者瑞利,开拓新领域的 J. J. 汤姆森……一直到 A. B. 派帕德的振兴的尝试以及 S. F. 爱德华兹和 R. H. 弗伦德的推动其新近发展。这本书还对卡文迪什实验室的传统与学风、研究方向的选择与转变、人才的选择和培养、课题选择、科研与教学、理论与实验、成功原因的探讨等进行了全方位的解读。

这本书全面回顾了卡文迪什实验室创建时期的科学背景和社会环境,详细叙述了科学大师们的创业经历与科学思想,剖析了卡文迪什实验室的内部运行机制及不断创新的过程。本书通过大量的考察、走访、交流,既真实而又详尽地展示了卡文迪什实验室科学研究的精神和制度,又表现了实验室各大科学家的治学态度和伟大的研究成果。这些内容都传播了卡文迪什实验室的精髓,对读者和广大的科技工作者来说具有极大的价值。

总之,这本书通过对科学家以及卡文迪什实验室的全面认识,总结出了卡文迪什实验室成功的主要原因,对于科学思想的学习和重要科学实验的搭建具有重要的指导意义,同时这本书也展示了卡文迪什实验室作为现代科学革命圣地的风采。

经典评论

《卡文迪什实验室——现代科学革命的圣地》全面介绍了卡文迪什实验室发展过程,详细地展现了各个卡文迪什教授的理念和风采。这本书对我国科技工作者学习发达国家发展科技的先进经验和管理模式,将具有重要的现实意义。同时,也对我国的科普事业有极大的促进作用。

——韩建民　何屹

延伸阅读

1. 阎康年:《科学革命与卡文迪什实验室》,山西教育出版社 2012 年版。

2. 阎康年:《英国卡文迪什实验室成功之道》,广东教育出版社 2004 年版。

3. 阎康年:《万物之理》,广东人民出版社 2000 年版。

推荐版本

阎康年：《卡文迪什实验室——现代科学革命的圣地》，河北大学出版社 1999
年版。

（潘文年）

生机勃勃的尘埃——地球生命的起源和进化

克里斯蒂安·德迪夫

作者简介

克里斯蒂安·德迪夫(Christian De Duve),他是 20 世纪比利时著名的细胞学家,以发现溶酶体而闻名于世。他是比利时细胞和分子病理学国际研究所的奠基人,比利时卢万天主教大学荣誉教授,著有《漫游活细胞》和《细胞蓝图》等学术论著。

克里斯蒂安·德迪夫以电子显微镜探究细胞的内部构造为他的主要研究方向。由于其在结构性和功能性细胞组织方面的杰出工作,德迪夫获得 1974 年诺贝尔生理学或医学奖。

任何一位杰出的人物都必然是坚定地保持着梦想并为之不懈努力的,克里斯蒂安·德迪夫也不例外,他在《生机勃勃的尘埃——地球生命的起源和进化》一书的序言中这样写道:"本书代表了我一览这种'大图景'的努力。这可追溯至 60 年前的一个青春梦想,那时,我还是比利时卢万天主教大学一名年轻的医学院学生,刚刚踏入科学的殿堂。吸引我进入实验室的,除了解决疑难问题所获得的乐趣,还有强烈的求知欲。似乎对我来说,以合理性和客观性为支柱的科学,是接近真理的最好方式。对生命的研究显得特别大有可为,它将是我到达真理的途径:通过活体接近真理。"

克里斯蒂安·德迪夫在这里所说的"大图景"是关于生命起源的。众所周知,生命是人类所知的最为复杂的现象之一,关于生命与生命起源的探讨所展现的是关于整个世界的图景,作者正是本着如此伟大而遥远的梦想,通过其勤奋和坚韧不拔,最终在探索生命起源的长途中书写了属于自己的不朽篇章。与作者相比,当今时代的大多数人苟且在每日淡然乏味的生活琐事之中,对未来没有憧憬,更谈不上梦想,甚至远大的理想,他们最终浑浑噩噩、碌碌无为地过完一生,与草木一样速朽在人世间,而不会留下任何的痕迹。正如苏格拉底所坚称的,对于任何人来讲,没有经过反思的生活是没有意义的。

名著背景

诺贝尔奖获得者克里斯蒂安·德迪夫编写的这本《生机勃勃的尘埃——地球生命的起源和进化》以通俗而流畅的简单语言向一般读者描绘了生命的起源与进化历程。

1984年,克里斯蒂安·德迪夫出版了《漫游活细胞》,然后作者开始思考细胞起源的问题。1991年,作者进一步出版了《细胞蓝图》一书,以一种全新的眼光看待生命起源。这本书以一个肯定式陈述结尾——生命是物质的组合特性的强制性表现。书的最后作者也提出了一些问题:生命进化的前景如何?我们自身的进化前景又如何?

沿着对这些问题的思考,作者出版了《生机勃勃的尘埃——地球生命的起源和进化》一书,他试图建立一种通用规则,希望将生命视为一个自然过程,生命的起源、进化和表现,甚至包括人类,都能与非生命过程一样被同种规律所支配。

在这样的思想背景下,《生机勃勃的尘埃——地球生命的起源和进化》一书的任务就是致力于追溯地球生命40亿年的历史,阐述七个关联的时代:化学时代、信息时代、原细胞时代、单细胞时代、多细胞生物时代、心智时代以及向我们的远见提出挑战的未知时代。

经典观点

克里斯蒂安·德迪夫在《生机勃勃的尘埃——地球生命的起源和进化》一书中,提出了生命的起源与进化的七个时代,包括化学时代、信息时代、原细胞时代、单细胞时代、多细胞生物时代、心智时代、未知时代,七个时代对应七个层次的复杂性。

阅读导引

作者认为,科学与哲学需要必要的对话。科学和哲学的要求都很高,实际上,并不存在能够同时精通两者的人。除非哲学仅仅是纯粹的思维训练,否则它就必须考虑科学。而科学家,则要对哲学问题有某种程度的关注,从科学的角度寻求哲学的答案。一般来说,与哲学家的对话,主要是由理论物理学家与数学家来发起的,因为他们在抽象概念上具有对话基础。

在近代科学产生之前,基本存在着两种世界观,一种是哲学的,比如西方的古希腊时期,中国的诸子百家时期等,都是依据一种哲学式的世界观;另一种是宗教的,比如中世纪的世界观,印度婆罗门教与佛教的世界观。科学并非从一开始就是人类的普遍世界观,科学成为普遍世界观是从近现代开始的,而当科学成为普遍的世界观的时候,哲学、科学、宗教之间产生了深远而复杂的互动。而对于生命的起源问题,哲学、科学与宗教三种世界观对此问题的探究侧重点是不同的。

哲学世界观,中国哲学中道家探讨生命的起源,以"有"生于"无"为主要命题,即包括生命在内的世间万物作为"有"都是产生于"无"的,所谓"道生一,一生二,二生三,三生万物"这种道的宇宙生成论代表了哲学对生命起源的一种思考;宗教世界观对生命起源的描述则是另外一番景象,比如《圣经》以上帝创造了人,婆罗门教以大梵天创造生命;那么在克里斯蒂安·德迪夫编写的这本《生机勃勃的尘埃——地球生命的起源和进化》中作者以通俗而流畅的简单语言向一般读者描绘了生命的起源与进化。作者用一般读者能够理解的简单语言描述了地球生命的历史,直到形成今天万千生命。内容主要包括自然界、起源、历史和地球在宇宙中的位置。

本书旨在讨论一些问题,包括生命的起源是偶然的还是具有一种必然推动力的?如果是后者,这种推动力是什么呢?克里斯蒂安·德迪夫编写的这本《生机勃勃的尘埃——地球生命的起源和进化》就是从这些问题出发,尝试找到理解生命起源的途径。在这本书里,克里斯蒂安·德迪夫以一种特意的方式揭示了潜在的因果关系和驱动力,详述了地球上生命的历史。一种模式出现后,开始时受决定性因素所支配,随着进化的发展,尽管是在比所想象的更严厉的约束内,其仍然不断地受到偶然性的影响。

所有有机物主要是由碳(C)、氮(N)、氧(O)、磷(P)、硫(S)、氢(H)六种元素组合成的万千分子构成,所以,这些元素是生命起源的主要角色,通过探究六种元素在地球最初阶段以什么样的形式存在,而且又是怎样被纳入一个不断复杂化的进程当中,最终使得生命在地球上诞生,由此来探索生命的起源。

然而,各种元素通过随机结合,更容易产生丰富多彩的小分子,从而具有统一的几何骨架,但是长链分子则很难形成,而长链分子拥有自我复制及催化功能,因为产生长链分子的概率实在是太小了。克里斯蒂安·德迪夫干脆呼吁人们抵制那些发生概率极小,无法用科学证实只能称为奇迹的现象。

可见,在本书中,作者克里斯蒂安·德迪夫很好地贯彻了科学的世界观在生命起源上的立场,作者否定了特创论,即神创论,就是求助于《圣经》所描绘的文学来解释生命的起源,这其实就意味着对宗教世界观在生命起源上的观点的否定;更进一步,作者也否定了目的论,将生物学过程视为一个目的性活动,这种观点典型的存在在德国古典哲学,作为哲学的世界观关于生命起源的观点,这种哲学世界观认为自然界的发展是有目的的,而人的理性或者说具有理性的人就是这种发展的最终目的,这也就为人类中心主义辩护,作者显然也否定了这一类观点。从而,作者通过《生机勃勃的尘埃——地球生命的起源和进化》这本书很好地展现了科学世界观在生命起源问题上的立场与观点。

经典评论

一幅令人叹为观止的地球生命全景画。

——《出版商周刊》

《生机勃勃的尘埃》挑战了当代许多疑难问题,以丰富的内在驱动力去解释地球生命的错综复杂,在这一过程中显示出该书的独特重要性,并带给读者无穷的精神享受。任何对生物学进行过深思熟虑的人最终都会殊途同归。德迪夫提供给我们的这卷精美的入门手册,是一笔宝贵的财富。

——[美]诺尔(Andrew H. Knoll)

《生机勃勃的尘埃》和它的标题一样迷人。它令读者在 40 亿年造就生命的时光隧道中穿梭。进行一次令人愉快又颇有价值的快速旅行。这是一本关于生命的读物。

——[加拿大]波拉尼(John Polanyi)

本书是对众多科学奇葩的一次美丽展示,使读者能对传奇中的传奇——生命起源有一个概略了解。权威人士和当代最伟大的科学家将在书中侃侃而谈,启迪智慧。它是德迪夫教授创造的奇迹之一,综合了化学和生物学中的多个深层次论点,令专家和门外汉都觉得趣味盎然。

——[美]嘞纳

延伸阅读

达尔文:《物种起源》,译林出版社 2013 年版。

推荐版本

德迪夫(De Duve,C.):《生机勃勃的尘埃:地球生命的起源和进化》,王玉山等译,上海科技教育出版社 1999 年版。

(丁建华)

生命的线索

约翰·苏尔斯顿　乔治娜·费里

作者简介

约翰·苏尔斯顿(1942—),生于 1942 年 3 月 27 日,是英国著名生物学家,1963 年获英国剑桥大学学士学位,1966 年获剑桥大学博士学位。2002 年,苏尔斯顿因发现器官发育和细胞程序性死亡(细胞程序化凋亡)的遗传调控机理,与悉尼·布伦纳、H.罗伯特·霍维茨一起获得 2002 年诺贝尔生理学或医学奖。

在其代表作《生命的线索》的第一章中,约翰·苏尔斯顿简述了自己过去的经历,在这个自述中,给人印象最深刻的是他对自己兴趣的坚持。在自述中他写道,高中和大学的科学学习只是他孩提时代兴趣的延续,他小时候就喜欢在身边堆满了组合玩具与各种电动玩具,还热爱亲手组装收音机,经常把商店里搜罗来的破旧电视机修好。他还在鱼缸里养水生生物,用显微镜观察水螅的动态,他还曾经解剖过捡来的死鸟,并由此发现生物是如此充满魅力。神秘的生物构造深深地吸引着幼小的约翰·苏尔斯顿。

除了兴趣之外,作为科学家,最重要的就是思维。还是青春期的约翰·苏尔斯顿就发现思维可以拓展至无限,大到宇宙,小到昆虫,都可以被人的理性思维所研究。他是如此的兴奋与喜悦,为人思维的巨大力量而兴奋与喜悦。

兴趣与思维,不仅对于科学家来说是至关重要的,对于当今时代的大学生,同样重要。一个人如果没有自己的兴趣,也不注重思维能力的培养,那么对他而言大学只是知识积累的高中阶段的一个延伸,而不是超越。

名著背景

《生命的线索》讲述了一段不平凡的故事,这个故事是关于人类基因组测序的,这是 20 世纪末最令人瞩目的成就之一。作者约翰·苏尔斯顿对人类基因组计划的贡献不仅不局限在他所领导的桑格中心顺利完成了人类基因组整个测序计划的三分之一,而且还表现在他作为科学家所展现出来的科学精神、坚毅、良知等等。

不论是用头版头条,还是用醒目的标题,全世界的知名报刊都曾对这一伟大成就冠以"终结疾病"的标题来报道这个故事。但是当作者约翰·苏尔斯顿作为这次伟大科学活动的主要参与人之一,对这一故事用第一人称视角进行叙述的时候,其独特的叙事视角以及对科学进步、人类健康等关键问题上表达的真知灼见引人深思,又能给读者提供更多、更切实的信息。

作为美国以外最大的基因组测序中心的负责人,约翰·苏尔斯顿以"局内人"的眼光来述说这十几年间故事的发展,这个故事的情节复杂到无法用三言两语来概括,更不能被外人的种种猜度来形容。

经典观点

约翰·苏尔斯顿在《生命的线索》一书中写道,对人类基因组测序的科学探究,是一项令人着迷的科学研究,它是推动人类社会向更美好的未来前进的重要步骤,与地球上的所有生命都息息相关,而且在整个基因组测序研究过程中的每一个进展都展现了推动科学进步的正义与良知。比如:

每个人只有一次生命,那就应该做自己真正想做的事。我不会因为诸如赚钱的缘故而放弃自己的追求。

人类基金组计划的一个目标就是尽力使这些基因组信息可以为公众所用,使之无法专利化。

基因是人类研究的起点,我们应该认识到基因只能提供给我们潜在的能力,而这种能力不一定必然表现出来。许多人担心会因为基因差异而受到歧视,而且这的确也是一个值得严肃对待的问题。

阅读导引

约翰·苏尔斯顿所写的这本《生命的线索》,描述了科学家对生命现象的初步探索,而探索过程本身,恰恰体现了生命的意义。在探索的过程中,充满了成功、失败、沮丧、忧虑、兴奋,而在这五彩的人生中,约翰·苏尔斯顿选择了一条对整个人类都具有极大意义的道路,他们为之奋斗的目标,无关个人的得失,不是利益的增加,也不是好恶的体现,而是纯粹为了展现生命本身的原始的力量,他们的努力不为其他。这种毫不利己的精神非常值得后人敬仰。

整本书所阐述的是约翰·苏尔斯顿从事生命科学的丰富多彩的人生经历,但他不仅仅在描述自己辉煌的过去,在以他为中心的生命科学探索过程中,充满了各色人等,也充满了人生的喜怒哀乐。在生活面前,人需要改变,也需要坚持。若一味坚持,则颇多受挫,因为少了一分适应;若一味改变,则随波逐流,因为少了一点原则。

人生处处都是选择,约翰·苏尔斯顿在参加戏剧协会与毕业之间,在读博士与参加海外支援服务组织之间,在索尔克与克里克的细胞生物学中心之间,在传统学院教职与科研工作之间都有过艰难的抉择。约翰·苏尔斯顿如同所有人一样,在人生的诸多关键口不停地做着选择,不停地被选择。但是在这些数不清的选择当中,约翰·苏尔斯顿一直在坚持着一个不变的标准,这就是责任。在这本书里,我们无时无刻没有体会到约翰·苏尔斯顿作为一个科学工作者所表现出的高度社会责任感和良知。约翰·苏尔斯顿领导的线虫全基因图谱研究课题,揭开了人类进行大规模基因测序的序幕,也将人类对基因的研究推向了一个新的台阶。

科学的工作在很多时候是枯燥乏味的事件无限重复,约翰·苏尔斯顿花费了整整一年半的时间投入到线虫的胚胎谱系研究中,每天他都准时在实验室外的小屋里重复着同样的工作——观察细胞的分裂活动。这种观察细胞的分裂活动的过程并非如很多人所想的那样惊心动魄,而是枯燥乏味、令人生厌的。

现代科学并非是一个人单打独斗就能够获得成果,它更注重团队的协作,更依赖团体的力量。团队之间不仅需要对每一个科研进展、研究路径进行热烈讨论,还要组织团队成员喝酒、聚餐、举行烟火晚会等等,通过种种团建和交流把一个团队紧紧地团结在一起,这就是真正的科学团队的精神。

科学也并非仅仅是对物的学问,它也涉及人,涉及人类的伦理道德。在所有事件中,发生了这样一件事情,它不仅涉及科学与社会,也涉及科学家的责任等问题。当私人公司赛莱拉企图抢先完成人类基因组测序并申请专利,霸占科学和人类的共有资源时,约翰·苏尔斯顿协调世界上的各种研究机构和社会团体实施人类基因组计划,发誓要将科学发现为全人类共有,而不是为了私人的利益去占有。各种社会团体和科学团体最终也选择了支持人类基因组计划,同意增加资金投入,支持无偿地公布测序数据,约翰·苏尔斯顿最终如愿以偿,成为科学良知的捍卫者。

在约翰·苏尔斯顿的科学研究经历中,他的强烈的社会责任感和对于名利的淡泊与平静,奋发有为、积极进取的精神信念,以及用于克服科学研究过程中的困惑、枯燥和繁复等负面情绪的那份坚忍,是每一个意图走上科学研究道路的人都应当学习的。所有这些在奋斗过程中面对各种问题时所体现出的信念,恰恰是其他的书籍所不能给予我们的。

在书的末尾,作为科学家的约翰·苏尔斯顿却将全书结在对于社会利己主义以及人的贪欲的思考与反思上。在当下西方社会,人们正经历一个时期,这个时期特别推崇私有化,而弱化了其他价值判断。随着私有化的不断被尊崇,公众利益受到损害,基于这样的背景,不仅是公司,包括个人与国家,当讨价还价的唯一基准是竞争到最大利益的时候,人们就很难做出明智合理的选择。这种私有化以及由此延伸的贪欲,其实在事实层面,真正地威胁着每个人的利益。

经典评论

"约翰·苏尔斯顿和乔治娜·费里的这本书将一段难忘的科学历程以通俗的、引人入胜的语言娓娓道来,使每一个读到它的人都能生动地感受到其中的凛凛浩然正气、处处跌宕起伏。从 30 年前的《双螺旋》到今天的《生命的线索》,科学巨匠们为我们留下了宝贵的精神财富,愿我们以此为激励,创造一个科学的、文明的、和谐的、富足的人类社会。"

—— 杨焕明　刘斌

"这是本诚实、动人的书,记录了人类 DNA 序列的 30 个碱基,如何变成全世界人士所自由共享的财富的经过。"

——[美]詹姆斯·沃森

"从线虫到人类的研究,从不喜欢抛头露面的研究员,变成有关科学与社会问题最受人敬重的思想家之一,这是苏尔斯顿爵士对这段变化过程动人且坦率的叙述。"

——《泰晤士报》

"本书燃烧着一股热情之火和不平之感,是之前成功科学家写作的书当中,从未有过的感觉……任何对科学研究的幕后故事感兴趣的人都不应该错过。"

——《金融时报》

延伸阅读

1. Julia E. Richards、R. Scott Hawley:《人类基因组》,科学出版社 2012 年版。
2. D. L. 哈特尔等编著:《遗传学:基因和基因组分析》(第八版),杨明译,科学出版社 2016 年版。

推荐版本

约翰·苏尔斯顿、乔治娜·费里:《生命的线索》,杨焕明、刘斌译,中信出版社 2004 年版。

(丁建华)

世界的终极镜像：反物质

戈登·弗雷泽

作者简介

戈登·弗雷泽(Gordon Fraser，1943——   )，英国科学作家。

1943年出生于英国。弗雷泽在获得英国伦敦帝国学院粒子物理学博士学位后，开始撰写科学技术方面的图书，并充实科技期刊的出版。目前，弗雷泽在瑞士日内瓦的欧洲核子研究中心《CERN信使》做编辑(CERN Courier，是一份涵盖高能物理学各个方面的国际性月刊)。他曾作为访问学者到英国多所大学进行学术交流。著有《寻找无限——解开宇宙之谜》《夸克机器——欧洲如何打粒子物理战》《世界的终极镜像：反物质》《21世纪新物理学》《宇宙的怒火——阿卜杜斯·萨拉姆传》等。

戈登·弗雷泽在科学类图书的出版上擅长于用简单易懂的方式为大家展现物理世界的奇妙。由他主编的《21世纪新物理学》探讨了现代物理学的一些关键前沿问题，探索了我们的宇宙——从亚原子粒子到恒星构成的星系，从大脑研究到高速科研网络。

名著背景

人类的想象力是难以想象的，尤其是面对一个既熟悉又陌生的名词的时候，思想的火花总是给人带来惊喜。当科幻小说家们遇到反物质，人类的大脑里思想的火花就已经开始燃烧。天才阿西莫夫(Isaac Asimov)发明了智能驱动机器人，其行动路线的确定就是运动了反粒子(正电子)。随后杰克·威廉森(Jack Williamson)，在其早期代表作《反物质飞船》(SeeTee Ship)中创造了"地球化"(terraforming)一词。《星际迷航》的创始人吉恩·罗登伯里(Gene Roddenberry)也曾介绍过反物质驱动的超光速宇宙飞船。

随着这类科学幻想小说的大热,公众对反物质的好奇与日俱增。直到 1996 年 1 月,一家报社报道了一条来自瑞士日内瓦欧洲核子研究中心(CERN)的消息——一个小型实验已经合成了第一批反氢原子,这就是最早出现的反物质实物,也是化学形式最简单的反物质。这个由科学幻想走向现实世界的消息瞬间轰动了全球,在几个小时之内,就占领了世界各地电视节目的黄金时段和报纸头条。

但公众对于反物质的认识还是有限的,当时相关的文字也仅限于媒体的报道。于是就职于欧洲核子研究中心,拥有大量的第一手资料的戈登·弗雷泽,写下了这个科学发现的故事。

经典观点

由于在镜像世界中所发生的事情在某种意义上是与现实世界相对应的,如果把它们叠合在一起,在某种程度上,这两种像就会相互抵消。而实际上不会这样,因为镜子中的像不是实在的。与爱丽丝不同,我们不能那么轻而易举地滑进玻璃屏障。而其他形式的镜子能提供更确实的反射。另一类反演像是黑白照相底片,其中光照之处变暗,反之明亮。底片是个真正的镜像,在物体与像之间是一一对应的。可是,如果正片和负片叠合在一起,两种像就会彼此抵消,所有的信息就会丢失。

阅读导引

什么是物质?什么是反物质?当科幻小说大热,反物质研究出现新的成果,真相是什么呢?

在戈登·弗雷泽尚未出版本书以前,便有大量的科幻小说涉及反物质的领域,科幻小说家们幻想出的神奇技术不断地推动着科学的发展。回顾物理科学的发展,戈登·弗雷泽为我们梳理出一条清晰的脉络,将这个科学发现的故事娓娓道来。

这不是一本艰涩难懂的物理书,也不是一本乏味枯燥的历史书,戈登·弗雷泽的文字浅显易懂,书中所涉及的物理知识也变得非常容易理解,作为一本科普读物来讲是非常适合大众阅读的。

本书分为十四个章节,第一章主要介绍了故事的起因:科幻小说成为科学事实,人类通过实验发现了反物质。第二章通过《爱丽思镜中奇遇记》一书引入,用镜像来解释什么是反物质,后文还会有引用《爱丽思镜中奇遇记》的地方,这也是本书的特色之一,用小说来解释科学。第三章梳理了从古希腊人到 19 世纪初,人们对于物质的认识,所有的物质都是由原子组成。然后介绍了原子和电、电化学、阴极射线等概念。第四章重点介绍了量子大师狄拉克的科学生涯。第五章则从探究宇宙辐射引入介绍了正电子的发现过程。第六章主要是关于费恩曼的物理发现以及著名的兰姆移位。第七章中将物质从原子细分为质子和中子,再细分至夸克。随后反质子、反中子、反粒子以及反夸克依次被物理学家们发现。第八章写了物理学的发展进入了新的阶段,物理学家们对粒子和反粒子的镜像提出了质疑。后续的章节讲述了如何发现、捕捉、制造和运用反物质的过程。

最后,作者将大众的视线引向宇宙反物质,宇宙大爆炸后,所有的反物质去了哪里呢?它们是否真实存在过呢?是否因为引力而被关进了黑洞中呢?这些都是科学家们在不断探索的问题,美国航天航空局也曾在20世纪发射"发现号"去探测宇宙反物质。作者认为人类对宇宙论以及宇宙起源的理解,还需要重新进行一番思考,还需要一场21世纪的哥白尼革命。

正如作者在文中所说,理解科学是件难事,要通过原创性发展科学更是难上加难,但不可否认的是科幻小说对人想象力的激发。在霍金看来,科幻小说中看似遥远的东西在科学家们的理论中体现出来了,但在科学中得到的概念是要比任何科幻小说都要精彩奇妙的。作者认为反物质就是这样的概念,它在现实生活中依然在不断地发展中,也依然不断地激发着科幻小说作家们的想象力。

书中介绍了大量20世纪著名的物理学家,比如狄拉克、普朗克、玻尔等等,他们在整个物理发展中的作用是不容小觑的,还介绍了很多相关科学研究机构,由此看来,我们也可以把这本书当作一本微型的20世纪物理学发展史。

经典评论

作者用通俗易懂的语言介绍反物质世界里的奇妙和特有性质,没有繁杂的公式推导,用简单的类比形式讲述。全书以学术史为轴线,沿着近现代人类对物质结构认识的脚步一路走来,到第四章独立介绍反物质之父狄拉克的生平及学术贡献,再到后来人们在反物质科学研究上的惊人发现,以及丁肇中等人为探索宇宙空间反物质的AMS实验,内容丰满充实,且兼备趣味性,值得一读!

——豆瓣经典评论

延伸阅读

1. 弗兰克·克洛斯(Frank Close):《反物质》,羊奕伟译,重庆大学出版社2016年版。

2. 杰弗里·贝内特(Jeffrey Bennett)、塞思·肖斯塔克(Seth Shostak):《宇宙中的生命》(第3版),霍雷译,机械工业出版社2016年版。

推荐版本

戈登·弗雷泽：《反物质：世界的终极镜像》，江向东、黄艳华译，上海科技教育出版社 2009 年版。

（潘文年）

野兽之美:生命本质的重新审视

纳塔莉·安吉尔

作者简介

纳塔莉·安吉尔(Natalie Angier,1958—　　),现为《纽约时报》科普专栏作家。1980 年,仅 22 岁的她成了《发现》杂志的奠基成员,为其撰写了 4 年的生物学专稿。安吉尔 1988 年出版的处女作 *Natural Obsessions* 是报道癌症研究的科普专著,登上了当年的《纽约时报》畅销书榜,并荣获美国科学进步协会奖。1991年以其在《纽约时报》上引人注目和富于启迪性的系列科学专题报道,荣获了普利策杰出专题报道奖,这些专题报道后来被收入《野兽之美》。其他畅销书还包括 2000 年的《绝妙好女子:私密的身体地理学》(*Woman：An Intimate Geography*)。

名著背景

安吉尔把创造性和无穷探索的精神与机智幽默的文学风格结合起来,对大自然和生命本质进行深刻考察和思索,对人类最新科学成就进行通俗而又妙趣横生的综述,因而在科普文学界取得了杰出成就。所获其他奖项还包括因在生命科学领域的优秀报道而获得的刘易斯·托马斯奖,《福布斯》杂志还将她列入美国 500名顶尖新闻业者。

安吉尔现居住在美国马里兰州的塔科马公园(Takoma Park),她的丈夫瑞克·维斯曾是《华盛顿邮报》医学记者,现为美国国防部先进研究项目局(DARPA)战略传播主任。安吉尔与维斯育有一女,名为凯瑟琳,目前为普林斯顿大学学生。安吉尔公开宣称自己是一名无神论者。

经典观点

事物是它们看上去的样子,但必须加上你刚刚开始注意到的细节。新的真理很少能够推翻旧的,它们只是在一幅油画上增加了一些较细微笔触而已。海豚有时候也许会凶残至极,彼此残忍地撕咬得遍体鳞伤,可是,它们也有逗乐和举止温柔的时候,它们一起做决定游到什么地方,什么时候捕食,什么时候休息。

大自然讲述的每个故事都是令人心悸、美丽无比的。它是最有创意的大魔术师,袖子里总能抖出另一个令人惊讶的东西来。

阅读导引

中国人了解动物的方式,更多的是在餐桌上。换句话说,我们只知道动物的滋味,而不知动物的习性。人也是一种动物,按照进化论的观点,人是竞争的胜利者。人没有狮子、老虎厉害,没有猪和狗那么灵敏,不能像老鹰一样在天上盘旋,然而最后主宰世界的偏偏是人。人类有一个其他动物所不具备的大脑,人类的胜利,就其本质来说,是精神的胜利。对动物的观察,其实也就是对人类的观察,是对生命本质的重新审视。在许多方面,自以为是的人类对动物仍然一无所知,这种无知的盲点,同样意味着人类对自己认识的窘境。

从一定意义上说,安吉尔的这本《野兽之美》将人类对动物世界的了解推进了一大步。作者虽是一名科普作家,但却文笔生动且饱含对动物和大自然的热爱之情,全书读来既让人增长知识,又给人以一份仿佛沉浸在文学作品中那般浪漫。在安吉尔的笔下,动物与人类一样具有灵性,动物与人类一样都是上帝的杰作。事实上,人类之所以生存得如此美好,正是因为地球上还有许多鸟兽虫鱼始终伴随着我们。芸芸众生自有其存在的理由和生命的秘密,同样也有其兴衰的悲欢和灭绝的宿命。因此,我们可以说,这不是一部关于动物保护主义的书,这是对生命本质的重新审视。作者旨在通过对其他生灵的生活、性爱、繁殖乃至死亡的描述,为我们揭示一切生命是怎样受制于 DNA 的隐秘。这是一部关于大自然和生命的最新总结,是让人在轻松阅读中走向睿智和感伤的优美作品。

《野兽之美》(*The Beauty of the Beastly*)最早于 1995 年出版。在该书中,作者以优美生动的语言、机智幽默的文字,用各种生物的趣味生活和生死情仇的故事,给我们展现出分子生物学的最新天地,以纯文学的文本提升了科普作品的极限。本书涵盖了众多的生物学和哲学命题,带给我们的不仅是野生动物的习性习俗和肤浅的皮毛之美,而且是关于大自然和生命的最新总结,为我们揭示出一切生命是怎样受制于 DNA 的隐秘。

经典评论

(安吉尔)文笔生动,热情洋溢,不仅使人想起路易·托马斯和洛伦·艾斯里的写作风格,不过安吉尔的写作风格中还带有尖刻且与生俱来的睿智……(她)对生物学与生物进化科学的最新进展了如指掌……安吉尔的书是一座金矿。

——《纽约时报》

哦,多么可爱的一本书啊……实在是太吸引人了——令我爱不释手,非得一口气读完!

——《新科学家》

这是一部对各种物种(无论大小)的赞美诗……绵羊就脑体比例而言有着动物界最大的大脑。海豚有着淘气的性格。鸳鸯是调情高手。纳塔莉·安吉尔的这部《野兽之美》满是这类令人不安的断言。

—— *Publishers Weekly*

《野兽之美:生命本质的重新审视》是一本让许多从事文学创作的人汗颜的科普作品,它比很多作家写的文字更具文学性,更生动,更耐人寻味。

——叶兆言

延伸阅读

1.叶兆言:《野兽之美》,《羊城晚报》1998 年 5 月 14 日。
2.《野兽之美》,《科学中国人》2003 年第 3 期,第 60—61 页。

推荐版本

安吉尔:《野兽之美:生命本质的重新审视》,李斯霞译,时事出版社 1997 年版。

(葛在波)

宇宙波澜:科技与人类前途的自省

弗里曼·戴森

作者简介

弗里曼·戴森(Freeman Dyson,1923—　　),美籍英裔数学物理学家,普林斯顿高等研究院教授。

1923 年戴森出生于英国,父亲是音乐家、作曲家,母亲是个律师。小时候的戴森就表现出了对科学和数学的极大兴趣。1936 年,他考入温彻斯特学院,后在剑桥大学师从数学家 G.H.哈代研究数学,1945—1946 年,戴森在闽科夫斯基猜想和阿尔法贝塔猜想方面均有所建树,后任剑桥大学三一学院研究员。二战后,戴森来到了美国康奈尔大学,跟随汉斯·贝特和教员费曼学习物理,证明了变分法方法和路径积分法的等价性,为量子电动力学的建立做出了决定性的贡献,开拓了他在物理学界的地位。1951 年康奈尔大学聘任他为物理学教授并在美国正式定居,1953 年后一直任普林斯顿高等研究院教授。

除《宇宙波澜:科技与人类前途的自省》外,其著作还有《想象中的世界》《全方位的无限》《想象的未来》《武器与希望》《太阳、基因组与互联网:科学革命的工具》等,均在学界有一定地位。

戴森是量子电动力学发展史上的一代巨擘,他于 1956 年发表的《自旋波》论文受到学界好评,堪称物理学史上的重量级论文之一。戴森不单在理论物理学方面取得了巨大成就,还在数学、核子工程、天文学、生命科学等领域均有所建树。发展科学的同时,还心系全人类的发展命运。他笔下的文字不仅充满着理性的魅力,还优美典雅,充满想象力,令读者读来赞叹不已。

名著背景

当今社会,科学技术迅猛发展,许多高新技术和高科技产品日益涌现,汽车、电视、电脑、手机、洗衣机等等在我们的生活中越来越普及。这些高科技产品让我们的生活变得越来越方便。于是日行万里、翱翔长空、千里传音等过去的神话与传说，在今天已然成为现实。与此同时，许多科技与产品的泛滥与失控又日益威胁着人类的未来。人类的基本能力在逐渐丧失，人类可以生活的空间在逐渐缩小，人类的生存环境在逐渐恶化，人类可以利用的资源也在不断地耗竭……人类将向何处去？

经典观点

如果不择手段且滥杀无辜的话，最初的美意将变成丑陋与恶毒。相反地，立意不良的初衷，如果有够多的人以一种袍泽之爱及自我牺牲的精神去争战，最后仍可能变得美丽动人、可歌可泣……。战争的技术成分愈高，愈容易因手段选择的拙劣，而完全抹杀原本的美善，变成灾难似的丑恶。

紧张的公众为什么会因为 DNA 重组而骚动不安呢？公众之所以顾虑，是因为两个彼此分离的问题被混淆在了一起。一方面，如果某些种类的重组 DNA 在实验室里长成并被不负责任地释放到周围环境中去，它马上就会对公众健康产生威胁；另一方面，还存在一种长远的恐惧，它从莫洛博士开始，以克隆人类结束——只要生物学知识被滥用就可能发生。开始进行 DNA 重组实验的生物学家们清楚对公众健康马上产生威胁的可能性。分子生物学家马克辛·辛格（Maxine Singer），美国科学家联合会总顾问丹尼尔·辛格的妻子，早在第一批此类实验做出不久后就发表了一个声明，呼吁人们注意这种危险。1975 年，一次细胞生物学家的国际会议自发起草了一组指导原则，禁止他们进行不负责任的实验，也给获得许可的实验推荐抑制程序。和他们的指导原则类似的原则，已经被世界范围内的生物学家和政府接受下来。这些指导原则已经使得由 DNA 实验带来的即时的公共健康危害变得不太可能了。你不能说这种即时危害不存在，但是它比将检验科及医院里处理病菌的标准程序联系在一起的危害要小。所以，从公共卫生部门的观点看，DNA 重组实验带来的风险是得到充分控制的。那么，为什么公众仍然会感到害怕呢？公众会害怕，是因为公众看到了将来，他们在担心比即时健康危害更大的问题。公众知道，DNA 重组实验最终会给生物学家带来关于包括人类在内的所有生物的遗传设计的知识。公众在恰如其分地担心这种知识的滥用。当美国国家科学院（National Academy of Sciences）在华盛顿组织一场会议，让 DNA 重组大辩论各方的观点都有机会被人听到，公众以一群举着标语的年轻人的身份出现，他们朗声高喊："我们不会被克隆。"在马修·梅塞尔森和马克辛·辛格诚实的面孔后面，公众看到了莫洛博士和代达罗斯的凶险形象。

在许多地方，DNA 重组实验仍然在取得巨大成功。对人类及动植物的健康的危害，还没有被探测到。但是这并不意味着生物知识的长远危害已经消失了。

DNA重组只是生物学广泛进步之中的众多技术之一。无论有无DNA重组技术，生物学的进步都将继续。是生物学自身，而不是任何特殊的技术，将我们迅速引入了"莫洛博士岛"所处的那片未知海洋。作为一个生物学家以及一个公民，马修·梅塞尔森的目的是，"为将来建立一种思潮：唯有能够强化我们人之为人的本质，有关生命过程的深入知识才能够被使用"。

阅读导引

"宇宙波澜"一词，取自诗人艾略特的作品《普鲁弗拉克的情歌》。据作者所言，书名的含义是：我们未来的活动将改变宇宙的命运。

《宇宙波澜：科技与人类前途的自省》一书主要讲述了戴森从事科学工作50年以来的点点滴滴，他主张用一种浪漫的角度去看待科学世界，因此将科学生活比作个人灵魂的航程，不像大多数著作采取将科学家生活、工作所在机构与政治、经济既定框架相联系的写作方式，该书记述了戴森与许多诸如奥本海默、费曼、泰勒等著名科学家的交往故事，通过这些故事，带领读者一窥其风范与成就。例如，该书记录了核子工程、生命科技以及太空探索的研究历程与争议，在此基础之上，将科学的发展与人类的命运相结合，使该书充满哲思。

全书共分为三个部分，分别为：我的第一故乡英格兰、我的第二故乡美利坚、我的未来家乡宇宙。总计二十四个章节。总体上，该书的写作风格是轻分析、重文字。该书介绍了大量与作者有过来往的科学家的故事与成就，虽然内容丰富，但在戴森的组织下，各个人物间均有着密切的联系，读者可通过对人物的梳理来一窥科学理论发展的背景与方法，例如这一特点就表现在他对电动量子力学变分法和费曼路径积分法等价性的证明上，以及将奥本海默的故事与艾略特的戏剧进行类比上，类似的实例数不胜数。这样的写法，在为该书提高可读性的同时，也显得趣味十足。

戴森力求呈现他与各个著名科学家的交往过程，在另一方面也体现了科学的推动是全人类的使命这一观点，就如同他对"红色小宿舍"般精神的追忆那样，在他看来，科学的进步很大程度上是科学家们彼此的思想碰撞。也正是基于这一点，在将此书介绍到中国时，他提到："比起美国和欧洲的读者，中国的读者也许更习惯于把科学视为一种集体创作的事业。"因此，他除了希望读者能在他的书中看到科学的重要性，也表达了对中国未来科学蓬勃发展的展望。

在对个人经历进行叙述的同时，本书的最后一个部分，作者还涉及对科学伦理的认识，尝试解答科学为什么能给人带来允诺的益处的原因。在对一些典型国家发展情况的呈现基础上，对当前科学伦理问题的发生做出个人的评论，并提出科学家在研究和处事上应有的伦理观，以期用一种真诚的态度呼吁科学家们担起自身的职责来。

就作者自身而言,《宇宙波澜:科技与人类前途的自省》一书是他所有著作当中最满意的一本。以至于在该书的序中,他提到:"它是我的第一本书,字字发自肺腑,比其他几本书投注了更多的心血和情感。如果说我的著作只有一本能流传千古,而我又有权选择保留哪一本的话,我将毫不犹豫选择这一本。"

经典评论

打开一切科学的钥匙毫无异议的是问号,我们大部分的伟大发现应归功于"如何",而生活的智慧大概就在于逢事都问个"为什么"。

——[法]巴尔扎克

科学是永无止境的,它是一个永恒之谜。

——[美]爱因斯坦

延伸阅读

1. 保罗·R.埃力克:《人类的天性:基因、文化与人类前景》,金城出版社 2014 年版。

2. 格雷格·布雷登:《深埋的真相——起源、历史、前途及命运的再思考》,海英、曹文译,中信出版社 2012 年版。

推荐版本

F.J.戴森:《宇宙波澜——科技与人类前途的自省》,邱显正译,重庆大学出版社 2015 年版。

(潘文年)

DNA：生命的秘密

詹姆斯·沃森 安德鲁·贝瑞

作者简介

詹姆斯·沃森（James D. Watson,1928— ），美国著名生物学家，美国国家科学院院士。

沃森是家中独子，从小就喜欢观察鸟类活动。1943 年高中毕业两年后进入芝加哥大学实验学院鸟类学专业，获动物学学士学位后，他的兴趣由鸟类学转向遗传学。此后进入印第安纳大学深造。1948 年访问冷泉港实验室。1950 年，取得博士学位，并在接下来的一年里，拿到国家研究理事会学者助学金，在哥本哈根大学研究 DNA 生物化学。1951 年，在意大利参加那不勒斯举行的一场学术会议后，受到极大启发，并向协助英国剑桥卡文迪什实验室的约翰·考德瑞·肯德鲁（John Cowdery Kendrew）学习蛋白质结构。

除《DNA：生命的秘密》外，其主要著作还有《基因分子生物学》、合著作品《细胞分子生物学》以及回忆录《双螺旋》等。

詹姆斯·沃森是 20 世纪分子生物学的带头人之一，他帮助确定了生物体中携带遗传物质的脱氧核糖核酸即 DNA 的双螺旋结构，因此与克里克和威尔金斯共同获得了 1962 年诺贝尔生理学或医学奖，他是美国国家科学院院士及英国皇家学会会员，曾荣获总统自由奖章和国家科学奖。2006 年被美国权威期刊《大西洋月刊》评为影响美国的 100 位人物之一。

安德鲁·贝瑞是遗传学博士，哈佛大学比较动物学博物馆的研究员，曾编撰维多利亚时代著名生物学家华莱士著作全集 *Infinite Tropics*。

名著背景

1953 年 4 月 25 日，詹姆斯·沃森与克里克在《自然》杂志上宣布他们发现了

DNA 的双螺旋结构。这一发现使他们获得了诺贝尔奖的荣誉,更使我们在 DNA 分子美丽的螺旋曲线中,找到了开启科学新纪元的钥匙,开启了我们这个时代最伟大的科学革命的序幕。

当 DNA 结构被发现时,这个在实验室里的辉煌发现似乎与大众的生活还很遥远,但是 50 多年以后,无论是人工胰岛素的制作、DNA 指纹技术在案件侦破中的作用,还是我们触手可及的转基因食品,基因技术已经与我们的生活越来越密切。然而,随着对基因技术的运用,大众却对基因知之甚少。为了让除了科学家等专业人士以外的普通大众对人类基因有所了解,作者将许多研究成果在这本书中一一呈现。

经典观点

如果我们能无惧地接受 DNA 所揭露的真相,就不会再为我们子孙的未来而绝望悲叹了!

起初,DNA 只是少数专家感兴趣的深奥分子,如今它摇身一变,成为改变我们众多生活层面的核心科技。无论在实用、社会或伦理道德方面,这个改变所造成的影响,都引发了许多艰巨的问题。

随着基因技术的深入,它给我们生活的影响会非常深远。第一方面,对控制这些困扰我们、影响我们生命质量的疾病,以及对它们的根本性的治疗的研究会有很大的提高。第二方面,每个人会有不同的性状,为什么会产生这些特殊性状,现在我们依然不是很清楚,或许它的生物学背景也是非常复杂的,随着基因技术的发展,这些问题以后可能会越来越清楚。而清楚这些机理,可能会对我们的生活质量有影响深远的提高。

基因改造食物的争议融合了两大类议题。其一是纯粹的科学问题,亦即基因改造食物是否会对我们的健康或环境造成威胁;其二是以跨国公司的侵略性作风和全球化效应为主的政治经济问题。大多数的讨论都是针对农业综合企业,特别是孟山都公司。这家公司在 20 世纪 90 年代时可能确实把基因改造技术当作控制世界粮食供应的方法,而且可能真的有成为"食品业微软"的不当想法,但是自从孟山都令人震惊的命运逆转后,这方面的争议大多已无事实根据。其他规模同样庞大的公司不可能踏入相同的地雷区。若要对基因改造食物进行有意义的评估,应该要以科学考虑为基础,而不是政治或经济考虑。

阅读导引

《DNA:生命的秘密》是"DNA 之父"詹姆斯·沃森集 50 年研究思考之大成与安德鲁·贝瑞共同写下的巨作,也是一本全面、权威并且精彩生动的遗传学普及读物。

全书共分十三章,外加"尾声:我们的基因与未来"。第一章介绍了从孟德尔到希特勒的遗传学起源。第二章介绍了DNA双螺旋结构的发现过程。第三章对DNA进行了具体解读。其余各章讨论了DNA技术与人们生活方方面面的联系,以及引起的许多问题与争议,作者在书中给出了他的看法。

这本书从内容上可以分为三个部分。第一部分是遗传学的简单历史。从遗传学的奠基人孟德尔的豌豆实验开始,到现代分子生物学的发展;从双螺旋结构、人类基因组,到未来可能的突破,在这堪称跌宕起伏的科学发展过程中,一个个科学天才带着他们各自有趣的故事悉数登场。作者不仅自身是个杰出的科学家,也深刻地知道科普的重要性,在这部分,作者尽量用吸引读者兴趣而又真实的故事,向读者展现了遗传学的发展史。

第二部分是DNA技术对生活的改变。就如詹姆斯·沃森所说:"起初,DNA只是少数专家感兴趣的深奥分子,如今它摇身一变,成为改变我们众多生活层面的核心科技。无论在实用、社会或伦理道德方面,这个改变所造成的影响,都引发了许多艰巨的问题。"在这部分,作者几乎介绍了DNA结构问世以来所有轰动一时的社会经典案例全集以及在基因技术发展过程中一直不断的争议与反对声,例如:基因改造食品到底是否安全、辛普森杀妻案中,DNA技术的运用到底是否是在公平执法……对于这些争议与问题,作者毫不回避,并坦诚地提出了自己的见解。

第三部分是人类的基因与未来。在书中,作者为读者展示了人类医疗的美好前景,即在遗传学不断发展的未来,精神分裂症、老年痴呆症、糖尿病、先天性心脏病、艾滋病,以及癌症这些困扰人类生活、威胁人类生命的疾病也许能得以预防和治愈。关于人类的基因与未来,作者在《DNA:生命的秘密》一书的最后说道:"'爱'这个促使我们关心他人的冲动,是我们得以在地球上生存与成功的原因。我相信随着我们持续深入未知的遗传学领域,这个冲动会守护我们的未来。'爱'深植于人类的本性中,所以我确信爱人的能力已经刻写在我们的DNA中,俗世的保罗会说,爱是基因送给人类最美好的礼物。如果有一天这些基因可以通过科学变得更加美好,足以消除无谓的仇恨与暴力的话,从何判定我们的人性就一定会减弱呢?"

经典评论

沃森在两项划时代的大事件中都扮演了重要角色:发现DNA双螺旋结构,以及为人类基因组定序。要讲述DNA的故事,地球上没有人比沃森更权威,这本书流露出沃森一贯的风格,清晰流畅、充满机智。过去这半个世纪是生物学上最重要的一个时期,若想真正了解这五十年来的突破性发展,绝对应该阅读这本书。

——[美]弗朗西斯·科林斯

调查显示,读者在阅读本书时,普遍存在拍案大笑、唏嘘不已、眉头紧锁、对天发呆并最终会心一笑等表现。如果您也出现上述情况,纯属正常。

———《DNA:生命的秘密》责编推荐语

解开生命的秘密是 20 世纪最伟大的科学成就,更为 21 世纪医学新纪元奠定了基础。沃森铺陈出这个基因革命的故事,让我们看到这世界上最伟大的构想,它的失败与成功,以及所面临的巨大的社会挑战,读来不但使普通读者津津有味,也带给新一代年轻科学家无限启发。

———[美]埃里克·兰登

每一位想要了解自己的医疗未来的读者都会想读这本书。

———《出版人周刊》

延伸阅读

1. 詹姆斯·沃森:《双螺旋——发现 DNA 结构的故事》,刘望夷译,上海译文出版社 2016 年版。

2. 肖恩·卡罗尔:《造就适者:DNA 和进化的有力证据》,杨佳蓉译,上海科技教育出版社 2012 年版。

推荐版本

詹姆斯·沃森、安德鲁·贝瑞:《DNA:生命的秘密》,陈雅云译,上海人民出版社 2010 年版。

(潘文年)

时间简史

史蒂芬·威廉·霍金

作者简介

　　史蒂芬·威廉·霍金（Stephen William Hawking,1942—　　），1942年1月8日出生于英国牛津,先后毕业于牛津大学和剑桥大学,并获得剑桥大学哲学博士学位。毕业后,霍金获得了英国剑桥大学的教职,后来被聘为该校应用数学及理论物理学系教授,也是在这所学校,霍金完成了他最重要的科学成就,成为当今最伟大的物理学家之一。21岁时他被诊断患有肌肉萎缩性侧索硬化症（也称为卢伽雷氏症）,后来病情恶化,他最终全身瘫痪,唯一能动的地方只有2只眼睛和3根手指,不能说话。

　　在漫长的科学史上,霍金被认为是有史以来最杰出的科学家之一,可以和牛顿、爱因斯坦等伟大的科学家相并肩,不同的是,他的科学贡献却是在他被卢伽雷氏症禁锢在轮椅上而做出的。1972年,霍金发现了黑洞辐射,1974年,他转向量子引力论研究,1980年,转向量子宇宙论研究,2004年,他修正了黑洞悖论观点。霍金一生的贡献中最为杰出的,就是他在经典物理学的框架中,证明了黑洞和大爆炸奇点的不可避免性。他认为,黑洞因为辐射而越变越小,大爆炸的奇点不断被量子效应抹平,整个宇宙的起源就是从这里开始的。

　　霍金一生最为世人关注和津津乐道的,除了他杰出的科学贡献外,当然是他身残志坚、勇于逆流而上的精神与意志,他用自己的生命证明了思维的无限力量,即使身体寸步难行,人的思维也可以到达宇宙最遥远的起点,而这正是每个听到他的事迹的人都应该重视和尊敬的。

名著背景

　　《时间简史》出版于1988年。在《最初的宇宙》发表之后,霍金决定写一本对大众极具吸引力的宇宙学科普著作——这就是《时间简史》。自出版至今20多年来，这本书已经成为全球科学类著作的里程碑，它也是国际出版史上的著名作品，因为它被翻译成40种文字，全球销售量超过1000万册。

在《时间简史》第一版中，霍金提出了许多理论预言，而这本书出版之后的许多观测，不论是对宇宙世界的微观观测还是宏观观测，都证实了这些预言。后来，霍金将近年来许多观测揭示的新的知识以及他的最新的研究成果也纳入他的著作《时间简史》之中，作者还为本书的增订版做了新的前言，不仅更新了原书的内容，而且还增加了关于虫洞与时间旅行的话题，并把它作为新书的一个章节。

《时间简史》的副标题是"从大爆炸到黑洞"，作者认为，他在经典物理的框架中的贡献就是证明了黑洞和大爆炸奇点的必然性；而在量子物理学方面，他指出黑洞因辐射越变越小，大爆炸的奇点受量子效应影响，整个宇宙便从这里开始。

作为一本让读者了解最新的宇宙学研究进展的经典著作，《时间简史》可以说是当代科学家对探索时间与空间的最隐秘核心奥妙的一系列吸引人的故事集合。

经典观点

霍金认为，因为量子理论的测不准原理的存在，所以，人们可能不能用单独的公式描述和预测宇宙的每一件事情。之所以如此，是因为量子理论的测不准原理决定了宇宙的不确定性与确定性的统一。在《时间简史》中，作者通过地图模型去说明了他的这一观点的正确性。

"在宇宙中存在一点，在该处理论自身失效。这正是数学中称为奇点的一个例子。""就我们而言，发生于大爆炸之前的事件不能有后果，所以并不构成我们宇宙的科学模型的一部分。因此，我们应将它从我们模型中割除掉，并宣称时间是从大爆炸开始的。"基于此，霍金认为时间是有开端的。

阅读导引

《时间简史》其实探讨的是宇宙起源发展的历史，霍金在《时间简史》第一章就回顾了思想史当中各种关于宇宙图景的理论，包括亚里士多德托勒密体系、哥白尼日心说、牛顿体系等，说明人类从开始就一直对宇宙，或者说对宇宙的起源存在好奇与探索，在不断地思考与探究宇宙的真实图景。

关于宇宙的图景，在现代科学宇宙观兴起之前，一般来说有三个理论系统，即：西方系统、东方系统以及印度系统。正如赫根汉所著的《心理学史导论》第二章开始论述心理学的起源一样，作者开篇令读者做一想象，想象生活在15000年以前，经历闪电、打雷、地震、彩虹、月相、死亡、做梦、出生、流星等，如何解释。现代文明坚信科学家们能解释这些现象，我们因而感到安慰和无所畏惧，但是古人呢？所以出现泛灵论、拟人论以及魔法等解释系统，"人类总是需要理解、预测和控制自然界。泛灵论、拟人论、魔法、宗教、哲学和科学都可被视为满足那些需要的努力。"但它却是由古希腊人最早提出的。"当自然的解释取代了超自然的解释，哲学便开始了。"

西方古代对宇宙图景的理解是哲学式的，古希腊哲学时期开始的对宇宙的理解，比如万物的本源是水、火等等，都掺杂有泛灵论、魔法和宗教的踪影。印度古代的宇宙图景以佛教为代表，主要是九山八海，以须弥山为中心构建的世界图景。而中国古代的世界图景主要是建构在阴阳五行之上，当然其中也不乏有为现代科学所肯定的天文学知识，至于宇宙的起源，《淮南子》这样描述宇宙，"四方上下谓之宇，往古来今谓之宙。"《老子》则以"道"概括为空间和时间即宇宙的根源。

霍金所面对的问题，就是以上一直围绕着所有杰出的人类思想家的问题，包括宇宙是否有起源？时间有没有起点和终点？或者在起始的刹那究竟是什么推动了宇宙的产生？这许许多多的问题一直吸引并困扰着人类。也有思想家认为，这些问题还并不是人类的理智能够认识到的，因为宇宙是无限的。而在这本《时间简史》开始，霍金就十分明确地提出："宇宙从何而来？它为什么，并怎么样开始的？它会有末日吗？如果有的话，会发生什么？"霍金正是受到这些问题非凡魅力的吸引，才开始探索这些巨大的科学难题，并提出了很多大胆的假设和理论，引起了世界的关注。

在霍金看来，"从爱因斯坦广义相对论可推断出，宇宙必须有个开端，并可能有个终结。"在他的论述中，否定了宇宙既无开端也无终结的传统说法，而是肯定了宇宙有开端，也应有终结的观点，否定了宇宙过去无限将来也无限的旧观点。宇宙图景的展开，从"空间"和"时间"开始，习惯上，人们把"空间"和"时间"视为固定的、绝对的，但是牛顿和爱因斯坦分别将绝对的空间与绝对的时间的这种理解方法打破了。

霍金认为，宇宙的真正的开端，就是奇点。但是，人类只能知道大爆炸以后宇宙的发展，却不能知晓爆炸之前奇点里的事情，奇点在大爆炸之前是非常之小的。宇宙中最著名的奇点即是黑洞里的奇点以及宇宙大爆炸处的奇点。所有定律与预见在奇点这里都会失效，奇点可以看作是时间与空间的边界，只有在奇点处给它定下边界条件，才能从爱因斯坦方程推演出宇宙的演化，由于边界条件只能由宇宙外的造物主所给定，所以宇宙的命运就操纵在造物主的手中。这就是从牛顿时代起一直困扰人类智慧的第一推动力的问题。而量子力学则从另一个角度完善了霍金的宇宙观，因为如果空间、时间没有边界，则就不必劳驾上帝进行第一推动了。霍金的量子宇宙论的意义在于它真正使宇宙论成为一门成熟的科学，它是一个自足的理论，即在原则上，单凭科学定律我们便可以将宇宙中的一切都预言出来。

经典评论

《时间简史》使我们相信,在不太遥远的将来我们将揭开这宇宙之谜。霍金预言,总有一天我们会领悟宇宙的总体设计。他越是接近这一发现,他的成果就越是支持他相信神灵般的秩序。霍金对宇宙的探索不仅仅是科学——它是因渴望了解我们在宇宙洪荒中的位置而激发的追求。

——[美]霍华德·里奇

延伸阅读

1.霍华德·里奇:《时间简史导读》,郑志丰译,湖南科学技术出版社 2006年版。

2.史蒂芬·霍金:《果壳中的宇宙》,吴忠超译,湖南科学技术出版社 2002年版。

推荐版本

史蒂芬·霍金:《时间简史》(插图本),许明贤等译,湖南科学技术出版社 2001年版。

(丁建华)

天才引导的历程:数学中的伟大定理

威廉·邓纳姆

作者简介

威廉·邓纳姆(William Dunham),美国数学史专家。

1969 年,威廉·邓纳姆在匹兹堡大学获得理学学士学位,1970 年和 1974 年分别在俄亥俄州立大学获得硕士和博士学位,现为美国穆伦堡学院教授。1992 年获得美国数学协会颁发的 George Polya 奖。1997 年获得美国数学协会颁发的 Trevor Evans 奖。2006 年获得美国数学协会颁发的 Lester R. Ford 奖。其著作《天才引导的历程:数学中的伟大定理》自 1993 年出版以来,一直畅销不衰。这本书使那些热爱数学的人体会到了柳暗花明、绝处逢生的喜悦,更令人惊奇的是,还让一些讨厌数学的人从此爱上数学。

除《天才引导的历程:数学中的伟大定理》外,他还著有 *The Mathematical Universe:An Alphabetical Journey Through the Great Proofs,Problems,and Personalities*(《数学那些事儿:思想、发展、人物和历史》)等广受好评的科普著作。

名著背景

在数学的发展历程中,对数学虔诚热爱的人可能只是寥寥,但渴望领略数学之美的人却不在少数。但数学的艰深晦涩,让许多人望而却步。在数学被大部分人所拒绝学习的情况下,邓纳姆选择从数学史的角度重新激发普通人对数学的兴趣,将数学之美一一展现在读者眼前。本书不仅是为了记录数学史上璀璨的明珠,更多的则是为了唤起读者心中对数学的热爱。

邓纳姆选择将重点放在解释经典定理本身、数学家对此付出的努力以及该定理对数学发展做出的贡献上。在专业数学论著不断出版的今天,数学给人的感觉越发显得困难、艰深和枯燥。在这样的趋势和背景下,数学越来越被拒绝和排斥。

针对这一点,邓纳姆选择用自己的专业知识改变读者对数学的刻板成见,从历史的角度出发,使读者在了解数学定理本身的同时,也在数学家的探索过程中获得启发,学习他们的探索和实践精神。

与其他数学专著相比,本书没有过多艰深的内容,专业性可能不够强,但这是一本可以轻易激发读者阅读兴趣的科普读物。

经典观点

从一个特殊的例子引出放之四海皆准的一般结论,很可能是危险的,而历史学家注意到,在法老统治下的埃及这种独裁社会,必然会产生这种武断的数学方法。在古埃及社会,民众习惯了无条件地服从他们的君主。以此类推,当时,如果提出一种官方的数学方法,并断言"你会发现答案是正确的",则埃及臣民是不会要求对这种方法为什么正确做出更详尽的解释的。在法老统治的土地上,民众只能唯命是听,让你怎么做你就怎么做,不论是建筑宏伟的庙宇,还是解答数学题,一概如此。那些敢于怀疑体制者必然不得善终。

这种情况不由得使人联想起化圆为方的问题,在这个问题上,数学家都受制于他们所用的工具。对于我们在第一章所讲到过的化圆为方的问题,圆规和直尺显然是无能为力的。同样,"根式解"这一限制也阻碍了数学家寻求五次方程的解。我们所熟悉的代数算法没有能力驯服像五次方程这样的猛兽。

此时,我们似乎已经处于一种矛盾的边缘,虽然数学家们知道五次方程一定有解,但阿贝尔却又证明了用代数方法不可能找到方程的解。而正是"代数"这一修饰词使我们没有从这一边缘滚落下去,跌入数学的混沌之中。实际上,阿贝尔向我们展示的正是代数这种非常明确的局限性,而且,就在我们从四次方程转向五次方程的时候,这种局限性无缘无故地出现了。

这似乎敲响了那遥远而熟悉的钟声。两千多年前,欧几里得引入了平行线公设,随后数代人绞尽脑汁,试图从其他几何公设中推出这一公设。后来我们认识到,这是根本不可能的,因为平行线公设完全独立于其他几何原理,我们不能证明它是对的,也无法证明它是错的,它就像一个离开海岸的孤岛,形单影只地自成体系。

阅读导引

数学在其两千多年的发展历史中,已经发展成为一门复杂的学科。不同于其他讨论数学原理的著作,邓纳姆从杰出人物的角度出发,为了解数学提供了一种更加有趣而轻松的方法。在学习数学的时候,我们往往将注意力放在定理本身,过分专注于如何学会定理并熟练运用定理解决问题,而往往将数学变得非常枯燥而乏味。每一个数学定理的产生都有其特定的历史背景,都有一个或多个数学家对此付出数不尽的心血和努力,数学不只是原理本身而已。

全书分为十二个章节,按照时间顺序罗列了数学发展历史上一些伟大的数学家和数学定理。每一章的内容都包括了历史背景、人物传记以及数学理论的阐述。邓纳姆在选取定理时,首先考虑的是找到具有深刻见解或独创性的论题。本书中的数学原理或解决了长期悬而未决的问题,或提出了更为深远的值得研究的问题,或两者兼而有之。作为一本针对普通大众的科普数学读物,邓纳姆把重点放在了那些普通读者也可以理解并且同样具有卓越性的数学定理上。诚然,数学史上还有无数伟大的定理,但其内容和推理之复杂和艰深并不适合普通读者阅读,选取这些原理也会违背其想要唤起读者对数学热爱的初衷。

在数学的发展过程中,有很多我们熟悉的符号和术语都是很久之后才被发明出来的,比如根号、代数等等。然而很多定理却早早地涉及了这些知识,阅读定理原作时我们会发现,可以用一个简单的式子表示的原理往往会用到大段复杂绕口的文字或者一些奇怪冗长的外文单词。所以在涉及数学原理的讲述时,邓纳姆没有采用定理创始人在创造定理时使用的专业符号、术语和逻辑。他试图用自己的理解方式和表达方式,为普通大众提供一个更容易理解和接受的角度。在保证不偏离原作和不违背自己写作目标的前提下,他对定理原作进行了一定的修改,但保留了原作的全部要旨和大量细节。

每一个章节,邓纳姆都追溯到整个问题最开始的地方。从每个理论还不成为理论、仅仅是一个生活中难以解决的日常问题的时候开始叙述,将定理形成过程中涉及的人物和故事都进行清楚的阐述。在定理历史的发展过程中包含了每位数学家对该理论做出的贡献以及他们的逻辑思考方法。然后分节重点阐述理论本身,用浅显易懂的语言一步步地呈现定理的推导过程。虽然有些定理是我们非常熟悉的,可是在整个推导的过程中所呈现的卓越数学家们的推理和分析方式却是让人受益良多的。邓纳姆试图在解释定理的逻辑的过程中影响读者,给读者逻辑和思维上的启发。

过去时代的文学作品如今渐渐被人们淡忘,昔日的明星们如今也渐渐失去关注,但被完美证明的数学原理因其永恒的正确性而从不会被时间流逝所掩埋。与其他的学科相比,每一代的数学家们取得的成就,并不是一个接一个地被下一代所取代和推翻,而是不断地被完善,不断地向前发展,随着时代的进步而日臻完美。

值得铭记的数学定理远远不止书中所提到的,邓纳姆为学习数学提供了一个全新的视角,一个轻松而富有乐趣的方式。此书广受好评,它使热爱数学的人体会到绝处逢生的喜悦,使讨厌数学的人从此爱上数学。

经典评论

推荐给所有热爱探索、思想活跃的人,不管他们感兴趣的是艺术还是科学,阅读本书都是一次重要的文化体验。

——Ian Stewart,《自然》杂志

……一本非常特殊的数学书,是继 E. T. 贝尔 1937 年所著的《数学人物》之后的又一优秀大众读物。

——《洛杉矶时报》

邓纳姆的这本书如此特别,是我以前从未遇到过的……娓娓道来的一个个推理精巧与颇具洞察力的个案,引人入胜。

——[美]艾萨克·阿西莫夫

这门几乎每个人都觉得沉闷、无聊、呆板的学科,在邓纳姆的笔下充满生机与活力……我是拥有计算机学位的外行,但是我喜欢这本书……邓纳姆巧妙地将数学中的伟大定理编织成数学史,使得本书容易理解,而且我敢说,事实上很有趣味性!本书是一颗珍宝,每一个爱好数学的人都不能与它失之交臂。

——Amazon 读者评论

延伸阅读

1. 威廉·邓纳姆:《微积分的历程》,李伯民、汪军、孙怀勇译,人民邮电出版社 2010 年版。

2. 斯科特:《数学史》,侯德润、张兰译,广西师范大学出版社 2008 年版。

3. 达纳·麦肯齐:《无言的宇宙:隐藏在 24 个数学公式背后的故事》,李永学译,北京联合出版公司 2015 年版。

推荐版本

威廉·邓纳姆:《天才引导的历程:数学中的伟大定理》,李繁荣等译,机械工业出版社 2013 年版。

(潘文年)

物种起源

达尔文

作者简介

达尔文(1809—1882)，生于英国西部施鲁斯伯里一个世代为医的家庭，家族希望达尔文能够继承祖业，然而现实并不如人所愿。1825 年，在达尔文 16 岁的时候，他被父亲送到爱丁堡大学学习医学。然而达尔文无意从医，他看起来总是不务正业，经常去野外采集标本，而且达尔文从小就对自然历史拥有浓厚的兴趣。过了几年之后，父亲将他送到剑桥大学，让他改学神学，但是由于对自然的浓厚兴趣，他对神学的学习几近放弃。

1831 年，达尔文从剑桥大学毕业。他的老师亨斯洛推荐他以"博物学家"身份自费搭船开始博物考察活动，参加英国政府组织的"贝格尔号"军舰环球考察。这艘军舰穿越大西洋、太平洋，经过澳大利亚，越过印度洋，绕过好望角，于 1836 年回到英国。回到英格兰后，达尔文一直忙于学术研究，1838 年他读了马尔萨斯《人口论》，从中得到启发，更加确定了对神创论中七天创造世界的否定。

1842 年，他第一次写出《物种起源》的简要提纲，后将它扩展至数篇文章。1859 年 11 月，经过达尔文 20 多年的不懈努力，他终于写成科学巨著《物种起源》，出版 1250 册书籍当天即告售罄。

1882 年 4 月 19 日，达尔文因病去世，他的遗体被安葬在牛顿墓旁。

名著背景

《物种起源》全称《论借助自然选择(即在生存斗争中保存优良族)的方法的物

种起源》出版于 1859 年 11 月 24 日，作者达尔文（Charles Robert Darwin，1809—1882），著名的生物进化观点就是在这本书中发表而广为人知的，出版 1250 册当天即告售罄。

经典观点

达尔文发现，家养状态下的动植物的进化，都是朝着有利于人类利益的方向进行的。由此，他想到一个问题"如果没有人类的干预，那么动植物的进化方向应该是如何？"经过长期研究，达尔文发现，动植物在没有人类干预的自然情况下，会产生种间斗争和种内斗争，在生存斗争之中，最能适应于环境的变化的物种会保存下来。一个种群里会出现变异的个体，这些个体的某些性状是有利于生存的，因而它们会比没有变异的个体更具竞争力，因而更容易生存下来，而这些由变异所得的性状是可以遗传的。久而久之，一个物种就会朝着这个变异的方向发展。当它与原先的物种发生生殖隔离的时候，新物种也就形成了。

阅读导引

在科学尚未发达的年代，人们对于世界的起源探索结论往往归之于神，西方有上帝创世，中国有盘古开天、女娲造人之说，但这些都是神话传说，人们对于生命真正起源的探索从来不曾放弃。西方中世纪时的神学思想禁锢了人们的思想，基督教坚持上帝创世的神话，物种起源学说提出无疑是对神创论的一大攻击。

从文艺复兴开始，西方世界的漫长历史，始终贯穿着科学与神学的斗争。从哥白尼提出日心说，首次动摇了上帝在自然科学领域里的精神统治地位开始，到牛顿提出力学三大定律，自然科学在无机界已基本获得了胜利，上帝不再是无机科学界至高无上的统治者。不过由于当时科学技术的局限，上帝在有机界的地位依旧高高在上。

达尔文并不是第一个提出物种起源思想的人，在他之前已经有许多科学家着力于物种起源的研究，达尔文是站在这些先行者的肩膀之上，将先行者们的思想进行归纳整理，并通过大量直接和间接的科学实践，在科学灵感点燃的一瞬间，提出了自己的物种起源说。可以这么说，达尔文在物种起源上的研究，是一个由量变引发为质变的过程。达尔文毕业于基督学院，早年接受的是自然神学思想，但是后来在环球考察中的种种观察所得，使他对于神创世界说产生了极大的怀疑，开始进行独立的思索，最后完全不再信仰神。环球考察的经历是对物种起源学说诞生的量的知识积累，是达尔文众多观点的数据库。促使达尔文物种起源说诞生的另一个经历就是他在作物的人工培植和家畜饲养上直接或间接的经验。达尔文与多个农场主都保持良好的关系，通过与这些农场主的交流，他发现了家养动植物会因为人们的有意识的选择而产生不同的性状,最后甚至有可能产生新品种。在家养的情况下是如此,在自然的情况下也应当是这样,这是促进他物种起源学说诞生的一大原因。

虽然达尔文不是第一个研究物种起源的人,很多思想也并非他自己首创,但他的伟大之处就在于他将之前先行者们的某些想法整合成一个系统的学说。达尔文并非是简单地将某些思想进行整合,而是在实践的基础上进行科学的整理。他的实践经历使他直接认识到物种是会变的,从而认定神创说所持的物种不变思想是绝对错误的。

从物种可变的观点到真正创立一个有说服力的进化理论,达尔文的贡献在于解决了生物演化的机制和驱动力问题。当时许多科学家其实也已经认识到物种是会变的,但是他们不能解决为什么物种会变的问题。达尔文是在马尔萨斯《人口论》的启发之下,逐渐形成了"生存斗争、优胜劣汰"的自然选择理论。达尔文发现,家养状态下的动植物的进化,都是朝着有利于人类利益的方向进化的。如果没有人类的干预,那么动植物的进化方向应该是如何? 达尔文认为,动植物在没有人类干预的自然情况下,会产生种间斗争和种内斗争,在生存斗争之中,最能适应于环境的变化的物种会保存下来。一个种群里会出现变异的个体,这些个体的某些性状是有利于生存的,因而它们会比没有变异的个体更具竞争力,因而更容易生存下来,而这些由变异所得的性状是可以遗传的。久而久之,一个物种就会朝着这个变异的方向发展。当它与原先的物种发生生殖隔离的时候,新物种也就形成了。

达尔文的物种起源说伟大不仅仅是因为它找到了生命的起源,找到了人在生物意义上的源头,更在于它本身就是一种极具反抗意义的思想创新。在当时,神学的至高无上性不容挑战,达尔文不是第一个发现生物进化证据的人,在他之前的许多科学家虽然发现了生物进化,但迫于宗教的压力,并不能坚持自己的理论,达尔文的成功在于他放弃了神学信仰,坚持发表了自己的著作,从这方面来说,达尔文是生物界的哥白尼。

人们对于生命的起源,对于自然的起源从来都没有放弃过追寻。哲学是从思想的角度、从思辨上来寻找人与自然的起点,寻找人与自然存在的依据;达尔文的《物种起源》则是在生物层面上解决这个难题。古希腊哲学的源头就在于人们对世界本原的探索,人们想要知道使世界存在的最终依据是什么,世界的形成过程是怎样的,世界最终将走向何方。后来,哲人们将视线从天空拉向人自身,开始探索人自身是怎样的一个存在,"认识你自己"是苏格拉底为人熟知的思想之一。

《物种起源》解决的也是关于人自身问题,通过生物学家们对物种进化的研究,人们认识到包括人在内的生物不是由神创造的,而是由自然界选择而形成的,适应自然界的生物才能生存下来,物竞天择,适者生存。这一观点在某一程度上可以增强人们的进取心,遇到问题并不应转向万能的创世的神,而是转向自身。在自然界尚且存在弱肉强食、适者生存,复杂的人类社会更是如此,将所有问题寄希望于神的人,终将被自然放弃。物种起源的理论在某些方面和文明的进步是相似的,生物在进化之初竞争差距不大,但是随着时间的推移,同个种群之间不同个体会有越来越大的差异,最终发展为不同的物种,甚至会产生激烈竞争。人类文明也是如此,现在所有文明的源头只是屈指可数的几个古文明,这些古代文明经历了人们向不同区域的迁徙,融入了不同区域的特色和土著文明,最终发展为各种不同的文明,一些相对弱势的地域又在强者的掠夺下不断发生变化,强者融合弱者的文明也在变化着,最后才有了丰富的现代文明。

用现在的眼光来看《物种起源》,里面的很多问题都有了明确的答案,人们对于"物竞天择,适者生存"的定律也已耳熟能详,它作为科学性知识的普及似乎不再像初问世时那般惊人,但这部著作所蕴含的思想却仍然历久弥新。

经典评论

"《物种起源》是影响世界历史进程的经典著作,是震撼世界的书之一。书中所阐述的进化论是 19 世纪自然科学的三大发现之一。"

"达尔文是 19 世纪,甚至可以说是有史以来博物学家中最伟大的革命者。"

——[英]华生

"这本书的格调是再好不过的,它可以打动那些对这一问题一无所知的人。《物种起源》有两个重要特点:一、为"进化论"提供了证据;二、对"进化论"发生过程做了详细解释。这便是任何科学解释都必须涉及的"什么"和"为什么"这两个问题。"

——[英]赫胥黎

延伸阅读

1.达尔文:《人类的由来及性选择》,北京大学出版社 2009 年版。
2.达尔文:《达尔文回忆录》,商务印书馆 2015 年版。

推荐版本

达尔文:《物种起源》(第二版),译林出版社 2013 年版。

(丁建华)

中国古代科学思想史

李约瑟

作者简介

　　李约瑟(1900—1995)，英国近代著名的生物化学家和科学技术史专家，他的研究成果沟通了自然科学和社会科学两大领域，是一位学贯中西的伟大学者。李约瑟的《中国的科学与文明》(即《中国科学技术史》)对现代中西文化交流影响深远。李约瑟是与中国有密切关系的重要国际人物，他与马可·波罗和利玛窦一样，对中西文化的交流做出了杰出的贡献。

　　李约瑟出生于1900年12月9日，他成长于英国一个有教养的基督教知识分子家庭。李约瑟是家中的独子，他自幼性格内向怕羞，但幸运的是，他是在充满知识的环境中成长的。1917年10月，李约瑟进入剑桥大学，1920年李约瑟获得学士学位。1924年10月，李约瑟通过博士论文答辩获得博士学位。1941年夏，英国文化委员会任命李约瑟为设立在中国重庆的中英科学合作馆馆长，并有参赞的头衔。1943—1946年间，李约瑟出行11次，行程3万英里，几乎走遍了大半个中国，他外交官的身份让他几无禁区地考察一些常人难以接近的地区，获得了诸多珍贵的资料。1948年5月15日，李约瑟正式向剑桥大学出版社递交了《中国的科学与文明》的"秘密"写作、出版计划，经过不懈努力。1954年，李约瑟出版了《中国科学技术史》第一卷，轰动西方汉学界，一时洛阳纸贵。

　　提到李约瑟，就不得不提到他著名的"李约瑟难题"，这是他关于中国科技史的一个思考，即为什么在中国没有发生科技革命而诞生现代化的科学。这一问题引发了世界各界关注和讨论，一直是中外学者关注的一个热点，这个问题的提出对中华民族的复兴有深刻的启迪意义。

名著背景

《东方文化丛书：中国古代科学思想史》是李约瑟所著《中国科学技术史》的第二卷。

在《中国古代科学思想史》中，李约瑟着重探讨了中国古代思想对科学的态度与影响，主要讨论以孔丘、孟轲为代表的儒家，以老子、庄子为代表的道家，以墨子、公孙龙为代表的墨家与名家，以韩非子为代表的法家等诸多学派的哲学思想、社会政治思想及对科学之一般态度，以及这些思想究竟在什么层面上对中国古代科学思想发展产生影响，在此基础上进一步考察中国古代科学思想基本观念及其与古代欧洲科学思想的差异。

经典观点

李约瑟最著名的观点，就是提出了"李约瑟难题"。在其 1954 年出版的《中国科学技术史》第一卷的序言中是这样表述"李约瑟难题"的："中国的科学为什么持续停留在经验阶段，并且只有原始型的或中古型的理论？如果事情确实是这样，那么在科学技术发明的许多重要方面，中国人又怎样成功地走在那些创造出著名'希腊奇迹'的传奇式人物的前面，与拥有古代西方世界全部文化财富的阿拉伯人并驾齐驱，并在 3 到 13 世纪之间保持一个西方望尘莫及的科学知识水平？中国在理论和几何学方法体系方面存在的弱点为什么并没有妨碍各种科学发现和技术发明？中国的这些发明和发现往往远远超过同时代的欧洲，特别是在 15 世纪之前更是如此。欧洲在 16 世纪以后就诞生了近代科学，这种科学已经被证明是形成近代世界秩序的基本因素之一，而中国文明却未能在亚洲产生与此相似的近代科学，其阻碍因素是什么？"

阅读导引

在李约瑟《中国古代科学思想史》一书中，作者主要是探究了中国古代思想与近代科学相契合的因素，包括儒家、道家、墨家、名家和法家，当然主要是以儒、道两家为主，这些中国古代思想体系被李约瑟称为"自然哲学"。

道家是影响中国古代科学发展的重要力量，也是古代科学家进行科学创新的思想源泉。李约瑟认为"要探讨中国科学思想的渊源，就必须向道家思想中去追寻"。道家几乎所有的思想都可以在作为道家发端的老子这里找到。《老子》是中国古代的思想文本，科学一般被认为是现代西方的产物，但是两者所要诠释的最终对象或者探索的目标，都是宇宙的真理，即"道"。哲学具有的前瞻性和预见性就决定了《老子》中必然包含着探寻"道"的途径,与现代科学存在着一致性,包括有机整体思想(被李约瑟称为"关联式的思考方法")、动态变化观念和直觉思维方法等与现代科学共通的观点。

中国古代科学作为前现代的世界观,确实与近现代开始的科学有着极大的类比性,但是这其中隐含着很多问题,中国古代是否有科学?那必然涉及一个问题就是什么是科学?这其实就引发了著名的"李约瑟难题",李约瑟认为中国古代存在科学,而且是发达的科学,但是可惜的是,它没有实现向近现代西方那样的科学革命而跨入到近现代科学的行列当中。

在中国古代,确实存在着关于近代意义上的科学著作,包括《墨经》《九章算术》《梦溪笔谈》《本草纲目》《徐霞客游记》《天工开物》等等。中国古代科学,基本上是为少数知识分子所掌握的,记录在典籍当中,技术则是作为工艺被工匠以师徒的形式所传授。所以,在中国古代,科学与技术是分离的,这一点与近代科学极为不同,而且,基于士农工商的阶层划分,从事技术被世人轻蔑是显然的事情。

正如席文在《为什么科学革命没有在中国发生——是否没有发生?》一文中对"李约瑟难题"的答复,其中有一个很重要的观点值得我们注意。在中国古代,被近代归于科学的很多学科,并没有一个统一的东西联系起来而存在于一个系统当中,所以,近代科学的概念不可能有助于我们去发现中国古代是否存在科学,因为这本身就是近代开始的产物,在概念和理论体系上和古代有极大区别。

而且,中国古代科学与西方科学的发展思路有所不同,中国古代科学没有把精神与肉体、主观与客观区分开来,所以具有科学因素的思想往往又与心灵、神鬼等内容交织在一起。然而,精神与肉体的分离是在西方思想中根深蒂固的,从柏拉图时代就深深植根于西方文化之中,笛卡儿、伽利略在近代发挥了这种思想,把自然科学从心灵、灵魂等主观世界中分离出来,这种分离使得科学可以谋取物质世界至高无上的地位,而在事实上,科学也做到了这一点。

可见,"李约瑟难题"包含有很多次一等问题,甚至是关键的问题。那么,沿着这些问题重新回来看李约瑟第二卷的本书《中国古代科学思想史》,我们可以发现李约瑟在这本书中提到了很多中国古代已经蕴含的与近代科学相同的理念,比如上面所提到的关联式思考方法。但是即使蕴含有发达的与近代科学交涉之思想,中国仍旧没有产生近代意义上的科学,其原因可以从梁漱溟《文化早熟后之中国·由此遂无科学》一文中发现一些思路,他的观点与李约瑟一致,即认为中国古代有发达的科学技术,然而正是由于发达,中国人满足于长期的先进文化和科技成就,心态上求稳怕乱,崇尚中庸,妄自尊大,不思进取;此外,正如李约瑟在儒家部分所分析的,儒家的思想在两方面对科学发挥作用,一方面是促进的,因为儒家强调理性与经验,另一方面则是阻碍的,因为儒家强调人,而忽视"事"。

总之,《中国古代科学思想史》是李约瑟对中国古代思想研究的最重要成果,他从近现代科学的角度去审视中国古代思想,会延伸很多发散性的问题,而对这些问题的解答最后都要归于什么是科学？中国古代是否存在科学？中国古代被称为科学的内容与近代西方意义上的科学之异同？而这些问题确实也是值得人们深思的。

经典评论

"任何一个考察过科学、技术与医学史的人都已经意识到，所有伟大的古代文明都有着各自深奥精妙的传统。正由于中国古代文明的传统被保存得如此完整，也由于它与伊斯兰和印度文明相比所受欧洲文明的影响更小，因而，当我们试图比较在不同的文化条件中对自然的理解发生了怎样的变化时，这一传统便极具魅力。20 世纪 20 年代初，中国、日本的一些历史学家开始研究古代的中国人都知道些什么、做了些什么。到 50 年代，李约瑟使西方学者逐步了解了这些工作，并开展了更多的研究。今天，它已成为科学史研究中最为繁荣的领域，聚集了来自中国、日本、欧洲、美国等约 1000 位研究者。"

——席文

延伸阅读

1. 李约瑟：《四海之内：东方和西方的对话》，生活·读书·新知三联书店 1992 年版。

2. 李约瑟：《中国科学史要略》，中国文化学院出版部 1971 年版。

3. 李约瑟：《李约瑟文录》，王钱国忠编，浙江文艺出版社 2004 年版。

推荐版本

李约瑟：《中国古代科学思想史》，陈立夫主译，江西人民出版社 2006 年版。

（丁建华）

大数据时代：生活、工作与思维的大变革

维克托·迈尔-舍恩伯格　肯尼斯·库克耶

作者简介

维克托·迈尔-舍恩伯格（Viktor Mayer-Schönberger），被誉为"大数据时代的预言家"，也是最受人尊敬的权威发言人之一。现任牛津大学网络学院互联网研究所治理与监管专业教授，曾任哈佛大学肯尼迪学院信息监管科研项目负责人，新加坡国立大学信息政策研究中心主任。一百多篇论文公开发表在《科学》《自然》等著名学术期刊上。

他是备受众多世界知名企业、机构和国家政府高层信赖的信息权威与智囊。他的咨询客户包括微软、惠普和 IBM 等全球顶级企业；他是欧盟互联网官方政策背后真正的制定者与参与者，也是世界经济论坛、马歇尔计划基金会等重要机构的咨询顾问；他还先后担任新加坡商务部高层、文莱国防部高层、科威特商务部高层、迪拜及中东政府高层的咨询顾问。他所著的《删除》一书，获得美国政治科学协会颁发的"唐·K.普赖斯奖"，以及媒介环境学会颁发的"马歇尔·麦克卢汉奖"。

肯尼斯·库克耶（Kenneth Cukier），《经济学人》数据编辑，曾任职于《华尔街日报》（亚洲版）和《国际先驱论坛报》。他是美国外交关系协会成员，CNN、BBC 和 NPR 的定期商业和技术评论员之一。

名著背景

大数据带来的信息风暴正在变革我们的生活、工作和思维，大数据开启了一次重大的时代转型，对人类的认知和与世界交流的方式提出了全新的挑战。

大数据是人们获得新的认知、创造新的价值的源泉；大数据还是改变市场、组织机构，以及政府与公民关系的方法。在大数据时代，我们可以分析更多的数据，有时候甚至可以处理和某个特别现象相关的所有数据，而不再依赖于随机采样。

而研究数据如此之多，以至于我们不再热衷于追求精确度。

经典观点

大数据不仅改变了公共卫生领域，整个商业领域都因为大数据而重新洗牌。购买飞机票就是一个很好的例子。

2003 年，奥伦·埃齐奥尼(Oren Etzioni)准备乘坐从西雅图到洛杉矶的飞机去参加弟弟的婚礼。在飞机上，埃齐奥尼好奇地问邻座的乘客花了多少钱购买机票。当得知虽然那个人的机票比他买得更晚，但是票价却比他的便宜得多时，他感到非常气愤。对大多数人来说，这种被敲竹杠的感觉也许会随着他们走下飞机而消失。然而，埃齐奥尼是美国最有名的计算机专家之一，从他担任华盛顿大学人工智能项目的负责人开始，他创立了许多在今天看来非常典型的大数据公司，而那时候还没有人提出"大数据"这个概念。在他眼中，世界就是一系列的大数据问题，而且他认为他有能力解决这些问题。作为哈佛大学首届计算机科学专业的本科毕业生，自1986 年毕业以来，他也一直致力于解决这些问题。

飞机着陆之后，埃齐奥尼下定决心要帮助人们开发一个系统，用来推测当前网页上的机票价格是否合理。埃齐奥尼表示，他不需要去解开机票价格差异的奥秘。他要做的仅仅是预测当前的机票价格在未来一段时间内会上涨还是下降。这个想法是可行的，但操作起来并不是那么简单。这个系统需要分析所有特定航线机票的销售价格并确定票价与提前购买天数的关系。

如果一张机票的平均价格呈下降趋势，系统就会帮助用户做出稍后再购票的明智选择。反过来，如果一张机票的平均价格呈上涨趋势，系统就会提醒用户立刻购买该机票。这确实是一个浩大的计算机科学项目。不过，这个项目是可行的。于是，埃齐奥尼开始着手启动这个项目。埃齐奥尼创立了一个预测系统，它帮助虚拟的乘客节省了很多钱。这个预测系统建立在 41 天内价格波动产生的 12000 个价格样本的基础之上，而这些信息都是从一个旅游网站上收集来的。这个预测系统并不能说明原因，只能推测会发生什么。他给这个研究项目取了一个非常贴切的名字，叫"哈姆雷特"。

Farecast 是大数据公司的一个缩影，也代表了当今世界发展的趋势。五年或者十年之前，奥伦·埃齐奥尼是无法成立这样的公司的。他说："这是不可能的。"那时候他所需要的计算机处理能力和存储能力太昂贵了！虽说技术上的突破是这一切得以发生的主要原因，但也有一些细微而重要的改变正在发生，特别是人们关于如何使用数据的理念。

阅读导引

IT 技术正以一日千里的速度向前发展，给人们的生产和生活带来了史无前例的巨大影响。如今,经过物联网、云计算的推波助澜,大数据开始登场了。但它到底给我们带来了什么呢？迈尔-舍恩伯格和库克耶的这本《大数据》将为您揭开谜底。

事实上,"大数据"在中国的风行正是从迈尔-舍恩伯格和库克耶的这本《大数据》开始的。如今,大数据已经渗透到了我们日常生活中的方方面面,从购书到旅游,从点餐到订票,从生产到消费,大数据正在全方位影响现代社会的正常运转,甚至连学术研究也开始大面积运用大数据和数据挖掘技术。如今,一个大规模生产、分享和应用数据的时代正在开启。正如维克托教授所说,大数据的真实价值就像漂浮在海洋中的冰山,第一眼只能看到冰山的一角,绝大部分都隐藏在表面之下。而发掘数据价值、征服数据海洋的"动力"就是云计算。互联网时代,尤其是社交网络、电子商务与移动通信把人类社会带入了一个以"PB"(1024TB)为单位的结构与非结构数据信息的新时代。在云计算出现之前,传统的计算机是无法处理如此量大并且不规则的"非结构数据"的。

大数据运用的基础和核心正是云计算技术,正是云计算技术的发展使得信息的存储、分享和挖掘手段都得到了大大的增强,使得对数据的分析和计算,存储和调取,传输和运用都可以方便、快捷、高效地得以进行;通过云计算对大数据进行分析、预测,会使得决策更为精准,释放出更多数据的隐藏价值。数据,这个 21 世纪人类探索的新边疆,正在被云计算发现、征服。

但是,正如一些专家已经指出的那样,大数据的发展目前也面临着一些问题和困难,其中,最为突出的一点是:如何确保数据的"流动性"和"可获得性"。因为,没有数据的流动性和可获得性,再强大的计算能力也会变得无用武之地,正所谓"巧妇难为无米之炊"。为了推进大数据产业的发展,美国政府已经创建了 Data.gov 网站,从而为公众获取数据提供了便利。类似这样的数据公开运动在英国和印度等国也获得了长足的发展。全球化时代必然是一个流动性的时代,这种流动性不仅体现在人流、物流和资金流方面,更体现在数据流方面。当然,让数据流动起来除了需要各国政府的行动外,技术上也要解决好知识产权和隐私权等问题,因此,这是一个系统工程,需要世界各国通力合作、共同予以解决。

总是,不管你是否已经准备好,大数据时代已经来临。作为当代的大学生,这本《大数据时代》将是你学习和认识大数据的不二读物。

经典评论

维克托·迈尔-舍恩伯格教授这本《大数据时代》,是我看到的最好的大数据著作,不仅对于产业实践者,还是对于政府和公众机构,都是非常具有价值的。只要我们以开放的心态、创新的勇气拥抱"大数据时代",就一定会抓住历史赋予中国创新的机会。

——田溯宁

正如迈尔-舍恩伯格教授认为的,大数据要求人们改变对精确性的苛求,转而追求混杂性;要求人们改变对因果关系的追问,转而追求相关关系。这种思维的转变将是革命性的,如果企业不能认识到这一思维方式转变的重要性和迫切性,将会面临"数据鸿沟"的挑战。

——张亚勤

我们生活在社会中,就不得不同数据打交道。我们也是数据的一部分,不论我们想不想与大数据牵扯到一起,数据都会找到我们,覆盖我们。大数据时代已经来临,如何从海量数据中发现知识,寻找隐藏在大数据中的模式、趋势和相关性,揭示社会现象与社会发展规律,以及可能的商业应用前景,都需要我们拥有更好的数据洞察力。

——沈浩

延伸阅读

1. 朱建平、章贵军、刘晓葳:《大数据时代下数据分析理念的辨析》,《统计研究》2014 年第 2 期,第 10—17 页。

2. 刘雅辉、张铁赢、靳小龙等:《大数据时代的个人隐私保护》,《计算机研究与发展》2015 年 52 卷第 1 期,第 229—247 页。

推荐版本

迈尔·舍恩伯格、库克耶:《大数据时代:生活、工作与思维的大变革》,盛杨燕、周涛译,浙江人民出版社 2013 年版。

(葛在波)

第二性

西蒙娜·德·波伏瓦

作者简介

西蒙娜·德·波伏瓦(Simone De Beauvoir,1908—1986),法国 20 世纪重要的文学家、存在主义哲学家、政治活动家、女性主义学者和社会理论家。波伏瓦 1908 年生于巴黎,1929 年获巴黎大学哲学学位,并通过法国哲学教师资格考试。1945 年与让-保罗·萨特(Jean-Paul Sartre,1905—1980)、莫里斯·梅洛-庞蒂(Maurice Merleau-Ponty,1908—1961)共同创办《现代》杂志,致力于推介存在主义观点。1949 年出版的《第二性》(*The Second Sex*),在思想界引起极大反响,成为女性主义经典。1954 年凭小说《名士风流》获龚古尔文学奖。

除了学术上的成绩之外,波伏瓦令人关注的另外一点是她与 20 世纪法国存在主义哲学大师保罗·萨特之间长期且公开的情人关系。

名著背景

法国大革命尽管响亮地提出了"天赋人权"的口号,但那只是男人才享有的权利。不论是制宪会议的温和派还是国民公会的激进派,在他们高喊"平等"的同时,都一致坚持妇女应回到家庭和厨房中去,履行"造化"所要求她们的贤妻良母的职责。1804 年颁布的《拿破仑法典》,更是完全把妇女排斥在公民资格之外。其中的第二百一十三条明确规定"妇女应该服从她的丈夫",妇女的经济、社会活动必须经过丈夫同意,家庭财产严格由丈夫支配。法国妇女的选举权和被选举权,直到

1944 年戴高乐临时政府时期才迟迟获得。这不仅比其他欧美国家落后了一大截，甚至迟于亚洲的斯里兰卡等国家。一方面两性不平等的现象相当严重和普遍，另一方面女权运动的发展却滞后于其他国家。譬如美国，早在 19 世纪末 20 世纪初，女权运动就已轰轰烈烈地展开。

法国妇女的社会经济状况和妇女解放运动的滞后，不能不促使那些具有强烈批判精神和人文关怀的学者去思考、去探究。波伏瓦生在法国，长在法国，作为一位思想独立前卫的女学者，对法国妇女问题的体会更是深切。她敏锐地发现这场女权运动的高潮在法国不仅来得缓慢，而且具有先天的缺陷，即仅限于资产阶级妇女，没有触及更为广泛的其他阶层的妇女；仅停留在要求受教育平等、财产继承权平等这样一些具体权利，没有触及父权制社会本身。于是，她通过个人的体验和对其他妇女的观察，对妇女社会地位问题进行了历史的哲学的思考，提出了真正的更高意义上的性别平等，从多角度深刻地分析了妇女现状及其形成原因，完成了《第二性》一书。

经典观点

雄性和雌性是两种个体类型。它们的物种是依生殖功能而划分的，只能相关地确定。不过首先必须注意，即使物种按照性别去划分，也并不总是泾渭分明的。

在分部性较广的过渡性制度中，有两种权威：一种是宗教的，另一种则以占有与耕种土地为基础，两者相互制约，虽然婚姻只是世俗制度，它仍有着十分重要的社会意义；婚姻家庭尽管不再有宗教意义，可是在人的意义上，仍有强大的生命力。

一个神话总含有一个主体，它把自己的希望与恐惧投射到超越的天空。女人未将自己树为主体，所以也没有创造过反映她们设计的男性神话。

阅读导引

波伏瓦的《第二性》把存在主义哲学运用到对于女性状况的分析和研究中。系统地阐述了她的存在主义女性主义的思想观念，勇敢地向世俗宣言："我们将以存在主义的观点去研究女人，给我们的全部处境以应有的重视。"我们的观点是存在主义的观点。基于上述存在主义的立场，作者立足于人类意识的宏阔视野，从神话、文学作品中极力捕捉男性意识的闪光点，对两性的人类文明进行了探索并指出男人是如何通过将自己定义为自我，将女人定义为他者而确立男性的本体地位的。她写道："定义和区分女人的参照物是男人，而定义和区分男人的参照物却不是女人。她是附属的人，是同主要者相对立的次要者。他是主体、是绝对，而她则是他者。"对于女性的"第二性""他者"地位的形成原因，作者阐述道："女人并不是生就的，而宁可说是逐渐形成的。……只有另一个人的干预，才能把一个人树立为他者。"也就是说,她认为女人的"他者"地位总是和她的总体"处境"息息相关的,是存在主义的。从生物学角度而言这源于她的生育功能;从历史角度而言源于历史的劳动分工:抚养幼儿。正是生育和抚养幼儿等女性的这种所谓的"内在性"限制了她的"超越性",使她成为"他者""第二性"。因此,波伏瓦认为男性是外在的、超越性的自我;女性则是自在的、内在性的自我。

《第二性》分为两部分,其中《第二性 I》从生物学、精神分析学和历史唯物论视角分析有关女性的种种观点,并从历史着眼,试图充分说明女性现实的成因,解释女性作为"他者"的定义,描述女性眼中的世界。《第二性 II》是 20 世纪女性主义运动的理论基础,书中援引大量实例,翔实生动,一改普通理论著作的枯燥晦涩,读来趣味横生。

《第二性 II》副标题为"实际体验",从存在主义的哲学理论出发,对女人一生中的不同时期(童年、青春期、性启蒙时期、婚后、为人母和步入老年后)进行正面考察,同时对她一生可能遇到的经历(同性恋、成为知识分子、明星、妓女或交际花等)做出判断和评价,深刻揭示了女性的处境及其性质。作者还分析了自恋女人、恋爱女人和虔信女人形成的过程及其背后复杂的社会原因,最后提出了女性走向解放的唯一道路就是成为独立女性,也强调了女性经济地位变化的同时带来的精神的、社会的、文化的等等后果,只有当女性对自身的意识发生根本的改变,才有可能真正实现男女平等。

波伏瓦作为思想家是超越时代的,她在《第二性 II》中指出的很多问题直到今天还是社会的顽疾,有些甚至愈演愈烈。在原著出版 60 多年后的今天反观这本书,更能引起切身思考。

经典评论

波伏瓦比任何人都更好地体现了将小说与哲学结合在一起,她在重要的《第二性》中将这些观点用于社会问题,如妇女处境的问题。

——[法]加埃唐·皮孔

女性主义思想的泰斗;女权主义的思想导师和旗手。

——李银河

延伸阅读

1. 易佩荣、严双伍:《〈第二性〉的时代背景、哲学倾向及其相关学术争论》,《法国研究》2002 年第 2 期,第 90-98 页。

2. 刘慧敏:《存在主义女性主义与女性的自由与解放——浅析波伏瓦的〈第二性〉》,《重庆科技学院学报(社会科学版)》2010 年第 13 期,第 39—48 页。

📚 推荐版本

波伏瓦:《第二性》,郑克鲁译,上海译文出版社 2011 年版。

（葛在波）